普通高等教育"十一五"国家级规划教材

# Visual Basic 程序设计教程

第3版

邱李华 曹青 郭志强 等编著

机械工业出版社
China Machine Press

本书是普通高等教育"十一五"国家级规划教材。全书以Visual Basic 6.0为语言背景，结合大量的实例，深入浅出地介绍了程序设计的基本概念和基础知识、Visual Basic 6.0的集成开发环境、结构化程序的三种基本结构、数组、过程、Visual Basic常用控件、界面设计、图形设计、文件、数据库基础和软件开发基础。

本书概念叙述严谨、清晰，内容循序渐进、深入浅出，示例丰富，趣味性和实用性强，包含大量常见算法，并配有大量的上机练习题，在注重程序设计基本概念和基础知识介绍的同时，重在强调程序设计能力的培养，配套的习题集提供了大量多种题型的练习题并附有参考答案。

本书可作为高等学校或培训机构计算机程序设计基础课程的教材，也可作为Visual Basic程序设计语言的自学用书或参加计算机等级考试的参考用书。

**图书在版编目（CIP）数据**

Visual Basic程序设计教程　第3版/邱李华等编著.—北京：机械工业出版社，2011.3
（普通高等教育"十一五"国家级规划教材）

ISBN 978-7-111-33368-5

Ⅰ.V… Ⅱ.邱… Ⅲ.BASIC语言－程序设计－高等学校－教材 Ⅳ.TP312

中国版本图书馆CIP数据核字（2011）第020352号

机械工业出版社（北京市西城区百万庄大街22号　邮政编码　100037）
责任编辑：邬朝怡
北京诚信伟业印刷有限公司印刷
2011年5月第3版第1次印刷
185mm×260mm · 20.75印张
标准书号：ISBN 978-7-111-33368-5
定价：33.00元

凡购本书，如有缺页、倒页、脱页，由本社发行部调换
客服热线：(010) 88378991；88361066
购书热线：(010) 68326294；88379649；68995259
投稿热线：(010) 88379604
读者信箱：hzjsj@hzbook.com

# 教 学 建 议

依据附录中给出的"计算机程序设计基础"课程教学基本要求，这里给出总学时数为96学时（48学时讲课+48学时上机）的课程安排建议，教师可根据本校的实际教学大纲要求和学生的基础及后续课程的安排等进行相应的调整。例如，对于在"大学计算机基础"课程中学习过"程序设计基础"的学生，可以不讲授第1章；对于开设"数据库基础（技术）及应用"课程的专业，可以不讲授第13章；在课程总学时数较少的情况下，可以在前面的章节中结合示例引入第9~11章的内容，并通过引导学生自学、自行上机练习、课外辅导等方式完成这几章的学习。

| 内　容 | 讲课 | 上机 | 小计 |
|---|---|---|---|
| 第1章　程序设计基础 | 2 | | 2 |
| 第2章　Visual Basic简介 | 4 | 4 | 8 |
| 第3章　Visual Basic程序设计代码基础 | 4 | 4 | 8 |
| 第4章　顺序结构程序设计 | 3 | 4 | 7 |
| 第5章　选择结构程序设计 | 3 | 4 | 7 |
| 第6章　循环结构程序设计 | 4 | 6 | 10 |
| 第7章　数组 | 4 | 4 | 8 |
| 第8章　过程 | 6 | 4 | 10 |
| 第9章　Visual Basic常用控件 | 4 | 4 | 8 |
| 第10章　界面设计 | 2 | 2 | 4 |
| 第11章　图形设计 | 2 | 2 | 4 |
| 第12章　文件 | 4 | 4 | 8 |
| 第13章　数据库 | 4 | 4 | 8 |
| 第14章　软件开发基础 | 2 | 2 | 4 |
| 总　计 | 48 | 48 | 96 |

# 目　录

# 第1章 程序设计基础

使用计算机时，要让计算机能按人的规定完成一系列的工作，就要求计算机具备理解并执行人们给出的各种指令的能力。因此在人和计算机之间就需要有一种二者都能识别的特定的语言，这种特定的语言就是计算机语言，也叫程序设计语言，它是人和计算机沟通的桥梁。使用程序设计语言编写的用来使计算机完成一定任务的一段"文章"称为程序，编写程序的工作则称为程序设计。

随着计算机技术的迅速发展，程序设计语言经历了由低级向高级发展的多个阶段，程序设计方法也得到不断发展和提高。

## 1.1 程序设计语言

程序设计语言是人们根据计算机的特点以及描述问题的需要设计出来的。随着计算机技术的发展，不同风格的语言不断出现，逐步形成了计算机语言体系。毋庸置疑，人们总是希望设计出来的语言好用，因此，计算机语言也经历了由低级向高级发展的历程。计算机语言按其发展程度可以划分为：机器语言、汇编语言和高级语言。其中机器语言和汇编语言属于低级语言，高级语言又分为面向过程的语言和面向对象的语言。

### 1.1.1 机器语言

从本质上说，计算机只能识别"0"和"1"，因此，计算机能够直接识别的指令是由一连串的0和1组合起来的二进制编码，称为机器指令。每一条机器指令规定了计算机要完成的某个操作。机器语言则是指计算机能够直接识别的指令的集合，它是最早出现的计算机语言。

例如，表1-1所示的机器指令用来完成一个简单的加法运算：9+8。

表1-1　机器语言程序举例

| 指令序号 | 机器指令 | 指令功能 |
|---|---|---|
| 1 | 10110000<br>00001001 | 把加数9送到累加器AL中 |
| 2 | 00000100<br>00001000 | 把累加器AL中的内容与另一个数8相加，结果存在累加器AL中（即完成9+8运算） |
| 3 | 11110100 | 停止操作 |

表1-1所示的机器指令序列构成了一个简单的机器语言程序。可以看出，用机器语言编写的程序由一系列二进制信息组成，编写起来非常烦琐，可以用"难学、难记、难写、难检查、难调试"来加以概括，尤其是用这种语言编写的程序完全依赖于机器，所以程序的可移植性差。其优点是机器能直接识别、执行效率高，不需要做其他的辅助工作。

### 1.1.2 汇编语言

为了克服机器语言的缺点，人们对机器语言进行了改进，用一些容易记忆和辨别的有意义的符号代替二进制指令。用这样一些符号代替二进制指令所产生的语言称为汇编语言，也称符号语言。表1-2列出了用汇编语言来实现求9+8和的有关指令。

表1-2所示的三条指令构成了完成9+8运算的汇编语言程序。可以看出，在该程序中，以MOV（MOVE的缩写）代表"数据传送"，ADD代表"加"，HLT（HALT的缩写）代表"停止"。这些符号含义明确，容易记忆，所以又称为助记符。用这些助记符编出的程序，可读性好，容易查错，修改方便，但机

器不能直接识别。为了解决这个问题，可以建立一个"符号与指令代码"对照表，在执行用汇编语言编写的程序之前，首先使用该"对照表"对助记符逐个扫描，把它转换为对应的机器语言程序。这个转换工作由一个叫做"汇编程序"的语言处理程序来完成，翻译出的程序叫做"目标程序"，而翻译前的程序称为"源程序"。虽然目标程序已经是二进制形式，但它还不能直接执行，需要使用连接程序把目标程序与库文件或其他目标程序（如别人已经编写好的程序段）连接在一起，才能形成计算机可以执行的程序（可执行程序）。如图1-1所示。

**表1-2　汇编语言程序举例**

| 语句序号 | 汇编语言指令 | 指令功能 |
| --- | --- | --- |
| 1 | MOV AL,9 | 把加数9送到累加器AL中 |
| 2 | ADD AL,8 | 把累加器AL中的内容与另一个数8相加，结果存在累加器AL中（即完成9+8运算） |
| 3 | HLT | 停止操作 |

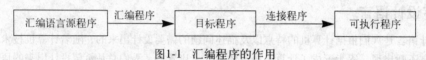

图1-1　汇编程序的作用

汇编语言也是一种面向机器的语言，但比机器语言易读、易改，执行速度与机器语言相仿，比高级语言快得多，所以直到现在仍广泛应用于实时控制、实时处理领域。

### 1.1.3　高级语言

为了从根本上改变语言体系，必须从两方面下工夫：一是力求接近于自然语言；二是力求脱离具体机器，使语言与指令系统无关，达到程序通用的目的。在长期实践的基础上，在20世纪50年代末终于创造出独立于机型的、表达方式接近于被描述问题的、容易学习使用的高级语言。使用这些语言编写程序时，程序设计者可以不必关心机器的内部结构和工作原理，而只需把主要精力集中在解决问题的思路和方法上。高级语言的出现是计算机技术发展的里程碑，它大大提高了编程的效率，使人们能够设计出功能强大的程序。

随着计算机技术的发展，不同风格的高级语言不断出现。例如，早期出现的BASIC、Quick BASIC、Pascal、FORTRAN、COBOL、C等高级语言，适用于DOS环境的编程，采用的是面向过程的程序设计方法；而较晚出现的Visual Basic、Visual C++、Delphi、Java等适用于Windows环境的高级语言，采用的是面向对象的程序设计方法。面向过程的语言致力于用计算机能够理解的逻辑来描述需要解决的问题以及解决问题的具体方法和步骤；面向对象的语言则站在更高、更抽象的层次上来解决问题，将客观事物抽象为一系列的对象，程序的执行是靠在对象间传递消息来完成的。面向对象的语言通过继承与多态可以很方便地实现代码的重用，已经成为当前流行的一类程序设计语言。

由于高级语言比较接近于自然语言，当然就远离了机器语言，计算机不能直接识别，因此用高级语言编写的源程序，必须由一个承担翻译工作的处理程序，把高级语言源程序翻译成机器能识别的目标程序，这个处理程序称为翻译程序。每种高级语言都有自己的翻译程序，不能够互相代替。翻译程序有两种工作方式：一种是解释方式，另一种是编译方式。

解释方式的翻译工作由"解释程序"来完成，这种方式好比口译方式，解释程序对源程序一条语句一条语句地解释执行，不产生目标程序，而直接产生执行结果，如图1-2所示。由于解释方式边解释边执行，因此执行速度慢，但在程序的执行过程中，编程人员可以随时发现程序执行过程中的错误，并及时修改源程序。这种方式对初学者来说非常方便。例如，早期的BASIC语言多数采用解释方式。

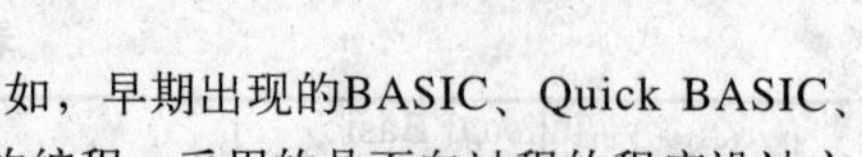

编译方式的翻译工作由"编译程序"来完成，这种方式好比笔译方式，编译程序对源程序编译处理后，产生一个与源程

图1-2　解释方式示意图

序等价的"目标程序"。因为在目标程序中还可能要调用一些内部函数、内部过程、外部函数或外部过程等，所有这些程序还没有连接成一个整体，因此，这时产生的目标程序还无法运行，需要使用"连接程序"将目标程序和有关的函数库、过程库组装在一起，才能形成一个完整的"可执行程序"。产生的可执行程序可以脱离编译程序和源程序独立存在并反复使用。编译方式的工作过程如图1-3所示。

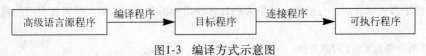

图1-3　编译方式示意图

编译方式比解释方式执行速度快，但不灵活。若修改了源程序，则必须重新编译。FORTRAN、Pascal、COBOL、C等语言均采用编译方式处理，Visual Basic 6.0既可以在解释方式下工作，也可以在编译方式下工作。

为了适应不同应用领域的需要，程序设计语言各具特点。例如，有适合编写系统软件的，有适合进行科学计算的，有适合数据库管理的，有适合图形设计的，还有适合人工智能的，等等。许多语言同时具备多种功能。从应用的角度，我们难以对程序设计语言做严格的分类。而且，随着计算机科学的发展及应用领域的迅速扩展，各种语言版本都在不断变化，功能在不断更新、增强。每个时期都有一批语言在流行，又有一批语言在消亡，因此，我们应掌握程序设计语言中本质性的、规律性的东西——程序设计方法。

## 1.2　程序设计

程序用程序设计语言编写，用于完成特定的任务。计算机之所以能够自动地、有条不紊地工作，正是因为计算机能够按照程序所规定的操作步骤一步一步地执行相应的操作命令。程序是软件中最重要的部分，计算机工作离不开程序。

程序设计就是使用某种程序设计语言编写一些代码来驱动计算机完成特定功能的过程。为了有效地进行程序设计，至少应当具备两个方面的知识：一是要掌握解题的方法和步骤；另一个是要掌握一种或一种以上的高级语言，也就是说，在遇到一个需要求解的问题后，怎样将它分解成一系列的计算机可以实现的操作步骤，这就是"算法"需要研究的问题。可以说，程序设计的灵魂是算法，而语言只是实现算法的工具。有了正确的算法，就可以利用任何一种语言编写程序，使计算机进行工作，得出正确的结果。因此本书在正式介绍Visual Basic语言之前，先简要介绍算法的概念和算法的表示。

### 1.2.1　算法

#### 1. 什么是算法

算法是对解决某一特定问题的操作步骤的具体描述。广义地说，算法就是为解决某个问题而采取的方法和步骤。例如，厨师炒菜的操作步骤就是"烹调算法"；期末考试前的复习计划就是"复习算法"；到医院看病，先挂号，再问诊、检查、诊断，然后取药等，这就是"看病算法"。

在这里我们只讨论计算机算法，计算机中的算法就是为计算机解决问题而设计的有明确意义的操作步骤的有限集合。

计算机算法可分为两大类：数值计算算法和非数值计算算法。数值计算算法的目的是求数值解，例如求方程的根，求函数的定积分等；非数值计算算法的范围很广，最常见的是用于管理领域，如用于文字处理和图形图像处理以及信息的排序、分类、查找等的算法。

#### 2. 算法的特性

算法应具有以下特性：

- 有穷性：算法中执行的步骤总是有限次数的，不能无休止地执行下去。
- 确定性：算法中的每一步操作必须含义明确，不能有二义性。
- 有效性：算法中的每一步操作都必须是可执行的。
- 有0个到若干个输入：算法常需要对数据进行处理，因此，算法常需要数据输入。

· 有1个到若干个输出：算法的目的是用来解决一个给定的问题，因此，它应向人们提供解题的结果。

3. 算法的表示形式

描述算法的方法有多种，常用的有自然语言、流程图、伪代码和PAD图等，其中最普遍的是流程图。下面简要介绍用自然语言和用流程图表示算法。

1）用自然语言表示算法。自然语言就是人们日常使用的语言，因此用自然语言表示的算法较容易理解。

例如：将两个变量X和Y的值互换。

交换存在直接交换和间接交换两种方式。比如，两个人交换座位，只要各自去坐对方的座位就行了，这种交换就是直接交换。再比如，一瓶酒和一瓶醋互换，就不能直接从一个瓶子倒入另一个瓶子，必须借助一个空瓶子，先把酒（醋）倒入空瓶子，再把醋（酒）倒入已倒空的酒瓶子，最后把酒（醋）倒入已倒空的醋（酒）瓶子，这样才能实现酒和醋的交换，这种交换就是间接交换。

计算机中交换两个变量的值不能用直接交换的方法，而必须采取间接交换的方法，因此，需要引入一个中间变量Z。用自然语言表示该算法，可以描述为：

步骤1　将X的值存入中间变量Z中：X→Z

步骤2　将Y的值存入变量X中：Y→X

步骤3　将中间变量Z的值存入变量Y中：Z→Y

用自然语言表示算法，虽然容易表达，但文字冗长，而且往往不严格，同一段文字，不同的人会有不同的理解，容易产生二义性，因此，除了很简单的问题外，一般不用自然语言表示算法。

2）用流程图表示算法。流程图用一些图框、流程线以及文字说明来描述操作过程。用流程图表示算法，直观、形象、容易理解。

传统流程图采用了美国国家标准化协会ANSI（American National Standard Institute）规定的一些符号，常见的流程图符号表示如下：

起止框：表示流程开始或结束

输入/输出框：表示输入或输出

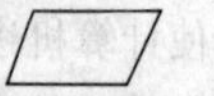

处理框：表示基本处理功能的描述

判断框：根据条件是否满足，在几个可以选择的路径中选择某一路径

流程线：表示流程的路径和方向

连接点：表示流程图中向其他地点或来自其他地点的输出或输入

图1-4所示为交换两个变量的传统流程图。

这种传统流程图虽然形象直观，但对流程线的使用没做限制。使用者可以毫不受限制地使流程随意地转移，流程可能变得毫无规律，难以阅读和维护。

为此，人们对流程图进行了改进。1973年，美国学者I·Nassit和B·Shneiderman提出了一种新的流程图，这种流程图称为N-S流程图（其中的N和S取自两位学者英文名字的第一个字母）。在这种流程图中，完全去掉了带箭头的流程线，全部算法写在一个大矩形框中，在该大矩形框内还可以包含一些从属于它的小矩形框。这种流程图特别适用于结构化程序设计。

例如，用N-S流程图表示交换两个变量X和Y的值的算法如图1-5所示。

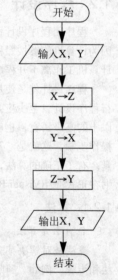

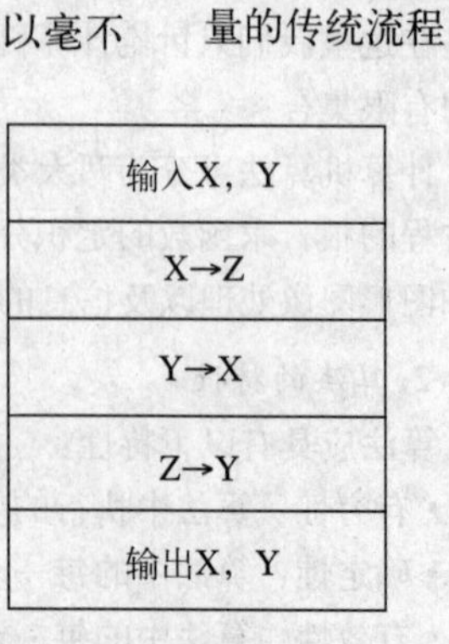

图1-4　交换两个变量的传统流程图

| 输入X，Y |
| X→Z |
| Y→X |
| Z→Y |
| 输出X，Y |

图1-5　交换两个变量的N-S流程图

### 1.2.2 结构化程序设计

　　一些高级语言中设置了无条件转移语句，当程序执行到此语句时，就会无条件地转移到某条语句去执行。对于编制一些小程序来说，无条件转移语句使用起来很方便，可以转到程序的任意位置去执行，但是，在长期的程序设计实践中人们发现，当设计的程序较大，而且无条件转移语句稍多时，就会给程序的阅读、修改、维护带来很多的麻烦。任意地转移会使程序设计思路显得非常没有条理性且难以理解。于是，人们设想，能否使用一些基本的结构来设计程序，无论多么复杂的程序，都可以使用这些基本结构按一定的顺序组合起来。这些基本结构的特点都是只有一个入口、一个出口。由这些基本结构组成的程序就避免了任意转移、难以阅读的问题。这就是结构化程序设计的基本思路。

　　1. 三种基本结构

　　1966年，Bohra和Jacopini提出了三种基本结构，认为算法和程序都可以由这三种基本结构组成。这三种基本结构是：顺序结构、选择结构和循环结构。

　　1) 顺序结构：顺序结构是一种最简单的基本结构，计算机在执行顺序结构的程序时，按语句出现的先后次序依次执行。图1-6所示是分别用传统流程图和N-S流程图表示的顺序结构。图1-6a所示的虚线框内是一个顺序结构，其中，A和B表示操作步骤。计算机先执行A操作，再执行B操作。

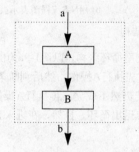

a) 用传统流程图表示顺序结构　　　　　　b) 用N-S流程图表示顺序结构

图1-6　顺序结构

　　2) 选择结构：当程序在执行过程中需要根据某种条件的成立与否有选择地执行一些操作时，就需要使用选择结构。图1-7所示是分别用传统流程图和N-S流程图表示的选择结构。图1-7a所示的虚线框内是一个选择结构，这种结构中包含一个判断框，根据给定的条件是否成立，从两个分支路径中选择其中的一个执行。从图1-7a可以看出，无论执行哪一个分支路径都通过汇合点b。b点是该基本结构的出口点。

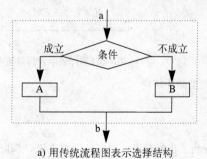

a) 用传统流程图表示选择结构　　　　　　b) 用N-S流程图表示选择结构

图1-7　选择结构

　　3) 循环结构：循环结构用于规定重复执行一些相同或相似的操作。要使计算机能够正确地完成循环操作，就必须使循环能够在执行有限次后退出，因此，循环的执行要在一定的条件下进行。根据对条件的判断位置不同，可以有两类循环结构：当型循环和直到型循环。

　　① 当型循环结构：图1-8所示是用两种流程图表示当型循环结构。以图1-8a为例，当型循环的执行过程

是：当程序运行到a点，从a点进入当型循环时，首先判断条件是否成立，如果条件成立，则执行A操作，执行完A操作后，再判断条件是否成立，若仍然成立，再执行A操作，如此反复执行，直到某次条件不成立时为止，这时不再执行A操作，而是从b点退出循环。显然，在进入当型循环时，如果一开始条件就不成立，则A操作一次都不执行。

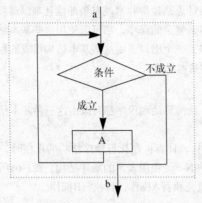

a) 用传统流程图表示当型循环                                   b) 用N-S流程图表示当型循环

图1-8　当型循环结构

②直到型循环结构：图1-9所示是用两种流程图表示直到型循环结构。以图1-9a为例，直到型循环的执行过程是：当程序运行到a点，从a点进入直到型循环时，首先执行A操作，然后判断条件是否成立，如果条件不成立，则继续执行A操作，再判断条件是否成立，若仍然不成立，再执行A操作。如此反复执行，直到某次条件成立时为止，这时不再执行A操作，而是从b点退出循环。显然，在进入直到型循环时，A操作至少执行一次。

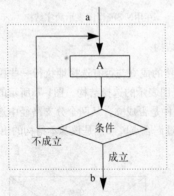 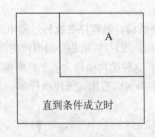

a) 用传统流程图表示直到型循环                                   b) 用N-S流程图表示直到型循环

图1-9　直到型循环结构

以上三种基本结构具有以下共同特点：
- 只有一个入口，一个出口。
- 每一个基本结构中的每一部分都有机会被执行到。也就是说，对每一个框来说，都应当有一条从入口到出口的路径通过它。
- 结构内不存在"死循环"（即无终止的循环）。

已经证明，由以上三种基本结构组成的算法可以解决任何复杂的问题，并且由基本结构构成的算法属于"结构化"的算法，不存在无规律的转移。

2. 结构化程序设计方法

结构化程序设计的基本思想是把程序的结构规定为顺序结构、选择结构和循环结构三种基本结构，采用自顶向下、逐步求精、模块化等程序设计原则。具体地说，就是首先从问题本身开始，找出解决问题的基本思路，并将其用结构化流程图表示出来，这个流程图可能是非常粗糙的，仅仅是一个算法的轮廓，但可以作为进一步分析的基础；接下来就应该对流程图中那些比较抽象的、用文字描述的模块做进一步的分析细化，每次细化的结果仍用结构化流程图表示；最后，对如何求解问题的所有细节都弄清楚了，就可以根据这些流程图直接写出相应的程序代码了。在分析的过程中用结构化流程图表示解题思路的优点是：流程图中的每一个程序模块与其他程序模块之间的关系非常简明，因为每个模块都具有"单入口单出口"的控制结构。每次可以只集中精力分解其中的一个模块而不影响整个程序的结构。据此就可以很容易地编写出结构良好、易于调试和维护的程序来。

我们知道，所有的程序都由两类元素组成，即代码和数据。代码规定了要进行的操作，数据决定了要操作的对象。多年来，人们设计程序所探索的主要问题一直是如何把代码和数据有效地结合起来。但早期的程序设计（包括结构化程序设计）方法一般只突出了实现功能的操作方法，其中心思想是用计算机能够理解的逻辑来描述和表达待解决的问题及其具体的解决流程，而被操作的数据处于实现功能的从属地位，使程序模块和数据结构松散地耦合在一起。使用这种方法编写的程序在执行时是线性的，这种方法被称为面向过程的编程，像早期出现的BASIC语言、FORTRAN语言、Pascal语言、C语言等都是面向过程的编程语言。使用面向过程的编程语言编写小程序比较有效。然而，随着程序规模与复杂性的增长，程序中的数据结构变得与数据的操作同样重要。在大型结构化程序中，一个数据结构可能被许多过程处理，修改此数据结构将影响到所有这些过程。在由许多过程组成的程序中，这将带来极大的麻烦并且容易产生错误，甚至失去对代码的有效控制。

由于上述缺陷，面向过程的编程思想已不能满足现代化软件开发的要求，一种全新的软件开发技术应运而生，这就是面向对象的程序设计方法（Object Oriented Programming，OOP）。

### 1.2.3 面向对象的程序设计

面向对象程序设计是一种新兴的程序设计方法，该方法建立在结构化程序设计基础上，最重要的改变是程序围绕被操作的数据来设计，而不是围绕操作本身。

面向对象编程的一个实质性要素是抽象。人们通过抽象来处理编程过程中遇到的复杂问题。例如，当看到一辆汽车时，人们不会把它想象成由几万个相互独立的零件组成的一套动力装置，而是把整个汽车看成是一个具有自己独特行为（停止、启动、运行、加速、减速、换向等）的对象。这种抽象使人们很容易地将一辆汽车开到目的地，而不至于因为组成汽车的零件过于复杂而不知所措。汽车驾驶员可以忽略发动机的工作原理，可以忽略汽车引擎、传动及刹车系统的工作细节，而将汽车作为一个整体来加以利用。

任何现实问题都是由一些基本事物组成的，这些事物之间存在着一定的联系，在使用计算机解决现实问题的过程中，为了有效地反映客观世界，最好建立相应的概念去直接表现问题领域中的事物以及事物之间的相互联系，此外，还需要建立一套适应人们一般思维方式的描述模式。面向对象技术的基本原理正是：按问题领域的基本事物实现自然分割，按人们通常的思维方式建立问题领域的模型，设计尽可能直接自然表现问题求解的软件系统。为此，面向对象技术中引入了"对象"来表示事物；用消息传递建立事物间的联系；"类"和"继承"是适应人们一般思维方式的描述模型。

当然，面向对象的程序设计并不是要抛弃结构化程序设计方法，而是站在比结构化程序设计更高、更抽象的层次上去解决问题。当它分解为低级代码模块时，仍需要结构化编程技巧。结构化的分解突出过程，即如何做（How to do），它强调代码的功能是如何得以实现的。面向对象的分解突出真实世界和抽象的对象，即做什么（What to do），它将大量的工作由相应的对象来完成，程序员在程序设计中只需说明要求对象完成的任务。

面向对象的程序设计方法符合人们习惯的思维方法，便于分析复杂而多变的问题；易于软件的维护和功能的增减；能用继承的方式缩短程序开发的时间。

面向对象程序设计使用对象、消息、类、封装、继承等基本概念来进行程序设计。下面介绍这些基本概念。

### 1. 对象（Object）

在自然界中，"对象"随处可见，大到整个宇宙及我们生活的地球，小到细胞、分子与原子，世间万物都可以是对象，如公司、雇员、时间表、房屋、人、汽车等，对象描述了某一实体。

在计算机中，将数据和处理该数据的过程、函数等打包在一起而生成的新的数据类型称为对象，它是代码和数据的组合，可以作为一个单位来处理。对象可以是窗口、模块、数据库和控件等，也可以是整个应用程序。

### 2. 面向对象（Object Oriented，OO）

面向对象主要是从问题所涉及的对象入手来研究该问题。面向对象的概念用在许多行业中。例如，当设计一幢办公楼时，一个设计人员只需要考虑工作空间、框架和管道系统等对象的设计需求，而不必关心如何钉钉子、连接管道等较低层次的工作过程。

面向对象不仅是一种新的程序设计技术，而且是一种全新的设计和构造软件的思维方法。它使计算机解决问题的方式更加类似于人类的思维方式，更能直接地描述客观世界。从程序设计的角度看，面向对象代表了一种通过模仿人类建立现实世界模型的方法（包括概括、分类、抽象、归纳等）进行软件开发的思想体系。

Visual Basic为面向对象的开发提供了许多功能，可以实现面向对象的程序设计。

### 3. 消息（Message）

如何要求对象完成指定的操作？如何在对象之间进行联系呢？所有这一切都只能通过传递消息来实现。传递消息是对象与其外部世界相互关联的唯一途径。对象可以向其他对象发送消息以请求服务，也可以响应其他对象传来的消息，完成自身固有的某些操作，从而服务于其他对象。例如，直升机可以响应轮船的海难急救信号，起飞、加速、飞赴出事地点并实施救援作业。在面向对象程序设计中，程序的执行是靠在对象间传递消息来完成的。

一个对象可以接收不同形式、不同内容的多个消息；相同形式的消息可以送往不同的对象；不同的对象对于形式相同的消息可以有不同的解释，能够做出不同的反应。

### 4. 类（Class）

人们喜欢将事物分类，以发现事物中的相似性，并将它们相应地组合。将带有相似属性和行为的事物组合在一起，可以称为一个"类"。例如，所有的汽车构成了"汽车"类，所有的动物构成了"动物"类，而所有的人构成了"人"类。

一个类具有成员变量和成员方法。成员变量相当于"属性"，比如"人"具有的变量有胳膊、手、脚等。而成员方法是该类能完成的一些功能，比如"人"可以说话、行走等。

类中的一个具体对象称为类的实例。如果说类是一个抽象概念，那么类的实例就是一个具体对象。例如，在"汽车"类中，每一辆汽车都是一个具体的对象，是"汽车"类的一个实例。又如，我们说"人"就是一个抽象概念，是"人"类，但是具体到某个人，比如你、我、他，就是"人"的实例，是具体对象。

### 5. 封装（Encapsulation）

封装是指将对象的属性和方法包装在一起，从而包含和隐藏对象的内部信息（如内部数据结构和代码）的技术。通过封装对象的方法和属性，可以将操作对象的内部复杂性与应用程序的其他部分隔离开来，这样对象的内部实现（代码和数据）受到了保护，外界不能访问它们，只有对象中的代码才可以访问对象的内部数据。对象的内部数据结构的不可访问性称为数据隐藏。封装简化了程序员对对象的使用，程序员只需知道输入什么和输出什么，而对类内部进行何种操作不必追究。封装还使得一个对象可以像一个部件一样用在程序中，而不用担心对象的功能受到影响。就像电视一样，我们不需要知道它的内部是由哪些零件组成、如何工作的，所以把它们封装起来了，我们只需知道电视机上的那些按钮和插口的使用或如何用遥控器来控制电视机就可以了。

6. 继承（Inheritance）

在面向对象程序设计中，可以从一个类生成另一个类，前者称为基类，后者称为派生类或子类，这样就形成了一种类的层次结构，如图1-10所示，Class21、Class22是Class1的子类，Class31是Class21的子类，Class32是Class22的子类。这种层次结构具有继承性，即派生类继承了其父类和祖先类的所有属性和方法，并可以附加新的属性和新的操作。例如，飞行器、汽车和轮船都是交通工具类的子类，它们都继承了交通工具类的某些属性和操作。又如，在进行程序设计时，创建了一个叫做Shape（图形）的基类，并赋予它Move（移动）方法，然后创建一个Shape类的子类Circle（圆形），默认情况下，新的Circle类具有Move方法，程序设计人员不必再编写实现对圆形进行移动的代码。

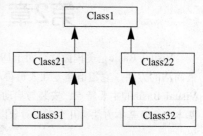

图1-10　类的层次结构

这种继承还具有传递性。例如，图1-10中类Class21继承Class1，而Class31继承Class21，则Class31继承Class1。其中Class21对Class1、Class31对Class21的继承叫做直接继承，而Class31对Class1的继承叫做间接继承。一个类实际上继承了层次结构中在其上面的类的描述。因此，属于某个类的对象除具有该类所描述的特性外，还具有层次结构中该类上层各类所描述的性质。

在子类中可以通过声明新的数据成员和成员函数来增加新的功能。另外，子类在继承的成员函数不适合时也可以弃之不用。

继承提供了自动共享类、子类和对象中的方法和数据的机制，如果没有继承机制，则类对象中的数据和方法就可能出现大量重复。继承机制可以大大减少程序设计的开销，这正是面向对象系统的优点。

7. 多态（Polymorphism）

两个或多个类可以具有名字相同、基本目的相同但实现方式不同的方法或属性，这就是多态性。多态性是一种面向对象的程序设计功能，当同样的消息被不同的对象接收时，可能导致完全不同的行为，即完成了不同的功能。这里的消息指的是类成员函数的调用。

实际上，在程序设计中，我们经常使用多态的特性，最简单的例子就是运算符，例如"+"号。"+"号可以实现整数之间、单精度数之间、双精度数之间甚至字符串之间的加法（合并）运算。在这里，同样的消息（相加）被不同类型的对象（变量）接收后，不同类型的变量采用不同方式进行加法运算。如果是不同类型的变量相加，则要先进行类型转换，然后再相加，这是典型的多态现象。

8. 抽象（Abstraction）

抽象是使具体事物一般化的一种过程，即对具有特定属性及行为特征的对象进行概括，从中提炼出这一类对象的共性，并从通用性的角度描述共有的属性及行为特征。抽象包括两方面的内容：一是数据抽象，即描述某类对象的公共属性；一是代码抽象，即描述某类对象共有的行为特征。

# 第2章 Visual Basic简介

Visual Basic是美国微软公司于1991年推出的，它提供了开发Microsoft Windows应用程序的最迅速、最简洁的方法。它不但是专业人员得心应手的开发工具，而且易于被非专业人员掌握使用。本章将介绍Visual Basic的主要特点、安装与启动方法、集成开发环境、Visual Basic工程的设计步骤、可视化编程的基本概念及基本方法、几个常用对象以及Visual Basic的帮助系统的使用。

## 2.1 概述

Visual Basic是以结构化BASIC语言为基础，以事件驱动作为运行机制的新一代可视化程序设计语言。其中，Visual指的是开发图形用户界面（GUI）的方法，它不需要编写大量代码去描述界面元素的外观和位置，而只要把预先建立的对象添加到屏幕上即可；Basic指的是BASIC（Beginners All-Purpose Symbolic Instruction Code）语言，它是计算机技术发展史上应用最为广泛的语言之一。Visual Basic在原有BASIC语言的基础上进一步发展，综合运用了BASIC语言和新的可视化设计工具，既具有Windows所特有的优良性能和图形工作环境，又具有编程的简易性。

不论是Microsoft Windows应用程序的专业开发人员，还是初学者，Visual Basic都为他们提供了一整套的工具，以方便开发小到个人或小组使用的小工具，大到大型企业的应用系统，甚至可以开发通过Internet遍及全球的分布式应用程序。

Visual Basic具有以下主要功能特点：

1）Visual Basic是可视化程序设计工具。在Visual Basic中，每个界面对象都是可视的。开发人员只需要按设计要求的屏幕布局，用系统提供的工具，直接在屏幕上"画"出窗口、菜单、按钮、滚动条等不同类型的对象，并为每个对象设置属性，Visual Basic将自动产生界面设计代码，程序设计人员只需要编写实现程序功能的那部分代码，因此大大提高了程序设计的效率。

2）Visual Basic沿用了结构化程序设计的思想，具有丰富的数据类型、众多的内部函数，简单易学。

3）Visual Basic采用事件驱动的编程机制，通过事件来驱动代码的执行，完成指定功能。在一个对象上可能会产生多个事件，每个事件都可以通过一段程序来响应。各个事件之间不一定有联系。这样的应用程序代码较短，易于编写和维护。

4）Visual Basic提供了易学易用的应用程序集成开发环境，在该集成开发环境中，用户可以设计界面、编写代码、调试程序，直至把应用程序编译成可执行文件，脱离Visual Basic集成开发环境，直接在Windows环境下运行。

5）Visual Basic支持对多种数据库系统的访问。利用数据访问对象能够访问Microsoft Access、SQL Server、Dbase、Microsoft FoxPro和Paradox等数据库系统，也可访问Microsoft Excel、Lotus 1-2-3等多种电子表格。

6）Visual Basic采用了对象的链接与嵌入（Object Linking and Embedding, OLE）技术，利用OLE技术可以很方便地开发集声音、图像、动画、文本、Web页等对象于一体的应用程序。

## 2.2 Visual Basic 6.0的安装与启动

Visual Basic 6.0有多种版本，在安装之前需要首先根据应用环境选择合适的版本。不同的版本对硬件及软件环境的要求也不同，因此在明确要安装的版本之后，还需要根据该版本对计算机系统的要求，选择正确的安装环境，以保证Visual Basic的正确安装和运行。

### 2.2.1　Visual Basic 6.0的版本

Visual Basic 6.0包括3种版本：学习版、专业版和企业版。这些版本是在相同的基础上建立起来的，多数应用程序可以在3种版本中通用。3种版本适合于不同的用户层次。

1）学习版：Visual Basic的基础版本，可用于开发Windows和Windows NT应用程序。该版本包括所有的内部控件以及网格、数据绑定控件等。

2）专业版：为专业编程人员提供了一整套功能完备的开发工具。该版本包括学习版的全部功能以及ActiveX控件、Internet控件开发工具、动态HTML页面设计等高级特性。

3）企业版：可供专业编程人员开发功能强大的组内分布式应用程序。该版本包括专业版的全部功能，同时具有自动化管理器、部件管理器、数据库管理工具等。

### 2.2.2　Visual Basic 6.0的系统要求

Visual Basic 6.0是Windows环境下的应用程序，对运行环境的具体要求如下：

1）微处理器：486DX/66MHz或更高（推荐使用Pentium或更高的微处理器）。

2）内存：至少16MB以上。

3）硬盘空间：安装不同版本的Visual Basic 6.0所需要的硬盘空间有所区别。

- 学习版　典型安装需要48MB，完全安装需要80MB。
- 专业版　典型安装需要48MB，完全安装需要80MB。
- 企业版　典型安装需要128MB，完全安装需要147MB。

另外，安装Visual Basic的帮助文档MSDN需要67MB的硬盘空间，还需要安装Internet Explorer 4.x或更高的版本（Windows 98及以上版本中已经包含），至少需要约66MB的空间。

4）显示设备：VGA或更高分辨率的显示器。

5）读入设备：CD-ROM。

6）操作系统：Microsoft Windows NT 3.51或更新的版本，或者Microsoft Windows 95/98或更新的版本。

### 2.2.3　Visual Basic 6.0的安装

下面以安装Visual Basic 6.0中文企业版为例介绍Visual Basic 6.0的安装。

1）将Visual Basic安装光盘放入光驱，若系统能够自动播放，则自动启动安装程序，否则运行光盘中的setup.exe，显示"Visual Basic 6.0中文企业版安装向导"对话框，如图2-1所示。

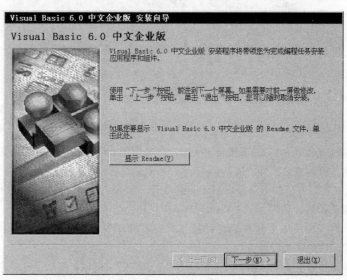

图2-1　"Visual Basic 6.0中文企业版安装向导"对话框

2）在图2-1所示的对话框中，单击"下一步"按钮，则打开"最终用户许可协议"界面，选择"接受协议"，再单击"下一步"按钮，输入产品ID号和用户信息，继续单击"下一步"按钮，打开选择安装程序对话框，如图2-2所示。

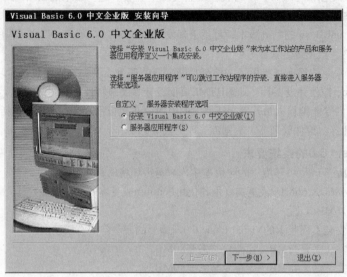

图2-2　选择安装程序对话框

3）在图2-2中选择"安装Visual Basic 6.0中文企业版"后，单击"下一步"按钮，设置好安装路径，打开选择安装类型对话框，如图2-3所示。

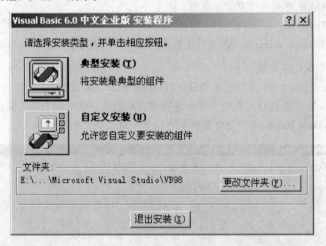

图2-3　选择安装类型对话框

4）在图2-3中选择"典型安装"，系统自动安装一些最常用的组件；选择"自定义安装"，可以根据用户自己的实际需要有选择地安装组件。图2-4所示为"自定义安装"对话框。

5）在"自定义安装"对话框中选择所需要的组件后，单击"继续"按钮，安装程序将文件复制到硬盘上，复制完成后重新启动计算机，完成Visual Basic 6.0的安装。

6）重新启动计算机后，安装程序将自动打开"安装MSDN"对话框，如图2-5所示。选中"安装MSDN"复选框，可以安装联机帮助文档。

7）在图2-5中单击"下一步"按钮，打开MSDN自定义安装对话框，在对话框中选择需要安装的组件，如图2-6所示，然后根据提示完成安装过程。

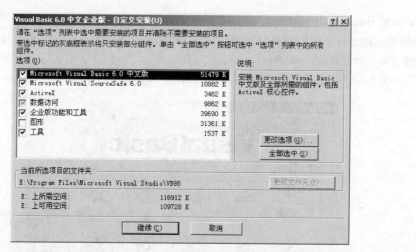

图2-4  "自定义安装"对话框

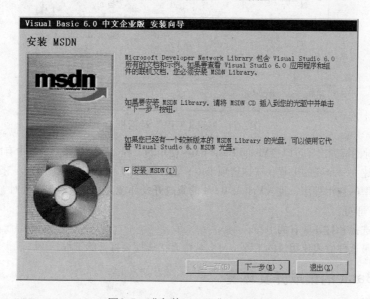

图2-5  "安装MSDN"对话框

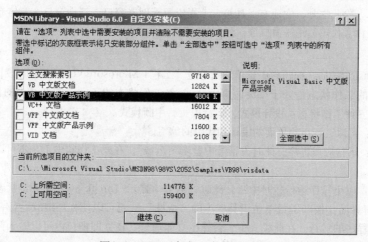

图2-6  MSDN自定义安装对话框

### 2.2.4　Visual Basic 6.0的启动

完成安装过程之后，可以执行"开始|所有程序|Microsoft Visual Basic 6.0中文版|Microsoft Visual Basic 6.0中文版"命令启动Visual Basic。

启动Visual Basic后，首先显示"新建工程"对话框，如图2-7所示。

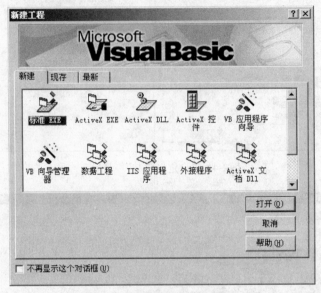

图2-7　"新建工程"对话框

"新建工程"对话框列出了可以在Visual Basic 6.0中使用的工程类型，在该对话框中有以下三个选项卡。

- 新建：用于建立一个新的工程。在该选项卡中，选择默认的"标准EXE"，单击"打开"按钮，就可以创建该类型的应用程序，进入Visual Basic的集成开发环境。初学者新建工程时，只要选择默认的"标准EXE"即可。
- 现存：用于选择和打开现有的工程。
- 最新：列出最近建立或使用过的工程，可以从中直接选择要打开的工程。

## 2.3　Visual Basic的集成开发环境

Visual Basic的集成开发环境（IDE）与Windows环境下的许多应用程序相似，同样有标题栏、菜单栏、工具栏、快捷菜单，除此之外，它还有工具箱、工程资源管理器窗口、属性窗口、窗体布局窗口、立即窗口、窗体设计器窗口、代码编辑器窗口等，如图2-8所示。

　1. 标题栏

启动Visual Basic 6.0后，标题栏中显示的信息是"工程1-Microsoft Visual Basic[设计]"。方括号中的"设计"表明当前的工作状态是处于"设计模式"。随着工作状态的不同，方括号中的信息也随之改变。Visual Basic 6.0有三种工作状态：设计模式、运行模式、中断模式。

　1）设计模式：可以进行用户界面的设计和代码的编写。

　2）运行模式：运行应用程序，此时方括号中显示"运行"。在此工作状态下，不可以编辑代码，也不可以编辑界面。

　3）中断模式：应用程序运行暂时中断，此时方括号中显示"break"。在此工作状态下，可以编辑代码，但不可以编辑界面。按F5键或单击工具栏上的"继续"按钮可以使程序继续运行；单击工具栏上的"结束"按钮结束程序的运行。在此模式下，会弹出立即窗口，在立即窗口内可以输入简短的命令，并立即执行。

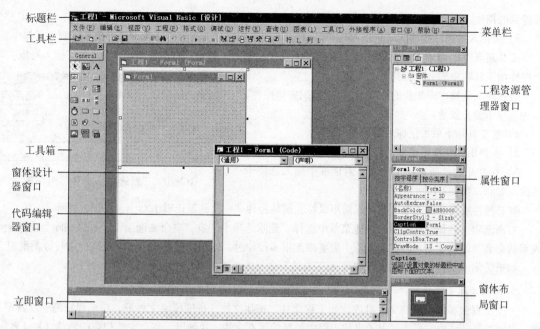

标题栏
菜单栏
工具栏
General
工具箱
工程资源管理器窗口
窗体设计器窗口
属性窗口
代码编辑器窗口
立即窗口
窗体布局窗口

图2-8 Visual Basic集成开发环境

**2. 菜单栏**

菜单栏提供了Visual Basic中用于开发、调试和保存应用程序所需要的所有命令。除了提供标准的"文件"、"编辑"、"视图"、"窗口"和"帮助"菜单之外，还提供了编程专用的功能菜单，如"工程"、"格式"、"调试"等菜单。

**3. 工具栏**

工具栏提供了对常用命令的快速访问。单击工具栏上的按钮，即可执行该按钮所代表的操作。Visual Basic 6.0提供了4种工具栏：编辑、标准、窗体编辑器和调试。默认情况下，启动Visual Basic之后显示如图2-9所示的"标准"工具栏。其他工具栏可以从"视图"菜单下的"工具栏"命令中打开或关闭。

添加标准工程　添加窗体　菜单编辑器　打开工程　保存工程　剪切　复制　粘贴　查找　撤销输入　重复输入　启动　中断　结束　工程资源管理器　属性窗口　窗体布局窗口　对象浏览器　工具箱　数据视图窗口　控件管理器

图2-9 "标准"工具栏

每种工具栏都有固定和浮动两种形式。把鼠标指针移到固定形式工具栏中没有图标的地方，按住左键，向下拖动鼠标或双击鼠标左键，即可把工具栏变为浮动的；而如果双击浮动工具栏的标题栏，则可将其变为固定工具栏。

**4. 工具箱**

工具箱是控件的容器。控件是组成应用程序与用户交互界面的基本元素。在Visual Basic中，控件可以分为三大类：

1）内部控件：默认状态下工具箱中显示的控件。

2）ActiveX控件：是扩展名为.ocx的独立文件，包括各种Visual Basic版本提供的控件以及第三方开发者提供的控件，必要时可将其添加到工具箱中。

3）可插入对象：指将其他应用程序产品（如Excel工作表、公式等）作为一个对象加入到工具箱中。

工具箱既可以用于显示内部控件，又可以显示已添加到工程中的任何ActiveX控件和可插入对象。每个控件由工具箱中的一个工具图标来表示。

通过向工具箱中添加新的选项卡，可以组织安排控件。添加选项卡的步骤是：

1）在工具箱上单击鼠标右键。

2）在弹出的快捷菜单中选择"添加选项卡"命令。

3）在打开的"新选项卡名称"对话框中输入选项卡名称，如xx，如图2-10所示。

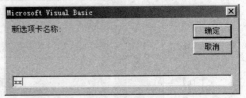

图2-10 "新选项卡名称"对话框

要将控件放到新的选项卡上，只需用鼠标左键将控件"拖"到新选项卡xx上。如图2-11所示。

右击选项卡名称，从弹出的快捷菜单中选择"删除选项卡"或"重命名选项卡"可以删除当前选项卡或重新命名当前选项卡。当在工具箱中需要添加很多控件时，使用新建选项卡可以对控件进行分类组织。

如果关闭了工具箱，可以执行"视图I工具箱"命令或单击工具栏中的 ▨ 按钮将其打开。

5. 工程资源管理器窗口

一个工程由多种类型的文件组成，如工程文件、窗体文件、标准模块文件等。在工程资源管理器窗口中，以树型目录结构的形式列出了当前工程中包括的所有文件，并列出了每个文件相应的名称（和（名称）属性相同）和存盘文件名。如图2-12所示。

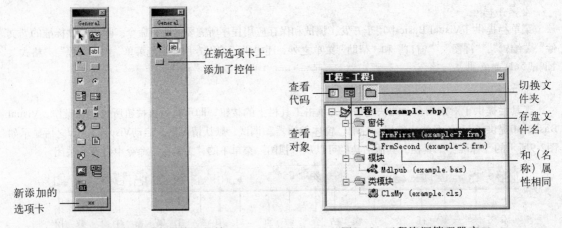

图2-11 添加选项卡后的工具箱          图2-12 工程资源管理器窗口

以下是几种常见的文件：

1）工程文件（.vbp）：每个工程对应一个工程文件。用"文件I新建工程"命令可以建立一个新的工程。

2）工程组文件（.vbg）：当一个应用程序包含两个或两个以上的工程时，这些工程构成一个工程组。执行"文件I添加工程"命令或单击工具栏中的 ▨ 按钮可以添加一个工程，构成一个工程组。

3）窗体文件（.frm）：该文件存储窗体及其所使用的控件的属性、对应的事件过程、程序代码等。

4）标准模块文件（.bas）：该文件包含变量、常量、通用过程的全局（在整个应用程序范围内有效的）声明或模块级声明，是一个纯代码性质的文件。

5）类模块文件（.cls）：该文件包含用户自定义的对象。

各种文件的层次关系如图2-13所示。

图2-13 各种文件之间的层次关系

工程资源管理器窗口中有以下3个按钮：

1）"查看代码"按钮：切换到代码窗口，以显示或编辑代码。

2）"查看对象"按钮：切换到窗体设计器窗口，以显示或编辑对象。

3）"切换文件夹"按钮：切换文件夹显示方式。单击"切换文件夹"按钮，则显示各类文件所在的文件夹，再单击一次该按钮，则取消文件夹显示。

如果关闭了工程资源管理器窗口，可以执行"视图|工程资源管理器"命令，或使用工具栏中的 🖾 按钮将其打开。

**6. 属性窗口**

属性窗口主要是针对窗体和控件设置的。在Visual Basic中，窗体和控件称为对象。每个对象都可以用一组属性来刻画其特征，如颜色、字体、大小等。属性窗口列出了选定的窗体或控件的属性名称及设置值。属性窗口结构如图2-14所示，由以下几部分组成：

1）对象下拉列表框：单击其右端的下拉箭头，列出当前窗体所含对象的名称及其所属的类。

2）选项卡：确定属性的显示方式，可以按字母顺序或按分类顺序显示属性。

3）属性列表框：列出当前对象的所有属性。列表中左边为属性名，右边为属性值。在设计模式下，可以改变属性值。

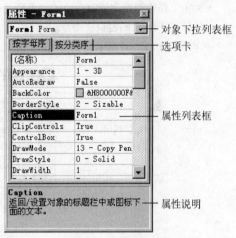

图2-14　属性窗口

不同的属性有不同的设置方式。有的属性值需要直接输入，有的可以从列表或对话框中选择。例如，当用鼠标单击某属性时，其属性值的右边若显示浏览按钮 ⋯ ，如图2-15a所示，则单击该按钮，将弹出一个对话框；当用鼠标单击某属性时，其属性值的右边若显示按钮 ⋎ ，如图2-15b所示，则单击该按钮，将列出该属性的所有有效值，从下拉列表中可以选择属性值，也可以不单击该按钮，通过鼠标双击属性值，可以在多个属性值之间依次切换。

4）属性说明：显示所选属性的简短说明。可通过单击鼠标右键，在弹出的快捷菜单中选择"描述"命令来显示或隐藏"属性说明"。

如果关闭了属性窗口，可以执行"视图|属性窗口"命令，或单击工具栏上的 🖾 按钮，或按F4键将其打开。

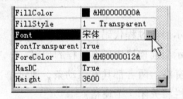

a) 用浏览按钮设置属性

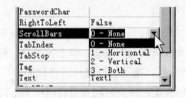

b) 用下拉列表设置属性

图2-15　属性值的设置方式

**7. 窗体布局窗口**

使用窗体布局窗口可以调整应用程序中各窗体在屏幕中的初始显示位置。使用鼠标拖曳窗体布局窗口中的小窗体图标，可以调整程序运行时窗体显示的位置，如图2-16所示。还可以通过将鼠标放置在小窗体图标上，单击鼠标右键，在弹出的快捷菜单中选择"启动位置"命令设置窗体运行时的初始位置。

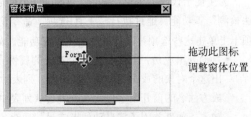

图2-16　窗体布局窗口

如果关闭了窗体布局窗口，可以执行"视图|窗体布局窗口"命令，或单击工具栏上的 按钮将其打开。

**8. 窗体设计器窗口**

窗体设计器窗口是进行界面设计的窗口。应用程序中每一个窗体都有自己的窗体设计器窗口。

如果关闭了窗体设计器窗口，可以执行"视图|对象窗口"命令，或按"Shift+F7"组合键，或单击工程资源管理器窗口中的"查看对象"按钮将其打开。

**9. 代码编辑器窗口**

代码编辑器窗口又称为代码窗口，是显示和编辑程序代码的窗口。应用程序中的每个窗体或标准模块都有一个独立的代码编辑器窗口与之对应。可以通过下列方法之一，进入代码窗口编写程序代码。

- 双击窗体的任何地方。
- 在窗体上单击鼠标右键，在弹出的快捷菜单中选择"查看代码"命令。
- 单击工程资源管理器窗口中的"查看代码"按钮。
- 执行"视图|代码窗口"命令。

代码窗口如图2-17所示，主要包括以下几部分：

图2-17  代码窗口

1）对象下拉列表框：列出了当前窗体及其所包含的所有对象名。无论窗体名称是什么，在该列表中总是显示为Form。

2）过程下拉列表框：列出了所选对象的所有事件过程名。其中，"声明"表示声明模块级变量。

如果在对象下拉列表中选择"通用"，在过程下拉列表中选择"声明"，则光标所停留的位置称为"模块的通用声明段"，在该位置可以编写与特定对象无关的通用代码，一般在此声明模块级变量或定义通用过程。

3）"过程查看"按钮：单击该按钮，则在代码窗口中只显示当前过程代码。

4）"全模块查看"按钮：单击该按钮，则在代码窗口中显示当前模块中所有过程的代码。

5）拆分栏：拖动拆分栏可以将代码窗口分隔成上下两个窗格，两者都具有滚动条，通过单击各自的滚动条可以实现在同一时间查看代码中的不同部分。双击拆分栏将关闭一个窗格。

6）代码区：编写程序代码的位置。在对象下拉列表框中选择对象名，在过程下拉列表框中选择事件过程名，即可在代码区形成对象的事件过程模板，用户可在该模板内输入代码。

为了便于代码的编辑与修改，Visual Basic提供了"自动列出成员"、"自动显示快速信息"、"自动语法检测"等功能。通过执行"工具|选项"命令访问"选项"对话框，在"选项"对话框的"编辑器"选项卡上单击这些选项可以打开或关闭相应功能。如图2-18所示。

- 自动列出成员：当要输入某个对象的属性或方法时，在对象名后输入完小数点后，系统就会自动列出这个对象的成员。如图2-19所示，列表中包含该对象的所有成员（属性 和方法 ）。输入属性名或方法名的前几个字母，系统就会从列表中选中该成员，按Tab键、空格键或双击该成员将完成这次输入。如果关闭了"自动列出成员"功能，可使用"Ctrl+J"组合键启用该功能。

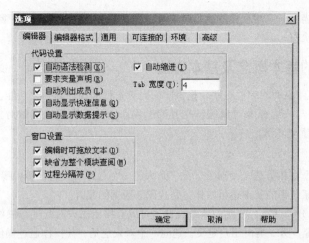

图2-18　"选项"对话框的"编辑器"选项卡

- 自动显示快速信息：该功能显示语句和函数的语法。如图2-20所示，当在代码窗口输入合法的语句

或函数名之后，其语法立即显示在当前行的下面，并用黑体字
显示它的第一个参数。在输入第一个参数值之后，第二个参数
成为黑体字……如果关闭了"自动显示快速信息"功能，可以
用"Ctrl+I"组合键启用该功能。

- 自动语法检测：当输入完一行代码并使光标离开该行（如按
Enter键）后，如果该行代码存在语法错误，那么系统会显示
警告对话框，同时该语句变成红色。如图2-21所示。

- 自动缩进：对第一行代码使用制表符（按Tab键）或按空格键
进行向右缩进后，所有后续行都将以该缩进位置为起点自动向
右缩进。

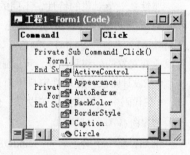

图2-19　自动列出成员

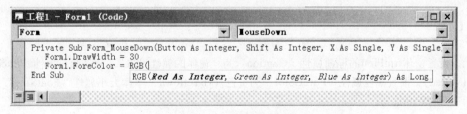

图2-20　自动显示快速信息

图2-21　自动语法检测

**10. 立即窗口**

　　使用"视图|立即窗口"命令可以打开立即窗口。在立即窗口中可以输入或粘贴一行代码，按下Enter
键就可以执行该行代码。例如，可以直接在该窗口中使用Print方法显示所关心的表达式的值。该窗口是为

调试应用程序提供的。当中断应用程序的执行时，可以在立即窗口中检查某些变量或表达式的值，以检验程序执行到中断位置的状态。

## 2.4　可视化编程的基本概念及基本方法

Visual Basic采用事件驱动的编程机制，提供了面向对象程序设计的强大功能，用Visual Basic进行应用程序设计，实际上是与一组标准对象进行交互的过程。因此，准确地理解对象的有关概念，是设计Visual Basic应用程序的重要环节。

### 2.4.1　对象

在现实生活中，一个实体就是一个对象，如一个人、一个气球、一台计算机等都是对象。在面向对象的程序设计中，对象是系统中的基本运行实体，是代码和数据的集合。

Visual Basic的对象分为两类，一类由系统设计，可以直接使用或对其进行操作，如工具箱中的控件、窗体、菜单、应用程序等；另一类由用户定义。建立一个对象之后，其操作通过操作与该对象有关的属性、事件和方法来实现。

### 2.4.2　属性

属性是一个对象的特性，不同的对象具有不同的属性。例如，对于某个人，有名字、职务和住址等属性；对于某辆汽车，有型号、颜色、各种性能指标等属性。在Visual Basic中，对象常见的属性有标题（Caption）、名称（Name）、颜色（Color）、字体（Font）、是否可见（Visible）等。通过修改对象的属性，可以改变对象的外观和功能。可以通过下面两种方法之一来设置对象的属性：

- 在设计阶段，在属性窗口中对选定的对象进行属性设置。
- 在代码中，用赋值语句设置，使程序在运行时实现对对象属性的设置，其格式为：

对象名.属性名=属性值

例如，将一个对象名为"cmdOK"的命令按钮的"Caption"属性设置为"确定"，相应的语句为：

```
cmdOK.Caption="确定"
```

在代码中，当需要对同一对象设置多个属性时，可以使用With...End With语句，其格式为：

```
With 对象名
    [语句]
End With
```

例如，设置窗体frmFirst的标题属性"Caption"为"窗体的属性设置"，背景颜色属性"BackColor"为红色（vbRed），前景颜色属性"ForeColor"为黄色（vbYellow），字体大小属性"FontSize"为16磅。可以使用下面的With语句：

```
With frmFirst
    .Caption = "窗体的属性设置"
    .BackColor = vbRed
    .ForeColor = vbYellow
    .FontSize = 16
End With
```

### 2.4.3　事件

事件是指可以被对象识别的动作，例如单击鼠标、双击鼠标、按下键盘按键等。Visual Basic为每个对象预先定义好了一系列的事件。例如，单击鼠标事件Click、双击鼠标事件DblClick、按键事件KeyPress、窗体加载事件Load等。

事件的发生可以由用户触发（如用户在对象上单击了鼠标），也可以由系统触发（如窗体加载），或者由代码间接触发。用户可以为每个事件编写一段相关联的代码，这段代码称为事件过程。当在一个对象上发生某种事件时，就会执行与该事件相关联的事件过程。这就是事件驱动的编程机制。在事件驱动的应用程序中，代码执行的顺序由事件发生的先后顺序决定，因此应用程序每次运行时所经过的代码路径可以是不同的。

事件过程的一般格式如下：

```
Private Sub 对象名_事件名([参数表])
    程序代码
End Sub
```

其中，"参数表"随事件过程的不同而不同，有些事件过程没有参数。

例如，运行时，要在命令按钮Command1上发生单击（Click）事件时将窗体的背景颜色设置成红色，事件过程为：

```
Private Sub Command1_Click()
    Form1.BackColor = vbRed          ' 表示将窗体的背景颜色设置成红色
End Sub
```

这里的Click事件过程就没有参数。

例如，运行时，在窗体上按下鼠标左键，会触发窗体的MouseDown事件。要在发生MouseDown事件时在窗体标题栏上显示"你好！"，事件过程为：

```
Private Sub Form_MouseDown(Button As Integer, Shift As Integer, X As Single, Y As Single)
    Form1.Caption = "你好！"
End Sub
```

MouseDown事件过程模板中就含有参数。其中，Button、Shift、X、Y即为MouseDown事件过程的参数。

对象的事件是固定的，用户不能建立新的事件。一个对象可以响应一个或多个事件，因此可以使用一个或多个事件过程对用户或系统的事件作出响应。

建议在代码窗口中通过对象下拉列表框及过程下拉列表框来选择对象及事件过程，由系统自动生成对象的事件过程模板，以避免输入错误或遗漏参数。

### 2.4.4 方法

方法定义了在对象上可以进行的操作。每一种对象都有其特定的方法。例如，窗体对象有打印方法Print、显示方法Show、清除方法Cls、移动方法Move等。对象方法的使用格式为：

```
[对象名.]方法名 [参数表]
```

若省略了对象名，则表示当前对象，一般指窗体。

例如，使用Print方法在名称为FirstForm的窗体上显示字符串"欢迎使用Visual Basic"，语句如下：

```
FirstForm.Print "欢迎使用Visual Basic"
```

使用Show方法显示名称为SecondForm的窗体，语句如下：

```
SecondForm.Show
```

使用Cls方法清除名称为MyPicture的图片框中的内容，语句如下：

```
MyPicture.Cls
```

【例2-1】编写一个事件过程，实现运行时在窗体上移动鼠标画出指定宽度的、红色的点。

要实现上述功能，可以在窗体的MouseMove事件过程中编写代码，颜色通过窗体的ForeColor属性设置，图形宽度通过窗体的DrawWidth属性设置，画点通过窗体的PSet方法实现。

```
Private Sub Form_MouseMove(Button As Integer, Shift As Integer, _
                           X As Single, Y As Single)
    Form1.ForeColor = vbRed    ' 设置窗体的前景颜色
    Form1.DrawWidth = 10       ' 设置图形方法输出的线宽
    Form1.PSet (X, Y)          ' 在(X，Y)坐标位置画点
End Sub
```

以上MouseMove事件过程返回的参数X、Y表示了当前鼠标箭头所指向的位置，代码中使用该坐标作

为PSet方法的参数，实现了在鼠标箭头所指向的位置画点。

## 2.5  Visual Basic工程的设计步骤

在Visual Basic中，建立一个简单的工程一般按以下步骤进行。

1）新建一个工程。

2）设计用户界面。

3）编写事件过程及通用过程。

4）运行、调试并保存工程。

### 2.5.1  新建工程

新建一个工程有以下两种方法：

• 启动Visual Basic后，在系统显示的"新建工程"对话框的"新建"选项卡中选择"标准EXE"，然后单击"打开"按钮。

• 执行"文件I新建工程"命令，然后在打开的"新建工程"对话框中选择"标准EXE"，然后单击"确定"按钮。

用以上方法之一新建一个工程之后，观察工程资源管理器窗口，可以看见新建的工程名称。Visual Basic为新建的工程取名为"工程1"，并且工程中已经有了一个窗体Form1。接下来就可以在窗体Form1上设计应用程序界面，或添加新的窗体，设计多个界面。界面设计是通过在窗体上放置各种对象并设置对象的属性来实现的。

### 2.5.2  设计界面

界面是用户与应用程序交互的基础，应用程序的界面应该能够向用户提供所允许的操作，所以在设计阶段，需要根据应用程序的初始界面要求向窗体上添加控件、调整控件布局、设置对象的初始属性（如对象的名称、显示的字体大小、背景样式）等。

1. 控件的画法

在窗体上画一个控件有以下两种方法：

• 单击工具箱中所需的控件按钮，在窗体上拖动鼠标画出控件。

• 双击工具箱中所需的控件按钮，即可在窗体中央位置画出控件。

一般情况下，每单击一次工具箱中的控件按钮，只能在窗体上画一个相应的控件。如果希望单击一次工具箱中的控件按钮在窗体上连续画出多个相同类型的控件，可按如下步骤操作：

1）按下Ctrl键同时单击工具箱中所需的控件按钮，然后松开Ctrl键。

2）在窗体上拖动鼠标画出一个或多个控件。

3）画完后，单击工具箱中的指针按钮或其他按钮。

2. 控件的选择

在对某个控件或某些控件进行操作之前，需要先选择相应的控件。当画完一个控件或用鼠标单击某控件之后，表明选择了该控件。如果要同时选择多个控件，则可以使用以下两种方法。

• 按住Shift键或Ctrl键不放，再用鼠标依次单击各个控件。

• 在窗体的空白区域按住鼠标左键拖曳鼠标，只要鼠标拖曳出的虚线框接触到的控件都会被选择，如图2-22所示。

选择了一个或多个控件之后，在控件的边框上会有8个小控制柄，其中有一个控件的控制柄为实心，表明该控件是"活动"的，称为

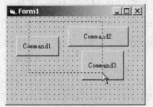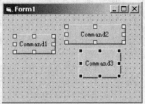

a）鼠标拖曳选择3个控件　　b）Command3为当前控件

图2-22  拖曳鼠标选择多个控件

当前控件。图2-22b中的命令按钮Command3为当前控件。若要改变当前控件，如将命令按钮Command1设置为当前控件，则只需要单击Command1即可。

选择了一个或多个控件之后，在属性窗口中显示的是这个控件或这些控件共有的属性，这时在属性窗口中可以为多个控件同时设置属性。例如，可以通过设置Font属性将多个控件的字体设置为相同的字体。

3. 控件的缩放和移动

在窗体上画出控件后，其大小和位置不一定符合设计要求，此时可以对控件进行放大、缩小和移动等操作。

要改变控件的大小，首先选择该控件，然后通过拖拉边框上的控制柄进行放大或缩小。要调整控件位置，可以将鼠标指针移到控件内，按下鼠标左键拖曳鼠标将控件移到合适的位置上。另外，还可以使用Shift+"方向箭头"来改变当前控件的大小，用Ctrl+"方向箭头"来改变当前控件的位置。

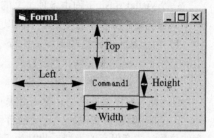

除了上述方法外，还可以通过控件的属性设置控件的位置和大小。在属性窗口中，有4个属性与控件的大小和位置有关，即Left、Top、Width和Height。其中，Left属性表示对象内部的左边与它的容器（如窗体）的左边之间的距离，Top属性表示对象的顶部和它的容器（如窗体）的顶部之间的距离，Width属性表示对象的宽度，Height属性表示对象的高度，图2-23显示了命令按钮的这4个属性的含义。

图2-23  控件的大小及位置属性

对于窗体，Left、Top、Width和Height属性都是以缇为单位来表示的；对于控件，这些属性的度量单位取决于控件所在容器（如窗体）的坐标系。坐标系的概念将在第11章介绍。

4. 控件的复制与删除

假设窗体上有一个名称为"Text1"的控件，要对其进行复制操作，需要首先选中该控件使其成为当前控件，然后执行"编辑|复制"命令，再执行"编辑|粘贴"命令，此时屏幕上会弹出一个对话框，如图2-24所示，询问是否要创建控件数组，单击"否"按钮后，将在窗体的左上角复制一个文本框，用鼠标拖曳此文本框将其移到适当的位置上。注意，如果单击"是"按钮，将创建控件数组，有关控件数组的使用将在第7章介绍。

图2-24  询问是否要创建控件数组

要删除一个控件，需要首先选中该控件使其成为当前控件，然后按Delete键。或右击控件，执行快捷菜单中的"删除"命令。

5. 控件的布局

当窗体上存在多个控件时，需要对这些控件进行排列、对齐、统一尺寸、调整间距等操作。这些操作可以通过"格式"菜单来完成。

首先选定多个控件，然后使用"格式"菜单对这些选定的控件进行格式调整。如果要进行对齐或统一尺寸，需要首先确定以哪个控件为准。在选定多个控件之后，可以用鼠标单击某一控件，使该控件成为当前控件（控制柄成为实心），则对齐或调整大小时会以该控件为准。例如，对图2-22b中的3个选择的命令按钮使用"格式|统一尺寸|两者都相同"命令，则将命令按钮Command1和Command2的宽度和高度调整为与命令按钮Command3相同。

在设计界面阶段需要特别注意的是，要首先确定好各对象的名称属性。如果在编写完代码后再修改对象的名称属性，则需要再次修改代码中所有使用该对象名称的部分。

完成窗体界面设置后，就可以编写代码，实现应用程序的功能了。

### 2.5.3  编写代码

代码也叫程序，用于完成应用程序的功能。代码的编写需在代码窗口中进行。

Visual Basic采用事件驱动的编程机制，代码的执行需要由事件来驱动，除了一些通用的常量、变量、过程等之外，大多数代码都要写在相应的事件过程中。因此编写代码之前首先要明确该代码的编写位置。例如，如果希望在窗体加载时设置窗体的字体为隶书、24磅，则需要在窗体的Load事件过程中编写该段代码。又如，希望在单击某命令按钮时实现某些功能，则需要将代码写在该命令按钮的Click事件过程中。

从下一章开始将介绍Visual Basic的代码基础知识以及如何编写Visual Basic的代码，完成所需的功能。

编写好程序后，程序正确与否，需要通过运行、调试之后才能确定。

### 2.5.4  保存工程

一个Visual Basic工程由多种类型的文件组成，如工程文件、窗体文件、标准模块文件等，因此，保存一个工程需要分多步才能完成。下面以一个只有一个窗体的简单工程为例，介绍工程的保存方法。

1) 对于从未保存过的工程，执行"文件|保存工程"命令或"文件|工程另存为"命令，或单击工具栏中的"保存工程"按钮 ，都会打开"文件另存为"对话框，如图2-25所示。

2) 在"文件另存为"对话框中，选择好文件保存的位置，并注意保存的类型，此时为窗体文件（.frm），输入窗体文件名后，单击"保存"按钮。

3) 保存好窗体文件后，系统会自动弹出"工程另存为"对话框，如图2-26所示。同样选择好文件保存的位置，注意保存的类型，此时为工程文件（.vbp），输入工程文件名后，单击"保存"按钮。

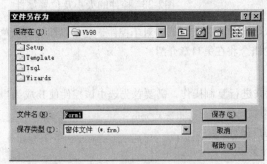
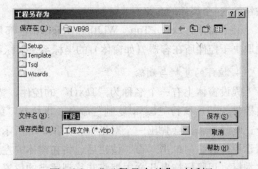

图2-25  "文件另存为"对话框　　　　　　　　图2-26  "工程另存为"对话框

**注意**：窗体文件和工程文件最好保存在相同的文件夹中，并且取相同的文件名前缀，以免进行磁盘复制时，找不到所需文件。保存完毕后，在工程资源管理器窗口中可以看到相应的文件名。

在保存工程文件后，对工程进行的任何修改都需要使用"文件|保存工程"命令或单击工具栏中的"保存工程"按钮再次保存。

若要修改文件名，可以依次选择"文件|Form1另存为"（其中，"Form1"视具体窗体名而定）和"文件|工程另存为"命令，分别将窗体文件和工程文件另存为新的名称。注意，要先另存窗体文件后再另存工程文件。若只修改了窗体文件名，仍然要重新保存工程文件，因为，在保存工程文件时，系统要记录其所含窗体文件所在的路径和文件名。

至此，一个完整的工程编制完成了。执行"文件|移除工程"命令可以关闭当前工程，继续设计其他工程。

若用户需要再次修改或运行已关闭的工程，可以使用"文件|打开工程"命令。如果用户在Windows中的"我的电脑"或"资源管理器"中打开文件，应双击工程文件，即扩展名为.vbp的文件，其默认的显示图标为 。

需要注意的是，不要在"我的电脑"或"资源管理器"下直接修改工程文件或窗体文件的文件名，更不要修改其扩展名。

### 2.5.5 运行与调试工程

执行"运行|启动"命令，或单击工具栏中的启动按钮▶，或按F5键，即可运行当前工程。在运行阶段需要对所编写代码进行验证，如果运行有错或者不能达到预期的目的，则需要执行"运行|结束"命令，或单击工具栏中的结束按钮■，或单击窗体的关闭按钮结束运行，重新回到设计状态修改代码甚至修改界面，然后再次运行，检查修改结果是否正确。这一步骤往往需要重复多次才能完成。

Visual Basic提供了多种手段来帮助编程人员查找代码中的错误。

## 2.6 窗体、命令按钮、标签、文本框

本节将介绍Visual Basic中4个常用的对象：窗体、命令按钮、标签和文本框，并结合示例介绍Visual Basic简单工程的设计。

### 2.6.1 窗体

窗体（Form）就是平时所说的窗口，它是Visual Basic应用程序中最常见的对象，也是界面设计的基础。各种控件对象必须建立在窗体上，即窗体是所有控件的容器。一个窗体对应一个窗体模块。

#### 1. 窗体的结构

和Windows环境下的应用程序窗口一样，Visual Basic中的窗体也具有控制菜单、标题栏、最大化/还原按钮、最小化按钮、关闭按钮及边框，如图2-27所示。

在设计阶段，可以将窗体最大化，也可以通过双击最大化窗体的标题栏将窗体还原，但不能将窗体最小化和关闭。在运行阶段，窗体同Windows下的窗口一样，如果不加特别限制，可以对其进行最大化、最小化、关闭、移动、调整大小等操作。

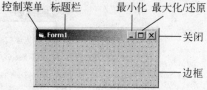

图2-27 窗体的结构

#### 2. 窗体添加和移除

当建立新工程时，系统会自动创建一个窗体Form1，但在实际应用中，可能需要使用多个窗体，这时就需要向当前工程中添加新的窗体。添加新窗体的步骤如下：

1）执行"工程|添加窗体"命令，默认情况下，系统将显示如图2-28所示的"添加窗体"对话框。

2）在"添加窗体"对话框中，选择"新建"选项卡可以添加一个新窗体，列表框中列出了各种类型的新窗体，选择"窗体"类型选项，可以建立一个新的空白窗体；选择"现存"选项卡，可以添加已经建立的窗体。

3）单击"打开"按钮，即添加一个新窗体到当前工程中。

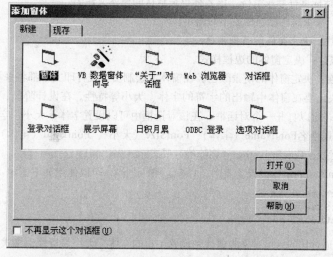

图2-28 "添加窗体"对话框

也可以将一个窗体从当前工程中移除，移除窗体的步骤如下：

1）从工程资源管理器窗口中选择要移除的窗体。

2）执行"工程|移除Form1"命令，其中，Form1为窗体名，视具体窗体名而定。

在工程资源管理器窗口中右击窗体名，从弹出的快捷菜单中选择"移除Form1"命令，也可以移除窗体。

一个工程在运行时必须有一个启动对象。通常，工程有一个默认的启动对象。如果将启动对象从工程中移除，或者需要改变工程的启动对象，则可以通过执行"工程|XXX属性"命令打开"工程属性"对话框（其中，XXX为当前工程的名称），如图2-29所示为从"启动对象"下拉列表中选择一个启动对象来设置或改变当前工程的启动对象。图2-29中的启动对象可以选择Sub Main、Form1、Form2，其中，Form1、Form2为窗体，Sub Main是一种特殊的过程，关于Sub Main的概念将在第8章介绍。

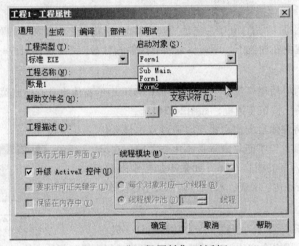

图2-29  "工程属性"对话框

### 3. 窗体的属性

窗体的属性决定了窗体的外观和操作。对于窗体的大部分属性来说，既可以通过属性窗口设置，也可以在代码中设置，少量属性只能在设计阶段设置，或只能在运行阶段设置。窗体的常用属性如下。

1）（名称）属性：决定窗体的名称，必须以一个字母开始，最长可达40个字符。它可以包括数字和下划线（_），但不能包括标点符号或空格。该名称也是默认的窗体文件名。

2）Caption属性：决定窗体标题栏显示的内容。

3）BackColor属性：决定窗体的背景颜色。

4）BorderStyle属性：决定窗体的边框样式。

5）ForeColor属性：决定窗体的前景颜色。在窗体上绘制图形或打印文本都将采用此颜色。

6）Font属性：决定要在窗体中输出的字符的字体、大小等特性。在设计阶段，在属性窗口单击Font属性右边的浏览按钮，可以打开一个对话框，在该对话框中可以设置字体、大小、字形、效果等。在代码中，这些属性需要用属性名FontName（字体）、FontSize（大小）、FontBold（粗体）、FontItalic（斜体）、FontUnderline（下划线）、FontStrikethru（删除线）等表示。

例如，将窗体frmFirst的字体设置为隶书、18磅、带下划线，可以使用如下语句：

```
frmFirst.FontName = "隶书"
frmFirst.FontSize = 18
frmFirst.FontUnderline = True
```

在代码中也可以通过访问Font对象的属性来设置字符的字体、大小等特性，格式如下：

对象名.Font.属性名

其中，"属性名"可以是：Name（字体）、Size（大小）、Bold（粗体）、Italic（斜体）、Underline（下划线）、Strikethrough（删除线）。

例如，将窗体frmFirst的字体设置为隶书、18磅、带下划线，可以使用如下语句：

```
frmFirst.Font.Name = "隶书"
frmFirst.Font.Size = 18
frmFirst.Font.Underline = True
```

7）CurrentX属性、CurrentY属性：返回或设置下一次打印或绘图的水平（CurrentX）或垂直（CurrentY）坐标，设计时不可用，即在属性窗口看不见这两个属性。默认的坐标以缇为单位表示。一缇相当于1/20个打印机的磅。

8）Picture属性：决定要在窗体上显示的图片。默认属性值为（None），表示无图片。在设计期间，要取消设置的图片，可以将光标置于属性窗口中该属性的属性值上，然后按Delete键。

9）Icon属性：决定运行时窗体处于最小化时所显示的图标，也是窗体左上角的控制菜单图标。

10）ControlBox属性：决定窗体是否具有控制菜单。

11）MaxButton属性：决定窗体的标题栏中是否具有最大化按钮。

12）MinButton属性：决定窗体的标题栏中是否具有最小化按钮。

13）Moveable属性：决定运行时窗体是否能移动。

14）WindowState属性：决定运行时窗体是正常、最小化还是最大化。

4. 窗体的事件

常用的窗体事件有：

1）Click（单击）事件：单击窗体中不含任何其他控件的空白区域，触发该事件。

2）DblClick（双击）事件：双击窗体中不含任何其他控件的空白区域，触发该事件。

3）Load（加载）事件：当窗体被装入工作区时，触发该事件。

4）Activate（激活）事件：当窗体变为活动窗口时，触发该事件。

5）MouseDown（鼠标按下）事件：在窗体上按下鼠标按钮时，触发该事件。

6）MouseUp（鼠标释放）事件：在窗体上释放鼠标按钮时，触发该事件。

7）MouseMove（鼠标移动）事件：在窗体上移动鼠标时，触发该事件。

在设计阶段，双击窗体中不含任何其他控件的空白区域，进入代码窗口，直接显示窗体的Load事件过程模板。通常在窗体的Load事件过程中编写一个窗体的启动代码，如指定窗体的初始背景颜色、指定窗体上控件的初始属性设置等。

5. 窗体的方法

窗体上常用的方法有Print、Cls、Move和Show等，其语法及应用将在后续章节中介绍。

【例2-2】设计一个简单的欢迎界面。

**界面设计**：启动Visual Basic 6.0，新建一个"标准EXE"工程，将窗体的（名称）属性改为frmFirst。

**代码设计**：在窗体的激活（Activate）事件过程中编写代码，设置窗体的背景色、前景色、字体、打印的位置，并清空窗体标题栏。使用Print方法打印"欢迎使用Visual Basic"。运行界面如图2-30所示。代码如下：

```
Private Sub Form_Activate()
    With frmFirst
        .BackColor = vbYellow
        .ForeColor = vbRed
        .FontName = "楷体_GB2312"
        .FontSize = 24
        .FontBold = True
        .CurrentX = 200
        .CurrentY = 400
```

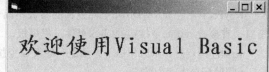

图2-30 简单的欢迎界面

```
            .Caption = ""                                          ' 将窗体标题栏设置为空
        End With
        frmFirst.Print "欢迎使用Visual Basic"      ' 使用Print方法在窗体上显示文字
    End Sub
```

### 2.6.2  命令按钮

命令按钮在工具箱中的图标为 ▭，属于CommandButton类，是使用最多的控件之一，它常用来接受用户的操作，激发相应的事件过程，是用户与应用程序交互的最简便的方法。

#### 1. 命令按钮的属性

命令按钮的常用属性如下。

1）Caption属性：决定命令按钮的标题，即显示在命令按钮上的文本信息。可以在该属性中给命令按钮定义一个访问键。在想要指定为访问键的字符前加一个 "&" 符号，该字符就会带有一个下划线。运行时，同时按下Alt键和带下划线的字符与单击命令按钮效果相同。

2）Font属性：决定命令按钮上显示的文字的字体、字形、大小和效果等。与窗体的Font属性类似。

3）Default属性：用于确定命令按钮是否是窗体的默认按钮。当该属性值为True时，指定该命令按钮为窗体的默认按钮。运行时，当焦点在任何其他控件（非命令按钮）上时，用户也可以通过按Enter键触发该命令按钮的单击事件（相当于单击该命令按钮）。

4）Cancel属性：用于确定命令按钮是否是窗体的默认取消按钮。当该属性值为True时，指定该命令按钮为窗体的默认取消按钮。运行时，按键盘上的Esc键相当于单击该命令按钮。

5）Style属性：决定命令按钮的显示类型和行为。将该属性设置为0时，命令按钮显示为标准样式，这时不能为命令按钮设置颜色或图形；将该属性设置为1时，则可以进一步使用BackColor属性为命令按钮设置颜色，或使用Picture属性设置要在命令按钮上显示的图形。Style属性在运行时是只读的，即不能用代码修改Style属性值。

6）Picture属性：在Style属性值为1时，指定命令按钮上显示的图形。

7）DownPicture属性：在Style属性值为1时，指定命令按钮按下时显示的图形。

8）DisabledPicture属性：在Style属性值为1时，指定命令按钮无效时显示的图形。

9）Enabled属性：用来确定命令按钮是否能够对用户产生的事件作出响应。该属性值为False时，表示该命令按钮无效，不能对用户产生的事件作出响应，呈暗淡显示。默认值为True。

10）Visible属性：决定命令按钮在运行时是否可见。该属性值为False时，表示命令按钮在运行时不可见。默认值为True。

11）Value属性：该属性只能在程序运行期间使用，设置为True时表示该命令按钮被按下。

#### 2. 命令按钮的事件

命令按钮常用的事件如下。

1）Click事件：在命令按钮上单击鼠标左键时，触发该事件。

2）KeyPress事件：当命令按钮具有焦点时按下一个键盘按键时，触发该事件。

3）KeyDown事件：当命令按钮具有焦点时按下一个键盘按键时，触发该事件。

4）KeyUp事件：当命令按钮具有焦点时抬起一个键盘按键时，触发该事件。

KeyPress事件和KeyDown事件返回的参数不同，详见第9章。在设计阶段，双击命令按钮，进入代码窗口，直接显示该命令按钮的Click事件过程模板。

在程序运行时，可以用以下方法之一触发命令按钮的单击事件：

• 用鼠标单击命令按钮。

• 按Tab键，把焦点移动到相应的命令按钮上，再按Enter键或空格键。

• 按命令按钮的访问键。即按下Alt键和命令按钮上带下划线的字母。

• 在代码中将命令按钮的Value属性值设为True。如Command1.Value = True。

- 直接在代码中调用命令按钮的Click事件。如Command1_Click。
- 如果指定某命令按钮为窗体的默认按钮，那么即使焦点移到其他控件上，也能通过按Enter键单击该命令按钮。
- 如果指定某命令按钮为窗体的默认取消按钮，那么即使将焦点移到其他控件上，也能通过按Esc键单击该命令按钮。

3. 命令按钮的方法

可以使用SetFocus方法将焦点定位在指定的命令按钮上。例如，cmdOk.SetFocus表示将焦点定位到名称为cmdOk的命令按钮上。

【例2-3】启动Visual Basic 6.0，新建一个"标准EXE"工程，设计如图2-31a所示的界面。编程序实现，运行时，单击"隐藏"按钮，隐藏图像，并且使"隐藏"按钮无效（见图2-31c）。单击"显示"按钮，显示图像，并且使"显示"按钮无效，"隐藏"按钮有效（见图2-31b）。

界面设计：图2-31a中各个对象的属性设置见表2-1。其中，图像框使用工具箱中图标为🖾的控件创建。

表2-1　图2-31a中各个对象的属性设置

| 对　　象 | 属 性 名 | 属 性 值 | 说　　明 |
|---------|---------|---------|---------|
| 窗体 | （名称） | frmSecond | 定义窗体名称 |
| | Caption | 单击隐藏按钮隐藏图像 | 定义窗体标题 |
| 命令按钮 | （名称） | cmdShow | 定义"显示"按钮名称 |
| | Caption | 显示（&S） | 定义命令按钮显示的文本，且设置访问键为Alt+S |
| | Enabled | False | 使运行时命令按钮的初始状态为无效 |
| 命令按钮 | （名称） | cmdHide | 定义"隐藏"按钮名称 |
| | Caption | 隐藏（&H） | 定义命令按钮显示的文本，且设置访问键为Alt+H |
| | Enabled | True | 使运行时命令按钮的初始状态为有效 |
| 图像框 | （名称） | Image1 | 定义图像框控件的名称，这里使用默认名称 |
| | Picture | 任意指定一幅图像 | 该属性用于指定在图像框中显示的图像 |
| | BorderStyle | 1-FixedSingle | 使图像框边框为立体样式 |
| | Stretch | True | 将该属性设置为True可以使图像大小随Image控件的大小自动调整 |

a) 设计界面

b) 运行界面1

c) 运行界面2

图2-31　图像的显示与隐藏

代码设计：在命令按钮的单击（Click）事件过程中，通过设置Image1控件的Visible属性和命令按钮的Enabled属性完成图像的显示与隐藏。

1)"隐藏"按钮cmdHide的Click事件过程如下：

```
Private Sub cmdHide_Click()      ' "隐藏"按钮
    Image1.Visible = False       ' 隐藏图像
    cmdHide.Enabled = False      ' 使"隐藏"按钮无效
    cmdShow.Enabled = True       ' 使"显示"按钮有效
```

```
        frmSecond.Caption = "单击显示按钮显示图像"      ' 修改窗体的标题内容
End Sub
```

2）"显示"按钮cmdShow的Click事件过程如下：

```
Private Sub cmdShow_Click()                        ' "显示"按钮
    Image1.Visible = True                          ' 显示图像
    cmdHide.Enabled = True                         ' 使"隐藏"按钮有效
    cmdShow.Enabled = False                        ' 使"显示"按钮无效
    frmSecond.Caption = "单击隐藏按钮隐藏图像"      ' 修改窗体的标题内容
End Sub
```

### 2.6.3  标签

标签在工具箱中的图标为 Ⓐ，属于Label类。标签常用于在界面上提供一些文字提示信息。该控件只能显示文本，不能用来对文本进行编辑。

**1. 标签的属性**

1）Caption属性：决定标签的标题，即标签上显示的文本。

2）Alignment属性：决定标签标题的对齐方式。可以设置为左对齐、右对齐和居中对齐。

3）AutoSize属性：决定标签的大小能否随其标题的长短自动调节。将该属性设置为True时，标签可根据标题自动调整大小；设置为False（默认值）时，标签保持设计时定义的大小，太长的标题内容将无法显示出来。

4）BorderStyle属性：决定标签的边框样式。在默认情况下，该属性值为0，标签无边框；设置为1时，标签有边框。

5）BackStyle属性：决定标签的背景样式。设置为1（默认值）时，标签不透明；设置为0时，标签透明。

6）WordWrap属性：决定标签是否要进行垂直展开以适应其标题的变化。设置为True时，标签将在垂直方向改变大小以与标题相适应，此时AutoSize属性值应设置为True；设置为False（默认值）时，标签不能在垂直方向上自动扩展。

**2. 标签的事件**

标签控件可以支持Click、DblClick等事件，但通常不在标签的事件过程中编写代码。

**3. 标签的方法**

标签控件支持Move方法，用于实现标签的移动。Move方法的格式如下：

```
[对象名].Move left[,[top][,[width][, height]]]
```

Move方法用于实现对指定对象的移动，移动后的坐标和大小由其参数指定，各参数作用如下：

• 对象名：指定要移动的对象的名称。如果省略"对象名"，则默认为当前窗体。

• left：指示对象的左边的水平坐标，即对象左边与其容器（如窗体）左边界的距离。

• top：可选项，指示对象顶边的垂直坐标，即对象上边与其容器（如窗体）顶部的距离，省略时表示对象垂直坐标不变。

• width：可选项，指示对象新的宽度，省略时表示对象宽度不变。

• height：可选项，指示对象新的高度，省略时表示对象高度不变。

Move方法的各参数的度量单位取决于对象所在的容器（如窗体）的坐标系。默认情况下，它们以缇为单位。

在Move方法的各参数中，只有left参数是必须的，如果要指定任何其他的参数，必须先指定出现在语法格式中该参数前面的全部参数。例如，如果不先指定left和top参数，则无法指定width参数。

【例2-4】设计一个水平滚动的条幅。

**界面设计**：启动Visual Basic 6.0，新建一个"标准EXE"工程，设计界面如图2-32a所示。其中，定时器Timer1使用工具箱中图标为 ⊙ 的控件创建。各对象的属性设置见表2-2。运行时单击"开始"按钮，使条幅从窗体左侧逐渐移向窗体右侧，如图2-32b所示；单击"停止"按钮，条幅回到窗体左侧，停止移动，如图2-32c所示。

定时器Timer1　标签Label1

a）设计界面　　　　　　　　　　　　b）运行界面1　　　　　　　　　c）运行界面2

图2-32　水平滚动的条幅

表2-2　图2-32a中各对象的属性设置

| 对　象 | 属性名 | 属性值 | 说　明 |
|---|---|---|---|
| 窗体 | Caption | 水平滚动的条幅 | 定义窗体标题 |
| 命令按钮 | （名称） | cmdBegin | 定义"开始"按钮名称 |
|  | Caption | 开始（&B） | 定义命令按钮显示的文本，且设置访问键为Alt+B |
| 命令按钮 | （名称） | cmdEnd | 定义"停止"按钮名称 |
|  | Caption | 停止（&E） | 定义命令按钮显示的文本，且设置访问键为Alt+E |
|  | Enabled | False | 使运行时命令按钮的初始状态为无效 |
| 定时器 | （名称） | Timer1 | 定义定时器控件的名称，这里使用默认名称 |
|  | Enabled | False | 初始状态关闭定时器 |
|  | Interval | 100 | 设置定时器两次调用Timer事件间隔的毫秒数为100毫秒，即0.1秒 |
| 标签 | （名称） | Label1 | 定义标签控件的名称，这里使用默认名称 |
|  | Caption | 北京您早 | 定义标签显示内容 |
|  | AutoSize | True | 使标签随着显示内容的多少自动调整大小 |
|  | Font | 隶书、粗体、小一号 | 设置标签字体大小 |

**代码设计：**

1）在窗体的Load事件过程中编写代码，使得运行时，标签的初始位置在窗体的左侧。

```
Private Sub Form_Load()
    Label1.Left = 0            ' 将标签的初始位置设置在窗体左侧
End Sub
```

2）在"开始"按钮的Click事件过程中，激活定时器，并设置"开始"按钮无效，"停止"按钮有效。

```
Private Sub cmdBegin_Click()
    Timer1.Enabled = True      ' 激活定时器
    cmdBegin.Enabled = False
    cmdEnd.Enabled = True
End Sub
```

3）在"停止"按钮的Click事件过程中，关闭定时器，使标签回到窗体左侧，设置"开始"按钮有效，"停止"按钮无效。

```
Private Sub cmdEnd_Click()
    Timer1.Enabled = False     ' 关闭定时器
    Label1.Left = 0            ' 标签回到窗体左侧
    cmdBegin.Enabled = True
    cmdEnd.Enabled = False
End Sub
```

4）在定时器的Timer事件过程中编写代码，实现对标签的移动。当定时器的Enabled属性为True时，定时器的Timer事件过程会每隔一定时间（由Interval属性决定）自动执行一次。通过在该事件过程中对标签使用Move方法即可以实现标签的自动从左向右移动。

```
Private Sub Timer1_Timer()
    Label1.Move Label1.Left + 20      ' 每隔0.1秒标签向右移动20缇
End Sub
```

### 2.6.4 文本框

文本框在工具箱中的图标为▣，属于TextBox类。可以使用文本框控件输入、编辑、显示数据。

1．文本框的属性

1）Text属性：返回或设置文本框中显示的内容。例如：

`Text1.Text = "欢迎使用Visual Basic"`

2）MultiLine属性：决定TextBox控件是否能够接受和显示多行文本。当该属性值为True时，文本框可以输入或显示多行文本，且会在输入的内容超出文本框宽度时自动换行。在设计阶段，在属性窗口设置Text属性值时，通过按下"Ctrl+Enter"组合键实现文本的换行；在运行阶段，如果窗体上没有默认按钮，则在文本框中按下Enter键可以把光标移动到下一行；如果有默认按钮存在，则必须按下"Ctrl+Enter"组合键才能把光标移动到下一行。该属性默认值为False。

3）PasswordChar属性：如果将PasswordChar属性设置为一个字符（如"*"），则在文本框中输入字符时，只显示该字符（*），而不显示输入的字符，但文本框的Text属性值仍为输入的实际字符。使用该属性可以将文本框设计为一个口令输入框。

4）ScrollBars属性：用于决定文本框是否带滚动条。有以下4种选择：

• 0 - None：没有滚动条。

• 1 - Horizontal：只有水平滚动条。

• 2 - Vertical：只有垂直滚动条。

• 3 - Both：同时具有水平和垂直滚动条。

只有当MultiLine属性值为True时，对文本框设置的滚动条才可以显示出来。

5）Locked属性：决定运行时是否可以编辑文本框的内容。将该属性值设置为True时，表示不可以编辑文本框中的文本。默认值为False，表示可以编辑。

6）SelStart属性：在程序运行期间返回或设置当前选择文本的起始位置。例如：

`Text1.SelStart=0`

表示设置选择文本的起始位置从第一个字符开始。

7）SelLength属性：在程序运行期间返回或设置选择文本的字符数。例如：

`Text1.SelLength=Len(Text1.Text)`

表示选择文本框Text1中的所有字符。Len(Text1.Text)表示获取文本框中文本的总长度。

8）SelText：在程序运行期间返回或设置当前所选择文本的字符串；如果没有字符被选中，则该属性值为零长度字符串（""）。

例如，设在窗体上有一个命令按钮Command1，一个文本框Text1。要在程序运行时，单击命令按钮Command1，选择文本框的前三个字符，并将它们打印在窗体上，可以使用以下代码实现：

```
Private Sub Command1_Click()
    Text1.SetFocus          ' 将焦点定位在文本框中
    Text1.SelStart = 0      ' 设置选择文本的起点为第一个字符
    Text1.SelLength = 3     ' 设置选择文本的长度为3个字符
    Print Text1.SelText     ' 将选择的文本打印在窗体上
End Sub
```

运行时，单击命令按钮Command1，文本框中选择的文本和窗体上打印的文本如图2-33所示。

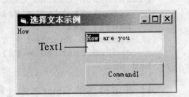

图2-33  选择文本示例

2. 文本框的事件

文本框除了支持Click、DblClick事件外，还支持Change、GotFocus、LostFocus、KeyPress等事件。

1）Change事件：当用户向文本框输入新的内容，或通过代码改变了文本框的Text属性时，触发Change事件。在Change事件过程中应避免改变文本框自身的内容。

在设计阶段，双击窗体上的文本框，进入代码窗口，直接显示该文本框的Change事件过程模板。

2）GotFocus事件：当运行时用鼠标单击文本框对象，或使用Tab键或SetFocus方法将焦点设置到文本框上时，触发该事件，称为"获得焦点"事件。

3）LostFocus事件：当运行时按下Tab键使光标离开文本框对象，或者用鼠标选择其他对象时触发该事件，称为"失去焦点"事件。

4）KeyPress事件：当焦点在文本框时在键盘上按下某个按键时触发该事件。KeyPress事件返回一个参数KeyAscii，该参数值为整数，表示所按下键的ASCII码值。

3. 方法

文本框常用的方法是SetFocus方法，使用该方法可以把光标移到指定的文本框中，使文本框获得焦点。SetFocus方法的使用格式如下：

```
[对象名.]SetFocus
```

例如，将焦点定位在文本框Text1中，使用如下语句：

```
Text1.SetFocus
```

【例2-5】设计程序，对文本框实现以下操作：

1）实现对文本框文字的复制、剪切、粘贴。

2）设置或取消设置文本框文字的下划线、删除线、粗体、斜体效果。

3）对文本框文字进行放大或缩小。

**界面设计**：启动Visual Basic 6.0，新建一个"标准EXE"工程，参照图2-34设计界面。将所有命令按钮的Caption属性清空，将Style属性设置为1-Graphical，然后通过Picture属性设置相应图片。将文本框Text1的MultiLine属性设置为True，ScrollBars属性设置为2-Vertical，在Text属性中输入一段文字。

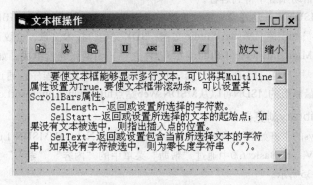

图2-34　文本框操作

**代码设计**：

1）在代码窗口的通用声明段定义一个临时变量tmp，用于存放文本框中选中的内容（即SelText属性的值）。

```
Dim tmp
```

2）编写各命令按钮的Click事件过程。

```
Private Sub Command1_Click()          ' "复制"按钮
    Text1.SetFocus                    ' 焦点定位在文本框Text1上
    tmp = Text1.SelText               ' 将选中的内容存放在变量tmp中
```

```
    End Sub
    Private Sub Command2_Click()            ' "剪切"按钮
        tmp = Text1.SelText                 ' 将选中的内容存放在变量tmp中
        Text1.SelText = ""                  ' 将选中的内容置为空串
        Text1.SetFocus                      ' 焦点定位在文本框Text1上
    End Sub
    Private Sub Command3_Click()            ' "粘贴"按钮
        Text1.SelText = tmp                 ' 将变量tmp的值赋给文本框选中的内容
        Text1.SetFocus                      ' 焦点定位在文本框Text1上
    End Sub
    Private Sub Command4_Click()            ' "下划线"按钮
        Text1.FontUnderline = Not Text1.FontUnderline    ' 设置或取消下划线
    End Sub
    Private Sub Command5_Click()            ' "删除线"按钮
        Text1.FontStrikethru = Not Text1.FontStrikethru  ' 设置或取消删除线
    End Sub
    Private Sub Command6_Click()            ' "加粗"按钮
        Text1.FontBold = Not Text1.FontBold              ' 设置或取消加粗
    End Sub
    Private Sub Command7_Click()            ' "斜体"按钮
        Text1.FontItalic = Not Text1.FontItalic          ' 设置或取消斜体
    End Sub
    Private Sub Command8_Click()            ' "放大"按钮
        Text1.FontSize = Text1.FontSize + 5              ' 字体放大5磅
    End Sub
    Private Sub Command9_Click()            ' "缩小"按钮
        Text1.FontSize = Text1.FontSize - 5              ' 字体缩小5磅
    End Sub
```

## 2.7  Visual Basic的帮助系统

Visual Basic提供了功能强大而全面的联机帮助系统，如果在安装Visual Basic 6.0时，选择"安装MSDN"（MSDN是Microsoft Developer Network的缩写），则可以获得联机帮助。编写程序期间遇到的问题，几乎都可以从联机帮助系统中得到解答。

MSDN Library（MSDN库）是开发人员的重要参考资料，它包含了超过1.1GB的编程技术信息，其中包括示例代码、开发人员知识库、Visual Studio文档、SDK文档、技术文章、会议及技术讲座的论文以及技术规范等，而且它是Microsoft Visual Studio 6.0套件之一，由两张光盘组成。如果在安装Visual Basic 6.0时没有安装MSDN，用户也可以通过运行第一张盘上的SETUP.EXE程序，通过"用户安装"选项将MSDN安装到机器上。最新版的MSDN可以从MSDN Web站点http://www.microsoft.com/msdn/获得。

### 2.7.1  使用MSDN Library浏览器

用户可以在Windows的"开始|所有程序|Microsoft Developer Network|MSDN Library Visual Studio 6.0 (CHS)"命令，或者在Visual Basic 6.0中通过"帮助"菜单中的"内容"、"索引"或"搜索"命令，打开MSDN Library，如图2-35所示。

在图2-35中，MSDN以浏览器的方式显示帮助文档。窗口的顶部是菜单栏、工具栏。窗口的下半部分为左右两个显示区域，其中左侧显示区的上部为"活动子集"，可以通过下拉列表选择要显示的文档类别，下部是各种定位方法，如"目录"、"索引"、"搜索"及"书签"选项卡；而右侧显示区域则显示主题内容。

打开Visual Basic的帮助窗口的"搜索"选项卡，如图2-36所示，使用AND、OR、NEAR和NOT操作符可优化搜索。如果要查找两项共存的主题，可以使用AND操作符；如果要查找二者之一的主题，可以使用OR操作符；如果要查找只有第一项，而没有第二项的主题，可以使用NOT操作符；如果要查找两项同时存在，且位置相近的主题，可以使用NEAR操作符。

图2-35　"MSDN Library Visual Studio 6.0"窗口

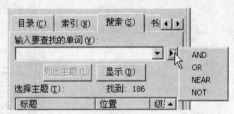

图2-36　帮助窗口的"搜索"选项卡

### 2.7.2　使用上下文相关帮助

Visual Basic的许多部分提供了上下文相关帮助。上下文相关意味着不必搜寻帮助文档就可以直接获得有关内容的帮助信息。

在Visual Basic界面的任何上下文相关部分按F1键，就可显示有关该部分的帮助信息。上下文相关部分有：

* Visual Basic中的每个窗口（属性窗口、代码窗口等）。
* 工具箱中的控件。
* 窗体或文档对象内的对象。
* 属性窗口中的属性。
* Visual Basic关键字，关键字的概念将在3.1节介绍。
* 错误信息。

例如，在窗体的属性窗口中选择BackColor属性，按F1键，即显示如图2-37所示的帮助信息。

图2-37　BackColor属性的帮助信息

点击"示例"超链接可以显示与当前帮助信息有关的示例,许多示例可以复制到当前工程中直接运行。也可以通过因特网获得Visual Basic的更多信息。Visual Basic主页的地址为http://msdn.microsoft.com/vbasic/。

## 2.8  上机练习

【练习2-1】启动Visual Basic,新建一个标准EXE工程,在Visual Basic的集成开发环境中找出以下部分:菜单栏、工具栏、工具箱、工程资源管理器窗口、属性窗口、窗体布局窗口、窗体设计器窗口(对象窗口)、代码窗口(代码编辑器),并在图2-38中标出。

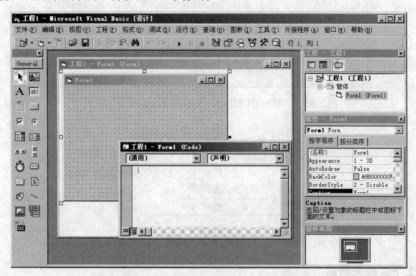

图2-38  Visual Basic的集成开发环境

【练习2-2】在Visual Basic的集成开发环境中执行以下操作。

1)关闭工具箱,再打开工具箱(使用菜单操作和工具栏操作两种方法)。

2)关闭属性窗口,再打开属性窗口(使用菜单操作和工具栏操作两种方法)。

3)关闭工程资源管理器窗口,再打开工程资源管理器窗口(使用菜单操作和工具栏操作两种方法)。

4)关闭窗体布局窗口,再打开窗体布局窗口(使用菜单操作和工具栏操作两种方法)。

5)将窗体设计器窗口(注意:不是窗体)最大化,再将其恢复成原状;关闭窗体设计器窗口,再将其显示出来(使用菜单操作和工程资源管理器中的"查看对象"按钮两种方法)。

6)在工程资源管理器中,使用"查看代码"和"查看对象"按钮在窗体设计器窗口与代码窗口之间进行切换。

7)运行当前工程(使用F5键或工具栏上的"启动"按钮),观察窗体在屏幕上的位置;结束运行,再在窗体布局窗口中将窗体调整到屏幕中央位置,然后运行当前工程,观察窗体在屏幕上的位置。

8)在窗体设计器窗口中,调整窗体的大小,运行工程,观察运行时窗体的大小。

9)在窗体设计器窗口中,将窗体(注意:不是窗体设计器)最大化,运行工程,观察运行时窗体的大小。

【练习2-3】执行"文件|新建工程"命令,新建一个标准EXE工程,观察其窗体Form1的属性窗口中的(名称)属性和Caption属性的值(应都默认为Form1)。按以下要求熟悉如何在属性窗口中修改属性。

1)将窗体的(名称)属性改为f1,标题(Caption)属性改为"我的第一个工程"。

2)单击工具箱中的文本框控件 (TextBox),在窗体上拖动鼠标画一个文本框,如图2-39的Text1所示,在其属性窗口中修改Text属性值为"欢迎使用Visual Basic"。

3)用同样的方法在窗体上画另一个文本框Text2,将文本框Text2的MultiLine属性设置为True,以便显示多行文本。修改其Text属性,使其内容如图2-39所示,在Text属性中输入每行文本后用"Ctrl+Enter"

组合键换行。

注意文本框控件的（名称）属性与Text属性的区别。

4）在窗体上画出三个命令按钮，修改它们的Caption属性，使按钮表面显示文字如图2-39所示。观察三个按钮的（名称）属性，并将它们的名称分别改为C1、C2、C3。调整好界面中各控件的大小及位置。

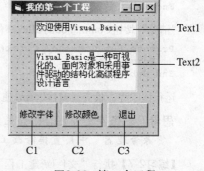

图2-39　第一个工程

5）同时选中窗体上的所有控件，观察属性窗口显示的内容，使用Font属性将字号全部设置为五号。

【练习2-4】在练习2-3的基础上按以下步骤操作，熟悉如何在运行时修改控件的属性。

1）双击图2-39中的"修改字体"按钮，打开代码编辑器，输入代码，实现以下功能：将文本框Text1的字体改为黑体，将文本框Text2的字体改为隶书。

**提示**：文本框的字体属性为Font。

2）双击图2-39中的"修改颜色"按钮，打开代码编辑器，输入代码，实现以下功能：将文本框Text1的文字颜色改为红色（红色值为vbRed），将文本框Text2的背景颜色改为蓝色（蓝色值为vbBlue）。

**提示**：文本框的文字颜色属性为ForeColor，文本框的背景颜色属性为BackColor。

3）双击图2-39中的"退出"按钮，打开代码编辑器，输入End语句（或Unload Me语句），这样，运行时单击"退出"按钮将结束程序的运行。

4）运行工程，检查各按钮的作用。如果有错，继续修改代码，直到正确为止。

5）使用菜单或工具栏操作保存工程，将所有文件保存在硬盘上。

6）执行"文件|另存为"命令，再将当前工程以原文件名另存到移动存储器（如U盘）上。

**提示**：该操作要分两步进行，需要先另存窗体文件，再另存工程文件。

7）打开Windows的资源管理器，观察存盘结果是否正确，以及工程包括几个文件。

8）执行"文件|移除工程"命令移去当前工程。然后再从移动存储器上打开该工程。运行正确后，再移除工程。

**思考**：在Windows资源管理器中，双击工程中的哪个文件可以正确打开工程？

【练习2-5】执行"文件|新建工程"命令，新建一个标准EXE工程，按以下步骤操作，熟悉事件的概念。

1）在窗体中添加一个命令按钮"改变窗体颜色"，编写代码，使得运行时鼠标在该按钮上按下时，窗体背景颜色为红色（红色值为vbRed），鼠标抬起时，窗体背景颜色为绿色（绿色值为vbGreen）。

**提示**：窗体的背景颜色属性为BackColor，鼠标按下事件为MouseDown，鼠标抬起事件为MouseUp。

图2-40　"测试事件"界面

2）将该工程文件保存在硬盘中，关闭Visual Basic，然后在Windows资源管理器中将当前工程的有关文件全部复制到移动存储器上（不用上题中的"另存为"方法）。

3）在移动存储器上双击有关文件打开以上第2步保存的工程，在当前窗体中添加一个新的文本框，文本框内容清空。编写代码，使得运行时鼠标在窗体空白区域按下时，文本框内容为"在窗体上按下了鼠标"，鼠标抬起时，文本框内容为"在窗体上抬起了鼠标"。界面参考图2-40。

4）以原文件名保存修改后的工程。

5）执行"文件|移除工程"命令，移除该工程。

【练习2-6】执行"文件|新建工程"命令，新建一个标准EXE工程，在窗体上放置两个命令按钮"打印"和"清除"，界面如图2-41所示。

图2-41　"测试方法"界面

其中，"打印"按钮Command1的Click事件过程如下：

```
Private Sub Command1_Click()
    Form1.Print "对窗体使用打印方法Print"
    Form1.Print "对窗体使用清除方法Cls"
End Sub
```

"清除"按钮Command2的Click事件过程如下：

```
Private Sub Command2_Click()
    Form1.Cls
End Sub
```

运行该工程，检查对窗体Form1使用Print方法与Cls方法的效果。

**思考**：在保存文件之后，如果发现文件名错了，能否在Windows下（如"我的电脑"或"资源管理器"中）直接修改工程中的文件名？

**【练习2-7】**执行"文件|新建工程"命令，新建一个标准EXE工程，先将窗体的字体设置为宋体四号字，设计如图2-42所示的计算器界面，要求：

1）窗体高度和宽度相同（提示：设置窗体的Width和Height属性）。

2）窗体边框样式(BorderStyle属性)为1 - Fixed Single，背景颜色为浅黄色，标题为"计算器"。

3）除了"清除"按钮外，其他控件大小相同，水平间距相同，垂直间距同，按图示对齐（使用"格式"菜单对齐）。

图2-42  计算器

**【练习2-8】**执行"文件|新建工程"命令，新建一个标准EXE工程，建立三个文本框和两个命令按钮，将文本框内容清空。运行时，用户在文本框Text1中输入内容的同时，文本框Text2和Text3显示相同的内容，但显示的字体不同（字体自定），如图2-43所示。单击"清除"按钮清空三个文本框中的内容，单击"退出"按钮结束程序的运行。

**提示**：要在Text1中改变内容时改变Text2和Text3的内容，需要使用文本框的Change事件，代码如下：

图2-43  文本框的Change事件

```
Private Sub Text1_Change()
    Text2.Text = Text1.Text
    Text3.Text = Text1.Text
End Sub
```

**【练习2-9】**测试标签的边框样式和透明样式。执行"文件|新建工程"命令，新建一个标准EXE工程。将窗体的背景颜色设置为淡蓝色；在窗体上放一个标签Label1，设置标签Label1的Alignment属性为2-Center，BackStyle属性为0-Transparent，Font属性的字体大小为18，Caption属性为"Visual Basic程序设计教程"；放四个命令按钮：有边框（Command1）、无边框（Command2）、不透明（Command3）和透明（Command4），其中Command2、Command4两个命令按钮的Visible属性为False。设计界面如图2-44a所示。运行时初始界面如图2-44b所示。编写代码实现以下功能：

1）如果单击"有边框"按钮，则标签变为有边框，同时隐藏"有边框"按钮，显示"无边框"按钮，如图2-44c所示；如果单击"无边框"按钮，则标签变为无边框，同时隐藏"无边框"按钮，显示"有边框"按钮，如图2-44b所示。

2）如果单击"不透明"按钮，则标签变为不透明，同时隐藏"不透明"按钮，显示"透明"按钮，如图2-44d所示；如果单击"透明"按钮，则标签变为透明，同时隐藏"透明"按钮，显示"不透明"按钮，如图2-44b所示。

**提示**：标签的BorderStyle属性决定标签的边框样式，标签的BackStyle属性决定标签是否透明。

**思考**：如果将代码中所有的Visible属性改为Enabled属性，运行效果如何？

a) 设计界面

b) 运行初始界面——标签无边框、透明

c) 标签有边框

d) 标签不透明

图2-44 测试标签的边框样式、透明样式

【练习2-10】执行"文件|新建工程"命令，新建一个标准EXE工程，设计如图2-45所示的界面。编写代码实现，运行时按下某命令按钮对文本框中的文字完成相应的设置。其中，每按一次"增大"或"缩小"按钮将使文本框中的文字增大或缩小5磅。

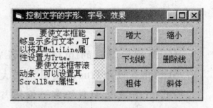

图2-45 设置文字的字形、字号和效果

**提示**：文本框的字号属性为FontSize，下划线属性为FontUnderline，删除线属性为FontStrikethru，粗体属性为FontBold，斜体属性为FontItalic。

【练习2-11】执行"文件|新建工程"命令，新建一个标准EXE工程，参照图2-46设计界面。将窗体标题栏设置为"Move方法的使用"；在窗体上绘制一个标签Label1，显示"北京欢迎您"，华文行楷，一号字，AutoSize属性为True，画四个命令按钮。编写代码实现，运行时，单击"向右移动"按钮，标签向右移动100缇，单击"向左移动"按钮，标签向左移动100缇，单击"向下移动"按钮，标签向下移动100缇，单击"向上移动"按钮，标签向上移动100缇。

图2-46 标签的Move方法的使用

【练习2-12】执行"文件|新建工程"命令，新建一个标准EXE工程，在窗体上放一幅图像，参照图2-47a设计界面。编写代码实现图像从窗体左上角向右下角逐渐移动。

要求：运行初始时，"移动"按钮有效，"停止"按钮无效，且关闭定时器，如图2-47b所示；单击"移动"按钮，激活定时器，图像开始向右下角移动，且"移动"按钮无效，"停止"按钮有效，如图2-47c所示；单击"停止"按钮，则关闭定时器，将图像移回到左上角，且"移动"按钮有效，"停止"按钮无效，如图2-47b所示。

**提示**：
1）使用工具箱的Image控件在窗体上画图像框，设置其Stretch属性为True，使图像的大小能够随图像框的大小自动调整，将其Left属性和Top属性设置为0，通过设置Image控件的Picture属性加载任意一幅图片。
2）使用工具箱的Timer控件在窗体的任意位置画一个定时器，设置其Interval属性值为100（即100ms），将其Enabled属性设置为False，使其在初始运行时无效。

a) 设计界面

b) 运行界面1

c) 运行界面2

图2-47 图像的动画效果

【练习2-13】执行"文件|新建工程"命令，新建一个标准EXE工程，在窗体上放一幅图像，编写代码实现单击命令按钮可以对图像进行放大或缩小。界面设计如图2-48所示。

图2-48　图像的放大与缩小

**提示：**

1）使用工具箱的Image控件在窗体上画一个图像框，使用其默认名称Image1，设置其Stretch属性为True，使图像的大小能够随图像框的大小自动调整，通过设置Image1控件的Picture属性加载任意一幅图片。

2）在放大按钮Command1的Click事件过程中编写代码，实现运行时每次单击放大按钮时，将图像框的宽度和高度同时增大30缇。具体如下：

```
Private Sub Command1_Click()           ' "放大"按钮
    Image1.Width = Image1.Width + 30   ' Image1控件的宽度增加30缇
    Image1.Height = Image1.Height + 30 ' Image1控件的高度增加30缇
End Sub
```

**思考：**观察运行效果，可以看出，以上代码实现放大或缩小时只能使图像沿着右侧和下方放大和缩小，另外，将放大和缩小幅度固定为30缇不能实现图像的按比例放大和缩小，如何修改以上代码，解决这两个问题？

【练习2-14】执行"文件|新建工程"命令，新建一个标准EXE工程，通过设置标签的属性，产生文字的浮雕效果。设计界面如图2-49a所示，运行界面如图2-49b所示。

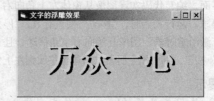

a) 设计界面                                            b) 运行界面

图2-49　文字的浮雕效果

**提示：**

1）向窗体上添加一个标签控件Label1，将其BackStyle属性设置为0-Transparent（透明），AutoSize属性为True，Font属性设置为宋体、粗体、初号，ForeColor属性为黑色。

2）选择Label1控件，用复制粘贴的办法形成另一个控件Label2。注意，在粘贴时选择不创建控件数组，然后将Label2控件的ForeColor属性设置为黄色。

3）在窗体的Load事件过程中，通过设置标签的Left和Top属性调整两个标签的相对位置，形成浮雕效果。代码如下：

```
Private Sub Form_Load()
```

```
    Label1.Left = Form1.ScaleWidth / 2 - Label1.Width / 2
    Label1.Top = Form1.ScaleHeight / 2 - Label1.Height / 2
    Label2.Left = Label1.Left - 60
    Label2.Top = Label1.Top - 40
End Sub
```

【练习2-15】执行"文件|新建工程"命令，新建一个标准EXE工程，窗体Form1界面设计如图2-50a所示；执行"工程|添加窗体"命令，添加窗体Form2，界面设计如图2-50b所示。编写代码实现：运行时，在"注册界面"输入学号、姓名、性别，单击"注册"按钮，显示窗体Form2，卸载窗体Form1，并在窗体Form2的标签Label1中显示刚注册的学生的学号、姓名、性别信息；单击"返回注册界面"按钮，显示窗体Form1，卸载窗体Form2；单击窗体Form1中的"返回"按钮，结束程序运行。

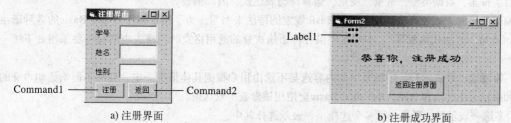

a) 注册界面　　　　　　　　　　　　　　　　　　b) 注册成功界面

图2-50　具有两个窗体的工程

**提示**：窗体Form1的程序代码如下：

```
Private Sub Command1_Click()        ' "注册"按钮
    Form2.Show
    Unload Me
End Sub
Private Sub Command2_Click()        ' "返回"按钮
    End
End Sub
```

窗体Form2的程序代码如下：

```
Private Sub Form_Load()             ' 在窗体加载时显示注册信息
    Label1.Caption = Form1.Text1.Text & Space(3) & _
            Form1.Text2.Text & Space(3) & Form1.Text3.Text
End Sub
Private Sub Command1_Click()        ' "返回注册界面"按钮
    Form1.Show
    Unload Me
End Sub
```

**注意**：保存工程时，系统首先弹出两次"文件另存为"对话框，按先后顺序分别保存窗体Form2、Form1，然后才弹出"工程另存为"对话框，保存工程文件。

【练习2-16】按以下要求操作，用不同的方法获取帮助信息。

1）打开帮助窗口，进入Visual Basic起始页，阅读其"快速入门"部分，然后选择"窗体、控件和菜单"主题，进入"属性、方法和事件概述"部分，仔细阅读其中内容。理解什么是对象的属性、事件和方法。

2）单击工具箱中的命令按钮控件 ，然后按F1键，获取命令按钮的Caption属性、Move方法和Click事件的帮助信息，并将找到的各帮助信息主题添加到书签中。

3）打开代码窗口，输入单词Dim，然后按F1键，显示Dim语句的帮助信息。

4）在窗体的属性窗口中找到DrawWidth和FillColor属性，分别单击相应的属性后按F1键，获取DrawWidth和FillColor属性的帮助信息，按示例要求运行其中的示例。

# 第3章 Visual Basic程序设计代码基础

理解了程序设计的基本概念、Visual Basic集成开发环境以及编写Visual Basic应用程序的基本步骤之后，就可以开始考虑编写Visual Basic应用程序了。首先必须了解程序的基本组成部分。程序是由语句组成的，而语句又是由数据、表达式、函数等基本语法单位组成的。本章将介绍Visual Basic程序的基本语法单位，包括字符集、数据类型、常量、变量、运算符与表达式、内部函数等。

在编写代码时，必须严格按照Visual Basic规定的语法来书写。为了便于解释Visual Basic的各种语法成分（如语句、方法和函数等），本书在提供各种语法成分的通用格式时，格式中的符号将采用如下统一约定：

[ ] 为可选参数表示符。中括号中的内容选与不选由用户根据具体情况决定，且都不影响语句本身的语法。如中括号中的内容省略，则Visual Basic会使用该参数的默认值。

| 为多选一表示符。竖线分隔多个选择项，表示选择其中之一。

{ } 大括号中包含多个用竖线"|"隔开的选择项，必须从中选择一项。

, 表示同类项目重复出现，各项之间用逗号隔开。

… 表示省略了在当时叙述中不涉及的部分。

**注意**：这些符号只是代码的书面表示。在输入具体代码时，上述符号均不能作为代码的组成部分。

## 3.1 字符集

### 1. 字符集

字符是构成程序设计语言的最小语法单位。每一种程序设计语言都有自己的字符集。Visual Basic使用Unicode字符集，其基本字符集包括：

- 数字：0~9。
- 英文字母：a~z，A~Z。
- 特殊字符：空格 ! " # $ % & ' ( ) * + - / \ ^ , . : ; < = > ? @ [ ] _ { } | ~等。

### 2. 关键字

关键字又称为保留字，它们在语法上有着固定的含义，是语言的组成部分，用于表示系统提供的标准过程、函数、运算符、常量等。例如Print、Sin、Rnd、Mod等都是Visual Basic的关键字。在Visual Basic中，约定关键字的首字母为大写字母，当用户在代码窗口中输入关键字时，不论大小写字母，系统都能自动识别并转换为系统标准形式。例如，输入PRINT 5+6后，按Enter键，系统自动将关键字PRINT转换为Print。

### 3. 标识符

标识符用于标记用户自定义的类型、常量、变量、过程、控件等的名字。在程序编码中引用这些元素的名字来完成相关操作。在Visual Basic中，标识符的命名规则如下：

- 第一个字符必须是字母。
- 长度不超过255个字符。控件、窗体、模块的名字不能超过40个字符。
- 不可以包含小数点或者内嵌的类型声明字符。类型声明字符是附加在标识符之后的字符，用于指出标识符的数据类型，包括 % & ! # $ @。

• 不能使用关键字。

例如，Sum、Age、Average、stuName、myScore%等都是合法的标识符，而2E、A.1、my%Score、Print等都是不合法的标识符。

习惯上，将组成标识符的每个单词的首字母大写，其余字母小写。Visual Basic不区分标识符的大小写。例如，标识符A1和标识符a1是等价的。

## 3.2 数据类型

数据是程序的必要组成部分，也是程序处理的对象。在各种程序设计语言中，数据类型的规定和处理方法是各不相同的。Visual Basic不但提供了系统定义的基本数据类型，而且还允许用户定义自己的数据类型。

Visual Basic提供的数据类型有数值型、字符串型、布尔型、日期型、对象型和可变类型等。

### 3.2.1 数值型数据

Visual Basic支持的数值型数据有：Integer（整型）、Long（长整型）、Single（单精度浮点型）、Double（双精度浮点型）、Currency（货币型）和Byte（字节型）。

1. 整数类型

整数类型的数据是不带小数点和指数符号的数。根据表示数的范围的不同，可以分为整型、长整型。整型和长整型都可以有三种表示形式，即十进制、八进制和十六进制。

（1）整型

整型用关键字Integer表示，类型声明字符为%。每个整型数占2个字节的存储空间。

十进制整型数由0～9和正、负号组成，取值范围为−32768～32767。

八进制整型数由数字0～7组成，前面冠以&O，取值范围为&O0～&O177777。例如，&O123、&O277都是八进制整型数。

十六进制整型数由0～9及A～F（或a～f）组成，前面冠以&H(或&h)，取值范围为&H0～&HFFFF。例如，&H56、&H7F都是十六进制整型数。

（2）长整型

长整型用关键字Long表示，类型声明字符为&。每个长整型数占4个字节的存储空间。

十进制长整型数由0～9和正、负号组成，取值范围为−2147483648～2147483647。

八进制长整型数由数字0～7组成，以&O开始，以&结束，取值范围为&O0&～&O37777777777&。例如，&O123&、&O277&都是八进制长整型数。

十六进制长整型数由0～9及A～F（或a～f）组成，以&H(或&h)开始，以&结尾，取值范围为&H0&～&HFFFFFFFF&。例如，&H56&、&H7F&都是十六进制长整型数。在Visual Basic中常使用十六进制长整型数来表示颜色值。

2. 实数类型

实数类型的数据是带小数部分的数。按存储格式的不同，又分为浮点数和定点数。

浮点数采用IEEE(Institute of Electrical and Electronics Engineers，电气及电子工程师学会)格式，由尾数及指数两部分组成：

$$[+|-]xxx[.x\cdots x]\{E|D\}[+|-]xxx$$

尾数部分　　　指数部分

其中，x表示一位数字，[]括起的部分可以省略，{}括起的部分表示从其中的多个选项中选一个。"|"表示可以取其两侧的内容之一。单精度浮点数的指数用E（或e）表示，双精度浮点数的指数用D（或d）表示。

（1）单精度浮点型

单精度浮点型用关键字Single表示，类型声明字符为!。每个单精度浮点数占4个字节的存储空间，可以精确到7位十进制数。其负数的取值范围为$-3.402823 \times 10^{38} \sim -1.401298 \times 10^{-45}$，而正数的取值范围为$1.401298 \times 10^{-45} \sim 3.402823 \times 10^{38}$。

例如，123.45E3是一个单精度浮点数，其中123.45是尾数，E3是指数，相当于数学中的$123.45 \times 10^3$。

（2）双精度浮点型

双精度浮点型用关键字Double表示，类型声明字符为#。每个双精度浮点数占8个字节的存储空间，可以精确到15或16位十进制数。其负数的取值范围为$-1.79769313486232 \times 10^{308} \sim -4.94065645841247 \times 10^{-324}$，而正数的取值范围为$4.94065645841247 \times 10^{-324} \sim 1.79769313486232 \times 10^{308}$。

例如，123.45678D3是一个双精度数，其中123.45678是尾数，D3是指数，相当于数学中的$123.45678 \times 10^3$。

（3）货币型

货币型在Visual Basic中用关键字Currency表示，类型声明字符为@。每个货币型数据占8个字节的存储空间，用于表示定点数，其小数点左边有15位数字，右边有4位数字。这种表示法的取值范围为$-922,337,203,685,477.5808 \sim 922,337,203,685,477.5807$。

货币型数据主要用于对精度有特别要求的重要场合，如货币计算与定点计算。

例如，以下各数均为合法的Visual Basic实数：

3.9    159!    56#    6.78e-3    -7.56D6

例如，以下各数均为不合法的Visual Basic实数：

E5                 没有尾数部分
1.23D6.2           指数部分不能带小数点，必须是整数
-12,345.67         不能有逗号

3. 字节型

字节型用关键字Byte表示。每个字节型数据占1个字节的存储空间，取值范围为0~255。字节型在存储二进制数据时很有用。

### 3.2.2　字符串型数据

字符串型数据用关键字String表示，类型声明字符为$。字符串是一个用双引号括起来的字符序列，由一切可打印的西文字符和汉字组成。例如，以下表示都是合法的字符串：

"Hello"  "12345"  "ABCD123"  "Visual Basic 6.0程序设计"  "5+6="  ""（空字符串）

Visual Basic的字符串有两种，即可变长度字符串和固定长度字符串。可变长度字符串是指在程序运行期间字符串长度可以改变的字符串，最多可包含大约20亿（$2^{31}$）个字符。固定长度字符串是指在程序执行期间，字符串长度保持不变的字符串，可包含大约64000（$2^{16}$）个字符。

双引号在代码中起字符串的定界作用。当输出一个字符串时，代码中的双引号是不输出的；当运行时需要从键盘输入一个字符串时，也不需要输入双引号。

在字符串中，字母的大小写是有区别的。例如，"ABCD123"与"abcd123"代表两个不同的字符串。

如果字符串本身包括双引号，可以使用连续的两个双引号表示。例如，要打印以下字符串：

"You must study hard", he said.

相应的Print方法应写成：

Print  ""You must study hard" , he said."

### 3.2.3　布尔型数据

布尔型数据在Visual Basic中用关键字Boolean表示。每个布尔型数据占2个字节的存储空间。布尔型数据只有True和False两个值，常用于表示具有两种状态的数据，如表示条件的成立与否。

当将数值型数据转换为布尔型数据时，0转换为False，非0值转换为True。当将布尔型数据转换为数值类型时，False转换为0，True转换为−1。

### 3.2.4 日期型数据

日期型数据在Visual Basic中用关键字Date表示。日期型数据按8个字节的浮点形式存储，可以表示的日期范围从100年1月1日到9999年12月31日，而时间可以从0:00:00到23:59:59。

日期型数据由一对#号所包围，包含具有有效格式的字符序列。有效的格式包括区域设置中指定的日期格式或国际日期格式。

例如，1992年12月31日可以表示为：

```
#12/31/92#
```

1993年1月11日可以表示为：

```
#January 11 ,1993#
```

1993年3月27日凌晨1点20分可以表示为：

```
#March 27,1993 1:20am#
```

### 3.2.5 对象型数据

对象型数据用关键字Object表示。对象型数据占4个字节的存储空间，用于引用应用程序中的对象。

### 3.2.6 可变类型数据

可变类型数据用关键字Variant表示。可变类型数据是一种特殊的数据类型，指所有没被显式声明为其他类型的变量的数据类型。可以将变量理解成"某个存储单元的名称，用于保存某种类型的数据"，变量在使用之前通常需要声明类型，如果不声明类型，则默认为Variant类型。有关变量的概念及其类型声明将在3.4节介绍。

除了以上介绍的系统定义的数据类型之外，用户还可以根据需要自己定义数据类型。用户自定义的数据类型将在第12章介绍。

在程序中，不同类型的数据既可以以常量的形式出现，也可以以变量的形式出现。下面分别介绍常量和变量。

## 3.3 常量

常量是指在程序运行期间其值不发生变化的量。Visual Basic有两种形式的常量——直接常量和符号常量。符号常量又分为用户自定义符号常量和系统定义符号常量。

### 3.3.1 直接常量

直接常量是指在代码中以直接明显的形式给出的数。根据常量的数据类型分，有字符串常量、数值常量、布尔常量、日期常量。例如：

"欢迎使用Visual Basic"为字符串常量，长度为16个字符。

12345为整型常量。

True为布尔型常量。

#11/10/2001#为日期型常量。

### 3.3.2 用户自定义符号常量

在程序设计中，经常会遇到一些多次出现或难于记忆的数，在这些情况下，最好通过为常量命名的方法来代替代码中出现的数，以提高代码的可读性和可维护性。这种命名的常量称为符号常量。符号常量在使用前需要使用Const语句进行声明。Const语句的语法格式如下：

[Public | Private] Const 常量名 [As 类型] = 表达式

各参数说明如下：

- Public：可选项，用于在标准模块的通用声明段定义全局常量（标准模块将在第8章介绍）。全局常量是指在所有模块的所有过程中都可以使用的常量。注意，在窗体模块或类模块中不能用Public声明符号常量。
- Private：可选项，用于在模块的通用声明段定义模块级常量。模块级常量是指只能在定义该常量的模块中使用的常量。如果声明常量时省略Public和Private，则默认为Private。
- 常量名：符号常量名，按标识符的命名规则命名。
- 类型：可选项。用于说明符号常量的数据类型。可以是Byte、Boolean、Integer、Long、Currency、Single、Double、Date、String、String*n或Variant。其中String*n表示固定长度字符串，n是一个整数，用于指定字符串的长度。一个"As 类型"子句只能声明一个符号常量。如果省略该项，则系统根据表达式的求值结果，确定最合适的数据类型。
- 表达式：由其他常量及运算符组成。在表达式中不能使用函数调用。

例如：

```
Const Pi As Single = 3.14159            ' 声明常量Pi代表3.14159，单精度类型
Const Max As Integer = 9                ' 声明常量Max代表9，整型
Const BirthDate = #1/2/01#              ' 声明常量BirthDate代表2001年1月2日，日期型
Const MyString = "friend"               ' 声明常量MyString代表"friend"，字符串类型
Const MyStr As String * 4 = "12345"     ' 声明常量MyStr代表"1234"，固定长度字符串
Const Pi = 3.14, Max = 9, MyStr="Hello" ' 用逗号分隔多个常量声明
Const Pi2 = Pi * 2                      ' 用先前定义过的常量定义新常量
Const sinx = Sin(20 * 3.14 / 180)       ' 错误，表达式中使用了Sin函数
```

**说明：**

1）如果要使创建的符号常量只作用于某个过程中，则应在该过程内部声明该符号常量。在过程中的Const语句不能使用Public和Private关键字。

例如，以下是某窗体模块的代码，符号常量pi在事件过程之前（即模块的通用声明段）声明，因此在Command1和Command2的Click事件过程中都可以使用，而符号常量r在Command1的Click事件过程中定义，因此只能在该事件过程中使用。

```
Const pi = 3.14159     ' 符号常量pi在整个窗体模块中有效。默认为Private
Private Sub Command1_Click()
    Const r = 100          ' 符号常量r只在本事件过程中有效
    s = pi * r ^ 2
    Print "圆面积="; s
End Sub
Private Sub Command2_Click()
    angle = Sin(20 * pi / 180)
    Print angle
End Sub
```

2）由于符号常量可以用其他符号常量定义，因此注意两个以上的符号常量之间不要出现循环引用。例如，如果在程序中有以下两条语句，则出现了循环引用，运行时会产生错误信息。

```
Public Const conA = conB * 2           ' 用符号常量conB定义符号常量conA
Public Const conB = conA / 2           ' 用符号常量conA定义符号常量conB
```

3）符号常量采用有意义的名字取代直接常量。尽管符号常量看上去有点像变量，但在程序运行期间不能像对变量那样修改符号常量的值，例如不能对符号常量再次赋值。

例如，以下第一条语句定义了符号常量pi，而第二条语句试图修改符号常量pi的值，因此是错误的。

```
Const pi = 3.14
pi = 3.1415926
```

### 3.3.3　系统定义符号常量

除了用户自定义的符号常量外，Visual Basic系统还提供了一系列预先定义好的符号常量，供用户直接

使用，这些符号常量称为系统定义的符号常量。这些符号常量的定义可以从"对象浏览器"中获得。执行Visual Basic集成开发环境中的"视图l对象浏览器"命令可以打开"对象浏览器"窗口，如图3-1所示。

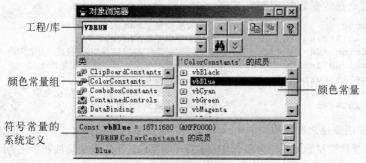

图3-1 对象浏览器

使用对象浏览器可以显示包括当前工程及对象库在内的过程、模块、类、属性和方法等的描述信息。从"工程/库"下拉列表中选择某对象库，然后在"类"列表中选择所需要的符号常量组，在右侧的成员列表中就会列出相应的符号常量，单击某一个符号常量，就可以在窗口底部的描述框中显示有关该符号常量的定义及描述信息。

例如，在VBRUN库中选择ColorConstants类就可以显示其成员。在右侧的成员列表中选择vbBlue，即可在窗体底部的描述框中显示其描述，如图3-1所示。在窗体底部显示了颜色常量vbBlue的定义，vbBlue所表示的颜色值为16711680，即十六进制&HFF0000。

## 3.4 变量

数据存入内存后，必须用某种方式访问它，才能对该数据进行操作。在Visual Basic中，可以用名字表示内存单元，这样就能访问内存中的数据。一个有名称的内存单元称为变量，该名称称为变量名。在应用程序执行期间，用变量临时存储数值，变量的值可以发生变化。

每个变量都有名字和数据类型，通过名字来引用一个变量，而通过数据类型来确定该变量的存储方式。在使用变量之前，一般需要先声明变量名和类型，以便系统为其分配存储单元。在Visual Basic中可以用以下方式来声明（定义）变量及其类型。

1．声明变量

声明变量的格式如下：

Dim|Private|Static|Public 变量名 [As 类型]

各参数说明如下：

1）Dim：在窗体模块、标准模块或过程中声明变量。写在不同的位置，变量的作用范围不同。在模块的通用声明段中声明的变量，对该模块中的所有过程都是可用的，这种变量叫模块级变量。在过程中声明的变量，只在过程内是可用的，这种变量叫过程级变量。

2）Private：在窗体模块的通用声明段中声明变量，使变量仅在该模块中有效，其他模块不能访问这种变量，这种变量也是模块级变量。

3）Static：在过程中声明变量。这种变量即使该过程结束，也仍然保留变量的值，是一种过程级变量，称为静态变量。

4）Public：在模块的通用声明段中声明变量，其作用范围为应用程序的所有过程。这种变量称为全局变量。

5）变量名：应遵循标识符的命名规则。例如，strMyString、intCount、姓名、性别等都是合法的变量名；而2x、a+b、α、π等是不合法的变量名。

6）As类型：指定变量的数据类型，包括Byte、Boolean、Integer、Long、Currency、Single、Double、

Date、String、String*n、Object、Variant、用户自定义类型或对象类型。所声明的每个变量都要有一个单独的"As类型"子句，如果省略"As类型"子句，则所创建的变量默认为可变类型。

例如，以下都是合法的变量声明语句。

```
Dim Sum As Long                    ' 声明长整型变量Sum
Dim Address As String              ' 声明字符串变量Address
Dim No As String * 8               ' 声明固定长度字符串变量No，长度为8个字符
Dim Num, Total As Integer          ' 声明可变类型变量Num，整型变量Total
Private Price As Currency           ' 声明模块级变量Price，为货币类型
Public Average As Single            ' 声明全局变量Average，为单精度类型
Static i As Integer                 ' 声明静态变量i，为整型
```

使用声明语句声明变量之后，Visual Basic自动对各类变量进行初始化。例如，数值变量被初始化为0；可变长度字符串变量被初始化为一个零长度的字符串（""）；布尔型变量被初始化为False等。

2. 隐式声明

如果一个变量未经定义而直接使用，则该变量默认为Variant类型，即可变类型变量。在可变类型变量中可以存放任何类型的数据。例如，假设没有对变量SomeValue进行类型声明，则执行以下赋值语句可以使变量SomeValue具有不同的类型：

```
SomeValue = "100"                  ' SomeValue的值为字符串类型
SomeValue = 10                     ' SomeValue的值变为数值类型
SomeValue= True                    ' SomeValue的值变为布尔类型
```

可以看出，随着所赋值的不同，SomeValue变量的类型随之变化。虽然使用可变类型变量很方便，但是常常会因为其适应性太强导致难以预料的错误，因此，建议对应用程序中的所有变量声明类型。

3. 强制显式声明

为了保证所有变量都得到声明，可以使用Visual Basic的强制声明功能，这样，只要在运行时遇到一个未经显式声明的变量，Visual Basic就会发出错误警告。

要强制显式声明变量，需要在窗体模块或标准模块的通用声明段中加入如下语句：

```
Option Explicit
```

或执行"工具|选项"命令，打开"选项"对话框，在其"编辑器"选项卡上选中"要求变量声明"选项，如图3-2所示。这样就可以在任何新建的模块中自动插入Option Explicit语句。对于已经建立起来的现有模块，只能用手工方法添加Option Explicit语句。

如果加入了Option Explicit语句，那么在运行时Visual Basic就会对没有声明的变量显示错误信息（如图3-3所示），以帮助编程人员对变量补充声明。

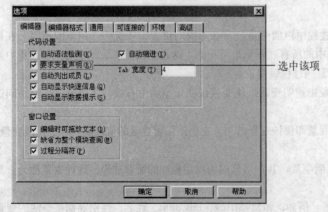

图3-2 "选项"对话框

图3-3 给出的错误信息

**注意**：由于Option Explicit语句的作用范围仅限于该语句所在的模块，所以，对每个需要强制显式声明变量的模块，都需要在该模块的通用声明段中使用Option Explicit语句。

## 3.5  常用内部函数

数学上的函数，是指对一个或多个自变量进行特定的计算，获得一个因变量的值。在程序设计语言中，对函数的定义做了扩充，使用起来更为灵活。Visual Basic既为用户预定义了一批内部函数，供用户随时使用（调用），同时也允许用户自己定义函数。

Visual Basic的每一个内部函数可以带有0个或多个自变量，这些自变量称为"参数"。函数对这些参数进行计算，返回一个结果值，称为函数值或返回值。函数的一般调用格式为：

函数名([参数表])

其中，"参数表"列出的参数可以是常量、变量或表达式。若有多个参数，参数之间以逗号分隔。函数在表达式中被调用。根据函数所完成的功能，可以将函数分为数学函数、字符串函数、转换函数、日期和时间函数等多种类型。

### 3.5.1  数学函数

数学函数用于各种数学运算，例如求三角函数、求平方根、求绝对值、求对数等。表3-1列出了常用的数学函数。

**表3-1  常用的数学函数**

| 函 数 | 功 能 | 示 例 | 返 回 值 |
|---|---|---|---|
| Abs($x$) | 返回$x$的绝对值 | Abs(−5.3) | 5.3 |
| Sqr($x$) | 返回$x$的平方根，$x \geqslant 0$ | Sqr(9) | 3 |
| Log($x$) | 返回$x$的自然对数值，即数学中的ln$x$ | Log(10) | 2.30258509299405 |
| Exp($x$) | 返回e（自然对数的底）的$x$次方，即数学中的e$^x$ | Exp(1) | 2.71828182845905 |
| Fix($x$) | 返回$x$的整数部分 | Fix(3.6) | 3 |
| | | Fix(−3.6) | −3 |
| Int($x$) | 返回不大于$x$的最大整数 | Int(3.6) | 3 |
| | | Int(−3.6) | −4 |
| Sgn($x$) | 当$x$为正数时返回1；当$x$为0时返回0；当$x$为负数时返回−1 | Sgn(5) | 1 |
| | | Sgn(0) | 0 |
| | | Sgn(−5) | −1 |
| Sin($x$) | 返回$x$的正弦函数，$x$以弧度为单位 | Sin(30 * 3.1416 / 180) | 0.500001060362603 |
| Cos($x$) | 返回$x$的余弦函数，$x$以弧度为单位 | Cos(30 * 3.1416 / 180) | 0.866024791582939 |
| Tan($x$) | 返回$x$的正切函数，$x$以弧度为单位 | Tan(45 * 3.1416 / 180) | 1.00000367321185 |
| Atn($x$) | 返回$x$的反正切函数，函数值以弧度为单位 | Atn(1) | 0.785398163397448 |
| Rnd[($x$)] | 返回[0,1)间的单精度随机数 | Rnd | [0,1)之间的数 |

**说明：**

1）Visual Basic没有提供常用对数函数，要想计算常用对数，可以使用以下换底公式：

$$\log_{10} x = \frac{\ln x}{\ln 10}$$

即写成：Log($x$)/Log(10)

2）将角度转换为弧度的公式为：弧度 = 角度 × π/180

3）随机数是一些随机的、没有规律的数。随机数在计算机中的使用随处可见。例如，在考试系统中随机生成题库中的试题题号，在游戏中模拟骰子产生点数，在电脑彩票系统中随机生成彩票号码等。用计算机产生的随机数，并不是真正的随机数，但是可以做到使产生的数字重复率很低，这样看起来好像是真正的随机数，因此，这种随机数也叫伪随机数。产生随机数的程序叫随机数发生器。随机数发生器需要根据某一给定的初始值，按照某种算法来产生随机数，这个初始值称为种子。使用不同性质的种子，用随机数发生器产生的随机数是不同的。

Rnd函数的参数是可选的，若$x<0$，则每次使用相同的$x$作为随机数种子会得到相同的结果；若$x>0$，则以上一个随机数作种子，产生序列中的下一个随机数；若$x=0$，则产生与最近生成的随机数相同的数；若省略参数$x$，则与$x>0$的情况相同。

例如，设某命令按钮Command1的Click事件过程如下：

```
Private Sub Command1_Click()
    Print Rnd(-5)          ' 以-5作为随机数种子
End Sub
```

则运行时，多次单击命令按钮，产生的随机数相同。如果有如下代码：

```
Private Sub Command1_Click()
    Print Rnd(5)            ' 以上一个随机数作种子，与直接使用Rnd效果一样
End Sub
```

则运行时，每次单击命令按钮，产生序列中的下一个随机数。如果有如下代码：

```
Private Sub Command1_Click()
    Print Rnd
    Print Rnd(0)        ' 产生与上一个随机数相同的随机数
End Sub
```

则运行时，每次单击命令按钮，产生相同的随机数。

如果希望每次运行时产生的随机数序列不同，可以结合使用Randomize语句，Randomize语句用于初始化随机数发生器，格式如下：

```
Randomize [n]
```

其中，n是一个整型数，作为随机数发生器的"种子"。应用程序在产生随机数时，如果使用相同的种子，则产生相同的随机数。例如，如果执行以下语句：

```
Print Rnd             ' 结果为.7055475
Print Rnd             ' 结果为.533424
```

则每次执行时产生的随机数都是一样的，如果在使用以上语句之前，使用Randomize语句，则可以指定一个种子，以改变随机数的值，例如，语句：

```
Randomize 1
Print Rnd             ' 结果为.7648737
Print Rnd             ' 结果为.1054455
```

和语句：

```
Randomize 3
Print Rnd             ' 结果为.1387751
Print Rnd             ' 结果为.8587414
```

产生的随机数是不一样的。

因此，如果能够使种子不断变化，则每次执行时产生的随机数序列就会随之变化，这样就可以获得更好的随机效果。若在调用Rnd函数之前，使用无参数的Randomize语句初始化随机数发生器，则将根据系统时钟获得种子。因此，使用语句：

```
Randomize
Print Rnd
Print Rnd
```

每次执行时得到的随机数序列是不一样的。

Rnd函数只能产生[0，1)区间的随机数，要生成其他区间的随机数，则需要对其进行放大或缩小。例

如，要生成[a,b]区间内的随机整数，可以使用公式：

```
Int((b-a+1)*Rnd+a)
```

例如，要产生[1, 99]区间的随机整数，可以使用公式Int(99*Rnd+1)获得。

**【例3-1】** 绘制图3-4所示的彩带。

**代码设计：**

1）通过在窗体上拖动鼠标来实现绘制线条，线条由一系列连续画出的红色点组成。代码应写在窗体的鼠标移动（MouseMove）事件过程中。具体如下：

```
Private Sub Form_MouseMove(Button As Integer, Shift As Integer, X As Single, Y As Single)
    Form1.ForeColor = vbRed'  设置窗体的前景颜色，即为画点的颜色
    Form1.DrawWidth = 10    ' 设置窗体的画线宽度，即为画点的粗细
    Form1.PSet (X, Y)        ' 在(X, Y)坐标处画点
End Sub
```

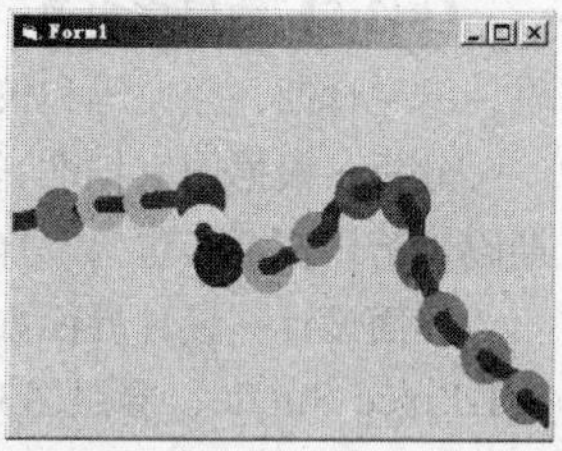

2）当拖动鼠标到某处时单击鼠标，画出更大的点，且点的颜色是随机的。画随机颜色点的代码应写在窗体的鼠标按下（MouseDown）事件过程中，具体如下：

```
Private Sub Form_MouseDown(Button As Integer, Shift As
Integer, X As Single, Y As Single)
    Dim red As Integer, green As Integer, blue As Integer
    Randomize
    red = Int(Rnd * 256)     ' 产生[0,255]区间的随机整数，作为颜色中的红色成分
    green = Int(Rnd * 256)   ' 产生[0,255]区间的随机整数，作为颜色中的绿色成分
    blue = Int(Rnd * 256)    ' 产生[0,255]区间的随机整数，作为颜色中的蓝色成分
    Form1.ForeColor = RGB(red, green, blue)      ' 通过RGB函数设置窗体的前景色
    Form1.DrawWidth = 30     ' 设置窗体的画线宽度，即为画点的粗细
    PSet (X, Y)              ' 在(X, Y)坐标处画点
End Sub
```

图3-4 彩带

以上代码使用RGB函数生成一个长整型的颜色值。RGB函数格式为：

```
RGB(red, green, blue)
```

其中，red、green和blue参数分别代表颜色中的红色、绿色、蓝色成分，取值范围都是0～255。

MouseMove、MouseDown事件过程返回参数x和y，表示当前鼠标按下的位置，因此以上代码中使用参数x和y作为画点的坐标，实现了单击鼠标时在相应的位置画点。

运行时，在窗体上拖动鼠标画点，形成红色线条，单击鼠标画随机颜色的点，由这些线条和点构成了"彩带"。

## 3.5.2 字符串函数

Visual Basic提供了大量的字符串函数，具有很强的字符串处理能力。表3-2列出了常用的字符串函数。

**表3-2 常用的字符串函数**

| 函　数 | 功　能 | 示　例 | 返回值 |
| --- | --- | --- | --- |
| LTrim(s) | 去掉字符串s左边的空白字符（即前导空格） | LTrim("∪∪∪ABC") | "ABC" |
| RTrim(s) | 去掉字符串s右边的空白字符（即后置空格） | RTrim("ABC∪∪∪") | "ABC" |
| Trim(s) | 去掉字符串s左右的空白字符 | Trim("∪∪ABC∪∪") | "ABC" |
| Left(s,n) | 取字符串s左边的n个字符 | Left("ABCDE",2) | "AB" |
| Right(s,n) | 取字符串s右边的n个字符 | Right("ABCDE",2) | "DE" |
| Mid(s,p[,n]) | 从字符串s的第p个字符开始取n个字符，如果省略n或n超过文本的字符数，将返回字符串中从p到末尾的所有字符（包括p处的字符） | Mid("ABCDE",2,3) | "BCD" |
| | | Mid("ABCDE",2,6) | "BCDE" |
| | | Mid("ABCDE",4) | "DE" |
| Len(s) | 返回字符串s的长度，即所含字符个数 | Len("ABCDE") | 5 |
| String(n,s) | 返回对s的第一个字符重复n次的字符串。s可以是一个字符串，也可以是字符的ASCII码值 | String(3, "ABC") | "AAA" |
| | | String(3, 65) | "AAA" |

(续)

| 函　数 | 功　能 | 示　例 | 返回值 |
|---|---|---|---|
| Space(n) | 返回n个空格 | Space(3) | "␣␣␣" |
| InStr([n],s1,s2) | 从字符串s1中第n个位置开始查找字符串s2出现的起始位置。省略n时默认n为1 | InStr("ABCABC","BC")<br>InStr(3,"ABCABC","BC") | 2<br>5 |
| UCase(s) | 把小写字母转换为大写字母 | UCase("Abc") | "ABC" |
| LCase(s) | 把大写字母转换为小写字母 | LCase("Abc") | "abc" |

注: 表中符号"␣"代表空格。

**【例3-2】** 编程序实现，运行时在文本框中任意输入一个18位的身份证号码，从中分解出行政区划分代码、出生日期、顺序码和校验码。

**分析**：根据国家标准，身份证号码由18位数字组成：前6位为行政区划分代码，第7位至14位为出生日期码，第15位至17位为顺序码，第18位为校验码。

**界面设计**：设计界面如图3-5a所示。将各结果标签控件的Caption属性设置为空，BorderStyle属性设置为1-Fixed Single，参照图3-5b设置各结果标签的Alignment属性。运行时，通过文本框Text1输入任意一个18位身份证号码，单击"分解"按钮Command1将得到的各部分号码输出到标签控件上，如图3-5b所示。单击"清除"按钮Command2清空文本框及各结果标签的内容。

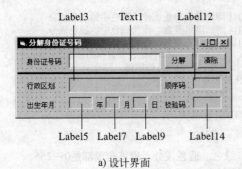

a) 设计界面

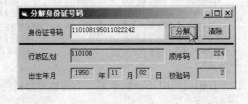

b) 运行界面

图3-5　分解身份证号码

**代码设计**：

1) 在"分解"按钮Command1的Click事件过程中编写代码，先将文本框Text1的内容赋值给变量no，然后分别使用Left函数、Mid函数和Right函数提取相关信息。

```
Private Sub Command1_Click()
    Dim no As String * 18
    no = Text1.Text
    Label3.Caption = Left(no, 6)      ' 提取行政区号码
    Label5.Caption = Mid(no, 7, 4)    ' 提取出生年份
    Label7.Caption = Mid(no, 11, 2)   ' 提取出生月份
    Label9.Caption = Mid(no, 13, 2)   ' 提取出生日期
    Label12.Caption = Mid(no, 15, 3)  ' 提取顺序码
    Label14.Caption = Right(no, 1)    ' 提取校验码
End Sub
```

2) 在"清除"按钮Command2的Click事件过程中编写代码，清空文本框及各结果标签的内容。

```
Private Sub Command2_Click()
    Text1.Text = ""
    Label3.Caption = "": Label5.Caption = "":Label7.Caption = ""
    Label9.Caption = "": Label12.Caption = "": Label14.Caption = ""
End Sub
```

### 3.5.3 转换函数

转换函数用于数据类型或形式的转换，表3-3列出了常用的转换函数。

表3-3 常用的转换函数

| 函　数 | 功　能 | 示　例 | 返回值 |
|--------|--------|--------|--------|
| Asc(s) | 返回字符串s中第一个字符的ASCII码值 | Asc("ABC") | 65 |
| Chr(x) | 把x的值作为ASCII码转换为对应的字符 | Chr(65) | "A" |
| Str(x) | 把数值x转换为一个字符串，如果x为正数，<br>则返回的字符串前有一前导空格 | Str(123)<br>Str(−123) | "∪123"<br>"−123" |
| Val(s) | 把数字字符串s转换为数值。当遇到非数字<br>字符时停止转换 | Val("123")<br>Val("123AB")<br>Val("a123AB")<br>Val("12e3abc") | 123<br>123<br>0<br>12000 |
| Hex(x) | 返回与x等值的十六进制值，结果为字符串类型 | Hex(27) | "1B" |
| Oct(x) | 返回与x等值的八进制数值，结果为字符串类型 | Oct(27) | "33" |

Visual Basic还提供了一系列的类型转换函数，用于强制将一个表达式转换成某种特定的数据类型。例如，CInt(x)函数用于将参数x转换为整型，CDbl(x)用于将参数x转换为双精度浮点数。有关这些函数的具体使用，可以参看Visual Basic帮助文档中关于"类型转换函数"的主题。

### 3.5.4 日期和时间函数

日期和时间函数可以返回系统的日期和时间、返回指定的日期和时间的一部分，以及对日期型数据进行运算。表3-4列出了常用的日期和时间函数。

表3-4 常用的日期和时间函数

| 函　数 | 功　能 | 示　例 |
|--------|--------|--------|
| Now | 返回系统日期和时间 | Now |
| Date | 返回系统日期 | Date |
| Time | 返回系统时间 | Time |
| Day(d) | 返回参数d中指定的日期是月份中的第几天 | Day(Date) |
| Weekday(d,[f]) | 返回参数d中指定的日期是星期几，f的值为1表示将<br>星期日作为一星期的第一天，f的值为2表示将星期一<br>作为一星期的第一天，等等。f的默认值为1，最大值为7 | Weekday(Date, 2) |
| Month(d) | 返回参数d中指定日期的月份 | Month(Date) |
| Year(d) | 返回参数d中指定日期的年份 | Year(Date) |
| Hour(t) | 返回参数t中的小时（0～23） | Hour(Time) |
| Minute(t) | 返回参数t中的分钟（0～59） | Minute(Time) |

【例3-3】设计一个数字钟表，设计界面如图3-6a所示。运行时，单击窗体，显示当前系统的年、月、日、星期几及时间。运行界面如图3-6b所示。

**界面设计**：使用标签控件显示当前的年、月、日、星期几及时间，将标签控件的Caption属性设置为空，BorderStyle属性设置为1-Fixed Single，Alignment属性为2-Center，按图3-6a所示给各标签控件命名。

**代码设计**：在窗体的Click事件过程中编写代码，利用日期和时间函数计算当前系统的年、月、日、星期几及时间。代码如下：

```
Private Sub Form_Click()
    lblYear.Caption = Year(Date)
    lblMonth.Caption = Month(Date)
    lblDay.Caption = Day(Date)
    lblWeek.Caption = Weekday(Date, 2)
    lblTime.Caption = Time
End Sub
```

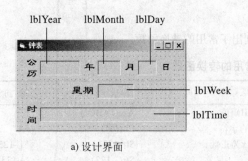
a) 设计界面

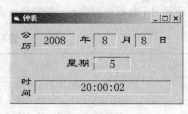
b) 运行界面

图3-6　数字钟表

### 3.5.5　格式输出函数

格式输出函数Format用于将指定表达式的值转换为指定的格式。Format函数格式为：

```
Format(表达式[,格式字符串])
```

其中，"表达式"指定要被格式化的任何有效的表达式；"格式字符串"指定表达式转换后的格式。格式字符串要用双引号括起来。Format函数的返回值为String类型。

下面以例子说明格式输出函数中最常用的一些格式字符串的使用，有关格式字符串的详细使用请查阅Visual Basic帮助文档。

#### 1. 数值的格式化

在Format的格式字符串中用"0"来表示数字占位符。如果表达式中整数位数少于格式字符串中小数点前面0的个数，则在高位补足0；如果表达式中整数位数多于格式字符串中小数点前面0的个数，则返回实际位数；如果表达式中小数位数少于格式字符串中小数点后面0的个数，则在低位补足0；如果表达式中小数位数多于格式字符串中小数点后面0的个数，则四舍五入到指定的位数。例如：

```
Print Format(123.45, "0000.000")        ' 结果为"0123.450"
Print Format(123.45, "0.0")             ' 结果为"123.5"
```

也可以在格式字符串中用"#"来表示数字占位符。表达式中整数部分按实际位数显示；如果表达式中小数位数少于格式字符串中小数点后面#的个数，则按实际位数显示；如果表达式中小数部分位数多于格式字符串中小数点后面#的个数，则四舍五入到指定的位数。例如：

```
Print Format(123.45, "####.###")        ' 结果为"123.45"
Print Format(123.45, "#.#")             ' 结果为"123.5"
Print Format(0.123, ".##")              ' 结果为".12"
```

格式字符#号和0可以混合使用。例如：

```
Print Format(0.123, "0.##")             ' 结果为"0.12"
```

还可以使用Format(表达式)将一个数值型数据转换成字符串。例如，Format(3.14)的值为"3.14"。注意，与Str函数不同，正数经Format转换成字符串后其前面没有空格，而经Str函数转换后前面会有一个空格。

#### 2. 字符串的格式化

在Format函数的格式字符串中使用"<"或">"号可以分别将字符串转换为小写或大写，例如：

```
Print Format("How Are You", "<")        ' 结果为"how are you"
Print Format("How Are You", ">")        ' 结果为"HOW ARE YOU"
```

在格式字符串中使用"@"表示字符占位符。如果字符串的字符个数多于指定的@字符的个数，则返回字符串本身；如果字符串的字符个数少于指定的@字符的个数，则在字符串左侧补足空格（右对齐）。例如：

```
Print Format("Hello", "@@@")            ' 结果为"Hello"
Print Format("Hello", "@@@@@@")         ' 结果为"␣Hello"
```

可以配合使用惊叹号（！）指定转换后在字符串右侧补空格（左对齐），例如：

```
Print Format("Hello", "!@@@@@@")          ' 结果为"HelloⅠ"
Print Format("Bye", "!@@@@@@")            ' 结果为"ByeⅠⅠⅠ"
```

3. 日期和时间的格式化

Visual Basic提供了丰富的日期时间格式字符。例如：

```
Print Format(#12/25/2010 8:10:20 AM#, "yyyy-mm-dd")       ' 结果为"2010-12-25"
Print Format(#12/25/2010 8:10:20 AM#, "hh:mm:ss")         ' 结果为"08:10:20"
Print Format(#12/25/2010 8:10:20 AM#, "hh:mm:ss am/pm")'  ' 结果为"08:10:20 am"
Print Format(#12/25/2010 8:10:20 AM#, "dd-mmmm-yy")       ' 结果为"25-December-10"
```

### 3.5.6 Shell函数

在Visual Basic中，除了可以调用内部函数之外，还可以调用Windows下的应用程序。这一功能可以通过Shell函数来实现。Shell函数的格式如下：

```
Shell(文件名[,窗口样式])
```

其中，"文件名"为要执行的应用程序名（包含路径）。应用程序必须是可执行文件。"窗口样式"是可选项，决定在程序运行时窗口的样式。如果省略窗口样式，则程序以具有焦点的最小化窗口执行。"窗口样式"参数值如表3-5所示。

**表3-5    "窗口样式"参数值**

| 系统定义符号常量 | 值 | 说　　明 |
|---|---|---|
| vbHide | 0 | 窗口被隐藏，且焦点会移到隐式窗口 |
| vbNormalFocus | 1 | 窗口具有焦点，且会还原到它原来的大小和位置 |
| vbMinimizedFocus | 2 | 窗口会以一个具有焦点的图标来显示 |
| vbMaximizedFocus | 3 | 窗口是一个具有焦点的最大化窗口 |
| vbNormalNoFocus | 4 | 窗口会被还原到最近使用的大小和位置，而当前活动的窗口仍然保持活动 |
| vbMinimizedNoFocus | 6 | 窗口会以一个图标来显示，而当前活动的窗口仍然保持活动 |

如果Shell函数成功地执行了所要执行的文件，则它会返回正在运行的程序的任务ID。如果Shell函数不能打开指定的程序，则会产生错误。

例如，要打开Windows下的计算器，可以使用如下的Shell函数：

```
a = Shell("c:\windows\system32\calc.exe", vbNormalFocus)
```

或使用以下Shell语句：

```
Shell "c:\windows\system32\calc.exe", vbNormalFocus
```

## 3.6  运算符与表达式

用运算符将运算对象（或称为操作数）连接起来即构成表达式。表达式表示了某种求值规则。操作数可以是常量、变量、函数、对象等，而运算符也有各种类型。Visual Basic有以下6类运算符和表达式：

- 算术运算符与算术表达式。
- 字符串运算符与字符串表达式。
- 关系运算符与关系表达式。
- 布尔运算符与布尔表达式。
- 日期运算符与日期表达式。
- 对象运算符与对象表达式。

本节主要介绍算术运算符与算术表达式、字符串运算符与字符串表达式、关系运算符与关系表达式、布尔运算符与布尔表达式。

### 3.6.1 算术运算符与算术表达式

算术运算符用于对数值型数据执行各种算术运算。Visual Basic提供了7种算术运算符，表3-6以优先级次序列出了这些运算符，优先级为1表示具有最高优先级。

表3-6 算术运算符

| 优先级 | 运算符 | 运 算 | 示 例 | 结 果 |
|---|---|---|---|---|
| 1 | ^ | 乘方 | 3^2 | 9 |
| 2 | − | 取负 | −3 | −3 |
| 3 | * | 乘法 | 3*5 | 15 |
| 3 | / | 浮点除法 | 10/3 | 3.33333333333333 |
| 4 | \ | 整数除法 | 10\3 | 3 |
| 5 | Mod | 取模 | 10 Mod 3 | 1 |
| 6 | + | 加法 | 2+3 | 5 |
| 6 | − | 减法 | 2−3 | −1 |

其中，取负（−）运算符是单目运算符，其余运算符均为双目运算符（即需要两个操作数）。加、减（取负）、乘、除运算符的含义与数学中含义相同。下面介绍其余运算符的使用。

**1. 乘方运算**

乘方运算用来计算乘方和方根。例如：

| | |
|---|---|
| 10^2 | 10的平方，结果为100 |
| 10^(−2) | 10的平方的倒数，即1/100，结果为0.01 |
| 25^0.5 | 25的平方根，结果为5 |
| 8^(1/3) | 8的立方根，结果为2 |
| 2^2^3 | 运算顺序从左到右，结果为64 |
| (−8)^(−1/3) | 错误，当底数为负数时，指数必须是整数 |

**2. 整数除法**

整数除法执行整除运算，结果为整型值。参加整除运算的操作数一般为整型数。当操作数带有小数点时，首先被四舍五入为整型数，然后进行整除运算，运算结果截取整数部分，小数部分不做舍入处理。例如：

| | |
|---|---|
| 10\4 | 结果为2 |
| 25.68\6.99 | 先四舍五入再整除，结果为3 |

**3. 取模运算**

取模运算符Mod用于求余数，其结果为第一个操作数整除第二个操作数所得的余数。如果操作数带小数，则首先被四舍五入为整型数，然后求余数。运算结果的符号取决于第一个操作数。例如：

| | |
|---|---|
| 10 Mod 4 | 结果为2 |
| 25.68 Mod 6.99 | 先四舍五入再求余数，结果为5 |
| 11 Mod−4 | 结果为3 |
| −11 Mod 5 | 结果为−1 |
| −11 Mod −3 | 结果为−2 |

### 3.6.2 字符串运算符与字符串表达式

字符串运算符有两个：&、+，它们的作用都是将两个字符串连接起来，合并成一个新的字符串。例如：

| | |
|---|---|
| "Hello" & " World" | 结果为"Hello World" |
| "ABC" + "DEF" | 结果为"ABCDEF" |

这里要特别注意"&"、"+"两个运算符的区别。

"&"运算符两边的操作数不论是数值型还是字符串型，都进行字符串的连接运算。如果是数值型操作数，系统先将数值型操作数转换为字符串，然后再进行连接运算。例如：

"Check" & 123          结果为"Check123"

123 & 456              结果为"123456"

"123" & 456            结果为"123456"

"+"运算符两边的操作数应均为字符串。如果均为数值型，则进行算术运算；如果有一个为字符串，另一个为数值型，则要求字符串为数字串，其结果是将字符串转换成相应的数，然后再相加；如果字符串不是数字串，则出错。例如：

123 + 456              结果为579

"123" + 456            结果为579

"123" + "456"          结果为"123456"

"Check" + 123          错误

**【例3-4】** 模拟掷骰子。

**素材准备：** 准备好对应于骰子6个面的6个图形文件。设名称为Pic1.jpg～Pic6.jpg。如图3-7c所示，将这些图形文件保存在指定文件夹下。

**界面设计：** 新建一个标准EXE工程，将其保存到与骰子图形文件相同的文件夹下。设计如图3-7a所示的界面。使用Image控件Image1显示骰子图形，将Image1的Stretch属性设置为True，使图形大小可以与Image控件的大小相适应，设置其BorderStyle属性值为1-Fixed Single，使其带有边框。使用标签控件Label1显示骰子的点数，设置Label1的Alignment属性为2-Center，BorderStyle属性值为1-Fixed Single，Font属性为隶书、粗体、三号。

**代码设计：**

1）在"掷骰子"按钮Command1的Click事件过程中编写代码，生成一个1～6之间的随机整数x，用字符串连接运算符&将当前应用程序所在的路径（通过App.Path属性获得）、字符串"\Pic"、该随机整数x以及扩展名.jpg进行连接，产生当前要显示的骰子文件的路径及文件名（picFilename）。最后使用LoadPicture函数为Image1的Picture属性加载该图形。代码如下：

```
Private Sub Command1_Click()
    Dim x As Integer
    Randomize                                        ' 初始化随机数发生器
    x = Int(6 * Rnd + 1)                             ' 生成一个1~6之间的随机整数x
    picFilename = App.Path & "\Pic" & Format(x) & ".jpg"  ' 根据x产生图形文件名
    Image1.Picture = LoadPicture(picFilename)         ' 给Image1控件加载图形
    Label1.Caption = Format(x)                        ' 在标签上显示骰子的点数
End Sub
```

2）在"结束"按钮Command2的Click事件过程中输入End语句，结束程序运行。

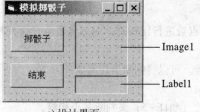
a) 设计界面

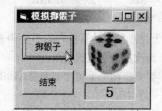
b) 运行界面

Pic1.jpg Pic2.jpg Pic3.jpg Pic4.jpg Pic5.jpg Pic6.jpg

c) 表示骰子6个面的图片与文件名的对应关系

图3-7  模拟掷骰子

### 3.6.3 关系运算符与关系表达式

关系运算符又称比较运算符，用于对两个表达式的值进行比较，比较的结果为布尔值True（真）或False（假）。Visual Basic提供的关系运算符如表3-7所示。

表3-7 关系运算符

| 运算符 | 运 算 | 示 例 | 结 果 |
| --- | --- | --- | --- |
| = | 等于 | 2=3 | False |
| <>或>< | 不等于 | 2<>3 | True |
| > | 大于 | 2>3 | False |
| < | 小于 | 2<3 | True |
| >= | 大于等于 | 2>=3 | False |
| <= | 小于等于 | 2<=3 | True |

Visual Basic按以下规则对表达式进行比较。

1）如果两个操作数都是数值型的，则按其值的大小进行比较。

2）如果两个操作数是单字符的字符串，则通过Option Compare语句来指定是按字符的内部二进制表示比较还是按文本比较。Option Compare语句格式为：

```
Option Compare {Binary | Text }
```

其中，指定参数"Binary"将根据字符的内部二进制表示来进行字符串比较。在Microsoft Windows中，典型的二进制排序顺序如下：

空格<"0"<"1"<…<"9"<"A"<"B"<…<"Z"<"a"<"b"<…<"z"

指定参数"Text"将根据由系统国别确定的一种不区分大小写的文本排序级别来进行字符串比较。

例如，在模块的通用声明部分使用了语句Option Compare Binary，则关系表达式"a" > "A"的结果为True。如果在模块的通用声明部分使用了Option Compare Text语句，则关系表达式"a" > "A"的结果为False。

Option Compare语句在模块的通用声明部分使用。如果模块中没有Option Compare语句，则默认的比较方法是Binary。

3）如果两个操作数是字符串，则根据当前的比较方式从第1个字符开始逐个比较。

例如，如果在模块的通用声明部分使用了语句Option Compare Binary或没有该语句，则

"abc" > "Abc"        结果为True

"for" < "fortran"        结果为True

如果在模块的通用声明部分使用了Option Compare Text语句，则

"abc" > "Abc"        结果为False

"for" < "fortran"        结果为True

4）由于浮点数在计算机内的不精确表示，在对浮点数进行比较时，应尽量避免直接判断两个浮点数是否相等，而改成对误差的判断。

例如，要判断两个单精度型变量A和B的值是否相等，可以将判断条件写成：

Abs(A−B)<1E−5

即用两个变量A和B的差的绝对值是否小于一个很小的数（如1E−5）来判断是否相等。

5）关系运算符的优先级相同。

### 3.6.4 布尔运算符与布尔表达式

布尔运算也称逻辑运算。布尔运算符两边的操作数要求为具有布尔值的表达式。用布尔运算符连接两个或多个操作数构成布尔表达式或逻辑表达式。布尔表达式的结果值仍为布尔值True或False。表3-8列出了Visual Basic中的布尔运算符。

表3-8　布尔运算符

| 优先级 | 运算符 | 运算 | 说　　　明 | 示　例 | 结果 |
|---|---|---|---|---|---|
| 1 | Not | 非 | 当操作数为假时，结果为真；当操作数为真时，结果为假 | Not (3>8) | True |
| | | | | Not (8>3) | False |
| 2 | And | 与 | 当两个操作数均为真时，结果才为真 | (3>8) And (5<6) | False |
| 3 | Or | 或 | 当两个操作数均为假时，结果才为假 | (3>8) Or (5<6) | True |
| 4 | Xor | 异或 | 当两个操作数同时为真或同时为假时，结果为假 | (3>8) Xor (5<6) | True |
| 5 | Eqv | 等价 | 当两个操作数同时为真或同时为假时，结果为真 | (3>8) Eqv (5<6) | False |
| 6 | Imp | 蕴含 | 当第一个操作数为真，第二个操作数为假时，结果才为假 | (3>8) Imp (5<6) | True |

其中，Not运算符为单目运算符，其他运算符为双目运算符。表3-9为布尔运算符的真值表。

表3-9　布尔运算符的真值表

| A | B | Not A | A And B | A Or B | A Xor B | A Eqv B | A Imp B |
|---|---|---|---|---|---|---|---|
| True | True | False | True | True | False | True | True |
| True | False | False | False | True | True | False | False |
| False | True | True | False | True | True | False | True |
| False | False | True | False | False | False | True | True |

例如，数学中表示条件"x在区间[a, b]内"，习惯上写成$a \le x \le b$，在Visual Basic中应写成：

a<=x And x<=b

例如，表示M和N之一为5，但不能同时为5，表示该条件的布尔表达式为：

m=5 Xor n=5

也可以写成：

((M = 5) And (N<>5)) Or ((M <> 5) And (N = 5))

### 3.6.5　混合表达式的运算顺序

一个表达式中可能含有多种运算，计算机按以下先后顺序对表达式求值：

括号→函数运算→算术运算→字符串运算→关系运算→布尔运算

例如，设$a=3$，$b=5$，$c=-1$，$d=7$，则以下表达式按标注①～⑩的顺序进行运算。

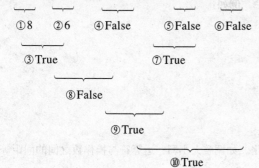

在代码中书写表达式时应注意以下几点：

- 表达式要写在同一行。例如，数学式$\dfrac{a+b}{c-d}$应写成(a+b)/(c-d)。

- 乘号"*"不能省略，也不能用"."代替。例如，$2ab$应写成2*a*b。

- 表达式中只能使用圆括号，不允许使用中括号或大括号。圆括号必须配对。例如，数学式$\dfrac{a+b}{a+\dfrac{c+d}{c-d}}$

只能写成$(a+b)/(a+(c+d)/(c-d))$，而不能写成$(a+b)/[a+(c+d)/(c-d)]$。

## 3.7　编码基础

　　程序由语句组成，语句又由以上介绍的各种语法成分组成。学习了Visual Basic的各种语法成分之后，就可以开始学习语句，利用语句来编写程序了。以下是语句的简单书写规则。

　　1）书写各种语句都应该严格按照Visual Basic的语法格式要求进行书写，否则在编译时将产生语法错误或运行时产生意想不到的结果。

　　例如，语句：

```
Dim a As Integer, b As Integer
```

用于定义变量a和b为整型变量，如果不小心将逗号写错了，变成

```
Dim a As Integer；b As Integer
```

则会产生语法错误。

　　又如，语句：

```
Const Pi = 3.14
```

表示定义符号常量Pi的值为3.14，如果不小心写成

```
ConstPi = 3.14
```

即在Const和Pi之间少了空格，则虽然编译时不产生语法错误，但运行时Visual Basic会认为ConstPi是一个变量的名称，而ConstPi = 3.14表示给变量ConstPi赋值3.14。

　　2）每条语句用于完成某种功能，通常单独占一行。

　　3）如果想在一行中写多条语句，语句之间要用冒号（：）分隔。例如：

```
Form1.FontSize=14 : Form1.BackColor=vbRed
```

　　4）如果想将一条语句（不包括注释）写在多行上（如一条语句太长），则可以在下一行继续，并在行的末尾用续行字符表示此行尚未结束。续行字符是一个空格加一个下划字符（ _），例如：

```
Text3.Text = Val(Text1.Text) + _
             Val(Text2.Text)
```

　　5）在一些代码块或语句块中，常使用一定的左缩进来体现代码的层次关系，虽然这不是必须的，但适当的缩进会使代码层次清楚，易于阅读和维护。例如：

```
Private Sub Command1_Click()
    X = Val(Text1.Text)
    If X >= 0 Then
        Print "X>0"
    Else
        Print "Not X>"
    End If
End Sub
```

　　Visual Basic会自动对语句进行一定的格式化。如调整大小写、运算符与操作数之间的间距等，使编写的程序更易于阅读理解。

## 3.8　上机练习

　　【练习3-1】设计如图3-8所示的界面。编程序实现，运行时，输入圆柱体的底面半径和高，单击"计算"按钮求圆柱体的底面积、侧面积和体积。要求：

　　1）程序中将π定义成符号常量（用Const pi=…）。

2）将输入的底面半径和高先分别存于变量r和h中（r和h声明为单精度型）。再利用pi、r、h计算圆柱体的底面积、侧面积和体积。运算结果设为只读。

【练习3-2】设计如图3-9所示的界面。编程序实现，运行时，单击"出题"按钮，产生任意两个[1,100]之间的随机整数；单击"计算"按钮，求这两个数的和。

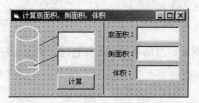

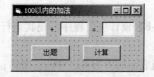

图3-8 计算底面积、侧面积、体积          图3-9 求100以内的随机整数之和

【练习3-3】设计程序实现，每隔0.1秒以随机的颜色和随机的半径在窗体上绘制同心圆（每次画一个圆）。如图3-10所示。

**提示：** 在窗体上画一个定时器控件 ⏱，设置其Interval属性值为100（相当于0.1秒），在定时器的Timer事件过程中编写代码。通过随机函数生成RGB函数的3个参数值，圆心设置在窗体中心（ScaleWidth / 2，ScaleHeight / 2），半径随机产生，范围在0与窗体高度一半之间。以坐标(x,y)为圆心绘制圆的Circle方法的简单格式为：

```
Circle (X,Y),半径,颜色
```

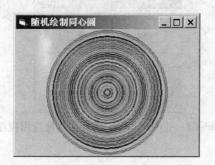

图3-10 随机绘制同心圆

【练习3-4】设计数字时钟，每隔1秒更新显示一次。界面如图3-11所示。

**提示：** 在窗体上画一个定时器控件 ⏱，设置其Interval属性值为1000（相当于1秒），在定时器的Timer事件过程中编写代码。

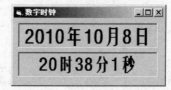

a) 设计界面                    b) 运行界面

图3-11 数字时钟

【练习3-5】编程序实现，在一个给定的字符串中查找某个指定字符第1次出现的位置。运行界面如图3-12所示。运行时，在文本框中任意输入一个小写字母后，即显示"× first occurs in position ×"。如在文本框中输入小写字母b，则将字母转换为大写并显示"B first occurs in position 11"。文本框内容始终处于选中状态。

图3-12　查找字符

【练习3-6】设计应用程序，使其运行时的界面如图3-13所示，当单击不同的按钮时，调出相应的应用程序。要求：

1）按钮表面的图形可以任选，参考位置：

C:\Program Files\Microsoft Visual Studio\Common\Graphics\Icon\Writing

2）将窗体背景设置成某种图案。

3）修改窗体左上角图标，图标文件自定，参考位置：

C:\Program Files\Microsoft Visual Studio\Common\Graphics\Icon

4）各应用程序文件名如下，请查找你的计算机中这些文件所在的路径（如C:\Windows），以便调用。

计算器：calc.exe　　　画图：mspaint.exe

写字板：write.exe　　记事本：notepad.exe

**提示：** 使用Shell函数实现调用其他应用程序。

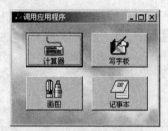

图3-13　在Visual Basic中调用其他应用程序

# 第4章 顺序结构程序设计

Visual Basic虽然采用事件驱动方法调用相对划分得比较小的子过程，但是对于过程本身，仍然要用到结构化程序设计方法，用控制结构控制过程内部的执行流程。顺序结构是结构化程序最简单的一种结构，其特点是按语句出现的先后次序从上到下（或从左到右）依次执行，程序设计的主要思路是按"输入→处理→输出"的顺序进行设计。本章主要介绍顺序结构程序设计所涉及的基本概念及基本语句。

## 4.1 赋值语句

赋值语句是程序设计中最基本的语句，它可以把指定的值赋给某个变量或某个对象的属性。

**格式**：

变量名 = 表达式

或

[对象名.]属性名 = 表达式

**功能**：首先计算"="号（称为赋值号）右边的表达式的值，然后将此值赋给赋值号左边的变量或对象属性。

**说明**：

1）"变量名"应符合Visual Basic的标识符的命名约定。

2）"表达式"可以是常量、变量、表达式及对象的属性。

3）"对象名"默认时为当前窗体。

**注意**：

1）"="赋值号与数学中的等号意义不同。

例如，语句X = X + 1表示将变量X的值加1后的结果值再赋给变量X，取代X现有的值，而不表示等号两边的值相等。

2）赋值号左边必须是变量或对象的属性。例如，以下赋值语句是正确的：

```
X = 1
MyStr = "Good Morning"
Command1.Caption = "确定"
```

而以下赋值语句是错误的，因为赋值号左边是表达式

```
X+1 = X
```

3）变量名或对象属性名的类型应与表达式的类型相容。所谓相容是指变量名或对象属性名能够正确存取赋值号右边的表达式的值。例如：

```
Dim A As Integer, B As Single, C As Double, S As String
A = 100              ' 将整型常量100赋给整型变量A
S = "123.45"         ' 将字符串"123.45"赋给字符串变量S
A = S                ' 将存放数字字符串的变量值赋给整型变量，变量A中存放123
S = A                ' 将整型变量值赋给字符串变量S，S中存放字符串"123"
B = 12345.67
A = B                ' 将高精度变量赋给低精度变量。先四舍五入后取整，变量A中存放12346
C = 123456.789
B = C                ' 将高精度变量赋给低精度变量，变量B中存放123456.8（7位有效数字）
S = "abc"
A = S                ' 错误，类型不匹配
```

4）变量未赋值时，数值型变量的值为0，字符串变量的值为空串""。

**【例4-1】** 交换两个变量的值。设变量A中存放5，变量B中存放8，交换两个变量的值，使变量A中存放8，变量B中存放5。

根据第1章介绍的交换变量的算法，需要借助第三个变量C才能实现交换。代码如下：

```
A = 5
B = 8
C = A
A = B
B = C
```

## 4.2 数据输入

把要加工的初始数据从某种外部设备（例如键盘、磁盘文件）读取到计算机（如变量）中，以便进行处理，这就叫数据的输入。

在Visual Basic中，可以用多种方法输入数据，本节将介绍两种常用的数据输入方法：使用InputBox（输入框）函数输入数据和使用TextBox（文本框）控件输入数据。

### 4.2.1 用InputBox函数输入数据

**格式**：`InputBox(提示信息[,对话框标题][,默认值])`

**功能**：产生一个输入对话框，用户可以在该对话框中输入一个数据。如果单击对话框的"确定"按钮，则输入的数据将作为函数值返回，返回值为字符串类型；如果单击对话框的"取消"按钮，则函数返回空串（""）。

**说明**：

1）提示信息：字符串表达式，表示要在对话框内显示的提示信息，提示用户输入数据的性质、范围、作用等。如果要显示多行提示信息，则可在提示信息中插入回车符Chr(13)、换行符Chr(10)、回车换行符的组合Chr(13) & Chr(10)或系统符号常量vbCrLf实现换行。

2）对话框标题：字符串表达式，是可选项。运行时该参数显示在对话框的标题栏中。如果省略，则在标题栏中显示当前的应用程序名。

3）默认值：字符串表达式，是可选项。显示在对话框上的文本框中，在没有其他输入时作为默认值。如果省略，则对话框上的文本框为空。

4）如果只省略第2个参数，则相应的逗号分隔符不能省略。

例如，假设某程序中有如下代码：

```
MyStr = InputBox("提示" & vbCrLf & "信息", "对话框标题", "aaaaaa")
```

执行该行代码时，弹出的输入对话框如图4-1所示。可以在文本框中将默认值修改成其他内容，单击"确定"按钮，文本框中的文本返回到变量MyStr中；单击"取消"按钮，返回一个零长度的字符串。

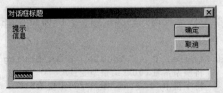

图4-1 输入对话框

### 4.2.2 用TextBox控件输入数据

TextBox（文本框）控件常用来作为输入控件，在运行时接收用户输入的数据。用文本框输入数据时，也就是将文本框的Text属性的内容赋给某个变量。

例如，将文本框Text1中输入的字符串赋给字符串变量MyStr，代码如下：

```
Dim MyStr As String
MyStr = Text1.Text
```

由于文本框的Text属性为字符串类型，因此，要想将输入到文本框中的内容作为数值输入，需要进行类型转换。例如，将在文本框Text1中输入的内容作为数值赋给整型变量，代码如下：

```
Dim A As Integer
A = Val(Text1.Text)            ' 这里使用Val函数将文本框的内容转换为数值型
```

### 4.2.3 焦点和Tab键序

1. 焦点

焦点表示了控件接收用户鼠标或键盘输入的能力。当对象具有焦点时，可以接收用户的输入。例如，在Windows环境下，任一时刻可运行几个应用程序，但只有具有焦点的应用程序才有活动标题栏，才能接收用户输入。又如，在有几个文本框的Visual Basic窗体中，只有具有焦点的文本框才能接收由键盘输入的文本。

当对象得到或失去焦点时，会产生GotFocus或LostFocus事件。窗体和多数控件支持这些事件。

用下列方法之一可以使对象获得焦点：

- 运行时用Tab键移动、用访问键或单击选择对象。
- 在代码中用SetFocus方法。

有些对象是否获得了焦点是可以看出来的。例如，当命令按钮获得焦点时，标题周围的边框将突出显示；当文本框获得焦点时，光标在文本框内闪烁。

只有当对象的Enabled和Visible属性设置为True时，它才能接收焦点。Enabled属性允许对象响应由用户产生的事件，如键盘和鼠标事件。Visible属性决定了对象运行时在屏幕上是否可见。

用下列方法之一可以使对象失去焦点：

- 运行时用Tab键移动、用访问键或单击选择另一个对象。
- 在代码中对另一个对象使用SetFocus方法改变焦点。

2. Tab键序

当窗体上有多个控件时，单击某个控件或者按键盘上的Tab键，就可以把焦点移到该控件上。每按一次Tab键，可以使焦点从一个控件移到另一个控件上。所谓Tab键序，就是指按Tab键时焦点在各个控件之间的移动顺序。

一般情况下，Tab键序由控件建立时的先后顺序确定。例如，在窗体上先后建立了文本框Text1、Text2和一个命令按钮Command1。运行时，Text1先获得焦点。按Tab键将使焦点按控件建立的顺序在控件间移动，如图4-2所示。

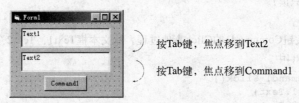

图4-2　Tab键序示例

控件的TabIndex属性决定了它在Tab键序中的位置。设置控件的TabIndex属性可以改变该控件在Tab键序中的位置。默认情况下，第一个建立的控件其TabIndex值为0，第二个建立的控件其TabIndex值为1，依此类推。当改变了一个控件的TabIndex值时，Visual Basic会自动调整其他控件的TabIndex值。例如，上例中要使Command1变为Tab键序中的首位，其他控件的TabIndex值将自动向上调整，如表4-1所示。

表4-1　控件的TabIndex值

| 控　　件 | 变化前的TabIndex值 | 变化后的TabIndex值 |
|---|---|---|
| Text1 | 0 | 1 |
| Text2 | 1 | 2 |
| Command1 | 2 | 0 |

由于编号从0开始，所以TabIndex的最大值总是比Tab键序中控件的数目少1。即使TabIndex属性值高于控件数目，Visual Basic也会将这个值转换为控件数减1。

不能获得焦点的控件（如定时器、菜单、框架、标签等控件）以及无效的（Enabled属性值为False）和不可见的（Visible属性值为False）控件，在按Tab键时将被跳过。

通常，在运行时按Tab键能将焦点移到Tab键序中的每一个控件上。若要跳过某个控件，可以将该控件的TabStop属性值设为False。TabStop属性已置为False的控件，仍然保持它在实际Tab键序中的位置，只不过在按Tab键时该控件被跳过了，但如果用鼠标单击该控件，仍然可以使其获得焦点。

【例4-2】设计如图4-3所示的界面，编程实现运行时输入三门课的成绩，求平均成绩，要求：

1）单击"计算"按钮求平均成绩。

2）当输入成绩的文本框Text1、Text2、Text3获得焦点时，选中其中的文本。

3）当输入成绩的文本框Text1、Text2、Text3中的任何一个内容发生变化时，清除文本框Text4中的内容。

4）单击"清除"按钮清除所有文本框的内容，并将焦点定位在文本框Text1中。

5）单击"退出"按钮结束程序的运行。

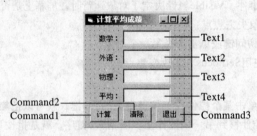

图4-3　计算平均成绩

**界面设计**：新建一个标准EXE工程，按图4-3所示设计界面。将文本框Text1、Text2、Text3、Text4的Alignment属性设置为1-Right Justify，使其中的数据靠右对齐。将Text4的Locked属性设置为True，使其内容在运行时不能修改（只读）。

**代码设计**：

1）编写"计算"按钮Command1的Click事件过程，从文本框Text1、Text2、Text3读取数据，计算平均值，显示在文本框Text4中。

```
Private Sub Command1_Click()
    A = Val(Text1.Text)
    B = Val(Text2.Text)
    C = Val(Text3.Text)
    Text4.Text = (A + B + C) / 3
End Sub
```

2）要在输入成绩的文本框获得焦点时选中其中的文本，需要在各文本框的GotFocus事件过程中编写代码。具体如下：

```
Private Sub Text1_GotFocus()
    Text1.SelStart = 0
    Text1.SelLength = Len(Text1.Text)
```

```
End Sub
Private Sub Text2_GotFocus()
    Text2.SelStart = 0
    Text2.SelLength = Len(Text2.Text)
End Sub
Private Sub Text3_GotFocus()
    Text3.SelStart = 0
    Text3.SelLength = Len(Text3.Text)
End Sub
```

3）要在输入成绩的文本框内容发生变化时清除Text4的内容，需要在各文本框的Change事件过程中编写代码。具体如下：

```
Private Sub Text1_Change()
    Text4.Text = ""
End Sub
Private Sub Text2_Change()
    Text4.Text = ""
End Sub
Private Sub Text3_Change()
    Text4.Text = ""
End Sub
```

4）编写"清除"按钮Command2的Click事件过程，清除所有文本框的内容，并将焦点定位在文本框Text1中。

```
Private Sub Command2_Click()
    Text1.Text = "" : Text2.Text = "" : Text3.Text = "" : Text4.Text = ""
    Text1.SetFocus                          ' 将焦点定位在文本框Text1中
End Sub
```

5）在"退出"按钮Command3的Click事件过程中输入End语句，结束程序的运行。

## 4.3 数据输出

在程序中对输入的数据进行加工后，往往需要将处理结果、提示信息等呈现给用户，即输出。本节将介绍使用TextBox（文本框）控件、Label（标签）、MsgBox（消息框）函数或语句和Print方法控件来实现输出。

### 4.3.1 用TextBox控件输出数据

前面介绍了如何用文本框输入数据，实际上，也可以使用文本框输出数据。例如，假设在变量X中存放计算结果，将结果保留2位小数并输出到文本框Text1中，可以使用语句：

```
Text1.Text = Format(X, "0.00")
```

由于文本框的Text属性是字符串类型，只能接收一个字符串类型的值，因此，当需要在一个文本框中显示多个数据时，需要将这些数据以字符串形式连接起来，形成一个字符串，才能输出到文本框中。

例如，用文本框Text1输出两个数值型变量X和Y的值，分两行输出，需要首先将文本框的MultiLine属性设置为True，使其能接收多行文本，然后编写如下代码：

```
Text1.Text = Str(X) & vbCrLf & Str(Y)
```

用文本框显示多个数据时，可以设置文本框带有滚动条，以使数据能够滚动显示。编写代码时，需要根据滚动条的方向决定数据之间是否需要添加空格或回车换行符号。

【例4-3】用文本框输入任意一个英文字母，用另一个文本框显示该英文字母及其ASCII码值。

**界面设计**：新建一个标准EXE工程，按图4-4a所示设计界面，注意设置文本框Text2的MultiLine属性为True，ScrollBars属性为2-Vertical，使其具有垂直滚动条。

**代码设计**：代码写在"ASCII码值"按钮Command1的Click事件过程中，先从文本框Text1中读取字符，然后通过字符串的连接运算将文本框Text2中已有内容、新输入的字母、间隔的空格、转换得到的ASCII码值以及回车换行符连接起来，仍然存入文本框Text2中。代码如下：

```
Private Sub Command1_Click()
    Dim Char As String * 1          ' 声明变量Char为字符串型，且只能存放1个字符
    Char = Text1.Text               ' 从文本框输入字母
    ' 显示Char及其ASCII码值Asc(Char)，用Space函数添加适当的间距，用vbCrLf换行
    Text2.Text =Text2.Text & Space(5) & Char & Space(10) & Str(Asc(Char)) & vbCrLf
    ' 将焦点设置在文本框Text1中，选中Text1中的所有内容
    Text1.SetFocus
    Text1.SelStart = 0
    Text1.SelLength = Len(Text1.Text)
End Sub
```

在以上代码中，对于显示字符及其ASCII码的语句：

```
Text2.Text = Text2.Text & Space(5) & Char & Space(10) &  Str(Asc(Char)) & vbCrLf
```

如果去掉赋值号（=）右侧的Text2.Text，运行效果会怎样？请读者思考并上机测试一下。

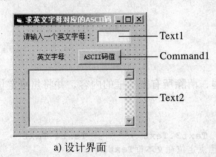 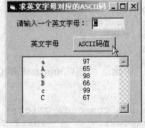

a) 设计界面                                            b) 运行界面

图4-4  用文本框输出多个数据

使用文本框输出结果时，如果不希望用户在界面上修改结果，可以将文本框的Locked属性设置为True。

### 4.3.2  用Label控件输出数据

用Label（标签）控件输出数据，也就是将数据赋给标签的Caption属性。例如，如果要在标签Label1上显示信息"输入错，请重新输入"，可以使用如下语句：

```
Label1.Caption = "输入错，请重新输入"
```

又如，要在标签Label1上分两行显示所求得的x、y的值，可以使用如下语句：

```
Label1.Caption = "x=" & Str(x) & vbCrLf & "y=" & Str(y)
```

**【例4-4】**输入三角形的三条边a、b、c的长度，求三角形的面积。已知三角形的三条边a、b、c的长度，可以用海伦公式求三角形的面积s，即：

$$s=\sqrt{p(p-a)(p-b)(p-c)}, \quad p=\frac{1}{2}(a+b+c)$$

**界面设计**：新建一个标准EXE工程，按图4-5a所示设计界面。其中的三角形由工具箱中的Line控件绘制。将三个文本框的Alignment属性设置为1-Right Justify，将标签Label2的BorderStyle属性设置为1-Fixed Single。

**代码设计**：代码写在Command1按钮的Click事件过程中，首先从文本框Text1、Text2和Text3读取三角形的三条边的值，分别保存到变量A、B、C中，然后利用海伦公式求面积，保存到变量S中，最后在标签中显示S的值。具体如下：

```
Private Sub Command1_Click()
    Dim A As Single, B As Single, C As Single,P As Single, S As Single
    A = Val(Text1.Text)
    B = Val(Text2.Text)
    C = Val(Text3.Text)
    P = (A + B + C) / 2
```

```
        S = Sqr(P * (P - A) * (P - B) * (P - C))
        Label2.Caption = Format(S, "0.00")          ' 用标签输出数据，保留两位小数
End Sub
```

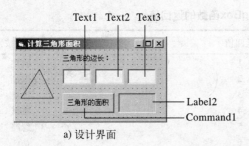
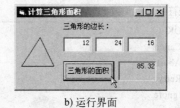

a) 设计界面          b) 运行界面

图4-5 求三角形的面积

### 4.3.3 用MsgBox函数输出数据

在Windows中，如果操作有误，通常会在屏幕上显示一个对话框，提示用户进行选择，然后根据选择确定其后的操作。Visual Basic提供的MsgBox函数就可以实现此功能，它可以显示一个对话框（称为消息框），并可以接收用户在消息框上的选择，以此作为程序继续执行的依据。MsgBox函数的格式如下：

> MsgBox(提示信息[,按钮类型][,对话框标题])

**功能**：打开一个消息框，在消息框中显示指定的消息，等待用户单击按钮，并返回一个整数告诉用户单击了哪个按钮。

**说明**：

1）提示信息：字符串表达式，用于指定显示在消息框中的信息，在提示信息中若要对文本信息进行换行，可以使用回车符Chr(13)、换行符Chr(10)、回车与换行符的组合Chr(13) & Chr(10)或系统符号常量vbCrLf。

2）按钮类型：数值型数据，是可选项，用于指定消息框中出现的按钮和图标的种类及数量，该参数的值由三类数值相加产生，这三类数值分别表示按钮的类型、显示图标的种类及默认按钮的位置（见表4-2），如果省略"按钮类型"，则默认为0。

3）对话框标题：字符串表达式，是可选项，指定在消息框的标题栏中显示的文本。如果省略，则在标题栏中显示当前应用程序名。

4）如果只省略第2个参数，则相应的逗号分隔符不能省略。

表4-2 "按钮类型"的设置值及含义

| 分 类 | 按钮值 | 系统定义符号常量 | 含 义 |
|---|---|---|---|
| 按钮的类型 | 0 | vbOKOnly | 只显示"确定"按钮 |
| | 1 | vbOKCancel | 显示"确定"、"取消"按钮 |
| | 2 | vbAbortRetryIgnore | 显示"终止"、"重试"、"忽略"按钮 |
| | 3 | vbYesNoCancel | 显示"是"、"否"、"取消"按钮 |
| | 4 | vbYesNo | 显示"是"、"否"按钮 |
| | 5 | vbRetryCancel | 显示"重试"、"取消"按钮 |
| 图标类型 | 16 | vbCritical | 显示停止图标× |
| | 32 | vbQuestion | 显示询问图标? |
| | 48 | vbExclamation | 显示警告图标! |
| | 64 | vbInformation | 显示信息图标i |
| 默认按钮 | 0 | vbDefaultButton1 | 第一个按钮是默认按钮 |
| | 256 | vbDefaultButton2 | 第二个按钮是默认按钮 |
| | 512 | vbDefaultButton3 | 第三个按钮是默认按钮 |

消息框出现后，用户必须做出选择，程序才能继续执行下一步操作。当在消息框中按下不同的按钮时，MsgBox函数根据所按的按钮返回不同的值。表4-3列出了MsgBox函数的返回值。

表4-3　MsgBox函数的返回值

| 系统符号常量 | 返回值 | 按下的按钮 |
| --- | --- | --- |
| vbOK | 1 | 确定 |
| vbCancel | 2 | 取消 |
| vbAbort | 3 | 终止 |
| vbRetry | 4 | 重试 |
| vbIgnore | 5 | 忽略 |
| vbYes | 6 | 是 |
| vbNo | 7 | 否 |

如果不需要返回值，则可以使用MsgBox语句，其格式为：

```
MsgBox 提示信息[,按钮类型][,对话框标题]
```

例如，语句：

```
MsgBox "提示信息"
```

只显示"提示信息"，默认显示一个"确定"按钮，如图4-6a所示。

语句：

```
MsgBox "提示信息" & vbCrLf & "换行显示"
```

显示两行提示信息，默认显示一个"确定"按钮，如图4-6b所示。

语句：

```
MsgBox "提示信息", , "标题"
```

省略了第2个参数"按钮类型"，但逗号不能省。显示的消息框如图4-6c所示。

语句：

```
a = MsgBox("提示信息", 1, "标题")
```

显示"确定"、"取消"按钮，如图4-6d所示。

语句：

```
a = MsgBox("提示信息", 1 + 16, "标题")
```

显示"确定"、"取消"按钮和停止图标，如图4-6e所示。

语句：

```
a = MsgBox("提示信息", 2 + 32 + 0, "标题")
```

显示"终止"、"重试"、"忽略"按钮和询问图标，并将第1个按钮设置为默认按钮，如图4-6f所示。

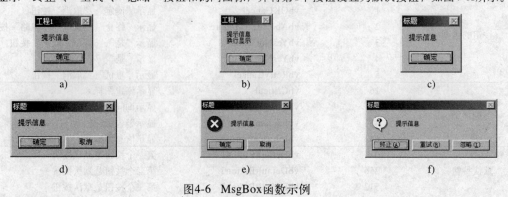

图4-6　MsgBox函数示例

### 4.3.4 用Print方法输出数据

Print方法可以在窗体、图片框（该控件将在第9章介绍）、打印机和立即窗口等对象上输出数据。

1. Print方法

**格式**：[对象名.]Print[表达式表][{;|,}]

**功能**：在指定的对象上打印表达式表指定的数据。

**说明**：

1）"对象名"可以是窗体、图片框、打印机或立即窗口。如果省略"对象名"，则在当前窗体上输出。例如：

```
Form1.Print "Hello"        ' 在窗体Form1上显示字符串"Hello"
Picture1.Print "Hello"     ' 在图片框Picture1上显示字符串"Hello"
Debug.Print "Hello"        ' 在立即窗口上显示字符串"Hello"
Printer.Print "Hello"      ' 在打印机上打印字符串"Hello"
```

2）"表达式表"中的表达式可以是算术表达式、字符串表达式、关系表达式或布尔表达式，多个表达式之间可以用逗号（,）或分号（;）分隔。

3）Print方法具有计算和输出双重功能。对于表达式，先计算表达式的值，然后输出。输出时，数值型数据前面有一个符号位（正号不显示），后面留一个空格位；对于字符串则原样输出，前后无空格。例如，执行以下代码：

```
Private Sub Form_Activate()
    X = 5: Y = 8
    Print "12345678901234567890"
    Print X + Y
    Print Z = X + Y          ' 关系表达式
End Sub
```

图4-7　不同类型数据的输出

在当前窗体上的输出结果如图4-7所示。

4）Print方法有两种显示格式：分区格式和紧凑格式。当各表达式之间用逗号作为分隔符时，则按分区格式显示数据项，以14个字符位置为单位把一个输出行分成若干区段，每个区段输出一个表达式的值。当各表达式之间用分号作为分隔符时，则按紧凑格式输出数据，后一项紧跟前一项输出。例如，执行以下代码：

```
Private Sub Form_Activate()
    Print "12345678901234567890"
    Print "2+4="; 2 + 4
    Print "2-4=", 2 - 4
End Sub
```

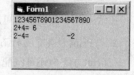

图4-8　分区格式和紧凑格式

在当前窗体上的输出结果如图4-8所示。

5）如果Print方法的末尾不加逗号或分号，则每执行一次Print方法都要自动换行，执行随后的Print方法时，会在新的一行上输出数据；如果在Print方法的末尾加上分号或逗号，则执行随后的Print方法时将在当前行继续输出数据。例如，执行以下代码：

```
Private Sub Form_Activate()
    Print "12345678901234567890"
    Print "2+4="; 2 + 4,
    Print "2-4=";
    Print 2 - 4
End Sub
```

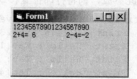

图4-9　在Print方法末尾使用逗号或分号

在当前窗体上的输出结果如图4-9所示。

6）如果省略"表达式表"，则输出一个空行或取消前面Print末尾的逗号或分号的作用。例如，执行以下代码：

```
Private Sub Form_Activate()
```

```
    Print "12345678901234567890"
    Print           ' 产生空行
    Print "2+4="; 2 + 4,
    Print           ' 取消上句末尾逗号的作用
    Print "2-4=";
    Print 2 - 4
End Sub
```

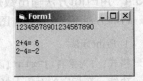

在当前窗体上的输出结果如图4-10所示。

图4-10  使用无参数的Print方法

如果要在窗体上或图片框上的指定位置打印，可以在运行时通过设置窗体或图片框的CurrentX属性或CurrentY属性来决定下一次打印的水平或垂直坐标（窗体或图片框的左上角坐标为(0,0)，$x$坐标正方向向右，$y$坐标正方向向下）。例如，执行以下代码：

```
Private Sub Form_Activate()
    Print "12345678901234567890"
    Print "2+4="; 2 + 4
    CurrentX = 1000    ' 坐标以缇为单位表示
    CurrentY = 500
    Print "2-4=";      ' 在(1000,500)位置上打印
    Print 2 - 4
End Sub
```

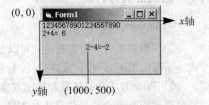

在当前窗体上的输出结果如图4-11所示。

图4-11  使用CrurentX和CrurentY属性

**注意**：若要在Form_Load事件过程中对窗体对象、图片框对象使用Print方法显示数据，必须首先使用窗体的Show方法，或者把窗体对象、图片框对象的AutoRedraw属性设置为True，否则Print方法不起作用。

例如，以下代码在窗体加载时执行，在窗体上的显示结果如图4-12所示。

```
Private Sub Form_Load()
    Form1.Show
    Print "12345678901234567890"
    Print "2+4="; 2 + 4,
    Print "2-4=";
    Print 2 - 4
End Sub
```

图4-12  在窗体的Load事件过程中使用Print方法

在输入Print关键字时可以只输入"？"，Visual Baisc会自动将其转换成Print。

2. 与Print方法有关的函数

在Print方法中还可以配合使用Tab函数和Spc函数来控制打印位置。

（1）Tab函数

**格式**：Tab[(n)]

**功能**：将当前打印位置移动到第n列。

**说明**：若n小于当前打印位置，则自动移到下一个输出行的第n列；若n小于1，则打印位置在第1列；若省略此参数，则将打印位置移动到下一个打印区的起点（14列为一个打印区）。

```
Private Sub Form_Activate()
    Print "12345678901234567890"
    Print "Hello"; Tab(10); "World"  ' 第二个输出项在第10列输出
    Print "Hello"; Tab; "World"      ' Tab函数无参数，第二项在第二个打印区输出
    Print "Hello"; Tab(4); "World"   ' n小于当前打印位置，第二项在下一行输出
    Print Tab(-5); "Hello"           ' n小于1，在第1列输出
End Sub
```

在当前窗体上的输出结果如图4-13所示。

（2）Spc函数

**格式**：Spc(n)

图4-13  使用Tab函数示例

**功能**：跳过n个空格。

**说明**：n是一个数值表达式，表示空格数。

例如，执行语句：

```
Private Sub Form_Activate()
    Print "12345678901234567890"
    Print "Hello"; Spc(3); "World"
End Sub
```

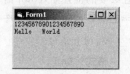

图4-14 使用Spc函数示例

在当前窗体上的输出结果如图4-14所示。

注意如下几点：

1）在Spc函数和Tab函数之后应使用分号分隔，如果使用逗号，则随后的表达式将从下一个打印区输出。

2）Spc函数与Tab函数的区别：Spc函数表示两个输出项之间的间隔；Tab函数总是从对象（如窗体）的左端开始计数，表示从指定位置开始输出。

3）Spc函数与Space函数的区别：Spc函数只能在Print方法中使用；Space函数既可以在Print方法中使用，也可以在字符串表达式中使用。上面例子中的语句用Space函数可以写成：

```
Print "Hello"; Space(3); "World"
```

或

```
Print "Hello" & Space(3) & "World"
```

## 4.4 注释、暂停与程序结束语句

### 1. 注释语句

**格式**：' |Rem 注释内容

**功能**：给程序中的语句或程序段加上注释内容，以提高程序的可读性。

**说明**：

1）如果用Rem来注释，则Rem与注释内容之间应至少空一个空格。如果将以Rem开始的注释语句放在语句行的最后，则语句间应用冒号分隔。

2）注释语句是非执行语句，仅对程序的有关内容起注释作用，它不被解释和编译，但在程序清单中，将完整地列出注释。

3）任何字符（包括汉字）都可以放在注释行中作为注释内容。注释语句通常放在过程、模块的开头，用于对过程或模块进行功能说明，也可以放在执行语句的后面，用于对相应语句进行功能说明。

例如，以下代码包含了多种形式的注释：

```
Private Sub Form_Activate()
    Rem 本程序用于计算圆的面积
    Dim R As String, AREA As Single          ' R表示半径，AREA表示面积
    R= Val(InputBox("请输入半径", , "1"))     : Rem 输入半径
    AREA = 3.14 * R ^ 2                        ' 计算面积
    ' 将半径和面积输出到窗体上
    Print R; AREA
End Sub
```

注意，注释语句不能放在续行符的后面。如果需要连续多行书写注释，需要在每行的开始以Rem或'开头。

在调试程序时，对于某些暂时不用的语句（以后还要使用），可以在这些语句之前添加Rem或'暂时停止其执行，在需要的时候再去掉Rem或'，使其起作用，这样可以减少代码的修改量。

### 2. 暂停语句

**格式**：Stop

**功能**：暂停程序的执行。

Stop语句可以放在过程中的任何地方，当程序执行到Stop语句时将暂停执行，这时，系统自动打开立即窗口，用户可以在立即窗口中观察当前的执行情况，如变量、表达式的值等。Stop语句常用来调试程序，在必要的位置插入Stop语句，使程序分段执行，以分析程序段的执行情况，找出错误所在。在程序调试完毕之后，生成可执行文件（.exe文件）之前，应删除所有的Stop语句。

3. 结束语句

**格式**：End

**功能**：结束程序的执行。

为了保持程序的完整性并使程序能够正常结束，应当在程序中含有End语句，并且通过End语句来结束程序的运行。

## 4.5  顺序结构程序应用举例

**【例4-5】**鸡兔同笼问题。已知笼中鸡兔总头数为$h$，总脚数为$f$，问鸡兔各有多少只？

**分析**：设鸡有$x$只，兔有$y$只，则根据题意列出方程式如下：

$$\begin{cases} x + y = h \\ 2x + 4y = f \end{cases}$$

解方程，得出求x和y的公式为：

$$x = (4h - f)/2$$
$$y = (f - 2h)/2$$

**界面设计**：按图4-15a所示设计界面。用文本框Text1、Text2输入鸡和兔的总头数、总脚数，用标签Label5和Label6显示计算结果。

**代码设计**：

1）在"计算"按钮Command1的Click事件过程中，按"输入→计算→输出"的思路编写代码。

```
Private Sub Command1_Click()
    Dim h As Integer, f As Integer, x As Integer, y As Integer
    ' 输入
    h = Val(Text1.Text)
    f = Val(Text2.Text)
    ' 计算
    x = (4 * h - f) / 2
    y = (f - 2 * h) / 2
    ' 输出
    Label5.Caption = Str(x)
    Label6.Caption = Str(y)
End Sub
```

2）为了方便用户多次输入数据，在输入数据的文本框Text1和Text2获得焦点（GotFocus事件）时，选中其中的文本。

```
Private Sub Text1_GotFocus()      ' 文本框Text1获得焦点时，选中其中的文本
    Text1.SelStart = 0
    Text1.SelLength = Len(Text1.Text)
End Sub
Private Sub Text2_GotFocus()      ' 文本框Text2获得焦点时，选中其中的文本
    Text2.SelStart = 0
    Text2.SelLength = Len(Text2.Text)
End Sub
```

3）在输入数据的文本框内容改变（Change事件）时，清除结果标签Label5和Label6的内容。

```
Private Sub Text1_Change()        ' 文本框Text1内容改变时，清空结果标签的内容
    Label5.Caption = ""
```

```
    Label6.Caption = ""
End Sub
Private Sub Text2_Change()          ' 文本框Text2内容改变时，清空结果标签的内容
    Label5.Caption = ""
    Label6.Caption = ""
End Sub
```

运行时输入鸡兔总头数16，总脚数40，单击"计算"按钮，结果如图4-15b所示。

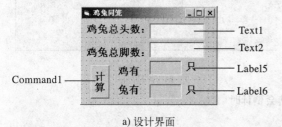

a) 设计界面                                          b) 运行界面

图4-15　鸡兔同笼

【例4-6】根据系统的具体日期和时间，设计一个倒计时程序。要求：

1) 能在界面上显示当前时间。

2) 能在界面上显示目标时间。

3) 能显示距离目标时间还有多少天、多少小时。

**界面设计**：新建一个标准EXE工程。以目标时间为2010年上海世博会开幕式时间为例，参考界面如图4-16a所示。界面设计说明如下：

1) 界面上的所有文字提示使用标签进行设计。

2) 界面上所有显示时间的控件用文本框设计。

3) 界面下部的显示结果使用Frame控件（框架）对其进行分组。具体方法是，单击工具箱上的Frame控件　，在窗体上画出一个矩形框，在属性窗口将其Caption属性清空，然后在该矩形框中添加控件。

4) 向窗体上添加一个定时器控件，在属性窗口设置其Interval属性值为1000（即1秒）。使用该控件来实现每隔1秒界面刷新一次时间。

**代码设计**：代码写在定时器的Timer事件过程中。使用系统内部函数Now获取当前的日期和时间，使用Year、Month、Day、Hour、Minute函数获取当前的年、月、日、小时、分钟。使用DateDiff函数计算天数和小时数。DateDiff函数用于返回两个指定date类型的数据之间的时间间隔。其格式如下：

```
DateDiff(interval, date1, date2)
```

其中，参数interval是一个String类型的参数，用来指定要获取的时间间隔的类型，指定"d"表示天数，指定"h"表示小时数。

代码如下：

```
Private Sub Timer1_Timer()
    Text1.Text = Year(Now)
    Text2.Text = Month(Now)
    Text3.Text = Day(Now)
    Text4.Text = Hour(Now)
    Text5.Text = Minute(Now)
    Text7.Text = DateDiff("d", Now, "2010-04-30 20:00:00")  ' 计算天数
    Text8.Text = DateDiff("h", Now, "2010-04-30 20:00:00")  ' 计算小时数
End Sub
```

运行时，界面上的时间会每隔1秒自动刷新一次，效果如图4-16b所示。

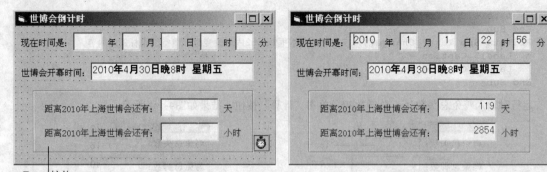

a) 设计界面    b) 运行界面

图4-16 世博会倒计时

【例4-7】求用十进制表示$2^{30}$有多少位。

**界面设计**：设计界面如图4-17a所示。

**代码设计**：首先求出$2^{30}$的值，然后用Str函数将其转换成字符串，用Trim函数去掉该字符串前的空格，再用Len函数求其位数。代码如下：

```
Private Sub Form_Load()
    Dim M As Long, Temp As String
    Show
    M = 2 ^ 30
    Temp = Str(M)            ' 将M转换成字符串
    Label3.Caption = Label3.Caption & Temp
    CurrentX = 300           ' 定义窗体当前打印位置的X坐标
    CurrentY = 800           ' 定义窗体当前打印位置的Y坐标
    Print "总共有"; Len(Trim(Temp)); "位"     ' 使用Trim去除空格后，再计算长度
End Sub
```

运行时显示结果如图4-17b所示。

a) 设计界面    b) 运行界面

图4-17 求用十进制表示$2^{30}$的位数

## 4.6 上机练习

【练习4-1】设计一个计算购书价的程序，界面如图4-18所示。要求：

1）界面上的文字全部为宋体五号字（请一次设定）。

2）按图示给各文本框取名。为"计算总价（C）"和"退出（X）"按钮设定访问键。

3）设置Tab键序，使得运行时焦点首先定位在DJ文本框，输入单价后，按Tab键可输入数量（设置TabIndex属性）。

4）设置ZJ文本框的Locked属性和TabStop属性，使其运行时为只读，且用户不能通过按Tab键将焦点定位在ZJ文本框中。

5）编写代码，实现运行时在输入单价与数量之后，单击"计算总价（C）"按钮将计算出总价钱，显示于文本框ZJ中。单击"退出（X）"按钮结束运行。

**提示**：先将文本框中的内容使用Val函数转换后再进行计算。

6）将ZJ文本框改换成标签，同样将标签命名为ZJ。将标签的BorderStyle属性设置为1-Fixed Single，用标签输出计算结果。

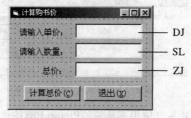

图4-18　计算购书价

【练习4-2】设计一个收款计算程序，界面如图4-19所示。要求：

1）将三个输入文本框依次命名为T1、T2、T3，应付款文本框命名为TRESULT。

2）设置Tab键序，使得运行时焦点首先在折扣一栏，输入折扣后，按Tab键可输入单价，再按Tab键可输入数量。

3）将应付款文本框TRESULT设置为只读。

4）编写程序，实现运行时单击"计算"按钮计算应付款；单击"清除"按钮或按Esc键（设置Cancel属性为True）都能清除应付款的内容，并将焦点定位在"折扣"一栏，选中"折扣"中的所有内容；单击"退出"按钮结束执行。

**提示**：使用以下语句定位焦点并选中文本：

```
T3.SetFocus
T3.SelStart = 0
T3.SelLength = Len(T3.Text)
```

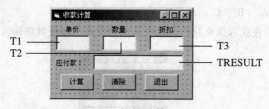

图4-19　收款计算

【练习4-3】设计求三角函数的绝对值的程序，界面如图4-20所示。要求：

1）运行时，当输入某一角度之后，单击"计算"按钮能计算出相应的三角函数的绝对值。

2）每次的计算结果附加在上次计算结果之后，显示于带垂直滚动条的文本框中。

3）所有数据保留3位小数（注意，输入的X为角度，需要转换成弧度再使用三角函数）。

4）每次完成计算之后，选中输入的文本，以便继续输入。

图4-20　求三角函数的绝对值

【练习4-4】编写程序，实现用InputBox函数输入时、分、秒，求一共多少秒。运行时单击窗体，将转换结果打印在窗体上，要求输出数据格式为：××小时××分××秒=××…××秒。输入小时的输入框形式如图4-21所示（用InputBox函数自动生成），输入分、秒类似。

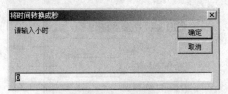

图4-21　输入小时的输入框

【练习4-5】设计包括两个图片框（使用工具箱的PictureBox控件）的界面，运行时，单击图片框，在相应的图片框中显示如图4-22所示的图形，要求每行的打印起始位置用Tab函数实现，用String函数生成字符串。

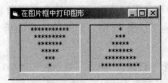

图4-22　单击图片框打印图形

【练习4-6】编写程序求二元一次联立方程组的解，二元一次联立方程组的通用形式为：

$$\begin{cases} A_1X + B_1Y = C_1 \\ A_2X + B_2Y = C_2 \end{cases}$$

运行时界面如图4-23所示。要求：

1）单击"求解"按钮求解，将所求的解使用Print方法直接显示在窗体上。

2）设置Tab键序为：$A_1$、$B_1$、$C_1$、$A_2$、$B_2$、$C_2$。

3）所有输入的文本框在获取焦点时自动选中其中的文本，以便继续输入。

图4-23　求方程组的解

【练习4-7】用文本框输入平面直角坐标系两点的坐标，单击命令按钮求两点间的距离，结果显示于某标签中，界面自定。

# 第5章 选择结构程序设计

顺序结构程序的执行是按语句的先后排列次序进行的，然而，计算机在处理实际问题时，往往需要根据条件是否成立来决定程序的执行方向，在不同的条件下进行不同的处理。假如遇到这样一个问题：

$$y = \begin{cases} |x| & x \leqslant 0 \\ \ln x & x > 0 \end{cases}$$

在输入变量$x$的值之后，需要根据$x$的不同取值范围做不同的处理，使用顺序结构的程序是无法解决这一问题的。本章将介绍Visual Basic中用于解决此类问题的三种语句结构，即：

- 单行结构条件语句（If...Then...Else...）。
- 块结构条件语句（If...Then...End If）。
- 多分支选择语句（Select Case...End Select）。

以上语句又统称为条件语句，其功能都是根据条件或表达式的值有选择地执行一组语句。

## 5.1 单行结构条件语句If...Then...Else...

**格式**：`If 条件 Then [语句组1] [Else 语句组2]`

**功能**：该语句的功能可以用流程图5-1表示。即：如果"条件"成立（即"条件"的值为True），则执行"语句组1"，否则（即"条件"的值为False）执行"语句组2"。

**说明**：

1）"条件"可以是关系表达式、布尔表达式、数值表达式或字符串表达式。对于数值表达式，Visual Basic将0作为False处理、将非0作为True处理；对于字符串表达式，Visual Basic只允许包含数字的字符串，当字符串中的数字值为0时，则认为是False，否则认为是True。

2）单行结构条件语句可以没有Else部分，表示当条件不成立时不执行任何操作，这时必须有"语句组1"。其功能如流程图5-2所示。例如：

```
If X<>"aaa" Then Print X
```

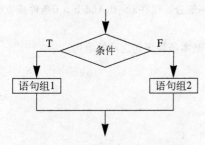

图5-1 单行结构条件语句的功能

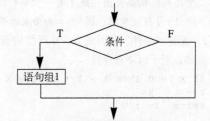

图5-2 没有Else部分的单行结构条件语句的功能

3）"语句组1"和"语句组2"分别可以包含多条语句，但各语句之间要用冒号隔开。例如：

```
If N>0 Then A=A+B:B=B+A Else A=A-B:B=B-A
```

【例5-1】使用单行结构条件语句，根据以下公式计算$Y$的值。

$$Y = \begin{cases} |X| & X \leqslant 0 \\ \ln X & X > 0 \end{cases}$$

**界面设计**：设计如图5-3所示的界面。运行时，用文本框Text1输入X的值，单击"计算Y"按钮Command1计算Y的值，计算结果显示于标签Label3中。

**代码设计**：在"计算Y"按钮的Click事件过程中编写代码，首先读取文本框Text1的值并赋值给变量X，然后根据X的不同取值计算Y的值，最后用标签Label3显示Y的值。该过程可以用图5-4所示的流程图表示。代码如下：

```
Private Sub Command1_Click()
    X = Val(Text1.Text)                              ' 读取文本框Text1的值并赋值给变量X
    If X <= 0 Then Y = Abs(X) Else Y = Log(X)        ' 根据X的不同取值计算Y的值
    Label3.Caption = Y                               ' 用标签Label3显示Y的值
End Sub
```

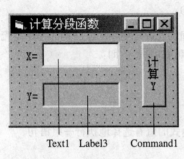

图5-3  计算分段函数界面

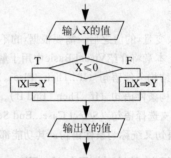

图5-4  "计算Y"按钮的处理流程

使用单行结构条件语句应注意以下几点：

1）单行结构条件语句应作为一条语句书写。如果语句太长需要换行，必须在换行处使用续行符号，即一个空格跟一个下划线。

2）多条单行结构条件语句不要用冒号合并成一行。例如，执行如下代码段：

```
a = 1 : b = -2
If a > 0 And b > 0 Then y = a + b
If a > 0 And b < 0 Then y = a - b
Print y
```

打印出y的值为3，如果把以上两个单行结构条件语句合并成一行：

```
If a > 0 And b > 0 Then y = a + b: If a > 0 And b < 0 Then y = a - b
```

则第二个单行结构条件语句成了第一个单行结构条件语句的一部分，仅在a > 0 And b > 0条件成立时才会执行，因此y没有被求值。语句y = a−b永远不会被执行。

3）无论"条件"是否成立，单行结构条件语句的出口都是本条件语句之后的语句。

例如，对于以下程序段：

```
If X >= 0 Then X = 1 + X Else X = 5 - X
Y = 1 - X
Print "Y="; Y
```

无论条件X>=0是否成立，都要执行If语句后面的语句Y=1−X。

4）单行结构条件语句可以嵌套，也就是说，在"语句组1"或"语句组2"中可以包含另外一个单行结构条件语句。例如：

```
If x > 0 Then If y > 0 Then z = x + y Else z = x - y Else Print "error"
```

以上语句在x>0条件成立时又执行了另一个单行结构条件语句（下划线部分）。由于单行结构条件语句需要在一行内写完，因此，嵌套的单行结构条件语句会显得冗长，且结构不清楚，容易引起混乱。

可以看出，单行结构条件语句书写简单，适合于处理具有两个条件分支的情况，而不适合于处理条件分支较多或问题较复杂的情况。使用以下的块结构条件语句来处理这类问题会更方便些。

## 5.2 块结构条件语句If...Then...End If

**格式：**

```
If 条件1 Then
    [语句组1]
[ElseIf 条件2 Then
    [语句组2]]
…
[ElseIf 条件n Then
    [语句组n]]
[Else
    [语句组n+1]]
End If
```

**功能：** 执行该块结构条件语句时，首先判断"条件1"是否成立。如果成立，则执行"语句组1"；如果不成立，则继续判断ElseIf子句中的"条件2"是否成立。如果成立，则执行"语句组2"，否则，继续判断以下的各个条件，依此类推。如果"条件1"到"条件n"都不成立，则执行Else子句后面的"语句组n+1"。

当某个条件成立而执行了相应的语句组后，将不再继续往下判断其他条件，而直接退出块结构，执行End If之后的语句。块结构条件语句的功能可以用图5-5所示的流程图表示。

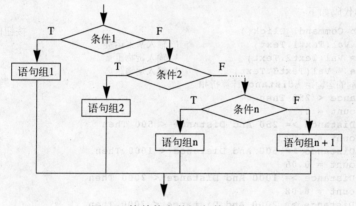

图5-5 块结构条件语句的功能

**说明：**

1）"条件"可以是关系表达式、布尔表达式、数值表达式或字符串表达式。对于数值表达式，Visual Basic将0作为False处理、将非0作为True处理；对于字符串表达式，Visual Basic只允许包含数字的字符串，当字符串中的数字值为0时，则认为是False，否则认为是True。

2）除了第一行的If语句和最后一行的End If语句是必需的以外，ElseIf子句和Else子句都是可选的。以下是块结构条件语句的两种常见的简化形式。

形式一：　　　　　　形式二：
```
If 条件 Then        If 条件 Then
    语句组1              语句组
Else                End If
    语句组2
End If
```

形式一的功能与单行结构条件语句功能相同（参见图5-1），用于处理两个条件分支的情况；而形式二仅在条件成立时执行一定的操作，当条件不成立时则不做任何处理（参见图5-2）。

【**例5-2**】某运输公司对用户计算运费，距离越远，每公里运费越低，计算标准如下：

| | |
|---|---|
| 距离<250km | 没有折扣 |
| 250km≤距离<500km | 2%折扣 |
| 500km≤距离<1000km | 5%折扣 |
| 1000km≤距离<2000km | 8%折扣 |
| 2000km≤距离<3000km | 10%折扣 |
| 距离≥3000km | 15%折扣 |

使用块结构条件语句，按以上标准计算运费。

**分析**：设每公里每吨货物的基本运费为Price，货物重量为Weight，运输距离为Distance，折扣为Discount，则总运费Freight的计算公式为：

$$Freight = Price * Weight * Distance * (1 - Discount)$$

**界面设计**：设计如图5-6a所示的界面。用文本框Text1、Text2、Text3输入基本运费、货物重量和运输距离，用标签Label4显示计算结果。将Label4的BorderStyle属性设置为1 - Fixed Single，使其具有立体边框。运行时通过单击"计算运费"按钮计算运费。

**代码设计**：代码应写在命令按钮Command1的Click事件过程中。思路是：首先分别从文本框Text1、Text2、Text3输入基本运费、货物重量和运输距离并分别赋值给变量Price、Weight和Distance，然后用块结构条件语句根据Distance的值确定折扣Discount，最后用以上公式计算总运费，并将计算结果显示在标签Label4中。具体代码如下：

```
Private Sub Command1_Click()
    Price = Val(Text1.Text)                    ' 输入基本运费
    Weight = Val(Text2.Text)                   ' 输入货物重量
    Distance = Val(Text3.Text)                 ' 输入运输距离
    ' 根据不同的运输距离distance计算折扣
    If Distance < 250 Then
        Discount = 0
    ElseIf Distance >= 250 And Distance < 500 Then
        Discount = 0.02
    ElseIf Distance >= 500 And Distance < 1000 Then
        Discount = 0.05
    ElseIf Distance >= 1000 And Distance < 2000 Then
        Discount = 0.08
    ElseIf Distance >= 2000 And Distance < 3000 Then
        Discount = 0.1
    Else
        Discount = 0.15
    End If
    Freight = Price * Weight * Distance * (1 - Discount)   ' 计算总运费
    Label4.Caption = Format(Freight, "0.00")               ' 输出总运费
End Sub
```

运行时，首先输入基本运费、货物重量和运输距离，然后单击"计算运费"按钮，则在标签Label4中显示计算结果，如图5-6b所示。

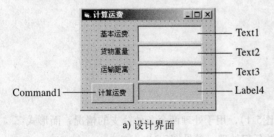

a) 设计界面

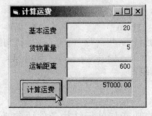

b) 运行界面

图5-6 计算运费

由于在块结构条件语句中，只有在前一个条件不成立的情况下才会继续判断下一个条件是否成立，因此，本例的条件语句可以简化成如下形式：

```
If Distance < 250 Then
    Discount = 0
ElseIf Distance < 500 Then
    Discount = 0.02
ElseIf Distance < 1000 Then
    Discount = 0.05
ElseIf Distance < 2000 Then
    Discount = 0.08
ElseIf Distance < 3000 Then
    Discount = 0.1
Else
    Discount = 0.15
End If
```

以上条件语句首先判断条件Distance<250，如果成立，则执行语句Discount=0，接着就退出整个块结构，执行End If之后的语句；如果不成立，即在Distance>=250的情况下，才继续判断下一个条件，这时将条件写成Distance<500和写成Distance>=250 And Distance<500显然是完全相同的。其他条件的省略书写也是因为同样的原因。

使用块结构条件语句应注意以下几点：

1）整个块结构必须以If语句开头，End If语句结束。

2）关键字ElseIf不能写成Else If，即中间不能有空格。

3）要注意严格按格式要求进行书写，不可以随意换行或将两行合并成一行。例如，对于条件结构：

```
If x >= 0 Then
    y = 1
Else
    y = 2
End If
```

以下两种写法都是错误的。

写法一：

```
If x >= 0 Then y = 1
Else y = 2
End If
```

写法二：

```
If x >= 0 Then y = 1 Else y = 2
End If
```

在写法一中，第一条语句被认为是一个完整的单行结构条件语句，因此Visual Basic将找不到与Else配对的If语句。而Else和y = 2也应该分成两行书写。

在写法二中，第一条语句被认为是一个单行结构条件语句，因此Visual Basic将找不到与End If配对的If语句。

在书写块结构条件语句时，可以将If语句、ElseIf子句、Else子句和End If语句左对齐，而各语句组向右缩进若干空格，以使程序结构更加清楚，便于阅读和查错。

可以看出，与单行结构条件语句相比，使用块结构条件语句处理具有多个条件分支的问题时，程序结构更加清楚，书写更方便。

对于根据单一表达式的值来决定执行多种可能的动作之一的情况，使用下面的多分支选择语句则更为方便。

## 5.3   多分支选择语句Select Case...End Select

**格式：**

```
Select Case 测试表达式
```

```
    Case 表达式表1
        [语句组1]
    [Case 表达式表2
        [语句组2]]
        …
    [Case 表达式表n
        [语句组n]]
    [Case Else
        [语句组n+1]]
End Select
```

**功能**：根据"测试表达式"的值，按顺序匹配Case后的表达式表，如果匹配成功，则执行该Case下的语句组，然后转到End Select语句之后继续执行；如果"测试表达式"的值与各Case后的表达式表都不匹配，则执行Case Else之后的"语句组n+1"，再转到End Select语句之后继续执行。多分支选择语句的功能可以用图5-7所示的流程图表示。

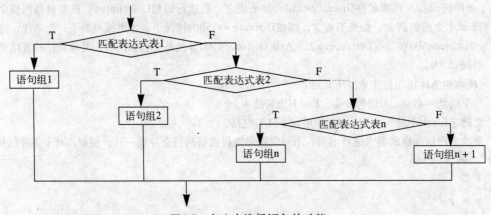

图5-7  多分支选择语句的功能

**说明**：

1）Select Case之后的"测试表达式"可以是任何数值表达式或字符串表达式。

2）这里所说的"匹配"与Case后的"表达式表"的书写有关，Case后的"表达式表"可以有如下三种形式之一：

① 表达式1[,表达式2]...

如：

```
Case 1,3,5
```

表示"测试表达式"的值为1或3或5时将执行该Case语句之后的语句组。

② 表达式1 To 表达式2

如：

```
Case 10 To 30
```

表示"测试表达式"的值在10到30之间（包括10和30）时将执行该Case语句之后的语句组。

又如：

```
Case "A" To "Z"
```

表示"测试表达式"值在"A"到"Z"之间（包括"A"和"Z"）时将执行该Case语句之后的语句组。

③Is 关系运算符表达式

如：

```
Case Is >= 10
```

表示"测试表达式"的值大于或等于10时将执行该Case语句之后的语句组。

以上三种形式可以同时出现在同一个Case语句之后，各项之间用逗号隔开。

如：

```
Case 1,3,10 To 20,Is < 0
```

表示"测试表达式"的值为1或3，或在10到20之间（包括10和20），或小于0时将执行该Case语句之后的语句组。

**【例5-3】** 用多分支选择语句实现：输入年份和月份，求该月的天数。

**分析**：当月份为1、3、5、7、8、10、12时，天数为31；当月份为4、6、9、11时，天数为30；当月份为2时，如果是闰年，则天数为29，否则天数为28。某年为闰年的条件是：年份能被4整除，但不能被100整除，或年份能被400整除。

**界面设计**：设计如图5-8a所示的界面，用文本框Text1和Text2输入年份和月份，用"求天数"按钮Command1计算天数，用文本框Text3显示计算出的天数。设置三个文本框的Alignment属性为1-Right Justify，使其中的内容靠右对齐。设置文本框Text3的Locked属性为True，使运行时计算结果为只读。

**代码设计**：首先分别将文本框Text1和Text2中输入的年份和月份赋值给变量Y和M，然后通过Select Case语句对月份M进行判断。如果M为1、3、5、7、8、10、12，则天数为31；如果M为4、6、9、11，则天数为30；如果M为2，则需要进一步判断年份Y的值，根据Y的不同值求具体的天数。代码应写在"求天数"按钮Command1的Click事件过程中，具体如下：

```
Private Sub Command1_Click()
    Dim Y As Integer, M As Integer
    Y = Val(Text1.Text)              ' 输入年份
    M = Val(Text2.Text)              ' 输入月份
    Select Case M
      Case 1, 3, 5, 7, 8, 10, 12
         Text3.Text = 31
      Case 4, 6, 9, 11
         Text3.Text = 30
      Case 2                         ' 如果月份为2
         If (Y Mod 4 = 0 And Y Mod 100 <> 0) Or (Y Mod 400 = 0) Then
            Text3.Text = 29
         Else
            Text3.Text = 28
         End If
    End Select
End Sub
```

假设运行时输入年份为2008，月份为2，单击"求天数"按钮，求出的天数为29，如图5-8b所示。

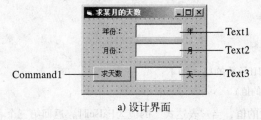

a) 设计界面

b) 运行界面

图5-8 计算某月的天数

本例使用多分支选择语句来判断月份，简化了条件的书写。对于判断某年是否为闰年，由于需要对多个表达式的值进行判断，即需要判断Y Mod 4、Y Mod 100和Y Mod 400的值，因此不宜使用多分支选择语句来实现，而使用块结构条件语句书写该条件更方便。

使用Select Case语句应注意以下几点：

1）"测试表达式"的类型应与各Case后的表达式类型一致。

2）不可以在Case后的表达式中使用"测试表达式"中的变量。例如，以下写法是错误的：

```
Select Case X
    Case X < 0                    ' 这里使用了变量X，是错误的
        Y = Abs(X)
    …
End Select
```

应该写成：

```
Select Case X
    Case Is < 0                   ' 这里要使用Is关键字
        Y = Abs(X)
    …
End Select
```

3）"测试表达式"只能是一个变量或一个表达式，而不能是变量表或表达式表。例如，检查变量X1、X2、X3之和是否小于零，不能写成：

```
Select Case X1,X2,X3              ' 这里的测试表达式是列表形式，是错误的
    Case X1+X2+X3 < 0
    …
End Select
```

而应该写成：

```
Select Case X1+X2+X3             ' 这里的测试表达式只有一个，是正确的
    Case Is < 0
    …
End Select
```

4）不要在Case后直接使用布尔运算符来表示条件。例如，要表示条件0<X<100，不能写成：

```
Select Case X
    Case Is>0 And Is<100          ' 这里使用了布尔运算符And，因此是错误的
    …
End Select
```

对于这种条件或其他较复杂的条件，使用块结构条件语句来实现则更方便一些。

以上三种条件结构都能解决需要多分支处理的问题，但根据不同的要求选择适当的结构进行编程，不仅能简化编程，使程序结构更加清楚，而且便于阅读和查错。对于简单的两个分支的情况，使用单行结构条件语句比较方便；使用块结构条件语句可以处理分支较多、条件较复杂的情况；而多分支选择结构更适合于对单一表达式进行多种条件判断的情况。

在编写程序时，使用条件结构语句尤其要注意两个问题：一是条件的书写，二是不同语句结构之间的格式区别。

## 5.4  条件函数

### 1. IIf函数

IIf函数的功能类似于具有两个分支的If语句的功能。IIf函数的格式如下：

    IIf(表达式，表达式为True时的值，表达式为False时的值)

**功能**：当"表达式"的值为True时，返回第二个参数的值；当"表达式"的值为False时，返回第三个参数的值。

例如，使用IIf函数求两个变量A和B的较大数，语句如下：

    MaxAB = IIf(A > B, A, B)       ' 如果A大于B，则返回A，否则返回B

又如，使用IIf函数求三个变量A、B和C的最大数，语句如下：

    MaxAB = IIf(A > B, A, B)

```
MaxABC = IIf(MaxAB > C, MaxAB, C)
```

2. Choose函数

Choose函数的功能类似于多分支选择语句的功能。Choose函数的格式如下：

Choose(数值表达式,选项1,选项2,…,选项n)

**功能**：当"数值表达式"的值为1时，Choose函数返回"选项1"的值；当"数值表达式"的值为2时，Choose函数返回"选项2"的值；……如果"数值表达式"的值不是整数，则会先四舍五入为整数。当数值表达式小于1或大于n时，Choose函数返回Null。

例如，将成绩1分、2分、3分、4分和5分转换成相应的等级：不及格（1分、2分），及格（3分），良（4分），优（5分），语句如下：

Grade = Choose(Score, "不及格", "不及格", "及格", "良", "优")

## 5.5  条件语句的嵌套

如果在条件成立或不成立的情况下要继续判断其他条件，则可以使用嵌套的条件语句来实现，也就是在"语句组"中再使用另一个条件语句。相同的条件语句可以嵌套，不同的条件语句也可以互相嵌套，但在嵌套时要注意，对于块结构条件语句，每一个If语句必须有一个与之配对的End If语句，对于多分支选择语句，每一个Select Case语句必须要有相应的End Select语句，而且整个条件结构必须完整地出现在"语句组"中。以下给出了三个嵌套示例。

块结构条件语句的嵌套：

```
If A = 1 Then
    If B = 0 Then
        Print "**0**"
    ElseIf B = 1 Then
        Print "**1**"
    End If
ElseIf A = 2 Then
    Print "**2**"
End If
```

多分支选择语句的嵌套：

```
Select Case A
    Case 1
        Select Case B
            Case 0
                Print "**0**"
            Case 1
                Print "**1**"
        End Select
    Case 2
        Print "**2**"
End Select
```

多分支选择语句与块结构条件语句的互相嵌套：

```
Select Case A
    Case 1
        If B = 0 Then
            Print "**0**"
        ElseIf B = 1 Then
            Print "**1**"
        End If
    Case 2
        Print "**2**"
End Select
```

前面的例5-3使用了多分支选择语句与块结构条件语句的互相嵌套，实现对某年2月份天数的判断。

在书写嵌套的条件语句时，可以将同一层次的条件语句左对齐，而将其中的语句做适当的向右缩进。虽然这不是必需的，但这样书写可以使程序的结构和嵌套的层次更加清楚。例如，以上三个嵌套示例的书写就比较清楚地体现了条件语句的嵌套层次。

## 5.6  选择结构程序应用举例

**【例5-4】** 求一元二次方程$ax^2+bx+c=0$的解。

**分析**：根据系数$a$、$b$、$c$的值，求一元二次方程的解有以下几种可能。

1）如果$a=0$，则不是二次方程，此时如果$b=0$，则需要重新输入系数；如果$b \neq 0$，则求出方程的解：$x=-c/b$。

2）如果$a \neq 0$，则求方程的解有以下三种情况：

如果$b^2-4ac=0$，则方程有两个相等的实根，即

$$x1 = x2 = \frac{-b}{2a}$$

如果$b^2-4ac>0$，则方程有两个不等的实根，即

$$x1 = \frac{-b + \sqrt{b^2 - 4ac}}{2a}; \quad x2 = \frac{-b - \sqrt{b^2 - 4ac}}{2a}$$

如果$b^2-4ac<0$，则方程有两个共轭复根，即

$$x1 = \frac{-b}{2a} + \frac{\sqrt{b^2 - 4ac}}{2a}i; \quad x2 = \frac{-b}{2a} - \frac{\sqrt{b^2 - 4ac}}{2a}i$$

**界面设计**：要求一元二次方程$ax^2+bx+c=0$的解，需要已知$a$、$b$、$c$的值，因此可以设计如图5-9a所示的界面。运行时通过三个文本框输入$a$、$b$、$c$的值，单击"求解"按钮求解，所求的解直接显示在窗体上。

**代码设计**：代码写在"求解"按钮Command1的Click事件过程中，具体如下：

```
Private Sub Command1_Click()
    ' 输入系数A、B、C
    A = Val(Text1.Text) : B = Val(Text2.Text) : C = Val(Text3.Text)
    Cls                                         ' 清除窗体
    CurrentX = 600 : CurrentY = 1100            ' 确定窗体的当前打印坐标
    If A = 0 Then
        If B = 0 Then
            ' 如果系数A和B都为零，则给出提示并选中Text1中的文本
            MsgBox "系数为零，请重新输入"
            Text1.SetFocus
            Text1.SelStart = 0
            Text1.SelLength = Len(Text1.Text)
        Else
            ' 如果系数A为零，B不为零，求出一个解X=-C/B，保留3位小数并打印在窗体上
            X = -C / B
            Print "X="; Format(X, "0.000")
        End If
        Exit Sub                 ' 退出本事件过程
    End If
    ' 如果系数A不为零，根据B^2-4*A*C的不同值求解
    Delta = B ^ 2 - 4 * A * C
    Select Case Delta
        Case 0               ' Delta为0，有两个相等的实根-B / (2 * A)
            Print "X1=X2="; Format(-B / (2 * A), "0.000") ' 打印，保留3位小数
        Case Is > 0          ' Delta大于0，有两个不等的实根
            X1 = (-B + Sqr(Delta)) / (2 * A)      ' 求第一个根
            X2 = (-B - Sqr(Delta)) / (2 * A)      ' 求第二个根
            Print "X1="; Format(X1, "0.000")      ' 打印第一个根，保留3位小数
            CurrentX = 600 : CurrentY = 1300      ' 确定第二个根的打印坐标
            Print "X2="; Format(X2, "0.000")      ' 打印第二个根，保留3位小数
        Case Is < 0                               ' Delta小于0，有两个共轭复根
            A1 = -B / (2 * A)                     ' 求实部
            A2 = Sqr(Abs(Delta)) / (2 * A)        ' 求虚部
            Print "X1="; Format(A1, "0.000"); "+"; Format(A2, "0.000"); "i"
            CurrentX = 600 : CurrentY = 1300      ' 确定第二个根的打印坐标
            Print "X2="; Format(A1, "0.000"); "-"; Format(A2, "0.000"); "i"
    End Select
End Sub
```

由于Visual Basic不能求负数的平方根，因此本例在Delta值为负数时，分别求根的实部$A1 = \dfrac{-b}{2a}$和虚部$A2 = \dfrac{\sqrt{|b^2 - 4ac|}}{2a}$，然后再按复数的形式打印在窗体上，即分别打印A1、加号或减号、A2、字符i。图5-9b所示是$a$、$b$、$c$分别为1、2、3的求解结果。

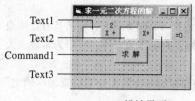

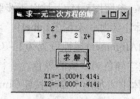

a) 设计界面                             b) 运行界面

图5-9   求一元二次方程$ax^2+bx+c=0$的解

【例5-5】设计一个口令检测程序，界面如图5-10a所示。运行时，用户通过文本框Text1输入口令，当口令正确时，显示"恭喜！您已成功进入本系统"（如图5-10b所示）；否则，显示"口令错！请重新输入"（如图5-10c所示）；如果连续两次输入了错误口令，则在第三次输入完错误口令后显示一个消息框，提示"对不起，您不能使用本系统"，然后结束运行。

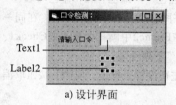

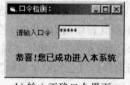
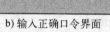

a) 设计界面             b) 输入正确口令界面             c) 输入错误口令界面

图5-10   口令检测界面

**界面设计**：按图5-10a设计界面，将文本框Text1的PasswordChar属性设置为"*"号，使输入的口令显示为*号，将其MaxLength属性设置为6，使最大口令长度为6个字符。

**代码设计**：为了实现运行时在用户输入完口令并按Enter键时对口令进行判断，代码可以写在文本框的KeyUp事件过程中。当焦点在文本框时，松开键盘任意键后产生KeyUp事件，同时返回按键代码KeyCode，所以在KeyUp事件过程中，可以根据KeyCode的值是否为Enter键的代码（13）来判断口令是否输入完毕，如果口令输入完毕，再判断口令是否正确。Text1的KeyUp事件过程如下：

```
Private Sub Text1_KeyUp(KeyCode As Integer, Shift As Integer)
    Static I As Integer                     ' 变量I用于累计输入错误口令的次数
    If KeyCode = 13 Then                     ' 如果按下的键为Enter键
        If UCase(Text1.Text) = "HELLO" Then  ' 如果口令转换为大写字母后为"HELLO"
            Label2.Caption = "恭喜!您已成功进入本系统"
        ElseIf I = 0 Or I = 1 Then            ' 如果口令错误且以前的错误次数少于2
            I = I + 1
            Label2.Caption = "口令错!请重新输入"
            Text1.SelStart = 0
            Text1.SelLength = Len(Text1.Text)
        Else                                  ' 如果口令错误且以前的错误次数等于2
            MsgBox "对不起,您不能使用本系统"
            End                                ' 结束程序
        End If
    End If
End Sub
```

程序中定义了一个静态变量I，用于统计输入错误口令的次数。静态变量只在第一次判断口令时被初始化为0，以后每次执行该过程时，如果口令错，则I的值累加1，因此，当I的值为2时，表示已经连续两次输入了错误口令。

代码中的UCase(Text1.Text)用于将输入的口令全部转换成大写字符，这样处理是为了对用户输入的口令不区分大小写。

【例5-6】使用单选按钮和复选框对标签文字的颜色和效果进行设置。通过单选按钮可以将标签的文字设置为红、绿、蓝三种颜色，通过复选框可以设置标签上的文字是否具有粗体、斜体和下划线效果。

**界面设计**：参照图5-11a，按以下步骤设计界面。

1）向窗体上添加一个标签Label1。将标签的BorderStyle属性设置为1 - Fixed Single，使其具有立体边框；将标签的Alignment属性设置为2 - Center，使其文字居中。设置标签的字体为宋体、字形为常规、大小为一号，文字颜色为默认的黑色。

2）向窗体上添加两个命令按钮Command1和Command2，将它们的Caption属性分别设置为"确定"和"取消"。

3）使用工具箱中的Frame（框架）控件 □ 向窗体上添加两个框架对象Frame1和Frame2，将它们的Caption属性分别设置为"颜色"和"效果"。框架控件可以作为控件的容器，画在同一个框架中的控件为同一组控件。

4）单选按钮用于提供单选功能。具体设计时，一般将几个单选按钮放在同一个容器中组成一组，在同一组单选按钮中，用户只能选择其中的一项。使用工具箱中的OptionButton控件 □ 在Frame1中画三个单选按钮Option1、Option2和Option3，将它们的Caption属性分别设置为"红色"、"绿色"和"蓝色"。

5）复选框用于提供多选功能。具体设计时，一般将几个复选框放在同一个容器中组成一组，在同一组复选框中可以有多个同时被选中。使用工具箱中的CheckBox控件 □ 在Frame2中画三个复选框Check1、Check2和Check3，将它们的Caption属性分别设置为"加粗"、"倾斜"和"下划线"。

运行时，单击"确定"按钮将按照所选择的颜色和效果对标签文字进行设置；单击"取消"按钮取消所有设置，标签文字回到初始字体、字形和颜色。

**代码设计：**

1）在"确定"按钮Command1的Click事件过程中，根据单选按钮的Value属性值是否为True判断其是否处于选中状态，进而决定是否对标签文字设置相应的颜色。根据复选框的Value属性是否为1判断其是否处于选中状态，进而决定是否对标签文字设置相应的效果。具体代码如下：

```
Private Sub Command1_Click()
    If Option1.Value Then
        Label1.ForeColor = vbRed
    ElseIf Option2.Value Then
        Label1.ForeColor = vbGreen
    ElseIf Option3.Value Then
        Label1.ForeColor = vbBlue
    End If
    If Check1.Value = 1 Then Label1.FontBold = True Else Label1.FontBold = False
    If Check2.Value = 1 Then Label1.FontItalic = True Else Label1.FontItalic = False
    If Check3.Value = 1 Then Label1.FontUnderline = True Else Label1.FontUnderline = False
End Sub
```

2）"取消"按钮Command2的Click事件过程如下：

```
Private Sub Command2_Click()
    ' 取消单选按钮的选中状态
    Option1.Value = False
    Option2.Value = False
    Option3.Value = False
    ' 取消复选框的选中状态
    Check1.Value = 0
    Check2.Value = 0
    Check3.Value = 0
    ' 将标签设置为初始状态
    Label1.ForeColor = vbBlack
    Label1.FontBold = False
    Label1.FontItalic = False
    Label1.FontUnderline = False
End Sub
```

图5-11b为运行效果。

a) 设计界面                                    b) 运行界面

图5-11 设置文字的颜色和效果

有关单选按钮和复选框的详细介绍，可以参见第9章。

**【例5-7】**编写应用程序，模拟交通管理信号灯。

**界面设计**：参照图5-12a，按以下步骤设计界面。

1）向窗体上添加三个Image控件，设名称为Image1、Image2和Image3，设置它们的Picture属性，使它们的图像分别为绿、黄、红三种信号灯。如果安装Visual Basic程序时选择了安装图像，则信号灯图像的参考位置和名称如下：

参考位置：Program Files\Microsoft Visual Studio\Common\Graphics\Icons\Traffic

文件名：TRFFC10A.ICO，TRFFC10B.ICO，TRFFC10C.ICO

2）向窗体上添加一个Timer控件，设名称为Timer1，将其Interval属性设置为1000，即定时时间间隔为1秒。

**代码设计**：

1）在窗体的Load事件过程中编写代码，使得运行时三个信号灯图像重叠在一起，且绿色信号灯图像Image1置于顶层，这样运行时首先看到的是绿灯。

```
Private Sub Form_Load()
    Image1.Left = Image2.Left
    Image1.Top = Image2.Top
    Image3.Left = Image2.Left
    Image3.Top = Image2.Top
    Image1.ZOrder          ' 将绿灯图像Image1置前
End Sub
```

2）假设每隔1秒信号灯变换一种状态。信号灯按绿→黄→红的顺序变化。代码应写在Timer1控件的Timer事件过程中。代码中定义了一个静态变量i，假设i的值为0，将绿灯图像Image1置前，i的值为1时，将黄灯图像Image2置前，i的值为2时，将红灯图像Image3置前。使用i = (i + 1) Mod 3使i的值在1、2、0这三个值之间依次变化。

```
Private Sub Timer1_Timer()
    Static i As Integer
    i = (i + 1) Mod 3      ' 该运算使i的值按1、2、0依次变化
    If i = 1 Then
        Image2.ZOrder      ' 将黄灯图像置前
    ElseIf i = 2 Then
        Image3.ZOrder      ' 将红灯图像置前
    ElseIf i = 0 Then
        Image1.ZOrder      ' 将绿灯图像置前
    End If
End Sub
```

运行时，首先看到的是绿灯亮，然后每隔一秒信号灯变化一次，变化顺序是：绿→黄→红→绿→……。运行界面如图5-12b所示。

Image1 Image2 Image3

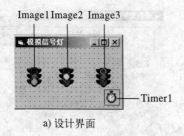

Timer1

a) 设计界面

b) 运行界面

图5-12　模拟信号灯

## 5.7　上机练习

【练习5-1】用单行结构条件语句实现：从文本框输入一个数，单击"判断"按钮判断它能否同时被3、5、7整除，若能整除，则用另一个文本框显示"能同时被3、5、7整除"，否则显示"不能整除"。

【练习5-2】用单行结构条件语句实现：用InputBox函数输入三个数，选出其中的最大数和最小数，用消息框（使用MsgBox函数）显示最大数和最小数。

【练习5-3】用块结构条件语句实现：从文本框输入$a$、$b$值（以角度为单位），单击"计算"按钮按以下公式计算$y$值，用标签显示计算结果。

$$y = \begin{cases} \sin a \times \cos b & a > 0, b > 0 \\ \sin a + \cos b & a > 0, b \leqslant 0 \\ \sin a - \cos b & a \leqslant 0 \end{cases}$$

**提示**：需要首先将输入的角度转换为弧度才能使用三角函数。

【练习5-4】用块结构条件语句实现：从文本框输入月收入，单击"计算"按钮按以下规定计算税款，并将税款显示于另一个文本框中。

月收入少于或等于800元者　　　税款为0（不纳税）

月收入在800～2000元者　　　　税款为超过800元部分的10%

月收入超过2000元者　　　　　　税款为超过800元部分的20%

【练习5-5】用多分支选择语句实现：运行时单击窗体，可以根据当前时间的整时段决定在窗体上打印"早上好"、"中午好"、"下午好"还是"晚上好"。具体标准如下：

当前时间为0～11点：提示"早上好"

当前时间为12点：提示"中午好"

当前时间为13～17点：提示"下午好"

其他时间：提示"晚上好"

**提示**：可以使用Hour函数获取当前时间（Now）的小时部分进行判断。

【练习5-6】用多分支选择语句实现：用文本框输入学生某门课程的分数后，给出五级评分。评分标准如下：

优　　　　　90≤成绩≤100

良　　　　　80≤成绩＜90

中　　　　　70≤成绩＜80

及格　　　　60≤成绩＜70

不及格　　　0≤成绩＜60

如果输入的分数不在[0, 100]范围内，则用消息框（使用MsgBox函数）给出错误提示，并将焦点定位在输入分数的文本框，选中其中的全部文本。

**【练习5-7】** 设计口令检测界面，口令自定，要求输入口令长度不超过8个字符。运行初始效果如图5-13a所示。运行时，当用户输入完口令并单击Enter键或者单击"确定(Y)"按钮时，都可以对口令进行判断。当输入正确口令时，将显示另一个欢迎窗口，如图5-13b所示；否则，在原口令检测界面的窗口标题上显示"口令错，请重新输入！"，如图5-13c所示；在连续三次输入错误口令后，给出警告，并结束运行。

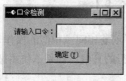
a) 初始界面

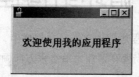
b) 口令正确

c) 口令错误

图5-13　口令检测

**提示：** 本题需要用到两个窗体，可以使用"工程|添加窗体"命令添加一个新的窗体（如Form2）。当口令正确时，使用Show方法（如Form2.Show）打开该窗体。

# 第6章 循环结构程序设计

循环结构是结构化程序的三种基本程序结构之一。在程序中，凡是需要重复相同或相似的操作步骤，都可以用循环结构来实现。例如，如果需要在窗体上沿水平方向画出10条平行的直线，如果不使用循环结构，则需要编写如下的10条Line语句：

```
Line (0, 100)-(4000, 100)
Line (0, 200)-(4000, 200)
Line (0, 300)-(4000, 300)
Line (0, 400)-(4000, 400)
Line (0, 500)-(4000, 500)
Line (0, 600)-(4000, 600)
Line (0, 700)-(4000, 700)
Line (0, 800)-(4000, 800)
Line (0, 900)-(4000, 900)
Line (0, 1000)-(4000, 1000)
```

语句Line $(x1, y1)-(x2, y2)$表示以$(x1, y1)$为起点坐标，以$(x2, y2)$为终点坐标画线。显然，以上使用的10条Line语句是类似的，只是参数不同。如果需要画更多的平行线，使用这种方法就需要书写更多相似的Line语句，代码量大，书写很不方便。而使用循环结构的程序就可以用很少的代码来简单地表示这种重复的操作。

循环结构应由以下两部分组成：

1）循环体：规定要重复执行的语句序列。循环体可以重复执行0次到若干次。

2）循环控制部分：用于规定循环的重复条件或重复次数，同时确定循环范围。要使计算机能够正常执行某循环，需要由循环控制部分限制循环的执行次数。

Visual Basic支持的循环结构有：

• For...Next循环；

• While...Wend循环；

• Do...Loop循环；

• For Each...Next循环。

本章将介绍For...Next循环结构、While...Wend循环结构和Do...Loop循环结构。其中，For...Next循环结构常用于设计已知循环次数的程序，而While...Wend循环结构和Do...Loop循环结构更适合于设计循环次数未知，而只知道循环结束条件的程序。For Each...Next循环将在第7章介绍。

## 6.1 For...Next循环结构

For...Next循环结构可以很方便地用于解决已知循环次数的问题。在For...Next循环中使用一个起计数器作用的循环变量，每重复一次循环，循环变量的值就会按指定的步长增加或者减少，直到超过规定的终值时退出循环。

For...Next循环结构格式如下：

```
For 循环变量=初值 To 终值 [Step 步长]
    语句组1
    [Exit For]
    语句组2
Next [循环变量]
```

Visual Basic按以下步骤执行For...Next循环：

1）首先将"循环变量"设置为"初值"。

2）判断"循环变量"是否超过"终值"，即：

如果"步长"为正数，则测试"循环变量"是否大于（超过）"终值"，如果是，则退出循环，执行Next语句之后的语句，否则继续第3步。

如果"步长"为负数，则测试"循环变量"是否小于（超过）"终值"，如果是，则退出循环，执行Next语句之后的语句，否则继续第3步。

3）执行循环体部分，即执行For语句和Next语句之间的语句组。

4）"循环变量"的值增加"步长"值。

5）返回第2步继续执行。

For...Next循环的执行过程可以用图6-1所示的流程图表示。

**说明：**

1）"循环变量"、"初值"、"终值"和"步长"都应是数值型的，其中，"循环变量"、"初值"和"终值"是必需的。

2）"步长"可正可负，也可以省略。如果"步长"省略，则默认为1。

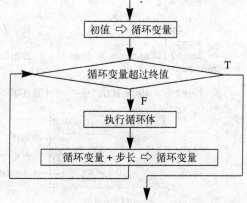

图6-1　For...Next循环结构的功能

如果"步长"为正，则"初值"必须小于或等于"终值"，否则不能执行循环体内的语句；如果"步长"为负，则"初值"必须大于或等于"终值"，否则不能执行循环体内的语句。

3）Exit For语句用于退出循环体，执行Next语句之后的语句。必要时，循环体中可以放置若干条Exit For语句。该语句一般放在某条件结构中，用于表示当某种条件成立时，强行退出循环。当然，循环体中也可以没有Exit For语句。

4）Next语句中的"循环变量"必须与For语句中的"循环变量"一致，也可以省略。

例如，对于本章开始提出的画平行线的10条语句，使用For...Next循环可以简单地书写为：

```
For i = 100 To 1000 Step 100
    Line (0, i)-(4000, i)
Next i
```

以上代码执行时，首先让循环变量i取初值100，然后将i与终值1000进行比较，因为100小于1000，没有超过终值，因此执行循环体中的Line语句，画出第1条线；然后让i增加步长100，即i变成200，再将i与终值1000比较，i仍然没有超过终值，再次进入循环体执行Line语句，画出第2条线……如此反复，直到画出第10条线，然后让i增加步长100，成为1100时，i的值超过终值1000，退出循环。

由此可以看出，在退出循环以后，循环变量的值为刚超过终值的那个值。如这里退出循环后i的值为1100。

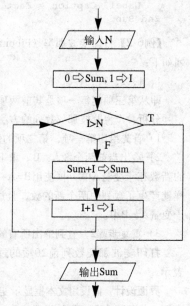

图6-2　用循环求$1+2+3+\cdots+n$的值

【例6-1】求$1+2+3+\cdots+n$的值。

**分析：** 在程序设计中，求取一系列有规律的数据之和是一种典型的操作，称为"累加"。"累加"问题可以很方便地用循环来实现。设计程序时，一般引入一个存放"和"值的单元，如变量，在本例中设为变量Sum。首先设置Sum为0，然后通过循环重复执行：和值=和值+累加项，如本例的Sum=Sum+I。每循环一次，累加项的值按一定规律变化，如本例中的累加项I在循环过程中按1，2，3，…，$n$的规律变化，即实现了把所有累加项的值加到总和上。在退出循环后显示累加和。该算法可以用图6-2所示的流程图表示。

**界面设计**：设计界面如图6-3a所示。运行时，从文本框Text1输入n，单击"计算(C)"按钮求和，结果显示于标签Label3中。

**代码设计**："计算(C)"按钮Command1的Click事件过程如下：

```
Private Sub Command1_Click()
    Dim N As Integer, I As Integer, Sum As Integer
    N = Val(Text1.Text)          ' 输入累加总项数
    Sum = 0                      ' 设累加和初值为0
    For I = 1 To N
        Sum = Sum + I            ' 循环体：和值=和值+累加项
    Next I
    Label3.Caption = Sum         ' 输出累加结果
End Sub
```

设运行时输入n值为100，单击"计算(C)"按钮，求出的和为5050，如图6-3b所示。

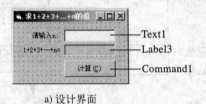

a) 设计界面                                                b) 运行界面

图6-3  求1+2+3+⋯+n的值

用同样的思路可以设计另外一种典型操作——"累乘"，即求取一批有规律的数据的积。只需把存放乘积的单元初始值设置为1，然后通过循环重复执行：乘积=乘积*累乘项。例如，如果将上例的题目改成求$1 \times 2 \times 3 \times \cdots \times n$，即求$n!$，则程序可以改写成：

```
Private Sub Command1_Click()
    Dim N As Integer, I As Integer, Fact As Long
    N = Val(Text1.Text)          ' 输入累乘总项数
    Fact= 1                      ' 设乘积初值为1
    For I = 1 To N
        Fact = Fact * I          ' 循环体：乘积=乘积×累乘项
    Next I
    Label3.Caption = Fact        ' 输出累乘结果
End Sub
```

**【例6-2】**打印斐波那契（Fibonacci）数列的前20项，斐波那契数列如下：

1，1，2，3，5，8，13，…

即从第三项起每一项是其前两项之和。

**分析**：产生斐波那契数列的方法是：

1）首先给出第一项、第二项的值1和1，本题中设A=1，B=1。

2）输出当前两个数A、B，求下一个数A+B，使用A=A+B将求得的新数存于变量A中，再使用B=A+B将求得的新数存于变量B中，这样就产生了数列中两个新的数，且这两个数取代了其前两个数，仍存于变量A、B中。

3）重复步骤2，直到输出所有的数。

打印斐波那契数列前20项的过程可以用图6-4所示的流程图来表示。

**界面设计**：假设用文本框显示斐波那契数列。向窗体上添加一个文本框，将其MultiLine属性设置为True，ScrollBars属性设置为2-Vertical，

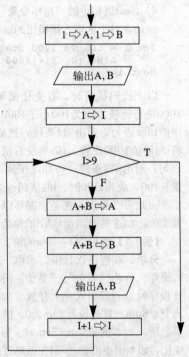

图6-4  打印斐波那契数列前20项的流程图

使文本框具有垂直滚动条，以便显示较多的数据。如图6-5a所示。

**代码设计**：设运行时通过单击窗体生成斐波那契数列，因此，代码应写在窗体的Click事件过程中，具体如下：

```
Private Sub Form_Click()
    A = 1: B = 1                               ' 设置数列的初始值
    Text1.Text=Str(A) & Str(B) & vbCrLf       ' 显示前两项
    For I = 1 To 9
        A = A + B
        B = A + B
        Text1.Text = Text1.Text & Str(A) & Str(B) & vbCrLf
    Next I
End Sub
```

在该过程中，在循环开始之前，先设置数列的第一个数和第二个数1和1，并显示于文本框Text1中，而每次循环产生数列的后两个数，同时将这两个数附加显示到文本框中。每次在文本框中显示两个数之后，使用vbCrLf产生回车换行。共循环9次，生成18个数。

运行时单击窗体，将数列显示于带垂直滚动条的文本框中，每行显示两个数，如图6-5b所示。

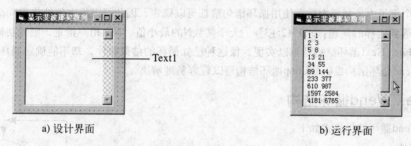

a) 设计界面　　　　　　　　　　　　　　　　b) 运行界面

图6-5　在文本框中显示斐波那契数列

**【例6-3】** 画出方程$y=x^3$在$[-10, 10]$区间的曲线。

**界面设计**：假设运行时单击窗体，将曲线直接画在窗体上，因此无须向窗体上添加任何控件。

**代码设计**：为便于画图且使得画出的图形基本填满整个窗体，需要首先重新定义窗体的坐标系。默认情况下，窗体左上角坐标为$(0, 0)$，$x$坐标轴向右，$y$坐标轴向下，度量单位为"缇"，如图6-6a所示。假设要将新坐标系的原点定义在窗体的中心位置，$x$坐标轴向右，$y$坐标轴向上，如图6-6b所示。使用Scale方法可以实现该功能，只需要在Scale方法中指定在新坐标系下窗体左上角的坐标和窗体右下角的坐标就可以了。本例要求画出$x$的值在$[-10, 10]$区间的曲线，在该区间内，$y$的取值范围是$[-1000, 1000]$，因此可以将窗体左上角的坐标定义为$(-10, 1000)$，右下角的坐标定义为$(10, -1000)$，相应的Scale方法为：Scale$(-10, 1000)-(10, -1000)$。

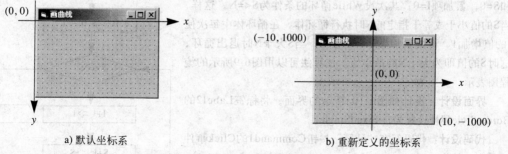

a) 默认坐标系　　　　　　　　　　　　　　b) 重新定义的坐标系

图6-6　默认坐标系和重新定义的坐标系

在代码中可以结合循环，让$x$的值从$-10$按一定步长变化到10，对于每一个$x$值，根据方程$y=x^3$求出对应的$y$值，然后在$(x,y)$坐标处画一个点，由这些点组成的图形则构成了方程所对应的曲线，代码如下：

```
Private Sub Form_Click()
    Scale (-10, 1000)-(10, -1000)      ' 重新定义坐标系
    Form1.DrawWidth = 3                ' 定义在窗体上画点的像素
    For x = -10 To 10 Step 0.1
        y = x ^ 3
        PSet (x, y), vbRed             ' 在(x,y)坐标处画红色的点
    Next x
End Sub
```

运行时，单击窗体，画出的曲线如图6-7所示。

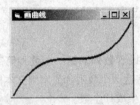

图6-7　方程$y=x^3$在[-10, 10]区间的曲线

在以上几个例子中，循环次数在使用循环语句前都可以确定，因此可以很方便地使用For...Next循环结构实现。如果遇到这样的问题：求$1^2+2^2+3^2+\cdots$大于某数N的最小值，N由用户指定，则无法确定循环累加的次数，使用For...Next循环结构就难以实现。像这种已知循环的结束条件，却不能确定循环次数的问题，使用While...Wend循环结构或Do...Loop循环结构可以较容易地解决。

## 6.2　While...Wend循环结构

While...Wend循环结构格式如下：

```
While 条件
    [语句组]
Wend
```

执行While...Wend循环时，当给定"条件"为True时，执行While与Wend之间的"语句组"（即循环体），直到遇到Wend语句，随后返回到While语句并再次检查"条件"。如果"条件"仍为True，则再次执行循环体。重复以上过程，直到"条件"为False时，则不进入循环体，执行Wend之后的语句。While...Wend循环结构的功能可以用图6-8所示的流程图表示。

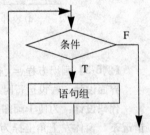

图6-8　While...Wend循环结构的功能

【例6-4】使用While...Wend循环求$1^2+2^2+3^2+\cdots$大于某数N的最小值，N由用户指定。

**分析**：本题是一个累加问题，累加次数未知。首先设累加和S=0，累加项I=0；其次设While循环的条件为S<=N。这样，当S的值小于或等于指定的N时执行循环体，在循环体中每次使I的值增加1，再做累加操作S=S+I^2。当S大于N时退出循环，这时S的值即为大于N的最小值。该算法可以用图6-9所示的流程图表示。

**界面设计**：设计如图6-10a所示的界面。将标签Label12的BorderStyle属性设置为1—FixedSingle。

**代码设计**：代码写在"计算"按钮Command1的Click事件过程中，具体如下：

```
Private Sub Command1_Click()
    Dim I As Integer, N As Integer, S As Integer
    N = Val(Text1.Text)                      ' 输入N
```

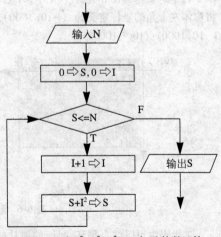

图6-9　求$1^2+2^2+3^2+\cdots$大于某数N的最小值的流程图

```
    I = 0 : S = 0                 ' 初始化，用S保存累加和
    While S <= N                  ' 当和值S小于或等于N时，进入循环体
        I = I + 1
        S = S + I * I             ' 累加
    Wend
    Label2.Caption = S            ' 输出和值S
End Sub
```

运行时，假设在文本框Text1中输入N的值10000，单击"计算"按钮，计算结果如图6-10b所示。

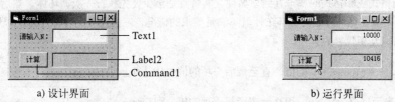

a) 设计界面　　　　　　　　　　　　　　　　　b) 运行界面

图6-10　求 $1^2+2^2+3^2+4^2+\cdots$ 大于某数N的最小值

While...Wend循环可以使用以下的Do...Loop循环来代替，但Do...Loop循环比While... Wend循环具有更多的形式。

## 6.3　Do...Loop循环结构

Do...Loop循环结构以Do语句开头，Loop语句结束，Do语句和Loop语句之间的语句构成循环体。Do...Loop循环结构具体有以下四种格式。

**格式一：**　　　　　　**格式二：**　　　　　　**格式三：**　　　　　　**格式四：**

```
Do While 条件      Do Until 条件      Do                 Do
    [语句组1]          [语句组1]          [语句组1]          [语句组1]
    [Exit Do]         [Exit Do]         [Exit Do]         [Exit Do]
    [语句组2]          [语句组2]          [语句组2]          [语句组2]
Loop              Loop              Loop While 条件      Loop Until条件
```

以上四种格式的区别在于"条件"的书写位置不同，可以写在Do语句之后，也可以写在Loop语句之后；"条件"之前的关键字可以是While，也可以是Until。

如果使用"While条件"，则表示条件成立（即条件值为True）时，执行循环体中的语句组，而当条件不成立（即条件值为False）时退出循环，执行循环终止语句Loop之后的语句。

如果使用"Until条件"，则表示条件不成立（即条件值为False）时，执行循环体中的语句组，而当条件成立（即条件值为True）时退出循环，执行循环终止语句Loop之后的语句。

四种格式的循环功能可以用图6-11表示。

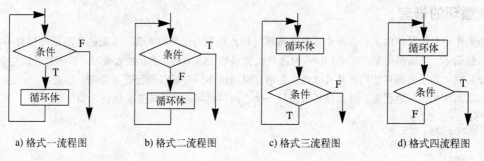

a) 格式一流程图　　　b) 格式二流程图　　　c) 格式三流程图　　　d) 格式四流程图

图6-11　Do...Loop循环结构的功能

**说明：**

1）Exit Do语句用于退出循环体，执行Loop语句之后的语句。必要时，循环体中可以放置多条Exit Do

语句。该语句一般放在某条件结构中，用于表示当某种条件成立时，强行退出循环。当然，循环体中也可以没有Exit Do语句。

2）在Do语句和Loop语句之后也可以没有"While条件"或"Until条件"，这时循环将无条件地重复，因此在这种情况下，在循环体内必须有强行退出循环的语句，如Exit Do语句，以保证循环在执行有限次数后退出。

3）格式一和格式二属于当型循环，其特点是先判断条件，后决定是否执行循环体，因此循环可能一次都不执行；而格式三和格式四属于直到型循环，其特点是至少要先执行一次循环体，然后再判断循环条件，因此，对于可能在循环开始时循环条件就不满足要求的情况，应该选择使用当型循环。大多数情况下，这两类循环是可以互相代替的。

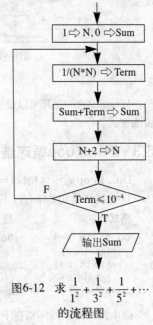

**【例6-5】** 求 $\frac{1}{1^2}+\frac{1}{3^2}+\frac{1}{5^2}+\cdots$ 的值，直至最后一项的值≤$10^{-4}$为止。

**分析**：用N表示1，3，5，…。用Term表示每一项的值，则Term=$\frac{1}{N^2}$。
用Sum表示累加和。循环初始条件为：N=1，Sum=0。循环终止条件为：Term<=0.0001。计算过程可以用图6-12所示的流程图来表示。

**界面设计**：假设运行时通过单击窗体进行计算，计算结果直接打印在窗体上，因此无须向窗体上添加任何控件。

**代码设计**：代码写在窗体的Click事件过程中，具体如下：

```
Private Sub Form_Click()
    N = 1:Sum = 0
    Do
        Term = 1 / (N * N)
        Sum = Sum + Term
        N = N + 2
    Loop Until Term <= 0.0001
    Print "运算结果为:"; Sum
    Print "最后一项的值为:"; Term
End Sub
```

图6-12　求 $\frac{1}{1^2}+\frac{1}{3^2}+\frac{1}{5^2}+\cdots$ 的流程图

运行时单击窗体，计算结果如图6-13所示。

虽然For...Next循环结构适用于已知循环次数的情况，While...Wend循环结构和Do...Loop循环结构适用于循环次数未知，只知道循环条件的情况，但也不是说三种循环互相不能代替。根据问题的不同选择合适的循环结构来设计程序，往往会使程序设计更方便，程序结构更清楚。

图6-13　运算结果和最后一项的值

## 6.4　循环的嵌套

如果在一个循环体内又包含一个完整的循环结构，则称为循环的嵌套。根据嵌套的循环层数不同，可分为二层循环、三层循环等。Visual Basic对循环嵌套层数没有限制，当层数太多时，程序的可读性会下降。按一般习惯，为了使循环结构更具可读性，在书写时循环体部分可以进行适当的向右缩进。

多层循环的执行过程是，外层循环每执行一次，内层循环就要从头开始执行一轮，如：

```
For I=1 To 9
    For J=1 To 9
        Print I;J
    Next J
Next I
```

在以上的二层循环中，外层循环变量I取1时，内层循环就要执行9次（J依次取1，2，3，…，9），当

J=10时，超过终值9，退出内层循环，接着，外层循环变量I取2，内层循环同样要重新执行9次（J再依次取1，2，3，…，9），当J=10时，超过终值9，再次退出内层循环……所以循环共执行9×9次，即81次。

【例6-6】打印九九乘法表。

**界面设计**：在界面上画一个图片框控件Picture1，设置其Align属性为1-Align Top，使Picture1控件显示在窗体的顶部，其宽度自动随窗体的宽度调整。

**代码设计**：在Picture1的Click事件过程中编写代码如下：

```
Private Sub Picture1_Click()
    For I = 1 To 9
        For J = 1 To 9
            Picture1.Print Format(I); "×"; Format(J); "="; Format(I * J, "!@@@");
        Next J
        Picture1.Print            ' 换行
    Next I
End Sub
```

以上代码通过外层循环变量I来控制被乘数，通过内层循环变量J来控制乘数。外层循环变量I每取一个值，内层循环执行9次，依次打印出第I行的9个乘式。注意，在内层循环的Print方法最后需要使用分号来表示打印后不换行。当内层循环结束后，可以使用没有参数的Print方法实现换行，使外层循环的下一轮打印内容从新的一行开始。

运行时单击图片框，打印结果如图6-14所示。

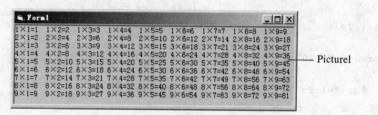

图6-14　九九乘法表之一

如果将以上代码改写为：

```
Private Sub Picture1_Click()
    For I = 1 To 9
        For J = 1 To I               ' 这里将循环变量终值改为I
            Picture1.Print Format(I); "×"; Format(J); "="; Format(I * J, "!@@@");
        Next J
        Picture1.Print
    Next I
End Sub
```

则运行时单击图片框，打印结果如图6-15所示。

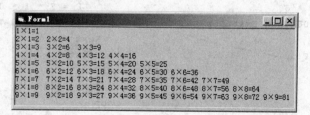

图6-15　九九乘法表之二

使用循环嵌套时，需要注意以下几点：

1）同一种循环结构可以嵌套，不同类型的循环结构也可以互相嵌套。嵌套时，内层循环必须完全嵌套在外层循环之内。例如，以下的嵌套都是允许的：

```
For I=1 To 10        Do                    For I=1 To 10        Do
    ...                  ...                   ...                  ...
    For J=1 To 20        For J=1 To 20         While J<=20          Do While J<=20
        ...                  ...                   ...                  ...
    Next J               Next J                Wend                 Loop
    ...                  ...                   ...                  ...
Next I               Loop While I<=10      Next I               Loop Until I>10
```

而以下嵌套是不允许的，因为内层循环没有完全嵌套在外层循环之内。

```
For I=1 To 10            Do                    For I=1 To 10
    ...                      ...                   ...
    For J=1 To 20            For J=1 To 20         While J<=20
        ...                      ...                   ...
    Next I                   Loop While I<=10      Next I
    ...                      ...                   ...
Next J                   Next J                Wend
```

2）当多层For...Next循环的Next语句连续出现时，Next语句可以合并成一条，而在其后跟着各循环控制变量，内层循环变量写在前面，外层循环变量写在后面。例如，以下两个三层循环的写法是完全等价的。

写法一：              写法二：
```
For I=1 To 10         For I=1 To 10
    ...                   ...
    For J=1 To 20         For J=1 To 20
        ...                   ...
        For K=1 To 30         For K=1 To 30
            ...                   ...
        Next K                Next K,J,I
    Next J
Next I
```

注意，Next语句之后的循环变量的次序，只能按先内层循环变量，后外层循环变量的次序。如果将以上写法二中的Next语句写成"Next I,J,K"则是错误的。

3）在多层循环中，如果用Exit Do或Exit For语句退出循环，要注意只能退出Exit Do或Exit For语句所对应的循环。例如，以下代码的循环退出位置如图中箭头所示。

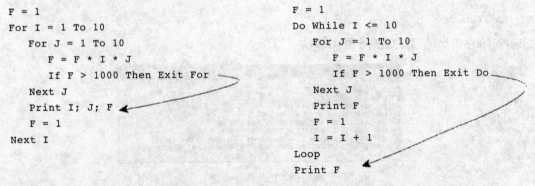

4）嵌套循环应选用不同的循环变量，并列的循环可以使用相同的循环变量。

【例6-7】编写程序求1+(1+2)+(1+2+3)+⋯+(1+2+3+⋯+n)，n由用户输入。

**界面设计**：设计如图6-16a所示的界面，用文本框Text1输入总项数N，用文本框Text2输出总和Sum。

**代码设计**：首先把要求的和看成N项相加。第1项是1，第2项是(1+2)，⋯，第I项是(1+2+⋯+I)⋯⋯设存放该N项和的变量为Sum，因此可以结合循环，用"Sum=Sum+累加项"的形式实现累加，初步写出循环总体结构如下：

```
Sum = 0
For I = 1 To N
    Sum = Sum + 第I项
Next I
```

而对于第I项1+2+···+I，又是一个累加问题。设存放该累加和的变量为Sum1，因此求第I项的和可以用以下循环来实现：

```
Sum1 = 0
For J = 1 To I
    Sum1 = Sum1 + J
Next J
```

结合以上两个循环，可以用双层循环来解决本题。用外循环对I取1，2，···，N值，求N项和。对于第I项，用内循环求1+2+···+I的和。

设运行时在文本框Text1中输入n并按Enter键后计算结果，则代码应写在文本框Text1的KeyPress事件过程中，具体如下：

```
Private Sub Text1_KeyPress(KeyAscii As Integer)
    If KeyAscii = 13 Then    ' 如果在文本框中按下了Enter键
        N = Val(Text1.Text)
        Sum = 0
        For I = 1 To N
            Sum1 = 0
            For J = 1 To I
                Sum1 = Sum1 + J
            Next J
            Sum = Sum + Sum1
        Next I
        Text2.Text = Sum
    End If
End Sub
```

运行工程，在文本框Text1中输入总项数200，按下Enter键后，产生计算结果为1353400，如图6-16b所示。

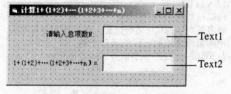

a) 设计界面                                    b) 运行界面

图6-16　求1+(1+2)+(1+2+3)+···+(1+2+3+···+n)的值

【例6-8】设计如图6-17a所示的界面。编程序实现：运行时单击图片框Picture1，用输入框指定行数，然后按该行数在图片框中打印一个三角形，如图6-17b所示。

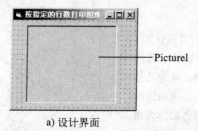

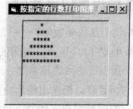

a) 设计界面                                    b) 运行界面

图6-17　按指定的行数在图片框中打印图形

**界面设计**：使用工具箱中的PictureBox控件向窗体上添加一个图片框，设名称为Picture1。如图6-17a所示。

**代码设计**：首先用InputBox函数输入行数$N$，然后用$N$来控制循环次数，每循环一次打印一行字符。对于每一行，只需要确定该行打印的起始位置（即从图片框左侧起第几个字符）及打印的星号个数就可以了。对于本题要打印的三角形，分析其行号、打印起始位置和打印的星号个数之间具有如表6-1所示的对应关系，表中给出的是$N$为6的情况。

**表6-1 行号、打印起始位置和星号个数的对应关系**

| 行号I | 打印起始位置 | 星号个数 |
| --- | --- | --- |
| 1 | 6 | 1 |
| 2 | 5 | 3 |
| 3 | 4 | 5 |
| 4 | 3 | 7 |
| 5 | 2 | 9 |
| 6 | 1 | 11 |

从表6-1可以看出，打印的起始位置为7−I，如果打印$N$行，则第I行的打印起始位置为$N+1-I$，可以在Print语句中使用Tab函数来确定打印的起始位置，即：

```
Picture1.Print Tab(N+1-I);          ' 注意这里要以分号结束，表示不换行
```

从表6-1可以看出，对于第I行，星号的个数为2I−1，可以用以下循环来控制每行打印的星号个数：

```
For J = 1 To 2 * I - 1
   Picture1.Print "*";       ' 注意这里要以分号结束，表示打印后不换行
Next J
```

因此，程序可以用两层循环来实现，用外层循环来控制打印的行数，每执行一次循环，在循环体内需要确定当前行打印的起始位置和打印的星号个数，用内层循环控制打印的星号个数。每完成一行的打印后再用Picture1.Print语句换行。因此，Picture1的Click事件过程如下：

```
Private Sub Picture1_Click()
   Picture1.Cls                       ' 清除图片框
   N = Val(InputBox("请输入行数"))      ' 输入行数
   For I = 1 To N                      ' 根据行数N控制循环次数
     Picture1.Print Tab(N + 1 - I);   ' 确定第I行打印的起始位置，注意使用分号结束
     For J = 1 To 2 * I - 1           ' 用内层循环控制打印的星号个数
        Picture1.Print "*";           ' 每循环一次打印一个星号，注意使用分号结束
     Next J
     Picture1.Print                   ' 换行
   Next I
End Sub
```

实际上，使用String函数可以简化以上程序，只需将内层循环用以下语句代替：

```
Picture1.Print String(2 * i - 1, "*");
```

## 6.5 循环结构程序应用举例

**【例6-9】**用梯形法求函数$f(x)=x^2+12x+4$在$[a, b]$区间的定积分。

**分析**：函数$f(x)$在$[a, b]$区间的定积分，等于$x$轴、直线$x=a$、直线$x=b$和曲线$y=f(x)$所围成的曲边梯形部分的面积，见图6-18。梯形法是将区间$[a, b]$分成$n$等分，把曲边梯形分成$n$个小块，每一小块曲边梯形的面积用相应的梯形面积来代替，将$n$个小梯形的面积之和作为曲边梯形面积的近似值，即积分的近似值。

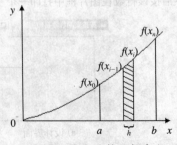

图6-18 定积分的几何意义

将$[a, b]$区间$n$等分后，每个小梯形的高 $h = \dfrac{b-a}{n}$。

设$x_0=a$，则$x_1=a+h$，$x_2=a+2\times h$，$\cdots$，$x_i=a+i\times h$，$\cdots$，$x_n=b$。

第一个小梯形面积为 $\dfrac{f(x_0)+f(x_1)}{2}\times h$，第$i$个小梯形面积为 $\dfrac{f(x_{i-1})+f(x_i)}{2}\times h$，因此，

$$\int_a^b f(x)\mathrm{d}x \approx \sum_{i=1}^{n}\frac{f(x_{i-1})+f(x_i)}{2}\times h。$$

**界面设计**：设计界面如图6-19a所示。将四个文本框的Alignment属性均设置为1-Right Justify，使其内容靠右对齐。使用工具箱中的OLE控件向窗体上添加一个OLE对象，默认名称为OLE1，在弹出的"插入对象"对话框中，选择"Microsoft Word文档"，输入"求函数$f(x)=x^2+12x+4$在$[a, b]$区间的定积分"。运行时分别用文本框Text1、Text2、Text3输入$a$、$b$、$n$的值，单击"计算"按钮Command1计算定积分值，结果显示于文本框Text4中。

**代码设计**：根据以上分析可以看出，求定积分的问题可以转化为求$N$个小曲边梯形的面积之和，因此是一个累加问题。曲边梯形的个数可以由$N$来确定，所以可以很方便地使用For...Next循环来求该累加和。"计算"按钮Command1的Click事件过程如下：

```
Private Sub Command1_Click()
    A = Val(Text1.Text) : B = Val(Text2.Text) : N = Val(Text3.Text)
    H = (B - A) / N
    X = A
    Area = 0                     ' Area用于存放梯形面积的累加和
    F1 = X ^ 2 + 12 * X + 4      ' F1为梯形的上底
    For I = 1 To N
        X = X + H
        F2 = X ^ 2 + 12 * X + 4  ' F2为梯形的下底
        AreaI = (F1 + F2) * H / 2 ' 计算第I个小梯形的面积
        Area = Area + AreaI      ' 累加梯形面积
        F1 = F2                  ' 把当前梯形的下底作为下一个梯形的上底
    Next I
    Text4.Text = Area
End Sub
```

运行时，假设输入$a$、$b$、$n$的值分别为1、4、30，单击"计算"按钮计算定积分值，计算结果如图6-19b所示。

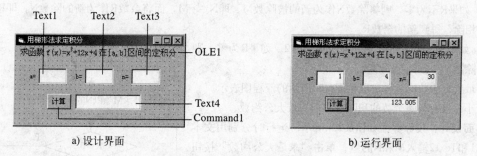

a) 设计界面　　　　　　　　　　b) 运行界面

图6-19　用梯形法求定积分

【例6-10】已知某乡镇企业现有产值和年增长率，试问多少年后，该企业的产值可以翻一番。翻一番后实际产值是多少？

**分析**：设用P表示现有产值，R表示年增长率，Y表示年，V表示增长后的产值。计算产值的公式为V=P(1+R)(1+R)$\cdots$。设V的初始值为P，对V做重复乘以（1+R）的计算可以由循环来实现，当满足条件V>=2P时不再计算，退出循环。计算产值的过程可以用图6-20所示的流程图表示。

**界面设计**：设计界面如图6-21a所示。运行时分别用文本框Text1和Text2输入现有产值和年增长率，通过单击窗体进行计算，求出的年份和翻一番以后的产值显示在文本框Text3和Text4中。将Text1～Text4的Alignment属性设置为1-Right Justify，使其内容靠右对齐。

**代码设计**：在窗体的Click事件过程中编写代码，根据图6-20编写代码如下：

```
Private Sub Form_Click()
    P = Val(Text1.Text)          ' 输入现有产值
    R = Val(Text2.Text) / 100    ' 输入年增长率
    V = P:Y = 0
    Do Until V >= 2 * P
        Y = Y + 1
        V = V * (1 + R)
    Loop
    Text3.Text = Y
    Text4.Text = Format(V,"0.00") '计算结果保留两位小数
End Sub
```

图6-20 计算乡镇企业产值流程图

假设现有产值400000，年增长率为4%，计算结果如图6-21b所示。

a) 设计界面

b) 运行界面

图6-21 计算乡镇企业产值

**【例6-11】** 给出两个正整数，求它们的最大公约数和最小公倍数。

**分析**：求最大公约数可以用辗转相除法实现，方法如下。

1）以第一个数M作被除数，第二个数N作除数，求余数R。

2）如果R不为零，则将除数N作为新的被除数M，即N ⇨ M，而将余数R作为新的除数N，即R ⇨ N，再进行相除，得到新的余数R。

3）如果R仍不等于0，则重复上述步骤2。如果R为零，则这时的除数N就是最大公约数。

求最大公约数的过程可以用图6-22所示的流程图表示。

最小公倍数为两个数的积除以它们的最大公约数。

**界面设计**：设计界面如图6-23a所示。运行时分别用文本框Text1和Text2输入M和N的值，单击"求最大公约数"按钮求最大公约数，显示于标签Label3中；单击"求最小公倍数"按钮求最小公倍数，显示于标签Label4中。将Text1、Text2、Label3、Label4的Alignment属性设置为1-Right Justify，使其内容靠右对齐。由于需要首先求出最大公约数，才能求最小公倍数，因此设计时首先将"求最小公倍数"按钮Command2的Enabled属性设置为False。

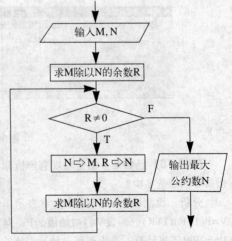

图6-22 求最大公约数流程图

代码设计：根据图6-22，编写出求最大公约数的代码如下：

```
Dim N As Integer              ' 定义变量N为模块级变量
Private Sub Command1_Click()  ' "求最大公约数"按钮的事件过程
    M = Val(Text1.Text): N = Val(Text2.Text)      ' 输入M,N
    R = M Mod N               ' 求M除以N的余数R
    Do While R <> 0           ' 当余数R不为0时执行循环体
      M = N                   ' 将除数N作为新的被除数M
      N = R                   ' 将余数R作为新的除数N
      R = M Mod N             ' 求M除以N的余数R
    Loop
    Label3.Caption = N        ' 输出最大公约数N
    Command2.Enabled = True   ' 使"求最小公倍数"按钮有效
End Sub
```

以上代码在窗体模块的通用声明段定义变量N为一个模块级变量，这样做的目的是为了在"求最小公倍数"按钮的Click事件过程中可以使用所求的最大公约数N。"求最小公倍数"按钮Command2的Click事件过程如下：

```
Private Sub Command2_Click()       ' "求最小公倍数"按钮的事件过程
    Label4.Caption = Val(Text1.Text) * Val(Text2.Text) / N
End Sub
```

运行时输入两个数，首先单击"求最大公约数"按钮求出最大公约数，这时"求最小公倍数"按钮变为有效，进而可以继续求出最小公倍数。如图6-23b所示。

在本例中，可能一开始余数R的值就为零，所以循环条件只能写在Do语句之后，而不能写在Loop语句之后。

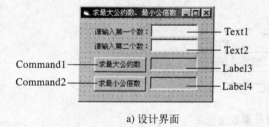

a) 设计界面　　　　　　　　　　　　b) 运行界面

图6-23　求两个数的最大公约数和最小公倍数

【例6-12】输入某个正整数N(N≥3)，判断N是否是素数。

**分析**：判断N是否是素数的方法是，用N除以2到$\sqrt{N}$之间的全部整数，如果都除不尽，则N是素数，否则N不是素数。算法流程图如图6-24所示。

**界面设计**：设计界面如图6-25a所示，运行时用文本框Text1输入N，通过单击"判断"按钮Command1对N进行判断，判断结果显示在标签Label2中。

**代码设计**：根据图6-24所示的算法流程图可知，输入N之后，首先设K=$\sqrt{N}$，然后用循环实现用N除以2～K之间的任一整数I，当遇到整除时，退出循环，这时的I值必然小于或等于K；如果N不能被2～K之间的任一整数I整除，则在完成最后一次循环之后，I的值变为K+1，结束循环。因此在退出循环之后可以根据I的值来决定N是否是素数。如果I≤K，则说明N不是素数，否则N是素数。"判断"按钮Command1的Click事件过程如下：

```
Private Sub Command1_Click()
    N = Val(Text1.Text): K = Int(Sqr(N)): I = 2
    Do While I <= K
      If N Mod I <> 0 Then
        I = I + 1                       ' 不能整除，I值累加1
      Else
```

```
        Exit Do                          ' 整除，退出循环
        End If
    Loop
    If I <= K Then
        Label2.Caption = "不是素数"
    Else
        Label2.Caption = "是素数"
    End If
End Sub
```

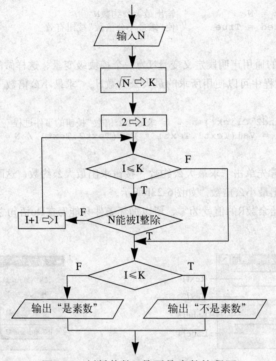

图6-24　判断某数N是否是素数流程图

运行时，向文本框Text1输入一个整数，单击"判断"按钮，在标签Label2中显示判断结果，如图6-25b所示。

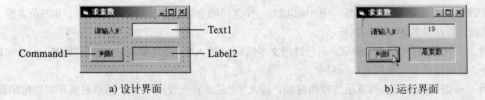

图6-25　判断某数N是否是素数

**【例6-13】** 用牛顿迭代法求方程在 $\sin x - x/2 = 0$ 在 $x = \pi$ 附近的一个实根，精度要求：$|x_{n+1} - x_n| \leqslant 10^{-4}$。

**分析**：在数值分析中，导出牛顿迭代公式的方法有多种，这里使用台劳展开技术导出牛顿迭代公式。这种方法的基本思想是，设法将非线性方程转化为某种线性方程来求解。设已知方程 $f(x) = 0$ 的一个近似根为 $x_0$，则函数 $f(x)$ 在点 $x_0$ 附近可用一阶台劳多项式

$$f(x_0) + f'(x_0)(x - x_0)$$

来近似，因此方程 $f(x) = 0$ 在点 $x_0$ 附近可以近似地表示为线性方程：

$$f(x_0)+f'(x_0)(x-x_0)=0$$

设$f'(x_0)\neq0$，解以上线性方程得：

$$x=x_0-f(x_0)/f'(x_0)$$

取$x$作为原方程的近似新根，再用类似以上的方法求下一个根，即牛顿迭代公式为：

$$x_{k+1}=x_k-f(x_k)/f'(x_k)\quad k=0,1,2,\cdots$$

牛顿迭代法的几何解释如图6-26所示。

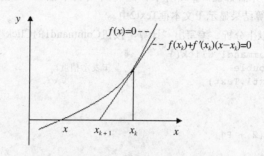

图6-26 牛顿迭代法的几何解释

**界面设计**：设计界面如图6-27a所示。运行时通过单击"求解"按钮Command1直接求解，结果用消息框显示。

**代码设计**：根据以上分析，编写出"计算"按钮Command1的Click事件过程如下：

```
Private Sub Command1_Click()
    Dim X As Single
    X = 3.1415926
    N = 0                                ' N用于保存迭代次数
    Do
        FX = Sin(X) - X / 2              ' 求f(x)
        FX1 = Cos(X) - 0.5              ' 求f'(x)
        X1 = X                          ' 保存当前根
        X = X - FX / FX1                ' 求下一个根
        N = N + 1
    Loop Until Abs(X1 - X) < 0.0001     ' 达到精度|x_{k+1}-x_k|<0.0001时不再计算
    MsgBox "方程的根为：" & Format(X, "0.0000") & vbCrLf & "迭代次数为：" & Str(N)
End Sub
```

运行时单击"求解"按钮，用消息框显示结果，如图6-27b所示。

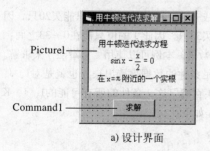

a) 设计界面

b) 运行结果

图6-27 用牛顿迭代法求方程的根

【例6-14】利用以下公式求π的近似值：

$$\pi\approx S_n=2\times\frac{2}{\sqrt{2}}\times\frac{2}{\sqrt{2+\sqrt{2}}}\times\frac{2}{\sqrt{2+\sqrt{2+\sqrt{2}}}}\cdots$$

要求精度为$|S_{n+1}-S_n|<\varepsilon$。

**分析**：这是一个累乘问题，首先找出乘积各项的规律。设第$i$项的分母为$P_i$，第$i+1$项的分母为$P_{i+1}$，则

$$P_{i+1} = \sqrt{2 + p_i}$$

若设前$i$项的积为$S_i$，前$i+1$项的积为$S_{i+1}$，则

$$S_{i+1} = S_i \times \frac{2}{P_{i+1}}$$

**界面设计**：设计界面如图6-28a所示，运行时用文本框Text1输入精度$\varepsilon$值，单击"计算"按钮Command1计算π，计算结果显示于文本框Text2中。

**代码设计**：根据以上分析，编写出"计算"按钮Command1的Click事件过程如下：

```
Private Sub Command1_Click()
    Dim E As Double                    ' E表示精度ε
    E = Val(Text1.Text)
    P = 0
    S = 2
    Do
      P = Sqr(2 + P)
      S1 = S
      S = S * 2 / P
    Loop Until Abs(S1 - S) < E
    Text2.Text = S
End Sub
```

运行时输入精度0.000001，计算结果如图6-28b所示。

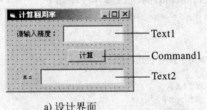

a) 设计界面            b) 运行界面

图6-28　计算圆周率

**【例6-15】** 公鸡五块钱一只，母鸡三块钱一只，小鸡一块钱三只，要用100块钱买100只鸡，问公鸡、母鸡和小鸡各买几只？

**界面设计**：设运行时通过单击窗体进行求解，结果直接打印在窗体上，因此无须向窗体上添加任何控件。

**代码设计**：设公鸡、母鸡、小鸡分别有I、J、K只。公鸡五块钱一只，用100块钱最多只能买20只，因此I的值只能在0～20之间；母鸡三块钱一只，用100块钱最多只能买33只，因此J的值只能在0～33之间；小鸡一块钱三只，因此K的值可以在0～100之间，但K只能是3的整数倍。本例可以使用"穷举法"来求解。所谓"穷举法"就是对可能出现的各种情况进行一一测试，将满足条件的数据挑选出来，也就是对I、J、K在允许范围内所有可能的组合情况进行判断，找出满足"百钱买百鸡"这一条件的所有可能的I、J、K值。这可以通过三层循环来实现。因此，编写窗体的Click事件过程如下：

```
Private Sub Form_Click()
    Dim I As Integer, J As Integer, K As Integer
    Print Tab(5); "公鸡"; Tab(15); "母鸡"; Tab(25); "小鸡"
    For I = 0 To 20
      For J = 0 To 33
        For K = 0 To 100 Step 3
          If I * 5 + J * 3 + K \ 3 = 100 And I + J + K = 100 Then
            Print Tab(5); I; Tab(15); J; Tab(25); K
          End If
```

```
    Next K, J, I
End Sub
```

运行时单击窗体，得出的结果有四种，如图6-29所示。

图6-29 百钱买百鸡

【例6-16】数字灯谜。设有算式：

$$
\begin{array}{r}
ABCD \\
-)\ \underline{CDC} \\
\hline
ABC
\end{array}
$$

A、B、C、D分别为非负一位数字，算式中的ABCD为4位数，CDC为3位数，ABC为3位数。找出满足以上算式的A、B、C、D。

**界面设计**：设运行时通过单击窗体进行求解，结果直接打印在窗体上，因此无须向窗体上添加任何控件。

**代码设计**：本例同样可以用"穷举法"来实现，也就是用4位数字所有可能的组合检测以上算式是否成立，这可以用四层循环来实现。A、C作为最高一位数，不能为0。编写窗体的Click事件过程如下：

```
Private Sub Form_Click()
    Dim A As Integer, B As Integer, C As Integer, D As Integer
    Dim S1 As Integer, S2 As Integer, S3 As Integer
    For A = 1 To 9
        For B = 0 To 9
            For C = 1 To 9
                For D = 0 To 9
                    S1 = A * 1000 + B * 100 + C * 10 + D    ' S1即为4位数ABCD
                    S2 = C * 100 + D * 10 + C               ' S2即为3位数CDC
                    S3 = A * 100 + B * 10 + C               ' S3即为3位数ABC
                    If S1 - S2 = S3 Then                    ' 如果满足算式
                        Print A; B; C; D
                    End If
    Next D, C, B, A
End Sub
```

运行时单击窗体，在窗体上打印结果为：1 0 9 8。

【例6-17】在有些情况下，出于保密的原因，需要对文本中的字符串进行加密操作，使一般读者无法辨认字符串内容。加密后的文本称为密文，只有通过一定的解密过程才能识读。编写程序，实现对输入的字符串进行加密与解密。

**分析**：最简单的加密方法是对字符串中的每一个字符进行变换，如将其ASCII码值加上一个数值，这样原字符就变成了另一个字符。例如，将每一个字符的ASCII码值加5，则A→F，B→G，…，Z→E。解密的运算过程正好相反。本例将采用这种最简单的方法对字符串进行加密和解密。

**界面设计**：设计如图6-30所示的界面，用文本框Text1输入待加密的字符串，运行时单击"加密"按钮，则在文本框Text2中显示加密后的字符串，同时"加密"按钮文字变为"解密"，这时如果单击"解密"按钮，则对文本框Text2中的内容进行解密，解密结果仍显示在文本框Text2中，可以通过和Text1中的原字符串进行

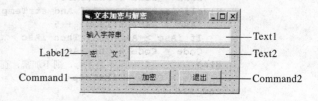

图6-30 文本加密与解密设计界面

比较来验证解密结果的正确性。

**代码设计**：设计代码的主要思路如下。

1）使用 Len 函数获取需要加、解密的字符串 strInput 的长度，保存到变量 Length 中，即：
Length=Len(strInput)。

2）用 Length 控制循环次数，每循环一次从字符串 strInput 中取出一个字符，存储到变量 strTemp 中，然后判断 strTemp 是否为 "A" ～ "Z" 或 "a" ～ "z" 中的某个字符，如果是，则进行加密或解密。

3）假设将加、解密后字符的 ASCII 码存储在变量 iAsc 中，则：

加密过程为：iAsc = Asc(strTemp) + 5；

解密过程为：iAsc = Asc(strTemp)−5。

4）加密过程中还应判断，加密后的字符是否超过 "Z" 或 "z"。如超过，则应将变换后的字母的 ASCII 值减 26（绕回到字母表的起始位置）。即：

$$\text{If iAsc} > \text{Asc("Z") Then iAsc} = \text{iAsc} - 26$$

或

$$\text{If iAsc} > \text{Asc("z") Then iAsc} = \text{iAsc} - 26$$

解密过程中还应判断，解密后的字符是否小于 "A" 或 "a"。如小于，则应将变换后的字母的 ASCII 值加 26（绕回到字母表的末尾位置）。即：

$$\text{If iAsc} < \text{Asc("A") Then iAsc} = \text{iAsc} + 26$$

或

$$\text{If iAsc} < \text{Asc("a") Then iAsc} = \text{iAsc} + 26$$

5）将加密或解密后的字符拼接到字符串变量 Code 中，即：

$$\text{Code} = \text{Code \& Chr(iAsc)}$$

根据以上思路，编写命令按钮 Command1 的 Click 事件过程如下：

```
Private Sub Command1_Click()
    Dim strTemp As String * 1
    Dim I As Integer, Length As Integer, iAsc As Integer
    Dim strInput As String, Code As String
    If Command1.Caption = "加密" Then     ' 如果命令按钮显示文字为"加密"，则执行加密
    Command1.Caption = "解密"
    Form1.Icon = LoadPicture(App.Path & "\secur02a.ico") ' 改变窗体控制菜单图标
    Label2.Caption = "密    文"
    strInput = Text1.Text                     ' 获取要加密的字符串
    I = 1
    Code = ""                                 ' Code用于保存加密后的字符串
    Length = Len(strInput)                    ' 获取原字符串的长度
    Do While (I <= Length)
        strTemp = Mid(strInput, I, 1)         ' 提取原字符串中的一个字符
        If (strTemp >= "A" And strTemp <= "Z") Then      ' 如果是大写字母
            iAsc = Asc(strTemp) + 5                       ' 求加密后的ASCII码
            If iAsc > Asc("Z") Then iAsc = iAsc - 26
            Code = Code & Chr(iAsc)                 ' 将加密后的字符添加到Code中
        ElseIf (strTemp >= "a" And strTemp <= "z") Then  ' 如果是小写字母
            iAsc = Asc(strTemp) + 5                       ' 求加密后的ASCII码
            If iAsc > Asc("z") Then iAsc = iAsc - 26
            Code = Code & Chr(iAsc)                 ' 将加密后的字符添加到Code中
        Else            ' 如果不是字母，则不加密，直接连接到Code中
            Code = Code & strTemp
        End If
        I = I + 1
    Loop
```

```
        Text2.Text = Code            ' 显示加密后的结果
    Else                  ' 如果命令按钮显示文字为"解密"，则执行解密
        Command1.Caption = "加密"
        Form1.Icon = LoadPicture(App.Path & "\secur02b.ico")
        Label2.Caption = "原    文"
        strInput = Text2.Text
        I = 1
        Code = ""
        Length = Len(strInput)
        Do While (I <= Length)
            strTemp = Mid(strInput, I, 1)
            If (strTemp >= "A" And strTemp <= "Z") Then
                iAsc = Asc(strTemp) - 5
                If iAsc < Asc("A") Then iAsc = iAsc + 26
                Code = Code & Chr(iAsc)
            ElseIf (strTemp >= "a" And strTemp <= "z") Then
                iAsc = Asc(strTemp) - 5
                If iAsc < Asc("a") Then iAsc = iAsc + 26
                Code = Code & Chr(iAsc)
            Else
                Code = Code & strTemp
            End If
            I = I + 1
        Loop
        Text2.Text = Code
    End If
End Sub
```

在"退出"按钮Command2的Click事件过程中输入End语句，实现结束程序的运行。

运行时初始界面如图6-31a所示。首先在文本框Text1中输入待加密的字符串，单击"加密"按钮，则在文本框Text2中显示加密后的密文，如图6-31b所示，这时单击"解密"按钮，则密文变成原文，如图6-31c所示。

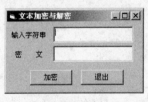  

a) 初始界面        b) 加密后        c) 解密后

图6-31 文本加密与解密运行界面

## 6.6 上机练习

【练习6-1】编程序实现，运行时单击某命令按钮求 $\sum_{k=1}^{100} k + \sum_{k=1}^{50} k^2 + \sum_{k=1}^{10} \frac{1}{k}$ 的值，用标签显示结果。

【练习6-2】编程序实现，运行时用文本框输入$n$值，单击某命令按钮求以下$S$的值，用文本框显示结果。

$$S = 4 \times \left(1 - \frac{1}{3} + \frac{1}{5} - \frac{1}{7} + \frac{1}{9} - \cdots + (-1)^{n+1} \times \frac{1}{2n-1}\right)$$

【练习6-3】编程序求 $S_n = a + aa + aaa + \cdots + \overbrace{aa\cdots a}^{n}$ 的值，其中$a$是一个数字，例如：2+22+222+2222（此时$n=4$），$n$和$a$由输入框输入。

**【练习6-4】**编程序实现，运行时单击窗体求数列$\frac{2}{1}$，$\frac{3}{2}$，$\frac{5}{3}$，$\frac{8}{5}$，…的前20项的和，用消息框显示结果。

**【练习6-5】**编程序实现，运行时用文本框输入$n$值，单击窗体求$1\times3\times5\times7\times\cdots\times(2n-1)$的值，用标签显示结果。

**【练习6-6】**编程序实现，运行时单击某命令按钮，输出3到100之间的所有奇数。将奇数显示于带垂直滚动条的文本框中，每行显示一个数。

**【练习6-7】**有一袋球（100个到200个之间），如果一次数四个，则剩两个；一次数五个，则剩三个；一次数六个，则正好数完，编程序求该袋球的个数。

**【练习6-8】**编程序找出$1\sim9999$之间的全部同构数。所谓同构数是指这样的整数，它恰好出现在其平方数的右边。例如，1和5都是同构数。

**【练习6-9】**编程序求$1\times3\times5\times7\times\cdots\times(2n-1)$大于400000的最小值。

**【练习6-10】**编程序求$1^1+2^2+3^3+\cdots+N^N$小于100000的最大值。

**【练习6-11】**编程序实现，运行时单击窗体，打印如图6-32所示的七彩文字。

**提示：**可以通过若干次循环打印若干个层叠的文字来产生七彩文字的效果。每执行一次循环，改变当前CurrentX、CurrentY属性值，并将窗体的ForeColor属性设置为一个随机颜色，然后用Print方法打印文字。要给窗体的ForeColor属性设置为随机颜色，可以使用RGB函数。例如：Form1.ForeColor = RGB(red, green, blue)。其中，red、green、blue参数值在$0\sim255$之间，代表红、绿、蓝三种颜色分量，可以使用随机函数rnd来生成这三个参数值。

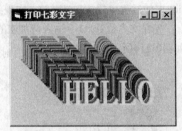

图6-32　打印七彩文字

**【练习6-12】**编写程序求：$S = \dfrac{1}{1} + \dfrac{1}{1+2} + \dfrac{1}{1+2+3} + \cdots + \dfrac{1}{1+2+3+\cdots+100}$。

**【练习6-13】**编写程序求$\displaystyle\sum_{n=1}^{20} n!$，即求$1!+2!+3!+4!+\cdots+20!$。

**【练习6-14】**编写程序打印出100到1000之间的所有水仙花数。"水仙花数"是指一个3位数，其各位数的立方和等于该数，如$153=1^3+5^3+3^3$。

**【练习6-15】**编写程序找出1000之内的所有完数。一个数如果恰好等于它的因子之和，这个数就称为"完数"。例如，6的因子为1、2、3，而6=1+2+3，因此6是"完数"。

**【练习6-16】**设计如图6-33a所示的界面，编程序实现，运行时，单击各按钮时输入行数，按此行数在窗体上打印不同的图形，如图6-33b所示。

**【练习6-17】**编程序实现，运行时用输入框输入$x$的值，分别按以下要求，求：

$$e^x \approx 1 + \frac{x}{1!} + \frac{x^2}{2!} + \frac{x^3}{3!} + \cdots + \frac{x^n}{n!}$$

1）直到第20项。

2）直到最后一项小于$10^{-6}$。

a) 设计界面

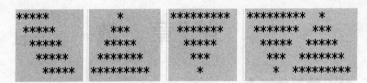

b) 各种结果

图6-33　打印各种图形

**【练习6-18】** 编写程序，用以下公式求sin(x)的近似值，当最后一项小于$10^{-7}$时停止计算。公式中的x为弧度。

$$\sin(x) = x - \frac{x^3}{3!} + \frac{x^5}{5!} - \frac{x^7}{7!} + \cdots + (-1)^{n-1}\frac{x^{2n-1}}{(2n-1)!}$$

**【练习6-19】** 编写程序，用矩形法求定积分$\int_{-4}^{4}\frac{1}{1+x^2}\,\mathrm{d}x$。

**【练习6-20】** 编写程序，用二分法求方程$x^3+4x^2-10=0$在区间（1,4）内的实根。要求精确到小数点后第4位。

**提示：** 设函数$f(x)=x^3+4x^2-10$，$f(x)=0$在区间（a, b）内有一实根x。取（a, b）的中点$x_0=(a+b)/2$，然后按以下方法求解：

1）如果$f(x_0)$与$f(a)$同号，则说明所求的根x在$x_0$的右侧，这时取区间$(x_0,b)$，否则，根x在$x_0$的左侧，这时取区间$(a,x_0)$，见图6-34。

2）在新的区间上再取中点，重复上述步骤1，直到区间长度<ε，则$x_0$即为$f(x)=0$的近似根。

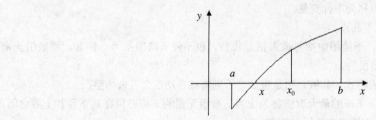

图6-34　用二分法求方程的根

# 第7章 数 组

## 7.1 数组的基本概念

前面的各种问题中，一般只涉及少量的数据，这些数据使用简单变量就可以很方便地进行存取或处理，但是，在实际问题中往往会有大量相关的数据需要处理。例如，要处理全校3000个学生的数学成绩，如果使用简单变量，就要引入3000个不同的变量来存储这些数据，这样显然太烦琐，如果数据量再大，采用这种处理几乎是难以做到的。另外，这种数据除了量比较大以外，各数据在整组数中的位置是明确的，即数据是有序的，这种顺序使用简单变量难以体现，而使用本章要介绍的数组，在多数场合却可以很方便地处理这种大量的、性质相同的有序数。

### 7.1.1 数组与数组元素

数组用于表示一组性质相同的有序的数，这一组数用一个统一的名称来表示，称为数组名。例如，1000个学生的数学成绩，可以统一取名为MScore。数组名的命名规则与简单变量的命名规则相同。

数组中的每一个元素称为数组元素。为了在处理时能够区分数组中的每一个元素，需要用一个索引号加以区别，该索引号称为下标。数组中的每一个元素可以用数组名和下标唯一地表示，写成：数组名(下标)。例如，用MScore(1)表示第一个学生的数学成绩（下标为1），用MScore(345)表示第345个学生的数学成绩（下标为345）。

每个数组元素用来保存一个数据，其使用与简单变量类似，在简单变量允许出现的多数地方也允许出现数组元素。例如，可以通过X=90给简单变量X赋值，同样也可以通过MScore(8)=87给数组元素MScore(8)赋值，所以，数组元素也称为下标变量。

在表示数组元素时，应注意以下几点：

1）要用圆括号把下标括起来，不能用中括号或大括号代替，也不能省略圆括号。例如，将数组元素X(8)表示成X[8]、X{8}或X8都是错误的。

2）下标可以是常量、变量或表达式，其值必须是整数，否则将被自动四舍五入为整数。

3）下标的最小取值称为下界，下标的最大取值称为上界。数组元素的下标必须在其下界和上界之间，否则将会出错。下标的下界和上界由数组定义语句定义。

### 7.1.2 数组的维数

数组中的元素可以用一个下标来定位，也可以用多个下标来定位。如果数组元素只有一个下标，则称为一维数组。例如，一班40名学生的英语成绩可以表示成G(1)，G(2)，G(3)，…，G(40)，用G(1)表示1号学生的成绩，用G(2)表示2号学生的成绩……这样处理起来很直观，需要第I个学生的成绩时，直接使用G(I)即可。

如果要表示一到六班（设各班有40人）共240个学生的英语成绩，当然可以用G(1)，G(2)，G(3)，…，G(240)来表示，这时，如果要处理某班某学号学生的成绩，例如四班23号学生，则很难从数组元素中直观地找出是第几个元素；或者反过来，问G(197)表示哪个学生的成绩，也难以直接看出，因此，这种表示法不便于有选择地处理数组元素。如果用两个下标来表示数组元素，例如用第一个下标表示班级号，第二个下标表示班内学号，则一班30号学生的成绩可以表示成G(1,30)，三班26号学生的成绩表示成G(3,26)，显然，从下标的表示上可以直观地看出该成绩在整组数中的位置，这样就便于有选择地处理数组元素。这种用两个下标来表示元素的数组称为二维数组。对于可以表示成表格形式的数据，如矩阵、行列式等，用二维数组来表示是比较方便的。例如，设有一个4行4列的矩阵：

$$\begin{bmatrix} A_{11} & A_{12} & A_{13} & A_{14} \\ A_{21} & A_{22} & A_{23} & A_{24} \\ A_{31} & A_{32} & A_{33} & A_{34} \\ A_{41} & A_{42} & A_{43} & A_{44} \end{bmatrix}$$

将该矩阵的所有元素表示成二维数组A，用第一个下标表示元素所在的行号，用第二个下标表示元素所在的列号，则A(I, J)表示第I行第J列的元素，而表示成A(I, I)形式的元素都是该矩阵的主对角线元素，表示成A(I, 5−I)形式的元素都是该矩阵的次对角线元素。通常也将二维数组的第一个下标叫做行下标，第二个下标叫做列下标。

根据问题的需要，还可以选择使用三维数组、四维数组等，Visual Basic最多允许有60维。

## 7.2　数组的定义

数组在使用之前必须先定义（声明），定义数组的目的是为数组分配存储空间，数组名即为这个存储空间的名称，而数组元素即为存储空间的每一个单元。每个单元的大小与数组的类型有关。例如，定义某数组X为Integer类型，共有10个元素，则每个元素占2个字节，所有数组元素占20个字节的存储空间。

按数组占用存储空间的方式不同，Visual Basic有两种数组：静态数组和动态数组。两种数组的定义方法不同，使用方法也略有不同。

### 7.2.1　静态数组的定义

静态数组也叫做固定大小的数组，是指数组元素的个数在程序执行期间不能改变的数组。这种数组在编译阶段就已经确定了存储空间，直到程序执行完毕才释放存储空间。

**格式：**

`Public|Private|Dim 数组名(维数定义)[As 类型],…`

**功能**：定义数组，包括确定数组的名称、维数、每一维的大小和数组元素的类型，并为数组分配存储空间。

**说明：**

1）在标准模块的通用声明段使用Public语句建立一个全局级数组（注意，不能是窗体模块，标准模块将在第8章介绍）；在模块的通用声明段使用Private语句或Dim语句建立一个模块级数组；在过程中用Dim语句建立一个过程级数组。

2）"数组名"需遵循变量命名约定。

3）"维数定义"形式为：[下界1 To]上界1，[下界2 To]上界2，…

下界和上界规定了数组元素每一维下标的取值范围。省略下界时，Visual Basic默认其值为0，可以使用Option Base语句将默认下界修改为1。Option Base语句的格式为：

`Option Base {0|1}`

Option Base语句用来声明数组下标的默认下界，必须写在模块的所有过程和带维数的数组定义语句之前，且一个模块中只能出现一次Option Base语句，它只影响该语句所在的模块中数组的下界。

4）"类型"可以是Integer、Long、Single、Double、Boolean、String（可变长度字符串）、String*n（固定长度字符串）、Currency、Byte、Date、Object、Variant、用户自定义类型或对象类型。与定义变量类似，一个"As 类型"只能定义一个数组的类型。

5）定义静态数组后，Visual Basic自动对数组元素进行初始化。例如，将数值型数组元素值置为0，将可变长度字符串类型数组元素值置为零长度字符串。

6）在编译时计算机为静态数组分配固定大小的存储空间，在运行期其大小不能改变。

例如：

`Dim C(9) As Integer`

声明了一个有10个元素的一维整型数组，其下标下界默认为0，上界为9，包括的数组元素有：C(0)、C(1)、C(2)、C(3)、C(4)、C(5)、C(6)、C(7)、C(8)、C(9)。

例如：

```
Dim A(-4 To 4) As Integer
```

声明了一个有9个元素的一维整型数组，其下标下界为−4，上界为4，包括的数组元素有：A(−4)、A(−3)、A(−2)、A(−1)、A(0)、A(1)、A(2)、A(3)、A(4)。

例如：

```
Dim B(1 To 4,0 To 8) As String
```

声明了一个有36个元素的二维字符串型数组，其第一维下标下界为1，上界为4；第二维下标下界为0，上界为8。第二维下标下界0可以省略，即写成：

```
Dim B(1 To 4, 8) As String
```

包括的数组元素有：

B(1,0) B(1,1) B(1,2) B(1,3) B(1,4) B(1,5) B(1,6) B(1,7) B(1,8)
B(2,0) B(2,1) B(2,2) B(2,3) B(2,4) B(2,5) B(2,6) B(2,7) B(2,8)
B(3,0) B(3,1) B(3,2) B(3,3) B(3,4) B(3,5) B(3,6) B(3,7) B(3,8)
B(4,0) B(4,1) B(4,2) B(4,3) B(4,4) B(4,5) B(4,6) B(4,7) B(4,8)

可以看出，数组元素的个数等于每一维的大小之积，即n维数组元素个数为：

$$(上界1-下界1+1) \times (上界2-下界2+1) \times \cdots \times (上界n-下界n+1)$$

在预先不知道要处理的数据量有多大时，如果使用静态数组，就需要在声明数组时使数组的大小尽可能达到最大，以适应不同的数据量。因为静态数组在整个程序的执行过程中一直占用存储空间，因此会浪费一定的内存空间，过度使用静态数组会影响整个系统的性能。

### 7.2.2  动态数组的定义

动态数组是指在程序执行过程中数组元素的个数可以改变的数组。动态数组也叫做可变大小的数组。在解决实际问题时，所需要的数组到底应该有多大才合适，有时可能不得而知，所以希望能够在运行时改变数组的大小。使用动态数组就可以在任何时候改变其大小，并且可以在不需要时清除动态数组所占的存储空间。例如，可以在短时间内使用一个大数组，然后，在不使用这个数组时，将其所占的内存空间释放给系统。因此，使用动态数组更加灵活、方便，并有助于高效管理内存。

定义动态数组需要分以下两步进行：

步骤1：在模块级或过程级按以下格式定义一个没有下标的数组。格式为：

```
Public|Private|Dim 数组名()[As 类型],…
```

这里的Public、Private、Dim的作用与静态数组的定义相同。

步骤2：在过程级使用下面的ReDim语句定义数组的实际大小。格式为：

```
ReDim [Preserve] 数组名(维数定义) [As 类型],…
```

说明：

1) ReDim语句只能出现在过程中。

2) 维数定义：通常包含变量或表达式，但其中的变量或表达式应有明确的值。

例如，以下程序在窗体模块的通用声明段使用Dim A() As Integer语句将A定义为一个动态整型数组，在命令按钮Command1的Click事件过程中，第一次使用ReDim A(N)将A定义成一个具有5个元素的一维数组，第二次使用ReDim A(N,N)将A定义成一个具有81个元素的二维数组。

```
Dim A() As Integer            ' 在窗体模块的通用声明段定义A为动态数组
Private Sub Command1_Click()
    N = 4
```

```
    ReDim A(N)                      ' 在过程内部第一次定义一维数组A有5个元素
    ' 以下通过循环给A数组的所有5个元素一一赋值并打印
    For I = 0 To N
        A(I) = 1
        Print A(I);                 ' 这里使用分号使每次打印完一个数组元素后不换行
    Next I
    Print                           ' 换行
    N = 8
    ReDim A(N, N)                   ' 在过程内部第二次定义二维数组A有81个元素
    ' 以下通过二层循环给二维数组A的所有元素一一赋值并打印
    For I = 0 To N
        For J = 0 To N
            A(I, J) = 2
            Print A(I, J);          ' 这里使用分号使每次打印完一个数组元素后不换行
        Next J
        Print                       ' 换行
    Next I
End Sub
```

3）可以用ReDim语句反复改变数组元素及维数的数目。

4）在定义动态数组的两个步骤中，如果用步骤1定义了数组的类型，则不允许用步骤2改变类型。

5）每次执行ReDim语句时，如果不使用Preserve关键字，当前存储在数组中的值会全部丢失。Visual Basic重新对数组元素进行初始化，如将数值型数组元素值置为0，将可变长度字符串类型数组元素值置为零长度字符串。

6）Preserve为可选的关键字。如果希望使用ReDim语句重新定义数组时保留数组中原有的数据，就需要在ReDim语句中使用Preserve关键字。带有Preserve关键字的ReDim语句只能改变多维数组最后一维的上界，且不能改变数组的维数。如果改变了其他维或最后一维的下界，那么运行时就会出错。

例如，以下程序第一次用ReDim语句定义了动态数组A有5个元素，并通过第一个循环给动态数组A的5个元素全部赋值1；第二次使用ReDim Preserve A(N)将数组A定义成9个元素并保留数组A中原有的值，并通过第二个循环将数组A的全部元素值输出到窗体上。

```
Dim A() As Integer              ' 定义数组A为动态数组，整型
Private Sub Command1_Click()
    N = 4
    ReDim A(N)                   ' 第一次定义数组A有5个元素
    For I = 0 To N               ' 通过循环给数组A的所有元素赋值1
        A(I) = 1
    Next I
    N = 8
    ReDim Preserve A(N)          ' 第二次定义数组A有9个元素并保留数组A中原有的值
    For I = 0 To N               ' 通过循环打印数组A的所有元素
        Print A(I);
    Next I
End Sub
```

运行时单击命令按钮Command1，输出结果为：

```
1  1  1  1  1  0  0  0  0
```

可以看出，输出结果保留了数组A原有的5个元素值1。如果不使用Preserve关键字，则输出结果全部为零。

在定义了一个数组之后，就可以使用数组了，即可以对数组元素进行各种操作。如对数组元素赋值、进行各种表达式运算、排序、统计、输出等。在许多场合，使用数组可以缩短和简化程序，因为可以利用循环控制数组的下标按一定规律变化，高效处理数组中的指定元素。

## 7.3  数组的输入/输出

数组在声明之后，Visual Basic对其进行了初始化，但在实际应用中，往往要给数组元素赋一定的初始值，即输入数组元素值。数组元素经过处理后，常需要将结果显示给用户，即输出数组元素的值。数组的输入/输出可以有多种方法，通常要结合循环语句实现。

例如，假设用数组A来保存学生成绩，以下代码用输入框提示输入10个学生的成绩并存放到数组A中，然后将这些成绩显示在文本框中。

```
Dim A(1 To 10) As Integer        ' 定义数组A为一维整型数组，有10个元素
' 输入：
For i = 1 To 10
   A(i) = Val(InputBox("请输入第" & Str(i) & "个学生的成绩"))
Next i
' 输出：
For i = 1 To 10
   Text1.Text = Text1.Text & Str(A(i))
Next i
```

以上代码用文本框Text1来输出数组元素。使用文本框输出多个数据时，通常需要给文本框设置滚动条。依据滚动条的方向，要注意每显示一个或多个数据是否需要在文本中加上回车换行符号。

对于二维数组的输入/输出，通常需要结合二层循环进行，通过二层循环的循环变量来控制二维数组的两个下标，以决定输入或输出哪些数组元素，按什么顺序进行输入和输出。

例如，假设用二维数组B来表示一个6行6列的矩阵，以下代码生成包含[1, 10]之间的随机整数的矩阵，并以6行6列的形式将该矩阵打印在窗体上。

```
Dim B(1 To 6, 1 To 6) As Integer        ' 定义数组B为二维整型数组，有36个元素
' 输入：
For I = 1 To 6
   For J = 1 To 6
      B(I, J) = Int(Rnd * 10 + 1)
   Next J
Next I
' 输出：
For I = 1 To 6
   For J = 1 To 6
      Print Format(B(I, J), "@@@");        ' 这里末尾的分号表示打印后不换行
   Next J
   Print                                    ' 换行
Next I
```

以上代码在进行输入/输出时，使用外层循环变量I控制二维数组的第一个下标（行下标），使用内层循环变量J控制二维数组的第二个下标（列下标）。可以看出，输入/输出矩阵元素的顺序是按行进行的。在输出矩阵元素时，外层循环变量I每取一个值，内层循环执行6次，将第I行的6个元素打印在同一行上（注意，内层循环的Print方法最后的分号表示打印完当前元素后不换行）。在内层循环结束后，使用无参数的Print方法进行换行，实现了按6行6列的格式打印输出。Format(B(I, J), "@@@")将数组元素B(I, J)转化为三位字符串，便于输出数据的对齐。

## 7.4  数组的删除

数组的删除可以使用Erase语句来实现。

**格式：**

```
Erase 数组名
```

**功能**：对静态数组使用Erase语句将对其中的所有元素进行初始化（清除数组中的元素值）。例如，将数值型数组元素值置为0；将可变长度字符串类型数组元素值置为零长度字符串。注意，Erase语句不能释

放静态数组所占的存储空间。

对动态数组使用Erase语句将释放动态数组所占的存储空间，在下次引用该动态数组之前，必须使用ReDim语句重新定义数组。

## 7.5　使用For Each...Next循环处理数组

For Each...Next循环可以用来遍历数组中的所有元素并重复执行一组语句。

**格式：**

```
For Each 变量 In 数组名
    [语句组1]
    [Exit For]
    [语句组2]
Next 变量
```

这里的For Each语句和Next语句构成了一个循环，这两条语句之间的语句组构成了循环体。

**功能**：首先将数组中的第一个元素值赋给"变量"，然后进入循环体中执行其中的语句。如果数组中还有其他元素，则继续将下一个元素值赋给"变量"再执行循环体，当针对数组中的所有元素执行了循环体后，便会退出循环，然后继续执行Next语句之后的语句。

**说明**：这里的"变量"只能是一个可变类型的变量。在循环体中，可以在任何位置放置任意个Exit For 语句。该语句一般放在某条件结构中，用于表示当某种条件成立时，强行退出循环。

例如，以下程序段使用For Each...Next语句输出一维数组A中的所有元素。

```
Dim A(1 To 10) As Integer
…
For Each X In A
    Text1.Text = Text1.Text & Str(X)
Next X
```

而以下程序段使用For Each...Next语句求二维数组B的所有元素之和。

```
Dim B(1 To 6,1 To 6 )
…
Sum = 0
For Each X In B
    Sum = Sum + X
Next X
Print Sum
```

可以看出，使用For Each...Next循环处理数组时，难以对数组中的个别元素进行处理，也难以控制对数组元素的处理次序，因此，对于不关心数组元素的处理次序的问题，采用这种结构比较方便。

## 7.6　数组操作函数

Visual Basic提供了一些与数组操作有关的函数，以方便对数组的操作。

### 1. LBound和UBound函数

LBound函数和UBound函数分别用来确定数组某一维的下界值和上界值。

**格式：**

```
LBound(数组名[,N])
UBound(数组名[,N])
```

**功能**：LBound函数返回"数组名"指定数组第N维的下界；UBound函数返回"数组名"指定数组第N维的上界。

**说明**：N为1表示第一维，N为2表示第二维，等等。如果省略N，则默认为1。

例如，要打印一维数组A的各个值，可以通过下面的代码实现：

```
For I = LBound(A) To UBound(A)
   Print A(I);
Next I
```

要打印二维数组B的各个值，可以通过下面的代码实现：

```
For I = LBound(B, 1) To UBound(B, 1)
   For J = LBound(B, 2) To UBound(B, 2)
      Print B(I, J);
   Next J
   Print
Next I
```

**2. Array函数**

Array函数用于生成一个数组。

**格式**：

```
Array(参数表)
```

**功能**：返回一个数组，数组元素的值由"参数表"指定。

**说明**："参数表"是一系列用逗号分隔的值，这些值构成数组的各元素值。Array函数只能给Variant类型的变量赋值，赋值后的数组大小由参数的个数决定，数组下标的下界由Option Base语句指定的下界决定。

例如，要将1，2，3，4，5，6，7，8，9，10这些值赋给数组A，可以使用下面的方法赋值：

```
Dim A                    ' 这里的A只能是Variant类型
A = Array(1, 2, 3, 4, 5, 6, 7, 8, 9, 10)
```

生成的数组A的下标的下界由Option Base语句指定的下界决定。这里没有使用Option Base语句，则默认下界为0，即执行以上赋值之后，A(0)=1，A(1)=2，A(2)=3，…，A(9)=10。

**3. Split函数**

Split函数用于将一个字符串分隔为若干个子字符串。

**格式**：

```
Split(字符串表达式[,分隔符])
```

**功能**：以某个指定符号作为分隔符，将"字符串表达式"指定的字符串分离为若干个子字符串，以这些子字符串为元素构成一个下标从零开始的一维数组。

**说明**："字符串表达式"用于指定要被分隔的字符串，"分隔符"是可选的，如果忽略，则使用空格作为分隔符。

例如，执行以下代码段：

```
Dim A
A = Split("how are you", " ")
```

则以空格作为分隔符将字符串"how are you"分离为三个字符串"how"、"are"、"you"，并给Vatiant类型的变量A赋值。赋值后，A成为一个具有三个元素的一维数组，且A(0)="how"，A(1)="are"，A(2)="you"。

也可以用Split函数给一个动态数组赋值。例如：

```
Dim A() As String
A = Split("how are you", " ")
```

**4. Join函数**

Join函数用于将某个数组中的多个子字符串连接成一个字符串。

**格式**：

```
Join(一维数组名[,分隔符])
```

　　**功能**：将一维数组中的各元素连接成一个字符串，连接时各子字符串之间加上"分隔符"指定的字符。

　　**说明**：分隔符是可选的，指定在返回的字符串中用于分隔各子字符串的字符。如果忽略该项，则使用空格(" ")来分隔子字符串。如果"分隔符"是零长度字符串(" ")，则将所有数组元组连接在一起，中间没有分隔符。

　　例如，执行以下代码，打印"吃葡萄不吐葡萄皮"。

```
Dim a
a = Array("吃葡萄", "不吐", "葡萄皮")
b = Join(a, "")
Print b
```

## 7.7　数组应用举例

　　**【例7-1】**输入若干个学生的成绩，统计不及格人数和优秀人数。

　　**界面设计**：设计界面如图7-1a所示。向窗体上添加一个文本框Text1，并设置Text1带水平滚动条，用于输入学生成绩；添加一个图片框Picture1，用于显示统计结果；添加一个"统计"按钮Command1，用于对学生成绩进行统计。

　　**代码设计**：设运行时学生成绩直接输入到文本框Text1中，各成绩之间用逗号分隔。代码首先使用Split函数将文本框Text1中输入的成绩分离开，保存到数组A中。然后进行统计，统计方法是：设两个计数变量num1和num2，分别用来保存不及格学生人数和优秀学生人数。这里的统计操作实际上是逐一取数组元素进行判断，如果数组元素的值小于60，则让num1累加1，如果数组元素的值大于或等于90，则让num2累加1。具体如下：

```
Private Sub Command1_Click()
    Dim A, N As Integer                    ' 定义A为可变类型，N用来保存数组下标的上界
    Dim num1 As Integer, num2 As Integer   ' 用num1保存不及格人数，用num2保存优秀人数
    A = Split(Text1.Text, ",")             ' 分离成绩，保存到数组A中
    N = UBound(A)                          ' 获取数组A的下标的上界
    num1 = 0: num2 = 0                     ' 对两个计数变量进行初始化
    ' 通过循环对数组A中的元素逐一判断，并分别进行统计
    For i = 0 To N
        Select Case Val(A(i))
            Case Is < 60
                num1 = num1 + 1
            Case Is >= 90
                num2 = num2 + 1
        End Select
    Next i
    ' 显示统计结果
    Picture1.Cls
    Picture1.CurrentX = 100: Picture1.CurrentY = 100          ' 定义打印位置
    Picture1.Print "不及格人数："; num1; Tab(18); "优秀人数："; num2
End Sub
```

　　运行时，在文本框Text1中输入若干个学生成绩，注意用逗号分隔，然后单击"统计"按钮，统计结果如图7-1b所示。

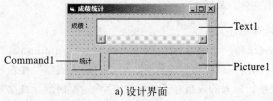

a) 设计界面

b) 运行界面

图7-1　成绩统计

**【例7-2】** 输入若干名学生的成绩，求平均分、最高分、最低分。

**界面设计**：设计如图7-2a所示的界面。向窗体上添加4个文本框Text1、Text2、Text3和Text4，设置文本框Text1带水平滚动条。运行时用文本框Text1输入学生成绩，单击"求值"按钮求平均分、最高分、最低分，显示于文本框Text2、Text3和Text4中。

**代码设计**：假设运行时输入到文本框Text1中的各成绩之间用逗号分隔。代码首先使用Split函数将文本框Text1中输入的成绩分离开，保存到数组A中，然后进行求值。求平均分时只需先求数组所有元素之和，再除以数组元素的个数即可。求最高分、最低分的问题实际上就是求一组数据的最大值、最小值问题。求最大值的方法如下：

1）设一个存放最大值的变量MaxNum，其初值为数组的第一个元素，即MaxNum=A(0)。

2）依次将MaxNum与A(1)到A(N)的所有数据进行比较，如果数组中的某个数A(I)大于MaxNum，则用该数替换MaxNum，即MaxNumx=A(I)，所有数据比较完后，MaxNum中存放的数即为整个数组的最大数。

求最小值的方法与求最大值的方法类似。

"求值"按钮Command1的Click事件过程如下：

```
Private Sub Command1_Click()
    Dim A, N As Integer                          ' 定义A为可变类型，N用来保存数组下标的上界
    Dim MaxNum As Integer, MinNum As Integer, Average As Single
    A = Split(Text1.Text, ",")                   ' 产生的A数组元素为字符串类型
    N = UBound(A)
    Total = 0                                     ' Total用于存放总成绩，设初始值为0
    MaxNum = Val(A(0))                            ' 设变量MaxNum的初始值为数组中的第一个元素值
    MinNum = Val(A(0))                            ' 设变量MinNum的初始值为数组中的第一个元素值
    ' 通过循环依次比较，求最大值、最小值，求总和
    For i = 0 To N
        If Val(A(i)) > MaxNum Then MaxNum = Val(A(i))
        If Val(A(i)) < MinNum Then MinNum = Val(A(i))
        Total = Total + Val(A(i))
    Next i
    Average = Total / (N + 1)                     ' 求平均值
    Text2.Text = Format(Average, "0.00")          ' 以两位小数显示平均值
    Text3.Text = MaxNum                           ' 显示最大值
    Text4.Text = MinNum                           ' 显示最小值
End Sub
```

运行时，首先在文本框Text1中输入学生成绩，注意各成绩之间用逗号分隔，然后单击"求值"按钮求学生成绩的平均分、最高分、最低分，结果如图7-2b所示。

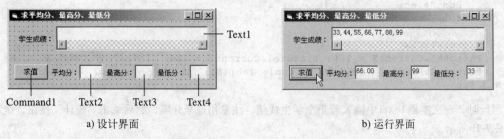

a) 设计界面                                                                           b) 运行界面

图7-2 求平均分、最高分、最低分

**【例7-3】** 输入N名学生的成绩，按成绩从低到高的次序排序。

**界面设计**：向窗体上添加两个文本框Text1、Text2和三个命令按钮Command1、Command2、Command3，将Text1和Text2设置为带有水平滚动条，如图7-3a所示。运行时，单击"输入成绩"按钮Command1，依次打开输入框，输入总人数和各学生成绩，输入的成绩存于一维数组X中，同时显示在文本框Text1中；单击"排序"按钮Command2对成绩进行排序，排序结果仍保存在数组X中，且显示在文本

框Text2中,如图7-3b所示;单击"退出"按钮Command3结束运行。

a) 设计界面

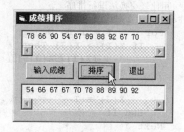
b) 运行界面

图7-3  成绩排序

**代码设计:**

1)本例使用输入框输入学生人数和各学生的成绩。因为学生人数可以由用户来指定,所以保存成绩的数组X的大小是不固定的,应将数组X定义成动态数组。由于以下的Command1_Click事件过程和Command2_Click事件过程都要使用数组X,因此需要在窗体模块的通用声明段定义数组X,使X成为一个模块级的数组。定义语句如下:

```
Option Base 1                        ' 定义数组的默认下界为1
Dim N As Integer, X() As Integer     ' 定义变量N,定义数组X为动态数组
```

2)编写"输入成绩"按钮Command1的Click事件过程,实现成绩的输入和显示。

```
Private Sub Command1_Click()
    N = Val(InputBox("请输入总人数"))      ' 提示输入总人数
    ReDim X(N)                             ' 按输入的总人数定义数组X的大小
    Text1.Text = ""
    ' 输入并显示成绩
    For I = 1 To N
        X(I) = Val(InputBox("请输入第" & Str(I) & "个学生的成绩", "成绩排序", ""))
        Text1.Text = Text1.Text & Str(X(I))
    Next I
End Sub
```

3)编写"排序"按钮Command2的Click事件过程,实现成绩的排序和显示。

排序的算法有很多种,如比较交换法、选择排序法、冒泡排序法、插入排序法、希尔排序法、归并排序法等。不同的排序方法效率不同。以下分别使用比较交换法、选择排序法和冒泡排序法实现排序。

• 比较交换法

比较交换法的排序方法如下:

第1步:将第1个数与第2个数到第N个数依次比较,如果$X(1)>X(J)(J=2, 3, \cdots, N)$,则交换$X(1)$、$X(J)$的内容。这时$X(1)$为第1个数到第N个数的最小值。

第2步:将第2个数与第3个数到第N个数依次比较,如果$X(2)>X(J)(J=3, 4, \cdots, N)$,则交换$X(2)$、$X(J)$的内容。这时$X(2)$为第2个数到第N个数的最小值。

⋮

第I步:重复以上方法,将第I个数与第I+1个数到第N个数依次比较,如果$X(I)>X(J)(J=I+1, \cdots, N)$,则交换$X(I)$、$X(J)$的内容。这时$X(I)$为第I个数到第N个数的最小值。

⋮

第N−1步:将第N−1个数与第N个数比较,如果$X(N-1)>X(N)$,则交换$X(N-1)$、$X(N)$的内容。

通过以上N−1步比较,实现了N个数按从小到大排序,且排序结果仍在数组X中。根据以上步骤编写"排序"按钮Command2的Click事件过程如下:

```
Private Sub Command2_Click()
    ' 用比较交换法进行排序
    For I = 1 To N - 1
        For J = I + 1 To N
            If X(I) > X(J) Then
                ' 交换X(I)和X(J)的值
                T = X(I)
                X(I) = X(J)
                X(J) = T
            End If
        Next J
    Next I
    ' 显示排序结果
    Text2.Text = ""
    For I = 1 To N
        Text2.Text = Text2.Text & Str(X(I))
    Next I
End Sub
```

- 选择排序法

选择排序法的排序方法如下：

第1步：将第1个数与第2个数到第N个数依次比较，找出第1个数到第N个数中的最小值，记下其位置P。如果P不等于1，则交换X(1)与X(P)的值。这时X(1)为原X(1)到X(N)中的最小值。

第2步：将第2个数与第3个数到第N个数依次比较，找出第2个数到第N个数中的最小值，记下其位置P。如果P不等于2，则交换X(2)与X(P)的值。这时X(2)为原X(2)到X(N)中的最小值。

......

第I步：将第I个数与第I+1个数到第N个数依次比较，找出第I个数到第N个数中的最小值，记下其位置P，如果P不等于I，则交换X(I)与X(P)的值。这时X(I)为原X(I)到X(N)中的最小值。

......

第N-1步：将第N-1个数与第N个数比较，记下较小的一个数的位置P，如果P不等于N-1，即第N个数较小，则交换第N-1个数和第N个数。

通过以上N-1步比较，实现了N个数按从小到大排序，且排序结果仍在数组X中。根据以上排序步骤编写选择排序法的代码如下：

```
For I = 1 To N - 1
    ' 找出第I个数到第N个数中的最小值所在的位置P
    P = I
    For J = I + 1 To N
        If X(J) < X(P) Then
            P = J
        End If
    Next J
    ' 如果最小值不是X(I)，则交换X(I)与X(P)的值
    If P <> I Then
        T = X(I)
        X(I) = X(P)
        X(P) = T
    End If
Next I
```

- 冒泡排序法

冒泡排序法的排序方法是：依次将数组的每一个元素值和下一个元素值进行比较，如果前一个元素值大于后一个元素值，则进行交换。每逢两个数发生交换时，在按顺序进行下一次比较之前，进行"冒泡处理"。

"冒泡处理"是把数组中的一个较小的数比喻成气泡，使之不断地向顶部"上冒"，直到上面的值比它

更小为止，这时认为该气泡已经冒到顶，这是一个小数上冒、大数下沉的过程。例如，要对数据 9、15、20、14、13、17 用冒泡排序法进行排序，方法如下：

①将9与15比较、15与20比较、20与14比较，这时，20>14，因此对14进行冒泡处理，逐个与其前面较大的数交换，直到次序变成：

9　14　15　20　13　17　　　　　　（14冒泡到顶，见图7-4a）

②从20开始，继续比较20与13，这时，20>13，对13进行冒泡处理，逐个与其前面较大的数交换，直到次序变成：

9　13　14　15　20　17　　　　　　（13冒泡到顶，见图7-4b）

③将20与17比较，20>17，对17进行冒泡处理，逐个与其前面较大的数交换，直到次序变成：

9　13　14　15　17　20　　　　　　（17冒泡到顶，见图7-4c）

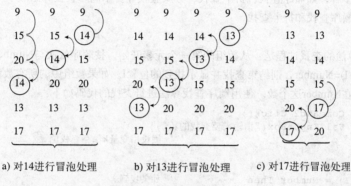

a) 对14进行冒泡处理　　　　b) 对13进行冒泡处理　　　　c) 对17进行冒泡处理

图7-4　冒泡排序法

根据以上方法编写冒泡排序法的代码如下：

```
For I = 1 To N - 1
    For J = I To 1 Step -1
        If X(J) > X(J+1) Then
            ' 如果前面的数大于后面的数，则进行交换（冒泡处理）
            T = X(J)
            X(J) = X(J + 1)
            X(J + 1) = T
        Else
            ' 如果前面的数小于后面的数，则退出循环（指内循环），继续下一轮比较
            Exit For
        End If
    Next J
Next I
```

4）在"退出"按钮Command3的Click事件过程输入End语句，实现退出功能。

**【例7-4】**生成100个[0,100]之间的随机整数作为原始数据，存于数组A中，在数组A中查找指定的元素。

**界面设计**：向窗体上添加一个文本框Text1和两个命令按钮Command1、Command2，如图7-5a所示。将Text1设置为带水平滚动条。运行时通过单击"生成随机数"按钮Command1生成100个[0,100]之间的随机整数，显示在文本框Text1中；通过单击"查找"按钮Command2用输入框输入要查找的数，查找结果用消息框显示。

**代码设计**：

1）因为Command1和Command2两个命令按钮的Click事件过程都要用到数组A，所以需要在窗体模块的通用声明段定义数组A，定义语句如下：

```
Dim A(1 To 100) As Integer            ' 定义数组A为静态数组，有100个元素
```

2）编写"生成随机数"按钮Command1的Click事件过程，生成100个[0,100]之间的随机整数，同时显示在文本框Text1中。代码如下：

```
Private Sub Command1_Click()
    Randomize
    For i = 1 To 100
        A(i) = Int(Rnd * 101)
        Text1.Text = Text1.Text & Str(A(i))
    Next i
End Sub
```

3）编写"查找"按钮Command2的Click事件过程。总体思路是：首先用输入框输入要查找的数Number，然后使用一定的查找算法进行查找，最后用消息框显示查找结果。

查找算法有很多种，如顺序查找、折半查找、分块查找等。不同的查找算法效率不同。以下介绍两种常见的查找算法：顺序查找和折半查找。

• 顺序查找

"顺序查找"算法的查找过程是：从数组的第一个元素开始，按顺序依次与Number比较，如果某数与Number相等，即A(I)=Number，则结束查找并显示找到的位置I。如果数组中的所有数都与Number不相等，则说明数组中不存在Number这个数。使用顺序查找算法进行查找的代码如下：

```
Private Sub Command2_Click()
    Number = Val(InputBox("请输入要查找的数"))
    k = 0                                    ' 假设用变量k保存查找位置
    ' 顺序查找
    For I = 1 To 100
        If A(I) = Number Then                ' 如果找到
            k = I                            ' 保存找到的位置
            Exit For                         ' 退出循环
        End If
    Next I
    ' 根据k的值判断查找结果
    If k > 0 Then
        MsgBox "所找的数在第" & Str(k) & "个位置"
    Else
        MsgBox "没找到"
    End If
End Sub
```

图7-5b显示了两种可能的查找结果。

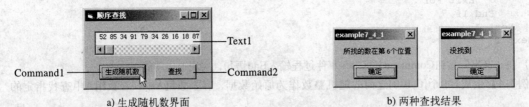

a) 生成随机数界面                                          b) 两种查找结果

图7-5　查找

顺序查找是最基本也是最简单的查找方法。当要在一个很大的数组中查找数据时，使用顺序查找方法速度慢，查找效率低，因此应采用更好的查找算法来实现。对于有序数列，可以使用称为"折半查找"的算法来提高查找效率。

• 折半查找

折半查找只能在排好序的数中查找。其查找过程是：先确定要查找的数据所在的范围，然后逐步缩小范围，直到找到或找不到该数据为止。例如，假设要在以下的有序数列中进行查找：

12 23 34 35 46 55 67 80 99

设以上有序数依次保存在数组元素A(1)，A(2)，…，A(9)中。查找的数存放在Number变量中。折半查找步骤如下：

步骤1：设low为数组的下界（这里为1），hig为数组的上界（这里为9）。

步骤2：求[low,hig]区间的中间位置mid=(low + hig)/2，mid取整数。

步骤3：如果Number<A(mid)，且数列中存在Number时，说明Number在区间[low,mid−1]范围内，修改新的查找区间，即设hig=mid−1，返回步骤2。

如果Number>A(mid)，且数列中存在Number时，说明Number在区间[mid+1,hig]范围内，修改新的查找区间，即设low=mid+1，返回步骤2。

如果Number=A(mid)，则查找成功，mid即为所查找的位置。

因此，使用折半查找方法，可以将本例"查找"按钮Command2的Click事件过程修改为：

```
Private Sub Command2_Click()
    Dim mid As Integer, low As Integer, hig As Integer
    Number = Val(InputBox("请输入要查找的数"))
    ' 折半查找
    k = 0: low = 1: hig = 100
    Do While low <= hig And k = 0
      mid = (low + hig) / 2
      If Number = A(mid) Then
          k = mid
          Exit Do
      Else
          If Number < A(mid) Then
            hig = mid - 1
          Else
            low = mid + 1
          End If
      End If
    Loop
    ' 根据k的值判断查找结果
    If k > 0 Then
        MsgBox "所找的数在第" & Str(k) & "个位置"
    Else
        MsgBox "没找到"
    End If
End Sub
```

使用折半查找方法要求所查找的数组元素是有序的。因此，本例应首先将原始数据进行排序，可以引入一个"排序"按钮来完成排序功能，然后再使用折半查找功能进行查找。

本例给出的查找代码只能找出数组中的一个数，如果数组中有多个数与Number相同，如何找出所有这些数所在的位置，请读者自行思考。

【例7-5】生成20个[0,100]区间的随机整数作为原始数据，存于数组A中，然后删除数组A中指定位置的元素。

**界面设计：** 向窗体上添加三个文本框Text1、Text2、Text3和两个命令按钮Command1、Command2，将Text1和Text3设置为带有水平滚动条，如图7-6a所示。运行时，用文本框Text1显示原始数据，用文本框Text2输入位置值，单击"删除"按钮，将删除后的结果显示于文本框Text3中。

**代码设计：**

1）由于数组A的大小在删除元素后变小，因此这里将数组A定义成动态数组，由于在Form_Load和Command1_Click两个事件过程都要用到数组A，因此需要在窗体模块的通用声明段定义数组A，代码如下：

```
Option Base 1                        ' 定义数组的默认下界为1
Dim N As Integer, A() As Integer     ' 定义变量N表示数组元素个数，数组A为动态数组
```

2）在窗体的Load事件过程中生成20个0到100之间的随机整数，显示于文本框Text1中。

```
Private Sub Form_Load()
    Text1.Text = ""
    N = 20
    ReDim A(1 To N)
    For I = 1 To N
        A(I) = Int(Rnd * 101)
        Text1.Text = Text1.Text & Str(A(I))
    Next I
End Sub
```

3）编写"删除"按钮Command1的Click事件过程，实现按指定位置删除。

删除数组A中指定位置的元素，实际上是将指定位置元素之后的所有元素依次向前移动一位。设数组共有N个元素，指定的删除位置为Pos，则删除过程为：

```
A(Pos)=A(Pos+1)
A(Pos+1)=A(Pos+2)
…
A(N-1)=A(N)
```

以上删除操作可以用For...Next循环实现，即：

```
For I = Pos To N - 1
    A(I) = A(I + 1)
Next I
```

删除时，首先输入删除位置，存放到变量Pos中，然后判断Pos是否在[0, N]之间，如果不是，则提示输入的位置越界，如果是，则进行删除，代码如下：

```
Private Sub Command1_Click()
    Pos = Val(Text2.Text)         ' 输入删除位置
    If Pos <= 0 Or Pos > N Then
        ' 如果位置越界，则给出警告，并将焦点定位在文本框Text2中，选中其中的文本
        MsgBox "位置越界，请重新输入"
        Text2.SetFocus
        Text2.SelStart = 0
        Text2.SelLength = Len(Text2.Text)
    Else
        ' 将指定位置元素之后的所有元素依次向前移动一位，实现删除
        For I = Pos To N - 1
            A(I) = A(I + 1)
        Next I
        N = N - 1                ' 数组元素总个数N减1
        ReDim Preserve A(1 To N)  ' 重新定义数组大小，用Preserve保留数组中原有的数
        ' 显示删除后的数组元素
        Text3.Text = ""
        For I = 1 To N
            Text3.Text = Text3.Text & Str(A(I))
        Next I
    End If
End Sub
```

图7-6b显示了删除第3个位置数据的结果。

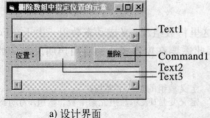

a) 设计界面

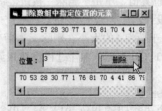

b) 运行界面

图7-6  删除数组元素

【例7-6】生成20个[0,100]区间的随机整数作为原始数据，存于数组A中，然后向数组中的指定位置插入一个指定的数。如果指定位置小于或等于零，则将指定的数插在数组的第一个位置；如果指定位置大于现有数据的个数，则将指定的数插在数组的最后一个位置。

**界面设计**：向窗体上添加四个文本框Text1～Text4和一个命令按钮Command1，将Text1和Text4设置为带有水平滚动条，如图7-7a所示。运行时，用文本框Text1显示原始数据，用文本框Text2输入要插入的数，用文本框Text3输入要插入的位置，单击"插入"按钮，将插入后的结果显示于文本框Text4中。

**代码设计**：

1）由于数组A的大小在插入元素后变大，因此这里将数组A定义成动态数组，由于在Form_Load和Command1_Click两个事件过程都要用到数组A，因此需要在窗体模块的通用声明段定义数组A，代码如下：

```
Option Base 1                       ' 定义数组的默认下界为1
Dim N As Integer, A() As Integer    ' 定义变量N表示数组元素个数，数组A为动态数组
```

2）在窗体的Load事件过程中生成20个[0, 100]之间的随机整数，显示于文本框Text1中。

```
Private Sub Form_Load()
    Text1.Text = ""
    N = 20
    ReDim A(N)
    For I = 1 To N
        A(I) = Int(Rnd * 101)
        Text1.Text = Text1.Text & Str(A(I))
    Next I
End Sub
```

3）编写"插入"按钮Command1的Click事件过程，实现按指定位置插入指定数据。

要将某数Num插在数组A中指定的位置Pos，可以首先将数组A中原Pos位置的元素到最后一个元素全部向后移动一个位置，然后将Num作为数组的Pos位置的元素。

要对数组中原Pos位置的元素到最后一个元素全部向后移动一个位置，需要从后往前逐个移动数组元素，即执行以下操作：

```
A(N+1)=A(N)
A(N)=A(N-1)
…
A(Pos+1)=A(Pos)
```

以上移动数据的操作可以用For...Next循环实现，即：

```
For I = N+1 To Pos + 1 Step -1
    A(I) = A(I - 1)
Next I
```

移动数据后再将Num作为数组的第Pos位置的元素，即实现了数据的插入，也就是：

```
A(Pos)=Num
```

根据以上分析，编写"插入"按钮Command1的Click事件过程如下：

```
Private Sub Command1_Click()
    Text4.Text = ""
    Num = Val(Text2.Text)
    Pos = Val(Text3.Text)
    N = N + 1                       ' 将数组的总个数增加1
    ReDim Preserve A(N)             ' 定义动态数组A，指定Preserve以保留数组中原有的值
    Select Case Pos
    Case Is <= 0     ' 如果指定的位置值小于或等于零，将数插在数组的第一个位置
        For I = N To 2 Step -1
            A(I) = A(I - 1)
        Next I
```

```
        A(1) = Num
    Case Is >= N         ' 如果指定位置大于原有数据总个数，将数插在数组的最后一个位置
        A(N) = Num
    Case Else            ' 如果指定的位置在(0,N)区间，则将数插在指定的位置
        For I = N To Pos + 1 Step -1
            A(I) = A(I - 1)
        Next I
        A(Pos) = Num
    End Select
    ' 显示插入后的结果
    For I = 1 To N
        Text4.Text = Text4.Text & Str(A(I))
    Next I
End Sub
```

图7-7b显示了在第3个位置插入数666后的结果。

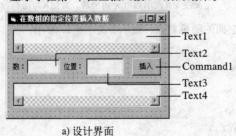
a) 设计界面

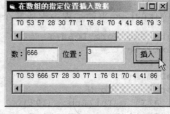
b) 运行界面

图7-7  在数组中插入数据

【例7-7】在窗体上输出一个N行、N列、主对角线和次对角线元素为1、其余元素均为零的矩阵。N由用户指定。

**界面设计**：设运行时单击窗体直接在窗体上打印矩阵，因此无须向窗体上添加任何控件。

**代码设计**：矩阵中的每个数据在矩阵中所处的位置由行号和列号决定，可以使用二维数组直观地表示矩阵中的每一个元素。假设用二维数组A表示矩阵，第一个下标表示矩阵中元素的行号，第二个下标表示列号，因此矩阵中第I行第J列元素表示为A(I,J)。而N行N列矩阵的主对角线元素指数组中行下标与列下标相同的元素，次对角线元素的行下标与列下标之和为N+1。

假设矩阵大小可以任意指定，因此应将表示矩阵的数组定义为动态数组。窗体的Click事件过程如下：

```
Private Sub Form_Click()
    Dim A() As Integer                        ' 声明A为动态数组
    Dim N As Integer, I As Integer, J As Integer
    Cls
    N = Val(InputBox("请输入N值", "生成矩阵", "4"))
    ReDim A(1 To N, 1 To N) As Integer        ' 根据输入的N值定义动态数组A的大小
    ' 生成矩阵中各元素的值
    For I = 1 To N
        For J = 1 To N
            A(I, J) = 0
            If I = J Then                     ' 如果行下标与列下标相等，则为主对角线元素
                A(I, J) = 1                   ' 主对角线元素置1
            End If
            If I + J = N + 1 Then             ' 如果行下标与列下标之和为N+1，则为次对角线元素
                A(I, J) = 1                   ' 次对角线元素置1
            End If
    Next J, I
    ' 按N行N列的格式显示矩阵
    For I = 1 To N
        CurrentY = I * 300                    ' 定义第I行元素的打印位置离窗体顶部的距离
        For J = 1 To N
```

```
            CurrentX = J * 300              ' 定义第J列元素的打印位置离窗体左侧的距离
            Print A(I, J);
        Next J
    Next I
End Sub
```

运行时单击窗体，输入N值为5，在窗体上打印结果如图7-8所示。

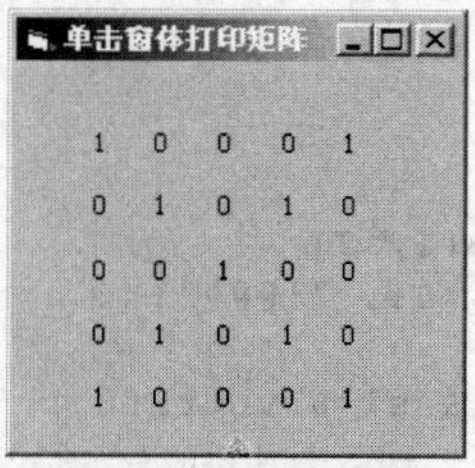

图7-8　输出主对角线和次对角线元素为1、其余元素为0的矩阵

【例7-8】生成包含0到10之间的随机整数的两个矩阵，求两个矩阵之和。

**界面设计**：向窗体上添加三个文本框Text1、Text2和Text3，设置它们带双向滚动条，用于显示各矩阵。添加两个命令按钮Command1和Command2，运行时通过单击Command1按钮求和，单击Command2按钮结束运行，运行界面如图7-9所示。

**代码设计**：

1）设使用二维数组A和B分别表示要相加的两个矩阵，用二维数组C表示矩阵的和。由于以下的Form_Load事件过程和Command1_Click事件过程都要使用数组A、B、C，因此需要在窗体模块的通用声明段定义数组A、B、C，使它们成为模块级的数组。假设矩阵大小可以任意指定，因此定义数组为动态数组。这里同时定义变量M和N，分别表示矩阵的行数和列数。定义语句如下：

```
Dim M As Integer, N As Integer, A() As Integer, B() As Integer, C() As Integer
```

2）假设在窗体加载时生成矩阵，因此，在Form_Load事件过程中用输入框输入M和N的值，再根据该值定义动态数组A、B和C的大小；生成矩阵中的数据，保存在数组A和B中，同时显示在文本框Text1和Text2中，代码如下：

```
Private Sub Form_Load()
    M = Val(InputBox("请输入行数", "矩阵相加", ""))
    N = Val(InputBox("请输入列数", "矩阵相加", ""))
    ReDim A(1 To M, 1 To N), B(1 To M, 1 To N), C(1 To M, 1 To N)
    Randomize
    ' 在文本框Text1中生成包含0到10之间的随机整数的矩阵A
    Text1.Text = ""
    For I = 1 To M
        s1 = ""                                  ' S1用于保存矩阵A的第I行
        For J = 1 To N
            A(I, J) = Int(Rnd * 11)
            s1 = s1 & Format(A(I, J), "!@@@")
        Next J
        Text1.Text = Text1.Text & s1 & vbCrLf    ' 向文本框Text1添加矩阵A的一行
    Next I
    ' 在文本框Text2中生成包含0到10之间的随机整数的矩阵B
    Text2.Text = ""
    For I = 1 To M
        s1 = ""                                  ' S1用于保存矩阵B的第I行
        For J = 1 To N
            B(I, J) = Int(Rnd * 11)
            s1 = s1 & Format(B(I, J), "!@@@")
        Next J
        Text2.Text = Text2.Text & s1 & vbCrLf    ' 向文本框Text2添加矩阵B的一行
```

```
      Next I
   End Sub
```

3）编写"求和"按钮Command1的Click事件过程实现求和。矩阵相加指矩阵的对应元素相加，即：
C(I,J)=A(I,J)+B(I,J)。代码如下：

```
Private Sub Command1_Click()
   ' 求矩阵A与矩阵B的和，并显示在文本框Text3中
   Text3.Text = ""
   For I = 1 To M
      s1 = ""                                      ' S1用于保存矩阵C的第I行
      For J = 1 To N
         C(I, J) = A(I, J) + B(I, J)
         s1 = s1 & Format(C(I, J), "!@@@")
      Next J
      Text3.Text = Text3.Text & s1 & vbCrLf        ' 向文本框Text3添加矩阵C的一行
   Next I
End Sub
```

4）在"退出"按钮Command2的Click事件过程中输入End语句，结束运行。

图7-9是指定矩阵行数为4、列数为5时的执行结果。

图7-9  矩阵相加

【例7-9】求两个矩阵的积。

**界面设计**：向窗体上添加三个文本框Text1、Text2和Text3，设置它们带双向滚动条，用于显示各矩阵。添加两个命令按钮Command1和Command2。假设运行时通过单击Command1按钮求积，单击Command2按钮结束运行，运行界面如图7-10所示。

**代码设计**：

1）M行N列的矩阵与N行M列的矩阵相乘，结果是一个M行M列的矩阵。设使用二维数组A和B分别表示要相乘的两个矩阵，用二维数组C表示矩阵的积。由于以下的Form_Load事件过程和Command1_Click事件过程都要使用数组A、B、C，因此需要在窗体模块的通用声明段定义数组A、B、C，使它们成为模块级的数组。假设矩阵大小可以任意指定，因此定义数组为动态数组。这里同时声明变量M和N，分别表示矩阵A的行数和列数。定义语句如下：

```
Dim M As Integer, N As Integer, A() As Integer, B() As Integer, C() As Integer
```

2）假设在窗体加载时生成矩阵，因此，在Form_Load事件过程中用输入框输入M和N的值，再根据该值定义动态数组A、B和C的大小；生成矩阵中的数据，保存在数组A和B中，同时显示在文本框Text1和Text2中，代码如下：

```
Private Sub Form_Load()
   M = Val(InputBox("请输入A矩阵行数", "矩阵相乘", ""))
   N = Val(InputBox("请输入A矩阵列数", "矩阵相乘", ""))
   ReDim A(1 To M, 1 To N), B(1 To N, 1 To M), C(1 To M, 1 To M)
   Randomize
   ' 在文本框Text1中生成包含0到10之间的随机整数的矩阵A
   Text1.Text = ""
```

```
    For I = 1 To M
        s1 = ""
        For J = 1 To N
            A(I, J) = Int(Rnd * 11)
            s1 = s1 & Format(A(I, J), "!@@@")
        Next J
        Text1.Text = Text1.Text & s1 & vbCrLf        ' 向文本框Text1添加矩阵A的一行
    Next I
    ' 在文本框Text2中生成包含0到10之间的随机整数的矩阵B
    Text2.Text = ""
    For I = 1 To N
        s1 = ""
        For J = 1 To M
            B(I, J) = Int(Rnd * 11)
            s1 = s1 & Format(B(I, J), "!@@@")
        Next J
        Text2.Text = Text2.Text & s1 & vbCrLf        ' 向文本框Text2添加矩阵B的一行
    Next I
End Sub
```

3）编写"求积"按钮Commmand1的Click事件过程实现求积。C矩阵中第I行第J列的元素，等于A矩阵中第I行的元素与B矩阵中第J列的元素分别相乘后再相加。即：

$$C(I,J) = \sum_{K=1}^{N} A(I,K) * B(K,J)$$

代码如下：

```
Private Sub Command1_Click()
    ' 求A矩阵与B矩阵的积C矩阵，并显示在文本框Text3中
    Text3.Text = ""
    For I = 1 To M
        s1 = ""
        For J = 1 To M
            C(I, J) = 0
            For K = 1 To N
                C(I, J) = C(I, J) + A(I, K) * B(K, J)
            Next K
            s1 = s1 & Format(C(I, J), "!@@@@@")
        Next J
        Text3.Text = Text3.Text & s1 & vbCrLf        ' 向文本框Text3添加矩阵C的一行
    Next I
End Sub
```

4）在"退出"按钮Command2的Click事件过程中输入End语句，结束运行。

图7-10显示的是输入M值为3、N值为4的执行结果。

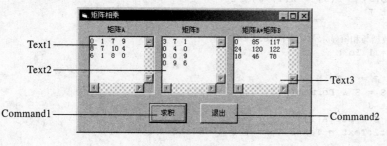

图7-10　求矩阵的积

【例7-10】求矩阵每行元素的和，每列元素的和。

**界面设计**：向窗体上添加两个文本框Text1和Text2，设置它们带双向滚动条，Text1用于显示原矩阵，

Text2用于显示原矩阵及每行元素的和、每列元素的和。添加一个命令按钮Command1，运行时通过单击Command1按钮求和，运行界面如图7-11所示。

**代码设计**：假设用二维数组X来表示矩阵，X有M行N列。行元素的和共有M个，可以设置一个有M个元素的一维数组A来存放；列元素的和共有N个，可以设置一个有N个元素的一维数组B来存放。代码设计步骤如下：

1）在窗体模块的通用声明段声明动态数组X、A、B，同时声明M和N，分别表示矩阵X的行数和列数。

```
Dim X(), A(), B(), M As Integer, N As Integer
```

2）在窗体的Load事件过程中用输入框输入M和N的值，根据M和N的值定义动态数组X、A、B的大小，生成数组X中的数据，显示在文本框Text1中。

```
Private Sub Form_Load()
    M = Val(InputBox("请输入行数"))
    N = Val(InputBox("请输入列数"))
    ReDim X(1 To M, 1 To N), A(1 To M), B(1 To N)    ' 根据M、N定义数组的大小
    Text1.Text = ""
    ' 通过循环逐个输入数组元素
    For I = 1 To M
        S = ""
        For J = 1 To N
            Title = "请输入第" & Str(I) & "行第" & Str(J) & "列的元素值"
            X(I, J) = Val(InputBox(Title))
            S = S & Format(X(I, J), "!@@@")
        Next J
        Text1.Text = Text1.Text & S & vbCrLf        ' 向文本框Text1添加矩阵X的一行
    Next I
End Sub
```

3）编写"求和"按钮Command1的Click事件过程实现求和，代码如下：

```
Private Sub Command2_Click()
    ' 求每行元素之和
    For I = 1 To M
        A(I) = 0                          ' 将第I行元素之和的初始值设置为0
        For J = 1 To N                    ' 通过该循环求第I行元素之和，存于A(I)中
            A(I) = A(I) + X(I, J)
        Next J
    Next I
    ' 求每列元素之和
    For J = 1 To N
        B(J) = 0                          ' 将第J列元素之和的初始值设置为0
        For I = 1 To M                    ' 通过该循环求第J列元素之和，存于B(J)中
            B(J) = B(J) + X(I, J)
        Next I
    Next J
    ' 将原数据与和值显示于文本框Text2中
    For I = 1 To M
        S = ""
        For J = 1 To N
            S = S & Format(X(I, J), "!@@@")
        Next J
        S = S & Str(A(I))
        Text2.Text = Text2.Text & S & vbCrLf
    Next I
    S = ""
    For J = 1 To N
        S = S & Format(B(J), "!@@@")
    Next J
```

```
          Text2.Text = Text2.Text & S & vbCrLf
       End Sub
```

图7-11显示了对行数为3、列数为4的矩阵的求和结果。

图7-11　求矩阵各行及各列元素之和

## 7.8　控件数组

在应用程序中，往往要使用一些类型相同、功能相似的控件，可以将这种同一类型的控件定义成一个控件数组。例如，可以将一批文本框定义成一个控件数组，也可以将一批命令按钮定义成一个控件数组。与前面介绍的数组变量一样，控件数组中的每一个控件是该控件数组的一个元素，它们具有相同的名称（Name）属性，每一个控件的名称表示为：

```
控件数组名(索引)
```

各控件（数组元素）的索引（下标）不同，该索引由控件的Index属性决定。在控件数组中可用的最大索引值为32767。同一控件数组中的不同控件可以有自己的属性设置值。

使用控件数组添加控件所消耗的资源比直接向窗体添加多个相同类型的控件消耗的资源要少。

当希望若干控件共享代码时，控件数组也很有用，因为同一个控件数组中的不同控件共享相同的事件过程。

### 7.8.1　创建控件数组

可以在设计阶段创建控件数组，也可以在运行阶段动态创建控件数组。

1．在设计阶段创建控件数组

在设计时，可以用以下三种方法建立控件数组。

方法1：将多个控件取相同的名称

具体操作步骤是：

1）绘制要作为一个控件数组的所有控件，必须保证它们为同一类型的控件。

2）决定哪一个控件作为数组的第一个元素，选定该控件并将其（名称）属性值设置成数组名（或使用其原有的（名称）属性值）。

3）将其他控件的（名称）属性值改成同一个名称。这时，Visual Basic会显示一个对话框，要求确认是否要创建控件数组，选择"是(Y)"按钮则将控件添加到控件数组中。

例如，若原有三个文本框Text1、Text2、Text3，要将它们设置成控件数组，数组名称为TT，则选择第一个文本框Text1，将其（名称）属性修改成TT，然后再选择Text2，再其（名称）属性改成TT，这时会出现图7-12所示的对话框，单击"是(Y)"按钮将Text2添加到控件数组TT中。在属性窗口的对象下拉列表中可以看出原Text1和Text2文本框的名称分别变成了TT(0)、TT(1)。同样将Text3的名称也改成TT，这时不再出现提示对话框，而直接将Text3的名称改成TT(2)。观察各控件的属性窗口中的Index属性，其值分别变成了0、1、2（即控件数组元素的索引）。

用这种方法建立的控件数组元素仅仅具有相同的（名称）

图7-12　通过修改控件名称建立控件数组

属性和控件类型，其他属性保持最初绘制控件时的值。

方法2：复制现有的控件，并将其粘贴到所在的容器中

具体操作步骤是：

1) 绘制或选择要作为控件数组的第一个控件。

2) 执行"编辑|复制"命令（或单击标准工具栏的"复制"按钮），然后选中容器（如窗体、图片框或Frame控件），再执行"编辑|粘贴"命令（或单击标准工具栏的"粘贴"按钮）。Visual Basic同样会显示与图7-12类似的对话框，单击"是(Y)"按钮，确定要创建一个控件数组。

这时，绘制的第一个控件具有索引值0，而新粘贴的控件的索引值为1。以后可以继续使用粘贴的方法向现有的数组中添加控件，只是不再出现提示对话框，直接将新粘贴的控件作为控件数组的下一个元素。每个新数组元素的索引值与其添加到控件数组中的次序相同。用这种方法添加控件时，大多数可视属性，例如高度、宽度和颜色等，将从数组中第一个控件复制到新控件中。

方法3：给控件设置一个Index属性值

具体操作步骤是：

1) 绘制或选择要作为控件数组的第一个控件。

2) 在其属性窗口中直接指定一个Index属性值（如设置为0）。

3) 使用以上两种方法之一添加数组中的其他控件，这时不再出现提示对话框询问是否要创建控件数组。

建立了控件数组之后，可以通过修改Index属性值修改相应控件在数组中的位置。当然，必须保证同一个控件数组中的各元素的Index属性值是唯一的。

2. 在运行阶段创建控件数组

在运行时，可以使用Load语句向现有控件数组中添加控件。通常在设计时首先创建一个Index属性为0的控件，然后在运行时使用Load语句添加控件。Load语句格式如下：

```
Load 控件数组名(索引)
```

例如，设已经在设计时建立了一个控件Text1(0)，在运行时可以用以下语句加载该数组的一个新的控件：

```
Load Text1(1)
```

使用Load语句加载新的控件数组元素后，新添加的控件的大多数属性值与数组中具有最小下标的元素的属性值相同，但新添加的控件是不可见的，必须编写代码将其Visible属性设置为True，通常还要调整其位置，才可以在界面上显示出来。例如，对于用以上Load语句加载的Text1(1)，可以使用以下语句使其在窗体上显示出来：

```
Text1(1).Visible = True
Text1(1).Left = 1000                        ' 该坐标值要视具体情况而定
```

可以使用Unload语句删除控件数组中的控件，Unload语句格式如下：

```
Unload 控件数组名(索引)
```

例如，要删除以上创建的Text1(1)控件，可以使用语句：

```
Unload Text1(1)
```

可以用Unload语句删除所有由Load语句创建的控件，然而，Unload语句无法删除设计时创建的控件，无论它们是否是控件数组的一部分。

### 7.8.2　控件数组的使用

同一个控件数组的所有控件共享相同的事件过程。控件数组的事件过程会返回一个参数Index，以表示当前是在控件数组的哪一个控件上发生了该事件。

例如，命令按钮数组Command1的Click事件过程为：

```
Private Sub Command1_Click(Index As Integer)
    ' 在此过程中可以根据Index的值判断当前单击了哪个按钮，以便做相应的处理
End Sub
```

【例7-11】设计如图7-13a所示的界面，创建一个单选按钮控件数组Option1(0)～Option1(5)，包含6个单选按钮。运行时，当按下某一单选按钮时，对图形设置相应的形状。

　　**界面设计**：使用工具箱的PictureBox控件在窗体上画一个图片框控件Picture1；使用工具箱的Shape控件在图片框中画一个图形控件Shape1；使用工具箱的Frame控件在窗体上画一个框架控件Frame1，并设置其Caption属性为"请选择形状"；首先在Frame1中画一个单选按钮Option1，然后使用复制、粘贴的方法创建其他单选按钮，使6个单选按钮成为一个控件数组。参照图7-13a设置各单选按钮的Caption属性，并将第一个单选按钮的Value属性设置为True，使其处于选中状态。

　　**代码设计**：由于6个单选按钮为一个控件数组，因此共享同一个Click事件过程，在单选按钮数组的Click事件过程中可以根据Index参数值判断在哪一个单选按钮上发生了单击事件，以决定对图形设置相应的形状。图形的形状可以通过设置Shape1控件的Shape属性实现。Shape属性的取值与对应的形状如表7-1所示。

**表7-1　Shape控件的Shape属性值**

| Shape属性值 | 形　　状 | Shape属性值 | 形　　状 |
|---|---|---|---|
| 0 | 矩形 | 3 | 圆形 |
| 1 | 正方形 | 4 | 圆角矩形 |
| 2 | 椭圆形 | 5 | 圆角正方形 |

　　由于Shape控件的Shape属性值与各单选按钮的Index属性值正好一致，因此编写单选按钮数组的Click事件过程如下：

```
Private Sub Option1_Click(Index As Integer)
    Shape1.Shape = Index
End Sub
```

运行时单击任意一个单选按钮，可以将图形设置成相应的形状，如图7-13b所示。

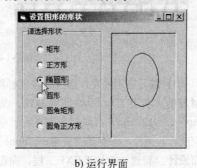

a) 设计界面　　　　　　　　　　　　　　　　b) 运行界面

图7-13　设置图形的形状

【例7-12】使用控件数组创建电影胶片播放特效。

　　**界面设计**：参照图7-14a设计界面。向窗体上添加一个PictureBox控件Picture1，通过设置其Picture属性添加一幅电影胶片图片，调整好大小，然后用复制、粘贴的方法创建一个控件数组Picture1(0)～Picture1(3)。添加一个Timer控件Timer1，设置Timer1控件的Interval属性为10。

　　**代码设计**：本例通过连续在窗体上循环播放图片来产生电影胶片的播放特效。

　　1）在窗体的Load事件过程中编写代码，调整窗体的宽度和各图片框的初始位置，使得运行初始时，窗体宽度正好可以显示三幅水平并排的图片Picture1(0)～Picture1(2)，使第4幅图片Picture1(3)在窗体左侧

的不可见区域，其右侧与窗体左边界对齐。代码如下：

```
Private Sub Form_Load()
    Form1.Width = 3 * Picture1(0).Width        ' 使窗体的宽度正好可以容纳三幅图片
    Picture1(0).Left = 0                        ' 使第一幅图片左侧与窗体左边对齐
    Picture1(1).Left = Picture1(0).Width        ' 使第二幅图片左侧与第一幅图片右侧对齐
        ' 使第三幅图片左侧与第二幅图片右侧对齐
    Picture1(2).Left = Picture1(0).Width + Picture1(0).Width
    Picture1(3).Left = -Picture1(3).Width       ' 使第四幅图片右侧与窗体左边对齐
    For i = 0 To 3                              ' 使各图片顶部对齐
        Picture1(i).Top = 0
    Next i
End Sub
```

2）通过定时器控制每隔10毫秒将各图片框向右移动10缇，如果图片框的左侧已经大于窗体的内部宽度，说明图片框已经移出窗体，则将相应的图片框移回窗体左部，使其右侧与窗体左边对齐。代码写在定时器的Timer事件过程中，具体如下：

```
Private Sub Timer1_Timer()
    For i = 0 To 3
        Picture1(i).Left = Picture1(i).Left + 10
        If Picture1(i).Left >= Form1.ScaleWidth Then 'ScaleWidth为窗体内部可见区域的宽度
            Picture1(i).Left = -Picture1(i).Width
        End If
    Next i
End Sub
```

运行时，各图片从窗体左侧逐渐向右侧移动，产生电影胶片的播放效果，如图7-14b所示。

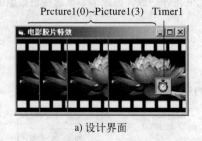

a) 设计界面　　　　　　　　　　　　　　　　　　b) 运行界面

图7-14　电影胶片播放特效

【例7-13】编写应用程序，通过单击鼠标将13张扑克牌发到界面上。

**素材准备**：打开Windows纸牌游戏，从屏幕上逐个截取13张扑克牌的图片，依次保存成文件名card1.bmp～card13.bmp；截取一个用来表示一摞待发纸牌的图片，保存为文件名cardall.bmp；截取一个表示一摞空纸牌的图片，保存为文件名cardnone.bmp。将这些文件保存在同一个文件夹中。

**界面设计**：新建一个标准EXE工程，向窗体上添加一个Image控件，设名称为Image1。按表7-2设置Image1控件的属性。设置后的界面如图7-15所示。将当前工程保存到与素材图片相同的文件夹中。

表7-2　Image1控件的属性设置

| 控件名 | 属性名 | 属性值 | 说　明 |
|---|---|---|---|
| Image1 | Index | 0 | 使Image1成为一个控件数组 |
| | Left | 200 | 设置Image1与窗体左边的初始距离 |
| | Top | 200 | 设置Image1与窗体顶部的初始距离 |
| | Picture | cardall.bmp | 显示为未发牌的图片 |
| | Stretch | True | 使图片随控件大小自动调整 |

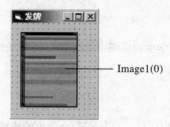

图7-15  发牌前

**代码设计**：运行时，通过单击Image1，在窗体上发出13张牌，如图7-16所示。因此代码应写在Image1的Click事件过程中。发牌的过程实际上是创建控件数组的过程。主要思路是：首先根据所预期的扑克牌的布局，计算并调整好窗体的宽度和高度，然后使用Load方法创建13个Image控件Image1(1)~Image1(13)，每创建一个Image1控件后，通过设置其Picture属性加载相应的扑克牌图片，将其Visible属性设置为True使图片可见，再调整好当前Image控件的位置即可。代码如下：

```
Private Sub Image1_Click(Index As Integer)
    Dim i As Integer
    Form1.Width = 7 * Image1(0).Width + 1800      ' 调整窗体的宽度
    Form1.Height = 2 * Image1(0).Height + 1000    ' 调整窗体的高度
    For i = 1 To 13
        Load Image1(i)
        Image1(i).Picture = LoadPicture(App.Path & "\card" & Format(i) & ".bmp")
        Image1(i).Visible = True
        ' 调整图片的位置
        Select Case i
            Case Is < 7              ' 如果是前6幅图片，则放在第一排
                Image1(i).Left = Image1(i - 1).Left + Image1(i - 1).Width + 200
            Case Is = 7              ' 如果是第7幅图片，则放在第二排开头
                Image1(i).Left = Image1(0).Left
                Image1(i).Top = Image1(0).Top + Image1(0).Height + 200
            Case Is > 7              ' 如果是第8~13幅图片，则放在第二排
                Image1(i).Left = Image1(i - 1).Left + Image1(i - 1).Width + 200
                Image1(i).Top = Image1(i - 1).Top
        End Select
    Next i
    ' 发完牌后，将Image1(0)的图片修改为cardnone.bmp，表示已经没有扑克牌
    Image1(0).Picture = LoadPicture(App.Path & "\cardnone.bmp")
End Sub
```

图7-16  发牌后

由于使用App.Path可以获取当前程序所在的路径，因此，以上代码中使用App.Path & "\card" & Format(i) & ".bmp"可以得到所要加载的图片文件所在的路径及文件名。

## 7.9  上机练习

【练习7-1】输入某班级*n*个学生的成绩到数组*X*中，求成绩的标准差，求标准差公式如下：

$$\sigma = \sqrt{\dfrac{\sum\limits_{i=1}^{n}(x_i - \bar{x})^2}{n-1}}$$

其中，$\bar{x}$表示学生的总平均成绩，$X_i$表示第*i*个学生的成绩。要求学生人数和成绩都用InputBox函数输入。

【练习7-2】用InputBox函数输入10个数到数组A中，输入后将这10个数显示在某文本框中，并统计正数的个数、正数的和以及负数的个数、负数的和。用Print方法将结果直接打印在窗体上。设计界面如图7-17a所示，运行界面如图7-17b所示。

                          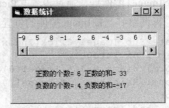

a) 设计界面                                        b) 运行界面

图7-17   数据统计

【练习7-3】编程序实现：运行时，单击第一个按钮，生成50个[1, 100]之间的随机整数，显示于文本框中，单击第二个按钮，求这50个随机整数中的最大数，并将其显示在另一个文本框中。

【练习7-4】编程序实现：在窗体加载时生成100个[−100, 100]之间的随机整数到某数组中，并显示于第一个文本框Text1中，用文本框Text2输入某数，单击某命令按钮实现删除功能，如果该数不在数组中，则给出警告，否则将其从数组中删除，并用文本框Text3显示删除后的数组元素。

【练习7-5】编程序实现：运行时，单击第一个按钮，生成20个[1, 50]之间的随机整数，显示于第一个文本框中，单击第二个按钮，将这20个随机整数按从大到小排序，并将排序结果显示于另一个文本框中。

【练习7-6】另存练习7-5的工程，修改界面，添加查找功能：在排好序的数组中查找某数，如果找到，则显示找到的所有数组元素在数组中的位置（注意，可能有多个），如果没找到，则给出提示。

【练习7-7】另存练习7-5的工程，修改界面，添加插入功能：输入某数，插入到排好序的数组中的适当位置，使得插入后的数组仍然有序，并显示插入后的结果。

【练习7-8】编程序实现：运行时单击第一个命令按钮生成50个[−10, 10]之间的随机整数，保存到一维数组A中，同时显示在第一个文本框中，单击第二个命令按钮将其中的正数和负数分离开来，分别保存到数组B和数组C中，并将分离后的正数和负数显示在另两个文本框中。

【练习7-9】编程序实现：运行时单击"生成矩阵"按钮在图片框上生成包含有[1, 10]之间的随机整数的6行6列的矩阵，单击"转置"按钮对该矩阵进行转置，结果显示于另一个图片框中。

【练习7-10】编写应用程序，实现方阵与向量的左乘法运算，例如：

$$\begin{pmatrix} a & b \\ c & d \end{pmatrix}\begin{pmatrix} p \\ q \end{pmatrix} = \begin{pmatrix} ap + bq \\ cp + dq \end{pmatrix}$$

在窗体加载时，生成一个5行5列的方阵和具有5个元素的向量，它们的元素为[1, 10]之间的随机整数，单击命令按钮对它们进行左乘法运算，用文本框显示矩阵和向量，如图7-18所示。

【练习7-11】编程序实现：运行时单击窗体，用InputBox函数输入行数，然后根据该行数在窗体上打印如图7-19所示的杨辉三角。

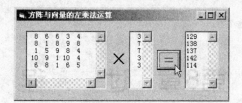

图7-18　方阵与向量的左乘法运算

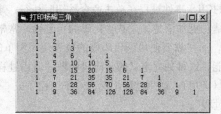

图7-19　在窗体上打印杨辉三角

【练习7-12】设计一个可动态修改的界面，如图7-20a所示。编程序实现：运行时，单击"添加"按钮在现有文本框和标签的右侧添加一个新的文本框和一个新的标签，如果窗体宽度不足以容纳新添加的控件，则自动加宽；单击"删除"按钮删除最右侧的文本框和标签，并缩减多余的窗体宽度，如果删除到剩下最后一组控件还单击"删除"按钮，则用消息框提示"不能再删除"；单击"逆序显示"按钮，将文本框的内容逆序显示在标签中，如图7-20c所示。

Text1(0)　Label1(0)

a) 设计界面

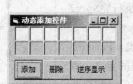

b) 运行界面——添加了控件

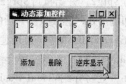

c) 运行界面——逆序显示

图7-20　在运行时动态添加和删除控件

【练习7-13】对例7-13进行修改，实现以下功能：

1）修改"发牌"功能，使发出的13张扑克牌是随机的，而不是按从小到大的顺序排列。

2）运行时，第二次单击Image1(0)实现"收牌"功能。

# 第8章 过　　程

Visual Basic采用事件驱动的工作方式，当发生某种事件时，就会执行与该事件相关的一段代码，这段代码称为事件过程。如命令按钮的Click事件过程在单击命令按钮时执行。事件过程就是过程的一种。

在实际应用中，为了使程序结构更加清楚，或减少代码的重复性，常常将实现某项独立功能的代码或重复次数较多的代码段独立出来，而在需要使用该代码段的位置使用简单的调用语句并指定必要的参数，就可以代替该代码段所规定的功能，这种独立定义的代码段叫做"通用过程"。通用过程由编程人员建立，供事件过程或其他通用过程使用（调用），通用过程也称为"子过程"或"子程序"，可以被多次调用。而调用该子过程的过程称为"调用过程"。

调用过程与子过程之间的关系如图8-1所示。在图8-1中，调用过程在执行中，首先遇到调用语句"调用Sprg1"，于是转到子过程Sprg1的入口处开始执行，执行完子过程Sprg1之后，返回调用过程的调用语句处继续执行随后的内容，执行过程中再次遇到调用语句"调用Sprg1"，于是再次进入Sprg1子过程执行其中的内容，执行完后返回调用处继续执行其后的内容。同样，遇到调用语句"调用Sprg2"时则转到子过程Sprg2，开始执行Sprg2子过程，执行完Sprg2后返回调用处，继续执行其后的内容。

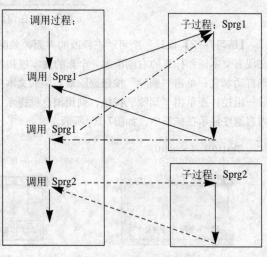

图8-1　过程调用示意图

在Visual Basic中，通用过程分为两类：Function过程和Sub过程。本章主要介绍通用过程的定义、调用，另外还将介绍Visual Basic应用程序的结构以及过程、变量的作用域、生存期等问题。

## 8.1　Function过程

Visual Basic提供了丰富的内部函数供用户使用，如Sin函数、Sqr函数等，使用这些函数时，只需要写出函数名称，并指定相应的参数就能得到函数值。当在程序中要重复处理某一种函数关系，而又没有现成的内部函数可以使用时，程序员可以自己定义函数，并采用与调用内部函数相同的方法来调用自定义函数。自定义函数通过Function过程实现。Function过程也称为函数过程。

### 8.1.1　Function过程的定义

**格式**：

```
[Public|Private][Static] Function 函数过程名([形参表]) [As 类型]
    [ 语句组 ]
    [ 函数过程名 = 表达式 ]
    [ Exit Function ]
    [ 语句组 ]
End Function
```

**功能**：定义函数过程的名称、参数以及构成函数过程体的代码。Function语句和End Function语句之间的语句称为"函数过程体"。函数过程体的功能主要是根据"形参表"指定的参数求得一个函数值，并将该函数值保存在"函数过程名"中，作为过程的返回值。

**说明：**

1）Public：可选项，默认值。使用关键字Public表示应用程序中各模块的所有过程都可以调用该函数过程。

2）Private：可选项。使用关键字Private表示只有本模块中的其他过程才可以调用该函数过程。

3）Static：可选项。如果使用该选项，则过程中的所有局部变量为静态变量。

有关Public、Private和Static关键字的使用将在本章8.7节和8.8节进一步介绍。

4）函数过程名：函数过程的名称，应遵循标识符的命名规则。

5）形参表：也称形式参数表，可选项。表示函数过程的参数变量列表。多个参数之间用逗号隔开。"形参表"中的每一个参数的格式为：

`[ByVal |ByRef |Optional |ParamArray] 参数名[( )] [As 类型]`

其中，"参数名"之前的各关键字均为可选项。使用ByVal表示该参数按值传递；使用ByRef表示该参数按地址传递；使用Optional表示该参数为可选参数；使用ParamArray表示该参数是一个可选数组。关于这几个关键字的具体使用将在本章8.3节介绍。"参数名"是遵循标识符命名规则的任何变量名或数组名，当参数为数组时，参数名之后需要跟一对空圆括号( )。"As 类型"为可选项，用于定义该参数的数据类型。函数过程可以没有参数。

6）As 类型：可选项。定义函数过程的返回值的数据类型，可以是Byte、Boolean、Integer、Long、Currency、Single、Double、Date、String（固定长度除外）、Object、Variant或用户自定义类型。

7）Exit Function语句：用于从函数过程中退出。通常放在某种条件结构中，表示在满足某种条件时强行退出函数过程。

8）函数过程名 = 表达式：可选项。用于给函数过程赋值。函数过程通过赋值语句"函数过程名 = 表达式"将函数的返回值赋给"函数过程名"。如果省略该语句，则数值函数过程返回0，字符串函数过程返回空串。

函数过程应该建立在模块的通用声明段，即建立在代码窗口的所有过程之外。当输入函数过程的第一条语句，即Function语句并按Enter键之后，代码窗口会自动显示函数过程的最后一条语句，即End Function语句，且光标会停留在函数过程体内，这时可以编写函数过程体代码，完成所需的功能。也可以使用"工具|添加过程"命令添加一个函数过程。

**【例8-1】** 编写一个计算表达式 $\sqrt{|x^3+y^3+z^3|}$ 值的函数过程。

**分析：** 假设函数过程名称为F。求表达式 $\sqrt{|x^3+y^3+z^3|}$ 的值需要已知$x$、$y$、$z$的值，因此应给函数过程设置三个参数$x$、$y$、$z$。在过程体中需要给F赋值，以便通过函数过程名F返回函数值。代码如下：

```
Function F(X As Single, Y As Single, Z As Single) As Single
    F = Sqr(Abs(X ^ 3 + Y ^ 3 + Z ^ 3))' 给函数过程名赋值
End Function
```

**【例8-2】** 编写一个计算N!的函数过程。

**分析：** 假设函数过程名称为Fact。求N!只需给函数过程设置一个参数N。函数过程体的功能就是求Fact=N!，代码如下：

```
Function Fact(N As Integer) As Long    ' 参数N为整型、函数值为长整型
    Dim I As Integer, F As Long        ' 定义函数过程体内的局部变量
    F = 1                              ' F用于保存阶乘值
    For I = 1 To N
        F = F * I
    Next I
    Fact = F                           ' 给函数过程名Fact赋值
End Function
```

**【例8-3】** 编写一个求一维数组各元素和的函数过程。

**分析**：假设函数过程名称为Sum。求数组各元素的和，需要用数组作参数，假设数组参数名称为X，则要在X之后加一对空圆括号。函数过程的功能就是求一维数组X的所有元素之和，保存到函数名Sum中。代码如下：

```
Function Sum(X() As Integer) As Long      ' 注意在参数X之后加一对空圆括号
    S = 0                                 ' 假设变量S用来保存数组所有元素之和
    For I = LBound(X) To UBound(X)
        S = S + X(I)
    Next I
    Sum = S                               ' 给函数过程名赋值
End Function
```

## 8.1.2  Function过程的调用

定义函数过程以后，就可以在应用程序的其他地方调用这个函数过程了。调用时通常需要将一些参数传递给函数过程，函数过程利用这些参数进行计算，然后通过函数过程名将结果返回。函数过程的调用与内部函数的调用类似，即可以直接在表达式中调用。

**格式**：

函数过程名([实参表])

**功能**：按指定的参数调用已定义的函数过程。

**说明**：

1）函数过程名：要调用的函数过程的名称。

2）实参表：即实际参数表，指要传递给函数过程的常量、变量或表达式，各参数之间用逗号分隔。如果是数组，在数组名之后要跟一对空圆括号。

【例8-4】输入$m$和$n$的值，调用例8-2的函数过程Fact求组合数。求组合数公式如下：

$$C_m^n = \frac{m!}{n!(m-n)!}$$

**界面设计**：向窗体上添加三个文本框Text1、Text2、Text3和一个命令按钮Command1，设计如图8-2a所示的界面。假设运行时，分别用文本框Text1和Text2输入$n$和$m$的值，单击"="按钮Command1计算组合数，结果显示于文本框Text3中。

**代码设计**：在代码窗口的通用声明段编写例8-2的函数过程Fact。在Command1按钮的Click事件过程中编写代码，输入$n$和$m$的值，调用函数过程Fact按以上公式计算组合数，将计算结果显示在文本框Text3中。Command1的Click事件过程如下：

```
Private Sub Command1_Click()
    Dim m As Integer, n As Integer, c As Double
    n = Val(Text1.Text)
    m = Val(Text2.Text)
    c = Fact(m) / (Fact(n) * (Fact(m - n)))   ' 调用Fact函数求各阶乘值，计算组合数
    Text3.Text = c                             ' 用Text3显示组合数
End Sub
```

运行时，分别输入$n$和$m$的值，单击"="按钮计算组合数，结果如图8-2b所示。

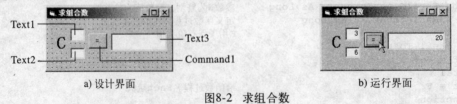

a) 设计界面                                    b) 运行界面

图8-2  求组合数

【例8-5】生成10个包含[1, 5]之间的随机整数的一维数组，调用例8-3的函数过程求该数组的所有元素之和。

　　**界面设计**：向窗体上添加一个文本框Text1、一个标签Label1和两个命令按钮Command1、Command2，设计如图8-3a所示的界面。假设运行时，单击"生成数据"按钮生成10个随机整数，显示在文本框Text1中，单击"求和"按钮求和，结果显示于标签Label1中。

　　**代码设计**：

　　1）在代码窗口的通用声明段声明数组A为具有10个元素的一维整型数组，使A成为模块级数组。

```
Dim A(1 To 10) As Integer
```

　　2）编写例8-3的函数过程Sum。

　　3）在"生成数据"按钮Command1的Click事件过程中编写代码，生成10个[1,5]区间内的随机整数，保存到数组A中，同时显示在文本框Text1中。

```
Private Sub Command1_Click()
    Randomize
    Text1.Text = ""
    For I = 1 To 10
        A(I) = Int(Rnd * 5 + 1)
        Text1.Text = Text1.Text & Str(A(I))
    Next I
End Sub
```

　　4）编写"求和"按钮Command2的Click事件过程，调用函数过程Sum求数组各元素的和，并将和值显示在标签Label1中。

```
Private Sub Command2_Click()
    Label1.Caption = Sum(A())            ' 实参是数组，数组名之后需要跟一对空圆括号
End Sub
```

　　运行时，首先单击"生成数据"按钮生成随机数，然后单击"求和"按钮求和，如图8-3b所示。

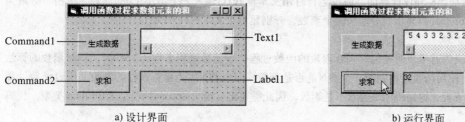

Command1 → 生成数据 ——— Text1
Command2 → 求和 ——— Label1

a) 设计界面　　　　　　　　　　　　　　　　b) 运行界面

图8-3　调用函数过程求数组元素的和

　　**【例8-6】**编写函数过程求两个数的最大公约数，通过调用该函数过程求三个数的最大公约数。

　　**界面设计**：设计界面如图8-4a所示。假设运行时用文本框Text1、Text2、Text3输入三个整数，通过单击"求最大公约数"按钮Command1求这三个数的最大公约数，结果显示在标签Label2中。

　　**代码设计**：

　　1）在窗体模块的通用声明段定义求两个数的最大公约数的函数过程，设过程名称为gcd。求两个数的最大公约数的算法可以参考例6-11。代码如下：

```
Function gcd(m As Integer, n As Integer) As Integer
    Dim r As Integer
    r = m Mod n           ' 求m除以n的余数r
    Do While r <> 0       ' 当余数不为0时进入循环
        m = n             ' 将除数n作为被除数m
        n = r             ' 将余数r作为除数n
        r = m Mod n       ' 求m除以n的余数r
    Loop
    gcd = n               ' 当余数r为0时，除数n就是最大公约数
End Function
```

2) 在Command1的Click事件过程中调用函数过程gcd求最大公约数。求多个数的最大公约数，可以通过多次求两个数的最大公约数实现。代码如下：

```
Private Sub Command1_Click()
    Dim A As Integer, B As Integer, C As Integer
    Dim X As Integer, Y As Integer
    A = Val(Text1.Text)
    B = Val(Text2.Text)
    C = Val(Text3.Text)
    X = gcd(A, B)          ' 第一次调用gcd函数求A和B的最大公约数，保存到X中
    Y = gcd(X, C)          ' 第二次调用gcd函数求X和C的最大公约数，保存到Y中
    Label2.Caption = Y     ' 显示最大公约数
End Sub
```

运行时输入28、56、88，单击"求最大公约数"按钮，求出最大公约数4，如图8-4b所示。

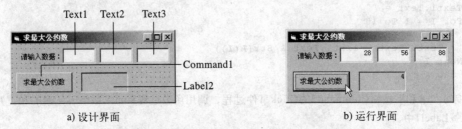

a) 设计界面                                                          b) 运行界面

图8-4    调用函数过程求三个数的最大公约数

【例8-7】编写判断一个数是否为素数的函数过程，利用该函数过程验证哥德巴赫猜想：一个不小于6的偶数可以表示为两个素数之和。例如6=3+3，8=3+5，10=3+7。

**界面设计**：参照图8-5a设计界面。假设运行时用文本框Text1输入一个不小于6的偶数，单击"分解为两个素数"按钮Command1将该数分解为两个素数，分别显示于文本框Text2和Text3中。

**代码设计**：

1) 在窗体模块的通用声明段编写判断素数的函数过程，设函数过程名称为isprime。判断素数的算法可以参考例6-12。使用函数过程判断一个数N是否是素数，可以将N作为函数过程的参数。假设函数过程返回True表示N是素数，返回False表示N不是素数，因此需要定义函数isprime的类型为Boolean类型。代码如下：

```
Function isprime(n As Integer) As Boolean
    K = Int(Sqr(n)): I = 2
    Do While I <= K
        If n Mod I <> 0 Then
            I = I + 1          ' 不能整除，I值累加1
        Else
            Exit Do            ' 整除，退出循环
        End If
    Loop
    If I <= K Then isprime = False Else isprime = True
End Function
```

2) 在Command1的Click事件过程中，从文本框Text1输入数据N，如果N不是小于6的偶数，则给出提示，要求重新输入，否则，将该数分解为两个素数，然后显示在文本框Text2和Text3中。分解方法是：假设将N分解为N1和N2，即N=N1+N2，让N1取3到N\2区间的奇数，对于每一个N1，显然N2=N−N1，如果N1和N2都是素数，则显示N1和N2。代码如下：

```
Private Sub Command1_Click()
    Dim n As Integer, n1 As Integer, n2 As Integer, flag As Integer
    n = Val(Text1.Text)
    flag = 0
```

```
        If n < 6 Or n Mod 2 <> 0 Then
            MsgBox "数据错，请重输"
            Text1.SetFocus
            Text1.SelStart = 0
            Text1.SelLength = Len(Text1.Text)
        Else
            For n1 = 3 To n \ 2 Step 2
                n2 = n - n1
                If isprime(n1) And isprime(n2) Then    ' 调用函数过程判断是否是素数
                    flag = 1
                    Exit For
                End If
            Next n1
            If flag = 1 Then
                Text2.Text = n1
                Text3.Text = n2
            Else
                MsgBox "不能分解为两个素数"
            End If
        End If
End Sub
```

运行时输入任意一个不小于6的偶数，单击命令按钮将其分解为两个素数，如图8-5b所示。

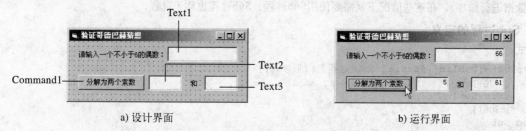

a) 设计界面　　　　　　　　　　　　　　　　　　　b) 运行界面

图8-5　验证哥德巴赫猜想

【例8-8】编写一个函数过程返回指定个数的字符串，字符串以A开始，例如，当指定个数为5时，函数过程返回字符串"A B C D E"（字符之间有一个空格）。编写窗体的Click事件过程，调用该函数过程，实现在窗体上按指定的行数输出如图8-6所示的图形。

图8-6　按指定行数输出的图形

**界面设计**：设运行时通过单击窗体打印图形，因此无须向窗体上添加任何控件。

**代码设计**：

1）编写函数过程，设过程名称为CreateStr，设置一个参数N，用来表示要生成的字符串的个数，由于要求函数过程返回字符串，因此需要定义函数类型为字符串类型。函数过程如下：

```
Private Function CreateStr(N As Integer) As String    ' 该函数返回N个字符
    Dim TmpStr As String, I As Integer,StrAsc As Integer
    TmpStr = " "                                       ' TmpStr用于保存要返回的字符串
    StrAsc = Asc("A") - 1                              ' StrAsc用于保存字符的ASCII码
    For I = 1 To N
        StrAsc = StrAsc + 1                            ' 生成下一个字符的ASCII码
        TmpStr = TmpStr & Space(1) & Chr(StrAsc)
```

```
    Next I
    CreateStr = TmpStr
End Function
```

2）编写窗体的Click事件过程，通过调用函数过程CreateStr打印所要求的图形。代码如下：

```
Private Sub Form_Click()
    Dim N As Integer, I As Integer
    N = Val(InputBox("图形的行数", "请输入", "5"))      ' 输入行数
    Cls : Print
    For I = 1 To N
        Print Tab(2 * I);                            ' 将第I行的打印起点定位在2I处
        Print CreateStr(2 * N - 2 * I + 1);          ' 输出第I行的左半部分
        Print Spc(4);                                ' 输出左右两部分的间隔
        Print CreateStr(2 * I - 1)                   ' 输出第I行的右半部分
    Next I
End Sub
```

## 8.2　Sub过程

通常情况下，使用函数过程用于定义某种函数关系，通过调用函数过程得到一个函数值。但在实际应用中，可能不需要过程返回值（例如，使用过程打印一个图形）或需要过程返回多个值（例如，利用过程对一批数据进行排序），在这些情况下就需要使用Sub过程。Sub过程也称子过程。

### 8.2.1　Sub过程的定义

**格式**：

```
[Private|Public][Static] Sub 过程名[(形参表)]
    [语句组]
    [Exit Sub]
    [语句组]
End Sub
```

**功能**：定义Sub过程的名称、参数以及构成子过程体的代码。Sub语句和End Sub语句之间的语句称为"子过程体"，子过程体一般用于根据"形参表"指定的参数进行一系列处理，通过形参表中的参数可以返回0个或多个值。

**说明**：

1）格式中大部分选项的含义同Function过程。

2）Sub过程的"过程名"与Function过程的"函数过程名"的含义与作用不同，Sub过程的"过程名"只在调用Sub过程时使用，不具有值的意义，因此不能给Sub过程的"过程名"定义类型，也不能在Sub过程中给"过程名"赋值。

3）Sub过程可以返回0到多个值，且由"形参表"中的参数返回这些值。因此，使用函数过程可以实现的功能，也可以用Sub过程实现。

Sub过程应该建立在模块的通用声明段，即建立在代码窗口的所有过程之外。当输入Sub过程的第一条语句并按回车键之后，代码窗口会自动显示Sub过程的最后一条语句，即End Sub语句，且光标会停留在子过程体内，这时可以编写子过程体代码，完成所需的功能。也可以使用"工具|添加过程"命令添加一个Sub过程。

【例8-9】编写Sub过程，求三个数中的最大数和最小数。

**分析**：设Sub过程名为S，首先要设置三个参数，如*x*、*y*、*z*，用于接收三个原始数据，另外再设置两个参数max和min，用于返回最大和最小数。子过程体要实现的功能就是求参数*x*、*y*、*z*的最大值和最小值，保存到参数max和min中。代码如下：

```
Sub s(x As Single, y As Single, z As Single, max As Single, min As Single)
    max = x
```

```
    If y > max Then max = y
    If z > max Then max = z
    min = x
    If y < min Then min = y
    If z < min Then min = z
End Sub
```

**【例8-10】**编写Sub过程计算*n*!

**分析**：在前面使用函数过程求*n*!的示例中，阶乘值由函数名称返回，因此只需要设置一个参数N。如果改成用Sub过程实现，因为Sub过程名称不能返回值，所以应该在形参表中引入另一个参数来返回阶乘值。设Sub过程的名称为Fact，则代码如下：

```
Sub Fact(N As Integer, F As Long)        ' 参数F用于返回阶乘值
    Dim I As Integer
    F = 1
    For I = 1 To N
        F = F * I
    Next I
End Sub
```

注意，在以上Sub过程中，不能给Fact定义类型，也不能给Fact赋值。

**【例8-11】**编写Sub过程，求某一维数组中元素的最大数和最小数。

**分析**：设Sub过程名称为S，该Sub过程需要引入三个形参，一个是数组参数，用于接收一个一维数组，假设为x，另外两个参数分别用来返回最大值和最小值，假设为max和min，则Sub过程要实现的功能就是求数组x的最大元素和最小元素值，保存到参数max和min中。代码如下：

```
Sub s(x(), max, min)            ' 形参数组x之后需要跟一对空圆括号
    LB = LBound(x)              ' 获取数组x的下标下界，保存到变量LB中
    UB = UBound(x)              ' 获取数组x的下标上界，保存到变量UB中
    max = x(LB)
    min = x(LB)
    For i = LB + 1 To UB
        If x(i) > max Then max = x(i)
        If x(i) < min Then min = x(i)
    Next i
End Sub
```

## 8.2.2  Sub过程的调用

定义好一个Sub过程之后，要让其执行，则必须使用调用语句执行该过程。调用语句可以有以下两种格式。

**格式一**：

```
Call 过程名[(实参表)]
```

**格式二**：

```
过程名 [实参表]
```

**功能**：按指定的参数调用已定义的Sub过程。

**说明**：

1）过程名：必须是一个已定义的Sub过程的名称。

2）实参表：即实际参数表，用于指定要传递给Sub过程的常量、变量或表达式，各参数之间用逗号分隔。如果参数是数组，则要在数组名之后跟一对空圆括号。

3）如果要调用的过程本身没有参数，则省略"实参表"和小圆括号。

4）格式二省略了Call关键字，"过程名"和"实参表"之间要有空格，且"实参表"两边也不能带小圆括号。

【例8-12】调用例8-10求*n*!的Sub过程，求组合数。假设界面与图8-2相同，代码如下：

```
Private Sub Command1_Click()
    Dim M As Integer, N As Integer
    Dim f1 As Long, f2 As Long, f3 As Long
    N = Val(Text1.Text)
    M = Val(Text2.Text)
    Call Fact(M, f1)                    ' 调用后f1=m!
    Call Fact(N, f2)                    ' 调用后f2=n!
    Call Fact(M - N, f3)                ' 调用后f3=(m-n)!
    Text3.Text = f1 / (f2 * f3)         ' 用Text3显示组合数
End Sub
```

【例8-13】输入若干学生的成绩，调用Sub过程求最高分和最低分。

**界面设计**：向窗体上添加三个文本框Text1、Text2和Text3，添加一个命令按钮Command1，设计界面如图8-7a所示。假设运行时首先向文本框Text1输入若干学生的成绩，然后通过单击命令按钮Command1调用Sub过程求成绩最高分和最低分。

**代码设计**：本例假设数据直接输入到文本框Text1中，然后使用Split函数对其进行分离，分离结果保存到某数组A中，然后再将该数组A作为参数传递给Sub过程，Sub过程求该数组的最大值和最小值。由于用Split函数分离出的数组元素是字符串类型，因此数组参数应定义为字符串类型。在进行数据比较时需要用Val函数将字符串转换为数值再进行比较。代码设计步骤如下：

1) 首先在代码窗口的通用声明段定义Sub过程，求某一维数组的最大值和最小值。

```
Sub s(x() As String, max, min)      ' 这里将x定义成字符串类型的数组参数
    LB = LBound(x)
    UB = UBound(x)
    max = Val(x(LB))
    min = Val(x(LB))
    For I = LB + 1 To UB
        If Val(x(I)) > max Then max = Val(x(I))
        If Val(x(I)) < min Then min = Val(x(I))
    Next I
End Sub
```

2) 编写Command1的Click事件过程，调用以上Sub过程S，求最高分和最低分并显示结果。

```
Private Sub Command1_Click()
    Dim a() As String                   ' 定义数组a为动态字符串类型的数组
    a = Split(Text1.Text, " ")          ' 分离输入的成绩到数组a中，假设成绩之间以空格分隔
    s a(), max, min                     ' 调用Sub过程，或写成: call s(a(),max,min)
    Text2.Text = max
    Text3.Text = min
End Sub
```

运行时输入以空格分隔的成绩，然后单击命令按钮Command1求最高分和最低分，如图8-7b所示。

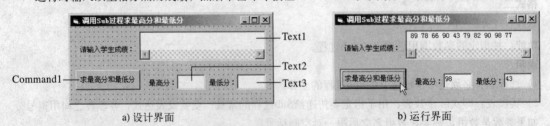

a) 设计界面                              b) 运行界面

图8-7　调用Sub过程求最高分和最低分

## 8.3　参数的传递

Visual Basic在调用过程时，使用参数传递的方式实现调用过程与被调用过程之间的数据通信。根据

参数出现位置的不同，参数分为实参和形参；根据参数传递方式的不同，可分为按值传递和按地址传递两种。

## 8.3.1　形参和实参

形参是在Sub过程、Function过程的定义中出现的参数，实参则是在调用Sub过程或Function过程时指定的参数。

调用过程和被调用过程之间通过参数表中的参数来实现数据的传递，这种数据的传递也称为参数的结合。例如，假设定义如下的Sub过程：

```
Sub Test(n As Integer,Sum As Single)
    …
End Sub
```

如果有以下调用语句：

```
Call Test(a,s)
```

则其形参与实参的结合关系如以下箭头所示：

过程定义：Sub Test(n As Integer,Sum As Single)

过程调用：Call Test(a , s)

即形参表与实参表中的参数按位置进行结合，对应位置的参数名字不必相同。一般情况下，要求形参表与实参表中参数的个数、类型、位置顺序必须一一对应。除非使用关键字Optional或ParamArray对形参进行了约束。关于Optional和ParamArray的用法将在本节稍后介绍。

形参表中的参数可以是：

- 除固定长度字符串之外的合法变量。
- 后面带一对空圆括号的数组。

实参表中的参数可以是：

- 常量。
- 变量。
- 表达式。
- 后面带一对空圆括号的数组。

需要特别注意的是，形参和实参的数据类型要按位置一一对应关系保持一致，形参的数据类型是在定义过程的第一条语句中，直接在形参表中定义的，而实参的数据类型需要用定义语句（如Dim语句）进行定义。

形参与实参的结合有两种方式：按值传递和按地址传递。

## 8.3.2　按值传递和按地址传递

### 1.按值传递

按值传递指实参把其值传递给形参而不传递实参的地址。在这种情况下，系统把需要传递的参数复制到形参对应的存储单元，在子程序执行过程中，形参值的改变不会影响调用程序中实参的值，因此，数据的传递是单向的。

当实参为常量或表达式时，数据的传递总是单向的，即按值传递。例如：

过程定义：Sub Test(n As Integer,Sum As Single)

过程调用：Call Test(10, 1+2)

如果实参是变量，要实现按值传递，就需要使用关键字ByVal来对形参进行约束。例如，如果过程定义语句为：

```
Sub Test(ByVal n As Integer,Sum As Single)
```

则过程调用语句为：

```
Call Test (a , s)
```

由于子过程Test的参数n前面有ByVal关键字，表明该参数采用按值传递方式传递数据，因此，在子过程Test中改变形参n的值不会影响调用过程中相应的实参a的值。

例如，设定义了以下过程：

```
Sub SS(ByVal X, ByVal Y, ByVal Z)
    X = X + 1 : Y = Y + 1 : Z = Z + 1
End Sub
```

而命令按钮Command1的Click事件过程如下：

```
Private Sub Command1_Click()
    A = 1: B = 2: C = 3
    Call SS(A, B, C)                    ' 在这里调用SS子过程
    Print A, B, C
End Sub
```

运行时，单击命令按钮在窗体上打印：

1        2        3

在命令按钮Command1的Click事件过程中执行Call SS(A, B, C)语句时，A、B、C以按值传递的方式分别与形参X、Y、Z结合，在SS过程中改变了变量X、Y、Z的值，但从SS过程返回时，这些值不会影响调用过程中A、B、C的值，因此打印的A、B、C的值与执行Call语句之前相同。形参与实参结合的示意图如图8-8所示。

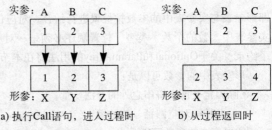

a) 执行Call语句，进入过程时          b) 从过程返回时

图8-8  按值传递示意图

### 2. 按地址传递

按地址传递是指将实参的地址传给形参，使形参和实参具有相同的地址，这就意味着，形参与实参共享同一存储单元。当实参为变量或数组时，形参前面使用关键字ByRef进行约束（或省略），表示要按地址传递。按地址传递可以实现调用过程与子过程之间数据的双向数据传递。

例如，定义以下SS过程，使用ByRef约束参数（ByRef也可以省略）：

```
Sub SS(ByRef X, ByRef Y, ByRef Z)
    X = X + 1 : Y = Y + 1 : Z = Z + 1
End Sub
```

而命令按钮Command1的Click事件过程如下：

```
Private Sub Command1_Click()
    A = 1: B = 2: C = 3
    Call SS(A, B, C)
    Print A, B, C
End Sub
```

运行时，单击命令按钮在窗体上打印：

2        3        4

本例中，形参与实参结合的示意图如图8-9所示。

由于形参与实参共占同一存储单元，因此，如果形参的值改变了，实参的值也就随之改变。

在实际应用中，要根据参数本身的特点决定是使

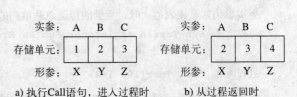

a) 执行Call语句，进入过程时          b) 从过程返回时

图8-9  按地址传递示意图

用按值传递还是按地址传递。如果希望传递给过程的实参不被过程所改变，则应考虑采用按值传递的方式，如果希望过程通过形参返回值，则应考虑采用按地址传递的方式。实际上，使用Function过程也可以通过形参返回值，只不过通常情况下不这么使用，更多的是使用Function过程返回一个函数值。

【例8-14】编写一个Function过程，用来计算x的y次幂，其中y>0，并调用该过程打印$5^1$、$5^2$、$5^3$、$5^4$、$5^5$的值。

**界面设计**：假设运行时通过单击窗体进行计算，结果直接打印在窗体上，因此无须向窗体上添加任何控件。

**代码设计**：

1）编写计算x的y次幂的函数过程。要使用函数过程算x的y次幂，需要引入两个参数，设参数名为x和y，求x的y次幂实际上就是求y个x相乘，这可以用循环来实现，这里假设使用Do...Loop循环，则函数过程如下：

```
Function Power(x As Single, ByVal y As Integer) As Single    ' 参数y按值传递
    Dim result As Single          ' 假设用Result来保存x的y次幂
    result = 1
    Do While y > 0
        result = result * x
        y = y - 1
    Loop
    Power = result                ' 给函数过程名赋值
End Function
```

在以上函数过程体中，用形参y来控制Do...Loop循环次数，当退出Do...Loop循环时，y的值递减为0，也就是说，在函数过程中改变了形参y的值，为了不影响调用语句相应的参数，假设形参y是按值传递的。

2）编写窗体的Click事件过程，调用以上Power过程计算并打印$5^1$、$5^2$、$5^3$、$5^4$、$5^5$，代码如下：

```
Private Sub Form_Click()
    Dim i As Integer
    For i = 1 To 5
        Print Power(5,i)          ' 调用函数过程计算5的i次幂
    Next i
End Sub
```

以上代码中用Power(5,i)调用函数过程，如果取消Power过程中形参y前面的ByVal关键字，则用Power(5,i)调用过程后循环变量i的值会被改变为0，下一次执行循环时i增加步长1，因此循环变量i永远是1，不会达到期望的终值5，执行时会产生死循环，且每次打印的结果都是5。

【例8-15】假设编写了如下的Sub过程，实现对任意两个数的交换：

```
Sub swap(ByRef x, ByRef y)       ' 这里的形参为按地址传递
    t = x
    x = y
    y = t
End Sub
```

在命令按钮Command1的Click事件过程中调用该Sub过程实现对两个变量a、b值的交换，代码如下：

```
Private Sub Command1_Click()
    a = 1
    b = 2
    swap a, b                    ' 调用Sub过程
    Print a; b
End Sub
```

如果本例中的形参定义成按值传递，则无法实现交换变量a、b的值。

注意，使用数组作为参数时只能按地址传递，不能按值传递。

【例8-16】编写一个Sub过程，实现对任意一维数组按从小到大排序。生成100个[1, 50]之间的随机整

数，调用该Sub过程测试其功能。

**界面设计**：设计如图8-10a所示的界面。假设运行时用文本框Text1显示排序前的数组元素，通过单击"排序"按钮进行排序，用文本框Text2显示排序后的数组元素。

**代码设计**：

1）首先设计Sub过程，取名为SortArray，由于该过程要能够实现对任意一维数组排序，因此，需要引入一个数组参数，设数组参数为x，在过程中可以使用Lbound和Ubound函数获取数组x的下标的下界和上界，假设使用比较交换法进行排序，则Sub过程如下：

```
Sub SortArray(x() As Integer)        ' 数组x之后需要跟一对圆括号，参数按地址传递
    Dim i As Integer, j As Integer
    l1 = LBound(x)                   ' 获取x数组下标的下界
    l2 = UBound(x)                   ' 获取x数组下标的上界
    ' 用比较交换法对数组按从小到大排序
    For i = l1 To l2 - 1
        For j = i + 1 To l2
            If x(i) > x(j) Then
                t = x(i): x(i) = x(j) : x(j) = t
            End If
        Next j
    Next i
End Sub
```

2）在窗体模块的通用声明段声明数组a为具有100个元素的一维整型数组：

```
Dim a(1 To 100) As Integer          ' 注意将该语句写在Sub过程的前面
```

3）为测试Sub过程的作用，在窗体的Load事件过程中生成随机数保存到数组a中，并将其显示在文本框Text1中：

```
Private Sub Form_Load()             ' 生成100个[1,50]之间的随机整数，保存到数组a中
    Randomize
    For i = 1 To 100
        a(i) = Int(50 * Rnd + 1)
        Text1.Text = Text1.Text & Str(a(i)) & " "
    Next i
End Sub
```

4）在"排序"按钮的Click事件过程中，调用SortArray过程进行排序，并将排序结果显示在文本框Text2中，代码如下：

```
Private Sub Command1_Click()
    Call SortArray(a())             ' 调用SortArray,实参为数组a,a之后需要跟一对空圆括号
    For i = 1 To 100                ' 用循环显示排序后的数组
        Text2.Text = Text2.Text & Str(a(i)) & " "
    Next i
End Sub
```

运行时，首先在文本框Text1中显示100个随机整数，单击"排序"按钮实现排序，结果显示在文本框Text2中，如图8-10b所示。

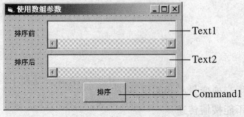

a) 设计界面

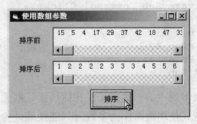

b) 运行界面

图8-10  使用数组参数实现数组的排序

本例在调用SortArray过程时，将实参数组a传递给形参数组x，过程中对数组x进行排序后，将排序结果传递给实参数组a，实现了数据的双向传递，因此调用SortArray过程之后，数组a的内容得到了排序。

### 8.3.3　使用可选参数

在前面的例子中，一个过程在定义时声明了几个形参，则在调用该过程时就必须使用相同数量的实参与之对应。Visual Basic还允许定义过程时指定可选的参数，如果在某个形参前加上关键字Optional，则表示该参数是可选的，在调用该过程时可以不提供与此形参对应的实参。

在过程中，可以使用IsMissing函数判断是否向可选参数传递了实参。IsMissing函数语法如下：

```
IsMissing(参数名)
```

其中，"参数名"是指一个可选参数的名称。如果没有给"参数名"指定的参数传递值，则IsMissing函数返回True，否则返回False。

**【例8-17】** 编写一个函数过程SquareSum，用于求两个数的平方和，或求三个数的平方和。

**分析：** 根据题目要求，可以为函数过程SquareSum设置三个参数，其中一个为可选参数，代码如下：

```
Function SquareSum (a, b, Optional c)          ' 指定c为可选参数
    SquareSum = a ^ 2 + b ^ 2                  ' 求出a、b的平方和，保存在SquareSum中
    If Not IsMissing(c) Then                   ' 如果调用过程为参数c传递了对应的实参
        SquareSum = SquareSum + c ^ 2          ' 继续将SquareSum和c的平方相加
    End If
End Function
```

这样，在调用程序中，既可以求两个数的平方和，也可以求三个数的平方和。例如，以下两条打印语句都是正确的：

```
Print SquareSum(2, 4)
Print SquareSum(2, 4, 6)
```

需要注意的是，可选参数必须放在形参表的最后，且必须为Variant类型。

### 8.3.4　使用可变参数

在例8-17中，SquareSum过程既可以求两个数的平方和，也可以求三个数的平方和，因此在调用SquareSum过程时既可以提供两个参数，也可以提供三个参数。如果希望在调用语句中可以提供任意个参数，则可以通过定义可变参数来实现。

在定义一个过程时，可以将其形参表中最后一个形参定义为ParamArray关键字修饰的数组，则该过程在被调用时可以接收任意多个实参。

**【例8-18】** 编写一个函数过程SquareSum1，可以接收任意个实参，求任意个数的平方和。

**分析：** 根据题目要求，可以为SquareSum1设置一个可变参数，代码如下：

```
Function SquareSum1(ParamArray a()) ' 设置一个可变参数a,a之后需要跟一对空圆括号
    SquareSum1 = 0
    For Each x In a
        SquareSum1 = SquareSum1 + x ^ 2
    Next x
End Function
```

这样，在调用程序中，可以指定任意个参数求它们的平方和。例如，以下打印语句都是正确的：

```
Print SquareSum1(2, 4)
Print SquareSum1(2, 4, 6)
Print SquareSum1(2, 4, 6, 8)
```

需要注意的是，用ParamArray关键字修饰的形参只能是Variant类型，且必须作为形参表的最后一个参数。ParamArray关键字不能与ByVal、ByRef或Optional一起使用。如果形参表中有参数使用了关键字ParamArray，则其他任何参数都不能再使用关键字Optional。

### 8.3.5　使用对象参数

Visual Basic还允许用对象，即窗体或控件作为通用过程的参数。如果用对象做参数，则需要在定义过程时，使用Form、Control等关键字把形参声明为对象类型。调用具有对象类型形参的过程时，实参应该为与形参类型相匹配的对象名。

对象参数只能定义为按地址传递，因此，在定义过程时，不能在对象参数之前加ByBal关键字。

　1. 使用窗体参数

使用窗体作为参数时，需要定义形参的类型为Form，而对应的实参应为窗体名称。

【例8-19】编写一个Sub过程FormSet，用于将任意指定的两个窗体设置为相同大小并层叠显示。调用该过程测试其功能。

设计步骤如下：

1）新建一个标准EXE工程，使用"工程l添加窗体"命令向当前工程添加两个新的空白窗体，设第一个窗体的名称为Form1，新添加的窗体名称为Form2、Form3。

2）在Form1模块的通用声明段定义通用过程FormSet，用于将窗体对象f2指定为与窗体对象f1大小相同，且f2与f1的显示位置错开一定距离，形成层叠的效果。为了在其他窗体模块中也能够调用该过程，需要用Public关键字定义过程FormSet。代码如下：

```
Public Sub FormSet(f1 As Form, f2 As Form)    ' 定义参数f1、f2为窗体对象
    f2.Width = f1.Width
    f2.Height = f1.Height
    f2.Left = f1.Left + 500
    f2.Top = f1.Top + 500
End Sub
```

3）在窗体Form2的Load事件过程中编写代码如下：

```
Private Sub Form_Load()
    Call Form1.FormSet(Form1, Form2)              ' 调用Form1模块下的通用过程FormSet
End Sub
```

4）在窗体Form3的Load事件过程中编写代码如下：

```
Private Sub Form_Load()
    Call Form1.FormSet(Form2, Form3)              ' 调用Form1模块下的通用过程FormSet
End Sub
```

5）在窗体Form1的Click事件过程中编写代码，显示窗体Form2，代码如下：

```
Private Sub Form_Click()
    Form2.Show
End Sub
```

6）在窗体Form2的Click事件过程中编写代码，显示窗体Form3，代码如下：

```
Private Sub Form_Click()
    Form3.Show
End Sub
```

运行时，单击窗体Form1，打开窗体Form2，再单击窗体Form2，打开窗体Form3，可以看出三个窗体大小相同，且层叠显示。

　2. 使用控件参数

使用控件作为参数时，需要定义形参的类型为Control，而对应的实参应为控件名称。

【例8-20】在许多应用程序中，当移动鼠标到某个按钮或菜单项时，在按钮或菜单项周围会自动出现一个方框，起到强调的效果。本例将使用Label控件和Shape控件实现该效果。运行时，将鼠标移动到标签上，用方框将标签框起来，使标签具有按钮效果。

**界面设计**：按图8-11a所示设计界面。在窗体的顶部添加一个Image控件Image1，通过设置其Picture属

性添加适当的图片，将Image1的Stretch属性设置为True，然后调整好Image1的大小，使其紧贴窗体顶部；在Image1上画4个标签Label1～Label4，标题依次为"成绩录入"、"成绩查询"、"成绩统计"和"成绩打印"，将各标签的BackStyle属性设置为0（透明），AutoSize属性设置为True；在任意位置画一个Shape控件Shape1，设置其Visible属性为False，使运行初始时Shape1不可见。

**代码设计：**

1）首先在窗体模块的通用声明段编写Sub过程s如下：

```
Sub s(X As Control)                    ' 设置一个控件参数x
    Shape1.Visible = True              ' 使Shape1控件可见
    xLeft = X.Left - 50                ' 设置Shape1控件移动后的Left位置
    xtop = X.Top - 50                  ' 设置Shape1控件移动后的Top位置
    xwidth = X.Width + 100             ' 设置Shape1控件移动后的宽度
    xHeight = X.Height + 100           ' 设置Shape1控件移动后的高度
    ' 移动Shape1控件，使其将参数X指定的控件框起来
    Shape1.Move xLeft, xtop, xwidth, xHeight
End Sub
```

该过程设置了一个控件参数X，在过程中利用X的位置和大小来计算Shape控件（方框）移动到X控件上的位置和大小，然后将方框移动到该位置并调整方框的大小。

2）在各标签的MouseMove事件过程中编写相应代码，调用以上Sub过程s，把标签名称作为实参传递给形参X，实现将方框移动到标签上，产生按钮的效果，具体如下：

```
Private Sub Label1_MouseMove(Button As Integer, Shift As Integer,X As Single, Y As Single)
    Call s(Label1)                     ' 调用过程x，用标签名称作为参数
End Sub
Private Sub Label2_MouseMove(Button As Integer, Shift As Integer, X As Single, Y As Single)
    Call s(Label2)
End Sub
Private Sub Label3_MouseMove(Button As Integer, Shift As Integer, X As Single, Y As Single)
    Call s(Label3)
End Sub
Private Sub Label4_MouseMove(Button As Integer, Shift As Integer, X As Single, Y As Single)
    Call s(Label4)
End Sub
```

为了在鼠标移开标签（即移到Image1控件上）时方框能够消失，可以在Image1控件的MouseMove事件过程中隐藏Shape1控件，代码如下：

```
Private Sub Image1_MouseMove(Button As Integer, Shift As Integer, X As Single, Y As Single)
    Shape1.Visible = False
End Sub
```

运行时将鼠标移动到各标签上，会呈现按钮的效果，如图8-11b所示。

a) 设计界面　　　　　　　　　　　　　　　　　b) 运行界面

图8-11　使标签具有按钮效果

## 8.4　过程的嵌套调用

过程不能嵌套定义，即不能在一个过程中再定义过程，但过程可以嵌套调用，即可以在一个过程中调用另一个过程。

例如，在图8-12中，调用过程执行到"调用S1"语句，则会转移到子过程S1开始执行，在子过程S1中

执行时遇到"调用S2"语句，则进入子过程S2执行，执行完子过程S2后，返回"调用S2"语句之后继续执行子过程S1，执行完子过程S1之后，返回"调用S1"语句之后继续执行调用过程。

**【例8-21】** 用Function过程的嵌套调用求 $\sum\limits_{n=1}^{20} n!$，即求1!+2!+3!+…+20!。

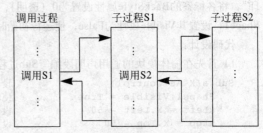

图8-12　过程嵌套调用示意图

**分析**：可以定义两个过程分别实现求阶乘及求和，在事件过程中调用求和的子过程，而在求和的子过程中再调用求阶乘的子过程。

假设窗体上有一个命令按钮Command1，运行时通过单击Command1进行计算，计算结果直接打印在当前窗体上。代码设计步骤如下：

1）设计一个求阶乘的函数过程Fact。

```
Function Fact(n As Integer) As Double
    Dim i As Integer, f As Double
    f = 1
    For i = 1 To n
        f = f * i
    Next i
    Fact = f
End Function
```

2）设计一个求1!+2!+3!+…+n!的函数过程Sigma，在Sigma过程中调用以上Fact过程求阶乘。

```
Function Sigma(n As Integer) As Double
    Dim i As Integer, sum As Double
    sum = 0
    For i = 1 To n
        sum = sum + Fact(i)          ' 用Fact(i)求i!
    Next i
    Sigma = sum
End Function
```

3）在命令按钮Command1的Click事件过程中调用Sigma，指定参数20求1!+2!+3!+…+20!。

```
Private Sub Command1_Click()
    Print Sigma(20)                  ' 调用Sigma过程求和
End Sub
```

可以看出，本例使用了嵌套调用求表达式的和。在命令按钮Command1的Click事件过程中调用了Sigma过程，而在Sigma过程中又调用了Fact过程。

## 8.5　过程的递归调用

若一个过程直接地或间接地调用自己，则称这个过程是递归的过程。使用递归过程解决递归定义问题特别有效，所谓递归定义就是用自身的结构来定义自身。例如数学上常见的阶乘运算、级数运算、幂指数运算等，它们都可以用递归过程很容易地实现。

**【例8-22】** 编写一个函数过程，用递归方法实现求n!。

**分析**：在数学上，求n!可以递归定义为：

$$n! = \begin{cases} 1 & (n=1) \\ n(n-1)! & (n>1) \end{cases}$$

**代码设计**：根据以上分析，求n!可以用求(n-1)!来定义，使用递归过程实现求n!的代码如下：

```
Function fact(n As Long) As Long
    If n = 1 Then
        fact = 1                     ' 终止条件
```

```
    Else
        fact = n * fact(n - 1)          ' 在这里使用fact(n-1)又调用了fact过程
    End If
End Function
```

假设在命令按钮Command1的Click事件过程中,从文本框Text1输入 *n* 的值,调用以上Fact过程计算 *n*!,结果显示在文本框Text2中,则Command1的Click事件过程如下:

```
Private Sub Command1_Click()
    Dim n As Long, result As Long
    n = Val(Text1.Text)
    result = fact(n)                         ' 调用fact,求n!
    Text2.Text = Str(result)
End Sub
```

运行时,如果在文本框Text1中输入数据5,则计算过程如图8-13所示。

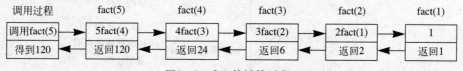

图8-13  求5!的计算过程

【例8-23】猴子吃桃问题。猴子第一天摘下若干个桃子,当即吃了一半,还不过瘾,又多吃了一个。第二天早上又将剩下的桃子吃了一半,又多吃了一个。以后每天早上都吃了前一天剩下的一半零一个,到第十天早上想再吃时,就只剩一个桃子了。求第一天共摘了多少桃子?

**分析**:假设用函数 $f(n)$ 表示第1天的桃数,第2天剩余桃数为 $f(n-1)$,第3天剩余的桃数为 $f(n-2)$ ⋯⋯ 第 *n* 天剩余的桃数 $f(1)=1$。根据题目描述可以归纳出以下关系:

$$f(n)=\begin{cases} 1 & (n=1) \\ 2*(f(n-1)+1) & (n>1) \end{cases}$$

**代码设计**:根据以上公式可以编写递归函数过程如下:

```
Function f(n)
    If n = 1 Then                        ' 如果是最后一天
        f = 1
    Else
        f = 2 * (f(n - 1) + 1)          ' 在这里使用f(n-1)又调用了f过程
    End If
End Function
```

假设在命令按钮的Command1的Click事件过程中调用以上过程 *f* 求出第一天的桃数,代码如下:

```
Private Sub Command1_Click()
    Print f(10)
End Sub
```

运行时单击命令按钮Command1,在窗体上打印结果为:1534。

需要特别注意的是,在递归过程中必须有递归的终止条件,如例8-22中,在 *n*=1 时,使fact=1,如果没有该终止条件,递归将无休止地执行下去。

要使用递归过程解决问题,要求问题应满足以下两点:

• 该问题能够用递归形式描述。

• 存在递归结束的终止条件。

使用递归过程解决递归问题非常方便,可以使一些复杂的问题处理起来简单明了,但是,在每一次执行递归时都要为局部变量、返回地址分配空间,降低了运行效率。

## 8.6　Visual Basic应用程序的结构

Visual Basic应用程序结构如图8-14所示，一个应用程序可以由一个工程组成，也可以包含多个工程，多个工程组成一个工程组，工程组在存盘时会对应一个工程组文件，其文件扩展名为.vbg，而一个工程对应一个扩展名为.vbp的工程文件。

一个工程可以包含三种模块，即窗体模块、标准模块和类模块。这些模块保存在特定类型的文件中。窗体模块保存在以.frm为扩展名的文件中；标准模块保存在以.bas为扩展名的文件中；类模块保存在以.cls为扩展名的文件中。

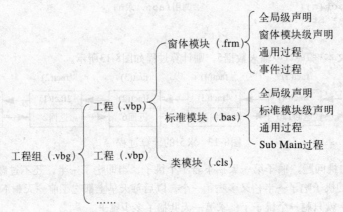

图8-14　Visual Basic应用程序的结构

### 8.6.1　窗体模块

窗体模块是大多数Visual Basic应用程序的基础。一个窗体模块包含了界面和代码两部分信息。代码部分可以包含常量、变量、数组等的全局级声明或模块级声明以及通用过程、事件过程，如图8-14所示。

### 8.6.2　标准模块

标准模块没有界面信息，是一种纯代码的模块。当一个应用程序含有多个窗体模块或其他模块时，如果有多个模块需要共享一些常量、变量、数组等，或都要调用某一段公共过程，则可以将这种常量、变量、数组或过程的定义建立在标准模块内，且定义为全局级，供各个模块使用。标准模块还可以包含自己模块使用的模块级常量、变量、数组或过程定义。注意，由于标准模块不与任何窗体相关联，因此，在标准模块中不能包含事件过程，标准模块的组成如图8-14所示。

在工程中添加标准模块的步骤为：

1）执行"工程|添加模块"命令，打开"添加模块"对话框。

2）在"新建"选项卡中，双击"模块"图标可建立一个标准模块，并打开标准模块代码窗口。默认的标准模块名称为Module1，默认的存盘文件名为Module1.bas。

### 8.6.3　Sub Main过程

默认情况下，应用程序的第一个窗体为启动窗体，如果想在应用程序启动时首先显示其他窗体，那么就得在"工程属性"对话框中改变启动对象为其他窗体的名称。

如果希望应用程序启动时首先执行一些代码，如对一些数据进行初始化或根据情况决定加载哪一个窗体时，则可以将这些代码写在标准模块的一个特殊过程——Sub Main过程中，然后将该过程定义为启动对象。

要将Sub Main过程定义为启动对象，需要执行以下步骤：

1）执行"工程|XXX属性"命令，其中，XXX为当前工程名，如"工程1"。

2）在打开的"工程属性"对话框的"通用"选项卡上，从"启动对象"下拉列表中选择"Sub Main"。

3）单击"确定"按钮。

【例8-24】假设已经创建了一个标准EXE工程，名称为"工程1"，包含两个窗体Form1和Form2。编写一个Sub Main过程，实现运行时如果是中午12点以前，则启动窗体Form1，否则启动窗体Form2。

设计步骤如下：

1）使用"工程|添加模块"命令添加一个标准模块Module1。

2）在标准模块中输入以下Sub Main过程。

```
Sub Main()
    NowHour = Hour(Now)        ' 获取当前小时数，保存到变量NowHour中
    If NowHour < 12 Then
        Form1.Show
    Else
        Form2.Show
    End If
End Sub
```

3）执行"工程|工程1属性"命令，在打开的"工程属性"对话框的"通用"选项卡上，从"启动对象"下拉列表中选择"Sub Main"。

运行工程，则首先会执行Sub Main过程，如果当前是12点以前，则显示窗体Form1，否则显示窗体Form2。

### 8.6.4　类模块

类是具有相同或相似特征的事物的集合，类封装了对象的属性（数据成员）和方法（处理数据的函数或过程）。程序员一般不对类进行操作，而只能对类的实例——对象进行操作。

前面介绍了Visual Basic系统中已定义好的类，如窗体和控件，但在有些情况下，系统提供的类不能满足实际需要，此时，用户可以使用类模块创建自己的类，每个类模块定义一个类，并以扩展名.cls保存。

## 8.7　过程的作用域

过程的作用域指一个过程允许被访问的范围。过程的定义方法、位置不同，允许被访问的范围也不同。在Visual Basic中，可以将过程的作用域分为模块级和全局级。

在定义Sub过程或Function过程时，如果加Private关键字，则这种过程只能被其所在的模块中的其他过程所调用，称为模块级过程。

在定义Sub过程或Function过程时，如果加Public关键字，或者省略Public与Private关键字，这种过程可以被该应用程序的所有模块中的过程调用，称为全局过程。全局过程所处的位置不同，其调用方式也有所不同。在窗体模块内定义的全局过程，在其他模块中要调用该过程时，必须在过程名前面加上其所在的窗体名；在标准模块内定义的全局过程，在其他模块中可以直接调用，但被调用的过程名必须唯一，否则要加上其所在的标准模块名。

表8-1列出了过程的作用域及过程的定义、调用规则。

表8-1　过程的作用域及过程的定义、调用规则

| 作用域 | 模　块　级 | | 全　局　级 | |
|---|---|---|---|---|
| 定义位置 | 窗体模块 | 标准模块 | 窗体模块 | 标准模块 |
| 定义方式 | 使用Private定义。例如：Private Sub Sub1(形参) | | 使用Public定义（或省略Public）例如：[Public] Sub Sub2(形参表) | |
| 能否被本模块中其他过程调用 | 能 | 能 | 能 | 能 |
| 能否被本应用程序中其他模块调用 | 否 | 否 | 能，但必须在过程名前加窗体名。例如：Call Form1.Sub2(形参表) | 能，但过程名必须唯一，否则必须在过程名前加标准模块名。例如：Call Module1.Sub2(形参表) |

【例8-25】假设当前工程包含了两个窗体Form1、Form2、一个标准模块Module1，且窗体Form1和Form2上各有两个命令按钮Command1、Command2。

在窗体Form1中定义一个全局过程aa：

```
Public Sub aa()          ' aa为全局过程，Public可以省略
    MsgBox "这是窗体Form1中的过程"
End Sub
```

在标准模块Module1中定义一个全局过程bb：

```
Public Sub bb()          ' bb为全局过程，Public可以省略
    MsgBox "这是标准模块中的过程bb"
End Sub
```

在窗体Form1中可以直接调用aa。例如在Command1_Click事件过程中调用aa：

```
Private Sub Command1_Click()
    Call aa
End Sub
```

在窗体Form1的Command2_Click事件过程中使用Show方法打开窗体Form2：

```
Private Sub Command2_Click()
    Form2.Show
End Sub
```

在窗体Form2的Command1_Click事件过程中调用过程aa，需要指定窗体名：

```
Private Sub Command1_Click()
    Call Form1.aa           ' 调用另一个窗体模块Form1中的过程，Form1不能省略
End Sub
```

在窗体Form2的Command2_Click事件过程中调用标准模块中的过程bb：

```
Private Sub Command2_Click()
    Call Module1.bb         ' 调用标准模块中的过程，Module1可以省略，写成Call bb
End Sub
```

## 8.8  变量的作用域和生存期

Visual Basic的程序模块由各种过程组成。在过程中会使用到变量，这些变量可以是过程的参数，也可以不是过程的参数，而是在程序的其他地方定义的变量。本节要讨论的是不在过程参数列表中出现的变量。

变量被定义的位置不同或定义的方式不同，允许被访问的范围和作用时间也不相同。变量的作用域即指变量的有效范围；变量的生存期即指变量的作用时间。

### 8.8.1  变量的作用域

变量的作用域决定了该变量能被应用程序中的哪些过程访问。按变量的作用域不同，可以将变量分为局部变量、模块级变量和全局变量。

#### 1.局部变量

局部变量指在过程内用Dim语句声明的变量、未声明而直接使用的变量或者用Static声明的变量。这种变量只能在本过程中使用，不能被其他过程访问。在其他过程中即使有同名的变量，也与本过程的变量无关，也就是在不同的过程中可以使用同名的变量。除了用Static声明的变量外，局部变量在其所在的过程每次运行时都被初始化。

【例8-26】设在窗体模块中定义Sub过程S如下：

```
Sub S()
    ' 本过程中的变量X、Y、Z为局部变量，只在本过程中有效
    X = 1
    Y = 2
    Z = X + Y
```

```
    Print X, Y, Z        ' 打印局部变量X、Y、Z的值1、2、3
End Sub
```

在命令按钮C1的Click事件过程中调用以上定义的S过程：

```
Private Sub C1_Click()
    ' 本过程中的变量X、Y、Z为局部变量，只在本过程中有效
    X = 2
    Y = 3
    Z = X + Y
    Call S
    Print X, Y, Z        ' 打印局部变量X、Y、Z的值2、3、5
End Sub
```

运行时单击命令按钮C1，在窗体上输出：

```
1           2           3
2           3           5
```

2. 模块级变量

模块级变量指在窗体模块或标准模块的通用声明段中用Dim语句或Private语句声明的变量。模块级变量的作用范围是其定义位置所在的模块，可以被本模块中的所有过程访问。在应用程序执行期间，模块级变量一直保持其值，仅在退出应用程序时才释放其存储空间。

【例8-27】设某窗体模块代码如下：

```
Dim Z As Integer          ' 在窗体模块的通用声明段声明模块级变量Z
Sub S()
    ' 本过程中没有定义变量Z，因此变量Z为模块级变量
    Z = Z + 2
    Print Z
End Sub
Private Sub C1_Click()
    ' 本过程中没有定义变量Z，因此变量Z为模块级变量
    Z = Z + 2
    Call S
    Print Z
End Sub
```

运行时，第一次单击命令按钮C1的结果：

```
4

4
```

第二次单击命令按钮C1的结果：

```
8

8
```

第三次单击命令按钮C1的结果：

```
12

12
```

注意，当一个变量被声明为模块级之后，在过程中仍可以定义与该模块级变量同名的局部变量。

【例8-28】设某窗体模块代码如下：

```
Dim Z As Integer          ' 在这里声明变量Z为模块级变量
Sub S()
    Dim Z                 ' 在这里声明了变量Z，因此本过程中的变量Z为局部变量
    Z = Z + 2
    Print Z
End Sub
Private Sub C1_Click()
    Z = Z + 2             ' 这里没有声明变量Z，因此变量Z为模块级变量
```

```
      Call S
      Print Z
End Sub
```

运行时，第一次单击命令按钮C1的结果：

2

2

第二次单击命令按钮C1的结果：

2

4

第三次单击命令按钮C1的结果：

2

6

3. 全局变量

全局变量指在模块的通用声明段用Public语句声明的变量，其作用范围为应用程序的所有过程。在应用程序执行期间，全局变量一直保持其值，仅在退出应用程序时才释放其存储空间。

引用其他窗体模块中定义的全局变量时，需要在变量名称前面加上定义变量语句所在的窗体的名称。例如，假设在窗体模块Form1中使用语句：

```
Public a As Integer
```

定义了全局变量a，则在窗体模块Form2中要打印该变量的值，需要写成：

```
Print Form1.a
```

在其他模块中引用标准模块中定义的全局变量，可以直接引用，不需要在变量名前加标准模块名。

表8-2列出了局部变量、模块级变量和全局变量的作用域及声明、使用规则。

表8-2　变量的作用域及声明、使用规则

| 作用域 | 局部变量 | 模块级变量 | | 全局变量 | |
| --- | --- | --- | --- | --- | --- |
| 声明方式 | Dim、Static | Dim、Private | | Public | |
| 声明位置 | 过程中 | 窗体模块的通用声明段 | 标准模块的通用声明段 | 窗体模块的通用声明段 | 标准模块的通用声明段 |
| 能否被本模块中的其他过程使用 | 否 | 能 | | 能 | |
| 能否被本应用程序中的其他模块使用 | 否 | 否 | | 能，但要在变量名前加窗体名 | 能 |

## 8.8.2　变量的生存期

变量除了作用范围之外，还有生存期。模块级变量和全局变量的生存期与应用程序的生存期相同，也就是在应用程序的生存期内一直保持模块级变量和全局变量的值，在应用程序结束时才释放其存储空间。而局部变量的生存期和其定义方式有关。当一个过程被调用时，系统将给该过程中的局部变量分配存储单元，当该过程执行结束时，可以释放局部变量的存储单元，也可以保留局部变量的存储单元。

1. 动态变量

在过程中的局部变量如果不使用Static语句进行声明，则属于动态变量。在程序运行到动态变量所在的过程时，系统为其分配存储空间，并进行初始化，当该过程结束时，释放动态变量所占用的存储空间。

2. 静态变量

如果一个变量用Static进行声明，则该变量只被初始化一次，且在应用程序运行期间保留其值。即在每次调用该变量所在的过程时，该变量不会被重新初始化，而在退出变量所在的过程时，不释放该变量所占用的存储空间。

可以在过程中用Static语句声明静态变量，即：

```
Static 变量名 [As 类型]
```

也可以在Function过程、Sub过程的定义语句中加上Static关键字，表明该过程内所有的局部变量均为静态变量。即：

```
Static Function 函数过程名([形参表]) [As 类型]
Static Sub 过程名[形参表]
```

【例8-29】在以下代码中，对过程SS1使用Static进行声明，因此，过程中的变量I和S都是静态变量。

```
Static Sub SS1()
   For I = 1 To 10
     S = S + I
   Next I
   Print S
End Sub
Private Sub Command1_Click()
   Call SS1
End Sub
```

运行时，多次单击命令按钮Command1的执行结果为：

```
55
110
165
…
```

如果取消Static关键字，则运行时多次单击命令按钮Command1的执行结果为：

```
55
55
55
…
```

## 8.9　上机练习

【练习8-1】编写一个函数过程，能够求表达式 $\sqrt{x^2+y^2}$ 的值。调用该函数过程求以下w的值。

$$w = \frac{\sqrt{3^2+4^2}+\sqrt{5^2+6^2}}{\sqrt{7^2+8^2}+\sqrt{9^2+10^2}}$$

【练习8-2】设计如图8-15a所示的界面。编写一个根据三角形的三条边求三角形面积的函数过程。在命令按钮的Click事件过程中输入各边长，调用该函数过程求多边形面积。运行界面如图8-15b所示。根据三角形的三条边a、b、c计算三角形面积可以使用海伦公式，海伦公式如下：

$$\text{area} = \sqrt{p(p-a)(p-b)(p-c)}, \quad p = \frac{1}{2}(a+b+c)$$

【练习8-3】设计如图8-16a所示的界面。编写一函数过程，计算1+2+3+…+K，在命令按钮的Click事件过程中输入m、n、p的值，调用该函数过程计算以下y值，计算结果保留4位小数。运行界面如图8-16b所示。

$$y = \frac{(1+2+3+\cdots+m)+(1+2+3+\cdots+n)}{1+2+3+\cdots+p}$$

【练习8-4】设计如图8-17a所示的界面。编写一个函数过程，用于判断某字符串是否是回文，函数过程返回逻辑值，如果是回文则返回True，不是回文则返回False。所谓回文是指顺读和倒读都相同，例如"ABCDCBA"。在命令按钮的Click事件过程中输入一个字符串，调用该函数过程判断是否是回文。运行界面如图8-17b所示。

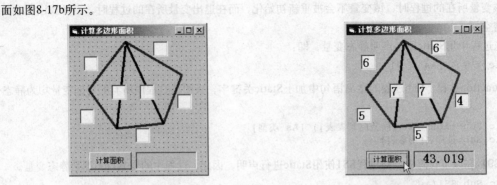

a) 设计界面                                                    b) 运行界面

图8-15  调用函数过程求多边形面积

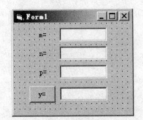                              

a) 设计界面                                                    b) 运行界面

图8-16  调用函数过程计算Y

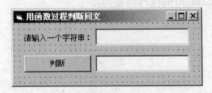                              

a) 设计界面                                                    b) 运行界面

图8-17  调用函数过程判断回文

**【练习8-5】**设计如图8-18a所示的界面。编写一个函数过程，用于求任意一维数组的所有元素的平均值（使用数组参数）。在"生成随机数"按钮的Click事件过程中生成20个[0，100]区间的随机整数，显示在第一个文本框中，在"求平均值"按钮的Click时间过程中调用函数过程求这些随机整数的平均值，显示在第二个文本框中。如图8-18b所示。

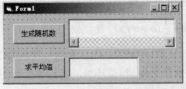                              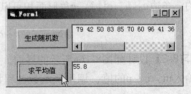

a) 设计界面                                                    b) 运行界面

图8-18  调用函数过程求一维数组所有元素的平均值

**【练习8-6】**设计如图8-19a所示的界面。编写一个Sub过程，能根据三角形的三条边返回其内切圆和外接圆的面积。在命令按钮的Click事件过程中输入三角形的三条边的值，调用该Sub过程计算其内切圆和外接圆的面积，结果显示在文本框中，运行界面如图8-19b所示。设三角形的三条边为a、b、c，面积为S，

内切圆半径为R1，外接圆半径为R2，则

$$R1 = \frac{S}{P} \qquad R2 = \frac{abc}{4S}$$

（其中：$P = \frac{1}{2}(A+B+C)$，$S = \sqrt{P(P-A)(P-B)(P-C)}$）

a) 设计界面

b) 运行界面

图8-19　调用Sub过程求三角形内切圆面积和外接圆面积

【练习8-7】编写一个Sub过程，能根据参数K求1+2+3+…+K的值。在窗体的Click事件过程中用输入框（InputBox）输入某n值，调用该Sub过程求以下y的值，计算结果用消息框显示。

$$y = \frac{1}{1} + \frac{1}{1+2} + \frac{1}{1+2+3} + \cdots + \frac{1}{1+2+3+\cdots+n}$$

【练习8-8】向窗体上添加一个图片框，如图8-20a所示。编写一个Sub过程，能根据任意给定的字符及行数在图片框中打印如图8-20b所示的图形。图形中每行的字符数与行数相同。编写图片框的Click事件过程，用输入框（InputBox）输入任一字符及行数，调用该Sub过程打印图形。

a) 设计界面

b) 运行界面

图8-20　按指定字符和行数打印图形

【练习8-9】编写一个Sub过程，该过程能根据给定的工资总数计算发给多少张一百元、五十元、十元、五元、一元、五角、一角、五分、一分的钞票。运行时，用文本框输入工资额，按Enter键调用该Sub过程计算各种面值的钞票各需多少，并将结果显示在窗体上，界面自定。（要求Sub过程只负责计算，不负责显示结果。）

【练习8-10】设计如图8-21a所示的界面。编写Sub过程，实现删除任意一维数组中重复的元素（只保留一个）。编写"生成数据并删除"按钮的Click事件过程，生成10个[1，5]区间的随机整数，显示在第一个文本框中，然后调用Sub过程删除数组中重复的数据，并在第二个文本框中显示删除结果，如图8-21b所示。

a) 设计界面

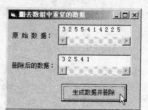

b) 运行界面

图8-21　删去数组中重复的元素

【**练习8-11**】编写一个具有可选参数的函数过程，既可以求两个数的最大值，也可以求三个数的最大值，并用Print方法调用该函数过程进行测试。

【**练习8-12**】编写一个具有可变参数的函数过程，可以求任意多个数的最大值，并用Print方法调用该函数过程进行测试。

【**练习8-13**】新建一个标准EXE工程，再添加一个空白窗体和一个标准模块，在标准模块中设计一个通用过程MoveCtrl，包含两个形参，一个为Form类型，另一个为Control类型，用于将指定控件移动到指定窗体的中央位置，并且将其放在其他控件的前面。在两个窗体上各放一些控件，编写代码实现，运行时单击每一个窗体上的控件，调用MoveCtrl过程将该控件移动到所在窗体的中央位置，并放在其他控件的前面。

**提示**：将控件x移动到其他控件的前面，可以使用ZOrder方法，即x.ZOrder。

【**练习8-14**】使用过程的递归调用求5000之内的斐波那契数列。斐波那契数列的第一项为1，第二项为1，从第三项起每一项为其前两项的和，求斐波那契数列的第k项，可以用递归定义表示为：

$$\mathrm{fib}(k) = \begin{cases} 1 & k \leqslant 2 \\ \mathrm{fib}(k-1) + \mathrm{fib}(k-2) & k > 2 \end{cases}$$

# 第9章 Visual Basic常用控件

控件是建立图形用户界面的基本要素，是进行可视化编程的重要基础。以前的章节中已经介绍了一些控件，如命令按钮、标签、文本框等。本章将继续介绍Visual Basic中的其他一些常用控件，包括内部控件和ActiveX控件。

## 9.1 控件的公共属性

控件有很多共同的属性，本节介绍多数控件所共有的属性，在介绍具体控件时，将不再重复介绍这些属性。

### 1. Name属性

Name属性用于标识窗体、控件或数据访问对象的名称，在运行时是只读的。在Visual Basic中文版中，Name属性在属性窗口的属性名为"(名称)"。

每当建立一个新控件时，Visual Basic就为其建立一个默认名称，该名称由一个表示控件类型的标识符加上一个唯一的整数组成。例如，第一个新建的命令按钮名称是Command1，第二个新建的命令按钮名称是Command2；第一个新建的文本框名称是Text1，第二个新建的文本框名称是Text2等。

可以通过在属性窗口中修改Name属性给控件赋予一个更有意义的名称。控件的Name属性必须以一个字母开始，最长可达40个字符。它可以包括字母、数字和下划线，但不能包括标点符号和空格。为同类型的控件取相同的名称，可以创建控件数组。在程序中使用控件数组中的控件时，应在其名称后加上索引，如MyCom(3)。不同类型的控件不能具有相同的名称。

### 2. Caption属性

Caption属性用于设置或返回对象的标题。对于窗体，该属性表示要显示在标题栏中的文本。当窗体最小化时，该文本被显示在窗体图标旁边。对于控件，该属性表示要显示在控件中或是附在控件之后的文本。当创建一个新的对象时，其默认的Caption属性值与默认的Name属性值相同，但Caption属性与Name属性是完全不同的两个属性。一般要对默认的Caption属性进行修改，以产生一个描述更清楚的标题。

对于某些控件，可以在其Caption属性中为它指定一个访问键。在设置Caption属性时，在想要指定为访问键的字符前加一个"&"符号，该字符就带有一个下划线。运行时，同时按下Alt键和带下划线的字符相当于单击相应的控件。例如，如果设置命令按钮的Caption属性为"退出(&Q)"，则命令按钮上显示的文字为"退出(Q)"，运行时按下Alt+Q键与单击该按钮效果相同。

如果需要在标题中加入一个"&"符号而不是创建访问键，需要在标题中加入连续的两个"&"符号。

Label控件标题的长度没有限制。对于窗体和所有其他有标题的控件，标题长度被限制在255个字符之内。

### 3. Enabled属性

该属性用来确定一个窗体或控件是否能够对用户产生的事件作出响应。如果将控件的Enabled属性设置为True（默认值），则控件有效，允许控件对事件作出响应；如果将控件的Enabled属性设置为False，则控件无效，阻止控件对事件作出响应。

运行时，可以根据应用程序的当前状态，决定使某些控件无效或有效。例如，将按钮、菜单项设置为无效，则按钮、菜单项呈暗灰色；将文本框的Enabled属性设置为False，则阻止用户修改文本框中的内容；将定时器的Enabled属性设置为False，则停止定时器的计时。

**4. Visible属性**

该属性用来确定一个窗体或控件是否可见。如果将控件的Visible属性设置为True（默认值），则控件在运行时可见；如果将控件的Visible属性设置为False，则控件在运行时不可见。如果在属性窗口中将控件的Visible属性设置为False，则控件在设计窗体上仍是可见的，仅在运行时才不可见。

**5. Left、Top、Width、Height属性**

Left、Top、Width和Height属性用于设置或返回控件的位置和尺寸。其中Left属性表示控件内部的左边与它所在容器的左边之间的距离，Top属性表示控件的内顶部和它所在的容器的顶边之间的距离。

对于窗体，Left、Top、Width和Height属性总是以缇为单位来表示的；对于控件，它们的度量单位取决于其所在的容器的坐标系统。有关坐标系统的概念将在第11章介绍。

例如，如果将命令按钮直接放在窗体上，则窗体为命令按钮的容器，命令按钮的Left、Top、Width和Height属性如图9-1所示。如果将Left和Top设置为0，则将命令按钮移到窗体的左上角。

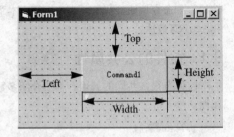

图9-1  Left、Top、Width和Height属性

**6. BackColor、ForeColor属性**

BackColor属性用来设置或返回控件的背景颜色。ForeColor属性用来设置或返回控件上所显示的图形或文本的颜色，称前景颜色。

在Label控件和Shape控件中，如果BackStyle属性的设置值为0（透明），则忽略BackColor属性。

如果在Form对象或PictureBox控件中设置BackColor属性，则所有已经打印的文本或用绘图方法绘制的图形都将被擦除掉。设置ForeColor属性值不会影响已经打印的文本或绘制的图形。

**7. FontName、FontSize、FontBold、FontItalic、FontStrikethru、FontUnderline属性**

- FontName：设置或返回在控件中显示的文本所用的字体，其值为字符串类型。Visual Basic中可用的字体取决于系统的配置、显示设备和打印设备。
- FontSize：设置或返回在控件中显示的文本的字号，以磅为单位。
- FontBold：设置或返回在控件中显示的文本是否为粗体样式，其值为True或False。
- FontItalic：设置或返回在控件中显示的文本是否为斜体样式，其值为True或False。
- FontStrikethru：设置或返回在控件中显示的文本是否带有删除线，其值为True或False。
- FontUnderline：设置或返回在控件中显示的文本是否带有下划线，其值为True或False。

对于PictureBox控件及Form和Printer对象，设置这些属性不会影响在控件或对象上已经打印的文本。对于其他控件，这些属性的改变会在屏幕上立刻生效。

使用这些属性是为了与一些特殊控件的使用一致，并与早期的Visual Basic版本保持兼容。它们在设计时不能使用，只能在运行时通过代码来改变。如：

```
Form1.FontSize =17
```

表示将窗体Form1的字号设置为17。

**8. Font对象属性**

Font对象属性可以在设计时，在属性窗口中通过选择控件的Font属性并单击浏览按钮"..."，在打开的对话框中直接设置，也可以在代码中引用或设置，格式如下：

对象名.Font.属性名

这里的"属性名"包括：

- Name：设置或返回Font对象的字体名称。
- Size：设置或返回Font对象使用的字号。

- Bold：设置或返回Font对象的字形为粗体或非粗体。
- Italic：设置或返回Font对象的字形为斜体或非斜体。
- Underline：设置或返回Font对象的字形为带下划线或不带下划线。
- Strikethrough：设置或返回Font对象的字形为有删除线或无删除线。

【例9-1】在窗体的Click事件中编写如下代码，运行时单击窗体，结果如图9-2所示。

```
Private Sub Form_Click()
    Form1.Font.Name = "隶书"
    Print "隶书"
    Form1.Font.Size = 14
    Print "隶书14号字"
    Form1.Font.Bold = True
    Print "隶书14号字,粗体"
    Form1.Font.Italic = True
    Print "隶书14号字,粗体,斜体"
    Form1.Font.Underline = True
    Print "隶书14号字,粗体,斜体,下划线"
    Form1.Font.Underline = False
    Form1.Font.Strikethrough = True
    Print "隶书14号字,粗体,斜体,删除线"
End Sub
```

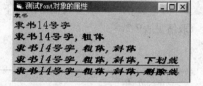

图9-2  测试Font对象的属性

9. MousePointer、MouseIcon属性

- MousePointer属性：返回或设置一个值，指示在运行时当鼠标移动到对象上时要显示的鼠标指针的类型。

在属性窗口中，从该属性的下拉列表中可以选择Viaual Basic预定义的鼠标指针类型，如果选择99 - Custom，则鼠标指针为通过MouseIcon属性所指定的图标。

在代码中可以通过将该值设置为0～15之间的一个整数来定义鼠标指针的类型。也可以将其设置为相应的系统符号常量，设置为99（或vbCustom）表示鼠标指针为通过MouseIcon属性所指定的图标。

- MouseIcon属性：设置在运行时当鼠标移动到对象上时要显示的图标。在MousePointer属性设置为99时使用。

## 9.2  鼠标与键盘事件

Visual Basic应用程序可以响应多种鼠标与键盘事件。例如，鼠标事件有单击、双击、按下、抬起、移动、拖动等，键盘事件有按键按下、抬起等。利用这些事件可以编写响应各种事件的应用程序。除了前面提到的鼠标单击、双击、GotFocus、LostFocus等事件外，本节将进一步介绍其他几个常用的鼠标与键盘事件。

### 9.2.1  鼠标操作

1. MouseDown、MouseUp事件

MouseDown事件在按下鼠标按钮时发生；MouseUp事件在释放鼠标按钮时发生。例如，某命令按钮Command1的MouseDown事件过程如下：

```
Private Sub Command1_MouseDown(Button As Integer, Shift As Integer, X As Single,
Y As Single)
    ...
End Sub
```

在MouseDown和MouseUp两个事件所对应的事件过程中，系统都会返回以下四个参数：

1）Button：Button参数根据所按下或抬起的是鼠标的左键、右键还是中间按键返回一个整数，其取值见表9-1。

**表9-1　Button参数的值**

| 整 数 值 | 常 量 | 说 明 |
|---|---|---|
| 1 | vbLeftButton | 按下左键 |
| 2 | vbRightButton | 按下右键 |
| 4 | vbMiddleButton | 按下中间按键 |

2）Shift：Shift参数根据在按下或释放鼠标按键时是否同时按下Shift、Ctrl或Alt键返回一个整数，其取值见表9-2。

**表9-2　Shift参数的值**

| 整 数 值 | 常 量 | 说 明 |
|---|---|---|
| 1 | vbShiftMask | 按下Shift键 |
| 2 | vbCtrlMask | 按下Ctrl键 |
| 4 | vbAltMask | 按下Alt键 |

如果没有按下Shift、Ctrl或Alt键，则Shift参数返回0，如果同时按下Shift、Ctrl或Alt的组合键，则Shift参数返回各按键对应的值之和。

3）X，Y：这两个参数返回鼠标指针在对象上的当前位置，默认单位为缇。X和Y的表示方式取决于在该对象上建立的坐标系统。关于坐标系统的概念将在第11章介绍。

**2. MouseMove事件**

当鼠标指针在对象上移动时发生MouseMove事件。例如，窗体的MouseMove事件过程如下：

```
Private Sub Form_MouseMove(Button As Integer, Shift As Integer, X As Single, Y As Single)
    ...
End Sub
```

MouseMove事件过程也提供了四个参数，其作用与MouseDown和MouseUp事件过程中的参数一样。

需要注意的是，当鼠标指针在对象上移动时，并不是经过每个像素都会产生MouseMove事件，而是按每秒一定的次数生成MouseMove事件。由于应用程序能在短时间内识别大量的MouseMove事件，因此，不应在MouseMove事件过程中编写需要大量计算时间的程序。

**【例9-2】** 在窗体上移动鼠标时，将当前的鼠标位置显示在文本框中。

窗体的MouseMove事件过程如下：

```
Private Sub Form_MouseMove(Button As Integer, Shift As Integer, X As Single, Y As Single)
    Text1.Text = X : Text2.Text = Y
End Sub
```

运行时在窗体上移动鼠标，效果如图9-3所示。

图9-3　测试鼠标移动事件

### 9.2.2　键盘操作

**1. KeyPress事件**

当用户按下键盘上一个会产生ASCII码的按键时产生KeyPress事件。如按下数字键、字母键、Tab、Enter、BackSpace、Esc等都会产生KeyPress事件。例如，某文本框Text1的KeyPress事件过程如下：

```
Private Sub Text1_KeyPress(KeyAscii As Integer)
    ...
End Sub
```

KeyPress事件返回一个参数KeyAscii，KeyAscii为与按键对应的ASCII码值。对于同一个字母按键，其大、小写形式在KeyPress事件中返回的KeyAscii值是不同的。

只有当对象具有焦点时才可以接收该事件。一个窗体仅在它没有可视和有效的控件或KeyPreview属性被设置为True时才能接收该事件。

使用文本框的KeyPress事件可以及时对输入的内容进行检查，以保证输入内容的有效性。

**【例9-3】** 设某应用程序用文本框输入学生成绩，并能根据成绩给出五级评分。现在需要对输入的成绩进行有效性验证，如果输入的字符不是阿拉伯数字，则响铃，并消除该字符。

**分析：** 设用文本框Text1输入成绩。当焦点在文本框Text1上时，按下键盘上任意一个键都需要判断所输入的是否是数字0～9。因此可以在Text1的KeyPress事件过程中对参数KeyAscii的值进行判断。已知0～9的ASCII码为48～57，所以当KeyAscii的值不在48～57的范围内时，需要响铃（用Beep语句），并消除该字符（将KeyAscii设置为0）。代码如下：

```
Private Sub Text1_KeyPress(KeyAscii As Integer)
    If KeyAscii < 48 Or KeyAscii > 57 Then      ' 如果不是数字
        Beep                                    ' 响铃
        KeyAscii = 0                            ' 消除该字符
    End If
End Sub
```

**2. KeyDown、KeyUp事件**

当一个对象具有焦点，按下键盘上的一个按键时发生KeyDown事件，松开键盘上的一个按键时发生KeyUp事件。例如，某文本框Text1的KeyDown事件过程如下：

```
Private Sub Text1_KeyDown(KeyCode As Integer, Shift As Integer)
…
End Sub
```

KeyDown和KeyUp事件过程均返回两个参数，即KeyCode和Shift。

KeyCode参数返回所操作的物理键的代码。也就是说，在键盘上只要按的是同一个键，则返回的KeyCode值相同。例如，对于同一个字母按键，不管是大写还是小写形式，所返回的KeyCode值都是相同的。Visual Basic为KeyCode值定义了符号常量，要使用这些符号常量，可以使用"视图|对象浏览器"命令，打开对象浏览器，选择VBRUN库，在"类"列表中找到"KeyCodeConstants"，则在"KeyCodeConstants的成员"列表中会列出所有的键代码符号常量，如vbKeyF1（F1键）和vbKeyHome（Home键），如图9-4所示。

Shift参数根据在按键时是否按下Shift、Ctrl或Alt键返回一个整数。它可以有表9-2中的取值。

图9-4　KeyCodeConstants成员

和KeyPress事件一样，只有当对象具有焦点时才可以接收KeyDown和KeyUp事件。一个窗体仅在它没有活动的控件或KeyPreview属性被设置为True时才能接收KeyDown和KeyUp事件。

**【例9-4】** 在窗体上用Shape控件画一个圆形，用键盘上的"←"、"↑"、"→"、"↓"方向键移动该圆形。界面如图9-5所示。

分析：键盘上的方向键"←"、"↑"、"→"、"↓"的KeyCode值分别为37、38、39、40，也可以分别用vbKeyLeft、vbKeyUp、vbKeyRight、vbKeyDown符号常量来代替。在窗体的KeyDown事件过程中根据所返回的KeyCode值实现对图形的移动，代码如下：

```
Private Sub Form_KeyDown(KeyCode As Integer, Shift As Integer)
    Select Case KeyCode
        Case vbKeyUp
            Shape1.Top = Shape1.Top - 100
        Case vbKeyDown
            Shape1.Top = Shape1.Top + 100
        Case vbKeyLeft
            Shape1.Left = Shape1.Left - 100
        Case vbKeyRight
            Shape1.Left = Shape1.Left + 100
    End Select
End Sub
```

图9-5  用方向键移动圆形

## 9.3  常用内部控件

第2章详细介绍了命令按钮、标签、文本框的使用，前面各章也结合示例引入了其他一些控件的简单使用。本节将较详细地介绍除命令按钮、标签、文本框以外的几个常用内部控件。

### 9.3.1  框架

框架在工具箱中的图标为🔲，属于Frame类，是一种容器控件，也用于修饰界面。

容器控件简称容器，用来存放控件。放在同一个容器中的控件构成一组，跟随其容器移动，删除容器将同时删除其中的所有控件。

要将控件放在容器中，可以直接在容器中画控件，也可以将事先画好的控件复制到剪贴板，再选中容器，然后粘贴控件。

要检查控件是否在容器中，可以用鼠标拖动容器，容器中的控件应该能够随容器移动，也可以使用鼠标拖动控件，如果控件不能移出容器，则说明控件已经放在容器中了。虽然有时控件与容器放在了一起，但如果拖动容器时，控件不能随容器移动，或者拖动控件时，可以将控件移出容器，也说明控件不在容器中。

要同时选中容器中的多个控件，可以按住Ctrl键或Shift键，同时拖动鼠标，圈选其他控件；也可以先按住Ctrl键或Shift键，再逐个单击所需的控件。

框架具有以上介绍的控件的公共属性，其中要特别注意的是Enabled属性，当框架的Enabled属性设置为False时，框架的标题变成暗灰色，而框架中的所有对象会同时无效。框架不响应鼠标事件。

图9-6用了两个框架Frame1和Frame2，将选择字体的选项按钮与选择文字颜色的选项按钮分成了两组。

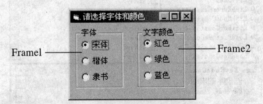

图9-6  用框架对控件进行分组

### 9.3.2  图片框

图片框在工具箱中的图标为🖼️，属于PictureBox类，该控件可以用来显示图像，包括位图文件（.bmp）、图标文件（.ico）、光标文件（.cur）、元文件（.wmf）、增强的元文件（.emf）、JPEG文件（.jpg）和GIF文件（.gif）。

要在图片框中显示一幅图像，可以在属性窗口中设置其Picture属性，也可以在代码中使用LoadPicture

函数设置其Picture属性，格式如下：

    对象名.Picture=LoadPicture(图像文件名)

其中，"图像文件名"是一个字符串表达，用于指定要加载的图像文件所在的路径和文件名。

要清除图片框中的图像，可以在属性窗口中直接删除其Picture属性的内容，也可以在代码中使用LoadPicture函数进行清除，格式如下：

    对象名.Picture=LoadPicture()

或

    对象名.Picture=LoadPicture("")

PictureBox控件也可以作为控件的容器，还可用于显示用Print方法产生的文本和用图形方法绘制的图形。要清除用Print方法在图片框中产生的文本和用图形方法绘制的图形，可以使用Cls方法，格式如下：

    对象名.Cls

如果使用LoadPicture函数清除图像，将同时清除文本和用图形方法绘制的图形。关于如何用图形方法在图片框中绘制图形，将在第11章详细介绍。

通常，我们希望图像能够充满图片框，或者能够随图片框大小的改变而改变。如果在图片框中加载.wmf文件，则图像会自动调整大小，以适应图片框的大小。对于其他类型的文件，如果图片框大小不足以显示整幅图像，则Visual Basic会自动裁剪图像，以适应图片框的大小，但不能调整图形以适应图片框的大小。要使图片框能够自动调整大小以显示整幅图像，可以将其AutoSize属性设置为True。例如，图9-7a在图片框的AutoSize属性为False时，装入一幅比图片框小的图像，这时如果在属性窗口中将图片框的AutoSize属性改为True，则图片框自动调整为图像的大小，如图9-7b所示。

a) AutoSize属性为False                                           b) AutoSize属性为True

图9-7  PictureBox控件显示图像的两种方式

### 9.3.3  图像框

图像框在工具箱中的图标为 ，属于Image类，该控件也用于显示图像，包括位图文件（.bmp）、图标文件（.ico）、光标文件（.cur）、元文件（.wmf）、增强的元文件（.emf）、JPEG文件（.jpg）和GIF文件（.gif）。

和PictureBox控件一样，可以在属性窗口通过设置Image控件的Picture属性来加载一幅图像，也可以在代码中使用LoadPicture函数进行图像的加载或清除。

如果将Image控件的Stretch属性设置为True，则可以缩放图像来适应控件大小，如图9-8a所示；如果将Image控件的Stretch属性设置为False，则可以自动调整控件大小以适应图像，如图9-8b所示。

a) Stretch属性为True                                             b) Stretch属性为False

图9-8  Image控件显示图像的两种方式

因为Image控件比PictureBox控件使用较少的系统资源，所以重画起来比PictureBox控件要快，但是它只支持PictureBox控件的一部分属性、事件和方法。

### 9.3.4 选项按钮

选项按钮也称单选按钮，选项按钮在工具箱中的图标为 ，属于OptionButton类，该控件用于提供一个可以打开或者关闭的选项。在使用时，一般将几个选项按钮组成一组，在同一组中，用户只能选择其中的一项。在Frame控件、PictureBox控件或者窗体这样的容器中绘制选项按钮，就可以把这些选项按钮分组，同一容器中的选项按钮为一个组。运行时，在选择一个选项按钮时，同组中的其他选项按钮会自动取消选择。

1．属性

1）Value属性：表示选项按钮的状态。Value属性值为True时，表示选择了该按钮；Value属性值为False时，表示没有选择该按钮。Value属性的默认值为False。

2）Alignment属性：决定选项按钮中的文本的对齐方式，有以下取值：

• 0（或vbLeftJustify）——表示文本左对齐。

• 1（或vbRightJustify）——表示文本右对齐。

3）Style属性：用于控制选项按钮的外观，有以下取值：

• 0（或vbButtonStandard）——选项按钮呈现为默认的旁边带有文本的圆形按钮。

• 1（或vbButtonGraphical）——选项按钮显示为与命令按钮相同的形状，运行时，按钮可以在按下和抬起两种状态间切换，这时还可以为其设置颜色或添加图形。

图9-9是两组具有不同外观的选项按钮。

图9-9　两组具有不同外观的选项按钮

2．事件

选项按钮常用的事件为Click事件，当运行时单击选项按钮，使选项按钮从未选择状态变成选择状态时，或在代码中将一个选项按钮的Value属性值从False改为True时，触发Click事件，可以在该事件过程中编写代码，指定选择该选项按钮时要执行的操作。也经常不直接在选项按钮的事件过程中编写代码，只是使用选项按钮进行选择，而在其他事件过程（如命令按钮的Click事件过程）中根据选项按钮的Value属性值进行判断，以执行相应的操作。

【例9-5】用选项按钮设计一个简单的工具栏，用于设置文本框文本的对齐方式。

**界面设计**：设计如图9-10a所示的界面。在窗体顶部画一个图片框控件Picture1。在Picture1中画三个选项按钮Option1～Option3，将它们的Style属性设置为1，使它们呈现为按钮的形状，清除各选项按钮的Caption属性内容，并设置各选项按钮的Picture属性，加载表示其功能的图片。如果在安装Visual Basic时选择了安装图形，则本例的图片可以从Program Files\Microsoft Visual Studio\Common\Graphics\Bitmaps\TlBr_W95路径下获得。画一个文本框Text1并设置其MultiLine属性和Text属性，输入一些文字。由于文本框的初始文本对齐方式为左对齐，因此将Option1的Value属性设置为True，使其处于按下状态，与文本框的对齐方式保持一致。

**代码设计**：在各选项按钮的Click事件过程中编写代码，通过设置文本框的Alignment属性为0、1或2实现将文本设置为左对齐、右对齐、居中。代码如下：

```
Private Sub Option1_Click()
    Text1.Alignment = 0
End Sub
Private Sub Option2_Click()
    Text1.Alignment = 2
End Sub
Private Sub Option3_Click()
    Text1.Alignment = 1
End Sub
```

运行时，单击各选项按钮，可以设置文本框文本的对齐方式，图9-10b所示为居中对齐。

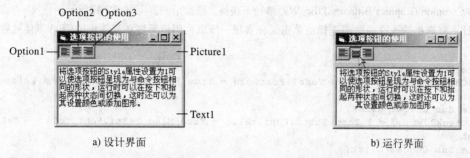

a) 设计界面                                    b) 运行界面

图9-10  用选项按钮设计简单工具栏

### 9.3.5  复选框

复选框在工具箱中的图标为 ▣，属于CheckBox类。与选项按钮类似，该控件用于提供一个可以打开或者关闭的选项。默认情况下，选择复选框控件后，该控件显示符号√，而取消选择后，符号√消失，也可以设置复选框使其处于第三种状态，即灰度状态。可以按功能对复选框进行分组，同一组中的复选框可以有多个同时被选中。

复选框和选项按钮功能相似，但二者之间也存在着明显差别：在一个窗体中（包括其他容器中）可以同时选择任意数量的复选框。但在一个容器中，在任何时侯只能选择一个选项按钮。

1. 属性

1）Value属性：复选框的Value属性用来确定其状态，即取消选择、选择或灰度状态。Value值为0表示取消选择状态；Value值为1表示选择状态；Value值为2表示灰度状态，常利用灰度状态来表示部分选中或不确定状态。图9-11是复选框的三种状态。

2）Alignment属性：设置或返回一个值，决定复选框中文本的对齐方式，有以下取值：

• 0（或vbLeftJustify）——表示复选框中的文本左对齐。

• 1（或vbRightJustify）——表示复选框中的文本右对齐。

图9-11  复选框的三种状态

3）Style属性：用于控制复选框的外观，有以下取值：

• 0（或vbButtonStandard）——复选框呈现为默认外观，其文本旁边带有一个小方框。

• 1（或vbButtonGraphical）——复选框显示为与命令按钮相同的形状，运行时按钮可以在按下和抬起两种状态间切换，这时还可以为其设置颜色或添加图形。

图9-12是两组具有不同外观的复选框。

2. 事件

复选框常用的事件为Click事件。运行时单击复选框，或在代码中改变复选框的Value属性值时，触发Click事件。可以在该事件过程中编写代码，指定选择或取消选择该复选框时要执行的操作。也经常不直接

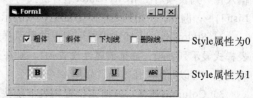

图9-12  两组具有不同外观的复选框

在复选框的事件过程中编写代码，只是使用复选框进行选择，而在其他事件过程（如命令按钮的Click事件过程）中根据复选框的Value属性值进行判断，以执行相应的操作。

【例9-6】在例9-5的基础上，添加一组工具栏按钮，用于设置文本框文字的样式与效果，包括粗体、斜体、下划线和删除线。

**界面设计**：由于文本框可以同时具有多种文字样式与效果，因此工具栏按钮可以用复选框来实现。在例9-5的界面基础上进一步修改，缩小图片框Picture1，在其右侧添加图片框Picture2，在Picture2中画4个复选框Check1～Check4，将它们的Style属性设置为1，使它们呈现为按钮的形状，清除各复选框的Caption属性内容，并为各复选框的Picture属性设置表示其功能的图片。复选框上的图片可以从Program Files\Microsoft Visual Studio\Common\Graphics\Bitmaps\TlBr_W95路径下获得。修改后的界面如图9-13所示。

**代码设计**：复选框的选择或取消选择由单击鼠标实现，所以代码应写在各复选框的Click事件过程中。具体如下：

```
Private Sub Check1_Click()
    If Check1.Value = 1 Then Text1.FontBold = True Else Text1.FontBold = False
End Sub
Private Sub Check2_Click()
    If Check2.Value = 1 Then Text1.FontItalic = True Else Text1.FontItalic = False
End Sub
Private Sub Check3_Click()
    If Check3.Value = 1 Then Text1.FontUnderline = True Else Text1.FontUnderline = False
End Sub
Private Sub Check4_Click()
    If Check4.Value = 1 Then Text1.FontStrikethru = True Else Text1.FontStrikethru = False
End Sub
```

运行时，单击每个复选框按钮，可以在按下和抬起两种状态下切换，如图9-13b所示。

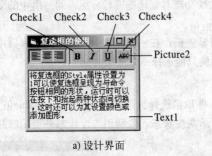

a) 设计界面　　　　　　　　　　　　　　　　　　　　　　　b) 运行界面

图9-13　用复选框设置文字的样式与效果

### 9.3.6　列表框

列表框在工具箱中的图标为 ▦，属于ListBox类，该控件用于显示项目列表，从列表中可以选择一项或多项。如果项目总数超过了列表框当前可显示的项目数，Visual Basic会自动给列表框加上滚动条。

#### 1. 属性

1）List属性：返回或设置列表框的列表部分的项目。在设计时可以在属性窗口中直接输入列表项目，输入每一列表项后使用Ctrl+Enter组合键换行。在代码中，引用列表框的第一项用List(0)，引用第二项用List(1)……例如，引用列表框List1的第六项表示为List1.List(5)。

2）Style属性：返回或设置列表框的显示样式。如果该属性设置为0（默认值），则列表框按传统的列表样式显示列表项；如果该属性设置为1，则在列表框中的每一个文本项的旁边都有一个复选框，这时在列表框中可以同时选择多项，如图9-14所示。

3）Columns属性：返回或设置列表框是按单列显示（垂直滚动）还是按多列显示（水平滚动）。当Columns属性值为0时，列表框为垂直滚动的单列形式；当Columns属性值大于0时，列表框为水平滚动形式，显示的列数由Columns属性值决定。图9-15显示了Columns属性值为0和2的两种形式。

图9-14 列表框的两种样式　　　　　　　图9-15 列表框的单列与多列形式

4）Text属性：返回列表框中被选择的项目。如果列表框的名称为List1，则List1.Text的值总是与List1.List(List1.ListIndex)的值相同。Text属性为只读属性。

5）ListIndex属性：返回或设置列表框中当前选择项目的索引，在设计时不可用。列表框的索引从0开始，也就是说，第一项的索引为0，第二项的索引为1……如果没有在列表框中选择项目，则ListIndex的值为-1。

对于可以做多重选择的列表框，如果同时选择了多个项目，ListIndex返回所选项的最后一项的索引。

6）ListCount属性：返回列表框中列表部分项目的总个数。ListCount属性值总是比最大的ListIndex值大1。

7）Sorted属性：指定列表项目是否自动按字母表顺序排序。将Sorted属性值设置为True，表示列表项目按字母表顺序排序；设置为False（默认值）表示列表项目不按字母表顺序排序。

8）Selected属性：返回或设置在列表框中某项的选择状态。该属性在设计时不可用。例如，要选择列表框List1的第四项，可以使用语句List1.Selected(3)=True。

9）MultiSelect属性：返回或设置一个值，该值指示是否能够同时选择列表框中的多个项（复选），以及如何进行复选。该属性在运行时是只读的，有以下几种取值：

- 0——默认值，表示不允许复选。
- 1——单击鼠标或按空格键可在列表中选择或取消选择列表项。
- 2——按下Shift键并单击鼠标，或按下Shift键以及一个箭头键将在以前选择项的基础上扩展选择到当前选择项；按下Ctrl键并单击鼠标可在列表中选择或取消选择列表项。

2. 事件

列表框接受Click、DblClick、GotFocus、LostFocus等大多数控件的通用事件，但通常不编写其Click事件过程，而是当单击某个命令按钮或双击列表框时读取列表框的Text属性值。

3. 方法

1）AddItem方法：向列表框中添加新的项目，使用格式为：

对象名.AddItem 项目[,索引]

其中，"索引"表示"项目"要添加的位置。省略"索引"时，如果Sorted属性设置为True，"项目"将添加到恰当的排序位置；如果Sorted属性设置为False，"项目"将添加到列表的末尾。

2）RemoveItem方法：从列表框中删除项目，使用格式为：

对象名.RemoveItem 索引

格式中的"索引"用于指定要删除的项目的索引。

3）Clear方法：清除列表框中的所有项目，使用格式为：

对象名.Clear

【例9-7】用列表框实现游戏列表的管理，实现从所有游戏列表中选择自己喜欢的游戏，添加到"我的收藏"列表中。在"我的收藏"列表中双击某游戏名称可以打开相应的游戏。

**界面设计**：设计如图9-16a所示的界面，向窗体上添加两个列表框List1和List2，在属性窗口设置List1的List属性，输入所有游戏名称。在List1和List2之间画4个命令按钮，假设各命令按钮将完成的功能如下：

》|——Command1将左侧列表框中选择的项目移动到右侧列表框中

《|——Command2将右侧列表框中选择的项目移动到左侧列表框中

》|——Command3将左侧列表框中的所有项目移动到右侧列表框中

《|——Command4将右侧列表框中的所有项目移动到左侧列表框中

**代码设计**：下面依次给出各命令按钮的Click事件过程。

1）将左侧列表框中选择的项目移动到右侧列表框中。

```
Private Sub Command1_Click()
    If List1.ListCount = 0 Then          ' 如果左侧列表框为空
        MsgBox "左列表中已没有可选项", , "注意"
        Exit Sub                          ' 退出本事件过程
    End If
    If List1.ListIndex >= 0 Then          ' 如果在List1中选择了某列表项
        List2.AddItem List1.Text          ' 将List1选择项的内容添加到List2末尾
        List1.RemoveItem List1.ListIndex  ' 删除在List1中选择的列表项
    Else                                  ' 如果没有选择任何列表项
        MsgBox "请先在左列表中选择某项", , "注意"
    End If
End Sub
```

2）将右侧列表框中选择的项目移动到左侧列表框中。

```
Private Sub Command2_Click()
    If List2.ListCount = 0 Then          ' 如果右侧列表框为空
        MsgBox "右列表中已没有可选项", , "注意"
        Exit Sub                          ' 退出本事件过程
    End If
    If List2.ListIndex >= 0 Then          ' 如果在List2中选择了某列表项
        List1.AddItem List2.Text          ' 将List2选择项的内容添加到List1末尾
        List2.RemoveItem List2.ListIndex  ' 删除在List2中选择的列表项
    Else                                  ' 如果没有选择任何列表项
        MsgBox "请先在右列表中选择某项", , "注意"
    End If
End Sub
```

3）将左侧列表框中的所有项移动到右侧列表框中。

```
Private Sub Command3_Click()
    For i = 0 To List1.ListCount - 1
        List1.Selected(0) = True          ' 选择List1的第1项
        List2.AddItem List1.Text          ' 将List1选择项的内容添加到List2末尾
        List1.RemoveItem 0                ' 删除List1的第1项
    Next i
End Sub
```

4）将右侧列表框中的所有项移动到左侧列表框中。

```
Private Sub Command4_Click()
    For i = 0 To List2.ListCount - 1
        List2.Selected(0) = True          ' 选择List2的第1项
        List1.AddItem List2.Text          ' 将List2选择项的内容添加到List1末尾
        List2.RemoveItem 0                ' 删除List2的第1项
    Next i
End Sub
```

注意，在做全部移动的过程中，循环体每执行一次移动一项，因为每次移动一项后，原列表框剩余各项的位置自动前进一位，所以每次移动的都是列表框的第一项（即索引为0的项）。

5）当在右侧"我的收藏"列表中双击某游戏名称后，可以打开相应的游戏。只要在List2列表框的DblClick事件过程中编写代码，用Shell函数执行相应的游戏程序就可以了，例如：

```
Private Sub List2_DblClick()
    If List2.Text = "跑跑卡丁车" Then Shell "E:\M01\KartRider.exe", vbNormalFocus
    ' 在这里可以用类似的方法继续执行其他游戏程序
End Sub
```

运行时，可以通过单击各命令按钮实现游戏列表项的移动，并执行收藏的游戏。运行界面如图9-16b所示。

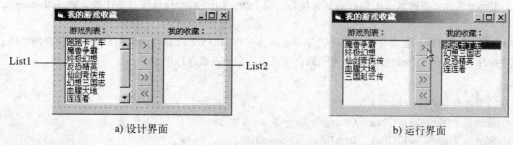

　　　　　a) 设计界面　　　　　　　　　　　　　　　　b) 运行界面

图9-16　列表框操作示例

### 9.3.7　组合框

组合框在工具箱中的图标为▦，属于ComboBox类。组合框的作用与列表框类似，只是组合框控件将文本框和列表框的特性结合在了一起，既可以在控件的文本框（编辑域）部分输入信息，也可以在控件的列表框部分选择列表项。另外，组合框可以将列表项折叠起来，使用时再通过下拉列表进行选择，所以使用组合框比使用列表框更节省界面空间。

　1. 属性

　1）List属性：返回或设置组合框的列表部分的项目。在设计时可以在属性窗口中直接输入列表项。输入每一个列表项后使用Ctrl+Enter键换行。在代码中，引用组合框中的第一项用List(0)，引用第二项用List(1)……例如，引用组合框Combo1的第六项表示为Combo1.List(5)。

　2）Style属性：用于指定组合框的显示形式，有以下几种取值：

- 0（或vbComboDropDown）——默认值。组合框显示形式为下拉组合框，包括一个文本框和一个下拉式列表。可以从列表中选择项目或在文本框中输入文本。该样式将选项列表折叠起来，当需要选择时，单击组合框旁边的下拉箭头，弹出选项列表，再用鼠标单击进行选择，选择后列表会重新折叠起来，只显示被选择的项目。如图9-17左边的组合框就是一个下拉组合框。

- 1（或vbComboSimple）——组合框显示形式为简单组合框。该形式同样包括一个文本框和一个列表框。与下拉组合框不同的是，该形式不能将列表折叠起来。图9-17中间的组合框就是一个简单组合框。

- 2（或vbComboDrop-DownList）——组合框显示形式为下拉列表框。这种样式仅允许从下拉列表中选择，不能在文本框中输入文本，列表可以折叠起来。图9-17右边的组合框就是一个下拉列表框。

图9-17　组合框的几种样式

　3）Text属性：当ComboBox控件的Style属性设置为0（下拉组合框）或为1（简单组合框）时，该属性用于返回或设置编辑域中的文本。而当Style属性设置为2（下拉列表框）时，该属性只为只读属性，运行时返回在列表中选择的项目。假设列表框的名称为Combo1，且运行时选择了某列表项，则Combo1.Text的值总是与Combo1.List(Combo1.ListIndex)的值相同。

4）ListIndex属性：返回或设置在组合框下拉列表中当前选择项目的索引，在设计时不可用。如果没有选择项目，或者向文本框部分输入了新的文本，则ListIndex值为-1。

5）ListCount属性：返回组合框的列表部分项目的总个数。ListCount属性值总是比最大的ListIndex值大1。

6）Sorted属性：指定列表项目是否自动按字母表顺序排序。将Sorted属性设置为True表示列表项目按字母表顺序排序；设置为False（默认值）表示列表项目不按字母表顺序排序。

2. 事件

组合框的事件与它的Style属性有关。

当Style属性值为0时，响应Click、Change、DropDown事件。

当Style属性值为1时，响应Click、DblClick、Change事件。

当Style属性值为2时，响应Click、DropDown事件。

当用户单击组合框的下拉箭头时，触发DropDown事件；当组合框可以接受文本编辑，且其编辑框内容发生变化时，触发Change事件。通常是在其他事件过程（如命令按钮的Click事件过程）中读取组合框的Text属性。

3. 方法

1）AddItem方法：向组合框中添加新的项目，使用格式为：

`对象名.AddItem 项目[,索引]`

格式中的"索引"表示"项目"要添加的位置。当省略"索引"时，如果Sorted属性设置为True，"项目"将添加到恰当的排序位置；如果Sorted属性设置为False，"项目"将添加到列表的末尾。

2）RemoveItem方法：从组合框的列表中删除项目，使用格式为：

`对象名.RemoveItem 索引`

格式中的"索引"用于指定要删除的项目的索引。

3）Clear方法：清除组合框中的所有列表项，使用格式为：

`对象名.Clear`

【例9-8】使用组合框选择微机配置，包括选择品牌、CPU、硬盘、内存。

**界面设计**：向窗体上添加4个组合框Combo1～Combo4，分别用于选择品牌、CPU、硬盘、内存；添加一个图片框Picture1，用于显示所选择的配置信息；添加一个命令按钮Command1。假设运行时，在各组合框中选择所需的配置信息后，单击Command1按钮在Picture1中显示所选择的微机配置，如图9-18所示。设置各组合框控件的属性如表9-3所示。

表9-3    各组合框的属性

| 控件属性 | Combo1（品牌） | Combo2（CPU） | Combo3（硬盘） | Combo4（内存） |
|---|---|---|---|---|
| List | 同方<br>联想<br>方正<br>HP<br>Acer<br>DELL<br>华硕 | 酷睿 i3<br>酷睿 i5<br>酷睿 i7<br>翼龙Ⅱ双核<br>翼龙Ⅱ三核<br>翼龙Ⅱ四核<br>速龙双核<br>速龙三核<br>速龙四核 | 120GB<br>160GB<br>200GB<br>250GB<br>320GB<br>500GB<br>1TB<br>1.5TB<br>2TB | 1GB<br>2GB<br>3GB<br>4GB<br>6GB<br>8GB |
| Style | 1 | 2 | 2 | 0 |

代码设计：

1）设运行时各组合框的文本部分初始值为其列表的第一项，因此编写窗体的Load事件过程如下：

```
Private Sub Form_Load()
    Combo1.Text = Combo1.List(0)
    Combo2.Text = Combo2.List(0)
    Combo3.Text = Combo3.List(0)
    Combo4.Text = Combo4.List(0)
End Sub
```

2）当在各组合框中进行选择后，选择的内容可以从Text属性获得，因此在"确定"按钮Command1的Click事件过程中，可直接将各组合框的Text属性打印在图片框Picture1中，代码如下：

```
Private Sub Command1_Click()
    Picture1.Cls
    Picture1.Print "您选择的配置是:"
    Picture1.Print
    Picture1.Print "品牌:"; Combo1.Text
    Picture1.Print "CPU:"; Combo2.Text
    Picture1.Print "硬盘:"; Combo3.Text
    Picture1.Print "内存:"; Combo4.Text
End Sub
```

运行时，除了内存大小可以由用户输入外，其余内容只能从列表中选择。

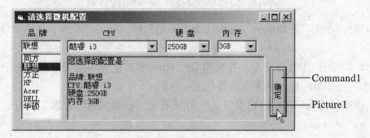

图9-18　用组合框选择微机配置

### 9.3.8 定时器

定时器在工具箱中的图标为 ⌖，属于Timer类。该控件可用于实现每隔一定的时间间隔自动执行指定的操作，运行时不可见，所以设计时可以画在窗体的任意位置。

**1.属性**

Timer控件有两个关键的属性：Enabled属性和Interval属性。

1）Enabled属性：定时器的Enabled属性不同于其他对象的Enabled属性。对于大多数对象，Enabled属性决定对象是否响应用户触发的事件。对于Timer控件，将Enabled属性设置为False时就会停止定时器的计时操作。如果希望窗体一加载定时器就开始工作，应首先将此属性设置为True，或者也可以先将该属性设置为False，在必要时再将其改为True，启动定时器。

2）Interval属性：表示定时器的定时时间间隔，以毫秒为单位。Interval属性的最大值为65535毫秒，相当于1分钟多一些。

**2.事件**

Timer事件：运行时当Timer控件设置为有效时，每隔一定时间就会触发一次Timer事件。触发Timer事件的时间间隔由Interval属性决定。可以在该事件过程中编写代码，以告诉Visual Basic每隔一定时间要做什么。

【例9-9】使用Image控件和Timer控件自制简单的动画，实现图形的旋转。

**素材准备**：将一组相关的图片进行连续的更换可以产生动画效果，准备一组这样的相关图片。例如可以使用Word的自选图形功能画一个自选图形，设置一定的填充效果，将其复制到Windows画图工具中，保存成一个bmp文件（如图9-19中的图形），然后在Word中对自选图形按一定方向（如逆时针）进行旋转，每旋转一定角度（如30°）就使用相同的方法保存成一个bmp文件。这里假设保存了12个文件，名称为tx1.bmp～tx12.bmp，与所要设计的应用程序保存在同一个文件夹下。

**界面设计**：新建一个标准EXE工程，参照图9-19设计界面，主要步骤如下：

1）在窗体上画一个Image控件，设名称为Image1，将Image1的BorderStyle属性值设置为1-Fixed Single，Stretch属性值设置为True，Picture属性设置为所准备的素材图形的第一幅图形tx1.bmp。

2）向窗体上添加3个命令按钮，设名称为Command1、Command2和Command3，将它们的Caption属性设置为"开始旋转"、"暂停"和"退出"。

3）向窗体上添加一个Timer控件，设名称为Timer1，设置其Enabled属性值为False，Interval属性值为50。

图9-19 使用Image控件和Timer控件制作简单动画

假设运行时，单击"开始旋转"按钮使图形开始旋转，单击"暂停"按钮暂停旋转，单击"退出"按钮结束运行。

**代码设计**：代码的主要思路是，在定时器的Timer事件过程中编写加载图形的代码，实现每隔50毫秒更换一幅图形产生图形的旋转效果，步骤如下：

1）在窗体模块的通用声明段定义变量i，用来表示当前要加载的是第几个图形。

```
Dim i As Integer
```

2）在窗体的Load事件过程中对i进行初始化。

```
Private Sub Form_Load()
   i = 1
End Sub
```

3）在"开始旋转"按钮的Click事件过程中启动定时器。

```
Private Sub Command1_Click()
   Timer1.Enabled = True
End Sub
```

4）在"暂停"按钮的Click事件过程中关闭定时器。

```
Private Sub Command2_Click()
   Timer1.Enabled = False
End Sub
```

5）在定时器的Timer事件过程中加载图形，每加载一幅图形，对变量i累加1，如果i的值等于12，表示已经加载完所有12幅图形，则对i重新初始化，下次加载图形则从tx1.bmp开始。

```
Private Sub Timer1_Timer()
    i = i + 1
    Image1.Picture = LoadPicture(App.Path & "\tx\" & i & ".bmp")
    If i = 12 Then i = 0
End Sub
```

6）在"退出"按钮的Click事件过程中输入End语句，结束程序运行。

### 9.3.9　滚动条

Visual Basic提供两种滚动条控件：水平滚动条和垂直滚动条。水平滚动条在工具箱中的名称为HScrollBar，垂直滚动条在工具箱中的名称为VScrollBar。两种滚动条除了显示方向不同外，结构和操作方式完全一样。滚动条的结构如图9-20所示，两端各有一个滚动箭头，中间有一个滚动块。滚动条通常用来辅助显示内容较多的信息，或用来对要显示的内容进行简便的定位，也可以作为数量或进度的指示器。

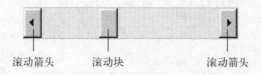

滚动箭头　　　　　滚动块　　　　　　　滚动箭头

图9-20　滚动条结构

1. 属性

1）Value属性：滚动块的当前位置值，该值始终介于Max和Min属性值之间（包括这两个值）。

2）Max属性：滚动条所能表示的最大值。当滚动块移动到滚动条的最右端或底部时，滚动条的Value属性值等于Max值。

3）Min属性：滚动条所能表示的最小值。当滚动块移动到滚动条的最左端或顶部时，滚动条的Value属性值等于Min值。

4）LargeChange属性：当用户按PageUp或PageDown键，或单击滚动块和滚动箭头之间的区域时，滚动条Value属性值的改变量。

5）SmallChange属性：当用户按键盘上的箭头键←↑→↓，或单击滚动箭头时，滚动条的Value属性值的改变量。

2. 事件

1）Change事件：当滚动块移动后或在代码中改变Value属性值后产生该事件。

2）Scroll事件：当在滚动条内拖动滚动块时产生该事件。

【例9-10】使用滚动条控制颜色的红、绿、蓝分量的值，用来设置图形的填充颜色。

**界面设计**：新建一个标准EXE工程，参考图9-21a设计界面，主要步骤如下：

1）使用工具箱的HscrollBar控件在窗体上画三个水平滚动条Hscroll1、Hscroll2、Hscroll3。由于颜色的红、绿、蓝分量的取值范围均为0～255，因此将每一个水平滚动条的Max属性设置为255，Min属性设置为0。另外，将各滚动条的LargeChange属性设置为10，SmallChange属性设置为1。在每个滚动条的左侧添加标签，给出红、绿、蓝文字提示。

2）在每一个滚动条的右侧放一个标签，设名称从上到下依次为Label4、Label5、Label6，将各标签的Caption属性设置为0，使其与滚动条滑块的初始状态保持一致。设置标签的BorderStyle属性为1 - Fixed Single，使其具有立体边框。

3）向窗体上添加一个Shape控件，设名称为Shape1，将Shape控件的FillStyle属性设置为0 - Solid，将FillColor属性设置为黑色，使图形初始填充颜色为黑色，这样可以使图形颜色与滚动条所代表的初始颜色一致，因为黑色的红、绿、蓝颜色分量为0。

假设运行时，当拖动滚动条滑块、单击滚动条两端的箭头或单击滑块与两端箭头之间的空白位置时都可以改变相应的颜色分量，同时用当前的颜色设置图形的填充颜色。如图9-21b所示。

**代码设计**：

1）运行时，当滚动条滑块位置发生变化时，标签应能够反映滚动条的当前值，同时图形的颜色会做相应的调整，因此应在滚动条的Change事件过程中编写代码。具体如下：

```
Private Sub HScroll1_Change()
    Shape1.FillColor = RGB(HScroll1.Value, HScroll2.Value, HScroll3.Value)
```

```
    Label4.Caption = HScroll1.Value
End Sub
Private Sub HScroll2_Change()
    Shape1.FillColor = RGB(HScroll1.Value, HScroll2.Value, HScroll3.Value)
    Label5.Caption = HScroll2.Value
End Sub
Private Sub HScroll3_Change()
    Shape1.FillColor = RGB(HScroll1.Value, HScroll2.Value, HScroll3.Value)
    Label6.Caption = HScroll3.Value
End Sub
```

     Hscroll1  Hscroll2  Hscroll3     Shape1

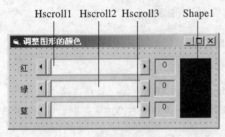 

                 a) 设计界面                                    b) 运行界面

图9-21 用滚动条设置图形的颜色

    2) 如果希望在运行时拖动滚动条滑块也能够及时调整图形的颜色，并在标签中显示相应的颜色值，应在滚动条的Scroll事件过程中编写相同的代码，即：

```
Private Sub HScroll1_Scroll()
    Shape1.FillColor = RGB(HScroll1.Value, HScroll2.Value, HScroll3.Value)
    Label4.Caption = HScroll1.Value
End Sub
Private Sub HScroll2_Scroll()
    Shape1.FillColor = RGB(HScroll1.Value, HScroll2.Value, HScroll3.Value)
    Label5.Caption = HScroll2.Value
End Sub
Private Sub HScroll3_Scroll()
    Shape1.FillColor = RGB(HScroll1.Value, HScroll2.Value, HScroll3.Value)
    Label6.Caption = HScroll3.Value
End Sub
```

【例9-11】用滚动条浏览大幅图像。

    **界面设计**：按图9-22a所示设计界面。向窗体上添加两个图片框Picture1和Picture2，将图片框的BackColor属性设置为黑色；添加一个水平滚动条Hscroll1和一个垂直滚动条Vscroll1。调整Picture1和两个滚动条的大小和位置，使Picture1紧贴滚动条摆放。设置Picture1和Picture2的Autosize属性为True。

    **代码设计**：

    1) 在窗体的Load事件过程中编写代码，将图像加载到Picture2中，根据Picture1与Picture2的相对大小来决定是否要加滚动条，如果图像Picture2的宽度小于Picture1的宽度，则不需要加滚动条，隐藏相应的滚动条，将Picture2调整到中间位置，并调整窗体的宽度或高度，以去掉滚动条占据的位置，如图9-22b所示。如果需要加滚动条，则计算滚动条的滚动幅度。代码如下：

```
Private Sub Form_Load()
    Picture2.Picture = LoadPicture(App.Path & "\小鸡.bmp")            ' 加载图像
    If Picture2.Width < Picture1.ScaleWidth Then      ' 如果图像宽度小于Picture1的宽度
        Picture2.Left = (Picture1.ScaleWidth - Picture2.Width) \ 2' 调整小图的水平位置
        HScroll1.Visible = False                         ' 隐藏水平滚动条
        Form1.Height = Form1.Height - HScroll1.Height    ' 调整窗体高度
    Else    ' 如果图像宽度大于Picture1的宽度，则需要加水平滚动条
        Picture2.Left = 0                               ' 调整大图的水平位置
```

```
        HScroll1.Visible = True              ' 显示水平滚动条
        HScroll1.Value = 0                   ' 使水平滚动条滑块移到最左边
        HScroll1.Max = Picture2.Width - Picture1.ScaleWidth  ' 设置滚动条移动的最大幅度
        HScroll1.SmallChange = Picture2.Width \ 20  ' 设置水平滚动条滑块每次移动的幅度
        HScroll1.LargeChange = Picture2.Width \ 10
    End If
    If Picture2.Height < Picture1.Height Then        ' 如果图像高度小于Picture1高度
        Picture2.Top = (Picture1.ScaleHeight - Picture2.Height)\ 2 ' 调整小图的垂直位置
        VScroll1.Visible = False                      ' 隐藏垂直滚动条
        Form1.Width = Form1.Width - VScroll1.Width    ' 调整窗体宽度
    Else    ' 如果图像高度大于Picture1的高度，则需要加垂直滚动条
        Picture2.Top = 0                     ' 调整大图的垂直位置
        VScroll1.Visible = True              ' 显示垂直滚动条
        VScroll1.Value = 0                   ' 使垂直滚动条滑块移到最上边
        VScroll1.Max = Picture2.Height - Picture1.ScaleHeight' 设置滚动条移动的最大幅度
        VScroll1.SmallChange = Picture2.Height \ 20  ' 设置垂直滚动条滑块每次移动的幅度
        VScroll1.LargeChange = Picture2.Height \ 10
    End If
End Sub
```

2）在滚动条的Change事件过程中编写代码，根据当前滚动条的Value值调整图片框的位置。

```
Private Sub HScroll1_Change()     ' 滚动水平滚动条
    Picture2.Left = -HScroll1.Value
End Sub
Private Sub VScroll1_Change()     ' 滚动垂直滚动条
    Picture2.Top = -VScroll1.Value
End Sub
```

3）还可以继续在滚动条的Scroll事件过程中编写和Change事件过程相同的代码，使运行时拖动滑块也可以实现大图的滚动显示。

以上Form_Load事件过程的第一条语句加载了一幅小图"小鸡.bmp"，效果如图9-22b所示，如果改成加载一幅大图，例如"大老虎.bmp"，则效果如图9-22c所示，这时可以通过滚动条来浏览整幅大图。

a) 设计界面                     b) 运行界面——显示小图          c) 运行界面——显示大图

图9-22  用滚动条浏览大幅图像

## 9.4  动画控件和多媒体控件

除了工具箱中提供的常用内部控件外，还可以使用ActiveX控件来增强Visual Basic应用程序的界面效果及其功能。ActiveX控件文件的扩展名为.ocx。可以使用Visual Basic提供的ActiveX控件，也可以使用第三方开发者提供的控件。本节将介绍Visual Basic提供的几个常用的ActiveX控件，包括动画控件和多媒体控件。

使用ActiveX控件之前，需要首先将其添加到工具箱中，添加步骤如下：

1）使用"工程|部件"命令，打开"部件"对话框，如图9-23所示。

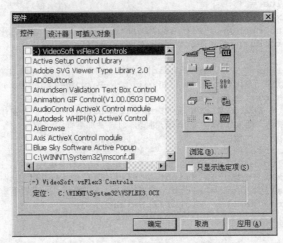

图9-23　"部件"对话框

2）在"部件"对话框的"控件"选项卡的列表中列出了所有可添加的ActiveX控件。可以通过选定控件名称左边的复选框来选择所要添加的控件；也可以通过单击"浏览"按钮找到相应的.ocx文件，将其添加到列表中。

3）单击"确定"按钮关闭"部件"对话框，所有选定的ActiveX控件将出现在工具箱中。

完成添加后就可以像使用内部控件一样使用添加到工具箱中的ActiveX控件了。

将ActiveX控件添加到窗体上以后，在属性窗口的属性名称列表中有一项"自定义"属性，单击该属性旁的浏览按钮"…"可以打开一个"属性页"对话框，该对话框集中了设计期可以设置的许多重要属性，可以在该对话框中方便地进行各种属性的设置，也可以在属性窗口或代码中对单个属性进行设置。

### 9.4.1　Animation控件

Animation控件可以用来显示无声的AVI视频文件，播放无声动画。在图9-23的"部件"对话框中选择"Microsoft Windows Common Controls -2 6.0"后，可以在工具箱中得到Animation控件。该控件在工具箱中的图标为 ▦。Animation控件是一个运行时不可见的控件。

#### 1．属性

AutoPlay属性：在将.avi文件加载到Animation控件时，该属性决定Animation控件是否开始自动播放.avi文件。将该属性设置为True表示要自动连续循环播放.avi文件；设置为False表示在加载了.avi文件后，需要使用Play方法来播放该.avi文件。

#### 2．方法

1）Open方法：该方法用于打开一个要播放的.avi文件，使用格式为：

```
对象名.Open 文件名
```

这里，"文件名"指要播放的文件名，可以包含文件所在的路径。例如，要打开当前应用程序路径之下的文件filedel.avi，可以写成：

```
Animation1.Open App.Path & "\filedel.avi"
```

2）Play方法：该方法用于播放已经打开的.avi文件，使用格式为：

```
对象名.Play [重复次数][,起始帧][,结束帧]
```

其中，"重复次数"为一个整数，表示要重复播放的次数，默认值是-1，表示要不断重复播放；"起始帧"是可选的整数，指定播放的起始帧，最大值是65535，默认值是0，表示在第一帧上开始剪辑；"结束帧"是可选的整数，用于指定结束的帧，最大值是65535，默认值是-1，表示上一次剪辑的帧。

例如：Animation1.Play 5,3,15

表示播放当前打开的.avi文件的第3～15帧，共播放5遍。

3）Stop方法：终止用Play方法启动的动画。使用格式为：

对象名.Stop

当设置Autoplay属性为True时，不能使用Stop方法终止播放。

4）Close方法：关闭当前打开的.avi文件。使用格式为：

对象名.Close

【例9-12】向窗体上添加1个Animation控件和4个命令按钮，编程序实现，运行时单击各命令按钮时分别打开特定的.avi文件、播放动画、停止播放和关闭动画。

**界面设计**：按图9-24所示设计界面。准备一个无声的.avi文件，与当前工程保存在同一个文件夹下。

**代码设计**：编写各命令按钮的Click事件过程，代码如下：

```
Private Sub Command1_Click()     ' "打开"按钮
    Animation1.Open App.Path & "\filedel.avi"
End Sub
Private Sub Command2_Click()     ' "播放"按钮
    Animation1.Play
End Sub
Private Sub Command3_Click()     ' "停止"按钮
    Animation1.Stop
End Sub
Private Sub Command4_Click()     ' "关闭"按钮
    Animation1.Close
End Sub
```

运行时，首先单击"打开"按钮打开文件，然后单击"播放"按钮开始播放，如图9-26b所示。

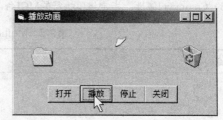

a) 设计界面                                    b) 运行界面

图9-24　用Animation控件播放无声.avi文件

### 9.4.2　Multimedia MCI控件

Multimedia MCI控件也称多媒体控件，用于管理媒体控制接口（MCI）设备，这些设备包括常规的多媒体音频、视频设备，如声卡、MIDI发生器、CD-ROM驱动器、音频播放器、视频播放器和视频磁带录放器。Multimedia MCI控件可以用于对这些设备进行常规的启动、播放、前进、后退、停止等操作。

在图9-23的"部件"对话框中选择"Microsoft Multimedia Control 6.0"，可以在工具箱中添加Multimedia MCI控件。该控件在工具箱中的图标为 。Multimedia MCI控件在窗体上呈现为一系列按钮，如图9-25所示。各按钮的功能定义见表9-4。

图9-25　Multimedia MCI控件在窗体上的外观

**表9-4　Multimedia MCI控件各按钮的名称及定义**

| 序　号 | 名　称 | 定　义 | 序　号 | 名　称 | 定　义 |
|---|---|---|---|---|---|
| 1 | Prev | 前一个 | 6 | Step | 向前步进 |
| 2 | Next | 下一个 | 7 | Stop | 停止 |
| 3 | Play | 播放 | 8 | Record | 录制 |
| 4 | Pause | 暂停 | 9 | Eject | 弹出 |
| 5 | Back | 向后步进 | | | |

如果想使用Multimedia MCI控件中的按钮，可以将其Visible属性和Enabled属性设置为True。在具体使用时，Multimedia MCI控件的哪些按钮可以使用，取决于特定计算机的软件和硬件配置。对于个别不想使用的按钮，还可以将其隐藏起来。

1. 属性

1）DeviceType属性：该属性用于指定要打开的MCI设备的类型。

多媒体设备分为两种，即简单设备和复合设备。简单多媒体设备不需要数据文件即可播放。例如，打开视频或音频CD播放器后，即可进行播放、回绕和快进等。而复合设备必需通过数据文件才能播放。

例如，要使用Multimedia MCI控件MControl1播放CD，需要首先做以下设置：

```
MMControl1.DeviceType = "cdaudio"
```

要使用Multimedia MCI控件MControl1播放avi文件，需要首先做以下设置：

```
MMControl1.DeviceType = "AVIVideo"
```

2）FileName属性：指定Open命令将要打开的或者Save命令将要保存的文件。例如：

```
MMControl1.FileName = "d:\clock.avi"
```

3）Command属性：指定将要执行的MCI命令。该属性在设计时不可用。常用的命令如表9-5所示。

**表9-5　Multimedia MCI控件的命令**

| 命　令 | 说　明 | 命　令 | 说　明 |
|---|---|---|---|
| Open | 打开设备 | Step | 向前步进 |
| Close | 关闭设备 | Prev | 定位到当前曲目的开始部分 |
| Play | 播放 | Eject | 将媒体弹出 |
| Pause | 暂停 | Record | 记录 |
| Stop | 停止 | Next | 定位到下一个曲目的开始部分 |
| Back | 向后步进 | Save | 保存打开的文件 |

例如，以下语句将打开指定的.avi文件并开始播放。

```
MMControl1.DeviceType = "AVIVideo"
MMControl1.FileName = "d:\clock.avi"
MMControl1.Command = "open"
MMControl1.Command = "play"
```

例如，在窗体上添加一个Multimedia MCI控件之后，在窗体的Load事件过程中编写如下代码，即可播放一张CD盘。

```
MMControl1.DeviceType = "cdaudio"
MMControl1.Command = "open"
MMControl1.Command = "play"
```

4）AutoEnable属性：决定Multimedia MCI控件是否能够自动启动或关闭控件中的某个按钮。如果AutoEnable属性被设置为True，Multimedia MCI控件就启用指定MCI设备类型在当前模式下所支持的全部按钮。这一属性还会禁用那些MCI设备类型在当前模式下不支持的按钮。AutoEnable属性仅在Enabled属性被设置为True时才起作用。

5）*Button*Enabled属性：决定是否启用或禁用控件中的某个按钮，取值为True或False。只有当Multimedia MCI控件的Enabled属性被设置为True，且AutoEnable属性设置为False时，*Button*Enabled属性设置才起作用。具体指定属性时应将*Button*替换成相应的按钮名称（见表9-4）。例如：

```
MMControl1.EjectEnabled = False
```

6）*Button*Visible属性：决定指定的按钮是否在控件中显示，取值为True或False。只有当Multimedia MCI控件的Visible属性被设置为True时，*Button*Visible属性才起作用。具体指定属性时应将*Button*替换成相应的按钮名称（见表9-4）。例如：

```
MMControl1.RecordVisible = False
```

7）Frames属性：规定Step命令向前步进或Back命令向后步进的帧数，在设计时不可用。例如：

```
MMControl1.Frames = 10
```

指定每次步进的帧数为10。

8）From属性：规定Play或Record命令的起始点，在设计时不可用。

9）To属性：规定Play或Record命令的结束点，在设计时不可用。

10）Length属性：该属性为运行期只读属性，返回打开的MCI设备上的媒体长度。

11）Position属性：该属性为运行期只读属性，返回打开的MCI设备的当前位置。

12）Start属性：该属性为运行期只读属性，返回当前媒体的起始位置。

13）Tracks属性：该属性为运行期只读属性，返回当前所使用的设备的音轨数。对于CD唱片，Tracks属性指的是一张盘中共有多少个曲目。

14）Track属性：用于指定音轨。

15）TrackPosition属性：该属性为运行期只读属性，返回Track属性给出的音轨的起始位置。

16）TrackLength属性：该属性为运行期只读属性，返回Track属性给出的音轨的长度。

17）hWndDisplay属性：对于利用窗口显示输出结果的设备，该属性用于为其规定输出窗口。该属性在设计时不可用。使用时可以为该属性指定一个MCI设备输出窗口的句柄。如果句柄为0，则使用默认窗口来显示。在Visual Basic中，窗体和控件都有句柄，可以通过其hWnd属性获得。例如，可以使用语句：

```
MMControl1.hWndDisplay = Picture1.hWnd
```

来指定输出窗口为图片框Picture1。

2. 事件

*Button*Click事件：当用户在Multimedia MCI控件的按钮上单击鼠标时发生该事件，其事件过程如下：

```
Private Sub MMControl1_ButtonClick(Cancel As Integer)
…
End Sub
```

这里的*Button*可以是以下任意一种：Prev、Next、Play、Pause、Back、Step、Stop、Record或Eject。例如，以下为Pause按钮对应的事件过程：

```
Private Sub MMControl1_PauseClick(Cancel As Integer)
…
End Sub
```

【例9-13】利用Multimedia MCI控件在指定的图片框中播放.avi文件。

**界面设计**：向窗体上添加一个图片框控件Picture1和一个Multimedia MCI控件MMControl1。假设要播放的.avi文件在当前应用程序目录下。

**代码设计**：

1）在窗体的Load事件过程中编写如下代码：

```
Private Sub Form_Load()
```

```
    MMControl1.DeviceType = "AVIVideo"                  ' 指定设备类型为AVIVideo
    MMControl1.FileName = App.Path & "\SEARCH.AVI"     ' 指定文件路径及文件名
    MMControl1.RecordVisible = False                    ' 隐藏Record按钮
    MMControl1.EjectVisible = False                     ' 隐藏Eject按钮
    MMControl1.Command = "open"                         ' 打开已经指定的.avi文件
    MMControl1.hWndDisplay = Picture1.hWnd  ' 设置.avi文件在播放时显示在图片框中
End Sub
```

2）在窗体的Unload事件过程中执行Stop命令，代码如下：

```
Private Sub Form_Unload(Cancel As Integer)
    MMControl1.Command = "stop"
End Sub
```

运行时，Multimedia MCI控件上的部分按钮变成有效，单击其"Play"按钮可以开始播放指定的.avi文件，播放效果如图9-26所示。

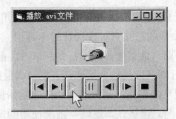

图9-26　用Multimedia MCI控件播放.avi文件

### 9.4.3　其他常用的动画控件和多媒体控件

还有一些ActiveX控件可以用来播放多媒体文件，如播放音乐、Flash动画、Gif动画等，下面将结合示例介绍几种常用多媒体文件的播放。

**【例9-14】** 使用WindowsMediaPlayer控件给应用程序添加背景音乐。

**界面设计**：使用WindowsMediaPlayer控件可以播放多种媒体文件，这里将使用该控件来为应用程序播放背景音乐。WindowsMediaPlayer控件是ActiveX控件，使用"工程|部件"命令，打开"部件"对话框，在其"控件"选项卡下选择"Windows Media Palyer"向工具箱添加一个WindowsMediaPlayer控件，该控件在工具箱中的显示图标为 ，向窗体上添加一个WindowsMediaPlayer控件，使用其默认名称WindowsMediaPlayer1。单击WindowsMediaPlayer1属性窗口的"自定义"右侧的浏览按钮，打开其属性页对话框，在其"常规"选项卡的"选择模式"下拉列表中选择"Invisible"，单击"确定"按钮后该控件变为不可见。

**代码设计**：在窗体的Load事件过程中，设置WindowsMediaPlayer控件的URL属性为所要播放的背景音乐文件名，然后对其Controls对象属性使用Play方法可以播放指定的音乐。还可以进一步指定循环播放。代码如下：

```
Private Sub Form_Load()
    WindowsMediaPlayer1.URL = App.Path & "\赛马.MP3"
    WindowsMediaPlayer1.Controls.play
    WindowsMediaPlayer1.settings.setMode "loop", True              循环播放
End Sub
```

运行时将循环播放指定的背景音乐。

**【例9-15】** 使用WebBrowser控件播放Gif动画。

**界面设计**：WebBrowser控件是IE发行时附带的一个ActiveX控件。这个控件是显示HTML文档的首选控件，也可以用它来播放Gif动画。使用"工程|部件"命令，打开"部件"对话框，在其"控件"选项卡下选择"Microsof Internet Controls"向工具箱添加一个WebBrowser控件，该控件在工具箱中的显示图标为 ，向窗体上添加一个WebBrowser控件，设置名称为WebBrowser1，如图9-27a所示。

**代码设计**：在窗体的Load事件过程中对WebBrowser1控件使用Navigate方法即可播放Gif动画，代码如下：

```
Private Sub Form_Load()
    WebBrowser1.Navigate (App.Path & "\猫.gif")
End Sub
```

运行工程，即可在WebBrowser1控件中播放Gif动画，如图9-27b所示。

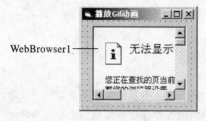

a) 设计界面      b) 运行界面

图9-27 用WebBrowser控件播放Gif动画

【例9-16】使用ShockwaveFlash控件播放Flash动画。

**界面设计**：参照图9-28a设计界面，具体步骤如下：

a) 设计界面      b) 运行界面

图9-28 用ShockwaveFlash控件播放Flash动画

1）ShockwaveFlash控件是一个播放Flash动画的ActiveX控件，使用"工程|部件"命令，打开"部件"对话框，在其"控件"选项卡下选择"Shockwave Flash"向工具箱添加一个ShockwaveFlash控件，该控件在工具箱中的显示图标为 □，向窗体上添加一个ShockwaveFlash控件，使用其默认名称ShockwaveFlash1。

2）向窗体上添加5个命令按钮，设名称从左到右依次为Command1、Command2、Command3、Command4、Command5，设置它们的Caption属性分别为"重绕"、"后退"、"播放"、"前进"、"暂停"。

**代码设计**：

1）在窗体的Load事件过程中设置ShockwaveFlash控件的Movie属性，指定要播放的Flash动画文件的路径及名称，代码如下：

```
Private Sub Form_Load()
    ShockwaveFlash1.Movie = App.Path & "\aaa.swf"
End Sub
```

2）使用ShockwaveFlash控件的各种方法实现对打开的动画文件进行各种播放控制。各命令按钮的Click事件过程代码如下：

```
Private Sub Command1_Click()  ' 重绕
    ShockwaveFlash1.Rewind
End Sub
Private Sub Command2_Click()  ' 后退
```

```
    ShockwaveFlash1.Back
End Sub
Private Sub Command3_Click()    ' 播放
    ShockwaveFlash1.Play
End Sub
Private Sub Command4_Click()    ' 前进
    ShockwaveFlash1.Forward
End Sub
Private Sub Command5_Click()    ' 暂停
    ShockwaveFlash1.StopPlay
End Sub
```

## 9.5　上机练习

【练习9-1】设计如图9-29所示的界面，在窗体上画两个框架，分别在其中放置两组选项按钮（注意，移动框架时其中的选项按钮应能与框架一起移动），中间为一个用Shape控件画出的红色长方形（将Shape控件的FillStyle属性设置为0，FillColor属性设置为红色）。运行时，单击颜色按钮用于改变中间图形的颜色（设置FillColor属性），单击形状按钮用于改变中间图形的形状（设置Shape属性）。

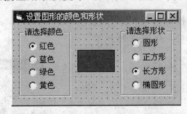

图9-29　改变图形的颜色与形状

【练习9-2】参考图9-30设计界面，在窗体上先画两个图片框Picture1和Picture2，在Picture1中放入4个选项按钮Option1(0)、Option1(1)、Option1(2)和Option1(3)（注意，移动图片框时选项按钮应能与图片框一起移动）；设置各个选项按钮的Style属性为1-Graphical，使它们成为方形按钮；修改各个选项按钮的Caption属性，使它们分别为"宋体"、"楷体"、"黑体"和"隶书"；在Picture2中放入4个复选框Check1(0)、Check1(1)、Check1(2)和Check1(3)（注意，移动图片框时复选框应能与图片框一起移动）；设置各个复选框的Style属性为1-Graphical，使它们成为方形按钮；修改各个复选框的Caption属性，使它们分别为"粗体"、"斜体"、"删除线"和"下划线"。

编写程序实现，运行时单击选项按钮可以设置文本框中文字的字体，单击复选框可以对文本框中的文本同时设置（或取消）1～4种样式或效果。

图9-30　设置文字的字体、样式和效果

【练习9-3】参考图9-31设计界面。在窗体上放一个列表框和六个命令按钮，列表框列出了某计算机资料室的所有书名，按以下要求编写各命令按钮的事件过程。

1）单击"添加"按钮打开一个输入框，在输入框中可输入书名，单击"确定"按钮后将该书名添加到列表框中。在输入框中单击"取消"按钮或输入内容为空则不添加。

2）单击"删除"按钮删除当前在列表框中选择的书，如果没有选择书就单击此按钮，则给出警告。

3）单击"上移一个"按钮将当前在列表框中选择的书在列表中上移一个位置，如果没有选择书就单击此按钮，则给出警告。对第一个书名做上移也给出警告。

4）单击"下移一个"按钮将当前在列表框中选择的书在列表中下移一个位置，如果没有选择书就单击此按钮，则给出警告。对最后一个书名做下移也给出警告。

5）单击"第一个"按钮选择列表中的第一个书名。

6）单击"最后一个"按钮选择列表中的最后一个书名。

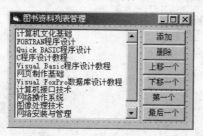

图9-31　图书资料列表管理

【练习9-4】参考图9-32a设计界面，在窗体上放一个文本框和四个组合框。按以下要求设计界面。

1）将用于设置文本框文字颜色的组合框的Style属性设置为2（下拉列表框），列表包括"白、黑、红、绿、蓝、黄"。

2）将用于设置文本框背景颜色的组合框的Style属性设置为2（下拉列表框），列表包括"黑、白、红、绿、蓝、黄"。

3）将用于设置文本框文字对齐方式的组合框的Style属性设置为2（下拉列表框），列表包括"左、中、右"。

4）将用于设置文本框字体大小的组合框的Style属性设置为0（下拉组合框），列表包括"10、12、14、16、18、20、22"。

编写代码实现：运行时初始界面如图9-32b所示。从文字颜色、背景颜色和对齐方式下拉列表中选择相应内容可以设置文本框的文字颜色、背景颜色和文字对齐方式。从字体大小下拉列表中选择相应内容可以设置文本框的字号，也可以输入自定义的字号。当输入自定义字号并按Enter键（Keycode值为13）或输入字号且焦点离开该组合框后，文本框的字号变为所定义的字号；如果输入的字号非法（小于或等于0、空或非数字），则保留原字体大小。

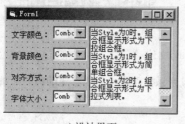
a）设计界面

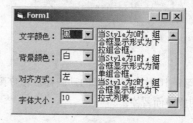
b）运行界面

图9-32　组合框的使用

【练习9-5】准备一组相关的图片，通过逐个播放这些图片来形成动画效果。例如，"骏马奔驰"，参考界面如图9-33所示。

【练习9-6】让一个红色圆每隔50毫秒从当前位置向下移动100缇，当遇到窗体底部后，改成向上移动，而遇到窗体顶部又改成向下移动……直到按下某命令按钮后停止移动。

【练习9-7】每隔2分钟在窗体新的一行上输出当前的系统时间，并响铃。

【练习9-8】设计一个滚动条及两个文本框，滚动条代表温度，最小值是摄氏零度（或华氏32度），最大值是摄氏100度（或华氏212度），如图9-34a所示。运行时，当移动滚动条滑块时，摄氏及华氏文本框能正确显示相应的温度值，如图9-34b所示。

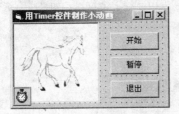

a) 设计界面

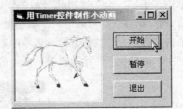

b) 运行界面

图9-33　用Timer控件设计动画

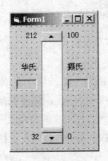

a) 设计界面

b) 运行界面

图9-34　用滚动条显示温度

【练习9-9】使用以下两种方式播放一个无声.avi文件。

1）运行时，自动播放，界面上不显示任何播放按钮，参考界面如图9-35a所示；

2）运行时，通过单击按钮来控制播放，参考界面如图9-35b所示。

a) 自动播放

b) 手动播放

图9-35　用两种方式播放.avi文件

【练习9-10】给练习9-5的动画播放程序配上你喜欢的背景音乐。背景音乐能够随动画的播放而播放，随动画的暂停而暂停。

# 第10章 界面设计

设计Windows环境下的应用程序界面，除了经常会用到前面介绍的各种控件外，还常需要设计菜单、工具栏、状态栏等，在应用程序的操作过程中也往往要打开一些对话框，如保存文件对话框、设置字体对话框、设置颜色对话框等。本章将继续介绍三种典型的界面要素的设计，即菜单、工具栏和对话框的设计。

## 10.1 菜单的设计

设计Windows环境下的应用程序时，如果操作比较简单且操作命令较少时，则可以直接通过控件来执行；而当要完成比较复杂且命令选项比较多的操作时，使用菜单操作会更为方便。

菜单的基本作用有两个：一是提供人机对话的界面，将应用程序的各种操作分组显示在界面上，由用户方便地进行选择；二是管理应用程序，控制各种功能模块的执行。

菜单分成两种类型：下拉式菜单和弹出式菜单。例如，启动Visual Basic后，单击"文件"菜单所显示的就是下拉式菜单，而在窗体上单击鼠标右键打开的菜单即为弹出式菜单。下拉式菜单通常通过单击菜单标题打开，弹出式菜单通常在某一区域通过单击鼠标右键打开。

### 10.1.1 下拉式菜单

#### 1. 下拉式菜单的结构

图10-1是"画图"应用程序中下拉式菜单的结构。通常，下拉式菜单包括一个主菜单，其中包括若干个菜单项，称为主菜单标题。主菜单标题作为菜单的最顶层，放在主菜单栏中，一般用于对要执行的操作按功能进行分组。不同功能的操作划分在不同的主菜单标题下。如文件的新建、打开、保存、另存等操作放在"文件"主菜单标题下，而对文档的编辑操作常放在"编辑"主菜单标题下。每一个主菜单标题可以下拉出下一级菜单，称为子菜单。子菜单中的菜单项有的可以直接执行，称为菜单命令；有的可以再下拉出一级菜单，称为子菜单标题。在子菜单中还常包含一种特殊的菜单项——分隔条，分隔条用于对子菜单项进行分组。子菜单可以逐级下拉，在屏幕上依次打开，当执行了最底层的菜单命令之后，这些子菜单会自动从屏幕上消失。

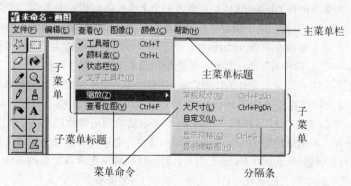

图10-1 下拉式菜单的结构

#### 2. 菜单编辑器

在Visual Basic中设计下拉式菜单时，把每个菜单项（主菜单项或子菜单项）看成一个控件，因此每个菜单项具有与控件类似的属性或操作方法。因此也常把菜单项称为菜单控件。

与其他控件不同的是，下拉式菜单的设计通过"菜单编辑器"来完成。首先要打开菜单编辑器，然后在菜单编辑器中完成对整个菜单结构的设计。可以用以下方法之一打开菜单编辑器：

- 执行"工具|菜单编辑器"命令。
- 单击标准工具栏上的"菜单编辑器"按钮 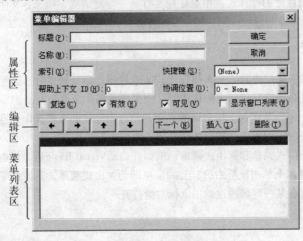。

注意，菜单总是建立在窗体上的，所以，只有当某个窗体为当前活动窗口时，才能打开菜单编辑器。如果当前窗口为代码窗口，则不能打开菜单编辑器。

菜单编辑器窗口可以分成三部分，如图10-2所示，即属性区、编辑区和菜单列表区。

图10-2　菜单编辑器

（1）属性区

属性区用于设置或修改菜单项的属性。菜单项包括的属性及其作用如下：

1）标题：即菜单控件的Caption属性，用于输入要在菜单项中显示的文字，如"文件"、"编辑"、"查看"等。如果想在菜单中建立分隔条，则应在标题框中输入一个连字符（−）。可以在一个字母前插入&符号，给菜单项定义一个访问键。运行时，该字母会带有下划线，对于主菜单标题，同时按Alt键和该字母键就可以打开其子菜单；对于已经打开的子菜单，直接按下该字母键相当于用鼠标单击该菜单项。

2）名称：用于设置菜单控件的名称（Name）属性，以便在代码中用此名称访问菜单控件。

3）索引：即菜单控件的Index属性。可将若干个菜单控件取相同的名称，定义成一个控件数组。Index属性即菜单控件数组的下标，用于确定相应菜单控件在数组中的位置。该值不影响菜单控件的显示位置。

4）快捷键：即菜单控件的Shortcut属性，用于为当前的菜单项指定一个快捷键。快捷键从下拉列表中选择，如"Ctrl+A"、"Ctrl+K"等。注意，不能给顶级菜单项设置快捷键。

5）帮助上下文ID：即菜单控件的HelpContextID属性。用来指定与当前菜单项相关联的"帮助"主题编号。如果已经为应用程序建立了Microsoft Windows操作系统环境下的帮助文件并设置了应用程序的HelpFile属性，那么当用户按F1键时，Visual Basic将自动地调用帮助并查找该属性所定义的主题。

6）协调位置：即菜单控件的NegotiatePosition属性。当一个具有菜单的容器对象（如窗体）包含另一个具有菜单的对象（如Microsoft Excel工作表）时，该属性决定容器对象的顶级菜单与其中的活动对象的菜单如何共用菜单栏空间。该属性运行时无效，有以下4个选项：

- 0 - None　默认值。对象活动时，菜单栏上不显示顶级菜单。
- 1 - Left　对象活动时，顶级菜单显示在菜单栏的左侧。
- 2 - Middle　对象活动时，顶级菜单显示在菜单栏的中间。
- 3 - Right　对象活动时，顶级菜单显示在菜单栏的右侧。

所有NegotiatePosition为非零值的顶级菜单项与活动对象的菜单在容器对象的菜单栏上一起显示。如果容器对象的NegotiateMenus属性设为False，则该属性的设置不起作用。

7）复选：即菜单控件的Checked属性，取值可以是True或False，默认值为False。该属性用来设置菜单项的左边是否带复选标记√。在菜单编辑器中选择该属性时，相应的菜单项的左边会带有一个√符号，而在代码中通过设置菜单项的Checked属性值为True或False，也可以设置菜单项的左边有无符号√。对于具有开关状态的菜单项，可以使用该属性在两种状态之间切换。

8）有效：即菜单控件的Enabled属性，取值可以是True或False，默认值为True。该属性用来决定是否让菜单项对事件作出响应。设置为False（无效）时相应的菜单项在菜单上呈暗淡显示。

9）可见：即菜单控件的Visible属性，取值可以是True或False，默认值为True。该属性用来决定菜单项是否显示。将该属性设置为False时，相应的菜单项在菜单上不显示。

10）显示窗口列表：即菜单控件的WindowList属性。该属性用于多文档界面应用程序的设计，有关多文档界面的设计本书不做介绍，有兴趣的读者可以参考Visual Basic帮助文档。

（2）编辑区

编辑区共有7个按钮，用于对输入的菜单项进行简单的编辑操作。

1）"➡"按钮：单击该按钮，将在菜单列表区中选定的菜单向下移一个等级，在菜单列表中显示一个内缩符号（....）。最多可以创建4个子菜单等级。

2）"⬅"按钮：单击该按钮，将在菜单列表区中选定的菜单向上移一个等级，删除一个内缩符号（....）。

3）"⬆"按钮：单击该按钮，将在菜单列表区中选定的菜单项在同级菜单内向上移动一个位置。

4）"⬇"按钮：单击该按钮，将在菜单列表区中选定的菜单项在同级菜单内向下移动一个位置。

5）"下一个"按钮：移动到下一个菜单项，如果当前位置在最后一个菜单项，则在最后创建一个新的菜单项。

6）"插入"按钮：在菜单列表区中的当前选定行上方插入一行，用于插入一个新菜单项。

7）"删除"按钮：删除当前在菜单列表区中选定的行。

（3）菜单列表区

该列表区显示菜单项的分级列表。子菜单项以缩进方式显示它们的分级位置或等级。

在菜单编辑器中完成了各菜单项的设置之后，单击"确定"按钮关闭菜单编辑器，这时在窗体的顶部可以看到所设计的菜单结构，包括下拉菜单。注意，在设计时单击菜单项不是执行菜单项的功能，而是打开菜单项的Click事件过程代码窗口。只有在该事件过程中编写了完成相应功能的代码后，才能在运行时通过单击菜单项执行相应的功能。

如果在菜单编辑器中单击"取消"按钮，则关闭菜单编辑器，取消所有的修改。

### 3. 下拉式菜单的设计

下面将结合示例介绍下拉式菜单的设计过程。

【例10-1】设计菜单界面，各主菜单及其子菜单如图10-3所示。其中，"格式"菜单下的菜单项"删除线、下划线、斜体、粗体"具有复选功能，可以在两种状态下切换，如图10-3d和图10-3e所示。编写有关代码实现各菜单项的功能。

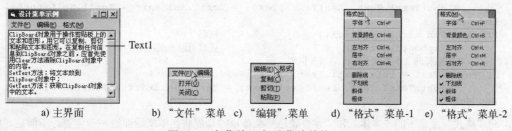

a）主界面      b）"文件"菜单  c）"编辑"菜单   d）"格式"菜单-1  e）"格式"菜单-2

图10-3　主菜单及各子菜单结构

**界面设计**：在菜单编辑器中进行各菜单项的设计，具体属性设置见表10-1。

表10-1　菜单编辑器中各菜单项的属性设置

| 标　题 | 名　称 | 快捷键 | 说　明 |
|---|---|---|---|
| 文件(&F) | FileMenu | | 定义访问键F |
| ....打开(&O) | FileOpen | | 定义访问键O |
| ....关闭(&C) | FileClose | | 定义访问键C |
| ....- | SptBar1 | | 定义分隔条 |
| 编辑(&E) | EditMenu | | 定义访问键E |
| ....复制(&C) | txtCopy | | 定义访问键C |
| ....剪切(&T) | txtCut | | 定义访问键T |
| ....粘贴(&P) | txtPaste | | 定义访问键P |
| 格式(&M) | FormatMenu | | 定义访问键M |
| ....字体 | txtFont | Ctrl+F | |
| ....- | SptBar2 | | 定义分隔条 |
| ....背景颜色 | bckColor | Ctrl+B | |
| ....- | SptBar3 | | 定义分隔条 |
| ....左对齐 | txtLeft | Ctrl+L | |
| ....居中 | txtCenter | Ctrl+M | |
| ....右对齐 | txtRight | Ctrl+R | |
| ....- | SptBar4 | | 定义分隔条 |
| ....删除线 | txtStrikethru | | |
| ....下划线 | txtUnderLine | | |
| ....斜体 | txtItalic | | |
| ....粗体 | txtBold | | |

在菜单编辑器中完成各菜单项的设置之后，单击"确定"按钮关闭菜单编辑器。完成菜单设计，向窗体添加一个文本框Text1，输入适当的文字。各菜单命令主要用于对文本框进行操作。

**代码设计**：用鼠标单击窗体上的各下拉菜单项，或在代码窗口的对象下拉列表中选择菜单项，都可以打开相应的菜单项的Click事件过程，在其中编写代码。各菜单项代码设计如下：

1）"文件"菜单下的各菜单项的功能将在例10-2中给出代码。

2）"编辑"菜单下的菜单项用于对文本框Text1中的文本进行复制、剪切和粘贴，这些功能需要用到剪贴板对象ClipBoard，请阅读图10-3a的文本框Text1中的内容理解剪贴板对象Clipboard的简单使用，以下是"编辑"菜单下的各子菜单项的Click事件过程。

```
Private Sub txtCopy_Click()              ' 复制
    Clipboard.SetText Text1.SelText      ' 将文本框中选择的文本放到剪贴板中
End Sub
Private Sub txtCut_Click()               ' 剪切
    Clipboard.SetText Text1.SelText      ' 将文本框中选择的文本放到剪贴板中
    ' 删除在文本框中选择的文本
    Text1.Text = Left(Text1.Text, Text1.SelStart) & _
        Right(Text1.Text, Len(Text1.Text) - Text1.SelStart - Text1.SelLength)
End Sub
Private Sub txtPaste_Click()             ' 粘贴
    s = Clipboard.GetText                ' 获取剪贴板的文本
    ' 将剪贴板的文本加到文本框的当前位置
    Text1.Text = Left(Text1.Text, Text1.SelStart) & s & _
        Right(Text1.Text, Len(Text1.Text) - Text1.SelStart - Text1.SelLength)
End Sub
```

3）"格式"菜单下的"字体"和"背景颜色"菜单项的功能将在本章后面进一步完善，下面是"格式"菜单下的其他菜单项的Click事件过程。

```
Private Sub txtLeft_Click()                        '左对齐
    Text1.Alignment = 0
End Sub
Private Sub txtCenter_Click()                      '居中
    Text1.Alignment = 2
End Sub
Private Sub txtRight_Click()                        '右对齐
    Text1.Alignment = 1
End Sub
Private Sub txtStrikethru_Click()                  '删除线
    If txtStrikethru.Checked = True Then
        Text1.FontStrikethru = False              '给文本框去除删除线
        txtStrikethru.Checked = False             '去除"删除线"菜单项前面的符号√
    Else
        Text1.FontStrikethru = True               '给文本框加上删除线
        txtStrikethru.Checked = True              '给"删除线"菜单项前面加上符号√
    End If
End Sub
Private Sub txtUnderLine_Click()                   '下划线
    If txtUnderLine.Checked = True Then
        Text1.FontUnderline = False
        txtUnderLine.Checked = False
    Else
        Text1.FontUnderline = True
        txtUnderLine.Checked = True
    End If
End Sub
Private Sub txtItalic_Click()                       '斜体
    If txtItalic.Checked = True Then
        Text1.FontItalic = False
        txtItalic.Checked = False
    Else
        Text1.FontItalic = True
        txtItalic.Checked = True
    End If
End Sub
Private Sub txtBold_Click()                         '粗体
    If txtBold.Checked = True Then
        Text1.FontBold = False
        txtBold.Checked = False
    Else
        Text1.FontBold = True
        txtBold.Checked = True
    End If
End Sub
```

【例10-2】 在例10-1的基础上进一步实现菜单项的动态增减。例10-1的"文件"菜单在运行时初始界面如图10-4a所示。"打开"和"关闭"菜单项是两个固定的子菜单项。要求：运行时，单击"打开"菜单项，在分隔线下面增加一个新的菜单项（一个由用户指定的文件名），单击"关闭"菜单项删除分隔线下面一个指定的菜单项。

**菜单设计**：在例10-1的基础上，在"文件"菜单下增加一个不可见的子菜单项。具体方法是，打开菜单编辑器，在"文件"菜单下的分隔条子菜单项SptBar1之后添加一个新的子菜单项，设置其标题为空，名称为SubMenu，去除"可见"属性前面的√，设置索引属性为0，则SubMenu为一个菜单控件数组，现在菜单控件数组中只有一个元素SubMenu(0)。

**代码设计**：

1) 在窗体模块中定义模块级变量MenuNum，用于保存当前SubMenu菜单数组的最大下标：

```
Dim MenuNum As Integer
```

2）编写"打开"菜单项的Click事件过程。代码如下：

```
Private Sub FileOpen_Click()
    OpenFileName = InputBox("请输入文件名称")
    If Trim(OpenFileName) <> "" Then            ' 如果输入的文件名不为空，则添加
        MenuNum = MenuNum + 1                    ' 数组最大下标增加1
        Load SubMenu(MenuNum)                    ' 添加菜单项
        SubMenu(MenuNum).Caption = OpenFileName  ' 设置新添加的菜单项的标题
        SubMenu(MenuNum).Visible = True          ' 使新添加的菜单项可见
    End If
End Sub
```

运行时，单击"打开"菜单项，首先显示一个输入框，让用户输入文件名，单击"确定"按钮之后，即在"文件"菜单下添加一个新的菜单项，图10-4b为添加了三个菜单项的"文件"菜单。

3）编写"关闭"菜单项的Click事件过程。代码如下：

```
Private Sub FileClose_Click()
    N = Val(InputBox("请指定关闭第几个文件"))
    If N > MenuNum Or N < 1 Then            ' 如果指定要关闭的文件超出实际范围
        MsgBox "超出范围！"
    Else
        ' 以下循环从被删除的菜单项开始，用后面的菜单项逐项覆盖前面的菜单项，实现删除
        For I = N To MenuNum - 1
            SubMenu(I).Caption = SubMenu(I + 1).Caption
        Next I
        Unload SubMenu(MenuNum)             ' 删除最后一个菜单项
        MenuNum = MenuNum - 1               ' 菜单控件数组总项数减1
    End If
End Sub
```

运行时，单击"关闭"菜单项，执行以上过程，首先显示一个对话框，要求用户输入要删除的菜单项的编号，即菜单数组SubMenu的下标。如果指定的下标不在有效范围内，则用消息框提示"超出范围！"，否则删除指定的菜单项。删除指定的菜单项的方法和删除数组元素的方法一样，即从被删除的菜单项开始，用后面的菜单项逐项覆盖前面的菜单项，然后再删除最后一个菜单项。图10-4c是删除了第二个菜单项的"文件"菜单。

a) 初始状态

b) 增加了菜单项

c) 减少了菜单项

图10-4  菜单项的动态增减

注意，为了说明菜单项动态增减的方法，这里只是把用户指定的文件名作为菜单项进行添加或删除，并没有实现真正的文件打开和关闭操作，有关文件的打开和关闭将在第12章介绍。另外，由用户直接输入文件路径及名称，既烦琐也不便于验证其正确性，本章后面的例10-7将对本例进一步完善，使用打开文件对话框来指定文件的路径及名称，使指定文件名更加方便。

### 10.1.2  弹出式菜单

弹出式菜单能够以更加灵活的方式为用户提供便捷的操作，它独立于菜单栏，直接显示在窗体上。弹出式菜单能根据用户当前单击鼠标的位置，动态地调整菜单项的显示位置及显示内容，提供相应的操作。因此，弹出式菜单又称为"上下文菜单"或"快捷菜单"。通常，弹出式菜单通过单击鼠标右键打开，所以也称"右键菜单"。

为某对象（控件）设计弹出式菜单的步骤如下：

1）在菜单编辑器中按设计下拉式菜单的方法设计弹出式菜单，然后将要作为弹出式菜单的顶级菜单项设置为不可见。

2）在对象的MouseDown事件过程中编写代码，用PopupMenu方法显示弹出式菜单。

**格式**：[窗体名.]PopupMenu 菜单名[,flags][,x][,y][,boldcommand]

**功能**：在当前鼠标位置或指定的坐标位置显示弹出式菜单。

**说明**：

• 窗体名：指菜单所在的位置，如果省略，则默认为是当前窗体。

• 菜单名：指在菜单编辑器中设计的菜单项（至少有一个子菜单）的名称。

• Flags：可选项，可以是一个数值或符号常量，用于指定弹出式菜单的位置和行为，其取值如表10-2和表10-3所示。如果要同时指定位置和行为时，则将两个参数值用Or连接，如4 Or 2。

• x、y：指定显示弹出式菜单的x坐标和y坐标。省略时为鼠标坐标。

• boldcommand：指定弹出式菜单中要显示为黑体的菜单控件的名称。如果省略该参数，则弹出式菜单中没有以黑体字出现的菜单项。

**表10-2　位置常量**

| 值 | 符号常量 | 说　　明 |
| --- | --- | --- |
| 0 | vbPopupMenuLeftAlign | 默认值。弹出式菜单的左上角位于坐标(x,y)处 |
| 4 | vbPopupMenuCenterAlign | 弹出式菜单的上框中央位于坐标(x,y)处 |
| 8 | vbPopupMenuRightAlign | 弹出式菜单的右上角位于坐标(x,y)处 |

**表10-3　行为常量**

| 值 | 符号常量 | 说　　明 |
| --- | --- | --- |
| 0 | vbPopupMenuLeftButton | 默认值。弹出式菜单项只响应鼠标左键单击 |
| 2 | vbPopupMenuRightButton | 弹出式菜单项可以响应鼠标右键单击 |

**【例10-3】** 在例10-2的基础上设计文本框快捷菜单，实现对文本框的文字进行放大或缩小，还可以修改文本框的只读属性。

**菜单设计**：在例10-2的菜单编辑器上增加表10-4的设置。

**表10-4　快捷菜单项的设置**

| 标　题 | 名　称 | 可　见 | 说　　明 |
| --- | --- | --- | --- |
| 文本框快捷菜单 | txtMenu | 不选中 | 顶级菜单，设置为不可见 |
| ....放大 | ZoomIn | 选中 | 使文本框的文字大小增加5磅 |
| ....缩小 | ZoomOut | 选中 | 使文本框的文字大小减少5磅 |
| ....只读 | txtLock | 选中 | 决定文本框的文字内容能否修改，在"只读"和"读写"两种状态之间切换，显示为粗体 |

**代码设计**：

1）在文本框Text1的MouseDown事件过程中编写代码，使用PopupMenu方法打开文本框快捷菜单。在PopupMenu方法中使用位置常量0，使快捷菜单的左上角位于鼠标箭头处（见图10-5）。MouseDown事件过程返回一个整型参数Button，用来标识该事件的产生是按下了鼠标的左键（1）、右键（2）还是中间按键（4）。代码如下：

```
Private Sub Text1_MouseDown(Button As Integer, Shift As Integer, X As Single, Y As Single)
    If Button = 2 Then          ' 如果按下了鼠标右键
        PopupMenu txtMenu, 0 Or 0, , , txtLock' 显示快捷菜单txtMenu, 设置txtLock为粗体
```

```
        End If
End Sub
```

以上代码的PopupMenu方法省略了参数x坐标和y坐标，表示弹出式菜单显示在当前鼠标位置。注意，省略参数x坐标和y坐标不能省略相应的逗号分隔符。

2）编写各快捷菜单项的Click事件过程，完成相应功能，具体如下：

```
Private Sub zoomin_Click()                    ' 放大
    Text1.FontSize = Text1.FontSize + 5       ' 使文本框的文字大小增加5磅
End Sub
Private Sub zoomout_Click()                   ' 缩小
    Text1.FontSize = Text1.FontSize - 5       ' 使文本框的文字大小减少5磅
End Sub
Private Sub txtLock_Click()                   ' 读写
    If txtLock.Caption = "只读" Then
        txtLock.Caption = "读写"              ' 将菜单项的标题改成"读写"
        Text1.Locked = True                   ' 锁定文本框，不允许修改其内容
    Else
        txtLock.Caption = "只读"              ' 将菜单项的标题改成"只读"
        Text1.Locked = False                  ' 取消锁定文本框，允许修改其内容
    End If
End Sub
```

注意，Visual Basic本身为文本框设计了一个快捷菜单，所以运行时，即使不设计快捷菜单，也会得到一个快捷菜单。本例运行时在文本框上单击鼠标右键会首先弹出该预定义的快捷菜单，再次单击鼠标右键才弹出自定义快捷菜单。图10-5是本例设计的文本框快捷菜单的两种状态。

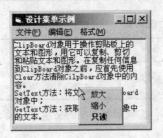 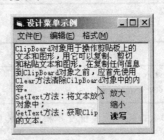

图10-5　文本框快捷菜单示例

设计菜单时，可以把应用程序的大多数功能放在下拉式菜单中，并按功能进行分组，而对于与界面各部分有直接关系的一些特殊操作或常用操作，可以通过快捷菜单来实现。当然，允许下拉式菜单与弹出式菜单包含相同的功能。另外，为了使操作更方便直观，也常把菜单中的一些常用操作做成按钮、列表框或组合框等形式，集中放在工具栏中。如Microsoft Word中的常用工具栏、格式工具栏等。

## 10.2　工具栏的设计

工具栏是许多基于Windows应用程序的标准功能，它通常用于提供对应用程序中最常用的菜单命令的快速访问。在Visual Basic中，设计工具栏可以有两种方法：手工设计和使用工具栏控件进行设计。

### 10.2.1　使用手工方式制作工具栏

用手工方式制作工具栏可以采用以下步骤：

1）在窗体上放置一个图片框，设置其Align属性为1 - Align Top，图片框的宽度会自动伸展，填满窗体顶部工作空间（标题栏、菜单栏之下）。调整好图片框的高度。

2）在图片框中可以放置任何想在工具栏上显示的控件，如命令按钮、选项按钮、复选框、列表框、组合框等。

3）对于命令按钮、选项按钮、复选框等可以带图形的控件，可以设其Style属性为1，使它们具有图形

样式,然后通过设置控件的Picture属性指定要在控件上显示的图片,使用图片来形象地表示相应的操作。

4) 设置控件的ToolTipText属性,给控件添加适当的文字提示。

5) 为各工具栏控件编写代码。

如果工具栏控件的功能已经包括在某菜单项中,可以直接调用菜单项的相应事件过程,而不必重复编写代码。

【例10-4】使用手工方式为例10-3添加工具栏,实现"编辑"菜单下的复制、剪切、粘贴功能。

**工具栏设计**:调整窗体和文本框的大小或位置,为工具栏留出一定空间。按以上制作工具栏的步骤,依次在窗体上添加图片框,在图片框中添加3个命令按钮,清除命令按钮的Caption属性,设置命令按钮的Style属性值为1,为命令按钮指定图形,如图10-6a所示。如果在安装Visual Basic 时选择了安装图形,则本例的图形可以从Program Files\Microsoft Visual Studio\COMMON\Graphics\Bitmaps\TlBr_W95路径下获得。分别设置3个命令按钮的ToolTipText属性为"复制"、"剪切"和"粘贴"。

**代码设计**:为3个工具栏按钮的Click事件过程编写代码,在代码中可以直接调用"编辑"菜单下的"复制"、"剪切"、"粘贴"子菜单项的Click事件过程,具体如下:

```
Private Sub Command1_Click()        '复制
    txtCopy_Click
End Sub
Private Sub Command2_Click()        '剪切
    txtCut_Click
End Sub
Private Sub Command3_Click()        '粘贴
    txtPaste_Click
End Sub
```

运行时,鼠标指向各工具栏按钮,会有相应的文字提示,如图10-6b所示。单击工具栏按钮可以执行复制、剪切或粘贴操作。

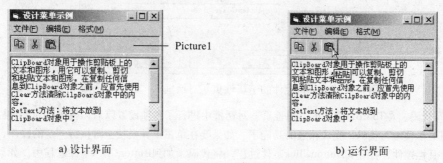

a) 设计界面          b) 运行界面

图10-6 用手工方式制作的工具栏

## 10.2.2 使用工具栏控件(ToolBar)制作工具栏

Visual Basic为创建工具栏提供了一个ActiveX控件——ToolBar控件,使用该控件创建工具栏更方便、快捷,创建出的工具栏与Windows工具栏风格更加统一。

使用ToolBar控件之前,首先要将其添加到工具箱中。添加步骤如下:

1) 使用"工程|部件"命令,打开"部件"对话框。

2) 在"控件"选项卡下选择"Microsoft Windows Common Controls 6.0"。

3) 单击"确定"按钮,在工具箱中会增加一批控件,其中包括ToolBar控件和ImageList控件,如图10-7所示。ToolBar控件用来创建工具栏的Button(按钮)对象集合。ImageList控件用于为工具栏的Button对象提供所要显示的图像。

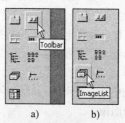

a)     b)

图10-7 ToolBar控件和ImageList控件

使用ToolBar控件设计工具栏的基本步骤如下:

1) 设置ImageList控件。如果要给工具栏按钮添加一些图片,可以在窗体的任意位置绘制一个ImageList控件,选择ImageList控件,单击鼠标右键,在弹出的快捷菜单中选择"属性",或者单击其属性窗口的"自定义"右侧的浏览按钮"…",打开ImageList控件的"属性页"对话框,在其"图像"选项卡中插入需要的所有图片,Visual Basic会按添加次序给每幅图片设置一个索引号,该索引号将在定义工具栏时使用。

2) 绘制ToolBar控件。在窗体上任意位置绘制ToolBar控件,这时会在窗体顶部显示一个空白的工具栏,该空白工具栏会自动充满整个窗体顶部。如果不希望工具栏出现在窗体的顶部,也可以修改其Align属性使其出现在窗体的底部、左侧或右侧。

3) 设置ToolBar控件的"属性页"。选择ToolBar控件,单击鼠标右键,在弹出的快捷菜单中选择"属性",或者单击属性窗口的"自定义"右侧的浏览按钮"…",打开Toolbar控件的"属性页"对话框,如图10-8所示。在该属性页中设置整个工具栏及各按钮的属性(详见后续描述)。

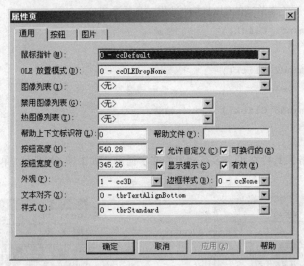

图10-8  ToolBar控件的"属性页"对话框的"通用"选项卡

4) 编写代码。在ToolBar控件的"属性页"对话框中进行了各项设置以后,就可以为工具栏上的每个按钮或按钮菜单项编写代码,完成相应的功能了。如果要在单击工具栏按钮时执行一定的操作,可以在窗体上双击工具栏控件,打开其ButtonClick事件过程,将代码添加到ButtonClick事件过程中。如果要在单击按钮菜单时执行操作,需要在代码窗口中选择Toolbar控件的ButtonMenuClick事件过程,在该事件过程中编写代码。

下面再详细介绍一下ToolBar控件的"属性页"对话框。该对话框包括3个选项卡,即"通用"、"按钮"和"图片"选项卡,如图10-8所示。

(1) "通用"选项卡

"通用"选项卡用于设置整个工具栏的一些共同的属性,该选项卡上常用的设置有:

1) 鼠标指针:对应于工具栏的MousePointer属性。该属性设置提供了一个下拉列表,从下拉列表中可以选择各种预定义的鼠标指针形状。如果在下拉列表中选择99 - ccCustom,则表示鼠标指针可以由"图片"选项卡任意指定。运行时,当鼠标指向工具栏时,鼠标指针显示成该属性定义的形状。

2) 图像列表:对应于工具栏的ImageList属性。在图像列表中会列出窗体上的ImageList控件的名称,从列表中选择某个ImageList控件,使其与工具栏相关联,这样,工具栏就可以使用指定的ImageList控件提供的图像了。

3) 按钮高度、按钮宽度:对应于工具栏的ButtonHeight、ButtonWidth属性,用于指定具有命令按钮、复选框或选项按钮组样式的控件的按钮大小。

4）外观：对应于工具栏的Appearance属性，用于决定工具栏是否带有三维效果。

5）边框样式：对应于工具栏的BorderStyle属性。选择0为无边框样式，选择1为固定单边框。

6）文本对齐：对应于工具栏的TextAlignment属性，用于确定文本在按钮上的位置。选择0 - tbrTextAlignBottom使文本与按钮的底部对齐；选择1 - tbrTextAlignRight使文本与按钮的右侧对齐。

7）样式：对应于工具栏的Style属性，用于决定工具栏按钮的外观样式。选择0为标准样式，按钮呈标准凸起形状；选择1时按钮呈平面形状。

8）允许自定义：对应于工具栏的AllowCustomize属性，用于决定运行时是否可用"自定义工具栏"对话框自定义ToolBar控件。如果选择该属性（或设置为True），运行时双击ToolBar控件可以打开一个"自定义工具栏"对话框；否则，不允许在运行时用"自定义工具栏"对话框自定义ToolBar控件。

9）可换行的：对应于工具栏的Wrappable属性，用于决定当ToolBar控件上的按钮总宽度超过窗体宽度时是否自动换行。如果选择该属性（或设置为True），ToolBar控件上的按钮会自动换行；否则，ToolBar控件上的按钮不会自动换行。

10）显示提示：对应于工具栏的ShowTips属性，用于决定是否对按钮对象显示工具提示。如果选择该属性（或设置为True），工具栏中的每个对象都可以显示一个相关的提示字符串；否则，不允许显示提示字符串。提示字符串在"按钮"选项卡上定义。

11）有效：对应于工具栏的Enabled属性，用于决定工具栏是否有效。

以上在"通用"选项卡上设置的属性也可以直接在属性窗口中设置。在代码中设置这些属性与设置普通控件的属性方法相同。例如，要设置工具栏ToolBar1的文本对齐属性为右对齐，使用以下代码：

```
ToolBar1.TextAlignment = tbrTextAlignRight
```

要使工具栏无效，使用以下代码：

```
ToolBar1.Enabled = False
```

（2）"按钮"选项卡

ToolBar控件的"属性页"对话框的"按钮"选项卡如图10-9所示。一般情况下，工具栏中要包含一些按钮，因此要创建工具栏，必须先将按钮添加到工具栏中。设计时，使用"按钮"选项卡可以添加按钮对象并对各个按钮对象的属性进行设计。

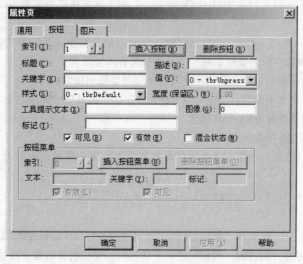

图10-9 ToolBar控件的"属性页"对话框的"按钮"选项卡

"按钮"选项卡的主要设置如下：

1）插入按钮：单击该按钮可以在工具栏上添加一个按钮对象。

2) 删除按钮：单击该按钮可以删除工具栏上由当前索引指定的按钮对象。

3) 索引：对应于按钮对象的Index属性，表示添加的按钮对象的索引值，该索引值由添加次序决定。在代码中访问此按钮对象时要使用该索引值。例如，要设置工具栏Toolbar1中索引值为3的按钮的标题为"显示"，可以写成：

```
Toolbar1.Buttons(3).Caption = "显示"
```

4) 标题：对应于按钮对象的Caption属性，用来设置要在按钮对象上显示的文本。

5) 关键字：对应于按钮对象的Key属性，用于给当前的按钮对象定义一个标识符。该标识符在整个按钮对象集合的标识符中必须唯一。

6) 样式：对应于按钮对象的Style属性，用于决定按钮对象的样式，有以下选择：

• 0 - tbrDefault：按钮对象具有命令按钮的特点。

• 1 - tbrCheck：按钮对象是一个复选按钮，可以有"选择"和"未选择"两种状态。

• 2 - tbrButtonGroup：按钮对象具有选项按钮组的特点。在一个选项按钮组内任何时刻都只能按下一个按钮。当按下组内的另一个按钮时，原来按下的按钮会自动抬起。如果需要多个选项按钮组，必须使用分隔条对它们进行分组。

• 3 - tbrSeparator：按钮对象作为分隔条使用。分隔条宽度固定为8个像素。

• 4 - tbrPlaceholder：按钮对象作为占位符使用，在外观和功能上像分隔条，但可以设置其宽度。

• 5 - tbrDropDown：按钮对象呈按钮菜单的样式，选择该选项后，在按钮的旁边会有一个下拉箭头。运行时，单击该下拉箭头可以打开一个下拉菜单。下拉菜单的菜单项可以在该选项卡下部的"按钮菜单"中进一步设置。

7) 工具提示文本：对应于按钮对象的ToolTipText属性，用于设置按钮的提示信息。运行时，鼠标指向该按钮时会出现该提示信息。

8) 图像：对应于按钮对象的Image属性，可以为每个按钮对象添加图像。图像是由关联的ImageList控件提供的。每个图像在ImageList控件的"属性页"设置中会有一个索引值，在这里只需要指出要使用的图像的索引值即可。

9) 可见：对应于按钮对象的Visible属性，用于决定按钮对象是否可见。

10) 有效：对应于按钮对象的Enabled属性，用于决定按钮对象是否响应用户事件。

11) 混合状态：对应于按钮对象的MixedState属性，用于决定按钮对象是否以不确定状态出现。默认值为否（False）。

12) 插入按钮菜单：当在"样式"中选择5时，按钮对象呈按钮菜单的样式。使用"插入按钮菜单"按钮可以向按钮菜单中增加一个菜单项。每一个菜单项又有以下设置：

• 索引：按钮菜单项的索引号，在代码中访问菜单项时要使用该索引号。

• 文本：对应于按钮菜单项的Text属性，用于设置要在按钮菜单项中显示的文本。

• 有效：对应于按钮菜单项的Enabled属性。

• 可见：对应于按钮菜单项的Visible属性。

例如，要使Toolbar1工具栏中第二个按钮的按钮菜单中的第一项显示内容为"粗体"，可以使用以下代码：

```
Toolbar1.Buttons(2).ButtonMenus(1).Text = "粗体"
```

(3) "图片"选项卡

当在图10-8的"通用"选项卡的"鼠标指针"设置中选择99 - ccCustom时，就可以在"图片"选项卡中为鼠标指针定义一幅图片，运行时，当鼠标指向工具栏时，鼠标指针将显示成该自定义的图片。

也可以在代码中使用MouseIcon属性指定鼠标指向工具栏时要显示的图片。例如：

```
Toolbar1.MouseIcon = LoadPicture("E:\ H_POINT.CUR")
```

下面将结合示例说明使用ToolBars控件设计工具栏的过程。

**【例10-5】**用Toolbar控件设计工具栏。在例10-3的基础上添加工具栏，实现"编辑"菜单下的复制、剪切、粘贴功能以及"格式"菜单下的左对齐、居中、右对齐、删除线、下划线、斜体、粗体功能。

**分析**：首先确定工具栏按钮的类型，对于复制、剪切、粘贴功能，可以使用命令按钮实现；对于左对齐、居中、右对齐功能，可以使用选项按钮实现；对于删除线、下划线、斜体、粗体，可以使用复选框实现，因此可以将工具栏按钮分成三组。

**工具栏设计**：调整窗体和文本框的大小或位置，对照图10-10a，在窗体上按以下步骤设计工具栏：

1）添加ToolBar控件和ImageList控件。选择"工程|部件"命令，在打开的"部件"对话框中选择"Microsoft Windows Common Controls 6.0"，向工具箱中添加一批控件。然后向窗体上添加一个ToolBar控件和一个ImageList1控件，使用其默认名称ToolBar1和ImageList1。

2）设置ImageList1控件的属性。打开ImageList1控件的"属性页"对话框，在"图像"选项卡中添加工具栏按钮所需要的各图像，记下各图像对应的索引。如果在安装Visual Basic时选择了安装图形，则本例的图像可以从Program Files\Microsoft Visual Studio\COMMON\Graphics\Bitmaps\TlBr_W95路径下获得。

3）设置ToolBar1控件的属性。打开ToolBar1的"属性页"对话框，在"通用"选项卡的"图像列表"中选择ImageList1，使ToolBar控件与ImageList控件相关联。在"按钮"选项卡上依次添加按钮，按表10-5设置各按钮的属性。

**表10-5 各工具栏按钮的属性设置**

| 索 引 | 关 键 字 | 样 式 | 工具文本提示 | 图像索引 | 说 明 |
|---|---|---|---|---|---|
| 1 | A1 | 0 - tbrDefault | 复制 | 1 | |
| 2 | A2 | 0 - tbrDefault | 剪切 | 2 | 命令按钮组 |
| 3 | A3 | 0 - tbrDefault | 粘贴 | 3 | |
| 4 | S1 | 3 - tbrSeperator | | | 分隔条 |
| 5 | B1 | 2 - tbrButtonGroup | 左对齐 | 4 | |
| 6 | B2 | 2 - tbrButtonGroup | 居中 | 5 | 选项按钮组 |
| 7 | B3 | 2 - tbrButtonGroup | 右对齐 | 6 | |
| 8 | S2 | 3 - tbrSeperator | | | 分隔条 |
| 9 | C1 | 1 - tbrCheck | 删除线 | 7 | |
| 10 | C2 | 1 - tbrCheck | 下划线 | 8 | 复选框组 |
| 11 | C3 | 1 - tbrCheck | 斜体 | 9 | |
| 12 | C4 | 1 - tbrCheck | 粗体 | 10 | |

设计好的工具栏如图10-10a所示。

**代码设计：**

1）由于各工具栏按钮的功能都是菜单功能的重复，因此可以直接在Toolbar1的ButtonClick事件过程中调用相应的菜单项的事件过程，具体如下：

```
Private Sub Toolbar1_ButtonClick(ByVal Button As MSComctlLib.Button)
    Select Case Button.Index
        Case 1
            txtCopy_Click          ' 复制
        Case 2
            txtCut_Click           ' 剪切
        Case 3
            txtPaste_Click         ' 粘贴
        Case 5
            txtleft_Click          ' 左对齐
        Case 6
            txtCenter_Click        ' 居中
        Case 7
```

```
            txtRight_Click                ' 右对齐
        Case 9
            txtStrikethru_Click           ' 删除线
        Case 10
            txtUnderLine_Click            ' 下划线
        Case 11
            txtItalic_Click               ' 斜体
        Case 12
            txtBold_Click                 ' 粗体
    End Select
End Sub
```

2）修改"格式"菜单下的删除线、下划线、斜体、粗体菜单项的Click事件过程，使得运行时单击这些菜单项时，工具栏按钮的状态能够做相应的修改。以"删除线"菜单项的Click事件过程为例，修改后的代码如下：

```
Private Sub txtStrikethru_Click()                        ' 删除线
    If txtStrikethru.Checked = True Then
        Text1.FontStrikethru = False
        txtStrikethru.Checked = False
        Toolbar1.Buttons(9).Value = tbrUnpressed     ' 使工具栏对应按钮抬起
    Else
        Text1.FontStrikethru = True
        txtStrikethru.Checked = True
        Toolbar1.Buttons(9).Value = tbrPressed       ' 使工具栏对应按钮按下
    End If
End Sub
```

其余菜单项的Click事件过程类似。

3）修改"格式"菜单下的各对齐菜单项的Click事件过程，使得运行时单击这些菜单项时，工具栏按钮的状态能够做相应的修改。以"左对齐"菜单项的Click事件过程为例，修改后的代码如下：

```
Private Sub txtleft_Click()                              ' 左对齐
    Text1.Alignment = 0
    Toolbar1.Buttons(5).Value = tbrPressed       ' 增加这条语句
End Sub
```

其余菜单项的Click事件过程类似。

运行时，单击各工具按钮，可以完成相应的功能，如图10-10b所示。

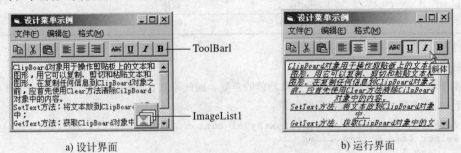

a) 设计界面                                      b) 运行界面

图10-10　用ToolBar控件设计工具栏

## 10.3　对话框的设计

在Windows应用程序中，对话框是用户和应用程序交互的主要途径，它常用来向用户提供输入数据或进行选择的界面，或者向用户显示一些提示信息。一个对话框可以很简单，例如，只显示一段很简单的提示信息，也可以很复杂，例如，可以包含多个选项卡（如Microsoft Word中的"页面设置"对话框）。

尽管对话框有自己的特性，但从结构上看，对话框与窗体是类似的。可以用以下三种方法之一创建对话框。

　　• 使用MsgBox函数或InputBox函数创建预定义对话框。

　　• 使用标准窗体创建自定义对话框。

　　• 使用ActiveX控件创建通用对话框。

　　MsgBox函数和InputBox函数已在第4章做过介绍，本节将介绍另外两种创建对话框的方法。

## 10.3.1　自定义对话框

　　自定义对话框就是用户所创建的含有控件的窗体。在普通窗体上添加对话框中所需要的控件，如命令按钮、选项按钮、复选框、文本框等，通过设置窗体的属性值来自定义窗体的外观，使其成为对话框风格，然后编写显示对话框的代码以及实现对话框功能的代码。

　　设计自定义对话框可以按以下步骤进行：

　　1）添加窗体。执行"工程|添加窗体"命令，向工程中添加一个窗体。

　　2）定义具有对话框风格的窗体。一般情况下，因为对话框是临时性的，所以，用户通常不需要对它进行移动、改变尺寸、最大化或最小化等操作。通过设置窗体的BorderStyle、ControlBox、MaxButton或MinButton属性，可以将普通窗体设置成具有对话框风格的窗体。例如，以下是一组可能的属性设置：

　　• 将BorderStyle属性设置置为1：将窗体边框类型定义为固定单边框，运行时不能改变大小。

　　• 将ControlBox属性设置为False：删除控制菜单。

　　• 将MaxButton属性设置为False：删除最大化按钮，这样可以防止对话框在运行时被最大化。

　　• 将MinButton属性设置为False：删除最小化按钮，这样可以防止对话框在运行时被最小化。

　　3）在对话框上添加按钮。对话框中通常要有两个按钮，其中一个用于确定在对话框中完成的设置或回答，另一个用于关闭该对话框而不做任何改变，例如"确定"与"取消"按钮。当然，对于只显示一些文字，不需要用户做任何设置或选择的对话框，通常只有一个"确定"按钮。

　　可以将某个按钮的Default属性设置为True（称为Default按钮），这样，运行时按下Enter键与单击该按钮效果相同。同样，可以将另一个按钮的Cancel属性设置为True（称为Cancel按钮），这样，运行时按下Esc键与单击该按钮效果相同。例如，将"确定"按钮的Default属性设置为True，而将"取消"按钮的Cancel属性设置为True。通常情况下，代表最可靠的或者最安全的操作的按钮应当设置成Default按钮。例如，在"文本替换"对话框中，Default按钮应当是"取消"按钮，而不是"全部替换"按钮。

　　4）在对话框上添加必要的控件。根据对话框要完成的功能在对话框上添加各种控件，如命令按钮、选项按钮、复选框、文本框、框架、图片框等。

　　5）在适当的位置编写显示对话框的代码。自定义对话框由普通窗体设计而来，所以显示对话框与显示窗体方法相同，用Show方法实现。根据对话框的作用，可以有两种显示方式，即显示为模式对话框与无模式对话框。

　　如果在打开一个对话框时，焦点不可以切换到其他窗体或对话框，则这种对话框称为模式对话框。如Microsoft Word下的"页面设置"对话框就是一个模式对话框。如果在打开一个对话框时，焦点可以切换到其他窗体或对话框，则这种对话框称为无模式对话框。如Microsoft Word下的"查找和替换"对话框就是一个无模式对话框。

　　可以使用Show方法将对话框显示成模式对话框或无模式对话框，Show方法格式如下：

```
窗体名.Show [显示方式][,父窗体]
```

　　其中，"显示方式"是一个可选的整数，用于决定窗体是模式还是无模式。如果"显示方式"为0（或vbModeless），则窗体是无模式的；如果"显示方式"为1（或vbModal），则窗体是模式的。如果要确保对话框可以随其父窗体的最小化而最小化，随其父窗体的关闭而关闭，需要在Show方法中定义父窗体。

　　例如，将窗体Form2显示为模式对话框，应写成：

```
Form2.Show vbModal
```

例如，将窗体Form2显示为无模式对话框，应写成：

```
Form2.Show vbModeless
```

例如，在窗体Form1中单击命令按钮Command1后打开对话框Form2，则可以将Form1定义为Form2的父窗体。代码如下：

```
Private Sub Command1_Click()
    Form2.Show vbModeless, Form1
End Sub
```

6）编写实现对话框功能的代码，如"确定"按钮和"取消"按钮的Click事件过程。不同的对话框所完成的功能不同，因此应根据实际要求编写代码。

7）编写从对话框退出的代码。从对话框退出可以使用Unload语句或Hide方法，例如：

```
Unload Form2
```

或

```
Form2.Hide
```

Unload语句把对话框从内存中删除，该对话框本身以及它的控件都从内存中卸载。而Hide方法只是将对话框隐藏起来，该对话框以及其中的控件仍留在内存中。

当需要节省内存空间时，最好卸载对话框，因为卸载对话框可以释放内存。如果经常使用对话框，可以选择隐藏对话框。隐藏对话框仍可以保留与它关联的任何数据。对话框被隐藏后，可以继续从代码中引用被隐藏的对话框上的控件及其属性。

【例10-6】在例10-5的编辑菜单下添加一个"查找替换"菜单项，运行时通过该菜单项打开一个"查找替换"对话框，实现对文本框文本的简单查找和替换。

**界面设计：**

1）打开菜单编辑器，在"编辑"菜单下添加一个新的子菜单项，设置其标题为"查找替换"，名称为txtFind。添加后的"编辑"菜单如图10-11a所示。

2）使用"工程|添加窗体"命令，在工程中添加一个窗体Form2，设置Form2的BorderStyle属性值为1，使其具有对话框风格。按图10-11b所示在对话框上添加各控件。

**代码设计：**

1）编写窗体Form1的"查找替换"菜单项的Click事件过程，以显示对话框Form2：

```
Private Sub txtFind_Click()
    Form2.Show vbModeless, form1
End Sub
```

这里将"查找替换"对话框设置为无模式对话框，并设置窗体Form1为其父窗体。

2）在Form2模块的通用声明段声明两个模块级变量：

```
Dim StartPos As Integer, Pos As Integer
```

其中，StartPos用于保存窗体Form1的文本框Text1的文本插入点，Pos用于保存在Text1中查找时找到的位置。

3）编写窗体Form2的"查找下一处"按钮的Click事件过程，代码如下：

```
Private Sub Command1_Click()      ' 查找下一处
    Pos = InStr(StartPos + 1, form1.Text1.Text, Text1.Text)   ' 查找
    If Pos = 0 Then                       ' 如果没找到
        MsgBox "查找完毕,已没有匹配项"
        StartPos = 0                      ' 当前文本框插入点设置在最开始处
    Else                                  ' 如果找到，则选中找到的文本
        form1.Text1.SetFocus
        form1.Text1.SelStart = Pos - 1
        form1.Text1.SelLength = Len(Text1.Text)
        ' 修改文本框插入点，以便下次从这里开始查找
```

```
        StartPos = form1.Text1.SelStart + Len(Text1.Text)
    End If
End Sub
```

4）编写窗体Form2的"替换"按钮的Click事件过程，代码如下：

```
Private Sub Command2_Click()                  ' 替换
    If Len(form1.Text1.SelText) > 0 Then      ' 如果有选中的文本
        form1.Text1.SelText = Text2.Text      ' 替换选中的文本
        Command1_Click                ' 调用Command1_Click 事件过程继续查找下一处
    End If
End Sub
```

5）编写"取消"按钮的Click事件过程，代码如下：

```
Private Sub Command3_Click()
    Unload Me
End Sub
```

图10-11b和10-11c显示了查找替换对话框及查找替换效果。

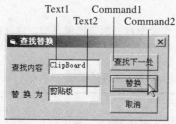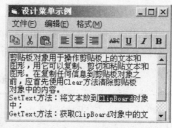

a）"编辑"菜单　　b）Form2——"查找替换"对话框　　c）查找替换效果

图10-11　"查找替换"对话框

### 10.3.2　通用对话框

利用Visual Basic提供的通用对话框控件可以很方便地创建Windows风格的标准对话框。通用对话框控件是ActiveX控件，使用之前必须先将它添加到工具箱中，添加步骤如下：

1）执行"工程|部件"命令，打开"部件"对话框。

2）在"部件"对话框中的"控件"选项卡下选择"Microsoft Common Dialog Control 6.0"。

3）单击"确定"按钮，通用对话框控件CommonDialog即被添加到工具箱中，如图10-12所示。

使用CommonDialog控件可以创建多种标准对话框，包括打开文件对话框、保存文件对话框、颜色对话框、字体对话框、打印对话框和帮助对话框。设计步骤如下：

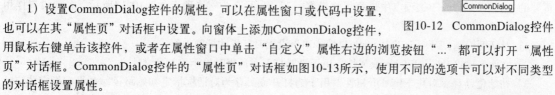

图10-12　CommonDialog控件

1）设置CommonDialog控件的属性。可以在属性窗口或代码中设置，也可以在其"属性页"对话框中设置。向窗体上添加CommonDialog控件，用鼠标右键单击该控件，或者在属性窗口中单击"自定义"属性右边的浏览按钮"..."都可以打开"属性页"对话框。CommonDialog控件的"属性页"对话框如图10-13所示，使用不同的选项卡可以对不同类型的对话框设置属性。

2）完成各项属性的设置之后，在代码中使用对话框的Show方法打开对话框。对话框的Show方法有以下几种：

• ShowOpen方法：显示打开文件对话框。

• ShowSave方法：显示保存文件对话框。

• ShowColor方法：显示颜色对话框。

• ShowFont方法：显示字体对话框。

• ShowPrinter方法：显示打印对话框。

• ShowHelp方法：调用帮助文件。

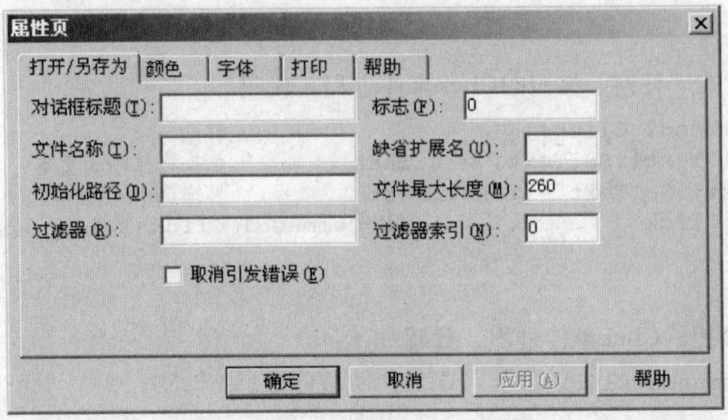

图10-13　CommonDialog控件的"属性页"对话框

例如，要将通用对话框控件CommonDialog1显示为一个颜色对话框，可以使用以下语句：

```
CommonDialog1.ShowColor
```

也可以使用通用对话框控件的Action属性指定要打开的对话框类型，该属性在设计时无效。Action属性的取值与打开的对话框类型如表10-6所示。

表10-6　Action属性的取值

| 设　　置 | 说　　明 | 对应的方法 |
| --- | --- | --- |
| 1 | 显示打开文件对话框 | ShowOpen |
| 2 | 显示保存文件对话框 | ShowSave |
| 3 | 显示颜色对话框 | ShowColor |
| 4 | 显示字体对话框 | ShowFont |
| 5 | 显示打印对话框 | ShowPrinter |
| 6 | 调用帮助文件 | ShowHelp |

例如，要将通用对话框控件CommonDialog1显示为一个颜色对话框，可以使用以下语句：

```
CommonDialog1.Action = 3
```

Action属性是为了与Visual Basic早期版本兼容而提供的，建议使用Show方法来打开对话框。

以下介绍打开文件对话框、保存文件对话框、颜色对话框和字体对话框的设计。

1. 文件对话框

要使用CommonDialog控件设计打开文件或保存文件对话框，可以首先在CommonDialog控件"属性页"的"打开/另存为"选项卡中进行属性设置。"打开/另存为"选项卡如图10-13所示。各项设置作用如下：

1）对话框标题：对应于DialogTitle属性，用于设置对话框的标题内容。

2）文件名称：对应于FileName属性，用于设置打开对话框时显示的初始文件名。

3）初始化路径：对应于InitDir属性，用于为打开或另存为对话框指定初始路径。如没有指定该属性或指定的路径不存在，则使用当前路径。

4）过滤器：对应于Filter属性。用于指定在对话框的文件类型列表框中所要显示的文件类型。Filter属性中可以设置多个过滤器，每个过滤器由描述、管道符号（|）和过滤条件组成，多个过滤器间用管道符号分隔。管道符号的前后都不要加空格。例如，下列代码设置了两个过滤器，分别设置了过滤器允许选择文本文件、位图文件和图标文件：

```
Text (*.txt)|*.txt|Pictures (*.bmp;*.ico)|*.bmp;*.ico
```

描述　　　过滤条件　　　描述　　　　　过滤条件

5）过滤器索引：对应于FilterIndex属性。当为一个对话框指定一个以上的过滤器时，该选项用于指定哪一个作为默认过滤器。索引值为一个整数。第一个过滤器索引值为1，第二个过滤器索引值为2，依此类推。

6）默认扩展名：对应于DefaultExt属性。当对话框用于保存文件时，如果文件名中没有指定扩展名，则使用该属性指定文件的默认扩展名，如.txt或.doc。

7）文件最大长度：对应于MaxFileSize属性，用于指定文件名的最大长度，单位为字节。

8）取消引发错误：对应于CancelError属性，用于指定运行时当在对话框中单击"取消"按钮时是否出错。选择该选项时，相当于将CancelError属性设置为True，这种情况下，当运行时在对话框中单击"取消"按钮，均产生32755号错误；否则，相当于将CancelError属性设置为False。

9）标志：对应于Flags属性，该属性是个长整型值，用于确定对话框的一些特性，如是否允许同时选择多个文件、是否在对话框中显示帮助按钮等。具体设置值可以查阅Visual Basic的帮助文档。

【例10-7】在例10-6的基础上继续设计。例10-6的"文件"菜单功能已经在例10-2中完成了设计，实现了执行文件菜单下的"打开"命令打开一个输入框，要求用户输入需要打开的文件路径及名称，并将该名称添加在"文件"菜单的子菜单中。将这一功能改成用通用对话框控件来指定要打开的文件路径及名称。

**界面设计**：在窗体Form1的任意位置上添加一个通用对话框控件CommonDialog1。设置CommonDialog1的属性，可以用"属性页"设置，也可以通过代码设置。

如果通过"属性页"设置属性，可以在图10-13的对话框中设置以下各属性：

• 对话框标题：请选择文件。

• 初始化路径：d:\测试。

• 过滤器：All Files|*.*|Text Files|*.txt。

• 取消引发错误：选择。

**代码设计**：

1）如果用代码来完成以上在属性页的设置，则可以写成：

```
Private Sub Form_Load()
    CommonDialog1.DialogTitle = "请选择文件"
    CommonDialog1.InitDir = "d:\测试"
    CommonDialog1.Filter = "All Files|*.*|Text Files|*.txt"
    CommonDialog1.CancelError = True
End Sub
```

2）修改"打开"菜单项的Click事件过程，代码如下：

```
Private Sub FileOpen_Click()
    On Error GoTo ErrorHandle              ' 设置错误陷阱
    CommonDialog1.ShowOpen                 ' 显示为打开文件对话框
    OpenFileName = CommonDialog1.FileName  ' 获取文件名及路径
    If Trim(OpenFileName) <> "" Then       ' 如果输入的文件名不为空，则添加
        MenuNum = MenuNum + 1              ' 菜单数组最大下标增加1
        Load SubMenu(MenuNum)              ' 添加菜单项
                                           ' 设置新添加的菜单项的标题并使其可见
        SubMenu(MenuNum).Caption = OpenFileName
        SubMenu(MenuNum).Visible = True
    End If
    Exit Sub                               ' 在这里一定要加上此语句，以免进入错误处理
ErrorHandle:                               ' 错误处理的入口
    MsgBox "您在文件对话框中选择了取消"
End Sub
```

以上代码用两条语句（第二条和第三条语句）代替例9-2的FileOpen_Click事件过程的第一条语句，运行时，用户不需要输入文件的路径和名称，只需从打开的对话框中直接选择，使操作更加方便可靠。由于

在CommonDialog1控件的"属性页"中选择了"取消引发错误",这样,运行时当在打开文件对话框中单击"取消"按钮时,将产生一个错误,在代码中使用了On Error GoTo ErrHandle对该错误进行处理,转到ErrHandle处执行,给出警告。图10-14是本例运行时单击"文件"菜单下的"打开"命令显示的打开文件对话框。

图10-14　用CommonDialog1控件设计的打开文件对话框

### 2. 颜色、字体对话框

使用CommonDialog控件的ShowColor方法可以显示"颜色"对话框。"颜色"对话框用于从调色板中选择颜色,或者生成和选择自定义颜色。

要使用CommonDialog控件打开"颜色"对话框,需要先在其"属性页"的"颜色"选项卡上进行属性设置。"颜色"选项卡如图10-15所示。

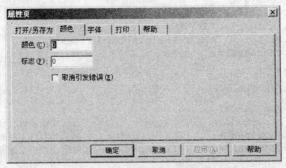

图10-15　"颜色"选项卡

在"颜色"选项卡下有以下设置:

1)颜色:对应于Color属性,用于设置对话框的初始颜色,只有当标志为1时才起作用。

2)标志:对应于Flags属性,该属性是一个长整型值,用于设置颜色对话框的一些特性。具体设置值可以查阅Visual Basic的帮助文档。

通过使用CommonDialog控件的ShowFont方法可以显示"字体"对话框。"字体"对话框用于指定文字的字体、大小、颜色、样式。

要使用CommonDialog控件打开"字体"对话框,需要先在其"属性页"的"字体"选项卡上进行属性设置。"字体"选项卡如图10-16所示。

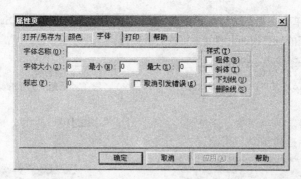

图10-16　"字体"选项卡

在"字体"选项卡下有以下设置：

1）字体名称：对应于FontName属性，用于设置"字体"对话框中的初始字体。

2）字体大小：对应于FontSize属性，用于设置"字体"对话框中的初始字体大小。

3）最小：对应于Min属性，用于设置"字体"对话框的"大小"列表框中显示的字体的最小尺寸。只有当标志（Flags）属性设置为8192时才起作用。

4）最大：对应于Max属性，用于设置"字体"对话框的"大小"列表框中显示的字体的最大尺寸。只有当标志（Flags）属性设置为8192时才起作用。

5）样式：对应于FontBold属性、FontItalic属性、FontUnderline属性、FontStrikethru属性，用于设置初始字体是否具有粗体、斜体、下划线、删除线效果。

6）标志：对应于Flags属性。该属性是个长整型值，用于设置"字体"对话框的一些特性。具体设置值可以查阅Visual Basic的帮助文档。

注意，在显示"字体"对话框前，必须先将标志（Flags）属性设置为1（屏幕字体）、2（打印机字体）或3（两种字体），否则会产生字体不存在的错误。如果要在"字体"对话框中显示效果和颜色，还必须设置标志（Flags）属性为256。

如果要同时使用多个标志设置，可以将相应的标志值相加。例如，要使"字体"对话框显示效果及颜色设置，同时显示屏幕字体，应将标志设置为257（即256+1）。

【例10-8】在例10-7的基础上继续设计，实现"格式"菜单下的"字体"和"背景颜色"菜单项的功能。运行时，单击"格式"菜单下的"字体"命令，可以打开一个"字体"对话框，在该对话框中选择的字体、效果及颜色用于设置文本框文字的字体、效果及颜色。单击"格式"菜单下的"背景颜色"对话框命令将打开一个"颜色"对话框，在"颜色"对话框中选择的颜色用于设置文本框的背景颜色。

**界面设计**：在窗体的任意位置添加一个通用对话框控件CommonDialog1。打开其"属性页"对话框，在"字体"选项卡下设置其标志值为259，其余设置均使用默认值。

**代码设计**：

1）编写"格式"菜单下的"字体"菜单项的Click事件过程，将CommonDialog1显示为一个"字体"对话框，然后用该对话框的属性设置文本框的对应属性。

```
Private Sub txtFont_Click()
    CommonDialog1.ShowFont                    ' 打开字体对话框
    ' 用对话框的各选项设置文本框的对应属性
    Text1.FontName = CommonDialog1.FontName
    Text1.FontBold = CommonDialog1.FontBold
    Text1.FontItalic = CommonDialog1.FontItalic
    Text1.FontStrikethru = CommonDialog1.FontStrikethru
    Text1.FontUnderline = CommonDialog1.FontUnderline
    Text1.ForeColor = CommonDialog1.Color
    Text1.FontSize = CommonDialog1.FontSize
End Sub
```

2）编写"格式"菜单下"背景颜色"菜单项的Click事件过程，将CommonDialog1显示为一个"颜色"对话框，然后用该对话框的颜色属性设置文本框的背景颜色。

```
Private Sub bckColor_Click()
    CommonDialog1.ShowColor                        ' 打开颜色对话框
    Text1.BackColor = CommonDialog1.Color          ' 用在对话框中选择的颜色设置文本框的背景颜色
End Sub
```

运行时，单击"字体"菜单命令，打开的"字体"对话框如图10-17所示；单击"背景颜色"菜单命令，打开的"颜色"对话框如图10-18所示。

图10-17　"字体"对话框

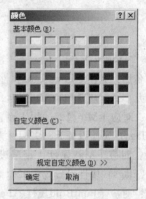

图10-18　"颜色"对话框

本例如何让在"字体"对话框中设置的下划线、删除线、粗体和斜体效果与菜单命令和工具栏按钮的这些功能保持状态一致，需要进一步完善。

利用CommonDialog控件还可以制作具有Windows风格的打印对话框和帮助对话框，这两种对话框的使用涉及其他方面的知识较多，这里不再叙述，有兴趣的读者可以参阅Visual Basic的帮助文档。

本章介绍了设计Windows应用程序界面的几种常见的要素，包括菜单、工具栏和对话框。应用程序界面对用户有着极大的影响，无论代码在技术上多么卓越，或者优化得多么好，如果用户发现应用程序很难使用，那么他们就很难接受它。一个设计得好的界面应具有以下特点：

1）从外观上讲，界面应美观。可以适当使用立体效果、图片、颜色等修饰控件，但也不要过多地使用颜色和图片。

2）控件布局合理。窗体的构图或布局不仅影响它的美感，而且也极大地影响应用程序的可用性。较重要的或者频繁访问的元素应当放在显著的位置，而不太重要的元素应当放到不太显著的位置。在语言中我们习惯于从左到右、自上而下地阅读。对于计算机屏幕也是如此，大多数用户的眼睛会首先注视屏幕的左上部位，所以最重要的元素应当放在屏幕的左上部位。另外，要注意保持各控件之间一致的间隔以及垂直与水平方向的对齐，就像杂志中的文本一样，安排得行列整齐、行距一致。整齐的界面会使得阅读更容易。

3）空白空间使用得当。可以使用一定的颜色或空白空间将控件分组，以免界面过分拥挤，显得凌乱。

4）保持界面的简明。尽量将界面设计得整洁、简单明了，这样可以使用户更容易在界面上操作，保持清晰的思路。如果界面看上去很复杂，则可能使用户感觉操作困难。

5）对信息进行分组。尽量把信息按一定的标准进行分组，这样可以保持视觉上的一致性，分组的标准应该在设计应用程序开始时确定。

6）尽量保持界面元素有一致的风格。一致的外观可以使界面看上去更加协调。如选择的字体、同种类型的控件、表示同一类功能的控件、窗体的背景、控件的边框等应尽量保持一致的风格。

当然，界面设计还要参考一些好的软件产品的界面风格，以及应用程序的使用范围和运行环境，满足使用者的要求应该作为界面设计的最终目标。

## 10.4　上机练习

【练习10-1】新建一个标准EXE工程，设计窗体菜单及其子菜单如图10-19所示。向窗体上添加一个图片框，并在图片框中画一个Shape控件，编写代码实现：

1）通过"形状"子菜单项可以设置图形的形状，包括：矩形、正方形、椭圆、圆、圆角矩形、圆角正方形。

2）通过"填充"子菜单项可以设置图形的填充样式，包括：不透明、透明、水平线、垂直线、上斜对角线、下斜对角线、十字线、交叉对角线。

3）通过"颜色"子菜单项可以设置图形的边框颜色和填充颜色。对于边框颜色和填充颜色又分别可以指定红、绿、蓝三种颜色。

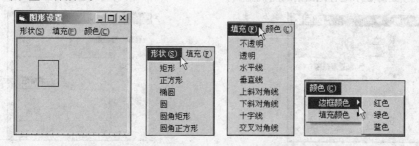

图10-19　"图形设置"主界面及各子菜单项

> **提示**：Shape控件的形状由Shape属性决定，Shape控件的填充样式由FillStyle属性决定。Shape控件的边框颜色由BorderColor属性决定，Shape控件的填充颜色由FillColor属性决定，可以在属性窗口查看各属性的值及其相应的设置效果。

【练习10-2】在练习10-1的基础上，为图片框添加一个弹出式菜单。菜单项包括：上移、下移、左移、右移、停止。运行时用鼠标右击图片框，显示该弹出式菜单，单击各菜单项分别能够实现对图形控件按指定方向进行连续的移动或停止移动。其中，"停止"菜单项显示为黑体，如图10-20所示。

> **提示**：使用定时器实现图形的连续移动。

【练习10-3】在练习10-2的基础上，使用手工方式设计工具栏，工具栏具有图片框的弹出式菜单的功能。如图10-21所示。其中，4个移动按钮为单选按钮，"Stop"按钮为命令按钮。要求运行时鼠标指向工具栏按钮会有相应的文字提示，即提示：上移、下移、左移、右移和停止。

图10-20　图片框弹出式菜单

图10-21　用手工方式设计的工具栏

【练习10-4】另存练习10-3的工程，然后将用手工方式设计的工具栏改成用ToolBar控件进行设计。

【练习10-5】另存练习10-4的工程，然后删除"颜色"菜单下的最底层菜单项，改为用"颜色"对话框来设置图形的边框颜色和填充颜色。

【练习10-6】新建一个标准EXE工程，包括窗体Form1和Form2，按以下要求进行设计：

1）将Form1设为启动对象（主窗体），界面如图10-22所示。其中，滚动条的初始范围为[0, 100]（默认值），Form1中的文本框用于显示当前滚动条的值，设定时器定时时间间隔为1秒。运行时每隔一秒生成一个滚动条滚动范围内的随机整数，并将此数反映在滚动条上与文本框中。

2）运行时，单击"设置范围"按钮，以模式方式打开窗体Form2；单击"退出"按钮结束运行。

3）将窗体Form2设计成一个对话框，界面如图10-23所示。运行时，单击"确定"按钮将用新输入的范围取代滚动条现有的范围，并返回主窗体，继续定时显示新范围内的随机整数；单击"缺省值"按钮采用滚动条的默认范围[0, 100]，并返回主窗体，继续定时显示默认范围内的随机整数；单击"取消"按钮返回主窗体，继续定时显示现有范围内的随机整数。

图10-22　定时显示指定范围的数

图10-23　设置范围

【练习10-7】利用通用对话框控件编写应用程序，界面参考图10-24。要求：

1）单击"打开"按钮，显示标准的打开文件对话框，对话框标题为"请选择文件"，默认路径为C:\WINDOWS（或所用机器中的一个已经存在的文件夹），默认列出的文件扩展名为.TXT，选定路径及文件名后，该路径和文件名显示在文本框中。

2）单击"字体"按钮，显示标准的"字体"对话框，利用该对话框设置文本框文字的字体、样式、大小、效果和颜色。

3）单击"颜色"按钮打开"颜色"对话框，用于设定文本框的背景颜色。

图10-24　使用通用对话框

# 第11章 图形设计

图形设计是许多应用程序设计中非常重要的一个环节。图形可以为应用程序的界面增加情趣和艺术效果，比呆板的文字能更形象、准确地表达各种事物或解题结果。Visual Basic 6.0为程序设计者提供了丰富的绘图功能。设计程序时，不仅可以使用Visual Basic提供的图形控件画图，还可以调用图形方法绘制丰富多彩的图形。

本章首先介绍与绘图有关的基础知识，如坐标系统、绘图的颜色等，然后围绕图形控件、图形函数、绘图方法等介绍图形设计的基本方法和技巧。

## 11.1 图形设计基础

图形设计离不开坐标系统和颜色，本节将简要介绍Visual Basic的坐标系统和颜色的基础知识。

### 11.1.1 坐标系统

Visual Basic的坐标系用于在二维空间定义容器对象（如窗体和图片框）中点的位置。像数学中的坐标系一样，Visual Basic的坐标系也包含坐标原点、$x$坐标轴和$y$坐标轴。Visual Basic坐标系的默认坐标原点（0,0）在容器对象的左上角，水平方向的$x$坐标轴向右为正方向，垂直方向的$y$坐标轴向下为正方向。如图11-1所示。

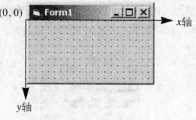

图11-1　默认坐标系

#### 1. 刻度单位

Visual Basic中坐标轴的默认刻度单位是缇（Twip），用户可以根据实际需要使用ScaleMode属性改变刻度单位。ScaleMode属性值如表11-1所示。

表11-1　ScaleMode属性值

| 值 | 常 量 | 说 明 |
|---|---|---|
| 0 | vbUser | 用户自定义。可设置ScaleHeight、ScaleWidth、ScaleTop、ScaleLeft属性 |
| 1 | vbTwips | 缇（默认值），1440缇等于1英寸 |
| 2 | vbPoints | 点，72点等于1英寸 |
| 3 | vbPixels | 像素，表示分辨率的最小单位 |
| 4 | vbCharacters | 字符 |
| 5 | vbInches | 英寸 |
| 6 | vbMillimeters | 毫米 |
| 7 | vbCentimeters | 厘米 |

例如，将窗体坐标系的刻度单位设置为像素，代码如下：

```
Form1.ScaleMode=3
```

**2. 改变坐标系**

Visual Basic提供了一系列属性和方法，方便用户改变坐标系的原点和坐标轴的方向。

（1）ScaleLeft和ScaleTop属性

这两个属性用于重定义对象的左上角坐标，改变坐标系的原点位置。

【例11-1】定义不同的坐标系，通过将标签移动到坐标系原点检验原点的位置。设计界面如图11-2a所示，运行时，单击"将标签移动到原点"命令按钮将标签移动到坐标原点。

如果编写"将标签移动到原点"按钮的单击事件过程如下：

```
Private Sub Command1_Click()
    Label1.Left = 0
    Label1.Top = 0
End Sub
```

则使用默认的坐标系统，原点在窗体的左上角，运行时，单击"将标签移动到原点"按钮，标签位置如图11-2b所示。

如果编写"将标签移动到原点"按钮的单击事件过程如下：

```
Private Sub Command1_Click()
    Form1.ScaleLeft = 200
    Form1.ScaleTop = 300
    Label1.Left = 0
    Label1.Top = 0
End Sub
```

则改变了坐标系统，运行时，单击"将标签移动到原点"按钮，标签位置如图11-2c所示。

这里通过修改窗体的ScaleLeft和ScaleTop属性，将窗体左上角的坐标定义为（200，300）。此时，窗体的大小并没有改变，而坐标系的原点（0,0）位置改变了，相当于移到了窗体的外部。在这种情况下，如果希望将标签移动到窗体的左上角，则需要将标签的位置坐标设置成：

```
Label1.Left = 200
Label1.Top = 300
```

　　　　　a) 设计界面　　　　　　　　　　b) 不改变坐标系　　　　　　　　c) 改变了坐标系

图11-2　用ScaleLeft和ScaleTop属性改变坐标系的原点

（2）ScaleWidth和ScaleHeight属性

这两个属性用于改变容器对象高度和宽度的刻度单位。这一刻度单位是由ScaleWidth和ScaleHeight属性的值和容器对象内部显示区域的当前尺寸决定的。将这两个属性设置为负值将改变坐标轴的方向。

例如，如果当前窗体内部显示区域的高度是2000缇，宽度是3000缇。此时高度和宽度的刻度单位均为1缇。

如果设置ScaleHeight=500，则将窗体内部显示区域的高度划分为500个单位，每个单位为2000/500，即4缇。

如果设置ScaleWidth=1000，则将窗体内部显示区域的宽度划分为1000个单位，每个单位为3000/1000，即3缇。

在使用以上方法定义了新的刻度单位后，如果容器对象的实际尺寸发生了变化，这一刻度也不会改变，直到重新设置ScaleWidth和ScaleHeight属性为止。

**【例11-2】**将一个图形的左上角移动到窗体的中央位置。

分析：如果不对窗体重新定义刻度单位，就需要以缇为单位来计算窗体的中央位置，显然计算较烦琐。如果将窗体的高度和宽度都定义为2个刻度单位，则窗体的中央位置就是坐标为（1，1）的点。

**界面设计：**向窗体上添加一个图形控件Shape1和一个命令按钮Command1，如图11-3a所示。假设运行时单击命令按钮将图形的左上角移动到窗体的中央位置。

**代码设计：**"移动"按钮Command1的Click事件过程如下：

```
Private Sub Command1_Click()
    Form1.ScaleHeight = 2          ' 将窗体的高度定义为2个刻度单位
    Form1.ScaleWidth = 2           ' 将窗体的宽度定义为2个刻度单位
'设置Shape控件左上角的坐标
    Shape1.Left = 1
    Shape1.Top = 1
End Sub
```

运行时，单击"移动"按钮将图形Shape1的左上角移动到窗体的中央位置，如图11-3b所示。

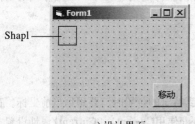

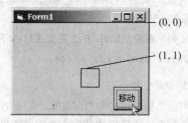

a) 设计界面　　　　　　　　　　　　　　　　b) 运行界面

图11-3　使用自定义的刻度单位移动图形

将ScaleHeight、ScaleWidth、ScaleLeft与ScaleTop属性结合使用，可以自定义坐标系统。

**【例11-3】**设计如图11-4a所示的界面，并定义新的坐标系，坐标系原点在窗体的左下角，$x$轴正方向向右，$y$轴正方向向上，将窗体的高度和宽度都定义为4个刻度单位。运行时，单击"移动"按钮将图形左上角移动到坐标（1，1）处。

在窗体的Load事件过程中定义坐标系统，代码如下：

```
Private Sub Form_Load()
    Form1.ScaleHeight = -4    ' 定义窗体高度为4个刻度单位，设置为负数，使y轴正方向向上
    Form1.ScaleWidth = 4      ' 定义窗体宽度为4个刻度单位
    Form1.ScaleTop = 4        ' 使窗体左上角y坐标为4，则原点移到了左下角
End Sub
```

"移动"按钮Command1的Click事件过程如下：

```
Private Sub Command1_Click()
    Shape1.Left = 1
    Shape1.Top = 1
End Sub
```

运行时，单击"移动"按钮，图形移动后的位置如图11-4b所示。

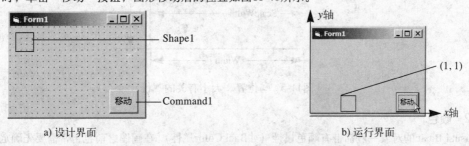

a) 设计界面　　　　　　　　　　　　　　　　b) 运行界面

图11-4　使窗体的左下角为坐标原点

如果要将坐标原点定位在窗体中央位置，y轴正方向向上，可以使用以下代码：

```
Form1.ScaleHeight = -4
Form1.ScaleWidth = 4
Form1.ScaleTop = 2
Form1.ScaleLeft = -2
```

（3）Scale方法

该方法用于重新设置各种容器对象的坐标系统。

**格式**：[对象名.]Scale [(x1,y1)-(x2,y2)]

**功能**：Scale方法用于将容器对象的左上角坐标定义为 $(x1,y1)$，右下角坐标定义为 $(x2,y2)$。不带任何参数调用Scale方法，可以将坐标系还原成系统默认的坐标系。

**说明**：$x1$，$y1$的值分别决定了ScaleLeft和ScaleTop属性的值；而 $(x2,y2)$ 与 $(x1,y1)$ 两点x坐标的差值和y坐标的差值，分别决定了ScaleWidth和ScaleHeight属性的值。

使用Scale方法设置各种容器对象的坐标系统更直观、更快捷。

例如，Picture1.Scale (5, 10)-(300, 300)用于将图片框左上角的坐标定义为 (5,10)，右下角的坐标定义为 (300,300)。

又如，要使用Scale方法定义图11-4b所示的坐标系，可以写成：

```
Form1.Scale (0, 4)-(4, 0)
```

3．当前坐标

当前坐标即坐标的当前位置。当在容器中要将某一结果输出到特定的位置时，要用到当前坐标。在容器中绘制图形或输出结果后，当前坐标也会发生变化。Visual Basic使用CurrentX和CurrentY属性设置或返回当前坐标的水平坐标和垂直坐标。

例如，在窗体Form1的点 (200,200) 处显示"当前坐标为(200,200)"，可以使用以下语句：

```
Form1.CurrentX = 200
Form1.CurrentY = 200
Form1.Print "当前坐标为(200,200)"
```

4．与位置和大小有关的属性

对象的属性Left、Top、Width、Height决定其在容器对象中的位置和大小。对于Form、Printer和Screen对象，这些属性值总是以缇为单位，它们表示对象外边界的位置或大小。如窗体的Width属性和Heigh属性代表窗体外部的高度和宽度，包括边框和标题栏。对基于对象内部可视区域的操作或计算，要使用ScaleLeft、ScaleTop、ScaleHeight和ScaleWidth属性。图11-5表示了窗体对象的上述各属性的意义。

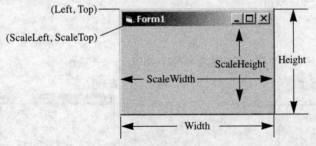

图11-5  与位置和大小有关的属性

## 11.1.2  颜色

Visual Basic的对象一般都带有颜色属性（如BackColor属性），在画图之前也常常需要先确定图形的颜色。Visual Basic用一个四字节的长整型（Long）数来代表颜色值，其中较低的三个字节分别对应于构成颜色的三原色，即红色、绿色和蓝色。如果用十进制表示，则每个字节的取值范围为0～255。通过合理地调配三原色所占的比例，可以得到丰富多彩的颜色。Visual Basic为用户提供了多种获取和设置颜色值的方法。

**1. 在设计阶段设置颜色**

对象的属性窗口列出了该对象的所有属性，其中与颜色有关的属性（如BackColor、ForeColor）的名称中都带有Color。要为对象的属性设置颜色值，可以在属性窗口中单击相应的属性名，在属性值处就会出现一个下拉箭头，再单击下拉箭头，会弹出如图11-6所示的颜色对话框。其中包括两个选项卡，一个提供了系统预定义的颜色，如图11-6a所示；另一个显示的是调色板，如图11-6b所示，使用时可从两个选项卡中任选一个，再从中选择需要的颜色。

a) 系统颜色

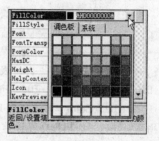

b) 调色板

图11-6　在属性窗口中设置颜色属性值

**2. 在运行阶段设置颜色**

1）使用RGB函数。使用RGB函数获取一个长整型（Long）的RGB颜色值。格式为：

```
RGB (red,green,blue)
```

其中，red，green，blue分别代表红色、绿色、蓝色的值，取值范围是0～255之间的整数。

例如，Form1.BackColor = RGB(255, 0, 0)用于将窗体的背景色设置为红色。

2）使用QBColor函数。使用QBColor函数可以从16种颜色中选择一种颜色。QBColor函数格式为：

```
QBColor (value)
```

value是介于0～15之间的整数，value值及其代表的颜色如表11-2所示。

表11-2　QBColor函数可以使用的参数及对应的颜色

| value值 | 颜色 | value值 | 颜色 | value值 | 颜色 |
|---|---|---|---|---|---|
| 0 | 黑色 | 6 | 黄色 | 12 | 亮红色 |
| 1 | 蓝色 | 7 | 白色 | 13 | 亮洋红色 |
| 2 | 绿色 | 8 | 灰色 | 14 | 亮黄色 |
| 3 | 青色 | 9 | 亮蓝色 | 15 | 亮白色 |
| 4 | 红色 | 10 | 亮绿色 | | |
| 5 | 洋红色 | 11 | 亮青色 | | |

例如，Form1.BackColor = QBColor(4)用于将窗体的背景色设置为红色。

3）使用颜色常量。Visual Basic为了方便用户，将经常使用的颜色值定义为系统内部常量。Visual Basic定义的颜色常量如表11-3所示。

表11-3　颜色常量

| 颜色常量 | 颜 色 | 颜色常量 | 颜 色 |
|---|---|---|---|
| vbBlack | 黑色 | vbBlue | 蓝色 |
| vbRed | 红色 | vbMagenta | 洋红色 |
| vbGreen | 绿色 | vbCyan | 青色 |
| vbYellow | 黄色 | vbWhite | 白色 |

例如，Form1.BackColor=vbRed用于将窗体的背景色设置为红色。

4）使用颜色的十六进制表示值。Visual Basic内部使用十六进制数代表指定的颜色。用户可以直接使用该十六进制数为颜色属性赋值。该十六进制数表示为：

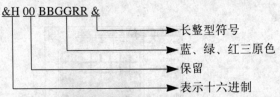

&H 00 BBGGRR &

→ 长整型符号
→ 蓝、绿、红三原色
→ 保留
→ 表示十六进制

其中，BB、GG和RR分别介于00～FF之间，BB代表蓝色分量，GG代表绿色分量，RR代表红色分量。

例如，Form1.BackColor = &H0000FF& 用于将窗体的背景色设置为红色。

5）使用系统颜色。应用程序设计遵循的基本原则之一就是与系统的一致性。比如Windows系统下的应用程序一般都具有菜单、命令按钮等，菜单、命令按钮等的默认颜色都是灰色的。Visual Basic允许在应用程序中直接引用系统的颜色来设置窗体和控件的颜色属性，这样可以保证用户设计的应用程序与系统风格的一致。如果在控制面板中改变了系统颜色，应用程序中被引用的相应颜色也会随之变化。

在Visual Basic中，系统颜色有两种表示方法，一种是用系统符号常量表示；另一种是用十六进制的四字节长整型数表示。用十六进制表示的系统颜色值的第一个字节为80，其余字节指定的是一种系统颜色。在图11-6a的属性窗口中，选择一种系统颜色后，可以看出所对应的颜色值。例如，选择"活动标题栏"颜色，所产生的颜色值为&H80000002&；而选择"非活动边框"颜色，所产生的颜色值为&H8000000B&。在"对象浏览器"的VBRUN库中，选择SystemColorConstants类，可以查看系统颜色所对应的系统内部常量。

## 11.2　图形控件

图形控件用于在对象（窗体、图片框）上绘制特定形状的图形，如圆、直线等。图形控件的属性既可以在设计阶段设置，也可以在运行阶段由程序动态地改变。

### 1. Shape控件

Shape控件在工具箱中的图标为 ▣，用于在窗体或图片框上绘制常见的几何图形。通过设置Shape控件的Shape属性，可以画出多种图形。Shape属性具有如表11-4所示的设置值。

表11-4　Shape控件的Shape属性值

| 设 置 值 | 常 量 | 形 状 |
|---|---|---|
| 0（默认值） | vbShapeRectangle | 矩形 |
| 1 | vbShapeSquare | 正方形 |
| 2 | vbShapeOval | 椭圆形 |
| 3 | vbShapeCircle | 圆形 |
| 4 | vbShapeRoundedRectangle | 圆角矩形 |
| 5 | vbShapeRoundedSquare | 圆角正方形 |

**2. Line控件**

Line控件在工具箱中的图标为 ◥，用于在容器对象中画直线。表示直线起点坐标的属性为$x1$、$y1$，表示直线终点坐标的属性为$x2$、$y2$。

对于Shape控件和Line控件，都有BorderColor、BorderWidth和BorderStyle属性。BorderColor属性用于返回或设置图形边框或线条的颜色；BorderWidth属性用于返回或设置图形边框或线条的宽度；BorderStyle属性用于返回或设置图形边框或线条的样式，其取值如表11-5所示。

**表11-5 BorderStyle属性的设置值**

| 设置值 | 常　　量 | 形　　状 |
|---|---|---|
| 0 | vbTransparent | 透明，忽略BorderWidth属性 |
| 1 | vbBSSolid | （默认值）实线，边框处于形状边缘的中心 |
| 2 | vbBSDash | 虚线，当BorderWidth为1时有效 |
| 3 | vbBSDot | 点线，当BorderWidth为1时有效 |
| 4 | vbBSDashDot | 点划线，当BorderWidth为1时有效 |
| 5 | vbBSDashDotDot | 双点划线，当BorderWidth为1时有效 |
| 6 | vbBSInsideSolid | 内收实线，边框的外边界就是形状的外边缘 |

注意，当BorderStyle属性为"0"（透明）时，将忽略BorderColor和BorderWidth属性的设置值。当BorderWidth为1时，BorderStyle属性设置为1（实线）和6（内收实线）看上去效果相同，为了比较这两个值的区别，在窗体上画一个Shape控件Shape1，设置其BorderWidth值为20，BorderColor为黄色，BorderStyle值为1，复制该控件，形成另一个控件Shape2，将Shape2的BorderStyle属性设置为6，用鼠标单击这两个控件时可以看出其边框的位置。如图11-7所示。

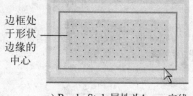

a) BorderStyle属性为1——实线

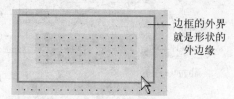

b) BorderStyle属性为6——内收实线

图11-7 BorderStyle属性为1和6的区别

**【例11-4】** 设计一个简单的秒表。单击"开始"按钮开始移动秒针，单击"停止"按钮停止移动秒针。

**界面设计**：在窗体上放一个图片框Picture1，在Picture1中用Shape控件画一个圆，再画4个显示数字的标签，用Line控件画一直线作为秒针，名称为Line1。最后向窗体上添加两个命令按钮和一个定时器。界面如图11-8a所示。

**代码设计**：通过在定时器的Timer事件过程中改变Line控件的终点坐标$(X2, Y2)$可以使秒针旋转起来。代码设计步骤如下。

1）在窗体的Load事件过程中对定时器控件进行初始化，同时更改Picture1控件的坐标系统。代码如下：

```
Dim arph                            ' 用arph表示秒针旋转角度（用弧度表示）
Private Sub Form_Load()
    Timer1.Enabled = False          ' 关闭定时器
    Timer1.Interval = 1000          ' 设定时间间隔为1秒
    Picture1.Scale (-1, 1)-(1, -1)  ' 定义图片框坐标系
    Line1.X1 = 0: Line1.Y1 = 0      ' 将秒针的起点移动到原点
    Line1.X2 = 0: Line1.Y2 = 0.7    ' 将秒针的另一端移动到正上方，指向0，设长度0.7
    arph = 0                        ' 旋转角度为0
End Sub
```

2）在定时器控件的Timer事件过程中更改Line1控件的终点坐标（$X2,Y2$），$X2$、$Y2$可由下式计算得出：

```
Line1.X2 = 秒针长度*Sin(arph)
Line1.Y2 = 秒针长度*Cos(arph)
```

其中arph的取值范围为 $0 \sim 2\pi$，其值每次增加6度（$2\pi/60$）。代码如下：

```
Private Sub Timer1_Timer()             ' 每隔1秒旋转一次秒针
    arph = arph + 3.14159265 / 30      ' 旋转角度增加6度
                                       ' 以下语句将秒针的另一端移动到旋转后的位置

    Line1.Y2 = 0.7 * Cos(arph)
    Line1.X2 = 0.7 * Sin(arph)
End Sub
```

3）在"开始"按钮Command1的Click事件过程中，启动定时器，使秒针开始旋转。代码如下：

```
Private Sub Command1_Click()           ' "开始"按钮
    Timer1.Enabled = True              ' 启动定时器
End Sub
```

4）在"停止"按钮Command2的Click事件过程中，关闭定时器，停止秒针的旋转。代码如下：

```
Private Sub Command2_Click()           ' "停止"按钮
    Timer1.Enabled = False             ' 关闭定时器
End Sub
```

运行时，单击"开始"按钮（Command1）秒针开始旋转，单击"停止"按钮（Command2）停止旋转。图11-8b所示为运行界面。

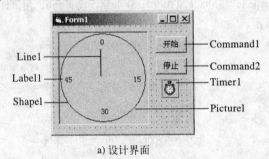

a) 设计界面                                    b) 运行界面

图11-8  简单秒表

## 11.3  绘图方法

Visual Basic还提供了一些绘图方法，可以在指定的容器对象上画点、线、矩形、圆、弧等，并指定各种绘图参数。

### 11.3.1  画点方法

PSet方法用于在容器对象的指定位置用特定的颜色画点。

**格式：** [对象名.]PSet [Step] (x,y) [,颜色]

**说明：**

1）对象名：要绘制点的容器对象的名称，如窗体、图片框等。省略该参数时将默认为当前窗体。

2）(x,y)：绘制点的坐标，可以是任何数值表达式。

3）颜色：绘制点的颜色值。省略该参数时，PSet方法用容器对象的前景颜色（ForeColor）画点。

4）Step：可选项。带此参数时，(x,y)是相对于当前坐标的坐标。当前坐标可以是最后的画图位置，也可以由容器对象的CurrentX和CurrentY属性设定。执行PSet方法后，(x,y)成为当前坐标。

5）用PSet方法绘制的点的大小受其容器对象的DrawWidth属性的影响。

【**例11-5**】编写代码实现：运行时单击窗体，在窗体上随机画一些带颜色的点，实现满天星的效果。窗体的Click事件过程如下：

```
Private Sub Form_Click()
    ScaleWidth = 100        ' 设窗体宽度为100个单位
    ScaleHeight = 100       ' 设窗体高度为100个单位
    DrawWidth = 20          ' 设置点的大小为20个像素
    For i = 1 To 30
        ' 生成随机点的坐标（m_x,m_y）
        m_x = Rnd * 100 : m_y = Rnd * 100
        ' 生成随机的红、绿、蓝颜色分量值
    m_red = Rnd * 255 : m_green = Rnd * 255 : m_blue = Rnd * 255
    PSet (m_x, m_y), RGB(m_red, m_green, m_blue)   ' 用随机坐标和随机颜色画点
Next i
End Sub
```

运行时单击窗体，效果如图11-9所示。

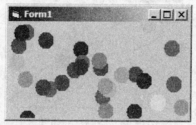

图11-9  用Pset方法画点

【**例11-6**】编写代码实现：运行时单击窗体，用PSet方法在窗体上绘制一条[0°，360°]的正弦曲线。

**分析**：由于要绘制的曲线在[0°，360°]之间，因此可以定义窗体的水平坐标从左到右为0～360；由于正弦函数的取值范围为[-1,1]，因此可以设置垂直坐标从下到上为-1～1。窗体的Click事件过程如下：

```
Private Sub Form_Click()
    Scale (0, 1)-(360, -1)      ' 定义坐标系
    DrawWidth = 2               ' 设置点的大小为2个像素
    For x = 0 To 360
        y = 0.9 * Sin(x * 3.1415926 / 180)
        PSet (x, y), vbRed       ' 在坐标(x,y)处画红色点
    Next x
End Sub
```

以上代码在Scale方法、DrawWidth属性、Pset方法前都没有指定对象名，都默认为当前窗体。运行时单击窗体，效果如图11-10所示。

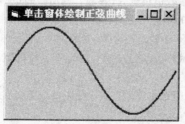

图11-10  用PSet方法在窗体上绘制正弦曲线

【**例11-7**】编写代码实现：运行时单击窗体，用PSet方法在窗体上绘制以下参数方程决定的曲线：

$$x=\sin 2t * \cos t$$

$$y=\sin 2t * \sin t$$

其中t的取值范围为$0 \leqslant t \leqslant 2\pi$。

**分析**：由于正弦函数和余弦函数的取值范围为[-1,1]，根据方程可以确定x、y的取值范围在-1到1之间，因此可以使用Scale方法定义坐标系：Scale (-1, -1)-(1, 1)。窗体的Click事件过程如下：

```
Private Sub Form_Click()
    Scale (-1, -1)-(1, 1)
    DrawWidth = 2
    ForeColor = vbRed          ' 设窗体的前景颜色为红色
    For t = 0 To 2 * 3.1415926 Step 0.001
        x = Sin(2 * t) * Cos(t)
        y = Sin(2 * t) * Sin(t)
        PSet (x, y)            ' 在坐标(x,y)处用窗体的前景颜色画点
    Next t
End Sub
```

运行时单击窗体，绘制的图形为星形曲线，效果如图11-11所示。

图11-11　绘制星形曲线

### 11.3.2　画直线、矩形方法

Line方法用于画直线和矩形。

**格式**：[对象名.]Line [Step] [(x1,y1)]-[Step] (x2,y2) [,颜色][,B[F]]

**说明**：

1）对象名：要在其中画图的容器对象名称，如窗体、图片框等，默认为当前窗体。

2）(x1,y1)：起点坐标。如果省略该参数，图形起始于当前坐标位置。

3）(x2,y2)：终点坐标。

4）Step：可选项。当在 (x1,y1) 前出现Step时，表示 (x1,y1) 是相对于当前坐标位置的坐标。当在 (x2,y2) 前出现Step时，表示 (x2,y2) 是相对于图形起点的终点坐标。

5）颜色：图形的颜色。如果省略该参数，则使用容器对象的ForeColor属性值作为图形的颜色。

6）B：可选项。如果选择了B参数，则以 (x1,y1)、(x2,y2) 为对角坐标画出矩形。

7）F：可选项。如果使用了B参数后再选择F参数，则所画的矩形将用矩形边框的颜色填充。如果不使用F参数而只使用B参数，则所画的矩形用当前容器对象的FillColor和FillStyle填充。FillStyle的默认值为1 - Transparent（透明）。不能只选择F参数而不选择B参数。

执行Line方法后，当前坐标被设置在终点坐标 (x2,y2)。线的宽度取决于容器对象的DrawWidth属性值。

**【例11-8】**编写代码实现：运行时单击窗体，画出如图11-12所示的三角形和矩形。

窗体的Click事件过程如下：

```
Private Sub Form_Click()
    ScaleWidth = 100    ' 设窗体宽度为100个单位
    ScaleHeight = 100   ' 设窗体高度为100个单位
    DrawWidth = 5       ' 设线条宽度为5个像素
    ' 画三角形
    Line (10, 10)-(10, 80),vbRed
```

```
    Line -(40, 80), vbGreen
    Line -(10, 10), vbBlue
    ' 画矩形
    CurrentX = 50 : CurrentY = 30
    Line (50, 10)-(80, 80), vbRed, B
End Sub
```

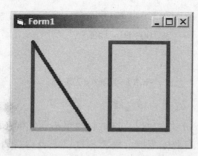

图11-12　用Line方法画三角形和矩形

**【例11-9】** 使用Line方法绘制矩形的功能画一个黑白格相间的棋盘。

**界面设计**：设棋盘直接画在窗体上，运行时通过单击窗体画出棋盘。

**代码设计**：本例假设棋盘有10行10列，因此可以首先用Scale方法将窗体的高度和宽度划分成10个单位。为了实现黑白相间的效果，在代码中引入一个标志变量Flag，当Flag为1时，用黑色画矩形，当Flag为-1时，用白色画矩形。在Line方法中使用B、F参数指定绘制填充矩形，代码如下：

```
Private Sub Form_Click()
    Scale (0, 0)-(10, 10)          ' 定义窗体宽度和高度为10个单位
    Flag = 1
    For i = 0 To 9                 ' 外循环每执行一轮，由内循环画出棋盘的一列图案
        Flag = Flag * (-1)
        For j = 0 To 9             ' 内循环每执行一次，画出第i+1列的第j+1格
            X1 = i: Y1 = j         ' 设置小矩形的左上角坐标
            X2 = i + 1: Y2 = j + 1 ' 设置小矩形的右下角坐标
            If Flag = -1 Then      ' 根据Flag的值设置图案颜色
                C = vbWhite
            Else
                C = vbBlack
            End If
            Line (X1, Y1)-(X2, Y2), C, BF  ' 画矩形
            Flag = Flag * (-1)
        Next j
    Next i
End Sub
```

运行时单击窗体，画出的棋盘如图11-13所示。

图11-13　使用Line方法绘制棋盘

【例11-10】使用Line方法绘制艺术图案。使画线的起始坐标（$x1,y1$）和终点坐标（$x2,y2$）根据三角函数表达式的规律变化，可以绘制各种风格的图形。本例使坐标（$x1,y1$）、（$x2,y2$）随表达式

$$x1=320+f\cos(a)$$
$$y1=200-f\sin(a)$$
$$x2=320+f\cos(a+\pi/5)$$
$$y2=200-f\sin(a+\pi/9)$$

的规律变化，其中，$f$由表达式

$$f=d(1+1/2\cos(2.5a))$$

决定，$d$是一个常量。本例设$d=100$，$a$在$0\sim4\pi$之间。

**界面设计**：在窗体上画一个图片框Picture1，设运行时单击图片框在图片框内画图。

**代码设计**：为了便于确定画图的坐标范围，需要根据以上表达式估算$x1$、$y1$、$x2$、$y2$的值。由于cos函数值在$-1$到$1$之间，根据以上表达式可以看出，$f$的值在50到150之间。根据$f$的取值范围和sin、cos函数的取值范围可以推导出$x$坐标值在170到470之间，$y$坐标的值在50到350之间。据此，可以用Scale方法定义图片框的坐标范围，其宽度和高度应大于或等于$x$和$y$的取值范围，以保证所画的线条落在图片框内。设运行时通过单击图片框绘制图形，图片框Picture1的Click事件过程如下：

```
Private Sub Picture1_Click()
    Const pi = 3.14159265, d = 100
    Dim a As Single, f As Single
    Dim x1 As Integer, y1 As Integer, x2 As Integer, y2 As Integer
    Picture1.Scale (170, 50)-(470, 350)          ' 使用Scale方法定义坐标系统
    For a = 0 To 4 * pi Step pi / 100            ' 绘制图形
        f = d * (1 + 1 / 2 * Cos(2.5 * a))       ' 计算坐标
        x1 = 320 + f * Cos(a)
        y1 = 200 - f * Sin(a)
        x2 = 320 + f * Cos(a + pi / 5)
        y2 = 200 - f * Sin(a + pi / 9)
        Picture1.Line (x1, y1)-(x2, y2), vbBlue   ' 画蓝色线条
    Next a
End Sub
```

运行时单击图片框，画出如图11-14所示的图案。

图11-14  使用Line方法绘制艺术图案

【例11-11】用Line方法绘制坐标轴，用Pset方法绘制抛物线。抛物线的数学方程式为：$y=ax^2+bx+c$，其中$a$、$b$、$c$为常数。输入常数$a$、$b$、$c$的值，画出相应的抛物线。

**界面设计**：设计界面如图11-15a所示。假设运行时，用文本框Text1、Text2、Text3输入$a$、$b$、$c$的值，单击"画抛物线"按钮Command1在图片框Picture1中画出相应的抛物线。

**代码设计**：将坐标原点设置在图片框Picture1的中心处，将图片框的宽度划分为40个单位，高度划分为40个单位。"画抛物线"按钮Command1的Click事件过程如下：

```
Private Sub Command1_Click()
    Dim x As Single, a As Single, b As Single, c As Single
    ' 重新设置坐标系，原点在Picture1的中心
    Picture1.Scale (-20, 20)-(20, -20)
    Picture1.Cls
    ' 用Line方法绘制X轴
    Picture1.Line (-20, 0)-(20, 0), vbBlue        ' 画X轴
    Picture1.Line (18, 1)-(20, 0), vbBlue         ' 画X轴箭头线
    Picture1.Line -(18, -1), vbBlue               ' 画X轴箭头线
    Picture1.Print "X"
    ' 用Line方法绘制Y轴
    Picture1.Line (0, 20)-(0, -20), vbBlue        ' 画Y轴
    Picture1.Line (-1, 18)-(0, 20), vbBlue        ' 画Y轴箭头线
    Picture1.Line -(1, 18), vbBlue                ' 画Y轴箭头线
    Picture1.Print "Y"
    ' 显示原点
    Picture1.CurrentX = 1: Picture1.CurrentY = -1
    Picture1.Print "0"
    ' 读取方程系数
    a = Val(Text1.Text): b = Val(Text2.Text): c = Val(Text3.Text)
    ' 用Pset方法绘制x在-10到10之间的抛物线，设在x每隔0.005时画一个点
    For x = -10 To 10 Step 0.005
        Picture1.PSet (x, a * x ^ 2 + b * x + c), vbRed
    Next
End Sub
```

运行时，在文本框中输入$a$、$b$、$c$的值，单击"画抛物线"按钮，即可显示如图11-15b所示的图形。

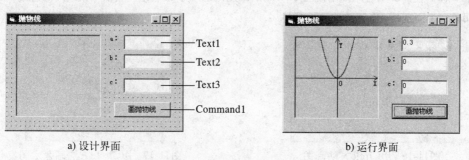

a) 设计界面        b) 运行界面

图11-15  使用Line方法和Pset方法绘制抛物线

### 11.3.3  画圆方法

Circle方法用于在容器对象上画圆形、椭圆形、圆弧和扇形。

**格式**：[对象名.]Circle [Step](x,y),半径,[颜色],[起始角],[终止角][,纵横比]

**说明**：

1）对象名：可选项，表示要绘制图形的容器对象的名称，如窗体、图片框等，默认为当前窗体。

2）Step：可选项，带此参数时，点（$x,y$）是相对于当前位置的坐标点。否则为绝对坐标。

3）($x,y$)：圆、椭圆、弧或扇形的圆心坐标。

4）半径：圆、椭圆、弧或扇形的半径，其度量单位与$x$坐标轴的刻度单位相同。

5）颜色：可选项，用于指定圆、椭圆、弧或扇形的边框颜色值。如果省略，则图形边框使用容器对象的ForeColor属性值。

6）起始角：可选项，指定弧的起点位置（以弧度为单位）。取值范围为$-2\pi \sim 2\pi$。默认值是0（水平轴的正方向），若为负数，则在画弧的同时还要画出圆心到弧的起点的连线。绘制起始角度从0开始的扇形时，要赋给起始角一个很小的负数，如$-0.00001$。

7）终止角：可选项，指定弧的终点位置（以弧度为单位）。取值范围为$-2\pi \sim 2\pi$。默认值是$2\pi$（从水平轴的正方向逆时针旋转360°），若为负数，则在画弧的同时还要画出圆心到弧的终点的连线。弧的画法是从起点逆时针画到终点。

8）纵横比：可选项，圆的纵轴和横轴的尺寸比。默认值为1，表示画一个标准圆。当纵横比大于1时，椭圆的纵轴比横轴长；当纵横比小于1时，椭圆的纵轴比横轴短。

9）除圆心坐标$(x,y)$和"半径"外，其他参数均可省略，但若省略的是中间参数，则逗号必须保留。

执行Circle方法后，当前坐标的值被设置成圆心的坐标值。

【例11-12】使用Circle方法画如图11-6所示的各种图形。

设运行时单击窗体画图，则窗体的Click事件过程如下：

```
Private Sub Form_Click()
    Const pi = 3.14159265
    ScaleWidth = 100            ' 定义窗体宽度为100个单位
    ScaleHeight = 100           ' 定义窗体高度为100个单位
    Circle (30, 30), 10         ' 画标准圆
    Circle (70, 30), 10, vbGreen, , , 0.5    ' 画绿色椭圆（横轴长，竖轴短）
    Circle (70, 30), 10, vbRed, , , 2        ' 画红色椭圆（横轴短，竖轴长）
    Circle (30, 75), 10, , -0.75 * pi, -0.25 * pi    ' 画扇区
    Circle (70, 75), 10, , -0.25 * pi, -0.75 * pi    ' 画扇区
    Circle (70, 75), 10, , 1.25 * pi, 1.75 * pi      ' 画弧
End Sub
```

【例11-13】使用Circle方法绘制如图11-17所示的艺术图案。该艺术图案由一系列的圆组成，这些圆的圆心在另外一个固定圆（轨迹圆）的圆周上。

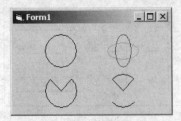

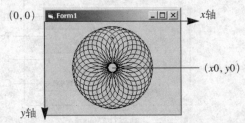

图11-16　用Circle方法画图　　　　图11-17　用Circle方法画艺术图案

**分析**：使用默认的坐标系统，设轨迹圆的圆心坐标为$(x0, y0)$，将该圆30等分，以圆周上的每一个等分点为圆心画圆，圆心的坐标为$(x0+r*\cos(i), y0-r*\sin(i))$，其中，$i$为等分点和$(x0, y0)$的连线与$x$轴正方向之间的夹角（以弧度为单位），$r$为轨迹圆的半径。

**代码设计**：设运行时单击窗体开始绘图，则窗体的Click事件过程如下：

```
Private Sub Form_Click()
    Const pi = 3.14159265
    Dim x As Single, y As Single, x0 As Single, y0 As Single
    Dim r As Single, pace As Single
    Cls
    r = ScaleHeight / 4                        ' 将窗体的1/4高作为轨迹圆的半径
    ' 将窗体的中心位置设置为轨迹圆的圆心坐标
    x0 = ScaleWidth / 2: y0 = ScaleHeight / 2
    pace = (2 * pi) / 30                        ' 将圆周30等分
    For i = 0 To 2 * pi Step pace
        x = x0 + r * Cos(i) : y = y0 - r * Sin(i)  ' 求轨迹圆圆周上各等分点的坐标
        Circle (x, y), r * 0.8  ' 以轨迹圆圆周上的等分点为圆心，以r*0.8为半径画圆
    Next i
End Sub
```

【例11-14】在图片框中画三个扇形和一个小圆，配合定时器使扇形旋转起来。

**界面设计**：在窗体上画一个图片框控件Picture1和一个定时器控件Timer1，如图11-18a所示。设置Timer1控件的Interval属性为100，Enabled属性为False。

**代码设计**：

1）首先在窗体模块的通用声明段声明变量alpha1，用于保存第一个扇形的起始角度，其他两个扇形的起始角度由alpha1推出，每个扇形的终止角由其起始角加上60°得出。在窗体的Load事件过程中画如图11-18b所示的初始图形。代码如下：

```
Dim alpha1
Private Sub Form_Load()
    Show
    Picture1.FillStyle = 0                  ' 将FillStyle设置为0，以便给扇形填充颜色
    Picture1.FillColor = vbBlue             ' 设置图形填充颜色为蓝色
    Picture1.Scale (-1, 1)-(1, -1)          ' 定义坐标系
    alpha1 = 30                             ' 设第一个扇形的起始角
    alpha2 = 90                             ' 设第一个扇形的终止角
    ' 画第一个扇形
    Picture1.Circle (0, 0), 0.7, vbBlue, -alpha1 * 3.14 / 180, -alpha2 * 3.14 / 180
    alpha3 = 150                            ' 设第二个扇形的起始角
    alpha4 = 210                            ' 设第二个扇形的终止角
    ' 画第二个扇形
    Picture1.Circle (0, 0), 0.7, vbBlue, -alpha3 * 3.14 / 180, -alpha4 * 3.14 / 180
    alpha5 = 270                            ' 设第三个扇形的起始角
    alpha6 = 330                            ' 设第三个扇形的终止角
    ' 画第三个扇形
    Picture1.Circle (0, 0), 0.7, vbBlue, -alpha5 * 3.14 / 180, -alpha6 * 3.14 / 180
    Picture1.Circle (0, 0), 0.1            ' 在中心处画一个小圆
End Sub
```

2）假设运行时，单击图片框启动定时器Timer1的事件过程，则代码如下：

```
Private Sub Picture1_Click()
    Timer1.Enabled = True
End Sub
```

3）在定时器的Timer事件过程中实现每隔100毫秒重新画图，让每个扇形的画图角度增加5°，产生旋转的效果。由于使用Circle画扇形时，指定的起始角和终止角不能超过360°，因此，代码中需要将增加后的角度对360进行取模运算。而且，由于在画扇形时，起始角或终止角不能为0°，因此在每次画扇形之前，需要先判断起始角和终止角是否为0，如果为0，需要将其改成一个很小的数，这里假设为0.001。代码如下：

```
Private Sub Timer1_Timer()
    Picture1.Cls
    alpha1 = (alpha1 + 5) Mod 360
    If alpha1 = 0 Then alpha11 = alpha1 + 0.001 Else alpha11 = alpha1
    alpha2 = (alpha1 + 60) Mod 360
    If alpha2 = 0 Then alpha12 = alpha2 + 0.001 Else alpha12 = alpha2
    Picture1.Circle (0, 0), 0.7, vbBlue, -alpha11 * 3.14 / 180, -alpha12 * 3.14 / 180
    alpha3 = (alpha2 + 60) Mod 360
    If alpha3 = 0 Then alpha21 = alpha3 + 0.001 Else alpha21 = alpha3
    alpha4 = (alpha3 + 60) Mod 360
    If alpha4 = 0 Then alpha22 = alpha4 + 0.001 Else alpha22 = alpha4
    Picture1.Circle (0, 0), 0.7, vbBlue, -alpha21 * 3.14 / 180, -alpha22 * 3.14 / 180
    alpha5 = (alpha4 + 60) Mod 360
    If alpha5 = 0 Then alpha31 = alpha5 + 0.001 Else alpha31 = alpha5
    alpha6 = (alpha5 + 60) Mod 360
    If alpha6 = 0 Then alpha32 = alpha6 + 0.001 Else alpha32 = alpha6
    Picture1.Circle (0, 0), 0.7, vbBlue, -alpha31 * 3.14 / 180, -alpha32 * 3.14 / 180
    Picture1.Circle (0, 0), 0.1
End Sub
```

运行时单击图片框，开始执行定时器的Timer事件过程，使图形产生旋转效果，如图11-18c所示。

a) 设计界面

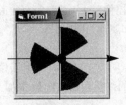
b) 运行初始界面及坐标系

c) 单击图片框开始旋转

图11-18　用Circle方法画扇形和圆

## 11.4　与绘图有关的常用属性、事件和方法

Visual Basic中有许多与绘图有关的属性、事件和方法。设置这些属性可以改变图形的颜色、线形和填充式样等；合理使用这些事件和方法，可以增强图形表现的效果。本节将介绍其中常用的属性、事件和方法。

### 11.4.1　清除图形方法

Cls方法用于清除容器对象中生成的图形和文本，并将当前坐标设置到原点。

**格式**：[对象名.]Cls

例如，以下语句将从图片框的中心（原点）位置画一条直线。

```
Picture1.Scale (-1, 1)-(1, -1)       ' 设置图片框的原点在其中心位置
Picture1.Cls                         ' 用Cls清除图片框中的图形，并将当前坐标移到原点
Picture1.Line -(0.5, 0.5)            ' 从当前坐标处到点(0.5,0.5)画一条直线
```

### 11.4.2　线宽属性和线型属性

1. DrawWidth属性

DrawWidth属性用于设置图形方法输出的线宽。该属性值以像素为单位表示，取值范围为1～32767，默认值为1。

如果DrawWidth属性值等于1，则可以通过设置DrawStyle属性画出多种线型；如果DrawWidth属性值大于1，则DrawStyle属性值设置为1～4时画出的线都是实线。

2. DrawStyle属性

DrawStyle属性用于设置图形方法输出的线型，其取值与相应的线型如表11-6所示。

表11-6　DrawStyle属性值与对应的线型

| 设　置　值 | 常　　量 | 线　　型 | 线型名称 |
| --- | --- | --- | --- |
| 0（默认值） | vbSolid | —————————— | 实线 |
| 1 | vbDash | - - - - - - - - - - - - | 虚线 |
| 2 | vbDot | ·················· | 点线 |
| 3 | vbDashDot | —·—·—·—·—·— | 点划线 |
| 4 | vbDashDotDot | —··—··—··—·· | 双点划线 |
| 5 | vbInvisible |  | 无线 |
| 6 | vbInsideSolid |  | 内收实线 |

### 11.4.3　填充颜色属性和填充样式属性

1. FillColor属性

FillColor属性用于设置图形的填充颜色。例如，设置Shape控件或由Circle和Line方法生成的封闭图形

的填充颜色。默认情况下，FillColor属性值为0（黑色）。可以用前面11.1.2小节提到的任意一种设置颜色的方法设置FillColor属性。

**2. FillStyle属性**

FillStyle属性用于设置图形的填充样式。例如，设置Shape控件或由Circle和Line方法生成的封闭图形的填充样式。表11-7所示为FillStyle属性可选择的填充样式的设置值。图11-19所示为相应的填充样式。

如果FillStyle设置为1（透明），则忽略FillColor属性，Form对象除外。

**表11-7　FillStyle属性的设置值**

| 设 置 值 | 常 量 | 填 充 样 式 |
|---|---|---|
| 0 | vbFSSolid | 实心 |
| 1 | vbFSTransparent | （默认值）透明 |
| 2 | vbHorizontalLine | 水平直线 |
| 3 | vbVerticalLine | 垂直直线 |
| 4 | vbUpwardDiagonal | 上斜对角线 |
| 5 | vbDownwardDiagonal | 下斜对角线 |
| 6 | vbCross | 十字线 |
| 7 | vbDiagonalCross | 交叉对角线 |

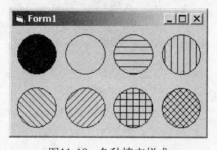

图11-19　各种填充样式

### 11.4.4　自动重画（AutoRedraw）属性

在应用程序运行时，其窗体经常被改变大小，或被其他对象所覆盖，要想保持窗体或图片框中的图形不丢失，就要在窗体被改变大小，或覆盖它的对象移开后，重新显示（绘制）窗体或图片框中原有的内容。

使用图形方法（如Pset、Line和Circle）绘图时，AutoRedraw属性的设置极为重要。AutoRedraw属性提供了重新显示窗体和图片框内图形的功能。当AutoRedraw属性为False（默认值）时，在对象中绘制的图形不具有持久性，也就是在对象被改变大小，或覆盖它的对象移开后，对象上的图形将丢失；当AutoRedraw属性设置为True时，表示对象的自动重画功能有效，此时在对象上绘制的图形具有持久性，也就是在对象被改变大小，或覆盖它的对象移开后，对象内的图形将被重画，恢复原来的样子。

【例11-15】在窗体的AutoRedraw属性设置为True时，画一个绿色大圆，在窗体的AutoRedraw属性设置为False时，画一个红色小圆。将一个图片框移过这两个圆，观察AutoRedraw属性的作用。

**界面设计**：设计如图11-20a所示的界面，在窗体上放一个定时器控件Timer1，一个图片框控件Picture1。设置Timer1的Interval属性为100，Enable属性为False。

**代码设计**：

1）在窗体的Click事件过程中编写代码，在AutoRedraw属性为True时画一个绿色实心圆（持久图形）；在AutoRedraw属性为False时画一个红色实心圆（非持久图形），然后启动定时器。

```
Private Sub form_Click()
    Form1.Scale (-1, 1)-(1, -1)     ' 定义坐标系
```

```
        Form1.FillStyle = 0                ' 设置填充样式为实心
        Form1.AutoRedraw = True            ' 设置窗体的AutoRedraw为True
        Form1.FillColor = vbGreen          ' 设置填充颜色为绿色
        Form1.Circle (0, 0), 1             ' 画一个绿色实心圆（持久图形）
        Form1.AutoRedraw = False           ' 设置窗体的AutoRedraw为False
        Form1.FillColor = vbRed            ' 设置填充颜色为红色
        Form1.Circle (0, 0), 0.5           ' 画一个红色实心圆（非持久图形）
        Timer1.Enabled = True
    End Sub
```

2）在定时器Timer1的Timer事件过程中将图片框向窗体右下角逐渐移动。代码如下：

```
Private Sub Timer1_Timer()
    Picture1.Move Picture1.Left + 0.1, Picture1.Top - 0.1
End Sub
```

运行时，单击窗体，在窗体上画出红色实心圆和绿色实心圆，左上角的小方块（图片框）开始向右下角移动，如图11-20b所示，可以看到，当小方块移过两个图形之后，绿色实心圆完整地再现，而红色实心圆被小方块曾经遮挡过的部分消失了，没有被重画，如图11-20c所示。

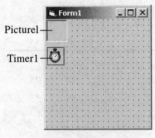
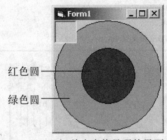
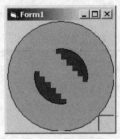

a）设计界面                b）单击窗体呈现的界面                c）图片框移过之后

图11-20  AutoRedraw属性演示

### 11.4.5  Paint事件

在一个对象被放大之后，或在一个覆盖该对象的窗体被移开之后，该对象部分或全部暴露时，发生Paint事件，使用Refresh方法时也将触发Paint事件。因此，在对象被放大之后，或当一个覆盖该对象的窗体被移开之后，如果要保持在该对象上所画图形的完整性（重现原来的图形），可以在Paint事件过程中编写程序来完成图形的重画工作。

如果AutoRedraw属性被设置为True，重新绘图将会自动进行，此时Paint事件无效。

当窗体大小发生变化时会触发Resize事件，可以在Resize事件过程中调用Refresh方法，强制对象进行刷新，即清除对象上面的图形并触发Paint事件重画图形。

【例11-16】编写代码实现：在窗体中画一个米字形。当窗体的大小改变时，米字形也随着自动调整。如图11-21所示。

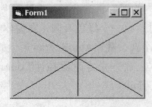

图11-21  Paint事件演示

首先，在窗体的Paint事件过程中编写画米字形的代码如下：

```
Private Sub Form_Paint()
    Dim HalfX, HalfY    ' 声明变量
```

```
    HalfX = ScaleLeft + ScaleWidth / 2     ' 设置HalfX为窗体宽度的一半
    HalfY = ScaleTop + ScaleHeight / 2     ' 设置HalfX为窗体高度的一半
    ' 画对角线
    Line (ScaleLeft, ScaleTop)-(ScaleWidth, ScaleHeight)
    Line (ScaleLeft, ScaleHeight)-(ScaleWidth, ScaleLeft)
    ' 画十字
    Line (HalfX, ScaleTop)-(HalfX, ScaleHeight)
    Line (ScaleLeft, HalfY)-(ScaleWidth, HalfY)
End Sub
```

然后，在窗体的Resize事件过程中调用Refresh方法，这样在窗体大小发生变化时，将刷新窗体，且触发其Paint事件重画图形。代码如下：

```
Private Sub Form_Resize()
    Refresh
End Sub
```

## 11.5 保存绘图结果

使用SavePicture语句可以将在对象上绘制的持久图形和加载到对象中的图像保存到文件中。

**格式**：SavePicture 对象名.Picture|对象名.Image ,字符串表达式

**功能**：从对象或控件的Picture或Image属性中将图形或图像保存到指定的文件中。

**说明**：

1）字符串表达式：用于指定要保存的图形或图像文件的名称，可以包含路径。

2）对象名.Picture：表示将对象的Picture属性指定的图片保存到指定文件中，如果是位图、图标、元文件或增强元文件，则使用SavePicture语句保存后，它们将以和原始文件同样的格式保存；如果是GIF或JPEG文件，则它们将被保存为位图文件。

3）对象名.Image：窗体或PictureBox控件都有一个Image属性，如果在SavePicture语句中指定"对象名.Image"，则图片总是以位图的格式保存而不管其原始格式。用图形方法绘制的图形应使用Image属性保存。

**【例11-17】**比较使用SavePicture语句保存Picture属性和保存Image属性的区别。

**界面设计**：设计如图11-22a所示的界面。在属性窗口设置图片框Picture1的Picture属性，加载一幅图像。

**代码设计**：

1）在"画图"按钮Command1的Click事件过程中，首先设置Picture1的AutoRedraw属性为True，然后在图片框中画一些垂直线条，使这些线条成为永久图形。代码如下：

```
Private Sub Command1_Click()
    Picture1.AutoRedraw = True
    Picture1.DrawWidth = 5                 ' 设置线条宽度
    Picture1.ForeColor = vbWhite           ' 设置线条颜色
    Picture1.Scale (0, 0)-(10, 10)         ' 定义坐标系
    For i = 1 To 10
        Picture1.Line (i, 0)-(i, 10)       ' 画直线
    Next i
End Sub
```

2）在"保存Picture"按钮Command2的Click事件过程中，使用SavePicture语句指定保存Picture属性。代码如下：

```
Private Sub Command2_Click()
    SavePicture Picture1.Picture, "d:\a.bmp"
End Sub
```

3）在"保存Image"按钮的Click事件过程中指定保存Image属性。代码如下：

```
Private Sub Command3_Click()
    SavePicture Picture1.Image, "d:\b.bmp"
End Sub
```

运行时，首先单击"画图"按钮在现有图像上画一些线条，然后单击"保存Picture"按钮将图像保存到D盘的a.bmp文件中，再单击"保存Image"按钮将图像保存到D盘的b.bmp文件中。

a) 设计界面

b) 运行界面——画图

图11-22  SavePicture演示

打开a.bmp文件和b.bmp文件，可以看出a.bmp文件和b.bmp文件内容的区别，如图11-23所示。

a) a.bmp文件

b) b.bmp文件

图11-23  用SavePicture保存的文件

## 11.6  上机练习

【练习11-1】绘制由方程$y=2x^2+x+1$所确定的曲线，设$x$在−10到10之间。

【练习11-2】使用Line方法在窗体上绘制如图11-24所示的艺术图案。

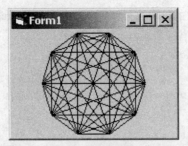

图11-24  用Line方法绘制的艺术图案

【练习11-3】设阿基米德螺旋的参数方程为：

$$x=t*\sin t$$
$$y=t*\cos t$$

在窗体上绘制$t$在$[0,2\pi]$范围内的阿基米德螺旋，如图11-25所示。

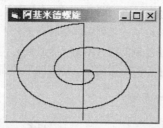

图11-25 在窗体上绘制的阿基米德螺旋

【练习11-4】在窗体上绘制sin$x$曲线，$x$取值范围为$[-360°, 360°]$，线宽为2，曲线为红色，坐标轴为黑色，$x$轴每隔30°画一刻度线，如图11-26所示。

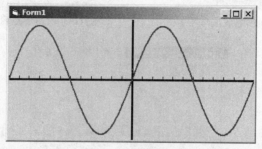

图11-26 正弦曲线

【练习11-5】在图片框中绘制如图11-27所示的"四瓣花"。"四瓣花"由一系列线条组成，线条的起点坐标$(x1,y1)$和终点坐标$(x2,y2)$由方程

$$x1=320+e\cos a$$
$$y1=200-e\sin a$$
$$x2=320+e\cos(a+\pi/5)$$
$$y2=200-e\sin(a+\pi/5)$$

决定。其中，$e$由表达式

$$e=50[1+1/4\sin(12a)][1+\sin(4a)]$$

决定，$a$在0到$2\pi$之间。

【练习11-6】用Circle方法实现：运行时单击图片框，分别在相应的图片框上画如图11-28所示的图形。

图11-27 四瓣花

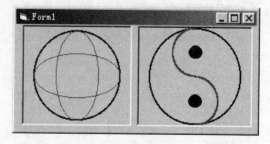

图11-28 用Circle方法在图片框上画图

【练习11-7】在窗体上绘制如图11-29所示的彩色扇形，各小扇形使用随机颜色。

【练习11-8】用Line方法画图，如图11-30所示，运行时图形将随着窗体尺寸的改变自动调整。

【练习11-9】在窗体上画一个图片框和4个命令按钮，如图11-31所示。编写代码，使得运行时单击各命令按钮能实现以下功能：

1）"画背景"按钮：在图片框中绘制一系列背景线（持久图形）。

2）"画圆"按钮：在图片框中随机绘制一系列圆（临时图形）。

3）"清除圆"按钮：清除图片框中绘制的圆（不清除背景线）。

4）"清除全部"按钮：清除图片框中的所有图形（持久图形和临时图形）。

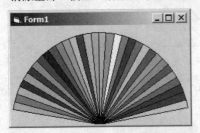

图11-29　由随机颜色组成的扇形

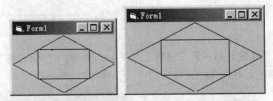

图11-30　图形随窗体大小的变化而变化

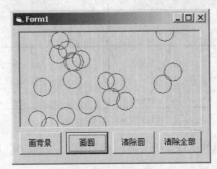

图11-31　持久图形和临时图形的绘制与清除

**提示**：在AutoRedraw属性值为False时可以清除临时图形，在AutoRedraw属性值为True时可以清除全部图形。

【练习11-10】编写画图应用程序，通过在图片框中拖动鼠标实现简单的画图功能，可以选择画笔、橡皮、颜色、线型，打开图形文件，保存画图结果。界面如图11-32所示。要求：

a) 设计界面

b) 运行界面

图11-32　画图

1）选择工具栏"画笔"按钮后，在图片框上拖动鼠标用图片框的初始前景颜色画图。

2）选择工具栏"颜色"按钮后，打开一个颜色对话框，在该对话框中选择一种颜色后，则使用该颜色画图。

3）选择工具栏"橡皮"按钮后，在图片框上拖动鼠标可擦除所画内容。

4）工具栏的"线型"按钮包括一个按钮菜单，从菜单中可以选择画线宽度（如1、2、4、6、8、10）。

5）使用工具栏的"打开"按钮可以打开一个文件对话框，在该对话框中可以选择.bmp文件或.jpg文件，确定后将该文件加载到图片框中。

6）使用工具栏的"保存"按钮可以保存当前画图结果。

7）工具栏按钮上的图标可任选，但每个按钮要有功能提示。

**提示**：要实现拖动鼠标时画图，可以在以下事件过程中编写代码：

```
Private Sub Picture1_MouseMove(Button As Integer, Shift As Integer, X As Single, Y As Single)
    If Button <> 0 Then
        ...
    End If
End Sub
```

单击按钮菜单的事件过程为：

```
Private Sub Toolbar1_ButtonMenuClick(ByVal ButtonMenu As _
            MSComctlLib.ButtonMenu)
    ...
End Sub
```

参数ButtonMenu为当前单击的菜单对象，可以使用其Text属性获得单击菜单项的文本。

# 第12章 文 件

在前面各章中，应用程序所处理的数据都存储在变量或数组中，即数据只能保存在内存中，当退出应用程序时，数据将不能被保存下来。为了长期有效地使用数据，在计算机系统中引入了文件的概念。

广义上说，文件是以计算机外存储器（磁盘、磁带等）为载体，存储在计算机上的数据集合。应用程序及它们所需要的原始数据、处理的中间结果以及执行的最后结果都可以以文件的形式保存起来，以便继续使用。

Visual Basic提供了多种访问文件的方法。第一种是使用其传统语句和函数对文件进行访问和操纵，如可以打开文件、写文件、复制文件、获取文件的创建时间等；第二种是使用Windows API函数，如可以查询磁盘信息（如容量），查询文件和文件夹的信息（如创建时间），复制、移动、删除文件和文件夹等；第三种是使用Visual Basic 6.0提供的新方法，即使用文件系统对象（File System Object, FSO）对文件进行访问。另外，使用Visual Basic的内部文件系统控件（如DriveListBox、DirListBox、FileListBox）还可以实现选择驱动器、浏览文件或文件夹等操作。

本章将介绍使用传统语句和函数访问文件的方法以及文件系统控件的使用。虽然使用FSO对象能够完成对驱动器、文件夹及文件的管理，但FSO对象在使用上略显烦琐，因此这里不做具体介绍。

## 12.1 文件的基本概念

在计算机系统中，文件是存储数据的基本单位，任何对数据的访问都是通过文件进行的。通常在计算机的外存储设备（如磁盘、磁带）上存储着大量的文件，比如文本文件、位图文件、程序文件等。为了便于管理，常将具有相互关系的一组文件放在同一个文件夹中，系统通过对文件、文件夹的管理达到管理数据的目的。

可以从不同的角度对文件进行分类。例如，按文件的存储介质不同，可以分为磁盘文件、磁带文件、打印文件等；按文件的存储内容不同，可以分为程序文件和数据文件；按文件的访问方式不同，可以分为顺序文件、随机文件和二进制文件。

数据文件用于保存程序运行时所用到的输入、输出数据或中间结果，它一般由一些数据记录构成，每个记录又包括一些数据项。

顺序文件即普通的纯文本文件，其数据是以ASCII字符的形式存储的，可以用任何字处理软件进行访问。顺序文件中的一行称为一个记录，记录只能按顺序存储，读写记录也只能按顺序读写。读写顺序文件时可以快速定位到文件头或文件尾，但如果要查找位于中间的数据，就必须从头开始一个记录一个记录地查找，直到找到为止，就好像在录音带上查找某首歌一样。顺序文件的优点是结构简单、访问方式简单，缺点是查找数据必须按顺序进行，且不能同时对顺序文件进行读操作和写操作。

随机文件是以固定长度的记录为单位进行存储的。随机文件由若干条记录组成，而每条记录又可以包含多个数据项，所有记录包含的数据项个数应相同，所有记录的同一个数据项称为一个字段，同一个字段中的数据类型都是相同的。随机文件按记录号引用各个记录，通过简单地指定记录号，就可以很快地访问到该记录。随机文件的优点是可以按任意顺序访问其中的数据；可以在打开文件后，同时进行读操作和写操作。随机文件的缺点是不能用字处理软件查看其中的内容；占用的磁盘存储空间比顺序文件大。

二进制文件是以字节为单位进行存储的文件。由于二进制文件没有特别的结构，整个文件都可以当做一个长的字节序列来处理，所以可以用二进制文件来存放非记录形式的数据或变长记录形式的数据。

## 12.2  顺序文件

对顺序文件中的记录只能按顺序进行读写，这决定了对顺序文件的操作也比较简单，一般分为三步：打开文件，读或写文件，关闭文件。

### 12.2.1  顺序文件的打开和关闭

*1. 顺序文件的打开*

在对文件进行任何存取操作之前必须先打开文件，打开顺序文件要使用Open语句。

**格式**：`Open 文件名 For [Input|Output|Append] As [#]文件号 [Len=缓冲区大小]`

**功能**：按指定的方式打开一个文件，并为文件指定一个文件号。

**说明**：

1）文件名：一个字符串表达式，可以包含驱动器符及文件夹名，用于指定要打开的文件。

2）Input|Output|Append：指定打开文件的方式，具体含义如下：

- Input：表示以只读方式打开文件。当要读的文件不存在时会出错。
- Output：表示以写方式打开文件。如果文件不存在，就创建一个新的文件；如果文件已经存在，则删除文件中的原有数据，准备从头开始写入数据。
- Append：表示以添加的方式打开文件。如果文件不存在，就创建一个新的文件；如果文件已经存在，则打开文件并保留原有的数据，将来写入的数据将添加到文件的末尾。

3）文件号：用于为打开的文件指定一个编号，是一个介于 1～511 之间的整数，"文件号"前的#号可以省略。为了在同时打开多个文件时避免文件号的重复，Visual Basic提供了函数FreeFile来为打开的文件分配系统中未被使用的文件号。

4）缓冲区大小：在把记录写入磁盘或从磁盘读出记录之前，用该参数指定缓冲区的字节数。缓冲区越大，占用空间越多，文件输入/输出操作越快。反之，缓冲区越小，剩余的内存空间越大，文件的输入/输出操作越慢。默认缓冲区的大小为512字节。

例如，要在C盘Data文件夹下建立一个名为Student.dat的顺序文件，首先需要使用Open语句创建该文件，Open语句为：

`Open "C:\Data\Student.dat" For Output As #1`

要打开当前文件夹下名为Salary.dat的顺序文件，以便从中读取数据，Open语句为：

`Open "Salary.dat" For Input As #8`

要打开C盘Data文件夹下名为Student.dat的文件，以便在文件末尾添加数据，Open语句为：

`Open "C:\Data\Student.dat" For Append As 2`

*2. 顺序文件的关闭*

完成文件操作后，需要使用Close语句关闭打开的文件。Close语句格式如下：

`Close [文件号列表]`

其中，"文件号列表"包括一个到多个已经打开的文件的文件号，各项之间用逗号隔开，省略时则关闭所有已打开的文件。

例如，要关闭文件号为1的文件，相应的Close语句为：

`Close #1`

要关闭文件号为1、2、8的文件，相应的Close语句为：

`Close #1, 2, 8    ' 文件号前的"#"号可以省略`

要关闭所有文件，相应的Close语句为：

`Close`

### 12.2.2 顺序文件的读写

打开顺序文件之后，就可以对顺序文件进行读写操作了。读操作是指将文件中的数据取到内存（如变量或数组元素）中，写操作是指将内存（如常量、变量或数组元素）中的数据保存到文件中。

1. 顺序文件的写操作

Visual Basic提供了两个向文件写入数据的语句，即Write #语句和Print #语句。

(1) Write #语句

**格式**：Write #文件号[,输出列表]

**功能**：将"输出列表"的内容写入到由"文件号"指定的文件中。

**说明**：

1) "输出列表"中各项之间要用逗号分开，每一项可以是常量、变量或表达式。

2) Write #语句将各输出项的值按列表顺序写入文件并在各值之间自动插入逗号，并且将字符串加上双引号。所有数据写完后，将在最后加入一个回车换行符。不含"输出列表"的Write #语句将在文件中写入一空行。

【例12-1】建立一个新的学生成绩文件，将输入的学生成绩添加到文件中。

**界面设计**：在窗体上添加一个通用对话框控件CommonDialog1，打开其属性页，按图12-1设置其属性，参照图12-2a添加其他控件。假设运行时，每输入一个学生的学号、姓名、数学和英语成绩后，单击"添加"按钮即可将这些数据作为一条记录添加到指定的文件（文件由CommonDialog1产生的对话框指定）中，同时清空各输入项。

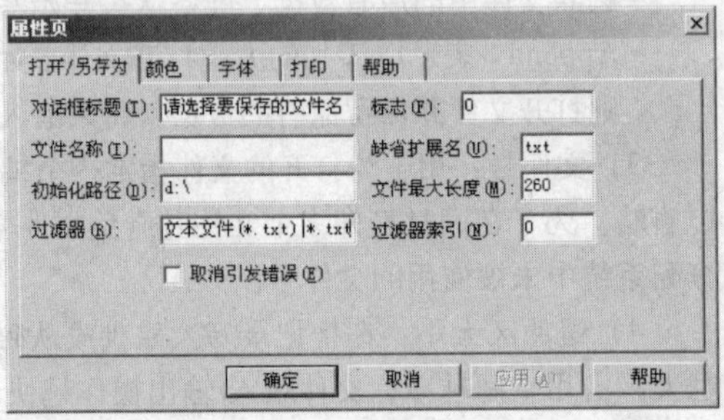

图12-1 通用对话框控件的属性设置

**代码设计**：

1) 在窗体的Load事件过程中显示保存文件对话框，并将对话框中指定的文件作为Open语句要打开的文件。因为要新建文件，所以在Open语句中指定以Output方式打开文件。窗体的Load事件过程如下：

```
Private Sub Form_Load()
    CommonDialog1.ShowSave
    Open CommonDialog1.FileName For Output As #1
End Sub
```

2) 在"添加"按钮Command1的Click事件过程中，将输入的数据用Write #语句写入文件，同时清除界面上的数据。代码如下：

```
Private Sub Command1_Click()
    no = Text1.Text
    na = Text2.Text
    g1 = Val(Text3.Text)
    g2 = Val(Text4.Text)
    Write #1, no, na, g1, g2              ' 将变量中的数据写入文件中
    Text1.Text = "" : Text2.Text = "" : Text3.Text = "" : Text4.Text = ""
End Sub
```

3) 在"结束"按钮Command2的Click事件过程中关闭文件、结束运行。代码如下：

```
Private Sub Command2_Click()
    Close #1
    End
End Sub
```

运行时，首先会打开一个保存文件对话框，在该对话框中选择文件路径并指定一个文件名（这里假设为d:\aaa.txt），单击"确定"按钮后会打开成绩录入界面，如图12-2b所示，每输入一个学生的学号、姓名、

数学和英语成绩后，单击"添加"按钮，将这些数据作为一条记录添加到指定的文件中，同时清空各输入文本框。

　a) 设计界面　　　　　　　　　　　　　　　　b) 运行界面

图12-2　学生成绩录入

单击"结束"按钮结束运行。用记事本打开生成的顺序文件（这里为d:\aaa.txt），文件内容如图12-3所示。可以看出，字符串用双引号括起来，各数据项之间加上了逗号分隔符。

（2）Print #语句

**格式**：Print #文件号，输出列表

**功能**：将"输出列表"的内容写入"文件号"指定的文件中。

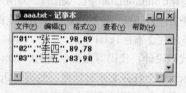

图12-3　用Write#语句生成的学生成绩顺序文件

**说明**：

1）"输出列表"中各项要用逗号或分号隔开。当用逗号分隔时，采用分区格式输出；当用分号分隔时，采用紧凑格式输出。所有项将在一行内输出，所有项输出后将自动换行。"输出列表"的每一项可以是常量、变量或表达式。

2）Print #语句与Write #语句不同，用Print #语句输出后，文件中的字符串没有被加上引号，各项之间没有用逗号分隔。

3）"输出列表"中可以使用Spc()函数和Tab()函数。例如：

```
Print #1, "函数",Spc(8),"实验"    ' 在"函数"和"实验"间留有8个空格
Print #1, "定位",Tab(8),"实验"    ' "实验"将写在第8列开始的位置
```

例如，如果将例12-1中的Write #语句改为以下Print #语句：

```
Print #2, no, na, g1, g2
```

则运行后文件格式如图12-4a所示。如果将例12-1中的Write #语句改为以下Print #语句：

```
Print #2; no; na; g1; g2
```

则运行后文件格式如图12-4b所示。

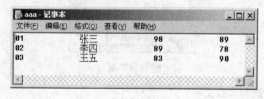

　　a) 参数间用逗号　　　　　　　　　　　　　b) 参数间用分号

图12-4　用Print#语句生成的学生成绩顺序文件

**2. 顺序文件的读操作**

Visual Basic允许使用多种方式来读取顺序文件中的数据。

（1）Input #语句

**格式**：Input #文件号,变量列表

功能：从"文件号"指定的文件中读取一行数据，并将这些数据依次读入到"变量列表"所列的各变量中。

说明：文件中各数据之间应该用逗号分隔。字符类型的数据应该用双引号括起来。读取的数据的类型要与"变量列表"中变量的类型相匹配，否则会读出错误的结果。Input #语句常与Write #语句配合使用，用于读取用Write #语句写到文件中的数据。

在读顺序文件的过程中，如果已到达文件末尾，则会终止读入，并产生一个错误。为了避免这种错误，可以使用EOF函数判断是否已读到了文件末尾。EOF函数的格式为：

```
EOF(文件号)
```

该函数返回一个布尔值，当返回值为True时，表明已经到达文件的末尾。

【例12-2】读取例12-1生成的数据文件（用Write #语句生成），计算平均成绩，并显示各学生的学号、姓名、数学成绩、英语成绩和平均成绩。

界面设计：向窗体上添加一个带双向滚动条的文本框Text1、一个命令按钮Command1和一个通用对话框控件CommonDialog1，如图12-5a所示。假设运行时，单击"读取数据"按钮使用通用对话框控件显示打开文件对话框，将在该对话框中指定的文件作为要读取数据的文件打开，读取数据并计算平均成绩后，结果显示在文本框Text1中。

代码设计：代码写在命令按钮Command1的Click事件过程中，首先用ShowOpen方法将通用对话框控件显示为一个打开文件对话框，然后用Open语句将在对话框中指定的文件打开，使用Input#语句结合循环逐个读取文件中的记录到内存变量中，计算平均值并显示在文本框中，代码如下：

```
Private Sub Command1_Click()
    CommonDialog1.ShowOpen                ' 显示一个打开文件对话框
    Open CommonDialog1.FileName For Input As #2    ' 打开顺序文件
    Text1.Text = ""
    Do While Not EOF(2)                   ' 如果没有到达文件末尾，则进入循环
        Input #2, num, nam, s1, s2        ' 读取文件中的当前记录到各变量中
        ave = (s1 + s2) / 2               ' 计算平均成绩
        Text1.Text = Text1.Text & num & "   " & nam & "   " & _
        Str(s1) & "   " & Str(s2) & "   " & Str(ave) & vbCrlf
    Loop
    Close #2
End Sub
```

运行时，单击"读取数据"按钮，在打开的对话框中指定文件名，显示结果如图12-5b所示。

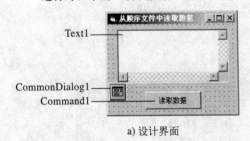

a) 设计界面                          b) 运行界面

图12-5  用Input #语句读取文件

（2）Line Input #语句

格式：`Line Input #文件号,变量名`

功能：从"文件号"指定的文件中读取一行数据，即读取从行首到回车换行符之间的所有字符（不包括回车和换行符）。读出的字符串放在"变量名"中。

说明：Line Input #语句常与Print #语句配合使用，用于读取由Print #语句写到文件中的数据。

【例12-3】将例12-1代码中的Write #语句改用"Print #2, no; na; g1; g2"后，生成的学生成绩数据文

件如图12-4b所示。读取该数据文件中的数据，显示在文本框中。

　　**界面设计**：向窗体上添加一个带双向滚动条的文本框Text1、一个命令按钮Command1和一个通用对话框控件CommonDialog1，如图12-6a所示。假设运行时，单击"读取数据"按钮使用通用对话框控件显示打开文件对话框，将在该对话框中指定的文件作为要读取数据的文件打开，将文件中的数据显示在文本框Text1中。

　　**代码设计**：代码写在命令按钮Command1的Click事件过程中，首先用ShowOpen方法将通用对话框控件显示为一个打开文件对话框，然后用Open语句将在对话框中指定的文件打开，因为本例只显示各记录的内容，不对其中的数据项进行处理，因此可以直接使用Line Input #语句按记录读取文件中的数据。代码如下：

```
Private Sub Command1_Click()
    CommonDialog1.ShowOpen                    ' 显示一个打开文件对话框
    Open CommonDialog1.FileName For Input As #3   ' 打开顺序文件
    Text1.Text = ""
    Do While Not EOF(3)                       ' 如果没有读完最后一条记录
      Line Input #3, SS                       ' 读取文件中的当前记录给变量SS
      Text1.Text = Text1.Text & SS & Chr(13) & Chr(10)
    Loop
    Close #3
End Sub
```

运行时，单击"读取数据"按钮，在打开的对话框中指定文件名，显示结果如图12-6b所示。

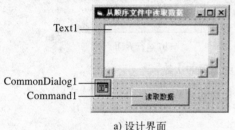

Text1

CommonDialog1

Command1

　　　　a) 设计界面　　　　　　　　　　　　　　　　b) 运行界面

图12-6　用Line Input #语句读取文件

　　（3）Input函数

　　**格式**：Input(n,[#]文件号)

　　**功能**：从"文件号"指定文件的当前位置一次读取n个字符。n为整数。

　　**【例12-4】**输入一个字符串，统计该字符串在某文件中出现的次数。

　　首先用记事本直接创建一个具有两行数据（两条记录）的文本文件，作为要读取的源文件。如图12-7所示，本例为文件取名"a.txt"。

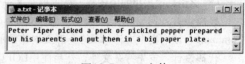

图12-7　a.txt文件

　　**界面设计**：在窗体上添加两个文本框、一个命令按钮、一个通用对话框控件，如图12-8a所示。假设运行时在文本框Text1中输入要统计的字符串，单击命令按钮，用通用对话框控件显示一个打开文件对话框，指定源文件之后，将统计结果显示在文本框Text2中。

　　**代码设计**：从文本框获得用户输入的指定字符串并赋值给变量x。打开顺序文件，将顺序文件中的记录用Input函数一次读取到变量s中。用InStr函数检查x在s中出现的位置f，如果f不为0，则将计数变量num加1，然后用InStr函数从当前找到的位置之后继续向后查找，直到f为0，则说明已经查找完毕，最后得到的num值即为统计结果。代码写在命令按钮Command1的Click事件过程中，具体如下：

```
Private Sub Command1_Click()
    x = Trim(Text1.Text)        ' 输入用户指定的字符串到变量x中
```

```
    If x <> "" Then
        CommonDialog1.ShowOpen      ' 显示"打开文件"对话框
        Open CommonDialog1.FileName For Input As #1    ' 打开指定的文件
        FLen = LOF(1)               ' 用LOF函数获取文件的总长度
        s = Input(FLen, #1)         ' 用Input函数从文件中读取长度为FLen的字符（全部字符）
        f = InStr(1, s, x)          ' 查找x在s中首次出现的位置
        num = 0                     ' 假设用num来保存统计结果
        Do While f <> 0             ' 如果上次查找位置f不为0，则继续
            num = num + 1
            f = InStr(f + Len(x), s, x)    ' 继续在s中查找x，查找起始位置为f + Len(x)
        Loop
        Text2.Text = num            ' 显示查找结果
        Close #1
    Else
        MsgBox ("请在文本框中输入一个字符串")
        Text1.SetFocus
    End If
End Sub
```

运行时，首先在文本框Text1中输入要统计的字符串（如"pe"），单击命令按钮，则显示一个"打开文件"对话框，选择预先建立的文件a.txt，则在文本框Text2中显示统计结果，如图12-8b所示。

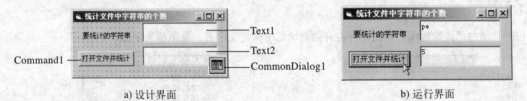

a) 设计界面                                              b) 运行界面

图12-8  统计指定字符串在文件中出现的次数

**说明**：本例代码中使用LOF函数获取文件的总长度，LOF函数格式为：

LOF(文件号)

LOF函数返回一个Long类型的数据，表示用Open语句打开的文件的大小，该大小以字节为单位。

（4）InputB函数

**格式**：InputB(n,[#]文件号)

**功能**：从"文件号"指定文件的当前位置一次读取n个字节的数据。

**说明**：InputB函数读出的是ANSI格式的字符，必须使用StrConv函数转换成Unicode字符才能被正确地显示在屏幕上。

**【例12-5】**使用InputB函数一次读取某文本文件的内容，并显示在文本框Text1中。

**界面设计**：向窗体上添加一个文本框Text1和一个命令按钮Command1，假设运行时单击命令按钮Comman1，读取文本文件a.txt的全部文本并显示在文本框Text1中。

**代码设计**：首先打开文件，然后使用LOF函数获取文件的总字节数，再使用该字节数作为InputB函数要读取的字节数，即可读取文件的全部内容。

```
Private Sub Command1_Click()
    Open App.Path & "\a.txt" For Input As #1
    s = StrConv(InputB(LOF(1), #1), vbUnicode)
    Text1.Text = s
End Sub
```

**【例12-6】**读取例12-1生成的学生成绩文件，计算每个学生的平均成绩，计算每门课的平均成绩，将原始数据和计算结果显示于文本框中，同时保存于另外一个指定的文件中。

**界面设计**：向窗体上添加一个文本框Text1，用于显示原始数据；添加另一个文本框Text2，用于显示原始数据和计算结果；添加一个通用对话框控件CommonDialog1，用于显示打开文件或保存文件对话框；

添加3个命令按钮，如图12-9a所示。

**代码设计：**

1）程序中引入数组来保存从文件中读出的数据，一维数组Num用于保存学号，第i个学生的学号保存在数组元素Num(i)中；一维数组Nam用于保存姓名，第i个学生的姓名保存在数组元素Nam(i)中；二维数组G用于保存两门课的成绩。第i个学生的数学和英语成绩分别保存在数组元素G(i,1)和G(i,2)中。程序设最多学生人数为100人，因为在多个事件过程中都要用到数组，所以要在窗体模块的通用声明段声明数组：

```
Dim Num(100) As String, Nam(100) As String, G(100, 2) As Integer, N As Integer
```

2）在"读取数据"按钮的Click事件过程中，用ShowOpen方法将通用对话框控件显示为一个打开文件对话框，将在该对话框中指定的文件用Open语句打开，使用循环逐个读取文件中的记录到各数组元素中，并显示在文本框Text1中。代码如下：

```
Private Sub Command1_Click()          ' 读取数据
    CommonDialog1.ShowOpen            ' 显示一个打开文件对话框
    Open CommonDialog1.FileName For Input As #1       ' 打开顺序文件
    N = 0
    Do While Not EOF(1)               ' 如果没有到达文件末尾，则进入循环
        N = N + 1
        Input #1, Num(N), Nam(N), G(N, 1), G(N, 2)  ' 读取文件中的当前记录
        Text1.Text = Text1.Text & "    " & Num(N) & "  " & Nam(N) & "    " & _
                    Str(G(N, 1)) & "    " & Str(G(N, 2)) & "    " & vbCrLf
    Loop
    Close #1
End Sub
```

3）在"计算平均"按钮的Click事件过程中，用ShowSave方法将通用对话框控件显示为一个保存文件对话框，将在该对话框中指定的文件用Open语句打开，使用循环逐个求每个学生成绩的平均值，将每个学生的原始信息和平均成绩写入文件并显示在文本框Text2中。最后求出每门课的总平均成绩，写入文件的最后一条记录。代码如下：

```
Private Sub Command2_Click()                          ' 计算平均
    CommonDialog1.ShowSave
    Open CommonDialog1.FileName For Output As #2       ' 显示一个保存文件对话框
    Sum1 = 0: Sum2 = 0              ' sum1和sum2 分别用于保存数学总成绩和英语总成绩
    Text2.Text = ""
    For i = 1 To N
        ave = (G(i, 1) + G(i, 2)) / 2                  ' 计算每个学生的平均成绩
        Write #2, Num(i), Nam(i), G(i, 1), G(i, 2), ave  ' 写入文件
        Text2.Text = Text2.Text & "    " & Num(i) & "  " & Nam(i) & _
            "  " & Str(G(i, 1)) & "    " & Str(G(i, 2)) & "    " & Str(ave) & vbCrLf
        Sum1 = Sum1 + G(i, 1)
        Sum2 = Sum2 + G(i, 2)
    Next i
    Text2.Text = Text2.Text & "总平均" & "       " & Format(Sum1 / N, "0.0") _
                & "   " & Format(Sum2 / N, "0.0")
    Write #2, "总平均", Sum1 / N, Sum2 / N
    Close #2
End Sub
```

4）在"退出"按钮的Click事件过程中关闭文件，结束程序运行。代码如下：

```
Private Sub Command3_Click()     ' 退出
    close
    End
End Sub
```

运行时，单击"读取数据"按钮，用通用对话框控件显示一个打开文件对话框，在对话框中指定要读取的数据文件，则该数据文件中的数据显示在文本框Text1中；单击"计算平均"按钮，显示另一个保存

文件对话框，指定要保存数据的文件名后，将原始数据和计算结果显示在文本框Text2中，同时保存到该指定的文件中。显示结果如图12-9b所示。

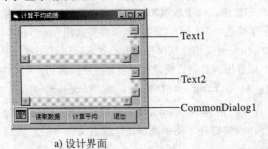

a) 设计界面　　　　　　　　　　　　　　　　　　b) 运行界面

图12-9　计算平均成绩

## 12.3　随机文件

随机文件由一系列固定长度的记录组成，所有记录的同一个字段的数据类型相同。访问随机文件时，通过指定记录号可以快速地定位到相应的记录。打开随机文件后，可以同时对其进行读、写操作。操作完成后需要关闭文件。

### 12.3.1　随机文件的打开和关闭

1. 随机文件的打开

在对随机文件进行存取之前必须先打开文件，打开随机文件也使用Open语句。

**格式**：`Open文件名[For Random] As文件号 Len = 记录长度`

**说明**：

1）"For Random"表示打开随机文件，可以省略。

2）记录长度表示随机文件中每条记录的长度。

当使用Open语句打开随机文件时，如果文件已经存在则直接打开；否则建立一个新的文件。

2. 随机文件的关闭

关闭随机文件和关闭顺序文件一样，同样使用Close语句。例如：

`Close #1　　' 表示关闭文件号为1的文件`

### 12.3.2　随机文件的读写

1. 写文件

Visual Basic使用Put语句向随机文件中写数据。

**格式**：`Put [#]文件号,[记录号],变量名`

**功能**：将"变量名"指定的数据写入由"文件号"指定的随机文件中。

**说明**：

1）记录号：指定要将数据写到文件中的哪个位置。第一条记录的记录号为1，第二条记录的记录号为2……若文件中已有此记录，则该记录将被新记录覆盖；若文件中无此记录，则在文件中添加一条新记录。如果省略"记录号"，则写入数据的记录号为上次读或写的记录的记录号加1。

2）变量名：通常是一个用户自定义类型的变量，也可以是其他类型的变量。

2. 读文件

Visual Basic使用Get语句从随机文件中读取数据。

**格式**：`Get [#]文件号,[记录号],变量名`

**功能**：从"文件号"指定的随机文件中读取由"记录号"指定的一条记录，保存到"变量名"指定的变量之中。

　　**说明**："记录号"的含义与Put语句相同。"变量名"通常是用户自定义类型，用于接收从随机文件中读取的记录。

　　Visual Basic为了方便用户，允许用户使用Type语句来构造用户自己需要的数据类型,这种数据类型称为"用户自定义类型"。当需要创建单个变量来记录多项相关信息时，用户自定义类型就十分有用。例如，如果希望用一个变量Stud来保存一个学生的学号、姓名、数学成绩、英语成绩，则可以定义一个用户自定义类型，该类型的每一个数据包含学号、姓名、数学成绩、英语成绩4项信息，然后将变量Stud定义为该自定义类型。

　　用户自定义类型可以使用Type语句定义，Type语句格式如下：

```
[Private|Public] Type 用户自定义类型名
    元素名[(下标)] As 类型
    …
End Type
```

　　**说明**：

　　1）"用户自定义类型名"、"元素名"应遵循标识符的命名规则。"类型"可以是Visual Basic系统提供的基本数据类型或已声明的用户自定义类型。默认Private|Public选项是Public。

　　2）用户自定义类型必须在窗体模块或标准模块的通用声明段进行声明。在窗体模块中定义用户自定义类型时，必须使用Private关键字。

　　3）如果用户自定义类型的元素为数组，则需要使用"下标"参数。

　　例如，在窗体模块的通用声明段中自定义如下的Student类型，用来保存学生的信息，代码如下：

```
Private Type Student        ' 自定义数据类型Student
    studNum As String * 6      ' 学号
    studName As String * 5     ' 姓名
    Math As Integer            ' 数学成绩
    English As Integer         ' 英语成绩
End Type
```

　　定义完用户自定义类型后，就可以声明用户自定义类型的变量。例如：

```
Dim Stud As Student          ' 定义变量Stud为Student类型
```

　　在代码中引用用户自定义类型变量中的元素时，需要使用如下格式：

```
用户自定义类型变量名.元素名
```

　　例如，要给以上定义的变量Stud赋值，需要使用如下语句：

```
Stud.studNum = "001"
Stud.studName = "张三"
Stud.Math = 90
Stud.English = 88
```

　　**【例12-7】** 修改例12-1，将建立学生成绩顺序文件修改为建立学生成绩随机文件。

　　**界面设计**：界面和图12-2的"学生成绩录入"界面相同。

　　**代码设计**：

　　1）在窗体模块的通用声明段声明用户自定义类型Student，并定义变量Stud为Student类型。

```
Private Type Student        ' 自定义数据类型Student
    studNum As String * 6      ' 学号
    studName As String * 5     ' 姓名
    Math As Integer            ' 数学成绩
    English As Integer         ' 英语成绩
End Type
Dim Stud As Student          ' 定义变量Stud为Student类型
```

2）在窗体的Load事件过程中打开指定的文件。代码如下：

```
Private Sub Form_Load()
    CommonDialog1.ShowSave        ' 显示一个保存文件对话框
    ' 以随机文件的方式打开对话框中指定的文件
    Open CommonDialog1.FileName For Random As #1 Len = Len(Stud)
End Sub
```

3）在"添加"按钮Command1的Click事件过程中读取界面各数据到变量Stud中，然后将变量Stud的值作为一条记录写入随机文件中。代码如下：

```
Private Sub Command1_Click()
    Stud.studNum = Text1.Text
    Stud.studName = Text2.Text
    Stud.Math = Val(Text3.Text)
    Stud.English = Val(Text4.Text)
    Put #1, , Stud       ' 将变量Stud的值作为一条记录写入随机文件中
    Text1.Text = "": Text2.Text = "": Text3.Text = "": Text4.Text = ""
End Sub
```

4）在"结束"按钮的Click事件过程中关闭随机文件，并结束运行。代码如下：

```
Private Sub Command2_Click()
    Close #1                ' 关闭随机文件
    End
End Sub
```

本例运行方法与例12-1相同，只是生成的数据文件为随机文件，而不是顺序文件。

【例12-8】使用例12-7建立的随机文件，按指定的记录号读取记录。

**界面设计**：设计如图12-10a所示的界面。运行时，每当向文本框Text1中输入一个记录号并按Enter键后，将指定的记录信息显示出来。

**代码设计**：

1）在窗体模块的通用声明段声明用户自定义类型Student，并定义变量Stud为Student类型。代码如下：

```
Private Type Student               ' 自定义数据类型Student
    studNum As String * 6          ' 学号
    studName As String * 5         ' 姓名
    Math As Integer                ' 数学成绩
    English As Integer             ' 英语成绩
End Type
Dim Stud As Student                ' 定义变量Stud为Student类型
```

2）在窗体的Load事件过程中将CommonDialog1显示为一个打开文件对话框，然后以随机文件的方式打开对话框中指定的文件。代码如下：

```
Private Sub Form_Load()
    CommonDialog1.ShowOpen              ' 显示打开文件对话框
    ' 以随机文件的方式打开对话框中指定的文件
    Open CommonDialog1.FileName For Random As #1 Len = Len(Stud)
End Sub
```

3）在Text1的KeyUp事件过程中编写代码，根据返回的KeyCode参数进行判断，如果KeyCode值为13（Enter键的ASCII码），说明按下了Enter键，则从随机文件中读取指定的记录。代码如下：

```
Private Sub Text1_KeyUp(KeyCode As Integer, Shift As Integer)
    recno = Val(Text1.Text)
    If KeyCode = 13 Then                ' 如果在文本框中按下了Enter键
        recCount = LOF(1) / Len(Stud)   ' 求文件的总记录数
        If recno > recCount Or recno <= 0 Then
            ' 如果指定的记录号超出范围，则给出提示，选中Text1中的文本
            MsgBox "记录号超出范围"
            Text2.Text = "": Text3.Text = "": Text4.Text = "": Text5.Text = ""
```

```
        Else
            Get #1, recno, Stud   ' 读取文件中记录号为recno的记录到变量Stud中
            Text2.Text = Stud.studNum
            Text3.Text = Stud.studName
            Text4.Text = Stud.Math
            Text5.Text = Stud.English
        End If
    End If
    Text1.SelStart = 0
    Text1.SelLength = Len(Text1.Text)
End Sub
```

由于使用Len(Stud)可以获取每条记录的长度，使用LOF(1)可以获取文件号为#1的文件的总长度，因此，以上代码使用LOF(1)/Len(Stud)来获取文件的总记录数。只有当指定要读取的记录号不超过文件的总记录数时，才从文件中读取数据。

4）在窗体的UnLoad事件过程中关闭随机文件。代码如下：

```
Private Sub Form_Unload(Cancel As Integer)
    Close #1
End Sub
```

运行时，在文本框Text1中输入记录号，按下Enter键，则显示相应的记录信息，如图12-10b所示。

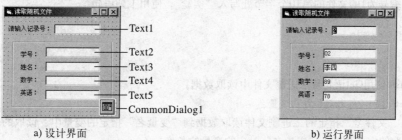

　　　a) 设计界面　　　　　　　　　　　　　　　　　　　　b) 运行界面

图12-10　读取随机文件中指定的记录

## 12.4　二进制文件

二进制文件是以字节为单位进行访问的文件。由于二进制文件没有特别的结构，整个文件都可以当做一个长的字节序列来处理，所以一般用二进制文件来存放非记录形式的数据或变长记录形式的数据。

### 12.4.1　二进制文件的打开和关闭

和使用其他文件一样，在对二进制文件进行存取之前也必须先打开文件，使用之后需要将其关闭。

1. 二进制文件的打开

打开二进制文件使用Open语句。

**格式**：Open 文件名 For Binary As [#]文件号

**说明**：

1）关键字"For Binary"表示打开二进制文件。

2）当使用Open语句打开二进制文件时，如果文件已经存在则直接打开；否则建立一个新的文件。

例如：以二进制方式打开C盘上的文件test.txt，使用以下语句：

```
Open "C:\test.txt" For Binary As #1
```

2. 二进制文件的关闭

二进制文件的关闭同样使用Close语句。例如：

```
Close #1   ' 表示关闭文件号为1的文件
```

### 12.4.2　二进制文件的读写

**1.写文件**

Visual Basic使用Put语句向二进制文件写入数据。

**格式**：Put [#]文件号,[位置],变量名

**功能**：将"变量名"包含的数据写入由"文件号"指定的二进制文件中。写入的位置由"位置"参数指定。

**说明**：

1）位置：表示从文件头开始的字节数，文件中的第一个字节位于位置1，第二个字节位于位置2，依此类推，文件从"位置"开始写入数据；如果省略"位置"，则数据从上次读或写的位置数加1字节处开始写入。

2）变量名：可以是任何类型的变量。每次写入的数据长度为此数据类型所占的字节数。如果是可变长度字符串，写入的将是字符串数据，而不包括结束符，建议最好使用定长字符串读写二进制文件。

3）可以使用Seek语句来定位读写文件的位置。Seek语句格式如下：

Seek [#]文件号，字节数

其功能是将文件的读写位置定位到"字节数"所指的位置处。

例如，在编号为1的文件的第10个字节处写入"实验"，使用下列语句：

```
Seek #1, 10
Put #1, , "实验"
```

**2.读文件**

Visual Basic使用Get语句从二进制文件中读取数据。

**格式**：Get [#]文件号,[位置],变量名

**功能**：从"文件号"指定的二进制文件读取数据到"变量名"指定的变量中。读取的位置由"位置"参数指定，读取的字节数等于"变量名"对应的变量的长度。

**说明**："位置"的含义与Put语句相同。"变量名"通常可以是任何数据类型，用于接收从二进制文件中读取的数据。

**【例12-9】**编写一个复制文件的程序，将源文件的内容复制到目标文件。

**界面设计**：在窗体上添加两个文本框、三个命令按钮、一个通用对话框控件，如图12-11所示。假设运行时，单击文本框旁边的浏览按钮，可以打开文件对话框，让用户选择要复制的源文件或目标文件，选择后的文件名会显示在相应的文本框中，用户也可以在文本框中输入文件名。单击"开始复制"按钮实现文件的复制。

**代码设计**：

1）在命令按钮Command1的Click事件过程中，将通用对话框控件显示为一个打开文件对话框，将在对话框中选择的文件名显示在文本框Text1中。代码如下：

```
Private Sub Command1_Click()
    CommonDialog1.ShowOpen
    Text1.Text = CommonDialog1.FileName
End Sub
```

2）在命令按钮Command2的Click事件过程中，将通用对话框控件显示为一个保存文件对话框，将在对话框中选择的文件名显示在文本框Text2中。代码如下：

```
Private Sub Command2_Click()
    CommonDialog1.ShowSave
    Text2.Text = CommonDialog1.FileName
End Sub
```

3）在命令按钮Command3的Click事件过程中，逐个字节读取源文件中的数据，并保存到目标文件中。代码如下：

```
Private Sub Command3_Click()
    Dim B As Byte                    ' B用于保存每次从源文件中读取的一个字节
    Dim FileName1 As String, FileName2 As String   ' 定义保存文件名的变量
    Dim FileNum1 As Integer, FileNum2 As Integer    ' 定义保存文件号的变量
    FileNum1 = FreeFile              ' 获取当前可用的文件号
    FileName1 = Text1.Text           ' 获取源文件名
    Open FileName1 For Binary As #FileNum1    ' 打开源文件
    FileNum2 = FreeFile              ' 获取当前可用的文件号
    FileName2 = Text2.Text           ' 获取目标文件名
    Open FileName2 For Binary As #FileNum2    ' 打开目标文件
    Do While Not EOF(FileNum1)       ' 如果源文件未结束，则循环
        Get #FileNum1, , B           ' 从源文件读取一个字节到变量B
        Put #FileNum2, , B           ' 将变量B的内容保存到目标文件中
    Loop
    MsgBox "文件复制成功"
    Close #FileNum1                  ' 关闭源文件
    Close #FileNum2                  ' 关闭目标文件
    Exit Sub
End Sub
```

运行时，可以在文本框中直接输入文件名，也可以用文本框旁边的浏览按钮选择文件，然后单击"开始复制"按钮开始复制文件，复制完成后，会显示一个消息框，报告"文件复制成功"。图12-11b为运行界面。

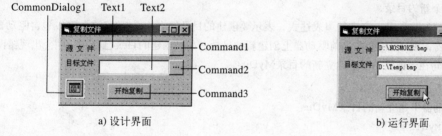

图12-11　文件复制

## 12.5　常用的文件操作语句和函数

要对文件进行操作，经常需要了解与文件有关的信息，如文件所在的位置、文件的大小等。为此，Visual Basic提供了一些语法简单的函数和语句，满足了程序员对文件和文件夹操作的基本操作需求。在Windows系统中目录和文件夹是同一个概念，在以下的叙述中将不进行区分。

1. CurDir函数

**格式**：CurDir [驱动器]

**功能**：返回一个字符串值，表示某驱动器的当前路径。

其中，参数"驱动器"是一个字符串表达式，它指定一个存在的驱动器。如果没有指定驱动器或其值是零长度字符串（""），则函数CurDir返回的是当前驱动器的工作路径。

例如，假设C为当前的驱动器，当前路径为"C:\WINDOWS"，使用下列语句可返回当前路径：

```
Dim MyPath as string
MyPath = CurDir            ' 返回"C:\WINDOWS"
MyPath = CurDir("C")       ' 返回"C:\WINDOWS"
```

2. ChDir语句

**格式**：ChDir 路径名

功能：改变当前目录。

其中，参数"路径名"是一个字符串表达式，表示将成为新的当前目录的名称。"路径名"可能会包含驱动器，如果没有指定驱动器，则ChDir在当前的驱动器上改变当前目录。

ChDir语句改变当前目录的位置，但不会改变当前驱动器。

例如，使用下列语句将当前目录改为"MyDir"：

```
ChDir "MyDir"
```

假设当前的驱动器是"C"，下列语句将把当前目录改至"D:\MyDir"，而"C"仍旧是当前驱动器：

```
ChDir "D:\MyDir"
```

### 3. ChDrive语句

**格式**：`ChDrive 驱动器`

**功能**：改变当前驱动器。

其中，参数"驱动器"是一个字符串表达式，它指定一个存在的驱动器。如果使用零长度的字符串("")，则当前的驱动器不会改变；如果"驱动器"参数中有多个字符，则ChDrive只会使用首字符。

例如，以下ChDrive语句将当前的驱动器改为"D"：

```
ChDrive "D"
```

### 4. MkDir语句

**格式**：`MkDir 路径名`

**功能**：创建一个新的目录。

其中，参数"路径名"是一个字符串表达式，表示要创建的目录的名称。"路径名"可以包含驱动器。如果没有指定驱动器，则MkDir会在当前驱动器上创建新的目录。如果创建的目录已存在，则会出现错误。

例如，以下语句在当前驱动器下建立新的目录MyDir：

```
MkDir "MyDir"
```

例如，在D驱动器下建立新的目录MyDir：

```
MkDir "D:\ MyDir"
```

### 5. RmDir语句

**格式**：`RmDir 路径名`

**功能**：删除一个存在的目录。

其中，参数"路径名"是一个字符串表达式，用来指定要删除的目录。"路径名"可以包含驱动器。如果没有指定驱动器，则RmDir语句会在当前驱动器上删除"路径名"指定的目录。

例如，删除C驱动器下的目录MyDir，使用下列语句：

```
RmDir "C:\MyDir"
```

如果使用RmDir删除一个不存在的目录或一个含有文件的目录，则会发生错误。

### 6. Dir函数

**格式**：`Dir [(路径名 [,属性])]`

**功能**：返回匹配"路径名"及指定"属性"的第一个文件名或目录名，是一个String类型的字符串。

其中，"路径名"为一字符串表达式，是可选参数，用来指定文件或目录的名称，它可以包含驱动器及目录。如果没有找到"路径名"，则会返回零长度字符串("")。"属性"为一常量或数值表达式，是可选参数，用来指定文件、目录的属性。如果省略"属性"，则会返回匹配"路径名"但不包含属性的文件名。"属性"参数的设置如表12-1所示，其中的参数可以组合使用。

可以使用多字符（*）和单字符（?）的通配符来指定多个文件。在第一次调用Dir函数时，必须指定"路径名"，否则会产生错误，如果要指定文件属性，那么就必须包括"路径名"。Dir会返回与"路径名"

匹配的第一个文件名。若想得到其他匹配"路径名"的文件名，需再一次调用Dir，且不能使用参数。如果已没有符合条件的文件，则Dir会返回一个零长度字符串("")。一旦返回值为零长度字符串，要再次调用Dir时，就必须重新指定"路径名"，否则会产生错误。

**表12-1　文件属性参数**

| 常　量 | 值 | 说　明 |
| --- | --- | --- |
| vbNormal | 0 | 一般文件（默认值） |
| vbReadOnly | 1 | 只读文件 |
| vbHidden | 2 | 隐藏文件 |
| VbSystem | 4 | 系统文件 |
| vbVolume | 8 | 卷标文件，如果指定了其他属性，则忽略vbVolume |
| vbDirectory | 16 | 路径和目录 |

例如，如果"C:\Windows\Win.ini"文件存在，以下Dir函数返回文件名"Win.ini"，否则返回空串。

```
MyFile = Dir("C:\Windows\Win.ini")
```

以下代码将打印D盘根目录下所有文本文件的名称：

```
f = Dir("d:\*.txt")
Do While f <> ""
   Print f
   f = Dir                  ' 再次调用dir函数,此时不能带参数
Loop
```

以下代码将返回D盘根目录下所有文件名，包括具有隐藏属性或只读属性的文件：

```
f = Dir("d:\*.*", vbHidden + vbReadOnly)
Do While f <> ""
   Print f
   f = Dir
Loop
```

### 7. Kill语句

**格式**：Kill 路径名

**功能**：删除指定的文件。

其中，"路径名"是一个字符串表达式，用来指定被删除的文件。"路径名"可以包含驱动器及目录。

可以使用多字符（*）和单字符（?）的通配符来指定多个文件。执行Kill语句时没有确认提示，所以使用时一定要慎重，以免误删了重要文件。

例如，删除testfile.txt文件，相应的语句为：

```
Kill "TestFile.txt"
```

例如，将当前文件夹下所有扩展名为.txt的文件全部删除，相应的语句为：

```
Kill "*.txt"
```

### 8. FileCopy语句

**格式**：FileCopy 源文件名, 目标文件名

**功能**：复制文件。

其中，"源文件名"为一字符串表达式，用来表示要被复制的源文件名；"目标文件名"为一字符串表达式，用来指定要复制的目标文件名。"源文件名"、"目标文件名"可以包含驱动器及目录。

如果对一个已打开的文件使用FileCopy语句，则会产生错误。

例如，将srcfile.txt复制到D盘并改名为destfile.txt：

```
Dim sFile, dFile
```

```
sFile = "srcfile.txt"              ' 指定源文件名
dFile = "d:\destfile.txt"          ' 指定目标文件名
FileCopy sFile, dFile
```

9. Name语句

**格式**：`Name 原路径名 As 新路径名`

**功能**：重新命名文件或目录的名称。

其中，"原路径名"是一字符串表达式，表示已存在的文件名或目录名，可以包含驱动器及目录；"新路径名"是一字符串表达式，表示新的文件名或目录名，可以包含目录及驱动器。如果"新路径名"所指定的文件或目录已存在，则此语句将出错。

Name语句能重新命名文件，并可将其移动到一个不同的目录中。Name语句也可在不同的驱动器间移动文件。

在一个已打开的文件上使用Name语句将会产生错误。在改变文件名称之前，必须先关闭打开的文件。

Name语句参数不能包括多字符（*）和单字符（?）的通配符。

例如，将oldfile.txt更名为newfile.txt，相应的语句为：

```
Name "oldfile.txt" As "newfile.txt"
```

将C:\MyDir\oldfile更名为C:\NewDir\newfile，相应的语句为：

```
OldName = "C:\MyDir\oldfile"
NewName = "C:\NewDir\newfile"
Name OldName As NewName           ' 更改文件名，并移动文件
```

10. FileDateTime函数

**格式**：`FileDateTime(路径名)`

**功能**：返回一个Date类型的数据，表示文件或目录最后被修改的日期和时间。

其中，参数"路径名"是一个字符串表达式，用来指定文件名或目录名。"路径名"可以包含驱动器和目录。

例如，以下语句获得文件c:\test.txt最后被修改时间：

```
Print FileDateTime("c:\test.txt")
```

显示结果为：

```
7/18/2009 6:16:20 PM
```

表示最后被修改时间为2009 年7月18日下午6时16分20秒。这里的日期与时间的显示格式依系统的地区设置而定。

11. FileLen函数

**格式**：`FileLen(路径名)`

**功能**：返回以字节为单位表示的文件的长度，是一个Long类型的数据。

其中，参数"路径名"是一个字符串表达式，用来指定文件名。"路径名"可以包含驱动器及目录。

当调用FileLen函数时，如果所指定的文件已经打开，则返回的值是这个文件在打开前的长度。若要获得一个已打开文件的长度，应使用LOF函数。

例如，使用FileLen来获得文件c:\testfile.txt的长度，相应的语句为：

```
Dim MySize
MySize = FileLen("c:\testfile.txt")
```

12. GetAttr函数

**格式**：`GetAttr(路径名)`

**功能**：获得文件或目录的属性，是一个Integer类型的值。

其中，参数"路径名"是字符串表达式，用来指定文件或目录。"路径名"可以包含驱动器及目录。文件或目录的属性值如表12-2所示。

**表12-2 文件或目录的属性**

| 常 量 | 值 | 说 明 |
|---|---|---|
| vbNormal | 0 | 一般文件 |
| vbReadOnly | 1 | 只读文件 |
| vbHidden | 2 | 隐藏文件 |
| vbSystem | 4 | 系统文件 |
| vbDirectory | 16 | 目录 |
| vbArchive | 32 | 档案属性 |
| vbalias | 64 | 指定的文件名是别名 |

对于同时具有多个属性的文件，若要判断该文件是否具有某个属性，需要将GetAttr函数的返回值与表12-2所列的属性值进行And运算，如果所得的结果不为零，则表示该文件具有这个属性。

例如，如果d:\aaa.txt文件的档案属性没有设置，也没有设置其他属性，则下列语句打印0；如果文件只有档案属性，则下列语句打印32：

```
Print GetAttr("d:\aaa.txt")
```

如果d盘根目录下有一个子目录aaa，且没有设置任何属性，则下列语句打印16：

```
GetAttr("d:\aaa")
```

如果要判断文件d:\aaa.txt是否具有只读属性，则可以使用以下语句：

```
If (GetAttr("d:\aaa.txt") And vbReadOnly) <> 0 Then
    Print "readonly"
Else
    Print "not readonly"
End If
```

13. SetAttr语句

**格式**：SetAttr 路径名,属性

**功能**：设置文件属性。

其中，参数"路径名"是一个字符串表达式，用来指定文件名称；参数"属性"是一个常量或数值表达式，表示文件的属性。"属性"值如表12-2所示。

例如，设置文件c:\testfile.txt具有隐藏和只读属性，相应语句如下：

```
SetAttr "c:\testfile.txt",vbHidden+vbReadOnly
```

如果为一个已打开的文件设置属性，则会产生错误。

【例12-10】在Windows系统中，查看某文件属性时能看到类似图12-12b所示的对话框。使用Visual Basic的函数和语句实现如图12-12b所示的对话框。

**界面设计**：按照图12-12a所示设计界面。文本框Text1用来显示文件名，标签Label3、Label5、Label8分别用来显示文件的"位置"、"大小"、"创建时间"，复选框Check1、Check2用来显示文件的"只读"、"隐藏"属性。

**代码设计**：在窗体的Load事件过程中编写代码如下：

```
Private Sub Form_Load()
    Dim filename As String
    CommonDialog1.ShowOpen          ' 显示"打开"对话框
    filename = CommonDialog1.filename   ' 获得文件名
    Text1.Text = filename           ' 显示文件名
    Label3.Caption = Left(CurDir(filename), 3)    ' 获得选中文件所在的驱动器
```

```
    Label5.Caption = FileLen(filename)              ' 获得文件长度
    Label8.Caption = FileDateTime(filename)         ' 获得文件最后被修改时间
    If GetAttr(filename) And vbReadOnly <> 0 Then   ' 如果文件具有只读属性
        Check1.Value = 1
    Else
        Check1.Value = 0
    End If
    If GetAttr(filename) And vbHidden <> 0 Then     ' 如果文件具有隐藏属性
        Check2.Value = 1
    Else
        Check2.Value = 0
    End If
End Sub
```

运行时，首先弹出一个"打开"对话框，在该对话框中选中某一文件并单击"确定"按钮后，即可按图12-12b所示显示文件的有关属性。

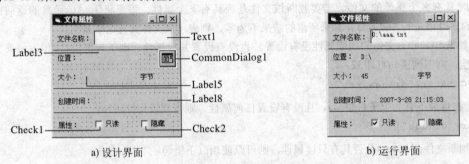

a) 设计界面                                    b) 运行界面

图12-12　简易文件属性对话框

## 12.6　文件系统控件

Visual Basic为用户提供了三个文件系统控件：驱动器列表框、目录列表框和文件列表框。它们都能自动从操作系统获取信息，让用户了解有关驱动器、目录和文件的当前状态。这三个控件可以单独使用，也可以组合起来使用。组合使用时，可在各控件的事件过程中编写代码，建立它们之间的联系，产生联动。

### 12.6.1　驱动器列表框

驱动器列表框在工具箱中的名称为DriveListBox，如图12-13a所示。将它画到窗体上将呈现为一个有关驱动器名称的下拉列表，如图12-13b和图12-13c所示。它是一种能显示系统中所有有效磁盘驱动器（包括可移动磁盘、光盘）的列表框。用户可以单击列表框右侧的箭头，从列出的驱动器列表中选择驱动器。

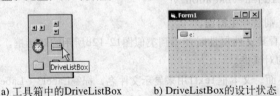

a) 工具箱中的DriveListBox　　　b) DriveListBox的设计状态　　　c) DriveListBox的运行状态

图12-13　DriveListBox控件

1. 属性

Drive属性：返回或设置磁盘驱动器的名称。它可以是任何一个有效的字符串表达式，该字符串的第一个字母必须是一个有效的磁盘驱动器符号。如"C"或"D"等。Drive属性只能在运行时被设置，当被设置后，驱动器盘符出现在列表框的顶部。改变Drive属性的设置值将激活Change事件。从列表框中选择驱动器并不能自动地变更系统当前的工作驱动器，要改变系统当前的工作驱动器需要使用ChDrive语句。例如：

```
Drive1.Drive = "e:\"          ' 设置驱动器
ChDrive Drive1.Drive          ' 表示将驱动器e：变成当前的工作驱动器
```

**2. 事件**

驱动器列表框的常用事件为Change事件。当选择一个新的驱动器或通过代码改变Drive属性的设置时触发该事件。例如，要将在驱动器列表中选择的驱动器设置为当前驱动器，可以在该事件过程中编写以下代码：

```
Private Sub Drive1_Change()
    ChDrive Drive1.Drive
End Sub
```

### 12.6.2 目录列表框

目录列表框在工具箱中的名称为DirListBox，如图12-14a所示。将它画到窗口上将呈现为一个有关目录的列表，如图12-14b所示。目录列表框通过显示一个树型的目录结构来列出当前驱动器下的分层目录，其中每一行代表一级目录，当双击某一目录时，将打开该目录并显示其子目录。例如，运行时双击图12-14b中的"安装文件"目录，将展开"安装文件"目录的子目录，如图12-14c所示。

a) 工具箱中的DirListBox

b) DirListBox的设计状态

c) DirListBox的运行状态

图12-14 DirListBox控件

**1. 属性**

Path属性：返回或设置当前工作目录的完整路径（包括驱动器符号）。

当改变Path属性时，将激活一个Change事件。在设计阶段，该属性不可用。设置Path属性相当于改变了目录列表框的当前目录。在目录列表框中选择目录并不能改变系统的当前目录，要想真正改变系统当前目录，必须使用ChDir语句。例如：

```
ChDir "c:\system"          ' 表示将"c:\system"目录变为系统当前的工作目录
```

例如，设置当前工作目录为"E:\安装文件"，使用下列语句：

```
Dir1.path="E:\安装文件"
```

执行结果如图12-13c所示。

**2. 事件**

目录列表框的常用事件为Change事件。当双击一个目录项或通过代码改变Path属性的设置时触发该事件。

### 12.6.3 文件列表框

文件列表框在工具箱中的名称为FileListBox，文件列表框用来显示特定目录下的文件，该控件在工具箱中的名称为FileListBox，如图12-15a所示。把它画到窗体上将呈现为一个有关文件名的列表，如图12-15b所示。运行时，可以用文件列表框自带的滚动条滚动文件名，选择其中的文件，如图12-15c所示。编写程序时，经常用到其Path属性、FileName属性、Pattern属性和Click事件、DblClick事件。

a) 工具箱中的FileListBox

b) FileListBox的设计状态

c) FileListBox的运行状态

图12-15 FileListBox控件

**1. 属性**

1）Path属性：返回或设置当前目录的路径名，其值为一个表示路径名的字符串表达式。编写程序时，一般用目录列表框的Path属性值来设置文件列表框的Path属性值。当Path属性被设置后，文件列表框将显示当前目录下的文件。Path属性只能在运行阶段设置。

2）FileName属性：设置或返回所选文件的路径和文件名。当设置FileName属性时，可以使用完整的文件名，也可以使用不带路径的文件名；当读取该属性时，则返回从当前列表中选择的不含路径名的文件名或空值。改变该属性值可能会激活一个或多个事件（如PathChange、PatternChange或DblClick事件）。

3）Pattern属性：设置或返回要显示的文件类型，即按该属性的设置对文件进行过滤，显示满足条件的文件。其值是一个带通配符的文件名字符串，代表要显示的文件名类型。如"*.TXT"。默认值为"*.*"。如果过滤的类型不止一种，可以用分号分隔。例如：

```
filelistbox1.Pattern= "*.EXE ; *.COM "
```

表示只显示以.EXE和.COM为扩展名的文件。

4）ReadOnly、Archive、System、Normal、Hidden属性：可以用这些属性来指定在FileListBox控件中所显示文件的类型。运行时，可以在程序中设置这些属性中的任一个为True，而设置其他属性为False，使FileListBox控件只显示具有指定属性的文件。

**2. 事件**

Click、DblClick事件：当用户单击或双击文件列表框中的文件名时，激活Click或DblClick事件。

【例12-11】在窗体上建立DriveListBox控件、DirListBox控件和FileListBox控件，运行时，单击驱动器列表框可以变更当前驱动器，将驱动器盘符传递给目录列表框的Path属性，引起目录列表框内信息的改变（联动）。双击目录列表框内的目录项可以展开目录列表，将带驱动器盘符的目录名传递给文件列表框的Path属性，引起文件列表框内所显示文件的变更，并将文件名显示在文本框内。编写代码实现各控件之间的联动。

**设计界面**：在窗体上添加一个文本框控件Text1，一个DriveListBox控件Driver1，一个DirListBox控件Dir1，一个FileListBox控件File1，如图12-16a所示。

**代码设计**：设计各事件过程如下：

```
Private Sub Form_Load()
    Drivel.Drive = "c:\"                   ' 初始化驱动器列表框
End Sub
Private Sub Drive1_Change()
    Dir1.Path = Drive1.Drive              ' 使驱动器列表框和目录列表框同步
End Sub
Private Sub Dir1_Change()
    File1.Path = Dir1.Path                ' 使目录列表框和文件列表框同步
End Sub
Private Sub File1_Click()
    Text1.Text = File1.FileName           ' 在文本框中显示文件名
End Sub
```

运行时，从驱动器列表中选择某驱动器，从目录列表中双击某个目录可以打开该目录，在文件列表中会显示该目录下的所有文件名，单击某文件名，该文件名将显示在文本框Text1中，如图12-16b所示。

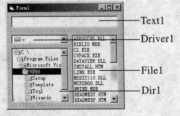

a) 设计界面

b) 运行界面

图12-16  文件系统控件的应用

## 12.7　上机练习

【练习12-1】设计一个学生成绩录入系统，录入后的学生成绩保存到顺序文件中，要求该文件的保存位置及文件名可以任意指定。参考界面如图12-17所示。

【练习12-2】参照图12-18设计界面。编程序实现：运行时，单击"打开文件"按钮读取练习12-1生成的学生成绩顺序文件，将文件内容显示在第一个文本框中，单击"计算平均成绩"按钮计算每个学生的平均成绩，并将原始数据和平均成绩显示在另一个文本框中；单击"保存平均成绩"按钮将学生的学号、姓名和平均成绩保存到另一个顺序文件中，保存位置及文件名可以任意指定；单击"退出"按钮关闭文件，结束运行。

图12-17　学生成绩录入界面

a) 设计界面

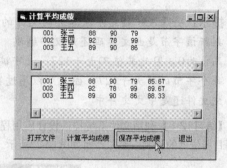

b) 运行界面

图12-18　计算学生的平均成绩

【练习12-3】设计录入学生通讯录的应用程序，将每个学生的通讯信息存入一个随机文件中，要求该文件的保存位置及文件名可以任意指定。参考界面如图12-19所示。

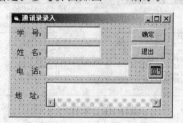

图12-19　通讯录录入界面

【练习12-4】打开上题建立的随机文件，在输入某人的姓名之后找出相应的通讯信息，并将查找结果显示在窗体上。参考界面如图12-20所示。

a) 设计界面

b) 运行界面

图12-20　查找随机文件中的记录

**【练习12-5】** 使用二进制文件操作，将一个含有西文字符和中文字符的ASCII文件中的西文和中文分开，形成两个文件。参考界面如图12-21所示。

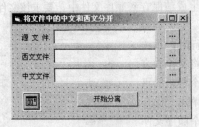

a) 设计界面

b) 运行界面

图12-21　将文件中的中文和西文分开

**提示：** 将原ASCII文件以二进制文件的方式打开，按字节读取文件，每读取一个字节，判断该字节是西文编码还是汉字编码。由于西文字符用一个字节的ASCII码表示，其最高位为0，因此其值不大于127；汉字编码用两个字节表示，每个字节的最高位为1，即每个字节的值大于127，因此可以通过判断读取的字节的值决定将该字节写入指定的西文文件还是中文文件中。

**【练习12-6】** 利用文件系统控件设计应用程序，提供驱动器、文件夹和文件的选择，实现文件由源位置到目标位置的复制。参考界面如图12-22所示。

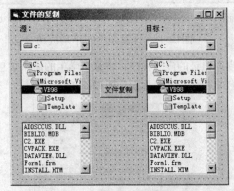

图12-22　文件的复制

# 第13章 数 据 库

随着科学技术和社会经济的飞速发展，人们掌握的信息量急剧增加。要充分地开发和利用这些信息资源，就必须有一种技术能对大量的信息进行识别、存储、处理与传播。随着计算机软、硬件技术的发展，20世纪60年代末，数据库技术应运而生，并从70年代起得到了迅速的发展和广泛的应用。数据库技术主要研究如何科学地组织和存储数据，如何高效地获取和处理数据。数据库技术作为数据管理最有效的手段，目前已广泛应用于各个领域。

## 13.1 数据库的基本概念

以一定的方式组织并存储在一起的相互有关的数据的集合称为数据库（Data Base，DB）。对数据库的管理由数据库管理系统来实现。数据库管理系统（Data Base Management System，DBMS）是用户与数据库之间的接口，它可以实现对数据库的管理和操纵，如数据库的建立、数据的查询和更新等。常见的数据库管理系统有Access、Visual FoxPro、SQL Server、Oracle等。数据库管理系统运行在一定的硬件和操作系统平台上，人们可以使用开发工具（如Visual Basic、Visual C++、Delphi等），利用DBMS提供的功能，创建满足实际需求的数据库应用系统。

Visual Basic 6.0提供了功能强大的数据库访问功能，它在Visual Basic 5.0的基础上引入了功能强大的ADO作为存取数据的新标准，使得用户可以更加方便、灵活地访问数据库。Visual Basic可以处理许多外部数据源（由其他数据库软件建立的数据库），如Access、FoxPro、Excel、Paradox等。Visual Basic 6.0处理的默认数据库是Access数据库。本章将以Access数据库为例，介绍数据库的基本概念及Visual Basic的数据库访问功能。

按数据的组织方式不同，数据库可以分为三种类型：网状数据库、层次数据库和关系数据库。其中，关系数据库是应用最多的数据库。

### 13.1.1 关系数据库的结构

在关系数据库中，将数据存储在一些二维表中，各表之间是通过公共字段建立联系的。

1. 表

将相关的数据按行和列的形式组织成的二维表格即为表，表通常用于描述某一种实体。每一个表有一个表名。例如，表13-1就是一个用于描述"学生"这种实体的表，表名称为"学生基本信息"。

表13-1 "学生基本信息"表

| 学号 | 姓名 | 性别 | 班级 | 出生日期 | 专业编号 |
|------|------|------|------|----------|----------|
| 980010101 | 张涛 | 男 | 建98-01 | 80-03-21 | 001 |
| 980010102 | 李明 | 男 | 建98-01 | 80-11-21 | 001 |
| 980010103 | 刘聪敏 | 女 | 建98-01 | 80-12-12 | 001 |
| 990020201 | 陈魏容 | 女 | 道99-02 | 81-08-06 | 002 |
| 990020202 | 陈建国 | 男 | 道99-02 | 81-07-05 | 002 |
| 990020203 | 张华 | 女 | 道99-02 | 81-12-23 | 002 |
| 990020204 | 李涛 | 男 | 道99-02 | 81-03-24 | 002 |
| 990050101 | 王容 | 女 | 网99-01 | 80-12-09 | 005 |
| 990050102 | 刘海保 | 男 | 网99-01 | 80-07-06 | 005 |
| 990050103 | 王东新 | 男 | 网99-01 | 79-12-04 | 005 |
| 990050201 | 张茂 | 男 | 网99-02 | 80-12-21 | 005 |
| 990050202 | 崔国保 | 男 | 网99-02 | 79-12-23 | 005 |
| 990050203 | 张新东 | 男 | 网99-02 | 78-07-23 | 005 |

表13-2是"专业"表。

**表13-2 "专业"表**

| 专业编号 | 专业名称 | 系编号 |
|---|---|---|
| 001 | 建筑结构 | 001 |
| 002 | 道桥工程 | 001 |
| 003 | 暖通空调 | 002 |
| 004 | 给排水 | 002 |
| 005 | 网络技术 | 003 |
| 006 | 软件工程 | 003 |

表13-3是"系"表。

**表13-3 "系"表**

| 系编号 | 系名称 |
|---|---|
| 001 | 土木工程 |
| 002 | 城市建设 |
| 003 | 计算机 |

一个数据库可以有一个或多个表，各表之间存在着某种联系。如"学生基本信息"表与"专业"表通过"专业编号"建立了每个学生与各专业之间的联系；"专业"表与"系"表通过"系编号"建立了每个专业与各系之间的联系。数据库也有名称，如可以将包含以上三个表的数据库命名为"学生"。

**2. 表的结构**

每个表由多行和多列构成，表的每一行称为一个记录，如"学生基本信息"表的每个学生的信息就是一个记录，同一个表不应有相同的记录。表的每一列称为一个字段，每个字段有一个字段名。如"学生基本信息"表共有6列，即6个字段，字段名依次为：学号、姓名、性别、班级、出生日期、专业编号。每个字段对应一种数据类型，如"姓名"字段的数据类型为字符串型（在Access数据库中称为Text类型），"出生日期"字段的数据类型为日期型。记录中的某字段值称为数据项。在一个表中，记录的顺序和字段的顺序不影响表中的数据信息。

字段名称、字段类型、字段长度等要素构成了表的结构，表13-4描述了"学生"数据库中各表的结构。

**表13-4 "学生"数据库中各表的结构**

| 表　名 | 字段名 | 字段类型 | 字段长度 |
|---|---|---|---|
| 学生基本信息 | 学号 | Text | 9 |
| | 姓名 | Text | 10 |
| | 性别 | Text | 2 |
| | 班级 | Text | 7 |
| | 出生日期 | Date | 8 |
| | 专业编号 | Text | 3 |
| 专业 | 专业编号 | Text | 3 |
| | 专业名称 | Text | 20 |
| | 系编号 | Text | 3 |
| 系 | 系编号 | Text | 3 |
| | 系名称 | Text | 20 |

**3. 关键字**

如果表中的某个字段或多个字段的组合能唯一地确定一个记录，则称该字段或多个字段的组合为候选关键字。如"学生基本信息"表中的"学号"可以作为候选关键字，因为对于每个学生来说，学号是唯一的。一个表可以有多个候选关键字，但只能有一个关键字做主关键字。关键字中的每一个值必须是唯一的，且不能为空值（Null）。

#### 4. 表间的关联

表间的关联是指按照某一个或几个公共字段建立的表与表之间的联系。如"学生基本信息"表与"专业"表之间通过"专业编号"字段建立了其记录之间的联系。记录之间的联系分为一对一、一对多（或多对一）、多对多联系。常用的是一对多（或多对一）联系，例如，对于"专业"表中的每一个专业编号，在"学生基本信息"表中有多条记录与之对应，因此，"专业"表中的"专业编号"与"学生基本信息"表中的"专业编号"之间是一对多的联系。

#### 5. 外部键

设某个字段或字段的组合F不是表A的关键字，如果F与另一个表B的主关键字相对应（也就是两个表的公共字段），则称F为表A的外部键。通过外部键可以连接两个表，进而筛选、过滤出所需要的数据。例如，"学生基本信息"表中的"专业编号"可以定义为外部键，它与"专业"表中的"专业编号"（主关键字）相关联。外部键的值应当是主关键字值的子集，除非在主关键字中有与外部键中相同的值，否则在外部键中只能有空（Null）值。例如，"学生基本信息"表中的"专业编号"只能是专业表中已经存在的专业编号，或者是空值。

#### 6. 索引

索引是为了加速查找引入的。索引和一本书的目录类似，通过索引可以快速找到有关信息。在书本的目录上有章节名称和页号，相应地在索引文件上有索引关键字和指针。索引关键字按特定的顺序排序，指针指向表中的记录。查找数据时，数据库管理系统先从索引文件上根据索引关键字找到信息的位置（指针），再根据指针从表中读取数据。索引关键字（或索引字段）既可以是一个字段，也可以是多个字段的组合。在一个表中可以建立多个索引，但只能有一个主索引，主索引的索引关键字的值在整个表中不允许重复，且不能为空值。

例如，要按学生的学号快速检索学生基本信息，可以在"学生基本信息"表中以"学号"为索引关键字建立一个索引，取名为"xh"。

通常，只有当经常查询被索引的字段中的数据时，才需要对表创建索引。索引将占用磁盘空间，并且降低添加、删除和修改记录的速度。在多数情况下，索引所带来的检索数据的速度优势，将大大超过它的不足之处，然而，如果应用程序非常频繁地更新数据，或磁盘空间有限，那么最好限制索引的数量。

### 13.1.2　数据访问对象模型

在Visual Basic 6.0中，需要使用数据访问对象对数据库进行访问。Visual Basic 6.0的数据访问对象有三种，即DAO（Data Access Object，数据访问对象）、RDO（Remote Data Object，远程数据对象）和ADO（ActiveX Data Object，ActiveX数据对象）。它们是Visual Basic发展过程中不同阶段的产物，其中，ADO是最新的一种，它的使用更加简单、灵活。

DAO是Microsoft Jet引擎面向对象的编程接口，它可以通过Jet引擎方便地访问Jet和ISAM数据库（如Access、FoxFro、dBase、Paradox等），它也允许用户通过ODBC（Open Database Connectivity，开放式数据库连接）访问各种基于ODBC的数据库（如Access、SQL Server、Oracle等）。DAO比较适用于单系统应用程序或小范围的本地分布系统。

RDO是一个针对ODBC数据源的、面向对象的数据访问接口，它可以通过ODBC底层存取功能来灵活机动地存取数据库中的数据。尽管RDO在访问Jet或ISAM数据库方面受到了限制，并且只能通过ODBC接口访问基于ODBC的数据源，但是，RDO仍然是SQL Server、Oracle以及其他大型关系数据库开发者经常选用的编程接口。RDO还提供了用来访问存储过程和复杂结果集的更多和更复杂的对象、属性和方法。ODBC是使用十分广泛的访问数据库接口，通过它可以使用相同的代码访问不同的数据库，为应用程序的跨平台开发、移植提供了极大的方便。

ADO是一种面向对象的、与语言无关的应用程序编程接口，它对数据源的访问是通过OLB DB实现的。OLB DB是一种数据访问的技术标准，是专为提高对数据源的访问性能而设计的。ADO能访问的数据源包括各种数据库、电子邮件和文件系统、文本和图形、自定义业务对象等。

### 13.1.3 结构化查询语言

建立数据库的目的是为了有效地利用数据，在众多的数据中提取人们最感兴趣的信息，而提取信息最有效的工具之一就是结构化查询语言（Structured Query Language，SQL）。人们利用SQL对数据库进行"提问"，而数据库则给予满足提问条件的"回答"。SQL语法规定了"提问"的方式、条件的表述方法等，并明确指出数据库所给予的"回答"应放在何处。SQL可实现对数据库的检索、排序、统计、修改等多种操作。例如下面是一个用来查询信息的SQL语句：

```
Select 系.系名称,学生基本信息.学号,学生基本信息.姓名,学生基本信息.班级
From 专业,系,学生基本信息
Where 学生基本信息.班级 = '建98-01'
    And 学生基本信息.专业编号=专业.专业编号
    And 专业.系编号=系.系编号
```

在以上的SQL语句中，Select之后列出的参数表示在查询结果中要显示的字段信息，例如，"系.系名称"表示要显示"系"表的"系名称"字段，而"学生基本信息.学号"表示要显示"学生基本信息"表的"学号"字段……From子句指明要查找的表的名称，即在"专业"、"系"、"学生基本信息"表中查找数据。Where子句之后的内容表示查询条件，即查找"学生基本信息"表中班级为"建98-01"的记录，而且以"专业编号"和"系编号"作为关联条件建立表间的关联，以找出相应的系名称。

## 13.2 可视化数据管理器

在Visual Basic中提供了一个非常方便的数据库操作工具，即可视化数据管理器（Visual Data Manager），使用可视化数据管理器可以方便地建立数据库，添加表，对表进行修改、添加、删除、查询等操作。

### 13.2.1 启动可视化数据管理器

在Visual Basic集成开发环境中，使用"外接程序|可视化数据管理器"命令，即可启动可视化数据管理器"VisData"窗口。如图13-1所示。窗口由菜单栏、工具栏、子窗口区和状态栏组成，启动完成时其子窗口区为空。

图13-1  可视化数据管理器"VisData"窗口

### 13.2.2 新建数据库

一个数据库的建立主要包括：新建数据库、添加表及录入数据。利用Visual Basic的可视化数据管理器可以很容易地建立一个新的数据库。操作步骤如下：

1) 在"VisData"窗口中，执行"文件|新建|Microsoft Access | Version 7.0 MDB"命令。如图13-2所示。

2）在打开的对话框中选择要建立的数据库所在的文件夹并指定数据库文件的名称，如"学生"，再单击"保存"按钮保存数据库，如图13-3所示。

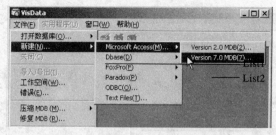

图13-2　在VisData窗口中新建数据库

图13-3　保存数据库

3）保存数据库后，在VisData窗口中将打开两个子窗口：数据库窗口和SQL语句窗口，如图13-4所示。在数据库窗口中列出了数据库的常用属性；在SQL语句窗口中可以输入SQL语句，运行后，能马上得到该SQL语句的执行结果。

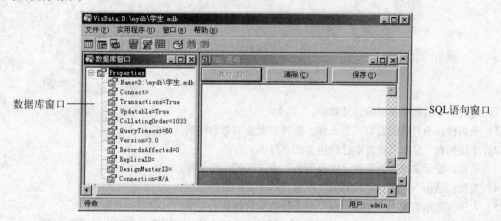

图13-4　VisData中的子窗口

### 13.2.3　打开数据库

在可视化数据管理器窗口中也可以打开已经建好的数据库。执行"文件|打开数据库|Microsoft Access"命令，将显示"打开Microsoft Access数据库"对话框，如图13-5所示。在该对话框中选择要打开的数据库，单击"打开"按钮即可打开数据库。

图13-5　"打开Microsoft Access数据库"对话框

### 13.2.4　添加表和修改表

一个数据库一般都包含一个或若干个表，创建好数据库后就可以向其中添加表了。一个新表的建立包括对表中各个字段的定义、索引的定义等。

打开Access数据库，右击数据库窗口，在弹出的快捷菜单中选择"新建表"选项，打开"表结构"对话框，如图13-6所示。

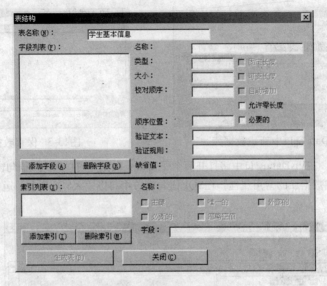

图13-6  "表结构"对话框

"表结构"对话框中各项的含义如下：

1) 表名称：为当前的表取一个名称，要符合变量的命名规则，必填项。

2) 字段列表：显示当前表中已经包含的字段名。

3) 名称：显示或修改当前在"字段列表"中选择的字段名称。

4) 类型：显示当前在"字段列表"中选择的字段的数据类型。

5) 大小：显示当前在"字段列表"中选择的字段的最大长度，以字节为单位。

6) 固定长度：选中（√）时表示当前的字段长度是固定的。只对Text类型的字段起作用。

7) 可变长度：选中（√）时表示当前的字段长度是可变的。只对Text类型的字段起作用。

8) 自动增加：对于类型为Long的字段，如果选择该选项（√），当向表中添加新记录时，本字段内容会在上一条记录的基础上自动增加1。

9) 允许零长度：选中（√）时将零长度字符串视为有效的字符串。

10) 必要的：选中（√）时表示字段必须是非空（Null）值。

11) 顺序位置：确定字段的相对位置。

12) 验证文本：如果用户输入的字段值无效，此处输入的文本是应用程序将显示的消息文本。

13) 验证规则：确定字段可以添加什么样的数据。如输入<999表示字段值必须小于999，而输入>100 And <200表示字段值必须在100～200之间。

14) 缺省值：在输入数据时，如果不输入该字段内容，则使用该缺省值作为字段内容。

15) 添加字段：单击该按钮将显示一个"添加字段"对话框，如图13-7所示。在该对话框中输入新添加的字段的有关信息，如新字段的名称、类型、长度等，单击"确定"按钮将新字段添加到图13-6的"字段列表"中，而在该对话框中定义的字段信息也显示在图13-6的"字段列表"右侧的相应各项中。

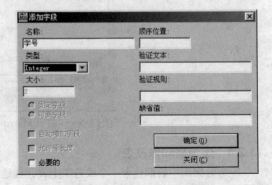

图13-7  "添加字段"对话框

16）删除字段：单击该按钮删除"字段列表"中选择的字段。

"表结构"对话框的下半部分用于设置或显示当前表的索引信息。各项含义如下：

1）名称：用于显示或修改索引名。

2）索引列表：列出当前已经建立的索引。

3）主键：选中（✓）时表示当前索引为表的主索引。

4）唯一的：选中（✓）时表示当前的索引字段不允许有重复的值。

5）外部的：选中（✓）时表示当前的索引字段是表的外部键。

6）必要的：选中（✓）时表示索引字段必须是非Null值。

7）忽略空值：选中（✓）时表示含有Null值的字段不包括在索引中。

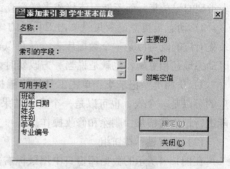

图13-8　"添加索引到学生基本信息"对话框

8）添加索引：单击该按钮显示"添加索引"对话框，如图13-8所示。在该对话框中可以定义新索引的名称，并从"可用字段"列表中选择"索引的字段"。对于主索引，应选择"主要的"和"唯一的"。单击"确定"按钮将新索引添加到图13-6的"索引列表"中，而在该对话框中定义的索引信息也显示在图13-6的"索引列表"右侧的相应各项中。

9）删除索引：单击该按钮删除在"索引列表"中选择的索引。

10）字段：显示当前索引字段。

完成各字段的定义并添加完索引之后，单击图13-6"表结构"对话框中的"生成表"按钮，就在数据库中添加了一个新表。当然，该表现在还没有数据。这时，在数据库窗口中显示了当前已添加的所有表的名称，如图13-9a所示，单击名称左侧的"+"号可以展开表并查看表中的有关信息，图13-9b列出了"学生基本信息"表的字段信息。

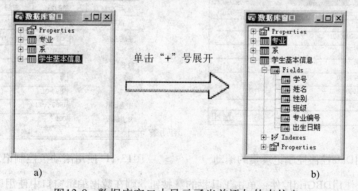

图13-9　数据库窗口中显示了当前添加的表信息

如果要修改表的结构，可以在数据库窗口中用鼠标右击表名，从弹出的快捷菜单中选择"设计"命令，同样打开"表结构"对话框，在该对话框中可以修改表名称、修改字段名、添加与删除字段、修改索引等。与图13-6不同的是，该对话框底部没有"生成表"按钮，而是一个"打印结构"按钮，该按钮用于打印当前的表结构，如当前表所在的数据库名称、表名称、各字段的名称、类型、长度以及索引等。

## 13.2.5　数据的添加、删除、修改

完成表结构的建立之后，就可以向表中添加数据了。在开始添加数据之前，应首先明确记录集的类型和数据的显示方式，这项工作可以通过操作VisData窗口的工具栏完成（见图13-1）。

### 1. 数据管理器窗口工具栏

在VisData窗口中，工具栏分为三组：记录集类型按钮组、数据显示按钮组、事务方式按钮组。

（1）记录集类型按钮组

Visual Basic使用记录集（Recordset）对象来访问数据库中的记录，记录集对象是指来自基本表或查询结果的记录全集，由记录和字段组成。Visual Basic记录集对应以下三种类型：表类型（Table）、动态集类型（Dynaset）和快照类型（Snapshot）。数据管理器窗口的工具栏提供了三个按钮，用于确定记录集的类型。

1）表类型记录集：单击工具栏的▥按钮，则指定以"表类型"打开记录集。表类型记录集对应的是一个实际存在的数据库表，对表类型记录集的操作实际就是对数据库表的直接操作。只能对单个的表创建表类型的记录集，而不能对连接或者联合查询创建表类型的记录集。

2）动态集类型记录集：单击工具栏的▥按钮，则指定以"动态集类型"打开记录集。动态集类型记录集对应的既可以是一个数据库表，又可以是一个查询的结果。动态集对象和它所表示的表或查询结果可以动态地互相更新，也就是说当一方改变时，另一方会随之改变。

3）快照类型记录集：单击工具栏的▥按钮，则指定以"快照类型"打开记录集。快照类型记录集对应的可以是一个表，也可以是一个查询结果。它反映了数据库瞬间的一种状态（快照），所以对记录集不能进行记录的增加、删除和修改操作。

（2）数据显示按钮组

在图13-4所示的数据库窗口中用鼠标右击表，在弹出的快捷菜单中选择"打开"命令，可以打开一个数据编辑窗口，在该窗口中可以进行表数据的添加、编辑等操作。数据显示按钮组用于控制在数据编辑窗口中显示数据的形式。各按钮说明如下：

1）在新窗体上使用Data控件：单击工具栏的▥按钮，则在数据编辑窗口中使用Data控件来控制记录集的滚动，如图13-10所示。

2）在新窗体上不使用Data控件：单击工具栏的▥按钮，则在数据编辑窗口中不使用Data控件，而是使用滚动条来控制记录集的滚动，如图13-11所示。

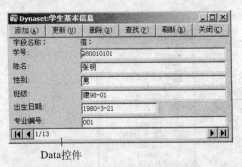

图13-10 使用Data控件控制记录集的滚动

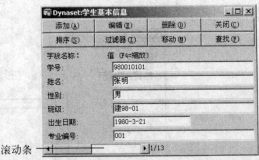

图13-11 使用滚动条控制记录集的滚动

3）在新窗体上使用DBGrid控件：单击工具栏的▥按钮，则在数据编辑窗口中使用DBGrid控件显示数据，如图13-12所示。

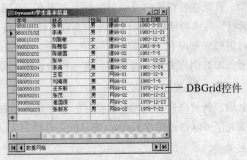

图13-12 使用DBGrid控件显示数据

（3）事务方式按钮组

事务是用户定义的一个数据库操作序列，这些操作要么全做，要么全不做。例如，当我们要进行银行转账时，需要执行两步操作：从账号A中取出一万元；将取出的一万元存入账号B。这两个操作就必须定义成一个事务，否则，如果在执行第一步操作后出现故障，则数据库中的数据（存款余额）将处于不一致的状态。在执行一个事务时，如果事务中的所有操作全部正常完成，则可以通过提交事务确认所做的修改；如果在事务的执行过程中出现故障，则可以撤销事务中已经执行的操作，使数据库恢复到被操作前的状态。事务方式按钮组中的各按钮说明如下：

1）开始事务：单击工具栏的 按钮，开始一个新的事务。

2）回滚当前事务：单击工具栏的 按钮，撤销自开始事务以来对数据库所做的一切修改。

3）提交当前事务：单击工具栏的 按钮，确认自开始事务以来对数据库所做的修改，原有数据将不能恢复。

2. 数据的添加、删除、修改

这里假设在工具栏中选择"动态集类型记录集"按钮，并选择"在新窗体上不使用Data控件"。在数据库窗口中用鼠标右击表名，从弹出的快捷菜单中选择"打开"命令，打开"Dynaset"（动态集）窗口，如图13-11所示。在该窗口中可以进行记录的添加、编辑等操作。窗口中各按钮功能如下：

1）添加：打开一个添加窗口，如图13-13所示，在该窗口中直接输入要添加的记录内容，单击"更新"按钮完成添加，单击"取消"按钮取消添加。

2）编辑：打开一个编辑窗口，如图13-14所示，在该窗口中可以修改当前记录。单击"更新"按钮完成修改，单击"取消"按钮取消修改。

3）删除：删除当前记录。

4）关闭：关闭当前窗口。

5）排序：打开一个对话框，在对话框中指定要排序的字段名称，单击"确定"按钮后，记录集按指定的字段排序。如果要指定按多个字段排序，可以指定一个字段表达式。例如，要按学生的性别排序，对于性别相同的记录，再按姓名排序，字段表达式可以写成：性别+姓名。排序只影响记录集在当前窗口的显示次序。

6）过滤器：用于显示满足条件的记录。单击该按钮显示一个对话框，要求给当前记录集放置一个过滤器。过滤器实际上是一个条件，该条件用来限制要显示的记录。例如，要显示姓名为"张三"的学生的记录，可以设置过滤器为：姓名="张三"；要显示姓名为张三和李四的学生的记录，可以设置过滤器为：姓名="张三" or 姓名="李四"；要显示所有学号大于"990020204"的记录，可以设置过滤器为：学号>"990020204"（设学号的数据类型为Text类型）。

7）移动：用于将当前记录定位到指定的位置。单击该按钮显示一个"移动"对话框，在对话框中可以指定在记录集中移动的行数，是向前移动还是向后移动。当记录数较多时，可以使用移动功能快速定位到某一记录。

8）查找：用于查找满足条件的记录。单击该按钮显示一个"查找记录"对话框，该对话框用于设置查找条件。使用该功能可以快速定位到满足条件的记录。

图13-13　添加记录窗口

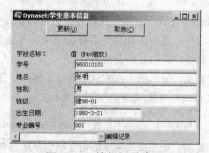

图13-14　编辑记录窗口

### 13.2.6 数据的查询

只要处理与数据库相关的事情，几乎都与查询有关。对数据库中的数据进行查询有两种方法：使用查询生成器和使用查询语句。

#### 1. 使用查询生成器

利用可视化数据管理器中的"查询生成器"可以很方便地建立查询语句，查看、执行和保存查询语句。建立查询语句的具体步骤如下：

1）在VisData窗口中，执行"实用程序|查询生成器"菜单命令，则打开"查询生成器"对话框，如图13-15所示。

2）在"表"列表中单击要查询的一个或多个表，则被选中表的所有字段显示在"要显示的字段"列表中。从"要显示的字段"列表中单击一个或多个字段，使它们处于选中状态，表示在查询结果中将显示这些字段。

3）选择"字段名称"、"运算符"和"值"，可构成所需的查询条件。在"值"设置处可以直接输入一个值，也可以单击"列出可能的值"按钮列出所有可能的取值，然后从下拉列表中选择一个值。例如，选择"字段名称"为"学生基本信息.性别"，"运算符"为"="，单击"列出可能的值"按钮，则在"值"下拉列表中列出"男"和"女"两个选项，选择"女"，则表示要选择女生信息。

4）单击"将And加入条件"或"将Or加入条件"按钮，将当前条件添加到下面的"条件"列表框中。对于需要多个条件的查询，单击"将And加入条件"按钮表示条件之间是"与"的关系，单击"将Or加入条件"按钮表示条件之间是"或"的关系。

5）如果查询涉及多个表，则需要设置表间的联结条件。例如，要在两个表中查询，首先在"表"列表中分别单击两个表，选中它们，则在"要显示的字段"列表中会列出两个表的所有字段，单击"设置表间联结"按钮，打开"联结表"对话框，在对话框中完成联结条件的设置。

例如，要显示所有女生的学号、姓名、班级、所在专业名称，各项设置如图13-16所示。单击"给查询添加联结"按钮，生成表间联结。

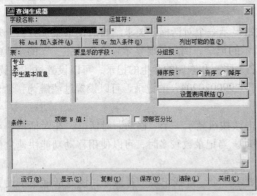

图13-15 "查询生成器"对话框

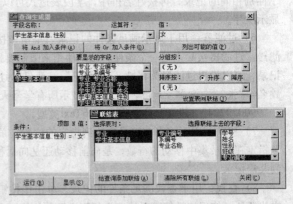

图13-16 给查询添加联结

使用"查询生成器"底部各按钮可以管理生成的查询。各按钮作用如下：

- 运行：运行查询并查看查询结果。单击该按钮会打开一个对话框，询问"这是SQL传递查询吗？"，回答"否"显示查询结果。
- 显示：显示所生成的SQL语句。例如，图13-16产生的SQL语句如下：

```
Select 专业.专业名称,学生基本信息.学号,学生基本信息.姓名, 学生基本信息.班级
   From 专业,学生基本信息
   Where (学生基本信息.性别='女') And 专业.专业编号=学生基本信息.专业编号
```

- 复制：把生成的SQL语句复制到SQL语句窗口。
- 保存：将生成的SQL语句按指定的名称保存。如保存为"女生信息"。

- 清除：清除所有设置，回到初始状态。
- 关闭：关闭查询生成器。

保存查询并关闭查询生成器之后，在数据库窗口中可以看到保存的查询名称，例如，由图13-16完成的查询保存在"女生信息"中，则数据库窗口如图13-17所示，这时用鼠标右击查询名称（如"女生信息"），从弹出的快捷菜单中选择"打开"命令可以显示查询结果，选择"设计"命令则在SQL语句窗口显示该查询所对应的SQL语句，如图13-18所示。这时可以通过直接修改SQL语句来修改查询。对于修改后的查询，可以单击SQL语句窗口顶部的"执行"按钮显示查询结果，单击"保存"按钮保存查询，单击"清除"按钮清除该SQL语句。

图13-17 在数据库窗口使用建立的查询

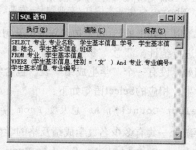

图13-18 "SQL语句"窗口

2. 使用SQL语句

使用查询生成器生成SQL语句方便、可靠，但是其功能受到一定的限制。实际上，查询功能只是结构化查询语言SQL的一部分，SQL包括更多的功能，如可以建立表，修改表结构，对数据库中的数据进行添加、删除、修改、排序、统计等操作。可以直接在SQL窗口或代码中输入SQL语句来实现各种功能。这里主要介绍SQL语句的几种简单形式。

（1）Select语句

**格式**：

```
Select [ALL|DISTINCT] 字段名列表
From 表名列表
[Where 条件] [Order By 排序字段 [ASC|DESC], …]
```

**功能**：从指定的表中选出满足条件的记录，记录中包含指定的字段。

**参数说明**：

1）ALL：默认值，表示要显示查询到的所有记录。

2）DISTINCT：在查询结果中如果有多个相同的记录，只取其中的一个。使用DISTINCT可以保证查询结果记录的唯一性。

3）字段名列表：指定要在查询结果中包含的字段名，具体形式为：表名.字段名，各项之间用逗号隔开。如果选择所有字段，则不用一一列出字段名，只需写成：表名.*，如果只对一个表进行查询，则"表名"和随后的"."可以省略。

4）表名列表：指定所要查询的表，可以指定多个表，各表名之间用逗号隔开。

5）条件：指定查询的条件。

6）排序字段：将查询结果按该字段排序。

7）ASC、DESC：指定ASC则按升序排序，指定DESC则按降序排序。默认值为ASC。

例如，查询"学生基本信息"表中所有男生记录，查询结果只包括班级、学号和姓名字段，相应的Select语句如下：

```
Select 学生基本信息.班级,学生基本信息.学号,学生基本信息.姓名
From 学生基本信息
Where 学生基本信息.性别 = '男'
```

对于单个表的查询，可以省去各字段名前面的表名，以上Select语句可以简写成：

```
Select 班级,学号,姓名 From 学生基本信息 Where 性别 = '男'
```

显示"学生基本信息"表中男生的所有信息，相应的Select语句如下：

```
Select * From 学生基本信息 Where 性别 = '男'
```

要显示所有学生的学号、姓名和所在的专业名、系名，则需要从"学生基本信息"表、"专业"表和"系"表中查询，相应的Select语句如下：

```
Select 学生基本信息.学号,学生基本信息.姓名,专业.专业名称,系.系名称
    From 学生基本信息,专业,系
    Where 学生基本信息.专业编号=专业.专业编号 And 专业.系编号=系.系编号
```

除了以上列出的From子句和Where子句外，Select语句还可以有更多的子句和参数，用于完成多种功能，如进行统计、汇总、多重查询等。

例如，设有一个"学生成绩"表，包含学号、姓名、数学成绩、英语成绩四个字段，要统计一共有多少名学生，相应的Select语句如下：

```
Select Count(*) As 总人数 From 学生成绩
```

要统计一共有多少名数学成绩及格的学生，相应的Select语句如下：

```
Select Count(*) As 及格人数 From 学生成绩 Where 数学成绩 >= 60
```

要求所有学生的数学平均成绩和英语平均成绩，相应的Select语句如下：

```
Select Avg(数学成绩) As 数学平均成绩, Avg(英语成绩) As 英语平均成绩 From 学生成绩
```

要求所有学生的数学成绩的总和及英语成绩的总和，相应的Select语句如下：

```
Select Sum(数学成绩) As 数学总成绩, Sum(英语成绩) As 英语总成绩 From 学生成绩
```

要求英语最高分和最低分，相应的Select语句如下：

```
Select Max(英语成绩) As 英语最高分, Min(英语成绩) As 英语最低分 From 学生成绩
```

(2) Insert语句

使用Insert语句可以向一个表中插入记录。Insert语句可以有两种格式。

**格式一：**

```
INSERT INTO 表名 [(字段名1, 字段名2, … , 字段名n)]
 VALUES (值1, 值2, … , 值n)
```

其功能是将一系列的"值"作为一条记录插入到指定的表的指定"字段"中。

**格式二：**

```
INSERT INTO 表名 [(字段名1, 字段名2, … , 字段名n)] SELECT子查询
```

其功能是将一个子查询结果插入到指定的表中。

在以上两种形式中，如果省略字段名，则表示要向所有字段插入数据。

例如，设在"学生"数据库中有一个"新系"表，下面的Insert语句表示向"新系"表插入一条新记录，"系编号"字段值为"007"，"系名称"字段值为"建筑系"：

```
Insert Into 新系 (系编号,系名称) Values ('007', '建筑系')
```

下面的插入语句表示从"新系"表中选择"系编号"为"005"的记录，将其"系编号"、"系名称"值插入到"系"表中：

```
Insert Into 系 Select 系编号,系名称 From 新系 Where 新系.系编号='005'
```

下面的插入语句表示从"新系"表中选择所有记录，并将其添加到"系"表中：

```
Insert Into 系 Select 系编号,系名称 From 新系
```

(3) Delete语句

使用Delete语句可以从一个表中删除指定的记录，Delete语句格式如下：

```
DELETE FROM 表名 [WHERE 删除条件]
```

其中，WHERE子句用于指定只删除满足条件的记录。如果省略WHERE子句，则表示删除指定表的所有记录。

例如，下面的语句从"新系"表中删除所有"系编号"大于或等于"005"的记录：

```
Delete From 新系 Where 系编号>='005'
```

下面的语句删除"新系"表中的所有记录：

```
Delete From 新系
```

（4）Update语句

使用Update语句可以更改表中一个或多个记录的字段值，Update语句格式如下：

```
UPDATE 表名
    SET 字段名1=值1 [, 字段名2=值2，… ，字段名n=值n ]
    [WHERE 更新条件]
```

例如，假设在某"职工工资"表中包含"姓名"、"性别"、"基本工资"、"奖金"、"实发工资"字段，现要给所有女职工增加2%的基本工资，可以使用以下语句：

```
Update 职工工资 Set 基本工资 = 基本工资 * 1.02 Where 性别 = '女'
```

在增加基本工资之后更新实发工资，可以使用以下语句：

```
Update 职工工资 Set 实发工资 = 基本工资 + 奖金
```

### 13.2.7 数据窗体设计器

数据库中的数据或查询结果多数要显示在界面上，供用户阅读或使用。使用数据窗体设计器可以很容易地创建数据窗体，并把它们添加到当前的工程中。在可视化数据管理器中，执行"实用程序|数据窗体设计器"菜单命令，打开"数据窗体设计器"对话框，如图13-19所示。

对话框中各选项作用如下：

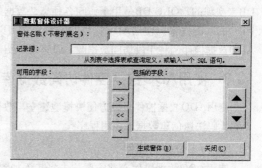

图13-19 "数据窗体设计器"对话框

1）窗体名称：设置要添加到当前工程中的窗体的名称。Visual Basic在输入的窗体名称前自动加上"frm"作为实际生成的窗体名称。

2）记录源：选择用于创建窗体所需要的记录源。在下拉列表中列出了当前可用的所有表名和查询名，用户可以从该列表中选择一个表或查询，也可以直接输入一个新的SQL语句。

3）可用的字段：列出指定的记录源上的所有可用的字段。

4）">"按钮：将选择的字段从"可用的字段"列表移到"包括的字段"列表。

5）">>"按钮：将"可用的字段"列表中的所有字段移到"包括的字段"列表。

6）"<<"按钮：将"包括的字段"列表中的所有字段移到"可用的字段"列表。

7）"<"按钮：将选择的字段从"包括的字段"列表移到"可用的字段"列表。

8）包括的字段：列出要在窗体上包含的显示字段。通过单击列表右侧的"▲"按钮和"▼"按钮可以调整列表中字段的顺序，列表顺序决定了字段在窗体上的显示次序。

9）生成窗体：单击该按钮根据所做的选择在当前工程中添加一个数据窗体。

例如，设窗体名称为form2，记录源为"学生基本信息"，则在"可用的字段"列表中列出了"学生基本信息"表的所有字段名，将"学号"、"姓名"、"性别"、"班级"字段选择到"包括的字段"列表中，如图13-20所示。单击"生成窗体"按钮，在工程资源管理器中可以看出新增了一个窗体，窗体名称为frmform2。完成后单击"关闭"按钮，生成的数据窗体如图13-21所示。

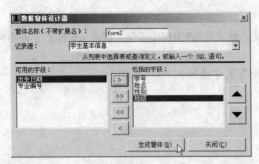

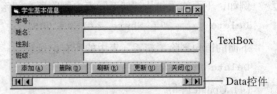

图13-20　在"数据窗体设计器"中进行设置　　图13-21　利用"数据窗体设计器"建立的数据窗体

在生成的窗体上检查各控件的名称及类型，可以看出，用于显示字段内容的控件为TextBox控件，而在窗体底部的控件为Data控件。观察代码窗口，可以看出Visual Basic已经为该窗体模块编写了一些代码。

将数据窗体设置为工程的启动对象。运行工程，可以使用Data控件两端的箭头在记录之间移动，显示各记录内容，也可以通过各命令按钮完成相应的功能。

这里的Data控件用于实现与数据库的连接，并可以对数据库数据进行多种操作，但是，Data控件不能显示数据库中的数据，显示数据的任务由窗体上的文本框来承担。Data控件是Visual Basic早期版本用于访问数据库的内部控件，比较适合于对小型桌面数据库的访问，如Access数据库。在Visual Basic的新版本中目前流行使用的数据访问技术为ADO，ADO的全名是ActiveX Data Object(ActiveX数据对象)，它是Microsoft提供的最新的数据访问技术，是一组优化的访问数据的专用对象集。ADO访问数据是通过OLE DB来实现的。OLE DB是用于访问各种类型数据的开放标准，是访问数据的重要的系统级编程接口，它是ADO的基础技术。使用ADO提供的编程模型可以访问几乎所有数据源。Visual Basic提供了ADO对象和ADO数据控件两种手段访问数据源，以下仅介绍使用ADO技术访问数据库的控件——ADO数据控件。

## 13.3　使用ADO数据控件访问数据库

使用ADO数据控件可以方便快捷地建立与数据源的连接，并实现对数据源的各种操作，使程序员用最少的代码快速创建数据库应用程序。

### 13.3.1　ADO数据控件

使用ADO数据控件之前需要首先将其添加到当前工程中，然后设置ADO控件的属性，最后编写必要的代码实现对数据库的有关操作。

#### 1. ADO数据控件的添加

ADO数据控件不是Visual Basic的内部控件，所以，使用ADO数据控件之前，必须先把它添加到当前工程中。添加方法是：选择"工程|部件"命令，打开"部件"对话框，在"控件"选项卡的部件列表中选中"Microsoft ADO Data Control 6.0(OLEDB)"，单击"确定"按钮，将ADO数据控件添加到工具箱中，如图13-22所示。在工具箱中添加了ADO数据控件之后，可以像添加普通内部控件一样将其添加到任何容器上。图13-23所示是添加到窗体上的ADO数据控件。

图13-22　在工具箱中添加的ADO数据控件　　图13-23　在窗体上添加的ADO数据控件

#### 2. ADO数据控件的属性

设置ADO数据控件的属性可以快速地建立和数据库的连接。可以在ADO数据控件的属性页中对其属性进行设置，也可以在属性窗口中直接设置其属性。

右击窗体上的ADO数据控件，从弹出的快捷菜单中选择"ADODC属性"，可以打开ADO数据控件的
"属性页"对话框。单击ADO数据控件属性窗口中的"自定义"，再单击其右侧的浏览按钮"…"，也可打开其属性页对话框，如图13-24所示。其中每个选项卡对应于ADO数据控件属性窗口中的一个或多个属性。

1）连接字符串。连接字符串包含了用于与数据库连接的相关信息，对应于ADO数据控件的ConnectionString属性。在图13-24的"通用"选项卡的"连接资源"中选择"使用连接字符串"，单击"生成"按钮，将打开"数据链接属性"对话框，如图13-25a所示。在其"提供程序"选项卡的列表框内选择"Microsoft Jet 4.0 OLE DB Provider"，然后单击"下一步"按钮，则打开该对话框的"连接"选项卡，如图13-25b所示。用鼠标单击"选择或输入数据库名称"文本框右边的浏览按钮"…"，选择所要连接的数据库路径及名称，

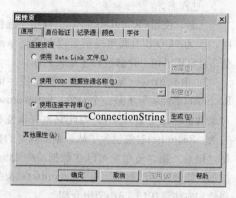

图13-24 ADO数据控件的"属性页"对话框——"通用"选项卡

如"D:\mydb\学生.mdb"，单击"测试连接"按钮。如果显示"测试连接成功"消息框，则表示连接成功，否则表示连接失败。单击"确定"按钮，回到图13-24的"属性页"对话框，这时可以看到在"使用连接字符串"下的文本框中已经生成了一个连接字符串。内容如下：

```
"Provider=Microsoft.Jet.OLEDB.4.0;Persist Security Info=False;
Data Source=D:\mydb\学生.mdb"
```

该字符串即为ConnectionString属性的值，也可以在属性窗口直接设置ConnectionString属性值为以上字符串。

a）"提供程序"选项卡

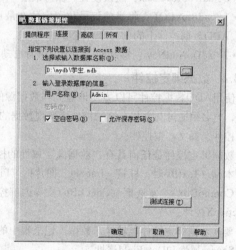

b）"连接"选项卡

图13-25 "数据链接属性"对话框

2）记录源。记录源确定了具体可以访问的数据，这些数据构成了记录集对象Recordset。在ADO数据控件的"属性页"对话框的"记录源"选项卡中可以设置记录源，如图13-26所示。其中，"命令类型"下拉列表用于指定记录源的类型，对应于CommandType属性，有以下四个选项：

- 8 - adCmdUnknown：默认值。命令文本（CommandText属性）中的命令类型未知。
- 1 - adCmdText：选择该选项后，需要在下面的"命令文本"框中直接输入SQL语句。
- 2 - adCmdTable：选择该选项后，在"表或存储过程名称"（RecordSource属性）下拉列表中会列出

可以使用的表名。

 • 4 - adCmdStoredProc：选择该选项后，在"表或存储过程名称"下拉列表中会列出可以使用的存储
   过程名。

注意，使用adCmdUnknown会降低系统性
能，因为ADO必须调用提供者以判断记录源
是来自SQL语句、存储过程还是表名称。

3）Recordset属性：ADO数据控件的
Recordset属性实际上是一个对象，即Recordset
对象（也称记录集对象），因此它也有属性和
方法。Recordset对象包含了从数据源获得的数
据（记录）集，使用它可以在数据库中查询、
添加、修改和删除数据。有关Recordset对象的
属性和方法将在13.3.3小节中介绍。

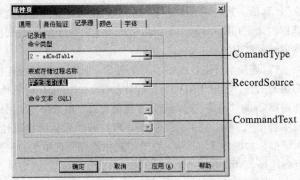

图13-26　ADO数据控件的"属性页"
对话框——"记录源"选项卡

4）BOFAction属性：返回或设置一个值，
指示在BOF属性为True时ADO数据控件进行什
么操作。有两种选择：

 • 0 - adDoMoveFirst：默认设置。将第一个记录作为当前记录。

 • 1 - adStayBOF：将当前记录位置定位在第一个记录之前。记录集的BOF值保持True，这时禁止ADO
   数据控件上的 ◄ （Move Previous）按钮。

5）EOFAction属性：返回或设置一个值，指示在EOF属性为True时ADO数据控件进行什么操作。有三
种选择：

 • 0 - adDoMoveLast：默认设置。保持最后一个记录为当前记录。

 • 1 - adStayEOF：将当前记录位置定位在最后一个记录之后。记录集的EOF值保持True，这时禁止
   ADO数据控件上的 ► （Move Next）按钮。

 • 2 - adDoAddNew：移过最后一个记录时自动添加一个新记录。

### 13.3.2　数据绑定控件

使用ADO数据控件可以方便地建立与数据源的连接，但ADO数据控件本身不能直接显示记录集中的
数据，它必须通过与之相绑定的控件来实现数据的显示。这些能与ADO数据控件进行绑定的控件称为数据
绑定控件，如文本框控件。

数据绑定控件是任何具有"数据源"属性的控件。在Visual Basic中可以和ADO数据控件绑定的控件
有文本框（TextBox）、标签（Label）、图片框（PictureBox）、图像框（Image）、列表框（ListBox）、组合
框（ComboBox）、复选框（CheckBox）等内部控件，以及数据列表（DataList）、数据网格（DataGrid）
等ActiveX控件。

要使数据绑定控件能够显示数据库记录集中的数据，一般要在设计时或在运行时设置数据绑定控件的
DataSource属性和DataField属性。

1）DataSource属性：返回或设置一个数据源，通过该数据源，数据绑定控件被绑定到一个数据库。
例如，可以将DataSource属性设置为一个有效的ADO数据控件。

2）DataField属性：返回或设置数据绑定控件将被绑定到的字段名。

设置了以上两个属性之后，数据绑定控件就可以显示数据库中的记录了。

例如，设置TextBox控件的DataSource属性和DataField属性可以将文本框绑定到某数据源（如表）的
指定字段上；设置DataGrid控件的DataSource属性可以用数据网格控件显示某数据源（如查询结果）中的
信息。

【例13-1】利用本章前面建立的"学生"数据库中的数据，用文本框显示"学生基本信息"表的班级、

学号、姓名、性别。使用命令按钮实现记录的向前、向后移动。

**界面设计**：参照图13-27a设计界面，具体步骤如下：

1) 新建一个标准EXE工程，选择"工程|部件"菜单命令，打开"部件"对话框，选择"Microsoft ADO Data Control 6.0(OLEDB)"向工具箱中添加一个ADO数据控件，然后将其添加到窗体上。

2) 向窗体上添加4个TextBox控件、4个Label控件、3个Command控件。

3) 按表13-5设置各主要控件的属性。

表13-5　主要控件的属性设置

| 控件名 | 属性名 | 属性值 | 说明 |
|---|---|---|---|
| Adodc1 | 连接字符串 ConnectionString | Provider=Microsoft.Jet.OLEDB.4.0;Data Source= D:\mydb\学生.mdb;Persist Security Info=False | 可以利用"属性页"对话框进行设置 |
|  | CommandType | 2 - adCmdTable |  |
|  | RecordSource | 学生基本信息 |  |
|  | Visible | False | 运行时不可见 |
| Text1 | Datasource | Adodc1 |  |
|  | DataField | 班级 |  |
|  | Locked | True | 运行时不能修改 |
| Text2 | Datasource | Adodc1 |  |
|  | DataField | 学号 |  |
|  | Locked | True | 运行时不能修改 |
| Text3 | Datasource | Adodc1 |  |
|  | DataField | 姓名 |  |
|  | Locked | True | 运行时不能修改 |
| Text4 | Datasource | Adodc1 |  |
|  | DataField | 性别 |  |
|  | Locked | True | 运行时不能修改 |

**代码设计**：编写各命令按钮的Click事件过程，具体如下：

1) 编写"上一个"按钮Command1的Click事件过程。

```
Private Sub Command1_Click()
    Command2.Enabled = True              ' 设置"下一个"按钮Command2有效
    If Adodc1.Recordset.BOF Then         ' 如果移到第一个记录之前
        Command1.Enabled = False         ' 设置"上一个"按钮Command1无效
        Command2.SetFocus                ' 将焦点定位在"下一个"按钮上
    Else
        Adodc1.Recordset.MovePrevious    ' 移到记录集的上一个记录
    End If
End Sub
```

2) 编写"下一个"按钮Command2的Click事件过程。

```
Private Sub Command2_Click()
    Command1.Enabled = True              ' 设置"上一个"按钮Command1有效
    If Adodc1.Recordset.EOF Then         ' 如果移到最后一个记录之后
        Command2.Enabled = False         ' 设置"下一个"按钮Command2无效
        Command1.SetFocus                ' 将焦点定位在"上一个"按钮上
    Else
        Adodc1.Recordset.MoveNext        ' 移到记录集的下一个记录
    End If
End Sub
```

3) 在"退出"按钮Command3的Click事件过程中输入End语句。

运行时，单击"上一个"按钮显示上一个记录，当显示到第一个记录时，继续单击"上一个"按钮，则该按钮变为无效，而把焦点定位到"下一个"按钮。反过来，单击"下一个"按钮显示下一个记录，当显示完最后一个记录后,再单击"下一个"按钮,则该按钮无效,焦点定位到"上一个"按钮。文本框只用于浏览数据,不允许修改。运行时不显示ADO数据控件,如图13-27b所示。

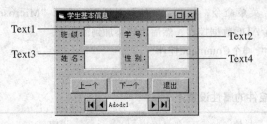

a) 设计界面                                                      b) 运行界面

图13-27  使用文本框显示数据库中的数据

【例13-2】利用本章前面建立的"学生"数据库中的数据,使用表格控件浏览数据库中的数据。在表格中显示系名称、专业名称、班级、学号、姓名、性别。

设计步骤如下:

1) 新建一个标准EXE工程,打开"部件"对话框,选择"Microsoft ADO Data Control 6.0(OLEDB)",向工具箱中添加一个ADO数据控件,然后向窗体上添加一个ADO数据控件,使用默认名称Adodc1。

2) 设置Adodc1的Align属性为"2 - vbAlignButtom",使其填充窗体底部。

3) 在Adodc1控件的"属性页"对话框的"通用"选项卡上生成连接字符串如下:

`Provider=Microsoft.Jet.OLEDB.4.0;Data Source=D:\mydb\学生.mdb;Persist Security Info=False`

4) 在Adodc1控件的"属性页"对话框的"记录源"选项卡上选择命令类型为"1 - adCmdText",设置命令文本为以下查询语句:

```
Select 系.系名称,专业.专业名称,学生基本信息.班级,学生基本信息.学号,
        学生基本信息.姓名,学生基本信息.性别
From 专业,系,学生基本信息
Where 专业.系编号=系.系编号 And 专业.专业编号=学生基本信息.专业编号
```

5) 打开"部件"对话框,选择"Microsoft DataGrid Control 6.0(OLEDB)",向工具箱中添加一个DataGrid控件,然后向窗体上添加一个DataGrid控件,使用默认名称DataGrid1。设置DataGrid1控件的Align属性为"1 - vbAlignTop",使其填充窗体顶部。这时的界面如图13-28a所示。

6) 设置DataGrid1控件的DataSource属性为Adodc1。

7) 运行工程,可以看到如图13-28b所示的窗口,查询结果显示在DataGrid1控件中。

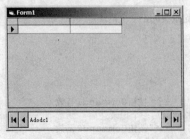
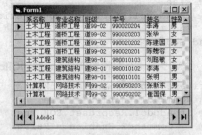

a) 设计界面                                                      b) 运行界面

图13-28  用DataGrid控件显示数据库中的数据

### 13.3.3  Recordset对象

Recordset对象也称记录集对象。Recordset对象包含了从数据源获得的数据(记录)集,使用它可以实现对数据库中数据的多种操作,如查询、添加、修改和删除数据等。

1.Recordset对象的属性

1）AbsolutePosition属性：指定Recordset对象当前记录的序号位置。第一条记录的AbsolutePosition值为1。例如，将ADO数据控件Adodc1所产生的记录集的当前记录定位在第3条，应写成：

```
Adodc1.Recordset.AbsolutePosition = 3
```

2）Bookmark属性：打开Recordset对象时，其每个记录都有唯一的书签。可以用Bookmark属性返回Recordset对象中当前记录的书签，或者将Recordset对象的当前记录设置为由有效书签所标识的记录。因此使用Bookmark属性可以保存当前记录的位置并随时返回到该记录。例如，要保存Recordset对象当前记录位置，可以写成：

```
a = Adodc1.Recordset.Bookmark        ' a应为可变（Variant）类型
```

当改变了记录集对象的当前记录后，可以使用以下语句返回原来的记录位置。

```
Adodc1.Recordset.Bookmark = a
```

注意，有些类型的数据源不支持Bookmark功能。

3）BOF、EOF属性：如果当前记录位于Recordset对象的最后一个记录之后，则EOF值为True，否则为False。如果当前记录位于Recordset对象的第一个记录之前，则BOF值为True，否则为False。打开记录集时，如果记录集中有记录，则当前记录位于第一个记录，并且BOF和EOF属性值被设置为False；如果记录集中没有记录，BOF和EOF属性值被设置为True。因此，可以使用BOF和EOF属性来确定Recordset对象是否包含记录，或者判断Recordset对象所指定记录集的边界。

4）CursorType属性：设置或返回在Recordset对象中使用的游标类型。Recordset对象支持的游标类型有动态游标、键集游标、静态游标和仅向前游标。CursorType属性值adOpenDynamic、adOpenKeyset、adOpenStatic和adOpenForwardOnly分别表示Recordset对象支持的四种游标类型，如表13-6所示。

**表13-6　游标类型**

| CursorType属性值（符号常量） | 游标类型 | 说　　明 |
| --- | --- | --- |
| adOpenDynamic | 动态游标 | 可以查看其他用户所作的添加、修改和删除，并用于不依赖书签的Recordset中各种类型的移动。如果提供者支持，可使用书签 |
| adOpenKeyset | 键集游标 | 不能访问其他用户添加、删除的记录，可以看见其他用户修改的数据。它始终支持书签，并允许Recordset中各种类型的移动 |
| adOpenStatic | 静态游标 | 可以用来查找数据或生成记录集的静态副本。不能看见其他用户所作的添加、修改或删除。它始终支持书签，并允许Recordset中各种类型的移动 |
| adOpenForwardOnly | 仅向前游标 | 除仅允许在记录中向前滚动之外，其行为类似于动态游标。当需要在Recordset中单向移动时，使用仅向前游标可以提高性能 |

有些提供者不支持所有的游标类型。如果没有指定游标类型，则默认为仅向前游标。

5）RecordCount属性：指示Recordset对象中记录的总数。

6）Fields属性：Recordset对象的Fields属性是一个集合，该集合包含若干个Field对象，每个Field对象对应于记录集的一个字段。使用Field对象的Value属性可以设置或返回当前记录的某个字段的数据。

例如，设窗体上有一个Adodc1控件，要显示其Recordset对象当前记录的"姓名"字段的内容，代码为：

```
Print Adodc1.Recordset.Fields("姓名").Value
```

在窗体上显示当前记录的前两个字段的内容，代码为：

```
Print Adodc1.Recordset.Fields(0).Value
Print Adodc1.Recordset.Fields(1).Value
```

7）LockType属性：指示当前用户对记录或表进行编辑时对记录的锁定类型。所谓"锁定"是指记录或表的一种状态，当这种状态发生时，除引起锁定发生的用户外，其余用户对该记录或表的访问都是只读的。LockType属性值如表13-7所示。

表13-7　LockType属性值

| LockType属性值（符号常量） | 说　　明 |
| --- | --- |
| adLockReadOnly | 默认值，表示以只读方式打开记录集，因而无法更改数据 |
| adLockPessimistic | 保守式记录锁定（逐条）。提供者执行必要的操作确保成功编辑记录，通常采用编辑时立即锁定数据源的记录的方式 |
| adLockOptimistic | 开放式记录锁定（逐条）。提供者使用开放式锁定，编辑时不锁定，只在调用Update方法时锁定记录。这样就允许两个用户同一时刻编辑同一条记录，会导致在更新时产生锁定错误 |
| adLockBatchOptimistic | 开放式批更新。用于成批更新数据，与UpdateBatch方法相对应 |

2. 方法

1）MoveFirst、MoveLast、MoveNext、MovePrevious方法说明如下：

• MoveFirst：将当前记录指针移到第一条记录。

• MoveLast：将当前记录指针移到最后一条记录。

• MoveNext：将当前记录指针移到后一条记录。

• MovePrevious：将当前记录指针移到前一条记录。

例如，将当前记录指针移到前一条记录，可以使用语句：

```
Adodc1.Recordset.MovePrevious
```

如果第一条记录是当前记录，再使用MovePrevious时，BOF属性被设为True，并且没有当前记录。如果再次使用MovePrevious，则产生一个错误，BOF仍为True。

如果最后一条记录是当前记录，再使用MoveNext时，EOF属性被设为True，并且没有当前记录。如果再次使用MoveNext，则产生一个错误，EOF仍为True。

2）Move方法：将当前记录向前或向后移动指定的条数。使用格式为：

```
Move n
```

其中，n为正数时表示向后移动，n为负数时表示向前移动。例如，如果当前记录为第5条记录，则执行Adodc1.Recordset.Move -3后，当前记录变为第2条记录。

3）AddNew方法：在记录集中添加一条新记录。

在调用AddNew方法后，新记录将成为当前记录并在调用Update方法后继续保持为当前记录。

例如，给"学生基本信息"表添加一条新记录，可以写成：

```
Adodc1.Recordset.AddNew
Adodc1.Recordset.Fields("学号") = "980010104"
Adodc1.Recordset.Fields("姓名") = "刘海洋"
Adodc1.Recordset.Fields("班级") = "建98-02"
Adodc1.Recordset.Fields("性别") = "男"
Adodc1.Recordset.Fields("专业编号") = "001"
Adodc1.Recordset.Fields("出生日期") = #1/23/1980#
Adodc1.Recordset.Update
```

4）Update方法：保存对Recordset对象的当前记录所做的所有更改。

5）UpdateBatch方法：在批更新模式下修改Recordset对象时，使用UpdateBatch方法可将Recordset对象中的所有挂起的更改保存到现行数据库中。

6）CancelBatch方法：使用CancelBatch方法可取消批更新模式下记录集中所有挂起的更新。

7）Delete方法：删除当前记录。

删除当前记录后，在移动到其他记录之前已删除的记录仍保持为当前状态，记录指针不会自动移动到下一条记录上。一旦离开已删除的记录，则无法再次访问它。

8）Find方法：在Recordset中查找满足指定条件的记录。

如果找到了满足条件的记录，则记录指针定位在找到的记录上，否则记录指针将设置在记录集的末尾。

例如，在记录集中查找姓名为"刘海洋"的记录，代码为：

Adodc1.Recordset.Find "姓名='刘海洋'"

## 13.4 应用举例

【例13-3】设计一个学生信息管理系统，运行时主界面如图13-29所示，主界面包括三个主菜单标题：查询、维护和退出。图13-29a所示为"查询"菜单下的子菜单项，用于按指定方式查询信息；图13-29b所示为"维护"菜单下的子菜单项，用于对指定的表进行添加记录、删除记录和修改记录。

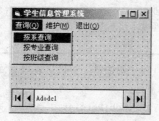
a）"查询"子菜单

b）"维护"子菜单

图13-29　主界面（Form1）

运行时，在"查询"子菜单中选择一种查询方式（如"按专业查询"）后，打开一个输入框，提示输入查询条件，如图13-30所示，输入查询条件（如专业编号）后，单击"确定"按钮，打开"查询结果"窗口（Form2），显示查询结果，如图13-31所示。

运行时，在"维护"子菜单中选择一个表后，打开相应的维护界面（Form3、Form4、Form5），分别如图13-32～图13-34所示，在维护界面上可以对表进行添加记录、删除记录、更新当前修改操作，并可以浏览记录。

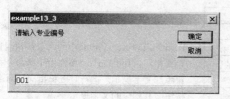
图13-30　输入查询条件对话框

图13-31　查询结果（Form2）

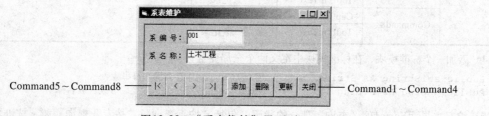
图13-32　"系表维护"界面（Form3）

设计步骤如下：

1）设计主界面。新建一个标准EXE工程，按表13-8所示在菜单编辑器中设计主界面（Form1）的主菜单及其子菜单项。

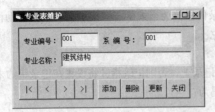 

图13-33  "专业表维护"界面（Form4）          图13-34  "学生基本信息表维护"界面（Form5）

**表13-8  主菜单界面各菜单项的属性设置**

| 标　　题 | 名　　称 | 标　　题 | 名　　称 |
|---|---|---|---|
| 查询(&Q) | chaxun | 维护(&M) | weihu |
| ....按系查询 | chaxun1 | ....系表 | weihu1 |
| ....按专业查询 | chaxun2 | ....专业表 | weihu2 |
| ....按班级查询 | chaxun3 | ....学生基本信息表 | weihu3 |
| | | 退出(&Q) | tuichu |

2）向当前工程添加一个ADO数据控件Adodc1。打开Adodc1的"属性页"对话框，设置连接字符串，使其与"D:\mydb\学生.mdb"数据库连接，生成的连接字符串如下：

```
Provider=Microsoft.Jet.OLEDB.4.0;Data Source=D:\mydb\学生.mdb;Persist Security Info=False
```

3）向当前工程添加其他窗体（Form2～Form5），按图13-31～图13-34所示设计各界面，各主要控件的属性设置如表13-9所示。

**表13-9  Form2～Form5主要控件的属性设置**

| 窗　体 | 控　件　名 | 属　性　名 | 属　性　值 | 说　　明 |
|---|---|---|---|---|
| Form2 | DataGrid1 | AllowAddNew | False | ActiveX控件：<br>Microsoft DataGrid Control 6.0<br>(OLEDB) |
| | | AllowDelete | False | |
| | | AllowUpdate | False | |
| Form3<br>Form4<br>Form5 | Command1 | Caption | 添加 | Form3、Form4、Form5中的命令按钮属性设置相同；ToolTipText属性用于给命令按钮添加文字提示。运行时鼠标指向该命令按钮会有相应的文字提示 |
| | Command2 | Caption | 删除 | |
| | Command3 | Caption | 更新 | |
| | Command4 | Caption | 关闭 | |
| | Command5 | Caption | \|< | |
| | | ToolTipText | 第一条记录 | |
| | Command6 | Caption | < | |
| | | ToolTipText | 上一条记录 | |
| | Command7 | Caption | > | |
| | | ToolTipText | 下一条记录 | |
| | Command8 | Caption | >\| | |
| | | ToolTipText | 最后一条记录 | |

4）添加一个标准模块，在标准模块中定义两个全局变量：

```
Public sqlString As String        ' 用sqlString保存查询字符串或表名
Public deptno As String           ' 用deptno接受系编号、专业编号或班级名称
```

5）编写主界面Form1的"查询"部分的代码，包括"按系查询"、"按专业查询"和"按班级查询"三个子菜单项的Click事件过程。本例假设查询结果要显示的字段有：系名称、专业名称、班级、学号、姓名、性别。首先设计好查询语句，将查询语句作为字符串放在一个字符串变量sqrString中，然后调用窗体Form2，将sqrString作为Adodc1控件要执行的命令文本，则可以实现按sqrString指定的查询获取数据库数据，显示查询结果。因查询字符串较长，以下代码首先生成各子句对应的字符串，然后将各字符串连接

成完整的查询字符串sqlString。

```
Private Sub chaxun1_Click()              ' 按系查询
    deptno = InputBox("请输入系编号")
    ' 生成查询字符串sqlstring
    sqlString1 = "Select 系.系名称，专业.专业名称，学生基本信息.班级，学生基本信息.学号，学
生基本信息.姓名，学生基本信息.性别 "
    sqlString2 = "From 专业，系，学生基本信息 "
    sqlString3 = "Where 专业.系编号=系.系编号 And 专业.专业编号=学生基本信息.专业编号"
    sqlString4 = " and 系.系编号=" & "'" & deptno & "'"
    sqlString = sqlString1 & sqlString2 & sqlString3 & sqlString4
    Form2.Show
End Sub

Private Sub chaxun2_Click()              ' 按专业查询
    deptno = InputBox("请输入专业编号")
    ' 生成查询字符串sqlstring
    sqlString1 = "Select 系.系名称,专业.专业名称，学生基本信息.班级，学生基本信息.学号，学生
基本信息.姓名，学生基本信息.性别 "
    sqlString2 = "From 专业，系，学生基本信息 "
    sqlString3 = "Where 专业.系编号=系.系编号 And 专业.专业编号=学生基本信息.专业编号"
    sqlString4 = " and 专业.专业编号=" & "'" & deptno & "'"
    sqlString = sqlString1 & sqlString2 & sqlString3 & sqlString4
    Form2.Show
End Sub

Private Sub chaxun3_Click()              ' 按班级查询
    deptno = InputBox("请输入班号")
    ' 生成查询字符串sqlstring
    sqlString1 = "Select 系.系名称,专业.专业名称，学生基本信息.班级，学生基本信息.学号，学生
基本信息.姓名，学生基本信息.性别 "
    sqlString2 = "From 专业，系，学生基本信息 "
    sqlString3 = "Where 专业.系编号=系.系编号 And 专业.专业编号=学生基本信息.专业编号"
    sqlString4 = " and 学生基本信息.班级=" & "'" & deptno & "'"
    sqlString = sqlString1 & sqlString2 & sqlString3 & sqlString4
    Form2.Show
End Sub
```

6）在Form2的Activate事件过程中将Adodc1控件的记录源（RecordSource）属性值设置为sqrString，并将数据表格控件与Adodc1控件相绑定，代码如下：

```
Private Sub Form_Activate()
    Form1.Adodc1.RecordSource = sqlString
    Form1.Adodc1.Refresh
    Set DataGrid1.DataSource = Form1.Adodc1
    DataGrid1.Refresh
End Sub
```

7）编写主界面Form1的"维护"部分的代码，包括维护"系表"、"专业表"和"学生基本信息表"三个子菜单项的Click事件过程。在各事件过程中将要维护的表名称保存在sqlString变量中，然后打开相应的窗体对相应的表进行维护。代码如下：

```
Private Sub weihu1_Click()
    sqlString = "系"
    Form3.Show                       ' 打开维护"系"表的界面
End Sub

Private Sub weihu2_Click()
    sqlString = "专业"
    Form4.Show                       ' 打开维护"专业"表的界面
End Sub
```

```
Private Sub weihu3_Click()
    sqlString = "学生基本信息"
    Form5.Show                      ' 打开维护"学生基本信息"表的界面
End Sub
```

8）编写Form3～Form5的代码，实现对表的维护，包括添加记录、删除记录、修改记录。这里以Form3的代码为例，Form4和Form5代码的编写方法类似。

首先在Form3的Activate事件过程中设置Adodc1控件的记录源为sqlString变量指定的表，然后将各文本框控件与相应的字段进行绑定，代码如下：

```
Private Sub Form_Activate()
    Form1.Adodc1.RecordSource = sqlString
    Form1.Adodc1.Refresh
    Set Text1.DataSource = Form1.Adodc1
    Text1.DataField = "系编号"
    Set Text2.DataSource = Form1.Adodc1
    Text2.DataField = "系名称"
End Sub
```

编写各移动记录命令按钮的事件过程如下：

```
Private Sub Command5_Click()              ' 第一条记录
    Form1.Adodc1.Recordset.MoveFirst
End Sub
Private Sub Command6_Click()              ' 上一条记录
    If Not Form1.Adodc1.Recordset.BOF Then
        Form1.Adodc1.Recordset.MovePrevious
    End If
End Sub
Private Sub Command7_Click()              ' 下一条记录
    If Not Form1.Adodc1.Recordset.EOF Then
        Form1.Adodc1.Recordset.MoveNext
    End If
End Sub
Private Sub Command8_Click()              ' 最后一条记录
    Form1.Adodc1.Recordset.MoveLast
End Sub
```

编写"添加"、"删除"、"更新"、"关闭"按钮的事件过程如下：

```
Private Sub Command1_Click()              ' 添加
    Form1.Adodc1.Recordset.AddNew
End Sub
Private Sub Command2_Click()              ' 删除
    Form1.Adodc1.Recordset.Delete
    Form1.Adodc1.Recordset.MoveNext
End Sub
Private Sub Command3_Click()              ' 更新
    Form1.Adodc1.Recordset.Update
End Sub
Private Sub Command4_Click()              ' 关闭
    Unload Me
End Sub
```

当添加一条记录或修改当前记录后，可以通过单击"更新"按钮保存修改或添加的记录，也可以通过移动记录保存修改或添加的记录。

9）编写主界面的"退出"菜单的Click事件过程如下：

```
Private Sub tuichu_Click()
    End
End Sub
```

注意，本例没有进行任何错误处理，在实际应用中还应添加错误处理功能，使程序更加完善。有关错误处理的方法将在第14章介绍。

## 13.5 上机练习

【练习13-1】在可视化数据管理器上建立一个Access数据库"职工.mdb",该数据库包括"职工基本信息"表、"工资"表,结构如表13-10、表13-11所示。

**表13-10 "职工基本信息"表**

| 字段名 | 类型 | 长度 | 字段名 | 类型 | 长度 |
| --- | --- | --- | --- | --- | --- |
| 职工编号 | Text | 4 | 出生日期 | Date | |
| 姓名 | Text | 10 | 职称 | Text | 16 |
| 性别 | Text | 2 | 部门 | Text | 30 |

**表13-11 "工资"表**

| 字段名 | 类型 | 长度 | 字段名 | 类型 | 长度 |
| --- | --- | --- | --- | --- | --- |
| 职工编号 | Text | 4 | 房租 | Single | |
| 基本工资 | Single | | 水电费 | Single | |
| 奖金 | Single | | 应发工资 | Single | |

对"职工基本信息"表按"职工编号"字段建立主索引ZGBH,按"姓名"字段建立索引XM。对"工资"表按"职工编号"字段建立主索引ZGBH。

【练习13-2】使用可视化数据管理器向练习1生成的表中录入一定的数据,其中,"工资"表中的"应发工资"不输入数据。

【练习13-3】在可视化数据管理器的"SQL语句窗口"中使用SQL语句计算所有职工的应发工资。

【练习13-4】使用"查询生成器"查询所有男职工的信息,查询结果包括"姓名"、"性别"、"职称"、"基本工资"、"奖金"。以查询名"aaa"保存该查询。

【练习13-5】使用"数据窗体设计器"生成一个数据窗体,该数据窗体显示查询"aaa"的结果。

【练习13-6】使用ADO数据控件设计数据窗体,在该窗体上以表格形式显示"职工基本信息"表中的数据。

【练习13-7】参照例13-3的界面建立一个职工信息管理系统。其中,"查询"功能包括"按部门查询"和"按职称查询",查询结果显示的字段包括两个表中的所有字段。"数据维护"功能包括对"职工基本信息"表和"工资"表的维护。

# 第14章 软件开发基础

计算机系统是通过运行程序来实现各种不同的功能的。程序，包括用户为完成某种任务编写的程序、检查和诊断机器系统的程序、支持用户程序运行的系统程序、管理和控制机器系统资源的程序等，通常称为软件，但软件并不仅仅是程序，软件应包括以下部分：

1）在运行中能提供所希望的功能和性能的程序。

2）使程序能够正确运行的数据结构。

3）描述程序研制过程的方法和所有文档。

为了开发一个能够满足实际需要的软件，软件开发需要按一定的规范进行。

## 14.1 软件开发技术的发展

计算机刚刚诞生时，主要用于科学和工程的数值计算，如今已迅速普及应用到社会生活的各个领域，而且大量应用于非数值计算。软件最初只是作为硬件的附属品，发展至今已经成了计算机系统不可缺少的组成部分。软件开发技术也随着软件的发展经历了不同的阶段，发生了很大的变化。总体上看，软件开发技术大致经历了三个阶段。

1）个体手工劳动阶段（20世纪50~60年代）。计算机发展早期，软件的生产主要是个体手工劳动的方式，这一阶段也称为程序设计阶段。这一时期的硬件系统价格昂贵、运行速度慢、存储容量小、可靠性差。程序员主要使用机器语言或汇编语言来编写程序，开发程序的主要目标是提高编程技巧和改善程序的运行效率。由于缺少相关的文档，往往导致所开发出来的程序难读、难懂、难修改。当然，这一阶段开发的程序规模一般都比较小，结构简单、功能单一，程序由设计者自行维护，程序设计活动完全是个人程序设计技术的体现，程序开发似乎还不需要采用系统化的方法进行管理。一旦出了问题，诸如计划推迟、超过成本预算或软件出现错误等，程序员再进行弥补。

2）软件系统阶段（20世纪60~70年代）。随着计算机应用领域的日益扩大及软件需求的不断增长，软件变得越来越复杂，设计者不得不采用分工合作的方式来开发程序，这一阶段也称为程序系统阶段。这一时期硬件的速度、存储容量以及可靠性有了明显的提高，价格也明显降低。为了信息共享和互通消息，还发展了局域网和广域网，计算机应用迅速普及，因此，软件需求也随之迅猛增加。程序员主要采用高级语言编写程序，虽然有所分工，但仍然依靠个人技巧。开发人员无规范约束，又缺乏软件开发理论的指导，开发技术也没有新的突破。开发人员的素质和落后的开发技术已不能适应规模日益增长的、越来越复杂的软件系统开发的需要，软件可靠性往往随规模的增长而下降，软件错误频出，维护费用巨大，更为严重的是，如此开发出来的软件根本不能维护，最终出现了"软件危机"。

"软件危机"主要表现在：产品不符合用户的实际需要；软件开发生产率提高的速度远远不能满足客观需要；软件产品的质量差；对软件开发成本和进度的估计常常不准确；软件文档资料通常既不完整也不合格；软件的价格昂贵，软件成本在计算机系统总成本中所占的比例逐年上升。

3）软件工程阶段（20世纪70年代以后）。面对软件开发所遇到的严重问题，国际有关权威机构提出了"软件工程"的概念。这时的硬件也向超高速、大容量、微型化、网络化、智能化方向发展；软件应用渗透到人类生活的各个角落，软件种类空前繁多，软件结构空前复杂，规模空前庞大。软件沿产品化、系列化、标准化、工程化和产业化方向发展。软件开发必须打破个体化特征，采用工程化的原理和方法，综合运用数据库技术、网络技术、分布式技术、面向对象技术及相应的开发工具和开发环境来开发软件。

软件工程是指导计算机软件开发和维护的一门学科，它采用工程的概念、原理、技术和方法，把经过时间考验证明是正确的管理技术与技术方法结合起来用于开发软件。

软件工程采用生存周期的方法，从时间角度对软件的开发与维护这个复杂问题进行分解，将软件生存的漫长时期分为若干阶段，每个阶段都有其相对独立的任务，然后逐步完成各个阶段的任务。

## 14.2 软件生存周期

软件生存周期是一个软件系统从目标提出、定义、开发、使用和维护，直到最后被淘汰的整个过程。生存周期是软件工程的一个重要概念。了解软件生存周期可以更科学、更有效地组织和管理软件的生产，从而使开发出来的软件产品更可靠、更经济。

把软件的整个生存周期划分为若干个较小的阶段，具有以下好处：每一个阶段的任务相对独立，便于人员的分工与协作；每一个阶段的开始与结束都有严格的标准，便于控制项目的进度和软件的质量；原则上，前一阶段任务的完成是后一阶段工作的前提和基础，而后一阶段的任务是对前一阶段问题求解方法的具体化。给每个阶段赋予确定而有限的任务，就能够简化每一步的工作内容，使软件复杂性变得较易控制和管理。

一般来说，软件生存周期包括计划、开发和运行三大阶段。

### 1. 计划阶段

计划阶段的主要任务是分析用户的要求，确定软件开发的总目标，给出系统功能、性能、可靠性以及接口等方面的要求。由分析员和用户合作，研究完成该项软件任务的可行性，制定软件开发计划，并对可利用的资源、成本、效益、开发的进度做出估计，制定出完成开发任务的实施计划。这些计划连同可行性研究报告，要提交给管理部门审查，为软件设计提供依据。因此，计划阶段进一步分为问题定义和可行性研究。

1）问题定义。这是计划阶段的第一步，根据用户或者市场需求，提出软件项目的目标和规模，即确定"用户要计算机解决什么问题"。由系统分析员根据对问题的理解，提交关于系统目标与范围的说明。

2）可行性研究。问题求解目标一经提出，系统分析员应该给出系统的逻辑模型，然后从系统逻辑模型出发，对它进行可行性研究，目的是为前一步提出的问题寻求一种或数种在技术上可行且在经济上有较高效益的解决方法。为此，系统分析员应在高层次上简化需求分析和概要设计，并写出可行性论证报告。一般来说，应从经济可行性、技术可行性、运行可行性、法律可行性和开发方案可行性等方面研究可行性。对建议实施的软件项目进行成本效益分析是可行性研究的主要任务之一。

### 2. 开发阶段

开发阶段要完成"设计"和"实现"两大任务。其中"设计"任务由需求分析、概要设计和详细设计三个阶段完成；"实现"任务由编码和测试两个阶段完成。把开发阶段分为"设计"和"实现"两大步骤，是为了在开发初期让编程人员集中全力搞好软件的逻辑结构设计，避免过早地为细节的实现分散精力。

1）需求分析。需求分析的任务是完整定义系统必须"做什么"，并用开发人员与用户均能准确理解的语言表达出来。需求分析是软件开发的基础性工作，必须高度重视，谨慎实施。需求分析文档描述了经过用户确认的系统逻辑模型，它既是软件设计实现的依据，同时也是项目最后验收交付的依据。需求分析产生的文档通常包括：系统规格说明、数据要求（数据字典及数据结构说明）、用户系统描述（相当于初步用户手册）、进一步修正的开发计划。软件工程使用的结构分析设计方法为每个阶段都规定了特定的结束标准。需求分析阶段必须提出完整准确的系统逻辑模型，经过用户确认之后才能进入下一个阶段。这就可以有效地防止和克服急于着手进行具体设计的倾向。

2）概要设计。概要设计的主要任务是建立软件的总体结构，包括系统功能设计和系统结构设计。

系统功能设计的任务是确定系统的外部规格与内部规格。外部规格包括：系统运行环境；用户可见功能、性能一览表；系统输入/输出数据格式。内部规格是指各主要处理的基本策略；系统文档种类与规格；系统测试总体方案。

系统结构设计的任务是确定系统模块结构，确立各模块功能划分和接口规范、调用关系，确定主要模块算法和主要数据结构。所以，系统设计员应选择有经验的高级程序员担任，或直接由系统分析员兼任。

总体设计说明书中系统功能设计可以用表格形式给出，而系统结构设计通常由软件结构图或者高层IPO（输入/处理/输出）图给出。

3）详细设计。详细设计是针对单个模块的设计，目的是确定模块内部的过程结构，详细说明实现该模块功能的算法和数据结构，所以有时也称为算法设计。详细设计由高级程序员和程序员担任，按照系统结构将各模块分解到人。详细设计的完成标志是用图形或者伪代码描述的模块设计说明书。

4）编码。用户与计算机交流信息必须使用程序设计语言，这就涉及编码。编码的任务是根据模块设计说明书，用指定的程序设计语言把模块的过程性描述翻译成源程序。作为软件开发的一个步骤，编码是软件设计的结果，因此，程序的质量主要取决于软件设计的质量。但是，程序设计语言的特性和编码途径也会对程序的可靠性、可读性、可测试性和可维护性产生深远的影响。与"需求分析"或"设计"相比，"编码"要简单得多，所以通常由编码员或初级程序员担任。系统编码的完成标志是可运行代码和完整的模块内部文档（源程序清单）。

5）测试。测试是开发时期的最后一个阶段，其任务是通过各种类型的测试找出软件开发全周期中各个阶段的错误或不足，以便分析和纠正错误，使软件达到预期的要求。按照测试的不同层次，测试又可细分为单元测试、综合测试、确认测试和系统测试等步骤。测试是保证软件质量的重要手段。大型软件的测试通常由独立的部门和人员进行。通过对测试结果的分析，要求建立系统可靠性模型，对系统可以达到的各项功能、性能指标进行量化确认。因此，测试阶段的文档称为测试报告，包括测试计划、测试用例与测试结果等内容。

**3. 运行阶段**

运行阶段是软件生命周期的最后一个时期，其主要工作是做好软件维护。维护的目的是使软件在整个生命周期内保证能满足用户的需求和延长软件的使用寿命。软件维护的具体活动包括纠错性维护、适应性维护、功能性维护和预防性维护。所谓纠错性维护就是改正在软件运行过程中暴露出来的系统遗留的各种错误，这种维护活动在系统交付初期比较频繁，但当系统进入稳定运行期后应该很少发生。适应性维护是指当系统运行环境发生变化以后，为适应这种变化必须对软件进行的修改。功能性维护是指在软件使用过程中为满足用户需求的变化与扩充对软件所做的修改；预防性维护则是指为改善软件将来的可维护性所做的准备工作。软件运行稳定以后，维护的主要活动应该是适应性维护和功能性维护。

虽然没有把维护阶段进一步划分成更小的阶段，但是实际上每一项维护活动都应该经过提出维护要求、分析维护要求、提出维护方案、审批维护方案、确定维护计划、修改软件设计、修改程序、测试程序、复查验收等一系列步骤，因此实质上是经历了一次压缩和简化软件定义和开发的全过程。

## 14.3  编码

本教材的主要目的是向读者介绍一门程序设计语言，应该说，在软件开发过程中涉及使用程序设计语言的一个主要阶段就是编码阶段，因此，这里将进一步介绍编码阶段应考虑的一些主要问题。

### 14.3.1  程序设计语言的选择

编码的目的是为了指挥计算机按设计者的想法工作，即使用选定的程序设计语言，把模块过程描述翻译为用程序设计语言书写的源程序。目前，程序设计语言种类越来越多，开发软件系统时必须做出的一个重要抉择是，使用什么样的程序设计语言实现这个系统。适宜的程序设计语言能使编码容易、程序测试量少、程序阅读和维护容易。由于软件系统的绝大部分成本用在生命周期的测试和维护阶段，所以易测试和易维护尤其重要。可以参照以下标准来选择语言。

1）语言的特点。除了一些特殊的场合外，多数情况下，使用高级语言编写程序比使用低级语言具有明显的优势。用高级语言编写程序比低级语言编写程序效率高，程序的可阅读性、可测试性、可调试性和可维护性强。选择语言还要考虑语言本身是否有较理想的模块化编程机制，编写出的程序是否可读性好，是否有良好的独立编译机制等。

2）任务的需要。从应用领域角度考虑，各种语言都有其应用领域，要根据任务本身的需要选择适合该领域的语言。所选择的语言能否实现任务所规定的全部功能，执行效果如何，与其他语言相比有何优势，用该语言开发出的软件是否能跨平台运行（如在不同的操作系统下运行），是否便于维护等，这些都应权衡考虑。

3）人的因素。如果是在做一项比较紧急的任务，开发人员所精通的语言通常是他的首选语言。如果他所熟悉的语言不适合用来完成规定的任务，那么应将开发人员学习一门新语言所需的时间列入预算。一般情况下，如果所开发的系统由用户自己负责维护，通常应该考虑选择用户熟悉的语言。

4）工作单位的因素。开发人员所在的工作单位可能仅仅有一两个编译器的许可证，这样，就可能使用具有许可证的编译器所支持的语言来编写程序。

另外，还可能需要考虑其他因素。例如，使用所选的语言实现指定的任务所需要的开发周期多长，这门语言是否经常被使用等。

### 14.3.2 编写程序的基本原则

对于简单的程序，我们可能会认为只要能够在机器上执行，完成预定的功能就可以了，而不注意编写出来的程序是否易于阅读。但随着软件规模增大，复杂性增加，人们逐渐认识到，在软件生存期中需要经常阅读程序，特别是在软件测试阶段和维护阶段，编写程序与参与测试、维护的人都要阅读程序。因此，阅读程序是软件开发和维护过程中的一个重要组成部分，而且读程序的时间可能比写程序的时间还要多，因此要求程序要有较好的可读性。良好的编码风格能在一定程度上弥补语言存在的缺陷，而如果不注意编码风格就很难写出高质量的程序。尤其当多个程序员合作编写一个很大的程序时，需要强调良好而一致的编码风格，以便相互通信，减少因不协调而引起的问题。总之，良好的编码风格有助于编写出可靠而又容易维护的程序，编码的风格在很大程度上决定着程序的质量。以下从几个主要方面来讨论如何编写风格良好的程序。

#### 1. 按一定规则给符号命名

符号名又称标识符，包括模块名、变量名、常量名、标号名、子程序名、函数名、文件名等。这些名字应能反映它所代表的实际东西，使人能够顾名思义，有助于对程序功能的理解，增强程序的可读性。例如，"平均值"用变量Average表示，"和"用变量Sum表示，"总量"用变量Total表示等。又如，在Visual Basic中，常使用类似strName、intSalary这样的名称来体现其所代表的内容及其数据类型，使用cmdOK表示一个命令按钮"确定"、使用txtName表示一个用于输入姓名的文本框，等等。虽然这些命名方法都不是必需的，但在一个系统中使用统一的命名方法会大大提高程序的可读性。

#### 2. 恰当使用注释

程序中的注释是程序员与程序阅读者之间沟通的重要手段。注释有助于读者理解程序，并为后续进行测试和维护提供明确的指导信息，因此，注释是十分重要的。大多数程序设计语言提供了使用自然语言来写注释的环境，为程序阅读者带来很大的方便。注释分为序言性注释和功能性注释。

序言性注释通常位于每个程序模块的开头部分，它给出程序的整体说明，对于理解程序具有引导作用。有些软件开发部门对序言性注释做了明确而严格的规定，要求程序编制者逐项列出。有关项目包括：程序标题；有关该模块功能和目的的说明；主要算法；接口说明（调用形式、参数描述、子程序清单）；有关数据描述（重要的变量及其用途、约束或限制条件及其他有关信息）；模块位置（在哪一个源文件中，或隶属于哪一个软件包）；开发简历（模块设计者、复审者、复审日期、修改日期等）。

功能性注释在源程序中，用于描述其后的语句或程序段要做什么工作，也就是解释下面要"做什么"，或是执行了下面的语句会怎么样。这种注释不需要解释下面将怎么做，因为解释怎么做常常与程序是重复的，并且对于阅读者理解程序没有什么帮助。功能性注释通常是描述一段程序，而不是每一个语句；添加注释时应利用缩进和空行，使程序与注释容易区别。

#### 3. 采用统一的、标准的书写格式

应使用统一的、标准的格式来书写源程序清单，这将有助于改善程序的可读性。常用的方法有：

1）用分层缩进的写法显示嵌套结构层次。目前有些语言可以自动识别语句并进行恰当的格式缩进，如Visual Basic .NET。

2）在注释段周围加上边框。

3）在注释段与程序段以及不同的程序段之间插入空行。

4）每行只写一条语句。

5）书写表达式时适当使用空格或圆括号作为隔离符。目前有些语言可以自动进行某些格式的调整，如Visual Basic 6.0可以自动调整关键字的大小写及表达式中的空格。

例如，应该将表达式：

```
x Mod 3 = 0 And x Mod 5 = 0 And x Mod 7 = 0
```

写成：

```
(x Mod 3 = 0) And (x Mod 5 = 0) And (x Mod 7 = 0)
```

尽管这里的圆括号不是必需的。

一个程序如果写得分不出层次来常常是很难看懂的。优秀的程序员在利用空格、空行和缩进的技巧上显示了他们的经验。缩进也叫做向右缩格或移行，它是指程序中的各行不必都在左端对齐。左端对齐会使程序完全分不出层次关系。对于条件结构和循环结构，把其中的程序段语句向右做阶梯式缩进，可以使程序的逻辑结构更加清晰，层次更加分明。例如，比较下面两段程序的结构可以看出，"程序段一"的结构更清楚，更容易阅读。

程序段一：

```
If N > 1 Then
    For I = 1 To N - 1
        For J = I + 1 To N
            If X(I) > X(J) Then
                T = X(I)
                X(I) = X(J)
                X(J) = T
            End If
        Next J
    Next I
End If
```

程序段二：

```
If N > 1 Then
For I = 1 To N - 1
For J = I + 1 To N
If X(I) > X(J) Then
T = X(I)
X(I) = X(J)
X(J) = T
End If
Next J
Next I
End If
```

从"程序段一"可以很容易看出程序的嵌套结构：在一个块结构条件语句中包含了两层循环，在最里层的循环体中又包含了另一个块结构条件语句。而从"程序段二"中要看清这种嵌套关系，还需要仔细阅读程序。

### 4. 采用统一的数据说明风格

在编写程序时，要注意数据说明风格的统一。一般应遵循以下规范：

1）数据说明的次序应规范。说明的先后次序固定，例如，按常量说明、简单变量类型说明、数组说明等固定的次序，这将有利于测试、排错和维护。

2）在类型说明中还可进一步规范。例如，在说明变量时，可按如下顺序排列：整型量说明、实型量说明、字符量说明、布尔型量说明等。

3）当用一个语句说明多个变量名时，应当对这些变量按字母的顺序排列。

### 5. 使用标准的语句结构

要尽量使用标准的控制结构。在编码阶段，要遵循模块逻辑中采用单入口、单出口标准结构的原则，以确保源程序清晰可读。在尽量使用标准结构的同时，还要避免使用容易引起混淆的结构和语句。

尽量不使用GoTo语句，虽然有时适当使用GoTo语句可以简化编程，但应注意尽量少用GoTo语句，避免使用GoTo语句绕来绕去，引起程序的思路混乱。不要使GoTo语句相互交叉。例如，以下程序中使用的GoTo语句使程序出现了交叉转移。

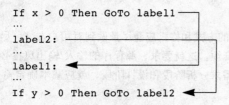

```
If x > 0 Then GoTo label1
...
label2:
...
label1:
...
If y > 0 Then GoTo label2
```

### 6. 尽可能使用过程或函数

尽量用公共过程或子程序代替重复的功能代码段。要注意，这段代码应只有一个独立的功能，不要只因代码形式一样便将其抽出组成一个公共过程或子程序。如重复使用的表达式应写成公共过程。

### 7. 使用适当的条件判断

尽量用逻辑表达式代替条件语句的嵌套。尽量减少使用"否定"条件的条件语句，同时避免采用过于复杂的条件测试。例如，以下的"程序段一"比"程序段二"更易于阅读，尽管两段程序实现的功能相同。

程序段一：

```
If a > 0 And b > 0 Then
    y = Log(a) + Log(b)
ElseIf a > 0 And b <= 0 Then
    y = Sin(a) + Sin(b)
Else
    y = Sin(a) + Cos(b)
End If
```

程序段二：

```
If Not a <=0 Then
    If Not b <=0 Then
        y = Log(a) + Log(b)
    Else
        y = Sin(a) + Sin(b)
    End If
Else
    y = Sin(a) + Cos(b)
End If
```

### 8. 首先应当考虑可读性

在20世纪50～70年代，为了能在小容量的低速计算机上完成工作量很大的计算，必须考虑尽量节省存储空间，提高运算速度，因此，要注意程序设计技巧的研究。但是，近年来由于硬件技术的飞速发展，已提供了十分优越的开发环境。在大容量和高速度的条件下，程序设计人员完全不必在程序设计技巧上投入更大精力。与此相反，软件工程技术要求软件生产工程化、规范化。为了提高程序的可读性，减少出错的可能性，提高测试与维护的效率，要求把程序的可读性放在首位。程序编写要做到可读性第一，效率第二，不要为了追求效率而丧失了可读性。事实上，程序效率的提高主要应通过选择高效算法来实现，而不是通过对程序代码的某些语句来优化（尽管这有时也会提高一些效率）。

### 9. 代码中应考虑的其他问题

- 避免过多的循环嵌套和条件嵌套。
- 数据结构要有利于程序的简化。
- 要模块化，使模块功能尽可能单一化，模块间的耦合能够清晰可见。
- 对递归定义的数据结构尽量使用递归过程。
- 不要修补不良的程序，要重新编写；也不要片面地追求代码的复用，要重新组织。
- 利用信息隐藏技术，确保每一个模块的独立性。
- 对太大的程序，要分块编写、测试，然后再集成。
- 注意计算机浮点数运算的特点。尾数位数一定，则浮点数的精度受到限制。
- 避免不恰当地追求程序效率，在改进前，要做出有关效率的定量估计。
- 确保所有变量在使用前都进行初始化。
- 遵循国家标准。

选择不同的程序设计语言，还应该根据语言的特点注意一些特殊问题。例如，Visual Basic本身允许不声明变量，这样做尽管可以使编程灵活，但容易产生意想不到的问题。因此，应使用Option Explicit语句来强制要求变量声明。

10. 输入/输出

输入/输出信息是与用户的使用直接相关的。输入/输出的方式和格式应当尽量做到对用户友好，尽可能方便用户的使用。一定要避免因设计不当给用户带来的麻烦。这就要求，源程序的输入/输出风格必须满足人体工程学的需要，能为用户所接受。因此，在软件需求分析阶段和设计阶段，就应基本确定输入/输出的风格。在设计和程序编码时都应考虑下列原则：

- 对所有的输入数据都进行检验，从而识别错误的输入，以保证每个数据的有效性。
- 检查输入项的各种重要组合的合理性，必要时报告输入状态信息。
- 使得输入的步骤和操作尽可能简单，并保持简单的输入格式。
- 输入数据时，应允许使用自由格式输入。
- 应允许默认值。
- 输入一批数据时，最好使用输入结束标志，而不要由用户指定输入数据数目。
- 在以交互式输入/输出方式进行输入时，要在屏幕上使用提示符明确提示交互输入的请求，指明可使用选择项的种类和取值范围。同时，在数据输入的过程中和输入结束时，也要在屏幕上给出状态信息。
- 当程序语言对输入格式有严格要求时，应保持输入格式与输入语句要求的一致性。
- 给所有的输出加注解，并设计输出报表格式。

输入/输出风格还受到许多其他因素的影响，如输入/输出设备、用户的熟练程度以及通信环境等。在交互式系统中，这些要求应成为软件需求的一部分，并通过设计和编码，在用户和系统之间建立良好的通信接口。

11. 程序效率

程序效率是指程序的执行速度及程序占用的存储空间。源程序的效率与详细设计阶段确定的算法的效率直接有关，算法是影响程序效率的重要因素。在将详细设计阶段产生的算法转换成源程序代码的过程中，应考虑以下问题：

- 在编写程序前，尽可能化简有关的算术表达式和逻辑表达式。
- 仔细检查算法中的嵌套循环，尽可能将某些语句或表达式移到循环外面。
- 尽量避免使用多维数组。
- 尽量避免使用指针和复杂的表达式。
- 采用快速的算术运算。
- 不要混淆数据类型，避免在表达式中出现类型混杂。
- 尽量采用整数算术表达式和布尔表达式。
- 选用等效的高效率算法。

12. 软件可靠性

提高软件质量和可靠性的技术大致可分为两类：一类是避开错误技术，即在开发的过程中不让差错潜入软件的技术；另一类是容错技术，即对某些无法避开的差错，使其影响减至最小的技术。避开错误技术是进行质量管理及实现产品应有质量所必不可少的技术，也就是软件工程中所讨论的先进的软件分析与开发技术和管理技术。但是，无论使用多么高明的避开错误技术，也无法做到完美无缺和绝无错误，这就需要采用容错技术。实现容错的主要手段是冗余和防错程序设计。

在软件系统中，采用冗余技术是指要解决一个问题必须设计出两个不同的程序，包括采用不同的算法和设计，而且编程人员也应该不同。例如，求解一个二次方程的实数根，可以在第一个程序中使用二次求根公式，而在第二个程序中采用牛顿—拉费森数值逼近法。如果两个程序的执行结果都在预定的"计算误差"之内，则可任取其中一个结果或取二者的平均值作为正确答案。若两个程序的执行结果不一致，则可使用"错误检测系统"加以纠正。如果在同时解同一问题时采用三种或三种以上方法进行程序设计，则其运行结果的正确答案可采纳多数一致的那个答案，这种技术称为"多数逻辑"或"多数表决"。

表面看来，采用冗余程序设计可使开发费用增加到单个程序设计的两倍或多倍，而实际上可能小于

1.5倍。因为在程序设计中，软件的描述、软件的设计和大多数测试以及文档编制的费用由两个程序分担了。冗余程序设计所导致的副作用是由于文本的增加而导致存储空间的增加，以及运行时间的延长。解决的办法是采用海量存储设备和覆盖技术，并且只在关键部分采用冗余计算，以使附加费用降到最低程度。

在编码过程中，总会或多或少地产生一些错误，这些错误有些是属于设计阶段所隐藏下来的，有些则是在编码中产生的。为了避免和纠正这些错误，可在编码过程中有意识地在程序中加进一些错误检查的措施，这就是防错程序设计的基本思想。

## 14.4　程序调试与错误处理

无论多么仔细地编写代码，程序中都可能会有错误，这就需要用到程序调试和错误处理。程序调试是指从程序中找到错误和存在的问题，然后逐一加以解决。调试是程序开发周期中必不可少的阶段，在程序开发的早期工作中，调试显得尤为重要。错误处理是指在程序的运行过程中出现一些意外情况时，为了不使程序异常终止所进行的处理。意外情况有多种多样，如文件被误删除、磁盘空间溢出、用户的一些误操作、出现了意外的数据等。这些可能发生的事情都会在代码中引起运行时错误。为了处理这些错误，需要将错误处理代码添加到程序中。

本节将以Visual Basic为例介绍程序调试和错误处理方法。

### 1. 错误的种类

程序中可能出现的错误可以分成三类，即编译错误、运行时错误和逻辑错误。

1）编译错误。编译错误是由于不正确构造代码而产生的。例如，键入的关键字错误、遗漏了某些必需的标点符号、遗漏了某些语法成分、有If语句却没有与之对应的End If语句、使用了一个Next语句而没有与之对应的For语句等。Visual Basic在编译应用程序时会检测到这些错误。如果已经设置了"自动语法检测"功能，那么，只要在代码窗口中输入一个语法错误，Visual Basic就会立即显示错误消息。要设置"自动语法检测"功能，需要选择"工具|选项"菜单命令，打开"选项"对话框，在"选项"对话框的"编辑器"选项卡上选择"自动语法检测"。

2）运行时错误。在应用程序运行期间，当一个语句力图执行一个不能执行的操作时，就会发生运行时错误。例如，对于以下语句：

```
c = a / b
```

如果变量b的值为零，除法就是无效的操作，尽管语句本身的语法是正确的。必须运行应用程序才能检测到这个错误。

3）逻辑错误。当应用程序未按预期方式执行时就会产生逻辑错误。从语法角度来看，应用程序的代码可以是有效的，在运行时也未执行无效操作，但还是产生了不正确的结果。例如，要计算：

```
z=x*y
```

在代码中却写成了：

```
z=x+y
```

该语句既符合语法要求，又能够正确执行，只是产生了错误的计算结果，因此语句或程序运行的正确与否，只有通过测试应用程序和分析产生的结果才能检验出来。

由于Visual Basic能够检测并定位所有的语法错误，因此语法错误较容易改正。要改正运行时错误或逻辑错误，则需要对代码中的表达式作较深入的分析。分析工作可以借助Visual Basic提供的调试工具来完成。

### 2. 程序的三种操作模式

在Visual Basic的集成开发环境中，程序有三种操作模式，即设计模式、运行模式和中断模式。为测试和调试应用程序，在任何时刻都要知道应用程序正处在哪种模式。从Visual Basic的标题栏可以看出当前程序处于哪种模式，如图14-1所示。

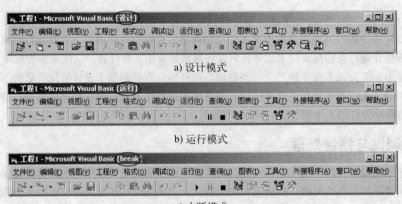

a) 设计模式

b) 运行模式

c) 中断模式

图14-1　程序的三种操作模式

创建应用程序的大多数工作都是在设计时完成的。在设计模式下，用户可以建立人机交互界面，如设计窗体、绘制控件、设置控件的属性、编写事件驱动过程等。在设计模式下除了可以设置断点和创建监视表达式外，不能使用调试工具。

设计完应用程序后，要对所设计的功能进行测试，则需要运行程序。选择"运行|启动"命令，或单击工具栏的"运行"按钮，或按F5键，都会使应用程序切换到运行模式。在运行模式下可以查看代码，但不能修改代码。选择"运行|结束"命令，或单击工具栏的"结束"按钮都可以切换回设计模式。

中断模式实际上是程序运行到某处时中止运行。在运行模式下，选择以下操作之一可以进入中断模式：

• 选择"运行|中断"命令。

• 单击工具栏的"中断"按钮。

• 按下Ctrl+Break组合键。

• 单步执行程序。

• 运行到断点处。

• 运行过程中出现错误，在程序中止执行并打开错误提示对话框时单击"调试"按钮。

在设计时可以改变应用程序的设计或代码，却看不到这些变更对应用程序的运行产生的影响；在运行时可以观察应用程序的工作状况，但不能直接改变代码；而中断模式中止了应用程序的执行，并提供有关应用程序当前的执行情况。因为变量和属性设置值被保留了下来，所以，可以分析应用程序的当前状态并输入修改内容，这些修改将影响应用程序的继续运行。当应用程序处于中断模式时，可以在应用程序中修改代码，观察应用程序界面的情况，检查或修改变量值，查看或控制下一步运行的语句等。

3. 调试工具

调试程序的任务就是要确定导致错误结果的原因，以及错误发生的地方。错误的原因有多种，例如，忘记初始化某个变量，用错操作符或使用了不正确的公式。Visual Basic为调试程序提供了几种工具，这些调试工具可以帮助人们分析程序的运行是如何从过程的一部分流动到另一部分的，分析变量和属性是如何随着语句的执行而改变的。有了调试工具，就能深入到应用程序内部进行观察，从而确定到底发生了什么以及为什么会发生。调试工具可以帮助设计者了解应用程序当前的界面外观、变量或表达式的值、属性的值、活动的过程调用等。

Visual Basic的调试支持主要有：单步执行、设置断点、建立中断表达式、设置监视表达式、显示变量和属性值。Visual Basic为调试提供了三个调试窗口，分别为"立即"窗口、"监视"窗口和"本地"窗口。借助这些窗口，再加上设置断点、单步执行等调试功能，可以帮助我们发现、定位错误，继而排除错误。

4. "调试"工具栏

Visual Basic的"调试"工具栏上提供了几个很有用的按钮。选择"视图|工具栏|调试"命令，或者在Visual Basic工具栏上单击鼠标右键，从弹出的快捷菜单中选择"调试"选项，都可以打开"调试"工具栏。

中断模式下的"调试"工具栏如图14-2所示。

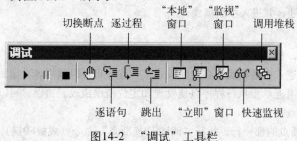

图14-2 "调试"工具栏

表14-1简要介绍了各工具按钮的作用。具体调试方法将在后续内容中介绍。

**表14-1 "调试"工具栏各工具按钮的作用**

| 调试工具 | 作 用 |
| --- | --- |
| 切换断点 | 在"代码"窗口的当前行设置断点或取消断点，程序执行到断点将中止运行 |
| 逐语句 | 执行应用程序代码的下一个可执行语句，并跟踪到过程中 |
| 逐过程 | 执行应用程序代码的下一个可执行语句，但不跟踪到过程中 |
| 跳出 | 执行当前过程的其他部分，并在调用过程的调用语句下一行处中断执行 |
| "本地"窗口 | 打开"本地"窗口。在"本地"窗口中可以显示局部变量的当前值 |
| "立即"窗口 | 打开"立即"窗口。在"立即"窗口中可以执行代码或查询值 |
| "监视"窗口 | 打开"监视"窗口。在"监视"窗口中可以显示选定表达式的值 |
| 快速监视 | 列出表达式的当前值 |
| 调用堆栈 | 呈现一个"调用堆栈"对话框，显示所有已被调用但尚未完成运行的过程 |

在"视图"菜单和"调试"菜单下包括了调试工具栏的各按钮的功能。

5. 单步执行

Visual Basic允许逐语句执行应用程序，每执行完一条语句后就返回中断模式。中断模式保留了程序中所有变量和属性的当前值。在中断模式下只要用鼠标指向代码中某一个变量或表达式，就可以显示它的值。也可以使用"立即"窗口、"监视"窗口和"本地"窗口来显示值。利用这些窗口还可以更改变量或表达式的值。

在设计模式或中断模式下，执行"调试|逐语句"命令（或按F8键）或执行"调试|逐过程"命令（或按Shift+F8键）就进入单步执行方式，每次执行一条语句。"逐语句"命令和"逐过程"命令的区别在于后者把子过程和函数调用当做一个语句看待，不进入子过程和函数的内部，前者则进入子过程和函数的内部，逐条执行其内部的语句。

例如，设有如图14-3所示的界面及代码。按F8键单步执行程序，在显示窗体后分别在"数1"和"数2"文本框中输入2和4，单击"计算"按钮，程序进入Command1_Click事件过程，可以看出代码窗口高亮显示了下一步要执行的语句（还未执行），且在该语句前有一个箭头符号"⇨"，继续按F8键，下一条语句将被高亮显示，依此类推。如图中的语句Text3.Text=Y1。

这时，用鼠标指向代码窗口中的任意变量，都可以显示其当前值。例如，用鼠标指向当前语句中的Y1，在鼠标指针旁会显示Y1的当前值（Y1=20）；如果用鼠标指向Text3.Text，则显示Text3.Text=""；而指向Y2时会显示Y2="空值"。

通过单步执行可以逐条语句地检查执行结果是否与预期的结果相符合，从而找出错误的位置。

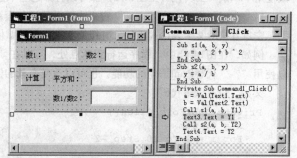

图14-3 单步执行到某语句

如果单步执行到被调用过程的某一行时，执行"调试|跳出"命令，则Visual Basic将连续执行完该过程的其余部分，返口调用处，并进入中断模式。

6. 设置断点

对于一个较大的程序，从头到尾单步执行是不现实的，折中的办法是把程序分段，设置若干断点，程序运行到断点处停下来，进入中断模式。在中断模式下，程序员可以利用各种调试手段检查或更改某些变量或表达式，或者在断点附近单步执行程序以便发现和定位错误或改正错误。可以用下列三种办法之一在代码窗口中为程序设置断点。

- 将光标移到要设置断点的那一行，执行"调试|切换断点"命令（或按F9键）。
- 在要设置断点的那一行的左边框空白处单击鼠标。
- 在代码中插入Stop语句，其效果就和设置一个断点一样，程序运行到该处将停下来，进入中断模式。

前两种操作都是"开关"操作，即设置断点和取消断点的操作是一样的。如果原来没有断点，该操作将设置断点；如果该处本来有一个断点，则该操作将删除断点。如果要一次取消所有的断点，可执行"调试|清除所有断点"命令。如果用插入Stop语句的方法设置断点，则必须在程序调试完毕后删除Stop语句。图14-4a中左边有一个小圆点的那一行就是断点。小圆点是断点的标记，程序连续运行到该语句就会停下来，进入中断模式，如图14-4b所示，继续运行时将从这一行开始。

a) 设置断点　　　　　　　　　　　　b) 运行到断点

图14-4 断点

在中断模式下，在代码编辑器窗口中，把光标移动到程序的某一可执行语句处，执行"调试|运行到光标处"命令，程序就会连续运行到光标所在语句处，再次进入中断模式。

在中断模式下，在代码窗口中，把光标移动到本过程的某一可执行语句处，执行"调试|设置下一条语句"命令，指示当前行的小箭头就会指向该语句。程序继续运行时将从这一条语句开始。

在中断模式下，如果在代码窗口中看不见当前行（箭头所指的行），或者代码窗口没有打开，这时只要执行"调试|显示下一条语句"命令，当前语句就会在代码窗口中显示出来。

7. 调试窗口

在应用程序进入中断模式时，可以使用调试窗口监视变量和表达式在程序执行到某处的值。Visual Basic有三个调试窗口，即"立即"窗口、"监视"窗口和"本地"窗口。使用"视图"菜单下的相应命令或使用"调试"工具栏（见图14-2）都可以打开这三个窗口。

1)"立即"窗口。在"立即"窗口中输入的语句会被立即执行，因此，在调试程序时，可以利用"立即"窗口直接对某个表达式求值，直接给变量或属性赋值，或者直接调用某个过程。

例如，在图14-4b中，程序运行到断点处，可以在"立即"窗口中检查变量的值。如图14-5a所示，可以使用"？"代替Print语句的功能。也可以改变变量的值并调用过程，如图14-5b所示。

又如，设有以下代码：

```
Private Sub Form_Click()
    x = 6: Sum = 0
    For i = 1 To 10 Step -2
        Sum = Sum + i
    Next i
```

```
        Debug.Print i, Sum
End Sub
```

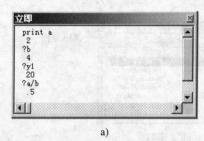 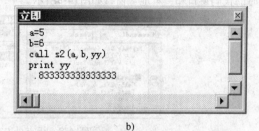

a)　　　　　　　　　　　　　　　　　b)

图14-5　在"立即"窗口中检查变量或表达式的值

在程序中直接使用Debug对象的Print方法，也可以在运行时在"立即"窗口中显示变量或表达式的值，而不影响应用程序本身的输出。例如，本例在"立即"窗口中输出：

1　　　　0

所以，在中断模式下，在"立即"窗口中输入一条语句与在代码窗口中输入该语句是一样的。

2）"监视"窗口。可以把某些变量或表达式放在"监视"窗口中，称为监视表达式。当程序进入中断模式时，Visual Basic将显示这些监视表达式的状态。在"监视"窗口中单击鼠标右键，从弹出的快捷菜单中选择"添加监视"命令，打开"添加监视"对话框，如图14-6所示。在该对话框中输入监视表达式。

在"添加监视"对话框中，"上下文"选项组用于指出当前的监视表达式在哪些过程或模块中进行计算。可以从相应的列表框中选定一个过程、窗体或模块名。只有当前语句在指定的上下文中时，"监视"窗口才能显示监视表达式的值。

图14-6　"添加监视"对话框

"监视类型"选项组用来设置Visual Basic对监视表达式的响应方式。Visual Basic可在应用程序进入中断模式后对表达式进行监视并显示其值。可以选择在表达式的值为真（非零），或在表达式的值每次发生改变时，使应用程序自动进入中断模式。

设在图14-3所示的程序代码中，将断点位置设置在语句Text4.Text=Y2处。通过"添加监视"对话框输入四个监视表达式：

```
Y1
Y2
a/b
a^2+b^2
```

运行时，在窗体上给"数1"和"数2"文本框输入3和7，然后单击"计算"按钮，"监视"窗口的内容如图14-7所示。这时，可以比较Y1的值与表达式a^2+b^2的值，从而判断对过程s1的调用是否正确。同样，通过比较Y2的值与表达式a/b的值可以判断对过程s2的调用是否正确。

3）"本地"窗口。利用"本地"窗口在中断模式下不但可以查看当前过程中的变量声明及变量值，还可以查看当前窗体上所有控件的属性值。当程序的执

图14-7　运行到断点处的"监视"窗口

行从一个过程切换到另一个过程时，"本地"窗口的内容会发生改变，它只反映当前过程中可用的变量。如果"本地"窗口是可见的，则每当从运行方式切换到中断模式或是操纵过程中的变量时，它就会自动地重新显示。在图14-3所示的程序中，如果将断点设置在语句Text3.Text=Y1处，运行时分别给"数1"和

"数2"文本框输入3和4，单击"计算"按钮Command1，则在"计算"按钮的Click事件过程中产生中断，这时的代码窗口和"本地"窗口如图14-8所示。

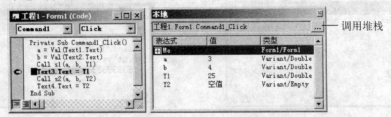

图14-8  断点处与相应的"本地"窗口

在"本地"窗口中，"表达式"列显示了变量的名称，其中第一个变量是一个特殊的模块变量，可用来扩充显示出当前模块中的所有模块级变量。对于窗体，该位置显示"Me"；对于标准模块，该位置显示当前模块的名称。单击图14-8中"Me"前面的加号，展开其中的内容，则显示当前窗体的所有属性，如图14-9所示。

"本地"窗口的"值"列列出了所有变量或属性的值。所有的数值变量都应该有一个值，而字符串变量则可以有空值。单击"值"列中的一个值，可以直接对该值进行编辑，编辑后按下回车键，或向上、向下键，

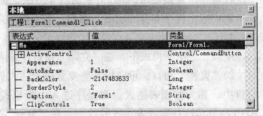

图14-9  在"本地"窗口中显示当前窗体的属性

或Tab键，或在屏幕上其他处单击鼠标，都可以使编辑生效。如果输入的值无效，则Visual Basic会给出一个错误信息框，此时可以按Esc键中止更改。

"本地"窗口的"类型"列列出了各变量或属性的类型，不能在此编辑数据。

在"本地"窗口中单击"调用堆栈"按钮"…"（见图14-8），会打开"调用堆栈"对话框，该对话框列出了调用堆栈中的过程。如图14-10所示。

在"本地"窗口中更改属性的值，只在本次运行时有效，并不能永久改变对象的属性设置。

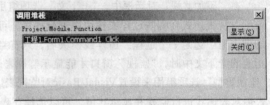

图14-10  "调用堆栈"对话框

了解了Visual Basic的各种调试功能之后，就可以借助这些调试手段检测程序中的各种逻辑错误，确定错误的位置和原因，达到排除错误的目的。对于运行期的各种错误，有些简单的错误可以通过以上调试方法找出，并通过修改代码加以解决。例如，对于以下程序：

```
Private Sub Command1_Click()
    x = Val(Text1.Text)
    y = Val(Text2.Text)
    z = Log(x) / Log(y)
    Text3.Text = z
End Sub
```

当在文本框Text1或Text2中输入小于零的数时，或在Text2中输入1时，都会产生一个运行期错误。对于该错误，可以将代码改写成：

```
Private Sub Command1_Click()
    x = Val(Text1.Text)
    y = Val(Text2.Text)
    If x > 0 And y > 0 And y <> 1 Then
        z = Log(x) / Log(y)
        Text3.Text = z
    Else
        MsgBox "输入数据非法，请重新输入"
```

```
        End If
End Sub
```

该程序通过条件语句避免了对非法数据的计算，但是，程序运行过程中所产生的数据或所遇到的问题往往是难以预料的。例如，在用户指定一个文件名时输入了非法的文件名，或在程序中企图删除一个不存在的文件，对于这类错误，常常是编写代码时难以预料的问题。因此，需要在程序中添加错误处理机制，对程序中可能会遇到的各种错误进行单独的处理，使应用程序即使在遇到异常情况时也能正常运行，避免致命性的错误。

**8．错误处理步骤**

错误处理用于处理运行时错误。在Visual Basic中运行程序时，如果遇到运行时错误，将报告错误信息，返回中断模式。而经过编译后的应用程序在Windows环境下运行时，如果遇到运行时错误将报告错误信息，返回Windows系统。为避免这种情况，在Visual Basic中可用错误处理功能中断错误并执行正确的操作。当错误发生时，Visual Basic将设置错误对象Err的各种属性，如错误号、错误描述等。这样，就可以编制一段错误处理程序，在错误处理程序中使用Err对象及其属性，针对当前的错误情况做出相应的处理。

错误处理程序是应用程序中捕获和响应错误的例程。对于预感可能会出错的任何过程，均要对它们添加错误处理程序。实现错误处理可以按以下步骤进行：

1）使用On Error语句激活应用程序对错误的捕获功能，并通知应用程序当发生错误时应执行的错误处理程序段的位置。这一步通常称为"设置错误陷阱"或"捕获错误"。当包含捕获错误的过程是活动的时候，程序会始终保持对错误的捕获功能，直到退出该过程，错误捕获才停止。尽管在任一时刻任一过程中只能激活一个错误捕获，但可以建立几个供选择的错误捕获，并且在不同的时刻激活不同的错误捕获。

2）编写错误处理程序。通常把错误处理程序放在过程的末端。首先，在错误处理程序的开始处设置一个语句标号，该标号标志着错误处理程序的开始，在紧靠标号的前方处设置Exit语句（如Exit Sub、Exit For等），这样，如果未出现错误，过程执行到Exit语句处则退出，避免了执行错误处理代码。

错误处理程序包含处理错误的代码，通常以Case或If...Then...Else语句的形式出现。在代码中需要判断可能会发生什么错误，并针对每种错误提供不同的处理方法。

Err对象的Number属性包含数值代码，该代码代表最新的运行时错误。借助Err对象与条件语句的组合，可以对出现的任何错误采取针对性的操作。

3）以一定的方式退出错误处理程序。

**9．主要错误处理手段**

以下介绍Visual Basic提供的用于错误处理的主要对象和语句。

（1）Err对象

Err对象是全局范围的固有对象，用来记录有关"运行时错误"的信息。Err对象的属性由错误的生成者来设置，这个生成者可以是Visual Basic、对象或者是程序设计员。

下面是Err对象的主要属性。

1）Number属性：数值型，可以是任何有效的错误号。它是Err对象的默认属性。

2）Source属性：返回或设置一个字符串表达式，指明最初生成错误的对象或应用程序的名称。例如，如果访问Microsoft Excel时生成了一个"除以零"的错误，则Microsoft Excel将Err.Number设置成代表此错误的错误代码，并将Source设置成Excel.Application。

3）Description属性：字符串类型，与错误号相关联的描述性字符串，为可读写属性。

下面是Err对象的主要方法。

4）Clear：清除Err对象的所有属性。

5）Raise：用来模拟生成运行时错误。

例如，执行语句

Err.Raise  55

将生成55号运行时错误，即"文件已打开"错误。

（2）OnEror语句

OnEror语句用于启动一个错误处理程序，并指定该程序在过程中的位置；该语句也可以用来禁止一个错误处理程序。OnEror语句可以有以下三种格式。

**格式一**：On Error GoTo 语句标号

该语句的功能是启动错误处理程序，错误处理程序从"语句标号"指定的行开始。参数"语句标号"可以是任何行号或行标号。执行该语句之后，如果发生一个运行时错误，将自动执行"语句标号"开始的错误处理程序。指定的"语句标号"必须与本On Error语句在同一个过程中，否则会发生编译错误。

**格式二**：On Error Resume Next

该语句说明当发生一个运行时错误时，控制转到紧接着发生错误的语句之后的语句，并从此继续运行。

**格式三**：On Error GoTo 0

该语句禁止当前过程中任何已启动的错误处理程序。

【例14-1】修改图14-3中的代码，添加错误处理功能。

代码如下：

```
Sub s1(a, b, y)
    y = a ^ 2 + b ^ 2
End Sub
Sub s2(a, b, y)
    y = a / b
End Sub
Private Sub Command1_Click()
    On Error GoTo E1:              ' 设置错误陷阱，当出错时转向E1处执行
    a = Val(Text1.Text)
    b = Val(Text2.Text)
    Call s1(a, b, Y1)
    Text3.Text = Y1
    Call s2(a, b, Y2)
    Text4.Text = Y2
    Exit Sub                        ' 正常结束，直接退出，不进入错误处理
E1:                                 ' 错误处理程序入口
    MsgBox "错误号" & Err.Number & Chr(13) & Chr(10) & _
        "错误类型:" & Err.Description, , "注意"
    Text2.SetFocus
    Text2.SelStart = 0
    Text2.SelLength = Len(Text2.Text)
End Sub
```

运行时，如果输入除数为零，则会产生如图14-11所示的消息框，单击"确定"按钮显示如图14-12所示的运行界面，界面上没有显示除法结果。焦点定位在用于显示除数的文本框中，并选中其中的文本。

在以上错误处理程序中，使用Err.Number显示当前的错误号（如"11"），使用Err.Description显示当前的错误描述信息（如"除数为零"）。

图14-11　错误信息

图14-12　错误处理后的界面

（3）Resume语句

该语句用于错误处理程序结束后，恢复原有的运行。有三种格式：

**格式一**：Resume [0]

如果错误和错误处理程序出现在同一个过程中，则从产生错误的语句恢复运行。如果错误出现在被调用的过程中，则从最近一次调用该出错过程的语句处恢复运行。参数0可以省略。

**格式二**：Resume Next

如果错误和错误处理程序出现在同一个过程中，则从紧随产生错误的语句的下一条语句开始恢复运行。如果错误发生在被调用的过程中，则从调用该出错过程的语句之后的语句处恢复运行。

**格式三**：Resume 语句标号

从"语句标号"指定的语句行恢复运行。"语句标号"参数是一个行号或行标号，必须和错误处理程序在同一个过程中。

注意，在错误处理程序之外的任何地方使用Resume语句都会导致错误发生。

【例14-2】利用图14-13打开一个顺序文件，用通用对话框控件显示一个打开文件对话框，当在对话框中单击"取消"按钮时，提示用户单击的是"取消"按钮，并允许用户重试。

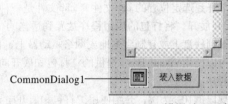

CommonDialog1

图14-13 错误处理示例

首先，设置通用对话框控件的CancelError属性为True，使得运行时，当在打开文件对话框中单击"取消"按钮时，产生错误号为32755的错误。在错误处理程序中对该错误进行处理，先用消息框给出错误提示，如果用户回答"重试"，则重新显示"打开"对话框，以便重新选择文件；如果用户回答"取消"，则退出过程。

其次，如果在"打开"对话框中输入了一个不存在的文件名，将使打开文件（Open语句）失败，产生53号错误。同样，先用消息框给出错误提示，如果用户回答"重试"，则重新显示"打开"对话框，以便重新选择文件；如果用户回答"取消"，则退出过程。

代码如下：

```
Private Sub Command1_Click()
    On Error GoTo e1:              ' 设置错误陷阱，当出错时转向e1处执行
r1:                                ' 在此处设标号，以便出错时能返回此处
    CommonDialog1.ShowOpen
    Open CommonDialog1.FileName For Input As #3
    Do While Not EOF(3)
        Input #3, ss
        Text1.Text = Text1.Text & ss & Chr(13) & Chr(10)
    Loop
    Close #3
    Exit Sub                       ' 正常结束，直接退出，不进入错误处理
e1:                                ' 错误处理程序入口
    If Err.Number = 32755 Then     ' 如果在打开文件对话框中选择了"取消"
        a = MsgBox("选择了取消!", vbRetryCancel, "注意")
        If a = 4 Then              ' 如果在消息框中选择了"重试"
            Resume 0               ' 返回引发错误的语句重新执行
        End If
    ElseIf Err.Number = 53 Then    ' 如果在打开文件对话框中输入一个不存在的文件名
        b = MsgBox("指定的文件不存在!", vbRetryCancel, "注意")
        If b = 4 Then              ' 如果在消息框中选择了"重试"
            Resume r1              ' 返回r1语句处重新执行
        End If
    End If
End Sub
```

在一个过程中，甚至在整个应用程序中，通常把错误处理集中在一处。集中处理的好处是所有的错误处理代码放在一起，便于维护，对同样类型的错误可以做相同的处理。不足之处是不能像分散处理那样，可以根据具体的错误进行灵活的处理（所谓分散处理，是指对每一个错误单独进行处理，并且处理程序分布在应用程序的不同位置，如分布在不同的过程中）。

## 14.5  应用程序的发布

在创建了一个Visual Basic应用程序之后，可能需要将该应用程序发布给其他人使用。如果用户的系统环境中不含有Visual Basic系统，那么没有经过特殊处理的Visual Basic应用程序将不能够运行，因为Visual Basic应用程序可能还需要诸如.ocx、.dll等文件的支持才能运行。为了方便用户的使用和应用软件的商品化，可以将应用程序制作成安装盘，以便于在脱离Visual Basic系统的Windows环境下运行该应用程序。Visual Basic提供了完备的工具，使用这些工具可以实现通过软盘、光盘、网络等途径来发布应用程序。

发布应用程序需要经过如下两大步骤：

1）打包。将应用程序文件（包括工程文件、必要的系统文件和安装主文件）打包压缩为一个或多个可以展开到选定位置的.cab文件。.cab文件是一种经过压缩的、很适合通过磁盘或Internet进行发布的文件。

2）展开。将打包的应用程序放置到适当的位置，以便用户可以从该位置安装应用程序。可以将软件包复制到软盘上或复制到本地或网络驱动器上，也可以将该软件包复制到一个Web站点。

可以使用Visual Basic提供的"打包和展开向导"（Package and Deployment Wizard）实现打包和发布应用程序。

现以例10-5为例，介绍使用"打包和展开向导"将该应用程序制作成安装盘的过程。

首先，保存并编译当前工程，否则使用"打包和展开向导"时会提示保存和编译工程。在Visual Basic环境中，执行"文件|生成example10-5.exe"命令编译当前工程并生成EXE文件。然后，在Windows下执行"开始|程序|Microsoft Visual Basic 6.0中文版|Microsoft Visual Basic 6.0中文版工具|Package & Deployment向导"菜单命令，打开"打包和展开向导"对话框，如图14-14所示。其中：

- 打包：将工程中用到的所有文件进行打包压缩，存放在指定的文件夹中。
- 展开：将打包的文件展开到指定位置（如文件夹、移动存储器等）。
- 管理脚本：记录打包或展开过程中的设置，便于以后做同样的设置。
- 浏览：用于选择要打包的工程文件。

通过"浏览"按钮选择工程文件（如"D:\vb6\例题\example10-5.vbp"），然后按以下步骤依次进行打包和展开。

1. 打包

（1）打包脚本

单击图14-14的"打包"按钮后，系统显示如图14-15所示的"打包脚本"对话框。在该对话框中可以为当前的打包过程选择使用以前保存的打包脚本。如果不想使用已有的脚本，请在"打包脚本"下拉列表中选择"无"。当选择使用以前保存的打包脚本时，当前打包过程将应用以前创建这个脚本过程时的所有设置。这样就允许用户快速生成使用相近或相同选项的包。当完成打包时，所做的设置可以作为一个新脚本保存。

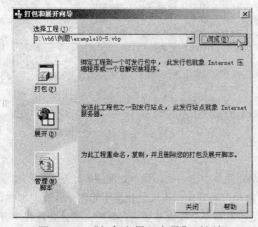

图14-14  "打包和展开向导"对话框

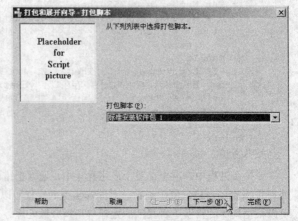

图14-15  "打包脚本"对话框

如果对于当前工程，没有以前保存的打包脚本可供使用，将不会显示此对话框。

在图14-15中，单击"下一步"按钮，显示"包类型"对话框，如图14-16所示。

（2）包类型

在"包类型"对话框的"包类型"列表中列出了当前工程支持的包类型。其中，"标准安装包"表示创建由setup.exe程序安装的包；"相关文件"表示创建一个文件，列出该应用程序运行时所要求的部件文件列表信息。

本例选择"标准安装包"，单击"下一步"按钮，显示"打包文件夹"对话框，如图14-17所示。

（3）打包文件夹

"打包文件夹"对话框用于指定存放安装包的文件夹。单击对话框中的"网络"按钮，可以从联网的计算机上选择文件夹。单击"新建文件夹"按钮，可以在当前文件夹下创建新文件夹。

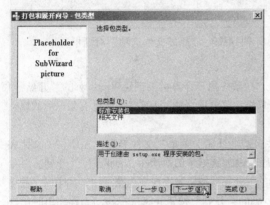

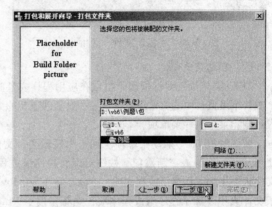

图14-16　"包类型"对话框　　　　　　图14-17　"打包文件夹"对话框

本例选择当前文件夹（D:\vb6\例题），单击"下一步"按钮，显示"包含文件"对话框，如图14-18所示。

（4）包含文件

"包含文件"对话框的"文件"列表显示了将要包含在包中的每个文件的名称和当前位置，可以向包中添加文件或删除不需要的文件。单击对话框的"添加"按钮，会显示一个"添加文件"对话框，可以从中选择要添加到包中的文件。当添加文件时，向导将搜索该文件的从属文件，并将它们也添加进来。要从列表中删除文件，可以取消选择文件名左边的复选框。如果取消选择带有从属文件的文件，它的所有从属文件也将被删除。当鼠标光标移动到列表中的一个条目上时，将显示提示，给出文件的功能。

单击"下一步"按钮，显示"压缩文件选项"对话框，如图14-19所示。

（5）压缩文件

在"压缩文件选项"对话框中允许为包创建一个大的.cab文件，或者将包拆分为一系列可管理的单元，创建一系列小的.cab文件。

选择"单个的压缩文件"选项将把安装应用程序时所需要的文件复制到一个.cab文件中；选择"多个压缩文件"选项将应用程序文件复制到多个指定大小的.cab文件中。如果希望使用向导的展开功能将包展开到软盘上，必须选择此项；可以从"压缩文件大小"下拉列表中选择与展开应用程序时计划使用的软盘类型相匹配的软盘容量。

本例选择"单个的压缩文件"选项，单击"下一步"按钮，显示"安装程序标题"对话框，如图14-20所示。

（6）安装标题

"安装程序标题"对话框用于为安装程序指定要显示的标题。本例将安装程序标题命名为"安装程序示例"。该名称将在用户运行setup.exe安装程序时显示。

单击"下一步"按钮，显示"启动菜单项"对话框，如图14-21所示。

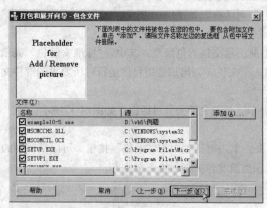

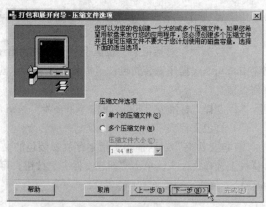

图14-18　"包含文件"对话框　　　　　　　　图14-19　"压缩文件选项"对话框

（7）启动菜单项

"启动菜单项"对话框用于指定在应用程序安装时，在最终用户计算机上创建Windows的"开始"菜单或其下级菜单中的菜单组或菜单项。除了创建新的菜单组和菜单项之外，还可以编辑已有菜单项的属性，或者删除菜单组和菜单项。

默认情况下，"启动菜单项"列表中显示两个文件夹："「开始」菜单"文件夹和"程序"子文件夹。使用"新建组"或"新建项"按钮可以将程序组或程序项添加到指定的层次中。如果向"「开始」菜单"文件夹中添加了程序组或程序项，它将在按下Windows的"开始"按钮时出现在主菜单中。如果向"程序"子文件夹中添加了程序组或程序项，它将在按下Windows的"开始"按钮并将鼠标移动到程序组时出现。单击"属性"按钮，显示"启动菜单组属性"对话框，在这个对话框中可以编辑选定的程序组或程序项的当前信息。单击"删除"按钮，可删除选定的程序组或程序项。

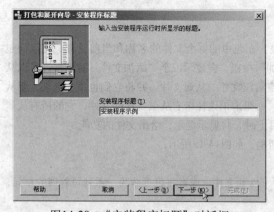

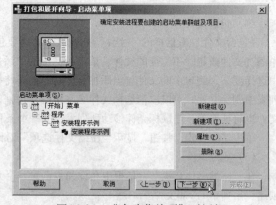

图14-20　"安装程序标题"对话框　　　　　　图14-21　"启动菜单项"对话框

单击"下一步"按钮，显示"安装位置"对话框，如图14-22所示。

（8）安装位置

"安装位置"对话框允许更改在最终用户计算机上安装程序包中所含文件的位置。

"文件"列表中显示了程序包中每个文件的名称和当前位置，以及文件要安装的位置。选择表中的一个文件，然后在"安装位置"列表中指定一个文件的安装位置。

单击"下一步"按钮，显示"共享文件"对话框，如图14-23所示。

（9）共享文件

"共享文件"对话框用于决定哪些文件是作为共享方式安装的。共享文件是在用户机器上可以被其他应用程序使用的文件。当最终用户卸载应用程序时，如果计算机上还存在其他的应用程序在使用该文件，则该文件不会被删除。系统通过查看指定的安装位置决定文件是否能够被共享。除了作为系统文件安装的文件外，任何文件都可以被共享。没有被标志安装到$(WinSysPathSysFile)位置的所有文件都有可能被共享。

"共享文件"列表显示了任何能够被共享的文件的名称、在计算机上的源位置以及安装位置，并将主要工程可执行文件突出显示。通过选中每个文件名左边的复选框，可以选择想要作为共享文件安装的文件。

单击"下一步"按钮，显示"已完成！"对话框，如图14-24所示。

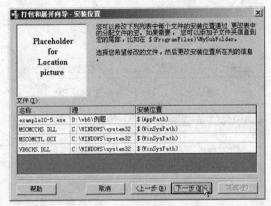

图14-22 "安装位置"对话框

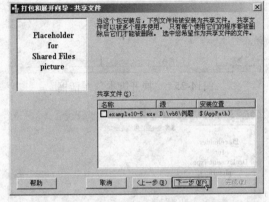

图14-23 "共享文件"对话框

（10）完成

"打包和展开向导"已经搜集到建立包所需要的信息。如果单击"已完成！"对话框中的"完成"按钮，"打包和展开向导"将把选择的设置作为脚本保存起来。

"已完成！"对话框中的"脚本名称"文本框用于输入脚本的名称，用该名称来保存打包过程中所选择的设置。在下次打包同一个工程时可以重复使用这些设置。当展开包时，可以用这个名称来标识它。本例假设使用脚本名称"标准安装软件包1"。

单击"完成"按钮，将使用选定的设置创建包，并且在过程结束时显示一个打包报告。

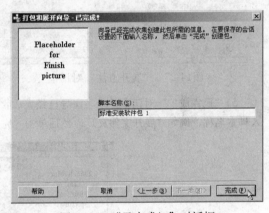

图14-24 "已完成！"对话框

2．展开

展开过程可以按以下步骤进行：

1）在图14-14的"打包和展开向导"对话框中，单击"展开"按钮开始展开过程，显示如图14-25所示的"展开脚本"对话框。从"展开脚本"下拉列表中选择一个已有的脚本，例如选择"展开文件夹1"，使用该脚本的所有设置可以快速展开。选择"无"，则在包展开完成后，将设置作为一个新脚本保存。如果以前没有为当前工程保存过展开脚本，将不显示此对话框。单击"下一步"按钮，显示如图14-26所示的"展开的包"对话框。

2）在"展开的包"对话框中，从"要展开的包"下拉列表中选择要展开的包。本例应选择打包时建立的脚本"标准安装软件包1"。单击"下一步"按钮，显示如图14-27所示的"展开方法"对话框。

3）在"展开方法"对话框中，从"展开方法"列表中可以选择将包分发到本地或网络文件夹上，或发布到Web服务器上。假设选择"文件夹"，单击"下一步"按钮，则显示图14-28所示的"文件夹"对话框。

4）在"文件夹"对话框中，选择要使用的文件夹，或新建一个文件夹（如这里的example10-5），单击"下一步"按钮，显示如图14-29所示的"已完成！"对话框。

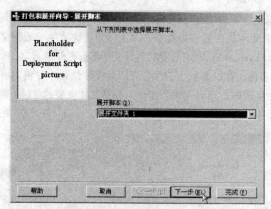

图14-25  "展开脚本"对话框

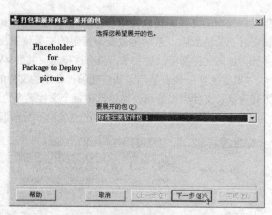

图14-26  "展开的包"对话框

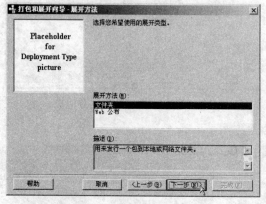

图14-27  "展开方法"对话框

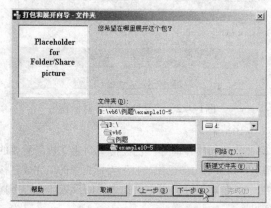

图14-28  "文件夹"对话框

5）"已完成！"对话框显示了向导已经完成收集展开此包所需要的信息，在"脚本名称"文本框中输入脚本名称，例如"展开文件夹1"，然后单击"完成"按钮展开此包。完成后会形成一个报告。

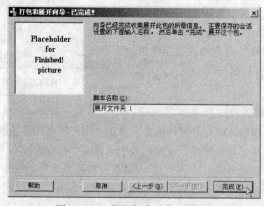

图14-29  "已完成！"对话框

至此，安装程序制作完成。可以将展开到文件夹中的文件复制到移动存储器或刻录到光盘上分发给其他人使用。安装时，运行移动存储器或光盘上的setup.exe程序，即可开始应用程序的安装。

# 附　录

## 《关于进一步加强高等学校计算机基础教学的意见暨计算机基础课程教学基本要求（试行）》

### ——教育部高等学校计算机科学与技术教学指导委员会 编制

## 计算机程序设计基础课程教学基本要求
### （较高要求）

### 一、课程简介

"计算机程序设计基础"是大学计算机基础教学系列中的核心课程，主要讲授程序设计语言的基本知识和程序设计的方法与技术，其内容以程序设计语言的语法知识和程序设计技术的基本方法为主，同时包括程序设计方法学、数据结构与算法基础等方面的初步内容。

"计算机程序设计基础"是一门实践性很强的课程，无论采用哪种教学语言，通过"计算机程序设计基础"课程的学习，应使学生掌握计算机程序设计的思想和方法，初步具有在各领域应用计算机的能力，并为后续课程的学习创造条件。

由于各类非计算机专业对于程序设计课程的需求不同，因此本课程的基本内容与要求分为语言级和工具级两类，语言级又分为面向过程和面向对象。在实际教学中，应允许不同专业选用不同的教学语言。

为便于说明，我们给出三门典型课程的教学基本要求。

### 二、教学基本要求

（一）C语言程序设计（略）
（二）C++语言程序设计（略）
（三）面向对象与可视化程序设计

**1. 基本概念**

（1）理解面向对象的基本概念（类与对象）。
（2）理解面向对象与可视化程序设计的基本特点。
（3）理解事件驱动的编程机制。
（4）了解集成开发环境的特点和界面组成，掌握各窗口的功能和使用。

**2. 程序设计基础**

（1）掌握开发一个应用程序的基本过程，理解其中的基本概念（对象、属性、方法、事件、事件过程等）。
（2）理解控件常用属性的含义，掌握基本控件的使用（标签、文本框、命令按钮）。

（3）理解"工程"的含义及组成，掌握工程的建立、保存、打开，以及工程中文件的添加和删除方法。

### 3. 基本数据类型及运算

（1）掌握程序的书写格式和编码规则。

（2）理解基本数据类型的含义。理解常量与变量的概念，掌握变量和常量的显式和隐式声明。

（3）了解枚举类型和用户自定义数据类型的定义方法。

（4）掌握常用内部函数的使用（如数学函数、转换函数、字符串编码和操作函数、日期函数、格式输出函数、Shell函数）。

（5）掌握表达式的书写规则和求值规则，了解运算符的优先级。

### 4. 基本语句

（1）掌握赋值语句及交互式输入输出函数的使用方法。

（2）掌握Print方法及相关函数的使用。

### 5. 分支结构程序设计

（1）掌握单分支语句、多分支语句和块结构条件语句（Select Case）的使用方法。

（2）掌握分支结构的嵌套使用方法。

### 6. 循环结构程序设计

（1）掌握For循环、Do-Loop循环及多重循环结构的设计方法。

（2）了解转移控制语句的使用方法。

（3）掌握常用算法的程序实现（累加、累乘、递推、穷举等）。

### 7. 数组及相关算法

（1）掌握动态数组和静态数组的定义和引用方法。

（2）掌握数组初始化及输入输出方法。了解控件数组的概念和构建方法。

（3）掌握数组在数值计算、数据统计、排序等方面的具体应用。

### 8. 函数和过程

（1）了解过程与函数的概念。

（2）掌握过程与函数的定义和调用方法。

（3）掌握过程调用中的参数传递（传值和传址、数组的传递、可选参数和可变参数的传递、对象参数的传递）的机制和方法。

（4）理解变量和过程的作用域和生命期的概念。

### 9. 基本控件应用

（1）掌握常用控件的使用及应用设计（单选按钮、复选框、列表框、组合框、计时器、框架、滚动条、控件数组等）。

（2）掌握事件驱动程序的编制（如键盘与鼠标事件过程）。

### 10. 用户界面设计

（1）掌握窗体的结构、属性及窗体事件的编程。

（2）掌握多重窗体程序设计技术及多重窗体程序的执行过程与保存方法。

（3）掌握菜单与工具栏的设计与实现方法。

（4）掌握通用对话框的应用。

### 11. 数据文件

（1）了解文件的结构与分类概念及文件对话框（驱动器列表框、目录列表框和文件列表框）的使用方法。

（2）掌握基本的文件操作语句和函数的使用。

（3）掌握顺序和随机文件的读写操作方法。

### 12. 图形功能

（1）理解图形操作的基本概念（坐标系统、图层、绘图属性等）。

（2）掌握图形控件的使用。

（3）掌握利用常用的绘图方法绘制简单图形。

### 13. 数据库功能

（1）掌握数据库管理器的基本使用，掌握表的建立和数据的维护。

（2）掌握通过ADO控件访问数据库的方法。

### 14. 综合程序设计能力

（1）掌握利用编程语言的基本数据结构和程序结构，完成给定算法的程序实现。

（2）掌握使用控件进行数据库、多媒体等方面的简单实用程序的开发。

### 15. 程序调试

（1）理解程序错误的种类和产生的原因。

（2）掌握排除语法错误的基本技能。

（3）掌握程序调试的基本技能（如设置断点、单步执行、查看中间运行结果等）。

（4）掌握查看联机帮助信息的方法。

## 三、课程实施建议

（1）教学参考学时：

总学时数：64～96。

其中，讲课学时：32～48，上机学时：32～48。

不同专业、不同语言的总学时数可以不同，一般不少于64学时。

（2）本课程是实践性很强的一门课程，一般讲授和上机时间的比例大致为1：1，在讲授中也最好能够充分利用计算机和投影仪。

（3）无论选用哪类语言，都应该介绍一定的数据结构与算法、程序设计方法学（结构程序设计或面向对象程序设计）等方面的知识，使学生了解程序设计技术的基本知识和发展现状。

# 计算机程序设计基础课程教学基本要求
# （一般要求）

## 一、课程简介

"计算机程序设计基础"是大学计算机基础教学系列中的核心课程，主要讲授程序设计语言的基本知识和程序设计的技术与方法。

"计算机程序设计基础"是一门实践性很强的课程，无论采用哪种教学语言，通过"计算机程序设计基础"课程的学习，应使学生初步掌握程序设计的基本方法、编程技能与上机调试能力，并尝试通过编程解决一些示例性的应用问题（如数值计算、信息管理等）。

由于各类非计算机专业对于程序设计课程的需求不同，因此本课程的基本内容与要求分为语言级和工具级两类，语言级又分为面向过程和面向对象。在实际教学中，应允许不同专业选用不同的教学语言。

为便于说明，我们给出三门典型课程的教学基本要求。

## 二、教学基本要求（*为可选内容）

（一）C语言程序设计（略）

（二）C++语言程序设计（略）

（三）Visual Basic程序设计

### 1. 集成开发环境

（1）掌握集成开发环境的特点、启动与退出；

（2）了解集成开发环境的主窗口、窗体窗口、属性窗口、工程管理器窗口的使用。

### 2. 对象及其操作

（1）了解类与对象等面向对象程序设计技术的基本概念；

（2）掌握窗体的结构、属性及窗体事件的编程；

（3）掌握常用控件（文本、命令按钮、选择、计时器、图形等）的使用及事件驱动程序的编制。

### 3. 数据类型及运算

（1）掌握基本数据类型（数值型、字符串型、日期型、货币型、对象型和变体型）的概念和定义方法；

（2）了解枚举类型和用户自定义数据类型的定义方法；

（3）理解常量与变量的概念，掌握变量和常量的显式和隐式声明；

（4）了解常用内部函数（数学函数、转换函数、字符串编码和操作函数、日期函数、格式输出函数、Shell函数）的使用；

（5）掌握表达式的书写规则和求值规则，了解算术运算符、关系运算符、逻辑运算符的使用和优先级。

### 4. 基本I/O语句

（1）掌握赋值语句及交互式输入输出函数（InputBox、MsgBox）的使用方法；

（2）了解格式输出函数的简单使用方法。

### 5. 选择分支程序设计

（1）掌握单分支语句、多分支语句的使用方法；

（2）了解块结构条件语句（Select Case）的使用方法；

（3）了解分支结构的嵌套使用方法。

### 6. 循环结构程序设计

（1）掌握循环结构（For-Next、Do-Loop、While-end）的使用方法；

（2）了解转移控制语句Exit Do、Exit For、Goto、On-Goto的使用方法。

### 7. 数组

（1）掌握静态数组的定义和引用方法，了解动态数组的定义和引用方法；

（2）掌握数组初始化及输入输出方法；

（3）了解数组在数值计算、数据统计、排序和数据检索方面的应用技术。

### 8. 函数和过程

（1）了解过程的概念，掌握Sub过程和Function过程的定义和调用方法；

（2）掌握过程调用中的参数传递（传值和传址、数组的传递、可选参数和可变参数的传递、对象参数的传递）的机制和方法；

（3）理解变量和过程的作用域和生命期的概念，了解递归程序设计方法。

### 9. 菜单设计和对话框的使用

（1）掌握用菜单编辑器建立菜单的方法；

（2）了解菜单项控制（有效性控制、菜单项标记和键盘选择）和菜单项增减的方法；

（3）了解弹出菜单和对话框（通用对话框、自定义对话框）的设计方法。

### 10. 多重窗体程序设计

了解多重窗体程序设计技术及多重窗体程序的执行过程与保存方法。

### 11. 键盘与鼠标事件过程

（1）掌握键盘事件（KeyPress、KeyDown和KeyUp）的编程方法；

（2）掌握鼠标事件（Click、DblClick、MouseDown、MouseUp和MouseMove）的编程方法。

**12. 数据文件**

（1）了解文件的结构与分类概念及文件对话框的使用方法；

（2）掌握基本的文件操作语句及函数的使用和顺序、随机与二进制文件的读写操作方法；

（3）了解常用的文件操作语句和函数。

**13. 综合程序设计能力**

（1）初步掌握编制面向对象程序的方法；

（2）了解常用的计算方法，例如解非线性方程的牛顿迭代法和二分法、数值积分、求最大值和最小值、求最大公约数和最小公倍数、多项式求值、数据的选择法排序和冒泡法排序、数据的顺序检索和二分检索等，初步具有根据给定算法编制程序的能力。

# 三、课程实施建议

（1）教学参考学时：

总学时数：48～72。

其中，讲课学时：24～36，上机学时：24～36。

不同专业、不同语言的总学时数可以不同，一般不少于48学时。

（2）本课程是实践性很强的一门课程，必须为学生创造良好的上机条件（应尽量保证基本的免费上机机时），一般讲授和上机时间的比例大致为1:1，在讲授中也最好能够充分利用计算机和投影仪。

（3）无论选用哪类语言，都应该介绍一定的数据结构与算法、程序设计方法学（结构化程序设计与面向对象程序设计）及软件工程方面的知识，使学生了解程序设计技术的基本知识和发展现状。

# 参 考 文 献

[1] 教育部高等学校计算机科学与技术教学指导委员会. 关于进一步加强高等学校计算机基础教学的意见暨计算机基础课程教学基本要求（试行）[M]. 北京：高等教育出版社，2006.

[2] 李大友，陈明. 实用软件工程基础[M]. 北京：清华大学出版社，2002.

[3] 方志刚，张银南. 软件工程基础教程[M]. 北京：科学出版社，2003.

[4] 刘瑞新. Visual Basic程序设计教程[M]. 3版. 北京：电子工业出版社，2007.

[5] 明日科技，高春艳，李俊民，刘彬彬. Visual Basic程序开发范例宝典[M]. 北京：人民邮电出版社，2007.

# 华章计算机基础课程系列教材

作者：王珊珊 臧洌 张志航
ISBN：978-7-111-33022-6
定价：36.00

作者：何玉洁 等
ISBN：978-7-111-31204-8
定价：29.80

作者：刘海燕 荆涛
ISBN：978-7-111-30474-6
定价：29.00

作者：郑阿奇
ISBN：7-111-24509-4
定价：36.00

作者：朱翠娥 等
ISBN：7-111-33023-3
定价：29.80

作者：邹晓
ISBN：7-111-25530-7
定价：32.00

作者：周玲艳 张希
ISBN：7-111-24609-1
定价：25.00

作者：孙建华
ISBN：7-111-24610-7
定价：32.00

作者：尤克 常敏慧
ISBN：7-111-24608-4
定价：28.00

作者：郑阿奇
ISBN：7-111-19572-8
定价：38.00

作者：郑阿奇 梁敬东
ISBN：7-111-20684-2
定价：33.00

作者：张莹
ISBN：7-111-20561-6
定价：28.00

作者：沈朝辉
ISBN：7-111-21554-7
定价：26.00

# 普通高等教育"十一五"国家级规划教材

| 书 号 | 书 名 | 定 价 |
|---|---|---|
| 978-7-111-28374-4 | UNIX操作系统教程 第3版 | 38.00 |
| 978-7-111-26801-7 | 程序设计教程——用C++语言编程 第2版 | 35.00 |
| 7-111-20682-8 | 计算机网络实验教程 从原理到实践 | 45.00 |
| 978-7-111-26753-9 | 软件项目管理案例教程 第2版 | 36.00 |
| 7-111-22276-7 | 信息安全学（第2版） | 32.00 |
| 7-111-20761-0 | C语言程序设计 | 25.00 |
| 7-111-21474-8 | Visual Basic程序设计教程 | 29.80 |
| 7-111-18234-4 | 计算机图形学 | 33.00 |
| 7-111-21384-0 | UML系统建模与分析设计 | 33.00 |
| 7-111-20683-5 | C语言程序设计教程 | 36.00 |
| 978-7-111-31204-8 | 数据库原理与应用教程（第3版） | 29.80 |
| 7-111-24103-4 | 通信原理 | 36.00 |
| 7-111-23518-7 | 数据库应用技术 SQL Server 2005提高篇 | 29.00 |
| 7-111-22791-5 | 数据库应用技术SQL Server 2005基础篇 | 26.00 |
| 7-111-22926-1 | 微机原理与接口技术：基于IA-32处理器和32位汇编语言 第4版 | 33.00 |
| 7-111-22968-1 | 计算机网络 第2版 | 35.00 |
| 7-111-18279-0 | Java程序设计大学教程 | 29.00 |
| 7-111-26727-0 | 系统可配置单片机原理与应用 | 32.00 |